ROMANTIC
SECRET

晨昏游戏

上

Romantic Secret

浮瑾 著

四川文艺出版社

她恍惚间听见他一停一顿的，沉沉的心跳声。

似有千言万语，却藏身于暗潮汹涌的海域。

那一刻怀欷有些愣怔，

没来得及去仔细分辨那到底是何意味。

只觉她抱他如同浮木，而他抱她却好似沉舸。

目录

1 沸腾灵感 001

2 跟我玩个游戏吧 081

3 如河般温柔流淌 171

4 他是极具耐心的猎人 227

真正的爱情就是一腔无处安放的真心。

她希望有这么一个人，能够至死不渝地爱着自己，永远为她匡扶正义。

情感和理智，不论对错，无惧是非。

她永远是他的最优选。

*I WANT YOU TO
STAY CURIOUS。*

*ABOUT
ME。*

Chapter *1*

沸腾灵感 ✦

从没见过这么怪的天气。

暑假期间，天气预报显示本该多雨的 B 城阳光灿烂，几千公里外的 S 市却是蓝天白云，晴中带雨。

刚对完新一版的招股说明书，怀歆看得眼睛生疼，从喧嚣的小会议室里走出来，坐在落地窗旁边的软皮椅上暂时休息下。

隔着明净的窗玻璃看见对面大厦上某上市集团的硕大招牌，更远处另一家公司大厦的"春笋"子弹头冒出来个小尖尖，阳光雨下映出澄蓝色的弧光，衬得 S 市湾的滨海线海天一色，格外漂亮。

怀歆所在的 MGS 投行团队这周初才从 B 城飞来 S 市，已经连续好几个晚上熬到两三点才休息。到下周一所有材料正式递交之前，所有人都严阵以待，铆足了劲儿，下班时间只会越来越晚。

这是个港股项目，正处于申报前夕，需要几方机构和公司高管聚在 printer^① 一起开会，连夜修改润色招股书，字斟句酌，查漏补缺，以保证企业能风风光光地申报上市。

但现在进度好像遭遇了瓶颈。

就招股书一处秋毫之末的数据口径，律师、审计、投行三方各执己见，谁也不肯让步。

耳边是各家不可开交的争吵，怀歆无奈地揉了揉隐隐作痛的太阳穴。

——神仙打架，她一个小小实习生却也得跟着受罪。

怀歆找前台要了一杯手冲的美式，抿着微苦回甘的咖啡重新坐回了自己的位子。

墙上的电子屏幕连线的是 G 城和 B 城的团队，会议系统 24 小时开放，一旦发现问题，随时提问并进行沟通交流。

上一个问题很明显还没吵完："你们同店增长用的原始数据怎么和审计不一样？"

---

① 印刷招股书的独立第三方机构。

"我们是公司 CFO（首席财务官）给的最新版，你们又是哪里来的数据？"

"我们也是公司给的，但是产品线的划分数据透视逻辑不一样，上午我们不是已经明确说明了公司的产品线划分是面筋类、果蔬类和肉制品，白包类是属于第一个，不用单独拆吗？！"

"那这和后面的单品类毛利率又对不上了，到底是谁来负责圈这个数……"

怀歆已经很习惯这种嘈杂的背景音。

面前成堆的纸质版招股书散乱地摆放着，她随手整理了一下，把咖啡挪到了桌上不易被碰洒的角落，很快进入工作状态。

一本招股书打印出来厚得跟砖头似的，她还在看"风险因素"和"行业概览"，没看到后面，闻言翻了几十页，拿起红笔在"同店增长"和"单品类毛利率"几个字上做了一个小三角标记，留待之后核查。

这时，线上突然有人出声："停一下。"

会议室蓦地安静下来，怀歆笔尖一顿，下意识地抬眸。

电子屏幕上连线的是 G 城办公室，房间里空荡荡的，只闻其声不见其人。

男人稍顿一瞬，低沉磁性的嗓音再度传来："现在不是争吵的时候，当初说的是审计负责就还是审计来定口径，这个问题我们不要再浪费时间了，好吗？"

怀歆愣了一下，好似有羽毛在心尖轻轻拂扫过。

——这人祈使句的语气倒还挺好听的。

这头投行团队里某位分析师听见这话，禁不住冲收音话筒埋怨起来："可是承哥，如果按照他们的分类方法，我们后面那部分表述都得改……"

"辛苦了。"男人声线清冽低缓，却也摆明了没有转圜的余地，淡淡道，"下次记得提前做好沟通工作。"

分析师欲言又止，面色变了几变，才搬着手提电脑回到自己的座位。

会议室里彻底陷入安静，刚才扎堆的小团体迅速散开，各自专注于眼前的案头文件，埋头无言。但是过了不到二十分钟，境外律师团队和审计之间又闹出了动静。

怀歆将这一幕尽收眼底，忽然觉出一点不知从何而起的谐谑感。

就这几天，她见他们争吵权属问题的时间，倒比真正实施解决方案的时间还要多。

高压状态下，谁都想少干活，谁都不想担责。人类就是这样一种复杂又简单的动物，复杂在偶尔冒出的善意，简单在一成不变的自私。

自我利益受到挤压的时候，哪还顾得上吃相难不难看。

招股书印刷机构会统一订外送餐食给大家。晚上在会议室外面放饭的时候，怀歆又听到之前跳脚的那个分析师和其他投行同事小声嘀咕："承哥今天也真是的，怎么还帮着外人呢？"

对方"嘻"了声，笑了笑："小雯，你也别放在心上。毕竟无论谁改最后不还是要统一，我觉得承总正是因为看在是自己人的分儿上才让咱们退一步，不然再跟他们争来争去效率多低。"

刘雯的脸色缓和了一些，那人左右看了眼，道："好了，赶紧吃完饭去干活吧，晚上能早点回去。"

两人眼底都有显而易见的疲倦，也没多说什么，拿了饭就转身回去了。

会议厅外有高脚吧台，如果想要放松可以在那边吃，但如果实在没时间只能在工位上解决。

因为才刚放饭，吧台的人还不是很多，怀歆和另外一个关系较好的 SA（senior associate，高级经理）叶安琦一起过去，边吃边短暂地闲聊。

叶安琦是 MGS 的 B 城团队里在这个港股项目上的主要执行负责人，能力很强也足够细致，大大小小的事情都交给她来把控，所以最近简直是忙得脚不沾地。

但叶安琦还是关心了怀歆几句，问她初来乍到能不能适应这样高强度的工作。

"挺好的，我也学习到了很多。"怀歆笑道，"安琦姐有什么地方需要帮忙的，吩咐我就行了。"

怀歆长得很有灵气，皮肤白皙，水汪汪的眸子，弯起来很漂亮。

但是穿上一身套裙又显得成熟干练，工作时踏实认真，还知礼节懂分寸，叶安琦对怀歆的印象好上加好，安抚性地拍了拍她的肩："等忙完这一阵子可以好好放松一下了。"

按理来说，印刷招股书这个流程大概要持续一周左右，这进度才过了一半，还有的盼呢。反正后面肯定会越来越难熬，怀歆笑了笑，没接茬儿。

周围人来人往，她突然想到了什么，说："安琦姐，我有个问题。"

叶安琦："嗯？"

怀歆放低声音，拿捏着适度的好奇："那个，承哥……是谁啊？"

"哦，郁承，他是 MGS 的 G 城那边的 VP（副总裁），和我一样，也是这个项目的负责人。"叶安琦如是道。

副总裁比高级经理要高一级，按正常情况来讲，怀歆估摸着对方得有三十好几了。从声音判断的话听不出是哪里人，大概是那种沉稳的事业精英男类型。

承蒙父亲工作上的关系，这种人她也见过一些，大都比较模式化，事业有成，家庭圆满，给人的印象非常雷同。

大约凌晨三点收工。

金融专业就是这样，年薪百万的工作往往都不轻松，而学生在本科期间的常态就是不停地实习、实习，再实习。

大三上学期是申请季，会有一拨外资投行开放投递岗位，怀歆在学院里成绩排名比较靠前，一口英语说得流畅动听，成功申请到了顶级外资投行 MGS 的暑期实习名额。

怀歆被分到了 MGS 的 B 城办公室，这会儿刚入职两周，就遇上了这样的紧急时刻，在极短的时间内迅速认清了投行加班只认活不看点的生态。

大家三三两两地从商厦里走出来，打的回酒店。

怀歆家在 S 市也有套房子，从 B 城过来之前从父亲那里拿了钥匙。她和同事们作别，分道扬镳。

坐上车的时候困意就像泄了闸一样，阵阵汹涌来袭。

司机明显也挺没精打采的，无意攀谈，怀歆忍着想睡的欲望，回复了未读信息，又刷了一遍白天好友们丰富多彩的朋友圈，挨个点了赞。

回到微信的消息界面，还是和几分钟前一样，一片空白。

从晌午到现在，置顶的家庭群没有任何动静。

怀歆勾唇淡淡笑了下，将手机倒扣在一旁，轻合上了眼小憩。

S 市这套房子不大，但胜在地段好，当初爸妈买来是为了投资用的。

事实证明把价值交给时间这种炒房理念是完全正确的，眼看过了好几年，她爸都离婚再娶了，S 市的房价依旧蒸蒸日上，比当初翻了两倍不止。

好长一段时间没人来了，前几天拎着行李进门的时候窗台都有些积灰，怀歆轻车熟路地脱了鞋，换了睡衣就上床了。

本来她习惯每天晚上入睡前写点东西，小说之类的，构思故事片段，但是最近真的太忙，没时间折腾这些。

早上九点，怀歆准时被闹钟惊醒，深吸了一口气，抓着翘了几根呆毛的头发爬起来。

她还记得自己昨晚因为太困没洗澡，拎着毛巾和换洗衣服就进了浴室。十分钟后，怀歆穿戴整齐出来，头发已经用吹风筒吹干了。

做金融这行就是再累也要精致，尤其是他们做卖方服务企业客户的，形象永远是第一位。

她化了一个淡妆，又拿起 Frederic Malle（馥马尔）的香水给自己喷了几下。

这是个很小众的高端沙龙香水品牌，他们家的"漫步间"是怀歆很喜欢的一款。前调紫丁香，含着雨后的清新柔和。后调麝香和雪松，沉静又清冽。

味道是标记别人领地的一种方式，怀歆深谙此道。

从头到脚武装完毕之后，她叫了车去招股书印刷机构。

团队内部规定是早上十点钟集合，但不排除前一天熬得太晚大家都起不来。随着时间的推移，早晨的上座率也越来越低。

怀歆几乎是卡着点到的，结果偌大的会议室里除了另外一名分析师和公司首席财务官，其他人还没有来。

前一天晚上招股书英文版的第三遍检查看到一半，后半本数据还没看完。怀歆几乎都养出习惯来了——如果没有新活派给她，她就自个儿对数据玩。

会议室的空调开得有些冷，她今早为了好看穿了条及膝的裙子，这会儿不由得双腿并拢瑟缩起来，用外套盖在腿上。

门口传来开合的响动，怀歆没抬头，继续专心致志对数据。

直到身旁的椅子也被拉开，一阵好闻的沉香木质调悠然传来，她才往旁边挪动了一下。

前几天怀歆旁边坐的一直都是团队里另外一位 associate（项目经理）程为，他习惯熬夜晚起，往常临近中午才到，怀歆抬眸，半是诧异半是调侃："程哥，今天怎么这么早——"

尾音收住，像是一个不怎么漂亮的急刹车。

眉眼深邃好看的男人，高挺鼻梁上架着一副银丝框眼镜，英俊倜傥，五官轮廓立体分明，和程为的脸完全对不上。

怀歆有点蒙。

他看上去极为年轻，身材修长挺拔，在文件层叠的会议室内堂而皇之地穿着较为休闲的黑色短袖衫，袖子处勾勒出性感流畅的肌理线条。

他肩膀上斜挎着电脑包，一只手拉开椅背，显然是听到了她的话，保持挺立的姿势看过来，恰是居高临下的角度。

怀歆心跳悬停一瞬，听到男人温和开口，嗓音低沉有磁性："你认识我？"

郁承看过来的时候，视线稍微向下，一双漂亮漆黑的桃花眼勾勒出些许漫不经心的弧度。

在这短兵相接之间，镜片反射出一点微光，怀歆却觉得他的眸子明亮刻骨又深不见底。

呼吸有片刻凝滞，胸腔处鼓点怦然，怀歆抓着西装外套的手指蓦地收紧，第一次感觉到她在这份实习中好似没有想象的那般游刃有余。

这嗓音似曾相识。

程哥……承哥？

有什么在脑海中一瞬间接轨，怀歆几乎从椅子上弹跳起来，反应很快地微俯低身体，面带歉意道："不好意思，郁总，我刚才以为是别人。"

她站起来才发现，他个子很高，她要仰着头才能和他对视。

未给他留出接话的空隙，怀歆伸出手，完善了脸上的微笑："您好，我是 B 城这边新来的实习生，我叫怀歆，您也可以叫我 Olivia（奥利维亚）。"

金融圈里偶尔也称英文名，多给对方一个选择会显得更加周到。

郁承看着她，反应并不大："怀歆。"

像是品味般，这两个字在他唇齿间漫然碾过，恰到好处的低醇，男人眼里浮现出淡淡的笑意，也伸出了手："不必这么客气。正常称呼我就好。"

指尖碰触的那一瞬间，温热传递而来，他一触即收，怀歆也迅速抽回了手。

——空调太冷，衬得她掌心好凉。

她想继续说点什么，但因为刚才稍微迟疑了一下，已经错过了最佳时机，于是没再强求。

会议室里太空旷，郁承在她旁边隔了一个座位坐下来，掏出笔记本电脑，戴上蓝牙耳机，随手拿过一份纸质版招股书，对着屏幕开始浏览。

怀歆也重新坐回原位。

她移动了一下桌上水杯的位置，又做了几个没什么意义的动作，这才顺着将脸朝右边侧过一些，不动声色地观察他。

郁承的侧颜轮廓十分优越，那副眼镜更像是装饰物，衬得气质更加斯文禁欲，却也引得人情不自禁想要探寻更多。

有些人就算不动声色地坐在那里也气场十足，怀歆仅仅用余光扫视都觉得有冒犯之意，视线垂落于面前零散摆放的纸张，几分钟前圈出来的一个数旁打了红色的问号，回想了一会儿才记起当时自己做这个记号是什么意思。

大约半个小时后，叶安琦来了。

她和郁承打招呼的笑声把怀歆从微微走神的状态中扯出来，她又抬头看过去，但视线却被叶安琦挡了个七七八八。

会议室中每天的座位其实都不是固定的，先到先选位坐下，叶安琦脱下风衣挂在椅背上，顺其自然在郁承和怀歆之间坐下来。

一本招股书仔细翻完第三遍，已经快接近午饭时间。

秘书从外面走廊探出个头，敲了敲门，提醒大家饭到了。

怀歆没吃早饭，这会儿正好饿了。但是会议室内满满当当，所有人都在边看电脑边做自己的事情，没有一个人有起身的意思。

怀歆独自走了出去。

看见牛肉、排骨、鸡肉三种不同的套餐类型并排摆在桌子上，除此之外还有两种可供选择的汤品——松茸乌鸡汤和虫草花猪肉汤。

她没有拿，又转身回来。

安静数秒，轻轻碰了碰叶安琦的手臂，眼神示意问她忙不忙，是否方便讲话。

叶安琦转过头："怎么了？"

"饭到了。"怀歆温温柔柔地问，"需要我帮你拿一份吗？"

"好啊，谢谢啦。"

"牛肉、排骨和鸡肉，你想要哪个？"

"牛肉吧。"

"好。"

怀歆稍顿一瞬，目光越过叶安琦，声音稍微大了一点："那承哥呢？"

郁承侧眸睇过来一眼，再一次与她正对上目光。

他顺手抬了下镜框。很简单的一个动作，被做出一种极其漫不经心的感觉。怀歆呼吸随之屏住，看他摘下耳机。

"什么？"

"饭到了。"怀歆看着他的眼睛，重复了一遍刚才的问话，"承哥，你喜欢哪一种口味？"

郁承没有过多思考，点点头，很礼貌地浅笑："我先不用，谢谢。"

"哦，好的。"

怀歆垂下眼睫，思绪绕了一圈，又起身出去了。

拿了两份牛肉饭，她站在门口，没急着进去。大家手头都有要紧的活，没人有闲工夫分神来管她在做什么，怀歆斜斜地倚靠在门边，一下子就看到了自己想要搜寻的目标。

人和人之间的磁场是一种很玄妙的东西，有的时候仅凭一眼，就可以判定是否相容。一个动作一个眼神，就能够互相吸引。

就像现在。

扪心自问，她承认，自己确实产生了强烈的好奇心。

这种迫切想要探寻的欲望迷离又危险，却是一场有趣的游戏，让人情愿听之任之，欲罢不能地放纵享乐。

此刻男人刚摘了眼镜，正抱着臂，低敛眉目沉思。

他的表情淡淡的，面容英挺，头顶的光落下来，在深邃的眼窝处蓄出了一湾浅浅的影，昏暗翩跹，令人捉摸不透。

过了一会儿，有初级律师过来，小心地同他搭话。郁承抬头，未经镜片修饰的眸光清浅和煦，有如春风吹拂过后，清冷雪山悄然消融。

怀歆兀自看了半晌，才直起身，提步往室内走。

叶安琦拿到饭就开始吃，眼睛却自始至终没离开电脑屏幕。怀歆也安静地喝汤，差不多八分饱的时候，她放下餐具，文雅地拿纸巾擦嘴。

屋里的人被饭菜气味吸引，陆续出去。怀歆拿出手机，措辞片刻，给程为发微信：为哥，你有没有郁承哥的微信呀？

那头没过多久就推了张名片过来。

微信昵称就是他的本名，郁承 Alvin（阿尔文）。地区写的 G 城。

头像是他的旅游照，不知在哪儿登山的时候拍的，一片白茫茫的孤峰傲雪，可惜穿着严实的雪服戴着护目镜，连表情都看不清楚。

怀歆点了添加，编辑自我介绍：承哥好，我是 B 城团队这边的实习生怀歆。

与她预料中的漫长等待不同，才放下手机不到十分钟，电脑微信版就跳出一则信息——我通过了你的朋友验证请求，现在我们可以开始聊天了。

郁承：你好。

光标在输入框内闪动了几下，怀歆逐字输入：承哥好，你有什么需要做的就吩咐我。[龇牙.jpg]

又过两分钟。

郁承：好。

郁承：谢谢。

对话就这么戛然而止。

怀歆扫过一眼，顿了几秒，点开了他的朋友圈。

首先——

背景是简单干净的风景照，没有任何她不想看到的画面。

其次，郁承开放了半年的可见权限。

怀歆手指微动，向下浏览。

他发朋友圈的频率适中，也没有想象中那么商务风，甚至还挺富有生活气息。

除了隔三岔五就会转发的行研和新项目推送，以及发表一些对于市场趋势和时政热点的思考，偶尔还会分享一些生活中的琐事，例如，出差旅途中在机场看到的晚霞，又或者是某天和朋友去壁球运动的打卡纪念，甚至是生日的时候去郊区骑马。

他的生日就在不久前，6 月 20 日。很巧，和她就差两天。

但光这两天就天差地别，她是巨蟹，而他是双子，难搞的类型。

怀歆这才想到查"领英①"，搜 Alvin Yu。

很幸运地找到了。

工作经历一片空白，没有填写，却透露了本科入学年级。在耶鲁念的经济学。

上午偶然间听他打了通工作电话，英文发音极为纯正悦耳，这气质倒像是留了洋的，怀歆大致算了一下，他上个月刚满三十岁，比她想象中更为年轻。

怀歆心中不知哪处被牵了一下——她觉得他甚至不像三十岁，这么一副保养

---

① 职场社交平台。

得宜的皮囊，看上去也就比自己大个几届，走在路上说是师兄妹肯定都有人信。

……

几个小时匆匆过去，机构又送来了新一批的下午茶。

怀歆正从公司公告和研报中摘取可比公司的单店模型和财务报表，闻声停下自己手头上的活。

不同口味的奶油戚风蛋糕，卖相精致诱人。

申报招股书的时候就这点好——伙食永远是最到位的，除开尊贵的中饭和晚饭，还有下午茶和夜宵，而且种类繁多，恨不得一天八顿，好好犒劳一下大家。

怀歆家里没秤，不知道这短短几天胡吃海喝、暴饮暴食有没有变胖，但根据裤腰带的松紧度来判断，应当是重了不少。

压力大或者久坐的时候就很容易想吃东西。中午才刚吃了饭，她又有点饿了，出去给自己取了一份香草味的蛋糕回来。

蛋糕酥软，甜而不腻，怀歆很快吃完。又工作了一小时，她没忍住，拿了第二份。

叶安琦不在，兴许是在楼下和审计师开会，怀歆大略往右侧瞥了一下，看见一片黑色的衣角。

说了让他有事找她，一整个下午却没有任何动静。

下午茶在外面摆了许久了，他连会议室的门都没出去过。

怀歆伸了个懒腰，活动一下筋骨，终于又点开沉寂的聊天框，给他发：承哥，下午茶有草莓、香草、蓝莓和提拉米苏蛋糕，你要哪个，我帮你拿一份吧。

——不知道这人是不是掐着点回信的。

大概又过了不到十分钟，微信弹出新信息。

郁承：谢谢，我一会儿自己拿吧。[笑.jpg]

……

一天之内碰了两回壁。

怀歆盯着那条信息，似有些苦恼地用白嫩指尖揉了揉太阳穴，而后轻轻"啧"了声，无声叹笑起来。

看似温和、实则生人勿近的男人。

她暂时不想管他了。

叶安琦发来一份新的文件，让怀歆帮忙用自己的方法算一些数，看看和审计那边提供的原始数据是否一致。

她迅速回复一个"收到"，打开 Excel 细致地看起来。

这一看发现了几处不一样的地方，怀歆捧着电脑下楼去审计所在的会议室，和他们进行核对。

大约过去了大半个小时。

回来进门的时候就遥遥看到郁承从座位上起身，端着一碟没吃完的戚风蛋糕走到角落垃圾桶处，扔了。

怀欤路过的时候，不经意往里看了眼。

——蓝莓味的。

叶安琦开会没持续太久，很快就上楼了。

跟着她一同回来的还有 MGS 两位 MD（董事总经理），钟勋和曹成章，一个 B 城的一个 G 城的，几乎算是投行这边最大的领导。

项目这边并不一定需要他们全天驻场，但出于监督和指导的义务，他们每天还是会来招股书印刷机构待几个小时。

这位 G 城的董事总经理算是郁承的顶头上司，两人打招呼的时候态度比较热络。

位子不太够，叶安琦主动让出自己的座位，挪到对面去了。郁承也站起来，把身后那把没人坐的空椅子拉过来。

怀欤知道他必然不可能坐在两个领导中间，那不是向左就是向右移，她将自己身侧那个位子上叶安琦用剩下的纸质文件快速叠拢收拾在一起，朝他扬唇道："承哥。"

郁承视线落了过来。

清俊如初雪稍霁，在她身上停驻片刻，拎着包靠近。

缱长的雪松和香根草气味也跟着飘过来，怀欤闻出这是 Byredo（百瑞德）的一款香水，极简北欧风，干净沉冽的禁欲气质，在她鼻尖悠悠飘过。

怀欤舔了下唇。

无端有点儿被挑逗。

工作时间要保持专业，她与他几乎手臂挨着手臂，却也渐渐习惯这样的状态。

大约是申报日期将近，公司越发重视，晚饭后创始人也到场，坐在主位听大家汇报进度。

业务部分的文字叙述是展现公司核心的重中之重，B 城曹成章提议，逐字阅读让大家都来提提意见。他的目光转了一圈，指明："怀欤，你来读吧。"

怀欤应好，清了清嗓子，开始读。

她从小在 B 城长大，却在 S 市也住过一段时间，两者稍一综合，便听不太出地方特色。但因为说话语气总是软软的，也曾被人误以为是南方人。

她又想起郁承说话时温沉轻缓的嗓音。这才意识到还不知道他的籍贯。

公司创始人听过一遍业务章节，提了些建议，哪些披露哪些不披露，现有提供的信息是否冗余，几方合计下来，利益弊害考虑得很清楚，删减增改了不少。

这家消费企业的商业模式确实很前瞻，生意做得很大，在行业里首屈一指。港股市场最喜欢听好故事，创始人逻辑清晰，从言语中就可见魄力十足，怀歆一边记笔记，一边由衷地钦佩。

屋内小会告一段落，三方机构继续鏖战。钟勋和曹成章以及公司 CEO 一道出去，几人在厅外软椅沙发处开了瓶红酒，边抽烟边攀谈。

约莫十一点的时候，两人又回来，显然已经是把人送走了。

怀歆这才注意到郁承刚才也出去了，他是项目负责人，陪着聊几句也是应该的。但是不知怎的，他身上却没有烟味，仍是百瑞德清洌干净的气息。

也许是心情还不错，曹成章重新落座，和钟勋闲聊起来，家长里短，有一搭没一搭的。

怀歆有点疲倦了，也想放松一下，偷闲听了个大概。

原来领导也有关于买房升职、子女教育的忧虑。也对，都是肉体凡胎，人生这样长，不愁这些还能去愁什么呢。

过了半晌，钟勋突然转过来，问郁承："Alvin，你是哪一年的来着？"

"1991 年。"

"看上去不像啊。挺显小的。"曹成章顿了下，又问，"你现在还没有女朋友吧？"

怀歆捏住了手里的笔，听到他回："没有。"

——终于坐实了心里的预期，像石头"哗"的一声投入湖底。

几分闲适还没浮出水面，下一秒心又提起，听到曹成章笑着追问："那怎么还不找呢？"

这次空气安静了须臾，没有人应答。

怀歆下意识抬了眸，发现郁承只是在笑。

那笑意自然温和，又有点散漫无所谓，没有猝不及防，没有被旁人探听隐私时候的尴尬不适。他勾了勾嘴角，好似要启唇。

"哎，大家快来看这个新闻，有意思极了！"有同事忽地扬声，"新苑上市披露的公司资料表把自己的名字写成顺策了，哈哈哈！"

众人的注意力都被吸引过去。

新苑和顺策这两家公司都是互联网企业，上市发行聘用的是同一个律所。这部分恰好由律师撰写，那些格式化的文字陈述完全一样，可能是为了省事图方便，直接复制粘贴，忘记改名字了。

自己的上市公告写着别家的名字，绝对是一桩惨案。

这下一石激起千层浪。

高强度工作一周，精神本就疲乏，突然来了个同行的大瓜，自然都在津津乐道地看笑话。

"上热搜了，一下子就前十了，啧啧。"

"是不是顺策买的？哈哈！"

"哪家律所啊，这负责人得被开了吧，这么重要的事还能搞错，不得被客户恨死？"

"新苑这回丢脸丢到家了，哈哈哈……"

曹成章也跷起二郎腿，半是打趣半是鞭策："咱们可不能像他们那样，整这种蠢事。都给我好好干，知道不？"

"得嘞，老板！"

会议室内气氛稍微活跃一些，三三两两各自说起自己在金融圈里道听途说的八卦事，持续了片刻。

方才的话题戛然而止，曹成章回了神，又偏头问："哎，Alvin，我听说你之前还创过业？"

郁承道："嗯，读 MBA 的时候和朋友做了个小项目。"

钟勋往椅背上一靠，言语间多了些兴味："是什么直播平台对吧？还有很多女网红员工来着？"

怀歆打字的指尖微微一顿。

曹成章很快接上，但语气也明显是男人之间的调笑："哪有，人家上次不都否认了，说是正经生意。"

郁承只是笑，不接话。

表情也没有任何倾向性。

曹成章顿了下又问："哎，你在哪里读的 MBA？"

"哈佛。"

"我们团队里都是高才生啊。"曹成章啧啧地感叹，随意一指，"你看咱们随便一个实习生也都是 B 大的。"

怀歆本来正竖着耳朵吃瓜，没想到突然被提到。郁承的目光也跟着落了过来。

叶安琦刚好经过，顺嘴吹捧道："人家 Olivia 可是作家呢，自己在网上写小说，都出过书了。"

"哎哟，年纪轻轻的，不得了。"钟勋上下扫视她几眼，感兴趣道，"都写了些什么书啊？叫什么名字？"

"……"

突然成为话题中心，怀歆有点始料未及。

在作者这里，二次、三次元是要严格分开的，怀歆眨了眨眼，笑："就一些……都市情感故事。"

说白了就是言情小说。

似乎是没想到团队里还有这种人物，几个老板露出诧异又戏谑的表情。一片哄笑声中，怀歆甚至看见郁承也微不可察地扬了扬眉。

"哈。"钟勋问，"那这恋爱经历也很丰富吧？"

他语气不明，意味也很是微妙。怀歆心里呵笑了声，面上一本正经："没有。我都自己想象的。"

话头被截住，钟勋没再说什么，又寒暄几句，拉着曹成章说起别的事。

怀歆定下心来。

她有观察他人的热忱癖好，往往从某些微表情中可以察觉出对方的心理活动，直觉郁承对刚才那个话题有些想法。

"承哥，"怀歆趁热打铁，大大方方地问，"你本科是在哪里读的？"

"耶鲁。"

"那，你是……G城人吗？"

"不是。我家在内地，江浙那一带。"

怀歆"哦"了一声。

郁承看着她，这时摘了眼镜。

他换了个姿势倚在靠背上，修长双腿交叠，温缓开口："喜欢写东西？"

"……"

怀歆愣了下，笑了。

"嗯。"她点头，语气有些试探，"你也喜欢？"

郁承眸光微动："高中、大学那会儿写过一些。"

"也是小说？"

他笑了笑，不置可否："算是吧。"

"……"

怀歆原以为自己的答案已经很保守，没想到他更模棱两可，连题材也不透露。

郁承没有太多时间闲谈，很快又开始工作。怀歆低垂着眼，一边翻看最新出炉的一版英文招股书，一边倦懒地钩绕着自己的头发玩，脑海中回想着不久前几人之间的对话。

市场运行机制永远遵循规律，优质资源一定会互相匹配，如果出现与常识不符的结果，那一定是某一环节出了差错。

像郁承这种条件，三十岁还不谈恋爱，大概率不是自己有问题就是"玩咖"。

怀歆抚了抚眉心，嘴角挑起一丝笑意，有点无奈。

如果有的选择，她情愿选后者。

但——"玩咖"吗？

他给人的观感实在太让人难以判断，像是一套试卷的标准答案，妥帖到位，毫无偏颇。也许是她道行不够。

情况似乎很棘手，但她觉得越发有趣。

怀歆喝了口水，拿上门牌卡和手机，打算去上个厕所。电脑没有被她合上，一直保持着常亮的状态。

有律师同事经过，一眼就看到这台摆放得略微有点朝右歪斜的紫色笔记本电脑。

座位上没人，屏幕上是桌面背景图，照片里女孩穿着纯白色的吊带裙，肩颈弧线优美，散下一头卷翘长发，正对着镜头笑得娇俏。

忙到凌晨两点钟，怀歆去外面倒咖啡，正好碰上叶安琦。

对方揉了揉太阳穴，蹙着眉，没忍住嘀咕："唉，今晚估计要到比较晚。"

怀歆一顿："怎么了？"

"这边食品安全生产有个资质出了问题。"叶安琦叹了口气，没细说，"你差不多了就先回去吧。"

怀歆抿了唇，问："有什么我能做的吗？"

这应当是律师那边负责的事情。她知道没她什么事儿，但还是例行一问。

叶安琦明显也无力再从自己繁复错杂的工作中单独抽出什么合适的活给她做，摆了摆手："没事，你走吧。"

"嗯，安琦姐也尽量早点休息。"怀歆顺着应下，乖巧退场。

她先是叫了个车，然后回到自己座位上，尽量动作放轻整理东西。

等全部收拾好了，的士也到了。怀歆站起身，顺势朝右侧看去。

还没出声，恰好对上男人漫不经意扫来的视线。

"要走了？"他浅笑，难得率先开口。

"嗯。"怀歆点点头，也笑起来，扬了扬打车 APP 界面，"司机已经到了。"

"那行，路上注意安全。"

"好。"怀歆放低声线，经过他时微微凑近了些，长发垂落，"承哥辛苦了，明天见。"

上车后，她捞起自己的发尾闻了闻。

嗯，下午补喷了几下，余香还在。

终于到了最后一天。预计晚上六点钟申报 A1 材料。

前一天大家做到早晨七点钟，好些同事压根没有离开会议室，直接拿了个枕头趴在桌上就睡了。因此怀歆十点钟卡着点进门的时候，看见不少人都还在。

郁承也在。

他穿着一件简单的纯白色 T 恤，搭配笔挺的黑色西裤，宽肩窄腰，看得出是常年健身，好身材一览无余。膝盖弯曲的时候裤腿朝上抻出一小截，露出些微冷白的脚踝。

怀歆在他身边坐下："早啊，承哥。"

他在仔细查看财务模型，只分神朝她微点了点头。

今天整体来说，材料里大的要修改的地方是没有了，但是招股书印刷机构这边整合招股书很慢，每次提出修改建议都要几个小时才能改好。境外律师团队建议大家有什么问题就一次性提出，不要分批，以免增加彼此的工作量。

下午的时候机构又送来了各色奶昔和酸奶饮品。

仿佛已经达成了一种默契共识，秘书敲一敲门，大家就纷纷放下手中的东西，出去拿吃的喝的。

今天郁承一反常态，怀歆起身的时候他也摘下耳机，单手插兜跟在她后面往外走。

走廊上蜂拥而至的人很多，怀歆刻意落后半拍，饶有兴致地看他会挑选哪种口味。

还是蓝莓味吗？

似是察觉到她的目光，他回过身来，微微笑了笑。

鸦羽似的眼睫垂落，落地窗外洒进来的阳光缱绻了他的瞳色，桃花眼微微一敛，竟让人品出几分蛊惑。

怀歆："承哥……"

"这边人太多了。"郁承微微俯低身体，倾近她，"你想要什么口味？我帮你拿。"

怀歆的神情顿了一瞬，很快软声回道："有什么？"

这边摩肩接踵，以她的角度，看不到较矮的台面也合理，郁承回答她："牛油果、草莓和芝士燕麦。"

怀歆想了想，客气而无害地笑道："我都可以的。"

她顿了顿，补充："和你一样就行了。谢谢承哥。"

"……"

最后怀歆拿到了一杯牛油果奶昔。

在工作中，她还从没有感觉时间过得这么快。

仿佛只是吃了顿饭，翻看了几页纸，和审计对了几次数，时针就将近指向六点。

不一会儿，律师那边的头儿脸上扬着笑进来说："各位，除了招股说明书，我们已经将材料全面上传了。"

申报材料有好几十项，招股书是其中最为核心的文件，可以晚点单独上传更新。

有人欢呼起来，虽然筋疲力尽，却是真的高兴。

大家基本上都停止了工作，松口气般瘫在座位上，呈现出放空自我的状态。

怀歆又拿过自己桌前那杯牛油果奶昔，咬着吸管吸了一口，余光飘向一旁，男人电脑旁的酸奶水位线并没有降低太多。

"承哥，你不喜欢喝这些吗？"

"什么？"

郁承的视线跟她一道落在面前的饮料上："哦，没有，还挺喜欢的。"

"那你怎么都不喝？"她语气好奇。

"最近在健身，要控制摄入量。"

"噢，这样。"怀歆弯起唇，撑着下巴看他，很是由衷地夸赞，"真自律。"

郁承多看了她一眼。

稍顿一瞬，他问："你现在是大三对吗？"

怀歆点头："嗯，这个暑假结束之后就大四了。"

"还没问你，之前都在哪里实习？"

怀歆猜他现在也正是闲散的状态，不想碰工作上的事情，便随口问问。她掰着指头和他细数了过去的实习经历，笑着说："我觉得 MGS 这边最好。"

郁承也笑："哦，为什么？"

"公司的氛围很好，给实习生锻炼的机会也挺多。"怀歆讨巧地举了个例子，"就像我，一来就能进这么好的项目，跟着承哥你们学习。"

听过的恭维奉承太多，如她预料一般，他并不接茬，唇边勾着淡淡弧度，问："之后打算做什么方向？考虑去买方私募基金吗？"

投行工作时间长，挣得也多，算是金融卖方领域顶级的工作。私募基金公司差异就比较大，好的那种能和投行薪水达到一样的水平，甚至更胜一筹，有时候八九点就下班，不用那么辛苦。因此不少人都把投行当作跳板，干个两三年就跳槽去私募公司。

怀歆眨了眨眼："这个……我目前就是对投行最感兴趣，想继续深入探索。"

"见识过我们这几天在招股书印刷机构的状态，还感兴趣？"

男人嗓音温和低醇，带着点调侃的兴味，镜片下明晃晃映出几分清浅笑意。

"……"

"大家都是过来人，你也不用因为我在这儿就有所顾忌。"他说，"我是觉得，如果你还没有尝试过买方，可以去实习看看。"

郁承顿了顿，着重强调："一定要选择自己最喜欢的工作。"

公司创始人已经定好了庆功晚宴的地点，还邀请了一支小型交响乐队演奏，说是要请大家好好放松一下。

心中的大石几乎算是完全落地，距离今天招股书提交截止时间还有五个小时，一会儿吃晚饭的时候还有工夫慢慢改，叶安琦也没那么心急，收拾好东西便招呼大家打车去餐厅。

怀歆背着电脑包跟在大家后面，分车的时候一言不发——她知道自己还没有立场去说话。

郁承跟着公司的车一道走了，怀歆乖乖同叶安琦上了的士。

她知道叶安琦这几天鞍前马后忙坏了，路上有意说些放松的话题舒缓气氛。大家闲聊些八卦，很快到了目的地。

精奢的中式围桌，一桌二十人，总共四桌，整个厅都被他们包下来了。按流程来说是先吃正餐，然后上楼去听交响乐。

怀歆和程为等几个分析师及经理坐在一起，叶安琦被拉去了创始人所在的中央主桌，郁承也在对方身侧落座。宴席开始，觥筹交错，整个厅中徜徉着舒快畅然的气氛。

后来不知什么时候就开始互相敬酒，大家来回走动，怀歆选择紧跟着叶安琦，一路带着笑，也没忘了挨个向投行的老板敬酒致谢。

套路还是那么个套路，几方互相碰杯，你一句"对不起之前态度不好请见谅"，我一声"没关系项目最大感谢付出"。然后大家一起干了，化干戈为玉帛。

大约八点多的时候，叶安琦挽着怀歆的手臂小声说："我有点晕，你陪我去一下厕所。"

"好。"

她是负责人，敬酒和被敬酒都是最多的，推杯换盏间喝了不少。怀歆小心地扶着她，担忧地关心道："安琦姐，你没事吧？"

叶安琦揉了揉太阳穴，半倚在盥洗台旁边的墙壁上："没事。"

她的嗓音有些沙哑，怀歆温声道："我回去问他们要点醒酒药。"

"嗯。"叶安琦低声道，"Printer 怎么还没把新一版招股书改出来？"

本来他们计划到了饭局上就继续检查招股书，结果六点钟提交的那些修改意见那边还没改完，叶安琦有点着急，怀歆安抚道："说不定很快就出来了，上一版我看过了，主要就三处地方要改数字，其实也不是很多。"

叶安琦："也只能等等了。"

没想到这一等就是一小时。

将近十点的时候，最新版中英文招股书传到了三方机构的邮箱里。

怀歆掏出电脑，打开电子版，直奔她重点要求修改的那几个地方，当即脸色微微变了。

"好像还是没改过来。"

叶安琦这会儿稍微清醒了一点，蹙着眉凑过来："我看看。"

修改招股书是一项烦琐复杂的事情，律师、审计和保荐人在电子版上标注修改意见，招股书印刷机构这边来实行操作。需要把一份几百页的文件拆成很多个板块，分别改完之后再拼起来。

因为都是人工操作，所以有的时候可能会漏掉，或者把前后几个版本弄混。

不只是怀歆这边的业务章节出现了这样的问题，律师和审计那边也发现了几处错误。而且最为严重的是，发行概况和募资规模方面本来需要被遮住保密的几个数字竟然被直接放出来了。

郁承本来已经跟着钟勋、曹成章和创始人上去听交响乐了，这会儿打电话下来，回到餐桌这边，和招股书印刷机构沟通情况。

他神情冷冽凝肃，一改之前在餐桌上的谈笑风生："本来我们预计十一点交文件，但现在还是有很多地方没改对。

"我不管你们这边操作流程有多复杂，也不想听任何多余的解释，只看结果。"

放下手机就对上怀歆的目光，郁承神情稍缓，步伐利落地走过去，问她："检查了别的地方没有？除了之前那些提过没改的以外，还有没有其他问题？"

"没有了，就那些。"

"好。"郁承略一颔首，道，"辛苦了。"

当晚招股书印刷机构一直改到离十一点还差五分钟的时候都没出结果，叶安琦叹了声，在满是剩菜剩饭的餐桌上泄了劲。

工作群里，曹成章发消息说交响乐快结束了，让他们赶紧上来。

其实今晚传不上去招股书也不会怎么样，可以明早再传。但是据说今天对创始人来讲是一个非常重要的日期，他希望亲眼看到自己的企业在这一天申报上市。

他们努力了这么久，前前后后忙了七天，不知道熬了多少夜，最后却功亏一篑，多少都有点失望。

怀歆蹭过去，抚了抚叶安琦的肩："哎，没事啦，我们已经尽力了。"

叶安琦抬眸，扯了扯嘴角，欲言又止："就是耽误了你。刚才不是就一直在说着想上去听音乐会吗，可惜……"

"没事。"怀歆轻声说，"那些都不算什么。"

上楼的时候，曹成章和钟勋已经将实情代为转达，创始人的情绪看着还好，正拿着酒和自己的一众高管说着体己话。

投行团队扎堆在一起，商量着解决对策。

过了一会儿创始人过来了，曹成章歉意道："抱歉吴总，这事儿没给您办好。"

通过这几天的接触，怀歆能感受到，吴易华是那种很有雄心有魄力的人，会鞭策团队前进，也会体恤下属。这会儿人明显有点喝高了，听闻曹成章的话，也不过笑着摆了摆手："没事。"

钟勋在一旁说："咱们明早六点就上传，绝对是明天申报的公司里最早的。"

"对。"曹成章补道，"其实不是今晚发也挺好的，防止竞争对手半夜写新闻通稿，不好公关。"

"行，都听你们的，你们是专业人士。"吴易华拍了拍他的肩，深深看着大家，点头示意，"都辛苦了。"

连续熬了几个大夜，一遍遍地过招股书，那些数字几乎都快刻在怀歆脑子里了。

叶安琦让她早点回家睡个好觉，后面的事情不用管了。

打车的时候，郁承正好站在了她身边。

"要回去了？"

他眼底浮着笑，容色有些微的倦意，漫不经意地寒暄。

"嗯。"

"家住得远吗？"

怀歆侧眸："还好，十公里左右。"

"嗯，有点晚了，路上注意安全，到家记得给大家发信息。"

怀歆看着他，微微笑了："好，谢谢承哥。"

片刻的安静。

车子还没到，怀歆没让这沉默持续太久："对了，承哥，你之后都在 G 城了吗？"

"嗯。"郁承点头，"不过也经常会出差，只是偶尔在那边。"

"那，"怀歆扬起白皙细腻的脖颈，对上他的目光，认真道，"谢谢你和安琦姐这几天照顾我这么多，希望你来 B 城的时候，我能有机会请你吃饭。"

郁承眉心微动，俯视时镜片反射出些微冷感。

街上灯光耀眼，他眼尾轻扬，眼底的情绪看不分明。

片刻，他温和地接下她的话："好，没问题。"

怀歆这一周多以来第一次睡到自然醒。

在床头柜摸了手机看了一眼，十二点多了。

招股书已经发了。

她一骨碌爬了起来，顶着鸡窝头打开电脑，登上交易所的网站，看到第一个申报文件果然就是熟悉的名字。

点开，下载。

所有的数字都修改正确，没有差错。

怀歆松了一口气，彻底像软泥一样瘫在了椅子上。

今天虽然是工作日，但整个项目组都默认休息，正是饭点，她连门都不想出，草草点了个外卖。

她翻开朋友圈，发现不少同事都发了有关申报成功的文案，理所当然也看到了郁承的。

怀歆挨个点了赞，想了想，每条底下都多加了"庆祝"的表情评论。

曹成章和钟勋这种大领导肯定不会理她，叶安琦许是正在看手机，回得很快，怀歆戳开和她的私人聊天框，热烈恭喜她主导负责的第一个IPO（首次公开募股）项目取得了阶段性的胜利。

怀歆的午饭点了自己最喜欢的芝士意面和冷麦片沙拉，优哉游哉地吃完，一看评论，郁承还是没回复。

她"啧"一声，把塑料饭盒都扔进了垃圾桶。

好久没有写小说了。

怀歆打开自己C盘里命名为"！"的文件夹，选中近日第一个word文档。

这是她最近正在写的一篇短篇小说，都市男女的故事。题材有些大胆出格，但她还是挺跃跃欲试的。

是以前没挑战过的类型。理论层面或许可行，实践来说有一定难度，不过她还是有能够驾驭的信心。

多亏了早些年父母不怎么和谐的婚姻生活，怀歆在感情这方面开智早，一成年就开始谈恋爱，找的也多是比自己大几岁的——她总觉得同龄男孩子不够成熟，心里头林林总总就那点事，没意思极了。

但怀歆有类似精神洁癖般的隐忧，恋爱的时候总是难以敞开心扉，将自己真正交付。

交往程度最深的一段恋爱，是在上大学之后，和自己上高中时的一位外形出挑、成绩优异的直系学长。可惜最后因为对方要出国读书，说受不了异国恋，所以分了。

那时候也是投入了些许真感情的，两人方方面面都很搭，也很少吵架，因为这种不可抗的外力分开，她记得自己还为此消沉了一段时间。

拽着姐妹跑去借酒浇愁，学别人一样看苦情剧哭得眼泪哗啦，指责对方"你从未把我规划进自己的未来"……反正，最后人该飞美国还是飞了，在机场都没赶上见最后一面。

但时间是剂很好的良药，事情过后也就好了。

那次失恋教会怀歆一个重要道理——没有一种伤害是不能痊愈的，只看你有没有耐心。

不过她也意识到，男女在对待感情上的确有着不可忽视的区别。

男人在感情中往往理智，总是会预先考虑现实，长痛不如短痛，提早断舍离，但之后漫长的岁月中，他可能会时不时地触景生情，回忆起自己曾经那段不圆满的情愫，自我感动式地怀念。

女人则是叔本华主义的忠实践行者，永远享受当下，爱的时候轰轰烈烈，一旦过了这个坎，比谁都潇洒，真的放下了，不会再回头看一眼。

恋爱谈得多了，对于男人那些翻来覆去的花样也就都了解了。某一任男友曾觉得她是因为过去受了感情的伤所以现在只把恋爱当消遣，是"渣女"无疑，但怀歆并不太认同。

她谈恋爱的时候还是照常付出真心（只是比正常人要少），不玩弄感情，不搞"一夜情"，也不当"时间管理大师"。

都是你情我愿的事情，玩不起就不要玩。所以怀歆觉得，自己实在不能被归为"玩咖"这一类，顶多算是个非典型现实主义高手。

而这所谓的"高手"，在面对郁承这种阅历丰富的男人时，还得再打个折扣。

其实她很容易想通自己为什么会对郁承产生那么浓厚的兴趣。初恋就像是在读一首诗，还是用白纸写的；之后的恋爱勉强只能说是一本诗集，不过多了几页纸；而只有郁承，对她来说才真正像是一本全须全尾的、包装精致的书。

一本神秘的、散发着沉香的，就连封面都在吸引你尽快阅读的书。

怀歆没打开来看过，不知道里面是什么内容，但相信一定很是精彩。

她撑着下巴看着文档中不断闪烁的光标，忽地有了灵感。

敲打出标题"第二章，雨夜"。

怀歆对自己喜欢的事情总是抱有热忱的执着，每次写作时都会忘记时间，等敲完最后一个按键，转眼已经过去五个小时。

也恰好到了饭点。

她订了晚上八点钟回 B 城的飞机，现在动身去机场刚刚好。晚饭也可以在那边解决。

怀歆带了一堆化妆品和护肤水，只能将行李托运。安检过后，冷清了几天的家庭群终于冒出了动静。

爸爸：星星回来啦？实习一切顺利吧？

赵澈：姐不都说了她晚上十二点才能到，爸，你又记岔了。

赵阿姨：我还说等星星回来就给她做她最喜欢吃的酸奶泡芙呢。

赵澈：[流汗 .jpg]

赵澈：我姐喜欢的是香草泡芙。

赵阿姨：噢，都一样嘛。[龇牙 .jpg]

怀歆滑动了几下屏幕，唇角勾起一抹笑：妈，您就别折腾了，我今晚回去很晚了，明早还要直接赶去公司呢，以后再说吧。

仿佛是料到她会这么说，赵媛清很快回复：行，那妈就之后再给你做，想吃就说一声。

怀歆：[爱心发射 .jpg]

在机场里随便找了个南方菜馆，怀歆点了一碗热腾腾的牛肉汤面，坐下来慢慢地吃。

微信里赵澈戳她私聊：姐！！！

怀歆：咋？

赵澈：救人一命胜造七级浮屠！！！小的先给你磕头了！！！

怀歆：？

赵澈：姐，你对我好冷漠，呜呜呜！我一腔真心捧到你面前你却看都不看一眼。[大哭 .jpg]

怀歆：有话直说有屁快放。

赵澈：……

赵澈：好的。

赵澈：能不能借我两万块钱？[可怜 .jpg]

赵澈：算我欠你的，用作高中毕业旅游。[可怜 .jpg]

怀歆扯了下嘴角，一个电话打过去。那头不知是心虚还是怎样，很快就接了起来。

估计是躲在房间里，赵澈小小声地说："喂，姐？"

怀歆开门见山："爸不是说了给你旅行经费三万元吗？怎么，你是要和埃及王子合影，还是要去阿拉伯皇室喝下午茶，还要开另外的价钱？"

赵澈："……"

"哎呀姐，我这不是想去点好地方嘛！两三万元要出国只能在东南亚周边走走，你也不想你亲爱的弟弟人生中唯一一次铭心刻骨的毕业旅行因为资金不够而充满遗憾吧！"

"……"

怀歆："你还有大学毕业旅行和研究生毕业旅行。"

那头沉默须臾，嬉皮笑脸道："那真不一定，我能不能考上大学都是个未知数呢。"

怀歆："……"

竟无力反驳。

"不是，你想去哪儿啊？"

"几个欧洲国家，就法国、意大利、梵蒂冈什么的。连着转下来，大概十几天吧。"

"哦。"怀歆问，"和谁一起去？"

赵澈支支吾吾起来："就……一些玩得好的同学。"

怀歆眯了眯眼："女生？"

"呃……是。"

"就你和她两个人？"

那头安静几秒钟，发出一声号啕："不是，姐，你这也太准了吧，怎么猜到的？！"

怀歆哼哼道："很明显好吧。"

赵澈很明显在绞尽脑汁想措辞："……姐，我和她真的就只是朋友关系，不会发生什么的，之前也和她不熟……"

怀歆轻笑一声："那看来就是想发生点什么了。之前就有好感了吧？"

赵澈："……"

他还不如闭嘴。

"姐，我……"他咬着牙思考了片刻，壮士断腕般道，"我不要你的钱了好吧，你千万别把这事儿告诉爸妈！"

两头一时半会儿都没再说话。

半晌，怀歆开口："钱我可以借给你，但我有个问题。"

赵澈小心翼翼："您说？"

怀歆屈起食指轻叩桌面，逻辑分明、条理清晰地陈述："你如果连大学都考不上，怎么还这两万块钱呢？"

赵澈："……"

来的时候 S 市晴空碧日，走的时候还是天气晴朗。

飞机也准时起飞没有晚点，一切都按照计划进行的愉快加深了怀歆的好心情。

和赵澈的微信界面上显示她刚刚转账的两万块，以及对方发来的"跪下谢谢爸爸"的表情包。

怀歆凝视着这个颇有些滑稽的图案，少顷，轻笑着摇头，关闭了手机。

这几年来，她和赵澈之间的相处模式一直是这样。

他插科打诨把她供着捧着，她也就睁一只眼闭一只眼纵容他那些顽劣的小心思。

赵澈在怀歆十六岁时进怀家家门，那时候她的父母离婚刚满三个月，不长不短的时间。

他们在离婚之前已经感情不和很多年，怀歆那时升学高中，课业繁重，已经无力追究这里头有多少蹊跷。

早有端倪也好，短时间内再遇良人也罢。父母的婚姻了结不过是因为他们在一起过不下去了，怪不得任何人。

怀歆有时候会想到，他们在她年幼时曾经那样相爱，一同白手起家，多少苦日子都过来了，现如今公司生意蒸蒸日上，做得越来越好。可能当时也没人能想到，离婚析产的时候会闹得这么难看。

然后赵媛清就领着十三岁的赵澈进了家门。

怀歆这个继母是从小地方来的人，一路北漂，终于在这个"太大"的 B 城站稳脚跟，而后经历了一段并不那么幸福的感情，并为对方生了个孩子。

而碰到怀曜庆之后，就成了另外一个版本的麻雀飞上枝头的故事。

没有电视剧里演出的隔阂冷漠狗血齐飞，怀歆在见面的第二天就改口叫了妈。赵澈和她之间也很少争吵，甚至可以说是感情颇好。

怀曜庆欣喜于她的包容，摸着她的脑袋夸她懂事。而她的亲妈柳晖知道了这事后气得嘴唇发抖，指着她的鼻子骂她没良心、白眼狼。

好坏褒贬，怀歆全盘接受。

——她并不那么在乎这些。

日子还得过，总得选择一方站队。她想自己也许就是这样一个务实到底的人。

如果不算印刷招股书这种重大环节，投行的平均下班时间是一两点左右。

没错，凌晨。

运气好的话可以准时十二点回家。近两周以来，怀歆的生活作息颠三倒四，连桌上的白瓷杯都有了一股挥散不去的绵香咖啡味道。

时间过得真的很快。

怀歆当然没有忘记郁承这个人，但是他人在 G 城，她就算想做什么也鞭长莫及。还没来得及去思考之后有没有可能和他再度相遇，他就自己送上门来了。

暑期实习已经过半，某天下午大家在休息室喝下午茶小憩的时候，叶安琦突然顺嘴提了一句："Alvin 来 B 城出差了。"

怀歆挑了下眉："现在？"

"对。在大会议室里开会呢。"

"哦。"

怀歆笑了笑，拿纸巾拭净唇角："安琦姐，我先回去工作了。"

坐在工位上，怀歆点开和郁承的聊天框。

——不可置信，上一条聊天记录居然是她问他要不要戚风蛋糕，他说"还是自己拿吧"的婉拒。

怀歆弯着眸子，输入：承哥，听说你来 B 城啦？不知道有没有时间晚上一起吃个饭，我有一些职业发展上的困惑想向你请教。

上下级关系中想要发展感情非常不讨巧，唯一的便利大概就是各种由头的"请教"了。

郁承回得倒是不慢，就是答案不怎么乐观：五点之后还要去客户那边开会。

怀歆：哦哦。[流泪 .jpg]

郁承：你要是三点半有空的话，我们楼下咖啡厅简单聊聊。

……

呼，好一个大喘气。

简单聊也比什么都没有强。

怀歆：好，那到时候见啦。[龇牙 .jpg]

距离约定时间还有二十分钟，怀歆思忖几秒，拎着化妆包去厕所补妆。

两三周没见，走向咖啡厅的那几步，她心里又有些故态复萌的紧张感。

怀歆提前了五分钟，估摸着他还没到，先进去转了一圈找座位。这个点竟然也人满为患，幸亏有一桌正好结账，她手疾眼快地把位子抢了下来。

拍照发给郁承：承哥，在靠近收银台的这个角落。

他没回，怀歆无所事事，打开微信刷朋友圈。还没有点开图片，就听到有人叫自己的名字。

久违的清冷嗓音。

怀歆抬头，眸光凝滞了零点一秒。

——身姿颀长的男人西装革履阔步而来，笔挺的马甲在他身上收束，衬出精悍有力的腰线。

他的头发较之前又理短了一些，没有什么花里胡哨的偏分造型，很考验颜值。五官立体分明，轮廓俊朗，那副眼镜还是一如既往地架在高挺鼻梁上，斯文又禁欲。

确实好看得不像话。就单看这张脸，哪怕是个"玩咖"她也冲了啊！

"承哥好。"怀歆站起来，脸上的笑容很是标准，"好久不见。"

郁承望过来，眼底有淡淡笑意："嗯，最近怎么样？"

"挺好的。"

怀歆迟疑着要不要回他一句"你呢"，对方已然开口："想喝什么咖啡？"

"啊。"她眨眨眼，顺着答道，"卡布奇诺吧。"

"好。"

他没坐下来，折身回收银台。

怀歆本以为他是自己要喝咖啡，顺带给她买一杯。没想到过了会儿，男人就只端了一杯卡布奇诺回来。

"忘记问你要什么规格了，想着是下午，就买了中杯，可以吗？"

怀歆赶紧接过："当然可以，谢谢承哥。"

"客气。"

这是她第一次看到他穿正装的样子，被狠狠吸引了。

桌面下的空间根本不够，他一双长腿无处安放，怀歆稍一低眼就能看到漂亮的漆面皮鞋。剪裁挺括的黑色西裤包裹住小腿处的肌肉一路向上延伸……然后被桌子挡住。

喀，简直犹抱琵琶。

他却大概无意仔细观察她，笑问："有什么职业发展上的困惑，不妨说来听听？"

怀歆舔了舔唇，回神。

她把自己早就编造好的种种困扰一股脑倒出，请求专业人士提供建议。

郁承耐心地听她说完，简短而又清晰地分析了一下金融领域各种工种的优劣处，最后总结："还是要看你自己的兴趣所在，又或者是你的性格适合做什么样的工作。"

"明白了。"

怀歆似懂非懂地点点头，"请教"他："那承哥，你当时是怎么选择职业发展道路的呢？我听说你读MBA的时候也有创过业？"

还是和"网红"一起呢。

"哦，那个创业企业是个MCN（Multi-Channel Network，多频道网络）公司。"

郁承昐了她一眼，似乎明白她心里在想什么，似笑非笑："都是男生，做的电竞直播。"

"哦，这样啊。"怀歆也跟着笑，像是恍然大悟。

"后来算是做出了一点成绩，但是读完MBA还是把那个公司卖掉了。"他声线温和，唇边始终挂着浅笑，"因为确实不太喜欢那个行业的生态，还是觉得投行更适合我。"

怀歆歪了歪头："那你，会想要一直继续做投行吗？"

郁承双腿交叠，往后随意一靠。

"五年、十年后的事，谁又知道呢。"他漫不经心地勾唇，"人生那么长。"

MGS 的暑期实习也就持续了两个月，八周，怀歆却觉得这八周是自己人生中最充实、最精彩、最挑战耐力……也最漫长的八周。

最后结束前还要给领导们做项目展示，再给标的公司搭个并购模型。那晚她毫无意外通宵了，连喝三杯咖啡，第二天吊着口气神采奕奕、端庄大方地在会议室里展示自己的 PPT。

不过当她看着银行卡多出来的十万元实习工资时，心情还是很靓丽的。

原来的生活事务十分密集，突然有一天轻松下来，确实会有一种无所适从的感觉。离开学还有半个月，怀歆终于能在正常的时间段待在家里，就天天宅着，窝在窗台上码字写小说。

赵澈已经和小女友从欧洲旅游回来，趁着工作日父母上班，拉着怀歆在电脑前看他们拍的照片。

"哟，还挺漂亮。"她顺口一夸，"眼光不错。"

赵澈挺起胸脯："那当然，也不看是谁的弟弟？"

"啧。"怀歆扬眉，"什么时候开始整这套了呀？"

她想了想："想让我忘记那两万块钱的事儿？"

赵澈："……"

一秒钟蔫下来，他嘀咕道："果然不是亲姐胜似亲姐。"

怀歆指尖顿了顿，眸光一转，问他："哎。"

赵澈："怎么？"

"到底能考上大学不？"

"……"

"考不上你打算怎么还钱，要不先立张字据？"怀歆温柔道，"姐姐挣钱也不容易。"

赵澈看她表情那么认真，没忍住敲了她一个爆栗："不是！你弟我在你眼里就这么点出息？"

怀歆似笑非笑，眼神里的意思非常明白，赵澈赶紧伸手："得，你也不用回答了！"他叹了口气，说，"这个暑假我先打几份零工，争取能凑够。"

"好嘞。"怀歆摸了摸他的头，"你量力而行，短时间还不上也没事，我记着利息就行。不必为爱卖身。"

赵澈："……"

赵澈最后当然还是考上了大学。

但他着实不是那类刻苦用功的学霸，好在天资聪慧，竟然还考上了一所不错的985大学，完全超出怀曜庆和赵媛清的期待。

怀歆也在临近开学的时候拿到了MGS的留用offer（录取通知），堪称双喜临门。

大四的课程并不算紧，但是暑假实在有点累，她并不打算继续进行学期中实习，专心上学，也多享受享受校园生活。

某个闲暇的周末，玩得好的几个姐妹说要去酒吧一条街蹦迪喝酒。怀歆小说写到一半卡文了，正好也打算去找点灵感。

她其实收心养性很久了，和陌生异性相处从来滴酒不沾，不熟的局也不去，万分谨慎，确保第二天早上看见自己惨不忍睹、带妆黑眼圈的脸蛋儿的永远是自己最亲爱的姐妹。

重新步入熟悉的灯红酒绿的场所，怀歆有些微的生涩感，但这种感觉在上台蹦了两轮后消失殆尽。

她本来还带了电脑，想着有想法就赶紧记下来，现在觉得完全多此一举，反而有点累赘。

几个姐妹在这种地方就像是鱼儿扑腾进了大海，一瞬间人都找不见了，怀歆坐在吧台处，随意点了杯冰天马提尼，一小口一小口地抿。

有不少人说过这东西俗，她也从来没觉得好喝过，但人活在这世上难免循规蹈矩。也许他们感兴趣的不是酒本身，而是喝了酒之后拥有另一套思维的自己。

怀歆的电脑包放在一旁，暂时也无处可去。正随着动感节拍百无聊赖地跷着脚晃动时，一旁的服务生趋近耳语，指着某处角落说，那位先生想请她喝杯鸡尾酒。

她今天穿得很朴素，短袖短裤都是运动款，比火力全开的时候差远了，但到底也是化了个适合气氛的浓妆，再加上外形底子好，有人来搭讪并不奇怪。

头顶灯光不停闪烁，怀歆半眯着眼，顺着服务员的指向看过去，只见一个身材健硕、五官硬朗的男人正回眸看来。

这种身材像是健身教练。看着得有二十五岁往上。

怀歆不太吃这一挂的，但也并不反感，举起高脚杯微微一笑，遥遥向他示意。

这杯还没喝到一半男人就来了。

写作中有一个很重要的部分就是收集生活素材，正好闲得无聊，怀歆礼貌地和他攀谈了一小会儿。

她之前猜得没错，他真的是个健身教练，但性格也确实比较沉闷乏味，没聊十分钟已经找不到话题，向她推荐去自己的健身中心办卡。

生活交际圈子的缘故，怀歆已经很少碰到这种感情上的愣头青了。

她憋着笑，又和对方推拉了几个回合。兴许是察觉到她兴趣不浓，男人很有自知之明地撤退了。

不过空闲片刻，服务生又来了。

这回指着二楼高台某处，一个大腹便便戴眼镜的中年男人。对方居高临下俯视而来，与她视线对上的时候很油腻地咧开嘴笑了一下。

怀歆看了一眼就起了一身鸡皮疙瘩，只联想到一句"丫头，头像是我本人"，连忙婉拒了。

为了洗刷一下她惨遭荼毒的眼睛，她二话不说拎着电脑包冲进舞池去蹦了几曲。

灯光下都是跟随劲爆乐曲起起伏伏的人潮。

怀歆看着他们，视线也在晃动中逐渐迷乱，感觉到那种俗世意义上的非常快乐。

真好，什么都不用想。

要怎么解决眼前的困难，下一顿饱饭在哪里，明天又将去向何方……通通不用去理会。

这一瞬间他们只有自己。

腰臀随乐曲节奏摇晃，大汗淋漓的空气中躁动着热血的因子，怀歆正忘乎所以时，感觉有人伸臂触向她大腿后侧。

她只当是登徒子，一瞬间清醒过来，"啪"的一声打掉对方的手，却在回眸的瞬间，看到一张清晰又熟悉的脸。

和陆予嘉分手那会儿，怀歆从没想过两人有朝一日还能坐在同一张餐桌前好好地说话。

由于分开是源于非主观原因，场面还算是和平，当时觉得散了就是散了，他又要去那么远的地方，大概此生都不会再见了。

但是要扪心自问，她多少还是有点耿耿于怀的。

首先，分手是他提的，冠冕堂皇地考虑现实原因不能继续在一起云云，和怀歆把握当下的观念完全不相符。

其次，他确实在各方面都挑不出什么缺点。

——帅气、幽默、有钱、优秀，完美而又可遇不可求的学长人设。

他们很合，他喜欢的那些东西她也喜欢，而她喜欢的他不喜欢的那些他也愿意去尝试接纳。

和陆予嘉在一起的那段时间真的是轻松又开心，像是两个很聊得来的朋友一起去郊游，在路边看到很漂亮的野花，一个人大声喊着给另一个人分享，再从不同角度拍照、留念。

他俩当时的相处模式就是这样，以至于陆予嘉离开之后，有相当长的一段时间怀歆都无法适应，她发现原来很多事情自己一个人重新完成会这么累。

怀歆大一的时候他大四，而这两年匆匆过去，算着时间，的确是他应该回来的时候了。

"最近过得怎么样？"

"你刚才干吗摸我屁股？"

不约而同，异口同声。

怀歆尴尬了一小下，陆予嘉也先愣怔，而后失笑。

"我那是看到了你想叫住你，但是音乐声太大你没听到，又看到有人挤你，这不就顺手拉了一把。"陆予嘉挑眉，"没良心的还挺会倒打一耙。"

谈恋爱那会儿他有时就喜欢这么说她。

怀歆摸了摸鼻子，一颗心放下来些许："噢。"

"噢什么，还没回答我。"陆予嘉敲敲桌子，语气放柔一些，"这几年过得怎么样？"

没等她回答，他身体向前倾过一点，好似刻意，仔细观察了一下她的状态，眉眼舒展开："几年没见，还是和以前一样漂亮。"

怀歆看着他，找回点当时相处时舒适自在的感觉，扬着唇瞟他一眼："怎么几年没见，你也还是和当初一样的搭讪套路，这么土。"

说来也巧，他们就是在酒吧认识的。

那时候怀歆刚高中毕业，觉得自己终于成功进入大人的世界，性子正野，酒吧对于她来说是一个无比新奇的天地，刚开始三天两头往那儿跑。

没想到就遇见了高中的直系学长。

同一个高中、同一所大学，在 B 城这样的城市，难免产生一点惺惺相惜。

他跟她搭讪，请她喝酒，对着她笑，开口第一句便是："好久不见，学妹，你还是和高中时一样好看。"

怀歆知道这话写到小说里肯定会有读者觉得油腻了，但是讲真的，油不油腻只取决于说话的那张脸，如果是吴彦祖那绝对很行。

她当时看着陆予嘉那张干净俊朗的脸，只感动得想流泪。

"……"

陆予嘉被她含沙射影地刺了一下，勾着唇耸肩，招来服务生，要了两杯长岛冰茶。

两人自然又熟稔地开始聊天，他讲他远在重洋的这些日子，她分享自己在B城的生活。

没有一点相似之处，两种不同的精彩。但他们都很会讲故事，一个小小的插曲也能说得戏剧化十足，把彼此逗得前仰后合。

陆予嘉说他去孤儿院做义工的时候，老师让他给孩子们唱首儿歌，结果他什么都不会，《世上只有妈妈好》的旋律也忘得一干二净，就硬着头皮唱了一首名曲。

结果人家听完觉得旋律不错振奋人心，他为了增加印象分，提议说我可以教大家一起唱。

老师为难地问是不是很难学。

陆予嘉热情地表示，只要记下发音就可以。我也可以帮你们把歌曲下载到系统里，大家一起多听听，多练练，熟能生巧嘛。

于是老师感动地同意了。

"这大概是全美唯一一家每天放饭时都要播放这首歌曲的福利院了。"陆予嘉笑。

怀歆也乐得不行，表示甘拜下风。

两人一边聊得不亦乐乎一边碰杯，一来二去一杯鸡尾酒就见了底。

他们坐在二层，视野很好，稍一低头就看到下面热情晃动的人潮。

怀歆微醺，很舒适的状态，懒散地靠在扶手旁，半眯着眼朝他勾唇。

陆予嘉看着她，慢慢敛了笑。

他似是斟酌了一会儿，又靠过来，压低声音："问你一个很严肃的问题。"

怀歆迎上去，直视他的眼睛，学着他的模样像对暗号似的，悄悄地问："什么？"

陆予嘉愣了下，差点被逗笑，很勉强才维持住自己一本正经的神色："哎，问你。"

"……嗯？"

"在我之后，你还交过几个男朋友？"

他想了想，又很快改口："不对，先问你，现在没有男朋友吧？"

大脑微微有点眩晕，接受信息也较为迟钝，怀歆顿了两秒才回答，语气似有些了然："我以为你能看出来。"

她双手一摊，水灵灵的眸子小鹿般无辜："空窗有一段时间了。"

"这不是……确认一下嘛。免得闹出笑话。"陆予嘉也跟着摊手，笑，"毕竟才刚回国，已经不熟悉这边的生态了。"

他摩挲了一下手背，不动声色问："那上一个问题呢？"

怀歆又举杯慢悠悠抿了一口，这才放下，眨着眼道："你猜猜呢？"

"……"

陆予嘉没接话，直直地与她对视，良久才轻笑道："我猜不出。"

怀歆也低头笑。

乌黑柔顺的发丝顽皮地垂落拂过她白皙的侧脸，明眸红唇，颜色极其艳丽，也无比生动。

"好吧，告诉你，两个。"怀歆重新抬头，矜持地将碎发挽至耳后，"各三四个月。"

陆予嘉有点夸张地展示了他的惊讶："这么久？"

"你站在什么立场说这句话啊。"她"扑哧"一声，卷翘的睫毛扑闪了闪，"我可是还没入学就和你在一起了，前前后后整整一年。"

"那确实。"他也重新弯起嘴角，"他们怎么样？"

怀歆撑着小巧的下巴，像发现新大陆似的看他。

片刻后，她选择了比较气人的那种答案："挺好的。"

"哦。"陆予嘉睁着她，拉长尾音，"幽默？帅气？有钱？优秀？"

这些都是她曾经夸过他的话。

怀歆好笑："你还真是会往自己脸上贴金。"

"我也没说什么。你自己说的都挺好的，我想不外乎就是这些嘛。"他也挺无辜。

怀歆"喊"一声，看着他，笑意浅浅晕着，嘴角到底还是上扬着。

兴许是曾经在一起的时光太过欢乐，她习惯了这样的感觉。

"说真的。"陆予嘉追问，仿佛对这个问题很执着一样，"他们到底怎么样？"

他顿了下又挑眉，半开玩笑似的："有我好吗？"

"说真的——"

怀歆眸光微动，凑近凝视他的眼。

彼此都能感觉到呼吸之间的热度交织相融，她轻轻低下眸，带点挑逗似的吐息。

"还是你好。"

"……"

话音才刚落，陆予嘉放在桌上的手机就响了起来。

磁场骤然被扰乱，两人都被打了个措手不及。

视线不约而同探过去，感谢智能手机的高清像素，屏幕上"女朋友"三个字分外显眼。

陆予嘉几乎顷刻就拿起了电话，肉眼可见变得尴尬。怀歆扯了下嘴角，没问他尴尬什么，抬了抬下巴，应许般地道："接吧。"

"那……"他张了张嘴，"我先找个安静的地方。"

怀歆："嗯。"

陆予嘉起身，又回头看她："你在这儿等我。"

不知道还特意嘱咐她这一句干什么。等他走远，怀歆终于没忍住一个白眼翻到天上，拎着电脑包干脆利落地离开了这致命的二层。

空窗就是有这点不好。

——套路生疏。

虽通篇若即若离，却能不留暧昧的证据。

亏她刚才还差点上了钩，想要认真再同他玩玩。

怀歆胃里翻江倒海，几种酒混在一起，终于觉得难受。打开手机一看，姐妹们发微信找不见她，打了好几个电话。

她报了平安，步伐凛冽地下到一楼 VIP 卡座附近，才觉得突突跳动的太阳穴平复一些。

瞧见某一处人比较稀少，她又招服务员要了酒，边喝边往柔软的座背上靠。

心情有点微妙。

刚刚那段小插曲，在怀歆各种经历中着实算不上什么。但也许因为是认识的人，恰好在某个点上刺到了她的神经，让她有种自己差点被渣了的感觉。

作家总是共情能力很强，也善于利用自己的情绪。

方才发生的事情和她书里写的某段新情节有点相似，怀歆恰好不知怎么继续动笔。她坐在这极尽声色的环境里，代入自己的故事，试图去体会那个配角当下的心情。

嗯……感觉是来了一点儿，但是还不够强烈。

可能因为女配的情绪较她来说会更加压抑消极一点，怀歆又给自己猛地灌了口酒，想象如果自己深爱的人对她说出自己故事中男配对女配说的话。

——隐瞒真相，剥夺她的知情权，擅自替他们的未来做决定，却自以为是为她好。

嗡，情绪稍震，开始起了共鸣。

眼眶不知不觉就氤氲起了泪，从脸颊滑落，怀歆完全共情，几乎不能自已，低头掏出纸巾擦拭。

灵感如同涓流一样哗啦啦地冒出来，剥丝抽茧般越发清晰，她兀自哭了一会儿，觉得差不多到位了。

正准备掏出电脑把这些情绪记录下来时，旁边的真皮沙发陷落一角，一阵水生调的伏特加香气自一旁清幽传来，凉丝丝的。

"心情不好？"

"……"

怀歆觉得自己也许，大概，可能，真的有点喝醉了。

在酒吧边哭边找灵感已经算得上绝无仅有独树一帜，更诡异的是，还碰上一个不太可能出现在这里的人。

她手里还拿着纸巾捂着脸，只露出一双眼睛，下意识地抬头，就这样与郁承暗沉的视线对上。

"刚才就看到你在这里，哭得很伤心。"他说话时语气仿佛天生温柔，却并没有轻慢地接近，只是低缓地询问，"怎么了？"

怀歆大脑一秒钟宕机，两秒钟重启，三秒钟确认这不是梦，四秒钟才肯定郁承的确是在对自己说话。

"……"

光线昏昧，她的妆又浓，还全都晕花了，此刻毫无形象地掩着面，他就算一时没认出来也是正常的。

可、可是……

怀歆垂眸望着地上一水儿被揉皱丢弃的鼻涕纸团儿，内心咆哮——

这满屋子都是身材火辣穿着性感的靓妹啊！！！他这口味也太别出心裁了吧？！

"呜呜呜呜，我……我刚分手……"

因为长时间地抽噎哽咽，怀歆的嗓子有点哑，还带着鼻音，看上去倒还挺真。

她仍旧半掩着脸，在嘈杂的乐曲声中，嘤嘤地开始倾诉："他……呜呜……就刚刚，我发现他出轨了……"

郁承坐在她身边，白色衬衫袖口半挽，身体陷落在半明半暗的阴影中。怀歆没敢看他，但是鼻间寒冰伏特加的香气阵阵凛冽侵袭，提醒着她他过强的存在感。

怀歆把刚才遇到陆予嘉的经历，结合自己的小说情节，编造了一个像模像样的故事，同时把自己塑造成了一个被劈腿之后孤弱无助的小可怜形象。

"我该怎么办……呜呜呜……我真不知道没有他我该怎么办……"

旁边递来一张纸。

郁承开口，声线温和："别哭了。"

怀歆一怔，迟疑地接过，攥在手里。

不知道他是什么目的，一般这种场景最容易乘虚而入，要是正常男人早就借机上手了，可他没有。

他仍旧一副沉静的模样凝视着她，好似真的只是想给予最简单的安慰。

炫目的灯光不间断地晃动，怀歆借着抹泪又把烟熏眼妆擦花了一些，确认自己的面目已经到了"非人"的地步，索性撤掉所有遮掩物，直接地看向他。

郁承对她蓦然展现的全貌倒没什么特别的反应，只是眸光依旧漆黑深邃。

半晌他又递来第二张纸："别哭了。"

他顿了顿，低沉磁性的嗓音淡淡道："为这种人，不值得。"

这大概是他们第一次涉及感情的话题。在这样奇奇怪怪又歪打正着的场景下。

"可是、可是我控制不住……我那么喜欢他，他怎么能这样对我？！"怀歆扯过他的纸，觉得自己的演技已经足以问鼎奥斯卡，一边抽噎一边顺口叫出，"哥哥，你肯定没有经历过这样的事情，不然你就会明白我的感受了……"

"谁告诉你我没有的。"郁承看着她，眼底落下几分意味不明。

"……"

他也……被劈过腿？！

怀歆有点蒙，一瞬间差点出戏，幸亏很快醒过神，一边吸鼻子一边诧异地瞪大泪汪汪的眼睛，寻求同理心："你、你也和我一样吗？"

她上下打量他，踟蹰道："可是你……看上去，一点都不像……"

"我当你是在夸我了。"郁承微微一笑，轻浅地叹气，"但是事实。"

"大学毕业的时候刚参加工作，每天都忙到特别晚，没有时间跟女朋友联络。她说我给不了她想要的，所以找了别人。"昏昧灯影下，他英挺的侧颜似乎也笼罩上了一层淡薄的落寞。

怀歆真没想到他还有这种经历。

所以——

就是因为被初恋女友深深伤害，再也不敢付出真心了吗？

他那段时间一定很难熬吧，初入职场面临站稳脚跟的压力，感情上又受挫。不仅要应对繁重的工作，还得自我疗伤，想想都压抑。

一瞬间她甚至有点怜惜，共情道："就、就算感情出现问题，也不应该出轨啊！太过分了吧！"

兴许是她的语气听上去比他还要义愤填膺，郁承侧眸看过来，一双桃花眼中神情幽微难辨。

怀歆意识到自己好像有点太过于置身其中了，轻咳一声，略有些防备地，带着哭嗓问："你、你告诉我这些干吗？我又不认识你。"

"也许是因为看到你就想到了我自己吧，有些感同身受。"

DJ（唱片骑师）换了打碟的曲子，这会儿音乐背景声过大，两人不得不挨近一些才能听清对方说话。郁承贴在她耳边道："无论当时有多难，后面还是走出来了。"

怀歆不知道他是怎么做到离她那么近，却无半分轻浮意味。轻缓温沉的呼吸洒在侧脸处，她耳郭有了种奇妙的酥麻感。

"所以相信我，你肯定也会放下的。"他抬眼笑了下，慢条斯理地交叠双腿，"外面好男人那么多，开心的方式也有很多种。"

如果是小说，写到这里，女主必然会天真又懵懂地问一句——

"那，你是吗？"

于是怀歆就问了。

郁承垂眸，把话抛还给她："你觉得呢？"

怀歆眨了眨眼，睫毛上的泪珠泫然欲滴："我觉得，不太像。"

郁承看了她一眼，神情有些意外，又好似觉得有趣："为什么？"

"不为什么。直觉。"

她刚开始见到他的时候纯粹是震惊，现在回过味儿来了。

——确实有人热衷于对酒吧失恋的女孩下手，趁对方情绪正脆弱，好生安抚几句，再搂抱着灌几杯，没一会儿就可以把人拐去开房。

但他从头到尾也没表现出任何狎昵。

再者，据她对他的了解，他也不至于浅薄到这个地步。所以一时半会儿没想通。

"你看起来像是那种事业有成的男人。"

郁承挑了挑眉，等她下文。怀歆吸了吸鼻子，眼神无辜："这种人的时间一向金贵，就算是你所说的感同身受，也不太可能有耐心说这么多，毕竟我现在又不好看。"

郁承倏忽笑了声。

他敛下眼睫，随意眄视她须臾，眼里露出一丝赞赏："好不好看我不知道，但是小姑娘脑子挺灵光。"

正是换曲的罅隙间，周遭的安静衬得他这一声格外低沉动听。

"被你猜到了。刚刚在和朋友打赌。"郁承耸了耸肩，坦诚地解锁手机屏幕，上面是一个计时器，显示已经六分多钟，"十分钟内，能不能让你主动给我联系方式。"

他顿了顿，补充道："在没有任何肢体接触的情况下。"

怀歆捏了下衣角。

——她就知道！

他怎么可能这么无聊来哄小姑娘，果然成年人的世界里充满陷阱！而且还自我设置高难度，不能碰她一下，扑面而来的优越感，简直就差把"玩咖"写在脸上！

"所以，你其实根本也没被劈腿？说的那些都是为了跟我……套近乎？"

"嗯。不过分手的确是因为我工作太忙。"他向后一倚，手臂散漫地搭在靠背上，睨着她，"那你又是真的被劈腿了吗？"

怀歆心中登时警铃大作，意识到自己拆穿他的面目后有些过于得意忘形，悲伤的情绪早就消失得无影无踪。

她拿起纸巾试图掩盖，却又觉得欲盖弥彰。

郁承勾唇："别擦了，再擦该破皮了。"

他抬起下巴朝二楼扬了扬："刚才，我看见了。"

"看见什么？"纸张在手心里被捏皱。

"看见你和你的'前男友'说话。"

他一开始是看到她一身不合群的装扮，白色的运动衫，在人群中很显眼，所以随便留意了一下。

而后远远看到她与某个年轻男人上了楼，似乎聊得极其投机。后来男人先离开，两人好像也并没有不欢而散。郁承收回视线，再过十几分钟，就看到她坐在不远处哭得上气不接下气。

她说她刚分手，被劈腿。

但——

"你不像是那种前任出轨会忍气吞声的女孩。"郁承好看的眉眼轻扬，"刚才那种情况怎么说也得给他一巴掌吧。"

"而且，一个情绪正激动的人，说话往往是颠三倒四的。"他凑近她，吐息缓慢，"你给我的感觉，像是在讲故事。"

她逻辑清晰又有条理，甚至遣词造句也颇有讲究，仔细叙述下来竟没有一句话的意思是重复的。

那种酥麻的痒感又从颊边欲擒故纵地传来，怀歆沉默两秒，招了："好吧，我承认你说得确实有道理。"

她学着他的样子耸肩，举起桌面上的洋酒喝了一口："我是个作者，写故事没灵感，来这边找找。"

郁承看着她，评价中肯："挺新鲜。"

怀歆不置可否。

她笑了笑，问他："哎，你是什么工作啊，那么忙。"

见他神色略有兴味却不回答，怀歆扬了扬眼尾："那我猜猜？"

"……"

怀歆低下眸，看他修长分明的指骨："这双手拿手术刀肯定特别好看。"

"......"

转而觑向那副颇具冷感的银丝框镜架："斯文儒雅的大学教授？"

"......"

她又凑近闻了下他身上的气味："By Kilian（凯利安）的 Vodka on the Rocks（寒冰伏特加），嗯，我喜欢这个味道，像是法庭上杀伐果断的律师。"

"......"

"精英气质十足，乍一看什么都挨一点儿，又感觉都不像，让人拿捏不了又把握不住，所以我最后得出结论，"她拿食指对着他，神秘兮兮地说，"真相只有一个，你是搞金融的。"

郁承微挑了下眉，似笑非笑地看着她，终是开口："作家都像你一样这么能说会道吗？"

"我当你在夸我了。"怀歆颇为自在地跷起了腿，"那既然你工作这么忙，怎么还会有时间来酒吧啊？"

"这之间又没有必然联系。"郁承轻笑，"就像再忙再累不也还是得吃一日三餐嘛。"

歪理。

怀歆的目光在这声色纵横中慵懒地绕了一圈，最终落在他微亮的屏幕上，九分四十秒："还没到呢。"

他的视线也跟着循过去，感兴趣似的："怎么？"

"好像现在给你联系方式也来得及。"她懒懒地贴近他，眼眸乌黑狡黠，"这样也算是我主动吧。"

郁承半眯起眼，没有立即接话。

不知道有没有人告诉过他，他做这样的表情实在是很性感。怀歆笑吟吟地问："赌注很大吗？"

郁承看她半晌，唇边有了点漫不经心的笑："还好，一瓶路易十三。"

"要不把它赢下来？"怀歆钩下耳边一绺黑发，绕了绕，嗓音带着点江浙一带独有的软，"我想尝尝。"

趁郁承暂时离开取酒的这个空当，怀歆拿出包里的镜子照了照。

浓妆花了之后果然是惨不忍睹。面目全非。亲妈看到都不一定会认领。放一万个心，郁承肯定认不出来。

不过就是真难为了他刚才还能坐在这里面不改色地跟她打太极。

怀歆解锁手机屏幕，顶上第一条是郁承刚才和她加 QQ 的提醒消息。

两个拥有对方微信的人很有默契地留下了另一种联系方式，他起身回去时，她叫住他，问他叫什么名字。

“Alvin。”他说。

怀歆仰头看他，噘了噘嘴说没诚意，满大街的 Alvin 那么多，好歹透露个姓氏。

郁承淡淡勾唇，问她那你叫什么。

“Lisa（丽莎）。”

郁承好笑，满大街的 Lisa 岂不更多。

——这姑娘要是没意思，他也不会在这儿陪她聊这么久了。

拿着路易十三回来的时候人却没了，之前她坐着的沙发还略有凹陷，温度依旧，郁承打开手机，看到她发来几条新消息。

Lisa：刚才照了下镜子，天哪，实在有点太丑了，你也真能忍得住！[泪奔 .jpg][泪奔 .jpg][泪奔 .jpg]

Lisa：身为美女，自尊让我不得不提前离场，下回有缘再相会。[抱拳 .jpg]

怀歆坐在的士上，一秒钟也忍不了，拿出卸妆巾往脸上一通糊。十分钟后，一张清汤挂面的、满满胶原蛋白的脸蛋儿又回来了。她这才松了口气，感叹自己这招金蝉脱壳用得真妙。

说真的，就她这副尊容，再和郁承待久一点，估计这形象就刻在他脑子里了，以后就算是当网友也得躺列。

她那几个蹦迪的姐妹也都各自回了，纵情享乐的夜晚过后总是颓靡，怀歆累得不行，一回到学校就瘫倒在了床上。

第二天起床的时候将近中午，怀歆摸到手机，坐起来挨个回复消息。

QQ 左上角有个红色的 2，她心中透亮般明快，点开看他昨晚给她回的消息。

郁承引用了她说自己丑的那条，回复：也没有，顶多算是犹抱琵琶半遮面。

而后他又拍了张照片过来，昏昧的灯光下，路易十三金身烁烁光泽动人：不是说想喝吗，先存着，下次等你一起开。

怀歆语气懒散地回了条“行啊”，为聊天框内一来一回的社交套路画上了礼貌的句号。

阳光从窗边扬起的帘幔外洒进来，寝室里都染上了一层浅薄的暖调光晕，怀歆觉得空气都舒畅些许，深吸了口新鲜空气，准备爬起来去上下午的课。

怀歆知道，郁承一定不会对某晚酒吧里随便加的人太过上心，他的列表里可能躺着无数个像她这样的人，也知道他说的“下次”很可能是遥遥无期，说不准那瓶酒他和他的那些朋友当晚就喝完了，但是——

这件事的戏剧性在于，双方信息的极度不对称性。

她知道他的名字，了解他的工作，掌握他在生活中的全部信息，而他只当她是个写小说的。

这种躲在幕后的高明感，往往使人更容易对症下药。

大四上半学期正是学业步入稳定，但还不用操心就业的时候。怀歆每天的生活过得格外充实精彩。似乎空闲下来之后就会格外关注生活的美好，偶尔她会和三两好友去探店，或是逛街看电影。

某个周末上午，一个艺术迷姐妹急吼吼地打电话来找怀歆，说搞到两张画展的票，问她要不要吃完午饭一起去。

怀歆前天晚上才唱K回来，正躺在床上休身养息，连抬根小拇指都懒，于是就跟姐妹说要不算了，下次再约。

她一觉睡到下午三点，醒来先是几分钟咸鱼般的贤者时间，而后倚在床头随意刷了下朋友圈。

那个姐妹刚好在三分钟之前发了动态。

配图是艺术展览馆。"西方绘画500年"，似乎是个水准挺高的特展。

怀歆点开图片放大，属实有点愣住了。

——某张人群的抓拍中，她看到了郁承的脸。

男人身着一款很简约的纯黑色长袖，宽松的板型，显得格外休闲。

他也来看展？

两人自酒吧一别，已有将近两周没有联系，怀歆心中一动，在网页上搜索有关画展的消息。

这是东京富士美术馆和西班牙马德里普拉多美术馆合计所收藏的92幅西方精品画作的跨国展览。时间线从文艺复兴时期、巴洛克、洛可可，穿越中期的新古典、浪漫、现实主义，再到印象派和现代流派，在国内堪称绝无仅有。

没看上展也错过了郁承，她心里双重后悔，但是那票已经给了别人，怀歆想了想，问姐妹有没有VR看展的二维码。

本来不抱希望，没想到还真有。

怀歆买了张线上VR看展门票，沿着路线向里走。

文艺复兴和巴洛克时期她不太感兴趣，宗教题材过于浓厚，也比较学院派，也许是文化基因的不同，她并不太能欣赏这些艺术语言太过规整的东西。

很快到达新古典主义，大致看了一圈，像素非常高清，VR的方式让观展者能摆脱自身局限，跳到一个更高维度去领会这些杰作的精神内涵。

浪漫主义是重头戏，怀歆喜欢的风格。她尤其喜欢德意志画家弗里德里希。

或许是因为人生际遇较为压抑悲惨，世人评价他的画让人有一种极强的冷漠感与距离感，黑暗又孤寂。

他的浪漫主义风景画作，多是衰败的废墟、石冢、枯树，或者远山、叠嶂、看不见尽头的海和苍茫的白雪，皆是在渲染浪漫的残酷、自然的无情与人类的渺小。

但怀歆看弗里德里希的画，总看到——希望。

就像眼前这幅 *Hills and Ploughed Fields near Dresden*（《德累斯顿附近山地》），1825 年所作。

他那时年近半百，被抑郁症反复折磨，拿起画笔却能绘就这样一番景象。

黄昏下的德累斯顿，绿色的草坡，上面几棵冠幅广展的枯树映在融融斜阳里，暖黄色的笔触点亮了冷蓝的天空与海，几只不知名的鸟儿张开翅膀朝远处飞去——静谧悠长的画面。好似时间就在这一刻停止，终有一道目光朝远方凝望。

仔细地看，枝丫已发出绿芽，枯木逢春，生的希望。

她眯起眼看了半天，正对着截了张图。

发表 QQ 动态，配文——Eternity（永恒）。

她特意标注，"西方绘画 500 年"特展。

发完她就等在那儿，不再进行任何操作。

偶遇巧合是小说和电视剧里常有的桥段，怀歆也深谙于此，但她没那么指望运气这回事。有的时候就是恰巧错过，不靠自己去争去抢，怎么会有发展？

今天她显然没有下错棋。

也就是发了十分钟，QQ 收到了新消息。

Alvin：你也在看这个画展？

怀歆端起手机，回：也？

Lisa：你也在吗？［疑问 .jpg］

Alvin：嗯，今天恰好有空，过来转转。[龇牙 .jpg]

怀歆眼珠一转，回他一句高冷的：哦，还挺巧的。

Alvin：弗里德里希，你已经看到浪漫主义了？

Alvin：这么快！

Lisa：我对前面的都不感兴趣。

那头停顿一会儿，回：真巧，我也是。

两人品味如此相同，这倒是她之前不知道的。怀歆边看边和他聊，又截了张图，发给他：你看这个——*The Chasseur in the Forest*（《森林里的猎人》）。

德国原始森林中，高大的松木簇拥生长，黑压压地盖过天空，林中有一块裸露的雪地，白色的，微微闪着橘色的光亮，纵深的远景，一个猎人伫立在空地中央，背影十分渺小。

怀歆问：第一眼看到，你是什么感觉？

郁承反问她：你什么感觉？

Lisa：我觉得很安静，很祥和。雪地上泛起的光芒让我感到温暖。我觉得他要回家了。

他似乎在那头笑了：第一次听到有人这么评价。

Alvin：作家小姐如果查一下的话，可能就会知道这幅画是弗里德里希在德国击退拿破仑军队后所作，画中是一名落单的法国龙骑兵，他在森林里迷路了。

怀歆垂下眼笑了一下。

Lisa：你可不可以不要拆穿我！[鼓脸.jpg]

Alvin：哈哈哈，好。

Alvin：那你再深入赏析一下？我洗耳恭听。

Lisa：哼哼，行吧。

Lisa：[清嗓.jpg]

Lisa：我继续我的陈述。

Lisa：这位"猎人"，很不幸，我们都知道他要挂了对吧？但是我觉得这和我所说的温暖并不相悖。

怀歆顿了一下，打字：因为，死亡不也正是另一种形式的"回家"吗？他走入森林，走出了连天的战火、遍地的尸殍、旧日的噩梦，我猜他的心里也一定是宁静的，清楚这是自己最好的归宿了。

Lisa：所以说弗里德里希的画用两个字就可以概括：永恒。

死亡是永恒的宁静，是永恒之美。

Lisa：怎么样？[得意.jpg]

Lisa：算是圆回来了吧？

那头回复了一个"大拇指"的表情。

Alvin：刮目相看。

怀歆弯起了眼，将纤白肩头上的带子提了提。

她调了变音器，稍微改变了一下音质特色，按下语音键："哎，我有没有跟你说我看的是线上展？"

"线上展？"他也回了语音。

"嗯，临时想去没有票，就只能在线上看了。"

"这样。"听筒里男人的气息声清晰传来，嗓音低沉醇郁，"早知道你该跟我说一声，我帮你多要一张票。"

又不可能真的和她约看展，冠冕堂皇的客套话。

怀歆轻笑一声："是吗？可惜了。"

她拿起手机，唇接近话筒，一开一合地动："不过我还想到一个办法哦。"

"什么？"

怀歆勾了下唇，垂眸："你要不要和我语音连线试试？我们可以同时看一幅画，感觉会挺有意思的。"

郁承没有像前几次那样立即回复。

怀欹又按下语音键，娇懒地问："怎么？身边有人啊？"

几分钟后，那头才弹出一条文字框：没有。

又过了片刻，屏幕上显示语音通话请求。

心口怦然几声，怀欹撑着下巴趴在床上，接起。

她又用了变声器，语调轻快："你现在到哪儿了？"

"刚进浪漫主义。"郁承语气里也有点笑意，细听又含着一丝清冷的慵懒气，"在追你了。"

怀欹指尖顿了顿。

她移动 VR 视野左右看了看，温软地笑："那我在戈雅的《农神食子》这边等你好吗？"

"嗯。"他抛接得很快，略有调侃，"不过《农神食子》可一点儿都不浪漫。"

毕竟是世界著名恐怖画作。

"是啊，我第一次看到还以为他们给归错类了。"

他又轻轻哂了一声，表示赞同。

怀欹发现这人和工作中实在不大相像。虽然早知道那副圆融的温和模样是假象，但没想到内里却这般不落窠臼。像是一首漫不经心的爵士乐，闲闲散散游戏人间。

都说物以类聚，人以群分。

——越随性散漫，越对她有致命的吸引力。

"不过我觉得还挺好玩儿的，这幅画。"

"哪里好玩？"如果她没猜错，他大概又扬了下眉。

"农神之子的屁股挺翘的。"怀欹说。

"……"

郁承在那头低声笑起来。

"作家都这么有趣吗？"他问。

"我不知道别人。"怀欹舔舔唇，语气颇自恋地答，"但你现在可能的确是遇见一位行业标杆了吧。"

他的笑还在持续，过了一会儿他才道："我到这儿了，继续走吗？"

"好。"

跨越浪漫主义，就到了现实流派。

恰好他们又都不感兴趣，于是就继续向前。

观看印象派作品的人明显多了起来，都扎堆在莫奈的《睡莲池》前面。

怀歆随口一提，说这画在日本展览的时候她就看过了，没想到郁承回应说他也是。

心头有处微微痒起来，怀歆眯了眯眼，笑得更动听："看来，我们真的很有缘分。"

勾画描摹瞬间光影的风格挺讨他们欢心，但因为太过熟稔，所以并不新奇，两人边聊边走，离开了这个分厅。

新厅入目第一幅画作就是达利那幅著名的《记忆的永恒》，弯曲的钟表盘挂在枝丫上，光怪陆离的场景。

"欸。"怀歆眸光一转，"对面那两幅画有点意思。"

郁承说："那就去看看。"

都是达利的画，西班牙超现实主义作品。一幅是《照亮快乐》，另一幅是《两个小丑》。

怀歆看第一眼便下了结论："我喜欢。"

"为什么？你看懂了？"

"没有。"

"……"

她还挺理所当然的。郁承又开始笑。

怀歆梗着脖子给自己找补："就是因为看不懂才喜欢嘛，人们往往会着迷于自己难以理解的事物，不是吗？因为觉得那是一种更高维度的神秘与力量。

"而且你不觉得看到这两幅画的时候，内心会有嘲讽的声音涌动吗？也许是因为正好附和了我心里那点自视清高的神性呢。"

"你总是这么有理。"

怀歆隔着屏幕都能想象出他勾唇的样子，她得意道："对吧对吧？"

人来人往的大厅中，无数人于画前驻足又离开，有如潮涨潮落。

"你多大了？"

怀歆趴在床上跷着小腿摇晃，不小心钩到床帘上的铃铛，碰出一串清脆的响，没听清他的话："啊？"

郁承重复："我问你现在多大了。"

"二十四。"

她一点儿也没矫情，报了个适中的年龄给他。既不显得单纯没经验，又不会过分成熟。

"全职写作？"

"算是——"怀歆止住，改口，"偶尔无聊的时候，也会找几份兼职做做。"

"像上次那样找灵感？"他嗓音清浅。

"嗯啊。"

"一般都做什么样的工作？"

"你查户口的吗？"半含着挑逗地嗔了一句，怀欹很快接上，嗓音软而散漫，"都有啊，餐厅服务员、奢侈品销售、酒店前台、老师……"

"还当过老师？教小孩吗？"

"……对啊，初中、高中都教。"她尾音一转，悠悠扬起，"怎么？我看上去不像？"

"谁知道呢。"他故意曲解，"我又不清楚你到底长什么样子。"

"哦——"

怀欹拖长语调："你只需要知道我是个美女就行，不误人子弟的那种。"

那头气息微动，也蕴着笑："行。"

关于500年的西方绘画史，他们聊了两小时。怀欹第一次拥有这种无比酣畅淋漓的电话交流经历。

走出艺博馆的时候，郁承说他差不多要回去了。

"哦，那我也要去吃晚饭了。"怀欹只字不提其他的事。

他大概已经到了马路旁，汽车鸣笛的声音分外清晰。

空了那么几秒，低沉的嗓音传来："什么时候再来Flipped？那瓶路易十三还存着呢。"

他说的是他们碰见的那家酒吧名字。

怀欹笑了笑："说不准欸。"她的唇凑近话筒，在熙攘人潮声中轻轻撂钩，"也许等我下回去那儿兼职的时候。"

刚放下电话室友就回来了。

怀欹从上铺往下瞥了眼："这么早？"

"是啊，老王今天有良心了，早放课。"褚诗然回头看她，"倒是你，一天都没下来？"

"嗯啊。"今天没课，怀欹眼尾舒展，又在床上打了个滚。

褚诗然斜眼看她："哟哟哟，不对劲，一脸春心荡漾的小样儿。"

"哪有？"怀欹看向窗外，夸张道，"就是觉得今天太阳好好啊！"

"喊，鬼才信。都黄昏了还太阳呢。"

"嘿嘿。"

"肯定有事，还神神秘秘的。"褚诗然又啧啧看她两眼，坐下来看电脑。

宿舍里如天平般平衡的安静气氛还没维持一会儿，门突然被打开，另外一个室友吕瑜哭着跑了进来，一边擦眼泪一边泣不成声。

声势浩大，桌上一卷纸巾瞬间就被哗啦啦抽光了。

"怎么了？"

褚诗然和怀歆都转过身。

"呜呜呜……"吕瑜顶着两个硕大的红眼圈委屈地看着她们，才开口就绷不住情绪，"王可翰……他出轨了，呜呜呜……"

褚诗然："那个数学系的学长？跟你从大三上学期开始谈的那个？"

"嗯……呜呜！"

"怎么发现的？"怀歆蹙眉。

"就……我看到他和那个女生的微信聊天记录了，叫她宝贝什么的，情人节还转账520元……"吕瑜哽咽道，"他只给我转了99元，那天晚上还跟我说有课，结果、结果是去陪别人了，呜呜呜！"

"我质问他是怎么回事，他却和我发脾气……说……"吕瑜差点说不下去，几番断续，"从来没真正喜欢过我，只是玩玩的，早就厌烦了，现在正好分手……"

"这也太过分了吧！"褚诗然一拍桌子，愤怒道，"早跟你说了这男的不行，你当时还非不信！"

褚诗然性格比较直爽，遇到这种事情自然疾恶如仇，说话也比较直。怀歆起身，拿着纸巾给吕瑜擦眼泪，温柔道："好了不哭了，你还有我们呢。"

吕瑜一把熊抱住怀歆，上气不接下气："呜呜，你们最好了！"

怀歆垂眸看她，爱怜地摸摸她脑袋："小鱼。"

吕瑜带着鼻音："……嗯？"

"需不需要我帮你出气？"

"……"

宿舍片刻安静。

吕瑜也有些怔然，仰头对上怀歆的视线。

大学同寝四年，彼此已经太了解了。

怀歆的长相是那种一眼就会令人惊艳的类型，微博上有一种很流行的说法——"纯欲"，就特别适合她。

明明是清纯系的颜，却能在一颦一笑间给人一种暧昧又高级的联想。表白墙上总有她的名字，宿舍楼底下也常会有不少学弟学长捧花送礼物告白。

但吕瑜和褚诗然都知道她并非表面看上去那样单纯无害。

——内里其实是个唯恐天下不乱的心机少女，古灵精怪又带点茶气，明明有挺多顽劣的小心思，但就是让人讨厌不起来。

怀歆谈过的那些前任就是佐证，个数可能一只手都数不过来，但偏偏都对她赞不绝口，甚至分手后还对她死心塌地。

就冲这点，吕瑜自问做不到。

她没法像怀歆那样自如地游走在男人之间，也没有她那样了解自己的魅力究竟如何才能释放到极致。

吕瑜睫毛上还挂着泪，有些呆呆的："歆歆，你的意思是，你要去渣了我的男朋……呃，前男友吗？"

她问得很直白，意思就是那么个意思。怀歆看着她，点了点头："嗯。"

小鱼不比其他人，她太单纯，以至于当年那个数学系的王八蛋只追了一周就得手了。

怀歆一早见过那人，觉得他虽然长得还不错，但套路太多，明显是个海王。可小鱼那时被所谓的"爱情"冲昏头脑，根本听不进劝告。

就是不知道她现在会不会感情用事，还替那个"渣男"着想……

"好啊！干他丫的！！！"吕瑜跳起来，狠狠抹了一把泪，软妹挥拳，"歆歆，你务必要把那只狗给我虐得他妈都不认识！"

怀歆愣了一下，失笑。

嘖，孩子长大了。

她眨了眨眼，夸张地抛了个媚眼："好嘞，保证完成任务！"

怀歆从吕瑜那里要到了王可翰的微信。

渣男挺会捯饬自己，头像是个穿西装的侧面照，看起来还挺深沉的。

她用的自己小号，伪装了一个隔壁友校小学妹的身份，头像用的微博网图，可爱的萌妹子形象。开放三天朋友圈可见，先发了一条朋友圈，也是九宫格拼的网站上的博主照。

朋友圈里的图她特意选了那种没清晰露正脸的，但是肩颈比例很好看，氛围感十足。

怀歆添加他，语气憧憬地说某次来 B 大看篮球比赛，他是前锋，觉得他打球超级帅，不好意思直接要微信，辗转几次才求朋友问到，然后小心翼翼地问可不可以认识一下。

大概不到十分钟，好友添加通过了。

王可翰：你好呀！

Lisa：啊啊啊，加到学长了！

Lisa：[猫猫开心 .jpg]

王可翰：哈哈！

王可翰：头像是你本人吗？

Lisa：是呀！[囧 .jpg]

Lisa：不过我感觉有点不太好看啦，朋友都说没照好……

王可翰凑近放大了一下她的照片——女孩一双清澈杏眸，很大的眼睛，手里握着一杯奶茶，笑得特别甜。

就这还不好看？

哈哈……又碰上一个不自信的单纯小美女。这种姑娘最容易上钩，也最好掌控。

等着，爷来了！

王可翰：没有啦，挺好看的。[龇牙.jpg]

王可翰：你叫什么名字呀，哈哈哈，我备注一下。

Lisa：毕杉。

Lisa：哦，然后那个"杉"是个多音字，念"sha"。[憨笑.jpg]

王可翰：[nice.jpg]。

王可翰：这个名字挺特别的。

Lisa：嘿嘿谢谢学长夸奖！[高兴捂脸.jpg]

Lisa：那个，我有个问题，不知道会不会太冒昧。

王可翰：嗯？

王可翰：你说。

Lisa：学长你是怎么做到打篮球那么帅的啊！

Lisa：太帅了！

Lisa：[流泪.jpg][流泪.jpg][流泪.jpg]

王可翰：！

王可翰：哈哈哈，没有了。

王可翰：只是比较喜欢而已。

怀歆聊到这里，慢悠悠把手机收了起来，下楼去吃了个饭。两个小时过后，她才重新登上小号。

Lisa：啊啊啊！不好意思，刚去学生节表演来着，忘记回复了！！

Lisa：学长太谦虚了！[嘿嘿.jpg]

过了有那么二十分钟，王可翰回复：学生节？

Lisa：哦哦，就是我们院系的一个演出。

Lisa：刚才可紧张死我了，还好没唱跑调。

王可翰：厉害！[强.jpg]

Lisa：就是告五人的《在这座城市遗失了你》，不知道你听过没？

他当然听过。

这是据吕瑜所说他去 KTV 最喜欢点的一首歌。

怀欤闲散地敲着手机屏幕，看到他回：！

王可翰：年度歌单 TOP1！

王可翰：哈哈哈！

Lisa：！

Lisa：那么巧！

Lisa：[猫猫转圈 .jpg]

王可翰：[墨镜 .jpg]

这里是个很好的停顿点，不需要再上赶着发什么了。王可翰只回一个表情，分明就是觉得她还会继续聊下去，想装高冷。

怀欤去洗了个澡，又回来看了会儿书，果然看到对方按捺不住发来新消息：你平常都听这类歌吗？

Lisa：也不是吧，我喜欢的风格还挺多的！

怀欤从吕瑜提供的王可翰的网易云歌单里选了几首自己观感还不错的发给他：这些我都挺喜欢的，一直单曲循环，哈哈哈！

她都能想象到王可翰惊讶的样子：太巧了。

王可翰：也都是我喜欢的。

Lisa：！！！

Lisa：那看来我们真的很有缘！哈哈！！！[捂脸 .jpg]

发完这条消息正好十一点半，怀欤锁屏手机，美美地睡了个觉。第二天早上起来看到他前一天回的消息，又可以自然而然地继续聊天。

其实王可翰这种仗着自己有点小帅就自视甚高的类型，还挺好搞定的。

首先你夸他，他会产生一种"又一个臣服者"这样理所当然的心态，还会在一定程度上看低你。这时候不能总是把自己放在一个低姿态的角度，而是要一边展现自己的闪光点，一边发掘两人的相似处，勾起他的兴趣，再偶尔采取一下推拉战术，表现得没那么热情，他就会因为达不到预期反而回来找你。

断断续续聊了有小两周，王可翰明显和她熟稔了起来，相处模式起码变成了朋友，互相转各种微博和知乎上有趣的段子。

怀欤大号、小号之间的切换越发娴熟，刚登上主号，就看到叶安琦给自己发消息：亲爱的，下周日咱们 Ocean 项目要敲钟了。

Ocean 就是他们之前在招股书印刷机构做的那个港股项目的代号，怀欤回：哇！恭喜恭喜！

叶安琦：考虑到你之前在这边也贡献了挺多的，我跟公司那边说好了，帮你留了一个位置。[龇牙 .jpg]

怀欤：我的天哪！

怀歆：我太开心了！

她已经离职，还只是个实习生，按理说完全不必这么做，叶安琦此举让怀歆有点感动：你也太好了吧！ [流泪 .jpg] 爱你，啊啊啊！

叶安琦：哈哈，没事，本来就是应该的。

叶安琦：前几天吴总还问起你呢。

叶安琦：说你和他女儿年纪一般大。

怀歆和她一来一回又聊了半晌，突然想到——郁承是项目负责人，到时候肯定也会来敲钟现场，那她就又可以见到他了。

自从上次画展之后，两人的 QQ 聊天又陷入死寂。

怀歆知道这事肯定没那么容易。郁承不是那种热络的人，估计目前她除了让他觉得还挺有趣以外，其他方面的吸引力几乎为零。还够不到让他主动的门槛。

让男女迅速亲近的方法共有两个。

第一，灵魂层面的对话。第二，性。

目前第二条路暂时堵死，第一条路走是在走着，就是有点艰难。

是时候出来刷刷存在感，骚扰他一下了，嘿嘿。

周六晚上——投行比较不忙的时候，怀歆在 QQ 上主动戳了郁承，问他是否在忙。

Alvin：还好，刚回到家。

停顿两秒。

Alvin：你呢？

Lisa：刚吃完饭，现在准备看电影！

Alvin：去电影院看？

Alvin：最近有什么口碑比较好的电影吗？

Lisa：哈哈哈哈，不是呢，是工作啦。

他发了个表情过来，大抵是有些疑惑。

Lisa：这段时间找了个给公众号写影评的兼职，时不时就得找两部老电影来看看。

Lisa：豆瓣高分电影翻了个遍，现在正愁看哪部呢。

Lisa：你有什么没看过却一直很想看的电影推荐吗？

Alvin：豆瓣高分电影的话，我想想。

Alvin：《美国往事》？ 四个多小时，一直没时间看。

时长是挺长的，但是针对题材方面，怀歆有别的考量。

Lisa：哎，我之前看过了。[憨憨企鹅 .jpg]

Alvin：《教父》。

Alvin：不过我觉得你可能不一定会喜欢。

Lisa：啧，被你猜对了，第一部我坚持着看了半小时，他们把流血的马头扔到那男的床上之后我就撤了。

Alvin：哈哈哈。

Alvin：稍微深刻一点的话，《活着》我还没看过。

Lisa：虽然很欣赏这部影片的艺术价值。

Lisa：但是大晚上的。

Lisa：倒也不必了吧。[害羞 .jpg]

Lisa：还想睡个好觉。[微笑 .jpg]

Lisa：[对不起老板 .jpg]

Alvin：哈哈哈。

Alvin：高中、大学那会儿我就比较喜欢刷豆瓣榜单，到现在没看的也比较少了。

Alvin：你有什么没看过却一直很想看的电影吗？

她就等着他这句话。主动权回到手上。

周末的时候怀歆都住在家里。她起身一边去给门上了锁，一边打字：我想到一个！之前上映的时候说要去看来着，结果不凑巧错过了。

Lisa：但不是老片，近两年的。

Alvin：说来听听。

Lisa：《绿皮书》，奥斯卡金像奖最佳影片，你看过吗？

她没事先做功课，完全是碰运气，想到一个是一个，结果很凑巧，郁承还真没看过。

怀歆弯起眼，按下变声话筒，糯声问："这部片子国内视频媒体平台上都有，要不，咱们连线一起看？"

停顿两秒，她悠悠补一句："像上次那样。"

倒也不是自恋，但怀歆觉得自己的的确确是个妙人儿，她很有信心上次看画展的经历让他觉得轻松又有趣。投行条框太多，夜晚归家后，多少希望卸下一身重担，佳人作陪品味一部好电影，何乐而不为呢。

聊天框一阵安静，他还没回复。

怀歆一屁股坐在自己卧室里的小沙发上，遥控打开了点播电视。等待屏幕徐徐亮起后，又不急不缓地给他发："我觉得这部片子很符合你的调性呢。"

那头终于显示"对方正在讲话"，少顷，郁承回："我是什么调性？"

他嗓音很温和，但配合着才刚落入深色的夜幕，显得慵懒又散漫，格外低沉有磁性。

怀歆轻笑："你看了就知道了。"

又是一阵沉默。

片晌，郁承回："你看电影总是会和别人一起吗？"

这话问得有些漫不经心，怀歆耸了耸肩："是啊，有什么心得也能随时交流，和别人灵魂碰撞，不是一件很快乐的事吗？"

"当然——"她拉长语调，惋惜地说，"Alvin 先生要是不愿意就算了，漫漫长夜，我只能找别人和我一起看了。"

怀歆跷着腿等了五分钟，那头打来语音通话。

她嘴角隐秘地上勾，接起。

"怎么？刚才在调设备啊？"

"被猜中了。"男人语气里含着不知所谓的笑意，"好久没在家里看电影了，Lisa 小姐总得给我一些时间。"

"不着急啊。"怀歆盈着笑，"反正今晚长着呢。"

两人都戴上耳机，同时开始播放影片。

开头夜总会放的 *That Old Black Magic*（《古老的黑魔法》）一出来，就让人忍不住晃动身体一同摇摆。酒吧肇事打斗的画面与慵懒惬意的爵士乐一唱一和遥相呼应，并不违和，反而有种充满谐谑感的黑色幽默。

这电影有种很强的氛围感，一下子就把人拉入那种环境中。男主托尼是夜总会的保镖，可夜总会因修缮停业几个月，他暂时没了收入来源，为此不得不再去找一份差事贴补生活开支。

托尼的喜剧人形象十分典型，很明显的美式幽默，为了能赢五十美元，和别人在西餐店比吃热狗，一口气吃了 26 个，回家得意扬扬地给妻子秀那张辛苦赢来的纸币。

一个偶然的契机，他经人介绍，成了受过高等教育的黑人古典音乐家唐·雪利南下钢琴巡演时的司机兼贴身保镖。托尼的妻子打赌他不会喜欢这份工作，忍不了一周就会回家，谁知托尼严谨地纠正，说这取决于给他多少钱。

怀歆当即被这种识时务的功利主义给逗笑了。

一个带有世俗偏见的意大利裔白人司机，经主演 Viggo Mortensen（维果·莫特森）诠释之后，形象立刻变得立体又栩栩如生起来。

刚开始时，优雅的黑人演奏家和白人"地痞"司机显然不对盘，唐始终优雅端坐，托尼却一边开车一边抽烟、吃东西，完全没个正形。当唐礼貌地让他把烟熄了时，托尼不情不愿地利用战术拖延，深吸了最后一口将烟蒂丢出窗外，翻了个顶天的白眼，然后报复性地把妻子给唐准备的三明治咬了一大口。

但他又是个傲娇的话痨，控制不住地一路和唐唠嗑，而唐只想要个安静的休息环境，全程扶着脑壳觉得很是头疼。

怀欷和郁承两人都不约而同笑了起来。

诙谐的小口角小争执，不同的世界观认知在盘桓公路清新的空气中暗暗碰撞，却也在轻快的背景音乐中很快消弭。

爵士乐始终存在。

怀欷调侃："怎么样？觉得和你气质搭吗？"

郁承也笑，慢条斯理地说："嗯，我承认你说得对。"

他顿了下又补道："和你也有点像。"

怀欷之前没看过影评，没想到这电影是真的搞笑，小包袱一个个抖得恰到好处。

托尼和唐的教育水平相差甚远，从一个个细节中体现得淋漓尽致。

例如，唐叮嘱托尼在每场演出前必须检查钢琴是不是合同中规定的斯坦威，托尼心不在焉地做了笔记，"Steinway"还拼错了字母。

托尼说自己的妻子买过一张唐的唱片，名字好像叫作"Orphan（孤儿）"，封面是一堆小孩围坐在篝火旁。唐扯了下嘴角，面无表情地解释那是"Orpheus（俄耳甫斯）"，来自法国歌剧，而那些并不是孩子，而是地狱里的恶魔。

……

空气一度十分尴尬。

每当一个戏剧点出现，怀欷总是能迅速理解，才刚笑出来，耳机里就响起男人低沉动听的附和。那一瞬间她觉得舒快极了。好像有什么东西将他们的情绪连在了一起，他们惺惺相惜。

电影中的唐和托尼截然不同。一个受过高等教育，看不上对方粗俗的言语措辞和行为；另一个觉得对方是个黑人却过于清高，不够接地气。两个种族、阶级、教育程度、性格完全不同的人被迫长时间待在一起，也逐渐地开始了解对方。

托尼负责保护唐，而唐也帮助文采不佳的托尼给他的妻子写信，每回的去信都将妻子哄得心花怒放。

唐在匹兹堡进行第一场演出，当他指尖落在黑白琴键上流淌出灿烂轻快的乐符时，托尼的眼中无法掩饰对音乐的动容和震撼。他透过唐的音乐感受到了对方的精神内核，更是在给妻子的信中直言"我觉得他是个天才"。

此时音乐很安静，两人都心有灵犀地没有说话。

绿皮小轿车再一次驶上纵深笔直的乡村公路。俯拍的场景，视野清晰辽阔，绿色的森林向远方蔓延，翻滚出金黄色的浪潮。

怀欷惬意地窝在沙发里，问郁承："你有像这样过吗？开着车驰骋在美国东部，收音机里放着摇滚乐，快乐到什么事情都不用想。"

她刻意问他，要他在和她一起的时候回忆那种愉悦的感受，再让他将两者产生联系。

"有啊。"

男人轻轻浅浅的呼吸声从听筒中传来，带着若有似无的笑意："大学的时候，和最好的几个朋友。我们租了车，一路南下，玩到墨西哥和古巴。"

怀歆问："你在美国上的学？"

郁承顿了下："嗯，我高中时就过去了。一直到工作才回来。"

他说，二十岁的年龄真的是什么也不用想，他们胆子大得出奇，行程总是临时起意，有时候等到了地方才发现和攻略上说的不一样，又不得不原路折回。

他们什么样的地方都去过，去过纽约、洛杉矶这样繁华的都市，波士顿、匹兹堡这样的大学城，去过迈阿密、奥兰多这样的度假胜地，也去过纳什维尔、帕特森这样具有乡村风情的城镇。

在五星级酒店里住过，也在一排连着的汽车旅馆挤过。享受红酒和牛扒，也大快朵颐啤酒和炸鸡。遇到很多不同肤色的人，也拥有过深刻难忘的友谊。

"你呢？二十岁的时候在做什么？"郁承的声音里似有淡淡的回味。

"我啊，"怀歆眨了眨眼，语气狡黠，"忙着谈恋爱，忙着追喜欢的人。"

这答案像是能从她口中说出来的，随心所欲又恣意盛放，郁承垂眸，两人心照不宣地笑起来。

电影精彩的情节还在继续。

它非常讨喜，循序渐进，将观众带入佳境后才开始逐渐触碰那些深层次的东西。

影片播放到将近三分之一处，种族之间的矛盾初露端倪。

第一次的矛盾冲突产生在肯塔基州路易斯维尔演出前夜，唐去酒吧喝酒却被几个白人欺负。

受过最高等的教育，拥有至高的艺术地位，却甩不掉这个社会加在他身上赤裸裸的歧视和偏见。他孤独又骄傲，却不得不一次次忍气吞声，只能在钢琴演奏上越发激昂。

唐不被允许使用白人的洗手间，演出间隙想上厕所不得不返回下榻酒店；他不能在高级剪裁的西装店中试穿衣服，除非直接买下来；他和男人约会，却被警察铐起来，无力回击。

汽车抛锚在乡村公路上，西装革履的唐站在路边，和田野中衣着简陋辛苦耕作的黑人农民遥相对望，灵魂仿佛发出惊天却又无声的轰鸣。

怀歆也听到了。

她能与那种不为世俗所容的孤独感共情。她察觉到鼻子有点酸意。其实郁承说得对，这电影的调性和她自己也有些相像，误打误撞就有了共鸣。

托尼作为旁观者，将一路上唐一次又一次被歧视的经历看得清楚，他不知什么时候已从看客甚至加害者转变成了感同身受者。唐·雪利博士无疑是个伟大的音乐家，不应遭受那么多的非人待遇。

电影的高潮在某个雨夜爆发。

托尼冲动之下打了歧视黑人的警察一拳，两人双双被关进警察局。费尽心思出来后，他们发生了争执。

唐冷嘲地说自己曾经受过那么多次不公对待，也没有起过肢体冲突，而托尼只是被稍微言语嘲讽就无法忍受，只因为他不是黑人。

托尼说，我可比你像黑人太多了。我每天辛苦工作挣钱养活全家几口人，而你锦衣玉食，环游世界各地为富人奉上音乐会。我比你更懂你的同胞应该如何生活。

瓢泼的大雨中，唐紧握着拳看向他，眼圈渐红。

他咬着牙说：

　　是，我是衣食无忧。

　　可富有的白人让我为他们弹钢琴，只是因为这让他们感觉自己很高雅。

　　一旦走下那个舞台，对于他们来说我又变成了一个黑人。

　　我独自受苦，不被自己的同胞接受，因为我也不像他们。

——所以如果我不够黑，也不够白，不够男人，那么你告诉我，我到底是谁？

Not black enough, and not white enough.

我到底是谁？

怀歆原先还想着，看电影的时候她和郁承也许能时不时地说会儿话，交流一下看法，再不经意地表达自己的观点，产生更深层次的交流……

但现在她觉得完全没必要。

——仅仅是看着同样的画面，听着同样的乐曲和旁白，就能感觉到彼此的心贴近在一处，呼吸相连在一起。

无须言语，她相信他和她此刻的感受是一样的。

动容至此。

这个困扰唐已久的问题在滂沱的大雨中显得格外令人心碎。

托尼也全身湿透，定定地看着他。这一刻，他终于能够设身处地地理解对方。

最后一场演出结束后，托尼顶着暴雪高度紧张地长时间驾驶，希望能够赶回家和亲人一起过圣诞夜。

然而当悠扬的 *Have Yourself a Merry Little Christmas*（《愿自己有美好的小圣诞节》）响起的时候，绿皮小轿车在街边缓慢停下。托尼裹着红色的小毯子在车后座躺着睡着了，而唐从驾驶位上下来，俯下身，轻轻拍了拍他："到家了。"

这一瞬间空气极为静谧。

有凉凉的东西从脸颊上滑下，怀歆胡乱地摸了一把，心中异常柔软。

她身上也裹着毯子，屈膝蜷缩在沙发里，一眨不眨地盯着屏幕。

托尼回到家，推开门，所有的家人都坐在餐桌前庆祝圣诞夜，桌上点着蜡烛，菜式丰富精致，孩子们绕着桌子在跑，托尼抬眸，对上了妻子美丽的眼。

他和妻子拥吻，和家人们团聚，诉说彼此的思念。

片响，门被敲响，托尼走过去，发现唐·雪利博士站在门外，风尘仆仆地折返。

托尼向家人们介绍唐，屋子里一阵安静，唐脊背笔挺，面上笑意却有些不坚定。可不过少顷，大家就爆发出热烈的欢呼声，邀请他赶紧进屋。[①]

怀歆抱着膝盖，趴在臂弯上凝视着画面，一边浅浅地吸气一边想这眼泪怎么没完没了了。

——这个圣诞夜格外美好动人。

等字幕向上滚动时，背景音乐小了下来，空气中温馨暖融的感觉却似乎仍未消散，怀歆已经收拾好自己的情绪，清了清嗓子，轻声道："我觉得挺好看的，你呢？"

一个不痛不痒的悲剧，也是一出深沉的喜剧。

有一些内里的东西被触碰到了，她不知道是什么，只觉得想哭。

虽然这么说有点矫情，但创作者天生的敏感和柔软细腻让她很希望此刻能停留得更久一些。

或许郁承也是这么想的。

良久，他沉静开口："想喝酒吗？"

怀歆支起身子："什么？"

郁承的嗓音温柔了些许："想不想喝酒？聊一会儿。"

语音连线碰杯这种事情，怀歆还从未试过。怀曜庆和赵媛清还没回家，就赵澈一个人在，不过也是在他自己的房间里，于是怀歆去藏酒窖拿酒走得光明正大。

---

① 所涉及情节和台词源自电影《绿皮书》。

她毫不心虚地开了瓶她爸94年的拉菲。

怀欷打趣这是"云喝酒",郁承笑,淡淡地道:"和你在一起,好像总是有很多有趣的经历。"

怀欷倒酒的动作一顿,半开玩笑地道:"Alvin先生认识的人肯定很多吧,难道别人没有给你这种感觉吗?"

"有啊。"他回答,"各式各类。"他顿了下又轻笑道:"但你确实不太一样。"

郁承大学时那段出游的经历是怀欷之前不知道的。刚刚电影放映之中,他不过寥寥数言,就让她想象出了当时的具象画面。

一定是很快乐的时光。

这么想着,就更加充满了解他的欲望。

怀欷抿了口酒,还没醒好,微涩:"其实我挺喜欢这个电影的。"

那头传来玻璃杯低脆的响声,郁承道:"我也是。"

他稍顿一瞬:"你喜欢这部片子的什么?"

"温暖。"

托尼和唐惺惺相惜的友谊,托尼和妻子之间风雨无阻书信往来的爱情,他临睡前虔诚亲吻妻子照片的神情,还有圣诞夜的时候家人们互相调侃嫌弃对方又紧紧地挨坐在一起时的情景。

这些无一不令她动容。

"就觉得……很想拥有托尼回家时那一盏灯光。"

怀欷问:"那你呢?喜欢什么?"

他沉默几秒,笑答:"孤独。"

怀欷垂敛眼睫,与他道碰杯。酒液顺着流下喉管,暖而苦涩。

她温软而无害地小声征询:"介意和我多说一点吗?"

片响,郁承低沉的声音从听筒中传来:"好。"

"……"

郁承的这一段故事是讲给Lisa的,她此前并没有听过。

他是高中去的美国。那时候的决定仓促突然,甚至没来得及和这边的同学朋友好好告别。那是一个完全陌生崭新的地方,只能自己一步步慢慢摸索。

郁承适应得其实很快,英语也学得不错,很快就融入了新生活。课表安排得满满当当,加入了学校的运动队,每周末要出去骑马和爬山,也认识了很多朋友。

"但是我一直都知道,这个时机挺尴尬的。"

他像是轻叹一声:"哪怕英文说得再流利,也不会真的和他们毫无隔阂。"他是一个外来者。

"同理，无论怎么努力维系和国内旧友的关系，有些人也仍旧会慢慢淡出视野。"

或者说是，他淡出了他们的视野，不再被他们记起。

虽然郁承没说他为什么要出国，但怀歆却想到——

十六岁，正是世界观逐日更迭的年纪，他却被迫切断原有的社会联系，强迫自己适应新的环境。

如果用唐的话来讲，他不够 Asian（亚洲人），也不够 American（美国人）。他不知道自己的定位应该在哪里，身份认知是混淆的。其实怀歆能从郁承的语气中隐约察觉，他一直都是想回来的，但是很多事情远比这个初衷复杂。

一时之间两人谁都没有讲话，听筒中寂静无声。

怀歆听到他在那头低缓地吐息，像是想到了什么，慢慢开了口，情绪不太分明，只是嗓音很轻："但我对于'家'的概念却是唯一的。"

"……"

怀歆觉得心口微痒，下意识地蜷起手指。

"是吗？那挺好的。"她低下头，也轻轻一笑。

电影的余韵只延续了十几分钟，两人越聊越感觉从那种情绪中抽离出来，他们彼此实在太不了解，怀歆连问个问题都觉得束手束脚。

工作上的她了解很多他的真实信息，但作为"Lisa"却无法省略掉一点一点深入探寻的步骤。

怀歆又想起郁承之前说的美国自驾游的经历，循循善诱道："哎，你在东部还是西部读的大学啊？"

"东部。"

她问一句他就答一句，从来不给多余的信息。嗤，这男人。

怀歆无声笑叹，索性也就直白问了："……普林斯顿？"

"不是。"

"MIT（麻省理工学院）？"

"也不是。"

"哈佛？"

郁承语气似是有些好笑："东部大学那么多，你只挑名校猜吗？"

怀歆弯着眼，说："我不知道啊，我只是想象不出你这样的谈吐学识还能去哪里。"

男人在那头轻轻笑了下，磁性的音质像投入湖面的小石，荡漾开一圈圈涟漪。

他嗓音低醇："一直都是你在问我，是不是有点不太公平？"

"那……"怀歆眸光一转，"想不想玩点好玩的？"

"什么？"

"我们互相问对方问题，一方可以一直问，直到另外一方不愿意回答为止，而后顺序调换。"

一个关于博弈的游戏——试探对方的心理防御界线在哪里，以及了解彼此的意愿。

郁承又笑了，慢条斯理地说："好啊。"

怀歆眨了眨眼："在开始之前，你先告诉我刚才那个问题的答案。"

"嗯。"他说，"你最后一次猜对了。"

"……"

屁的对咧，你读 MBA 才是在哈佛好不好。又糊弄网友。

怀歆低下眸，似笑非笑地勾唇，软着声："那哥哥很厉害哦。"

那头安静须臾，怀歆无声地吐了下舌头，很自然地带过："这次你先来问问题好了，免得待会儿又说我不公平。"

郁承终于出声："嗯。"

"我就想知道，"他嗓音懒洋洋的，又带着几分意味不明，"是哪所学校把妹妹的嘴教得这么甜？"

"……"

怀歆舔了舔唇，嘴角牵出一个隐秘而可耻的微笑。

啊啊啊！破防了——老男人有点东西！

"……Q 大。"她表面镇定。

"那妹妹也很厉害。"

"……"

"下一个。"郁承语气温和，"喜欢什么颜色？"

怀歆道："浅紫色。"

"星座？"

"巨蟹座。"

"看不太出来。"他置以评价。

"嗯，朋友都说我像双子座。"怀歆意味深长。

"是有点。"郁承不置可否地笑，继续问，"平常除了写作还有什么兴趣爱好？"

"那还挺多的。"

怀歆来了兴致，一一同他细数："电影、唱歌、喝酒、运动、探店、看展、旅游、被别人拍照……"

"被别人拍？"

"对呀，就是摄影师主动来约拍艺术照，给他们当模特。"她的语气理所当然，"我这么美，拍摄的过程对双方来说都是一种享受嘛。"

怀歆以为郁承会像之前一样继续下个问题，不过这次他停了下来，问："什么类型的艺术照？"

她心领神会，回的语气也跟着有些不太正经："你觉得是什么类型？"

"我不知道。"郁承稍顿一瞬，慢悠悠道，"也许是可以挂在床头的那种。"

即便是普通艺术照，挂在床头也并不奇怪。

看破不说破才是最高级别的幽默。

怀歆娇娇一笑："好啊，下次送你一幅挂在床头。"

两人颇有默契地揭过这茬，郁承又问了她几个无关痛痒和隐私的问题，诸如爱吃的菜系、收到过印象最深刻的礼物、近期比较喜欢的歌手等，以及还有没有为写小说找灵感做过什么其他特别的事。

"有啊。灵感这种东西是很捉摸不定的。"怀歆说，嗔怪似的叹，"有的时候你写到兴致昂扬处突然落闸，不知该怎么和下一个情节点顺利衔接；有的时候正忙别的事，它又突如泉涌。"

"我常为了找灵感到国内外各个地方转悠，看看与众不同的人和事。"她说完，又扑哧一笑，改口，"其实也就是借着名义四处游玩，吃吃喝喝，享受一下人生。我这个寒假还打算去——"

"寒假？"他敏锐地抓住她的用词。

"噢，我是说——学生们的寒假。"怀歆咬了下唇，反应很快，"我不是在当老师吗？小孩们总是在我耳边叨叨等着放寒假呢。"

郁承这才应了声，轻笑，顺着她的话接道："打算去哪里？"

"稻城亚丁。"怀歆语调轻快，"你去过没有？听说风景很漂亮，很多人专门过去写生呢。"

"是吗？"他道，"还没有，下次徒步可以去试试。"

"你还徒步？"她有点意外。

"嗯，西部两个大省都去过。转山。"

"自己一个人？"

"一开始不太熟悉所以找了伴，后面就一个人去了。"

"你去过很多次？是很喜欢吗？"

"算是吧。"

"为什么呀？"

怀歆其实有点难以想象他与那种场景的兼容性。听内行的朋友说，人迹罕至的地方一路上可能会出问题，信号微弱，联络阻隔，有时候还得睡在破洞漏风的庙里。这样的经历对于他这样的人来说不该常见。

过了几秒钟郁承才开口，语气有些淡淡："说不上来。"

她半开玩笑，实际上也有些较真："总得有个理由吧。"

"大概，是觉得没人打扰，很安静吧。"

这个回答倒是不令人意外。

像他们这样生活拥挤熙攘的人，或多或少都会在某一时刻感到俗世吵闹。想要独处，想要来去自如。

怀歆还在好奇他都去过哪里，有过怎样的际遇，就听郁承轻笑道："说好的我问你，怎么最后还是变成了你问我。"

怀歆摸了摸鼻子，先是讪笑："哦，那你继续。"而后又突然想到——照他这种浅尝辄止的问法，问到明早她都不一定能扳回一局。

定这种规则简直是自己给自己挖坑。

"还是算了吧。"那头倏然停顿，像是知道她在想什么似的，拉长语调，"我怕这样的行为会给作家小姐留下不够绅士的印象。"

郁承的意思是把主导权返还给她，怀歆眸光微动，饶有兴味地反问："那……你就不怕我误会这是因为你对我不感兴趣？"

——规定一直要问到对方不愿回答为止。

他主动让贤可以理解成是绅士之举，也可以解释为根本无意对她深入了解。她刻意挑剔，想看看他究竟会如何回应。

"对你不感兴趣的话，"郁承笑了，嗓音很散漫，却又带着令人心跳加速的磁性，"那刚才我家电视就应该坏了。"

"……"

怀歆抿了口酒，压住怦然心动的感觉，少顷，伸出舌尖舔了舔唇。

"Alvin 哥，我可以这么叫你吧？"

他声音含着似有若无的笑："嗯。"

"你平常，都喜欢做什么？"

"电影、喝酒、看展、运动、旅游、摄影……"

怀歆眉心跳了跳："等等，这不是我的爱好吗？！"

"也是我的。"

"很巧是不是？"他似乎在那边耸了耸肩，漫不经心地勾唇，"我也觉得。"

"……"

"哦，倒是有点不一样。"他又道。

怀歆："什么？"

郁承敛下眸，淡声："我喜欢给别人拍照，不喜欢被别人拍。"

"……"

天哪！他的调情高明到她已经不愿称之为调情。

怀歆沉浸在棋逢对手的快感中，一边抓过抱枕一边兴奋地捶了几下，嘴角上扬的弧度连自己都不甚清楚。

"那你一般喜欢什么运动啊？"

"你觉得呢？"郁承反问。

"嗯……我猜，滑雪？"

"为什么？"他语调起了丝波澜，大概是有些意外。

手机不知何时切到了微信，怀歆垂眸刚好看见聊天界面内男人戴着雪镜的头像。她钩住自己耳边垂下的一缕头发，慢慢地绕，等情绪拉到临界值才莞尔一笑："其实我瞎说的。"

"只是因为我想看。"她眨眨眼，"毕竟你身材这么好。做那种运动的时候肯定很帅。"

郁承在那头平静地呼吸几秒，这才慢慢地笑了："我刚才还在想，小说家该不会还有读心术吧。"

怀歆捏了下发尾，松开手指，调笑道："对你我倒是想读心呢。可惜呀，哥哥太神秘了，不近距离接触一下，很难读懂欸。"

"……"

她总是这样，挨挨蹭蹭地碰他的边界，又缩回去："所以，我还是选择直接听正确答案好了。"

少顷，郁承低沉的声音响起："滑雪你猜对了，还有骑马和越野。"

"越野？是开车吗？"

"嗯，在沙漠里冲沙。"

"听上去很有意思。"怀歆轻晃了晃酒杯，杯内暗红色的酒液随之荡漾，"我还没玩过这个呢，会很刺激吗？"

他笑了下，尾音也染了红酒的醇郁，有些轻哑："挺刺激的。"

"冲下沙丘的那一瞬间完全失重，大脑空白，只能听到自己的心跳声。"

怀歆被他的描述吸引，坐直身体，也有点兴奋："那我找机会也要和朋友一起去！"

一个问题衍生出许多细枝末节，她意识到自己有些失了节奏，放下酒杯，慢慢靠回椅背，重新掌握主导权。

"其实，我有点好奇你的工作。"

"好奇什么？"他轻笑，"上回你不是已经猜到了吗？"

"具体领域我还不知道嘛。"怀歆鼓了鼓颊，道，"金融行业这么大，不同领域业务完全不一样欸。"

这次郁承没有再似是而非，遂了她的意："我在投行。"

"哦，我听过，是不是就是帮企业上市融资的？"

"对，包括证券承销发行、兼并收购、企业重组。"

"听上去很专业，"怀歆有一下没一下地抚弄腿上薄毯落下的流苏，眉眼轻扬，"那如果下回我写到相关的情节，能不能请 Alvin 先生来给我当顾问呀？"

"那 Lisa 小姐会给我付顾问费吗？"他略带一丝兴味，温和道，"我们这边收费不便宜的。"

"这样啊。"怀歆"哦"了声，"那你想我怎么付费呀？"

她眨眨眼，软糯开口："比如再陪你看几场电影和画展什么的，你觉得怎么样？"

怀歆没想到自己千古声名有一天会卒于手机没电。

聊得正嗨正对味的时候，屏幕黑掉了。

她的心情犹如万头草泥马于心中奔腾而过，场面壮阔无比。手忙脚乱地起身，找插头，连上电源，等待手机重启。

卧室外响起大门开合的声音。

时针指向十一点，怀歆拉开房门，正巧对上怀曜庆和赵媛清进门的视线。

"爸妈回来了？"

她点了下头，欲拎着酒瓶和洗好的玻璃杯往二楼酒窖走。怀曜庆叫住她："星星。"

"怎么了爸？"

"大晚上的，怎么一个人喝上酒了？"

他言语里倒没有责怪的意思，只是表情有些微妙，怀歆脚步一顿，淡淡扬唇："刚在看电影，想喝就喝了。"

又瞥了赵媛清一眼，她敛下睫，补一句："可以吗，爸爸？"

怀曜庆摸了摸鼻子："哦，当然当然。"

怀歆应了声，上二楼放了东西。下来之后回到房间，手机刚好开机。

QQ 上她和郁承的通话时长显示为 2 小时 59 分，差一点凑整。郁承在她突然掉线后给她发了个"？"，怀歆叹口气，一边三两句跟他解释清楚状况，一边在心里给自己预设这通电话是没办法按原状继续下去了。

果然，郁承很快回复说，正巧他那边客户临时有事找过来，要先去处理了，回聊。

怀歆凝视着白色的文字框，心情有点复杂。

——反正他横竖都是要下线的，比起聊得正尽兴时突然被打断，其实这拨操作她也不算亏，甚至结束得还……挺体面的？

虽然属于 Lisa 的下一次遥遥无期了，但是一想到下周就能在敲钟仪式上当面见到他，她又觉得颇为慰藉。

投行的实习让怀歆养成了晚睡的习惯，现在她还不够困，正好有多余的精力切到微信小号去遛一遛王可翰。

她分享了几个知乎上有趣的高赞答案给他，简单聊了一会儿便准备下线。临走前看到王可翰终于按捺不住自己，邀请她择日一起去看电影。

Lisa：不好意思歆学长，最近我都在实习，超级忙的。

Lisa：啊啊啊！很想去但是好可惜……

对方也只能作罢，说没事那就下次再约。

怀歆敷了一片面膜，出了卧室，走到赵澈的房门前，抬手敲了敲门。

"谁呀？"里头传来赵澈的声音。

怀歆："我，你姐。"

"哦。"

没过一会儿门就开了，赵澈颇为狗腿子地躬身迎她进来："哎哟，今天这是什么风把您吹来了？"

"没什么，就来转转。"怀歆淡定道，"顺便问候一下那两万块钱。"

赵澈："……"

甘甜的心情突然变得苦涩。

赵澈的房间和她的格局大不相同，内饰更是完全相反——怀歆的卧室里干干净净，走的是草木灰清新简约风，而赵澈房内墙壁上贴了各种各样的海报。

NBA 球星，当红一线女偶像，还有上学获得的一些奖报。

怀歆随意在房内走动了下，他正在用 iPad 看视频，桌上杂乱摆放着巧克力和饼干等零食，她视线一晃，忽然落在某处，蓝紫色小包装袋露出一个角。

赵澈的声音恰好在此时响起："哎姐，我突然想起，我同学说一会儿找我有点事，可能要打个电话。"

怀歆抬眸看向他，赵澈双手交握在身前，言外之意很明显。她定了一会儿，了然地笑："行，那我回去了。"顿了下，"别太晚睡。"

赵澈笑着目送她出房门："得嘞！"

之后一整周怀歆都处于一边学习一边期待的状态中——她之前确实还没去过任何企业的敲钟上市现场，想象中应该会格外盛大，让人记忆深刻。

仪式定在周日，周六当晚怀歆和 MGS 投行团队在 G 城会面，一起吃了饭。数月没见，大家热闹寒暄许久，尤其是叶安琦，见到怀歆格外高兴，询问校园学习生活如何，怀歆便同她分享了几件趣事，顺便也关心一下她最近的状况。

两人聊了一会儿，叶安琦又恭喜她拿到 MGS 的 offer，问她怎么打算，怀歆其实已经想好之后再换个方向试试，把自己的意愿坦诚说了，叶安琦也表示理解，不过还是希望她能够回来一起工作。

鉴于第二天便要出席隆重场合，怀歆早早睡了个美容觉。次日闹钟准时响起，她动作迅速地着装完毕，化了个伪素颜的清丽妆容，拎着手提包包从酒店出发。

叶安琦是投行负责人，要早点过去协调，不能和怀歆一同出发，就提前把时间和交易所具体地址发给了她，怀歆提前二十分钟到场，在入口处登记后领取了自己的名牌和胸花。

彼时叶安琦正好从场中出来，在来往的人流中对她笑着招手："这边！我还怕你找不到地方呢。"

交易大厅所在的一层的展览厅，即敲钟致辞的场所，只有主礼嘉宾、交易所领导和发行人董事长能够进入，其余宾客一概登上二层"观景区"观礼。

其内座位紧密排布，陆陆续续有嘉宾和相关工作人员进场。现场如火如荼，气氛已经开始预热。一层厅中红色的背景板上，"冉华餐饮股份有限公司"格外引人注目。

叶安琦带着怀歆上二层，给她遥遥一指："待会儿我们团队都坐在那儿，你先过去好了，我还得在门口这边待一会儿。"

怀歆还在用视线搜寻，又听她说："看到 Alvin 没？他就站在那边，你找他就行了。"

这个名字像是能开锁的一把钥匙，她不知怎的，忽然就找到了位置。

——身姿挺拔的男人立在观景区前排靠左的区域，眉眼俊逸深邃，正弯着唇与身旁人交谈。他黑发背头，一身笔挺西装，端正挺括，衬得整个人气质卓绝，英俊又光华内敛。

也许是察觉到叶安琦她们的目光，郁承眸光微动，朝怀歆的方向看来，恰与她对上视线。

怀歆勾了勾无名指，只觉得这一刻目光的碰撞有如实质。

——上一次碰面时，她与他之间的关系还寡淡如白水。今天却蓦然觉得一切都与众不同起来。

哪怕他对此一无所知，她还是觉出一种隐秘的快乐。

怀歆的心怦怦跳，轻盈而欢快。

怀歆朝着他走去，而郁承显然也看见了她，给她打手势："这里。"

"承哥，又见面了。"

她今天很漂亮。

虽然是中规中矩的黑色西装套裙，但是也勾勒出腰肢纤细和白皙小腿袅娜的曲线。黑直的长发自耳边垂下，干净柔顺，一双眼清澈见底，眼尾的弧度有些娇妩，盈盈望过来，明亮晃人。

郁承的视线落过来，稍顿一瞬，朝她点头示意。过道稍窄，他坐下来，容她进来。

人没来齐，投行团队自是习惯坐在一起的，怀歆瞥见他的电脑就放在身后的座位上，于是走到旁边挨着的，离中心视角更偏的一个位子，小声询问可不可以坐这里。

"可以，随便坐。"

怀歆放下包包，坐了下来。

胸花也许是没系紧，顺着她的动作滚落到地上，怀歆俯身去捡，一头长发便跟着披散下来，扫过了身边男人的大腿。一阵清幽的栀子花香柔柔化开。

胸花落进了椅子与椅子之间的间隙，怀歆坐着的这个姿势有些不太着力，够了片晌没能成功，正打算站起来换个姿势时，一条修长有力的长臂伸过来，轻而易举地将那朵花捡起。

怀歆的注意力完全被掠走，维持着那个姿势侧眸，眼中漾出几圈不自知的涟漪。

她的胸花被捏在男人骨节分明的手中，像是任人采撷的观赏品，对上郁承背着光的漆黑眼眸，这一幕极具杀伤力。

怀歆直起身，朝他摊开柔软白净掌心的同时，抿着唇笑："谢谢。"

郁承淡淡敛下眼，没说什么，把东西还给了她。

观景区一侧摆好了茶歇、香槟等美食饮品，仪式即将开始前，宾客们间或起身取食。怀歆瞥了几眼便收回目光，她瞧出郁承无意此事。

心里正盘算着从哪个维度开始切入话题，他却开了口，先祝贺她拿到MGS的offer，而后问："怀歆，我记得你是B大的？"

薄浅的古龙水香味沁入鼻间，怀歆指腹摩挲着裙摆，"啊"了一声，点头："嗯，管理学院的。"

"现在还有在实习吗？"

"没有了，一直在上课。"怀歆笑了下，嗓音甜润，"承哥最近忙吗？"

"嗯。"郁承略一勾唇，弧度淡淡，"一直都是这样。"

场中的人越来越多，仪式很快就要开始，他大概也懒得掏出电脑再去多查几封邮件，停顿几秒，顺着问："上次聊过以后，对职业发展方向有什么新的想法吗？"

"嗯……我觉得你说得对，要选择自己喜欢的工作。"怀歆侧眸看着他，认真道，"我最喜欢消费赛道，之后应该不会再换行业组了，如果有机会的话，下份实习我会争取去 PE（私募）试试。"

他赞同地点头，鼓励道："好，加油。"

这时钟声响了。

叶安琦在郁承另外一边匆匆落座，全场目光都集中于一楼大厅。

主礼嘉宾登台，联交所领导代表和发行人董事长吴易华上去致辞，媒体区灯光闪烁，快门声频传，安静的环境下涌动着压抑的兴奋。怀歆从头到尾一字不落地认真聆听吴总的发言，清晰地感觉到那几天在招股书印刷机构的干劲和热血再度回归。

没有大话，没有华而不实的空口承诺，只有想把这份事业做好的决心。

站在冉华上市仪式现场，怀歆终于明白支撑着一代代投行人的动力缘何而来。指针转向九点半，所有人全神贯注、聚精会神，只见鼓槌落下，钟声敲响，硕大的电子屏幕上倏忽跳出密密麻麻的数字。

"冉华国际"正式开始交易！

台上台下掌声雷动，潮水般地喧嚣，短短的几分钟，股价开始以一个缓慢而稳定的速度增长。

怀歆在这一刻有了一种难以言喻的感觉，不太真实，飘飘然如身处云雾，她几乎是下意识地，转头去看郁承的表情，想要跟他分享同样的喜悦。

——男人的表情却比她想象中平静。

他和身旁的无数宾客一样，也在鼓掌，但是眉眼疏淡深邃，唇边弧度细微，仿佛只将这看作一件平常事。虽值得高兴，却称不上多意外。

是了。

怀歆的心落回肚子里。

他在这个行业里待了十年，什么样的风浪没见过。

本就是站在金字塔尖的人，家世背景、学历样样出色，再加上这十年阅历的加持，于她来说身份云泥，差距也清晰可见。

可她却着实不知天高地厚——

似乎是察觉到怀歆的目光，郁承侧眸睇过来。

双目相对，怀歆睫毛微闪，而后弯起眼，朝他抿唇笑了一下。

她一定。

一定要得到他。

就让她来看看有多难。

能有多难。

敲钟过后就是合影时间，厅中人潮涌动，发行人、交易所、中介机构，各式各样的组合。投行、律师和审计之间也互相寒暄，庆祝共同的胜利。

怀歆紧跟着郁承和叶安琦，也蹭到了两张照片入镜。

她今天穿的高跟鞋，走了一会儿觉得脚疼，从包包里掏出备用的创可贴贴在脚后跟。等叶安琦闲暇之余，也递给她一张。

"还是你细心。"叶安琦笑，"你走后我都不习惯了，新来的小朋友冲泡咖啡的手艺没你好。"

郁承恰好在旁边，闻言饶有兴味地插一句："这有什么区别吗？"

"有啊。怀歆加糖和奶的比例总是控制得很好，温度也适中。"叶安琦这是真把她当自己人了，得意扬扬地道，"而且她学过拉花欸——艺术品似的，特别好看。"

这个答案似乎有点让人惊讶，怀歆看见男人扬眉看了自己一眼。

她含着笑，像是有点赧然："就是爱好，之前专门去学的。"

叶安琦的视线落在台上，吴易华在和一众高管合影。"哎，对了。"她收回目光，"你的小说写得怎么样了？之前好像说的是刚开了一本新的？"

其实怀歆从暑期实习结束后就一直在写，到现在陆陆续续攒了也有十几万字了。不过这本小说的情节比较复杂，进度可能还没过半。

"是呀，还在写呢。"她露出苦恼的样子，刻意讨巧道，"还是觉得在 MGS的时候灵感最丰富。"

展览厅其实也不算太大，人们比肩继踵，来去的时候难免擦撞，有人忙着攀谈没能看路，眼看着要撞到怀歆身上来，郁承抬手挡了一下，微蹙眉："小心。"

怀歆差点没站稳，扶了一下他的手臂才维持住平衡。她很快立直身体，抬眸道："谢谢承哥。"

他的个子很高，怀歆一米六五的身高再加上高跟鞋也只到他脸中处，必须仰着头才能与他对视。郁承稍稍低头敛下眸，她可以清晰地看到他根根分明的眼睫、温沉清浅的目光。

她喜欢极了他这副漫不经意又居高临下的模样，多看了两秒钟，才自然地低了眼。

却听郁承突然问："你写小说的时候，一般都是怎么找素材的？"

"嗯……主要就是借鉴生活中接触到的人或事吧，还有网上查的一些资料之类的。"

"这样就够了吗？"

"什么？"怀歆看着他，神情似有不解。

周围环境嘈杂，郁承凝视她片晌，摇了摇头："没什么。"

叶安琦敲完钟顺便在 G 城见客户，怀歆便计划自己坐飞机回去。

过了安检往机场里面走的时候，恰巧又看见郁承拎着手提小行李箱从另一个口进来。两人对上视线，皆有些意外。

郁承正在打电话，分神朝她略微点头，怀歆看着他走的方向，确定他们应当是同一班飞机。

投行人飞来飞去并不奇怪，只不过这样难得的接触对于她来说有些心想事成。

好半晌，郁承才放下手机。

眄了她一眼，他问："就你吗，B 城其他人呢？"

他问的是 B 城投行团队怎么不跟着一起回，怀歆答："他们有些有别的事，还有的航班班次不一样。"

"哦，这样。"

郁承坐的是商务舱，不巧怀歆想在沿途躺下来补会儿觉，订的也是商务舱，两个人一前一后走进 VIP 休息室的时候，怀歆心里的确有一些小尴尬。

所幸郁承对于她一直"如影随形"也没表现出太大的反应，随便找了张桌子坐下，抬眼见怀歆仍有些局促地徘徊寻座，便温和地招手示意她过来："坐这边吧。"

怀歆唇角牵出一丝弧度，嗒嗒蹭过去。

郁承拿出电脑办公，一贯地专注凝神，她没有什么其他的事情，也就打开手机随便刷了会儿微博和知乎。过了会儿，QQ 发来消息提示，很少有同学还通过这个联系她，怀歆好奇地点了进去。

Alvin：[图片]

一张刚才路过落地窗时拍的飞机起飞照片。蓝天白云，海滨城市的天总是格外漂亮。

……

怀歆的确没想到他会主动给自己发消息，这种面对面的情况下感觉着实有点刺激，像是……在偷情似的。

抬眸偷觑他一眼，男人仍旧目光浅淡地看着电脑屏幕，她差点没憋住笑。

谁能想到呢，有些人一本正经假意工作，实际上是在和女网友聊天。

Lisa：在哪里呀？

Lisa：出差吗？ [龇牙 .jpg]

Alvin：嗯，G 城。

Alvin：现在回 B 城。

怀歆面上十分严肃，葱白指尖却一字一顿敲下：哦，领导这么忙，怎么有空想起我呀？

那头显示"对方正在输入",而后聊天框弹出一条新信息。

Alvin：想你需要理由吗？

……

真的，有点会。

怀歆已经很克制了，才控制住嘴角平直的弧度和脸部肌肉跃跃欲试的牵扯。

Lisa：[猫猫打滚.jpg]

还没缓过来，他又追发一条：这几天在忙什么，看你不常在线。

Lisa：写文。

Lisa：到关键情节了，有点卡。

Alvin：说起这个，还有件挺巧的事儿。

Lisa：嗯？

Alvin：我有个实习生跟你一样，也喜欢写小说，听说还出版过书。

Lisa：！

Lisa：真的假的？！

Lisa：行走江湖多年，我真的很少碰见同道中人欸。

贵宾室可以自由点餐，差不多快到晚饭时间，怀歆起身，小声询问："承哥，我去要一碗素面，你想吃什么吗？我帮你拿。"

郁承抬起头看过来，定了两秒，道："麻烦给我要一杯咖啡吧，谢谢。"

"好的。"

点餐处离他们坐的位置有一段距离，正好被柱子挡住，是个死角，怀歆下了单后站在一旁等待，这才点开QQ，悠悠地按下说话键："你这个实习生，应该是个小姑娘吧？"

"是啊。"他也回语音，漫不经意道，"好像才二十岁出头吧。年纪挺小的。"

"漂亮吗？"

"……"

他居然迟疑了。

怀歆有一瞬间的心梗，垮下脸问："不好看？"

"也不是。"好一会儿，郁承才回话，低沉磁性的嗓音中含着若有似无的笑意，"一般这种问题标准答案不都只有一个吗？但我真不清楚你长什么样子，也不能偏心得太明显吧。"

怀歆顿了一秒钟，掩唇轻笑。

标准答案——没你漂亮。

"而且人家小姑娘能力挺强的，多才多艺，双商也很到位，没什么可指摘的。"郁承道。

有朝一日能从他口中听到这样直接的正面评价，怀歆简直快乐得要原地起飞。

她"哦"一声，拉长语调："哥哥这是想要把我和漂亮小妹妹一碗水端平啊。

"我很疑惑，哥哥身边还有几个这样的妹妹？"

"哪有什么漂亮妹妹，"男人的嘴骗人的鬼，睁眼瞎话信手拈来，偏偏还语气平淡到不似调情，"刚刚那张照片只发给了你。"

"是吗？"怀歆弯唇一笑，娇娇懒懒地道，"那我很荣幸了。"

眼看着窗口处菜品即将出炉，她切回文字：哎呀，家里好像来亲戚了，我去看看。

Alvin：嗯，去忙吧，一会儿我飞机也该起飞了。

他们好像有种天生的默契。

没人提过什么时候再见一面，有一搭没一搭地调情、撩拨，似乎只是这样的线上联系也完全足够，现实生活中这个人是否存在并不打紧。

——就像是有一条看不见却清晰分明的线横亘在他们之间，谁也不会探身前去触碰。

怀歆端着餐盘回来，把咖啡挪至郁承的跟前，又将糖包和淡奶垒在旁边，微笑道："承哥，不清楚你喜欢什么口味，就拿了些调料包。"

"谢谢。"

郁承接过，视线落在冒着氤氲热气的浓香饮品上，勾了下唇，蓦地道："能演示一下吗？"

"什么？"她眨眨眼。

"拉花。"他笑意加深，好奇似的道，"你之前不是说学过吗？"

"哦，这个啊，没问题。"

怀歆又把他那杯咖啡移到中间，大大方方地问："那我开始了？"

"嗯。"郁承合上电脑，揉了揉太阳穴，竟有种要认真观赏的架势。

怀歆把几小盒淡奶都倒进一个塑料杯里，条件有限，器具也不是那么完备，她只能略做一番简化后的演示。

——先是对准咖啡液面中心点，细微地注入奶流，而后逐渐拉高，画着圈一层层漾开，形成圆形水波纹的效果。而后靠近圆圈一侧边上，一边晃动咖啡杯身，一边沿着直径荡过去，将奶流收束变细。

整个过程说不上有多复杂，但姑娘眸光专注握杯极稳，行云流水一气呵成，十分游刃有余，最后的结尾动作也完成得非常漂亮。

她将那杯咖啡重新放在了郁承面前，上面多出了一颗新鲜出炉的爱心。

怀歆眨了眨眼，道："我会的图案其实不是很多。"

郁承的视线在她身上驻足片刻，推了下镜架，浅笑颔首："不错，挺专业的。"

怀歆刚吃完那一碗素面条，就听到广播通知他们那趟航班准备登机。贵宾厅有专门的机场小巴接送，郁承似乎已经默认她会和他全程一起，排队的时候等到她跟上来才迈腿上车。

小型巴士载着寥寥几人沿着机场线路平稳地行驶，郁承倚在窗边，摘下眼镜按了按鼻骨，而后闭上眼小憩起来。

怀歆转过头。

他们并排坐着，他离她很近，是手臂稍一动作就会碰到的距离。耳机中播放着一首轻快张扬的爵士歌曲，她侧着眸，眼睛一眨不眨、毫无遮掩地看过去。

男人的骨相很出挑，侧颜轮廓立体分明，山根很高，眉骨突出，因此显得眼窝深邃。

他的双眼皮褶弧度流畅漂亮，是很勾人的桃花眼，细看睫毛也很长，鸦羽似的，于眼睑处覆下一层淡薄的阴影。

怀歆冷静地、审慎地看着他，心里在想，有的时候喜欢就是没什么理由的，可能是因为外形气质这些肤浅世俗的判据，见色起意罢了。但真正能让人起执念的，却是光鲜的皮囊之下被藏起来的，那些更深沉的东西。

"哗——"

小巴猛地一个刹车。

怀歆没扶稳把手，差点撞上前面座椅。

颠簸的瞬间郁承睁眼，两人的目光接轨，意外地在空中碰了一下。

擦没擦出火花怀歆不知道，她只感觉自己的心被丘比特射了一箭，脑海中只有几个字。

真好看。

轮胎在强大摩擦力中停下，这个瞬间电光石火般消逝，怀歆不出所料顺着惯性磕到前面，她反应很快地抬手护了一下，但还是不幸中招，龇牙咧嘴地揉了揉脑门儿："好疼……"

"没事吧？"旁边传来一道轻缓嗓音。

"……嗯。"她缓了下，道，"我还好。"

前面好像是有车临时变道，没出什么大问题。

司机打了转向盘，不一会儿，巴士停在了他们搭乘的那架飞机旁边的地面上。

一行人踩着搭梯上去，怀歆带了一个20寸的小型拉杆箱，准备开始爬的时候听郁承在身后淡淡道："给我吧。"

怀歆还有些没反应过来，就见他一手提着一个箱子，举重若轻地往上走。她唇畔微抿，也紧跟了上去。

行李箱四平八稳地着陆在机舱口，空姐检了票，郁承问她："你坐在哪里？"

“6C。”

他是 5B，和她正好共用一条过道。

郁承略一颔首，连带着帮怀歆安置好了行李箱。他举着重物往行李架上放的时候，手臂处稍稍绷紧的肌肉纹理被衬衫清晰勾勒出来，抬颌时，喉结处性感的曲线也一目了然。

怀歆掐着指尖，在心里暗叹——绝了，绝了，绝了。

空姐在一旁很有眼色地道：“先生小姐是一起的话，5C 还空着，可以换座。”

“哦，那我坐前面吧。”怀歆走到 5C，又转身看郁承，“承哥，我可以坐这里吗？”

男人刚坐下来，闻言瞥了她一眼：“当然。没人的话你就随便坐。”

G 城飞 B 城的航程不到四个小时，起飞之后，怀歆也没什么事做，想着随便找部电影打发一下时间。

这是一部挺上座的贺岁喜剧片。简单图个乐子可以，但是梗也就那么几个，来来回回地抛接，怀歆看得兴致缺缺，不知什么时候走了神，下意识向郁承看去。

——他在用电脑时不时地打字，眸光深邃，看起来比刚才更像是在工作了。

又过了半晌，之前跟空乘点的晚饭送到。怀歆先前吃了面，并不太饿，让对方待会儿再送餐。不过她也有留意到郁承的喜好——他在牛肉面和鳕鱼饭之中选了前者，在杧果慕斯和蓝莓蛋挞中选了后者。

她轻笑，口味倒是一如既往。

屏幕上的贺岁电影还在继续播放，怀歆又百无聊赖地看了一会儿，兴许真是高开低走，越来越无聊，她竟不知不觉睡着了。

做了个梦。

她去洛杉矶玩跳伞，掉下去的前一秒教练在后面喊“我的天哪，快回来，绑带松了”，怀歆彻头彻尾地凌乱，疯狂下坠惊声尖叫。

完全失重的感觉。

灵魂好像要被挤压出去，脖颈处佩戴着的锁骨项链勒住她的咽喉，让她喘不上气来。

后来天空下起了浅紫色的棉花糖雨，还有很多个微信版“狗头”表情的充气娃娃混迹其中，铺天盖地地飘着，跟随她一同自由落体。

怀歆随便揪一团棉花糖过来，尝了一下，居然是澳大利亚那种鳟澳鲈臭罐头的味道，十万英尺的高空差点没当场吐出来。

然后她就吓醒了。

……

这可真是个……光怪陆离的梦。

那个罐头难闻的气味仿佛还未消散，怀欨躺在椅背上望着机舱顶部的天花板，感觉自己出了身冷汗，轻而缓地吸气。

旁边传来"啪嗒"一声。

是郁承。

他合上了电脑，侧过脸看她："不舒服吗？"

"……没有。"长时间没喝水，怀欨开口时发现自己嗓音含着轻微的沙哑。梦中的一切都非常真实，那种失重的感觉也异常强烈，她撑着身体坐起来，头还有些晕："就是做了个噩梦。"

郁承语气温和："快到了。"

他又转头招来空乘，吩咐倒杯温水来。

"谢谢。"

怀欨将耳边碎发挽至后面，捧着水小口小口地喝起来，这才感觉激烈的心跳声逐渐平静。

飞机降落后，郁承又帮怀欨从行李架上拿了箱子下来，下楼梯的时候也是他代劳，怀欨从头到尾只需要亦趋亦步地跟着他。

从航站楼出来打车，郁承问她要去哪里。怀欨猜如果顺路的话他肯定会带自己一程，可惜两人的目的地相差甚远，一个在东一个在北，索性作罢。

不得不说，他真是十足的绅士。哪怕怀欨已经从 MGS 离职，他也当她是自己人，是需要照顾的后辈，先确定她坐上车之后自己才离开。

临别之前，怀欨把自己蓄谋已久准备的礼物拿出来送给了他，是个手工做的羊毛毡小人，穿着白色的雪服，抱着雪板，看起来英姿勃发又分外可爱。

看到小礼盒的时候郁承似乎难得怔了一下，大概以为她是在外面买的什么东西，怀欨解释说自己最近在学羊毛毡，就给投行的同事们各做了一个，曹总、钟总和安琦姐都有。

他这才收下。

但是车已经到了，来不及过多寒暄，郁承便简略道："有什么事随时找我就行。"

"嗯！"怀欨隔着车窗朝他挥手，笑的时候眉眼昳丽，乌黑发丝随风扬起，"承哥再见！"

怀欨回到家的当晚便收到郁承的微信：羊毛毡手工做得很漂亮。[笑脸 .jpg]

怀欨：不客气！你喜欢就好呀。

怀欨：算是感谢承哥之前对我的照顾！[龇牙 .jpg]

片晌，郁承回复：哈哈没有，都是小事。

郁承：谢谢你的礼物。

怀歆弯起眼笑了笑，没有过多纠缠，以一个轻松活泼但仍旧不失分寸的表情包结束对话。

这学期的课虽然很松，但是时间过得飞快，期中之后，各科课程进度逐渐加速，课业压力也加码。怀歆消停不少，姐妹约的蹦迪局也几乎不去了，作息调整到十二点，好好学习、天天向上。

几个月前她绝不会想到，和王可翰聊天竟成了她为数不多的乐子之一。

他真的太好笑了，油中带飘，"丫头文学"当代扛把子。

上次货银期中考之后，怀歆聊天的时候提了下，矫揉造作地埋怨：里面的数学公式好难啊，有一题我想了好久才想出来。

王可翰回：哈哈哈，摸摸不哭，肩膀借你靠一下。

王可翰：下次我们一起自习，我带你飞啊！

过了会儿他发来一张自己打球后大汗淋漓的、自认为表情很帅的 45 度仰拍：发张帅哥的照片安慰一下你。

怀歆：……

哟，安慰你个大头鬼。

一来一去之间收获许多快乐，但是王可翰却渐渐不满足于此。他开始频繁约她出来，而怀歆拒绝的次数多了，他也渐渐有些怀疑。

当然这种怀疑并不是说猜到她是来遛他的——他还没那么神。王可翰主要的顾虑是，可能头像并非她本人。

他把怀歆的躲躲闪闪、遮遮掩掩理解成了，她是个会见光死的"照骗"，所以只敢怀揣着满腔倾慕在网络上和他交流。

虽说这满腔心意让人怜惜，这小学妹性格也挺有趣的，但如果硬件条件真不行，王可翰就打算收手了，两个多月的时间成本权当打了水漂。

怀歆推说要实习没时间和他见面，他就想到了用另一种策略试探她。

王可翰：我那天看到一个特别好看的蝴蝶结发卡，觉得你戴肯定特别好看。

王可翰：地址给我，我买给你。

王可翰：不许拒绝我。[墨镜 .jpg]

给她买一个发饰当礼物，再要她戴上拍给他看看合不合适。

如果对方还是扭扭捏捏不肯拍，那真相是什么不言自明。他就及时止损切换下个攻略目标。

王可翰的如意算盘打得响，谁知提出这个要求后 Lisa 居然同意了。他心里意外，好奇心被吊了起来，不上不下。

Lisa 发来一个地址，Q 大的本科生公寓，因为都是校内网点代收，所以没有门牌号。王可翰端凝片刻，按着那个地址在淘宝下单了一款比较小众的发饰。

等了几天，他竟然真的收到了返图。

——Lisa 戴着他送的蝴蝶结发卡，穿着洛丽塔的洋装小裙子，细白的小腿撇开八字坐在全身镜前，比着心笑得很甜美。

王可翰当时觉得有一股劲儿冲上天灵盖，整个被俘虏了——他投降。

他几乎是叹息着给她发：很美，我的眼光果然精准。

Lisa：啊啊啊——我很喜欢呢。[害羞.jpg]

Lisa：学长送的礼物真好看！

Lisa：[猫猫脸红.jpg]

怀歆刚发出上一条，就弹出一条金菇凉的私信消息：怎么样？他信了没？

怀歆自在地跷了跷腿，给她回：大功告成！！！

手机屏幕那头沉浸在浓浓恋爱氛围中的王可翰估计打死也不会想到，他遇上传说中的"团伙作案"了。

怀歆在两个月前就联系上这个博主"金菇凉"，大致讲了下吕瑜的情况，请她授权自己用一下她发的日常穿搭。

本来也只是借用照片博取王可翰的注意力，谁知对方也是个性情中人，知道事情的来龙去脉后气不打一处来，两人合计着不如一起玩一出大戏，好好惩治一下渣男——金菇凉时不时地给怀歆拍一些具有氛围感的素材照片，而怀歆就负责把人吊着，见缝插针慢慢地磨。

王可翰的礼物先寄给了怀歆在 Q 大的一个朋友，而后直接寄给了金菇凉。

就这样，在两人齐心协力的努力下，这第一个阶段算是完美收官。

金菇凉：然后我们怎么办？[亲亲.jpg]

怀宝贝儿：第二阶段——

怀宝贝儿：放钩，等鱼咬死，当钩深嵌入皮肉中后再猛地钓起。

怀宝贝儿：[不要靠近女人，会变得不幸.jpg]

金菇凉：哈哈哈！宝贝你好坏我好爱！

金菇凉：快给我看看他什么反应！

怀宝贝儿：已经二十分钟了还在狂吹彩虹屁，夸你好看呢。

怀宝贝儿：等一下，我给你截图。[龇牙.jpg]

怀宝贝儿：[图片]

……

金菇凉：哈哈哈！笑出鹅叫！！！

金菇凉：什么叫"你完全配得上我"？

金菇凉：我可去他的！[龇牙.jpg]

金菇凉：[不要靠近女人，会变得不幸 .jpg]

正是周末下午，怀歆又学习了一会儿，登上了 QQ。

她本想找个名目和郁承聊会儿天，谁知才刚刚上线几分钟，他的聊天框便弹出信息。

这一次很直接——"对方邀您语音通话"。

怀歆目光一顿，冲到卧室门口关上房门，确保环境足够安静后，点击绿键接受。

那头传来男人清浅温和的嗓音，问："现在方便通话吗？"

"你不都已经打过来了？"怀歆扬唇。

"总还是要问问的。"他慢条斯理地说，"毕竟作家小姐档期这么紧，我也不好贸然打扰。"

怀歆"哦"了声，刻意问："那——如果我正准备和别人聊天呢？"

"那不行。"他语调低沉，却明目张胆地晃着笑意，"先来后到，我好不容易才排上队，得请他们再等一等了。"

她轻哼了一声。听不出是否被取悦了。

郁承微微一笑，语气征询："陪我一会儿？"

他的态度熟稔而自然，怀歆却觉出与众不同的情绪来，但并不着急戳破，懒懒地说："好啊，不过具体要做什么事情呢？"

他让她决定，什么都好，怀歆想了片刻，问他要不要一起看《老友记》。

零几年完结的系列情景喜剧，当时红极一时家喻户晓，近日又一起录制了重聚特辑，剧迷、粉丝都很激动。

但是说真的，这剧确实好看，有些情节即便过去许久也历历在目，想到还惹人发笑。怀歆很喜欢，十季两百多集，她反反复复看了四五遍，对台词几乎倒背如流。

郁承也看过不止一次，典型的美国式幽默，他去纽约上高中的时候这剧完结了近三年，热度依旧不减，每天都还是有人去"中央公园"找所谓的咖啡馆。

他说："好。"

两人都对情节走向了如指掌，怀歆感觉他并不很在意究竟看的哪一集，就随便选了一个——第四季末尾，罗斯在伦敦二度结婚的时候，莫妮卡和钱德勒不小心发生了一夜情。

怀歆爱死了他们俩，两人从朋友变为床伴最后升级为恋人的过程同时充满谐谑性和温情——有了第一次的良好体验之后，他们都很想保持这种关系，但觉得朋友之间这么做不对，而且害怕身边的人发现。

但最让人意外和惊喜的还是莫妮卡从钱德勒被窝里探出头来的那一幕。观众的尖叫和掌声都快掀翻天花板了。

伦敦这段情节还有另一个看点——瑞秋发现自己还爱着罗斯，想在他婚礼之前告诉他，但是挣扎过后没能说出口。结果没想到的是，罗斯在新婚宣誓时不小心把新娘的名字喊成了瑞秋，新娘觉得很丢脸，最终不欢而散。

怀歆就特别想知道："你觉得罗斯真是无心之失吗？还是说他心里仍然对瑞秋念念不忘？"

郁承在那头轻笑："人都会把最渴望得到却不现实的愿望放进潜意识，并且会在每一个清醒的瞬间拼命压抑这种念想。"

清醒的每一秒钟都在克制自己，更遑论婚礼这样的重大的场合，失误的概率应当为零。

"那就是还在乎咯？"怀歆耸了耸肩，啧道，"可他最后还是娶了别人。"

"人性是很复杂的，短暂的冲动迷恋和长久的爱与承诺并不一样。有的时候，也仅仅是我们自己在欺骗自己。"

把喜欢当成爱，把一时的荷尔蒙上头当成想要长相厮守的渴望。

这一刻郁承的语气听上去理智而又冷静，怀歆轻敛下眼睫，勾了下嘴角："……那你会有弄混的时候吗？"

"没有。"他大概是笑了下，"因为后者对我来说并不存在。"

郁承的语调很淡，像是沙滩边还没成形就被海水冲刷掉的印记，怀歆想问什么却没来得及开口，贝齿抵着唇瓣，稍一晃神就被屏幕上嬉笑怒骂的情节攫取走了注意力。

从伦敦回到纽约后，莫妮卡和钱德勒躲躲藏藏玩起了约会游戏，结果某次热吻时被菲比和瑞秋碰了个正着。钱德勒不得不扯谎说这是自己在欧洲学来的风情礼仪，临走时以同样狂野的方法吻了其余两人。所有人都满脸窒息。

新一拨的笑点袭来，背景音夹杂着录制现场观众的反应声，这样开怀的氛围拉着怀歆越发沉浸忘我，好几个片段中只听见耳机里郁承悦耳低沉磁性的笑声。

怀歆也跟着笑，抛开其他，不知不觉看了一个多小时。

在点开第六集的时候她才叫了停。

"哎，你好些了吗？"

"什么？"郁承问。

"之前不是不开心吗？"

电话里安静半晌，才响起男人低缓的叹笑声："被你看出来了啊。"

"当然啦。"怀歆也不细问，只是得意地哼哼，丝毫不吝啬对自己的赞美，"写作者需要有一颗明察秋毫的心。"

所以才特意选了轻松诙谐的喜剧，陪他笑，哄他高兴。

郁承笑意更深，有些止不住似的。

挂断语音通话的前一秒，怀歆听到他说："妹妹，我好像有点弄混了，怎么办？"

Chapter **2**

跟我玩个游戏吧 ✦

夕阳漫卷如铺陈油画，橙红色的晚霞笼罩在这座小城上空。

郁承挂了电话，坐在医院门口草坪上的长椅上眺望远处云霭飘然的天空。

几个孩子在有些泛黄的草地上踢着皮球，而父母则在一旁陪伴着他们，笑着闹着，一幅其乐融融的景象。

郁承看了一会儿，收回视线，从上衣口袋里摸出一盒烟。

来得匆忙，忘了带打火机，他站起身，问路人借了火。

烟点燃了，忽明忽灭的猩红被他掐在指间。郁承双腿交叠，神色倦淡地靠在椅背上，慢慢地抽着烟。

几缕缭绕的白色烟雾掠过他英挺的眉眼，夕阳的暗影洒下来，将他覆在一片缥缈的光晕之中。郁承眯起眼，又抬眸，看向不远处那几个跃动的身影。

不知过了多久，他把烟熄了，扔进垃圾桶，转身进了楼。

某高层病房内，帘幔半掩，窗沿边放着一小盆绿植。床上的老人黑头发中夹着银丝儿，仍旧安静地睡着。少顷，门被推开，郁承动作轻缓地走了进来。

他在床边的椅子上坐下，低垂下眼，视线落在老人略带着皱纹的眼角。

掌心里捏着的那张纸已经起了皱，他将它展开，平铺，搁在床头。

患者，侯素馨。

诊断为阿尔茨海默病。

郁承一言不发地凝视她许久，而后抬手，握住了老人表皮粗糙的掌心，慢慢地摩挲着。

她睡得很沉，比上次他回来的时候又苍老了许多。可谁也想不到就这么短短半年时间事态已经如此严峻，她出现远期记忆衰退、识人不清等症状，从养老院外出跑丢，现在已经是第二次。那边的邱副院长火急火燎地给他去了电话，要他务必回来一趟。

侯素馨的病症在加速恶化。

郁承前两天还在上海出差，几乎二十四小时连轴转，没睡几小时，他请了年假要回老家，钟勋还颇有微词地念了几句，让他尽快处理这边的事情。

郁承唇线平直，深深地埋下头去，脊背上服帖的西装外套陷下沟壑。他将额头轻贴在老人泛起褶皱的手背上，轻而缓地吐息。

他想起很多事情。

那些被妥帖存放在某处的回忆，在看见她的脸庞的时候，纷纷涌现。陌生而又熟悉。

他想起第一次在孤儿院看见她。

年轻的女人穿着和这座小镇风格相似的朴素衣裳，站在走廊边上凝视着他。

郁承坐在屋里，她在窗外。

他面无表情，而她唇边微微带点笑意。

两人就这样安静而沉默地对视，女人又弯了弯嘴角，朝他走近，隔着生锈的铁栅栏用方言问："娃儿，你叫什么名字？"

他不说话。

六岁大的，细胳膊细腿看起来营养不良的男孩子，一双黢黑的眸紧紧地盯着她，乍一看攻击性十足，仔细瞧了却发现满是恐惧和防备。

他是被亲生父母抛弃的。从小在孤儿院长大。

侯素馨却一眼瞧中，极喜欢，她和她男人几年一直讨不着孩子，眼看着过了最佳生育期，姆妈着急，却也无济于事。两口子一合计，说要去领养个孩子。

这种观念当时在江浙沿边一带的小城已是极为普遍。好在民风淳朴，省却了闲言碎语。

郁卫东还在巷弄里看铺子，让她先去看看，侯素馨将刚织好的围巾收起来，换了身尚且得体的衣饰，按照地址寻了过去。

这所孤儿院不大，墙壁外饰都有些破旧。零星几所屋子，院里繁枝绿茵，树下摆放着一个矮小的篮球架。但不知是不是无人玩耍，有些落了灰。

她再一转身就看到他了，远远地。

如果不曾亲历，侯素馨也不太相信缘分这种事，但冥冥中她总感觉有什么在指引着自己走过去。

这孩子的眼睛生得极漂亮，乌黑通透的，像是玉珠，盈着亮亮的光。

他长得也很好看，若非有点瘦弱，模样会更俊俏些。

于是她就问他："你叫什么名字？"

"……"

一段很长时间的沉默。

侯素馨看着他，越看越喜欢。

他不该拘在这里，蓝天都看不见的一方天地，像他这样的孩子，应当和别的娃娃一样，神气地背着书包精神抖擞地去上学。

她当即就做了决定。

没有等她男人过来拿主意，没有再转转看看有没有别的称心意的，她决定了。

侯素馨靠近，隔着斑驳的铁栏杆浅笑，脖颈处特意别上的藏青色丝巾透出外头轻和的柔光。

察觉到她的行为后，男孩动了一下。

准确来讲，是瑟缩。

他躲闪地后退，背部抵在床脚，缩进了角落里。

又是一阵沉默。

侯素馨还想说什么，一旁却传来轻盈的脚步声，是这里的看护老师，一个二十出头的小姑娘，扎着编起来的翘辫子，满脸笑容地朝她走来："侯姐，瞧得怎么样？若转好了，要不我们进屋看看档案——"

小姑娘在她旁边停下，刚好瞥眼看进屋内。

"欸，你在阿程这里呀。"

原来他叫阿程。

侯素馨下意识又转头，看那孩子。

——他还是待在角落里，唇抿得紧紧的，抱着膝盖。本来黑眸有些畏葸地偷觑着，见她视线落来，他又马上低下了头。

"好啊。那去看看档案吧。"

年轻女人柔婉的嗓音在窗边轻轻飘散，郁承再抬眼，她人已没了影。

他转而看向门口，把手处安静，像是被彻底锁住了。

指尖抵进掌心，有了些疼痛感，而后又松开。这狭小又压抑的室内光线昏暗，郁承垂着眸，从身旁的薄被汲取温度。

过了好久。

"阿程。"他听到窗外有人在叫自己的名字，蓦地抬头。

还是那个女人。

称不上多时髦的衣着，暗赭的棉麻布料，但是干干净净的，一丝线头都无。如同她的脸庞，干净而清雅。

侯素馨再次走近，手指屈起轻敲了敲窗沿，牵起嘴唇朝他笑了。

那是郁承一辈子都无法忘记的画面。

她极温柔、极温柔地问："要不要和我回家？"

手心包裹处有了些动静。

郁承猝然回神，定定地看向床上躺着的人。

侯素馨已经悠悠转醒，睁开眼，目光有些迷茫。从雪白的天花板看下去，她看到了一张年轻男人的脸。

分不清有几秒钟，时间像是静止的，侯素馨缓缓开了口，找回自己的声音："……阿程？"

　　郁承眼睛一眨不眨，眸光却逐渐亮了起来。

　　"妈。"他轻声回，不着痕迹地将床头的纸叠好攥进掌心。

　　"哎呀，我这不过是摔了一跤，怎么麻烦你回来了？"她完全不知道发生了什么事，有点开心又有些忧虑似的，"你不是在 G 城工作很忙吗？"

　　"休了年假，正好有空，就回来看看。"

　　他眉间轻蹙："而且妈，您的事，对我来说永远不是麻烦。"

　　侯素馨登时就弯了眼，像个小孩般坦白承认错误："是妈说得不对。"

　　郁承眼睫动了动，握着她的手，温柔地道："邱院长给我打电话了，说您又不打招呼一个人出去了。"

　　"我上次怎么跟您说的来着？如果在养老院里闷得慌，就和小刘说一声，她会陪着您一起。"他用床头的热水壶兑了杯温水，扶着侯素馨坐起来，看她喝了，"您没听我的话，结果怎么着，不就摔了一跤？"

　　"这年纪大了确实是有点力不从心了。"侯素馨摸了摸脸，似有些心虚地低下眼，过了一会儿，没忍住又看了看面色平静的男人，妥协，"好啦，下次我不会这样了，想出去就喊小刘一声，可以吗？"

　　郁承凝视着她，轻轻点了下头："嗯。"

　　他上次问过要不要把她接到 G 城去，但她不太愿意，所以他没再提："我之后会给您找些保健药，让养老院配给您，记得要乖乖吃，好吗？"

　　侯素馨点点头。

　　熟悉的地方，熟悉的环境，熟悉的她。郁承觉得这入冬的天气好像也没那么冷了。

　　侯素馨拉着他细细打量："脸色不好，最近是不是没睡好啊？"

　　"嗯。"

　　"金融这工作到底是做什么的，要这么累人——"她话音顿住，不好意思地笑笑，"你之前解释过好多次，但妈实在是没太听懂。"

　　"不打紧。"郁承道，"我再和您说一遍就是了。"

　　他轻声慢语地讲，侯素馨似懂非懂，偶尔好奇地提问。

　　一个平静的傍晚，他们像一对普通的母子般，聊着稀松平常的话题。

　　"上次过年来的时候不是许诺以后会带着对象一起回来？"侯素馨睨了郁承一眼，对他空口承诺微微表示不满，"也到年纪了，总不能去哪儿都还是一个人吧？"

　　"我也想啊。"郁承耸了耸肩，遗憾似的玩笑道，"没姑娘要我。"

"胡说——"侯素馨瞪了他一眼，"我孩儿这么俊，怎么会没人要？"顿了下，"我看啊，就是你那个工作搞的，那么忙，哪有空理睬人家姑娘。"

郁承眼尾扬起来，捏了下手里层层折叠的单子，几分商量的语气："要不妈您再把之前的手艺捡起来，织几条漂亮的围巾给我，我送给倾心的女孩，说不定人家就看上我了呢？"

侯素馨以前靠做这些活儿谋生，围巾织得尤其好，什么繁复的技法都会，但郁卫东的铺子越做越大之后，她就去帮衬店里的生意了。

早些年这座小城被定为旅游景点，游客越来越多，郁家店铺的月流水也越发充盈，是巷口数一数二的。

近些时候她身体大不如前了，郁卫东请了人帮他打理店面，让侯素馨安心歇着。

老伴白天常常不在，她索性就常去附近的养老院转转，还有人可以讲话。一来二去地，也就住下了。

不过平常的生活的确有些闲，要是能做做以前那些手艺活儿，也是挺好的，侯素馨思忖着，觉得颇有理："妈之后就给你做，保准女孩子会喜欢。"

"好啊。"郁承勾起唇。

正聊着，房门被敲了几下，从外面推开。

护士领着一位同样近花甲之年的老人进来。只不过与床上的侯素馨相比，他精神矍铄，脊背挺直。

郁承站起来，转身开口："……爸。"

郁卫东的脚步顿了顿，语气很客气："小承，你怎么回来了？"

郁承还没接话，他又平静问道："你父母一切都还好吗？"

"……"

病房中的气氛仿佛有些凝滞，小护士没搞清楚状况，躬身退了出去。侯素馨捏了捏被角，扬声道："哎呀老头儿，你可算来了，今晚给我带什么好吃的了？"

郁卫东这才将目光转向她。

他把手里提着的不锈钢饭桶放在床头柜，平缓道："都是你爱吃的，排骨、胡萝卜、莴笋，我让店里伙计多放了点橄榄菜。"

"不错！"侯素馨眸光一转，突然"呀"了一声，"你不知道阿程在，没有他的份啊。"

饭菜的香味慢悠悠地飘出来，郁卫东专心摆着菜，不置一词。郁承手臂垂放在身侧，西装革履在此时与周围环境显得格外不搭，沉默地看了半晌，道："爸，妈，你们慢慢吃，我出去找个餐馆。"

侯素馨闻言立即看着他，带着歉意："别走太远了，早去早回。"

他颔首，轻轻带上了门。

临近期末，学业越发繁重。

还有一周考试，怀歆每天都往图书馆跑。

天气越来越冷，所有应付冬天的装备她都穿上了，把自己裹成一只厚重的棉熊似的。

下午她学到一半累了，便去咖啡厅喝个下午茶放松放松，正等待甜品上桌时，手机振了一下。

——是陆予嘉发来的微信。

其实他们前两个月才加上。

他主动发来好友请求，对之前的不欢而散只字不提，反而给她发些有的没的：看我在家里发现了什么好东西？！

陆予嘉：你的追星盒！里面有好多明星海报和周边哈哈。[狗头 .jpg]

怀歆漫不经意地打量那两行故作讨好的文字，忆起他们之前一起去看 M4 男团演唱会的场景。

那天下午雨下得很大，离露天演唱会还有三小时，怀歆站在窗户旁注视厚重的雨幕，双手合十，口中念念有词："拜托拜托，不要取消不要延期……"

陆予嘉看到她这样，也走过来，半跪在沙发上，学着她的样子"祈祷"。

怀歆当时真的被他逗笑了，想着哪怕演唱会真不开了她也没那么失落了。

她知道他并不真的喜欢这些东西，甚至对 M4 毫无兴趣，但每次她跟他分享的时候，他会很耐心地倾听，从来没说过半句不理解。

怀歆手指随意一点，把陆予嘉放进了自己的好友列表。

刚加上好友，他就给她拍照：你看，这些都是在家里找到的，你之前说太多了，宿舍放不下，要我替你保管，我刚数了下，一件都没有少！

他还有些得意似的。

怀歆有些想笑，但又想起这人之前的不端行径，点开他的朋友圈浏览。

背景是博尔赫斯的一句诗，老天，她都不知道他什么时候变得这么文艺——

我用什么才能留住你，我给你瘦弱的街道、绝望的黄昏、荒郊的月光。

朋友圈三天可见，什么也没发。

当代青年是不是都很喜欢搞这一套，神神秘秘的，不愿新加的微信朋友了解自己的真实个人生活。

于是怀歆就直接问了，她可不想再在分寸界限上栽一跟头：你女朋友长什么样子？好看吗？[嘻嘻 .jpg]

回得牛头不对马嘴，想必陆予嘉在那头也有被狠将一军的猝不及防。

他发了一串"……"过来。

陆予嘉：没有了，分手了。[龇牙.jpg]

他佯装恼怒：我给你辛辛苦苦找盒子，你的重点就在这上面？！

怀歆：那我总要问了才知道，你自己又不会说。[龇牙.jpg]

她故意阴阳怪气，发完之后心情倍爽，喝了一口醇香的奶茶，配以芝士蛋糕——嗯，真的好吃。

陆予嘉：行了，上次是我错了好不好？[龇牙.jpg]

陆予嘉：女王大人，我给你道歉。[扑通跪下.jpg]

他倒是很坦诚。

怀歆眯着眼轻哼了声，这才大发慈悲道：给我看看那盒子里有什么？细雨微风的签售会门票还在吗？

细雨微风，千万粉丝作家，因长篇小说《易楚》爆红，她少年时代的精神偶像。

怀歆追星那会儿挺狂热的，什么周边手办都要入，家里设置了一个专门的橱窗来放，最后都差点放不下了。

陆予嘉：在的在的。

陆予嘉：[图片]

陆予嘉：完好无损。[墨镜.jpg]

怀歆：[哇.jpg]

怀歆：真的都在！我还以为丢了呢！！！

没给他自吹自擂的机会，她迅速问：所以什么时候把盒子寄给我？

陆予嘉：这在我手上还没热乎呢，你就要卸磨杀驴啊！[苦涩.jpg]

陆予嘉：好歹是封存了我们俩共同的回忆……

怀歆：不然你还想一人一半怎么？[嘻嘻.jpg]

怀歆理所当然：这本来也都是我买的东西，你当时就是顺带的罢了。

陆予嘉：……

陆予嘉：那怎么说也得当面交接吧？邮寄多没有仪式感！

怀歆哂笑。

怎么着——出趟国还弄出一身仪式感来了。

陆予嘉软磨硬泡，大抵就是想见她一面，但怀歆最终没同意。

两年过去了，他已经没那么了解她了——她的信任感一向很稀缺，滥用了就是没有了。

陆予嘉无奈，只得把盒子同城快递给她。

不过收到寄件的时候，怀歆随意扫了下地址，他就住在西四环，科技园那边。离 B 大倒是极近。

后面一直都有一搭没一搭地聊天，偶尔他会分享生活，或者发一些好听的歌曲给她，还有微博、知乎上的段子。

不得不说，这男人还是和当年一样幽默，温水煮青蛙，耐心十足。

怀歆看段子的时候也会被逗笑，但是看完了也就过了，不会再有深入探询的意愿，始终把陆予嘉划在朋友的铁线内不得逾越。

事实证明她这个决定是对的，也才没两个月，今天，和上次他加好友几乎一样的场景。怀歆仍是在这个咖啡馆，手里端着杯卡布奇诺，收到陆予嘉的消息：星星，我和前女友复合了。

怀歆低垂下眼，没什么情绪波动地喝了一口咖啡，回：恭喜。

其实这聊天记录还有点突兀。

上次聊天在三天前，他说他最近买了只能源股票被套牢了，苦哈哈地卖惨。

怀歆当然是加以嘲笑，并且顺手转发了一条股市段子，相亲时可以根据被套股票种类来判断男人的品质——套在新能源上的，性情中人，比较单纯，容易被故事感动，主要观察是不是真傻。

陆予嘉：[发怒 .jpg]

怀歆：哈哈哈——

怀歆：还有这个，笑死我了。

怀歆：套在银行地产上的，这种人一般不接受新鲜事物，可能有大男子主义倾向。当然如果他能掏出一沓房产证，说明他知行合一，可以嫁；如果不能，就要他继续做时间的朋友。

陆予嘉：哈哈哈——

陆予嘉：我还有一只股被套牢了，是保险，段子手怎么说？ [抠鼻 .jpg]

怀歆复制粘贴：这种男人，有保险，非常靠谱，吃苦耐劳，胸怀大志，目光长远，一般都有十年甚至百年以上的眼光，遇上这样的男人，不用考虑，赶紧嫁了！

陆予嘉沉默几秒钟，终于听懂了：[再见 .jpg]

然后怀歆没回了。

所以上下两段聊天记录看起来违和感还是很强的。

怀歆思忖片刻，又问：互删？

过了大概有十分钟，陆予嘉才回：不用吧。[苦涩 .jpg]

他试图以玩笑的形式来带动气氛：正常聊天有什么不能看的。[龇牙 .jpg]

怀歆指尖悬停几秒，有点不愉。

事实上他这话说得很有心机，摆明了是在说他俩什么都没有，他女朋友不会介意，但实际上却暗含着威胁——如果怀歆坚持要删好友的话，是她自己心里有鬼。

自重逢以来，节奏的掌控权都在他手上，交女朋友，分手，和她聊天，再到和前女友复合，怀歆始终被动，现在连想眼不见为净都要被他拿捏一番。

她不喜欢这种感觉，也不想再被他自作多情地绑进他和别人的故事里，果断选择了消息免打扰。

然后就是期末季忙得脚不沾地的复习。

怀歆偶尔会登上QQ，去问问郁承都在做什么，但他看上去好像特别忙，寡言少语，甚至有些公事公办的态度。她试探了几次，一直都没找到什么机会像之前一样再一起看电影。

最后一门专业课考完这天，许久没冒泡的编辑来戳她，问她新书写得怎么样了。

怀歆：[苦涩 .jpg]

怀歆：已经半个月没写了，还差最后一个收尾，大概 5 万字吧。

编编：[大哭 .jpg] 年前我们要出一校，亲爱的，下周能给我吗？[可怜 .jpg]

怀歆心软，光是看着那两个表情就不忍心了：我日更万字，这周给你吧。[脸红 .jpg]

编辑变脸比翻书还快：爱你我的大宝贝，你是什么人间天使！！！爱你哦！！！[亲亲 .jpg][亲亲 .jpg][亲亲 .jpg]

编编：那我先去玩啦，你好好写！！！

怀歆：？

……

等一下，她刚才答应了什么？！

虽说很想把刚才给自己挖坑的自己埋了，但是一言既出，驷马难追，怀歆还是痛苦地选择了践行诺言。

她就像是长在了图书馆里似的，期末季已经过了，图书馆不复之前的拥挤，放眼望去皆是冷冷清清的空座位，只有她还在奋笔疾书，头悬梁锥刺股。

怀歆属于手速中档的那一类人，日更万字是真的一点业余生活都不能有，去除灵感歇菜的时间段，要从早到晚码字。

连续整整五天，差点疯魔。

最后还是很幸运地按时交稿，并获得了自家编辑一个超大亲亲——怀歆疲惫地趴在床上，感觉自己已然被榨干。

然后她倒头睡了一天一夜。

她醒来的时候正是次日下午，大学班群里弹出了好多消息，还 @ 了全员。

怀歆赶紧查看，发现是同学们要组织聚餐，定在今天晚上六点半，荣李记，正在统计人数。

女班长和她关系交好，特意私戳她：亲爱的，你去不去呀？

怀歆晚上没什么事，就同意了，顺嘴问：现在几个人报名呀？

夏雨霏：十多个人吧，包厢没位了，就在大堂比较偏僻的角落定了张大桌。[憨笑.jpg]

怀歆：好嘞！一定准时到。[亲亲.jpg]

她从床上爬起来，梳妆打扮了一番，五天作息混乱的状态完全清零，神清气爽地背上挎包，去校门口打车。

怀歆今天穿的是一件黑色的裹臀连衣皮裙，小坎肩，马丁靴，贝雷帽，一头黑长直也用卷发棒卷了下，颇有点韩式风格。外搭一件宽大的面包羽绒服，拉高了身材比例。

她到荣李记的时候还很早，人来得还不多。

平常大家上课都是整个学院一起，所以对于班级的概念并不强，有几个同学她甚至觉得面生，大家互相打了招呼，略显疏离地做了自我介绍。

班长夏雨霏一直都很热情地招呼大家。在座不少南方人，荣李记是江南菜，很合他们的胃口，就是在大堂里，背景音略显嘈杂，不然聊天会更畅快一些。

不知是谁带了两瓶红酒，于是就开了助兴。饭局过半，大家也渐渐地熟络了，天南地北地聊着。

夏雨霏坐在怀歆旁边，附在她耳边悄声道："亲爱的，你帮我看着点，我去结个账。"

"没问题。"

夏雨霏刚起身，愣了一下，笑道："哎，殷蔓，你来了啊，还以为你赶不上了呢。"

怀歆闻言也顺着她的视线看去，放下手中的筷子。

殷蔓之前没怎么见过，不过怀歆对她身边站着的人倒是很熟悉。

陆予嘉正背着一个女士LV（路易威登）水桶包，提着大袋小袋，都是耳熟能详的牌子，一看就是刚陪女朋友逛过街。

殷蔓一身珠光宝气，浅笑着走近："雨霏，你组织的局我肯定得来啊。"而后又指了下身后的陆予嘉，征求大家的意见，"我男朋友也在，大家不介意一起吃吧？"

反正用的也是班费，同学们不太在乎。他们主要关心的是八卦，当即起哄，让两人赶紧入席。

怀歆侧眸的那一瞬，陆予嘉恰好看了过来，而后不着痕迹地收回视线，跟在殷蔓的身后插空找座位坐了下来，恰好和怀歆之间隔了一个同学。

其实饭局已经到了尾声，桌上只剩下残羹冷炙，夏雨霏问殷蔓和陆予嘉需不需要加几个菜，殷蔓婉拒："不麻烦啦，我们随便吃点就好。"

大家之后都各有安排，陆续有人先行离开，但也有留在位子上聊天的，其中女生们最关注的就是殷蔓的这个外形出色的恋爱对象，以及两人究竟是怎么认识的。

"我男朋友啊，"殷蔓看了陆予嘉一眼，握着他的手腕笑道，"我们是在朋友组织的一场德扑（德州扑克）局上认识的。"

她毫不吝啬地分享："他又高又帅，牌还打得好，加了微信之后发现他这人很幽默，会聊天，所以一来二去就看对眼咯。"

殷蔓说完就甜蜜地笑起来，陆予嘉宠溺地揉了揉她的脑袋，在座的都哎哟哎哟怪叫了几声，调侃着还给不给单身狗活路了。

怀歆也跟着笑，漫不经心地，过了一会儿她起身，对夏雨霏交代一句："我去趟卫生间。"

身后殷蔓还在事无巨细地分享恋爱细节，语气中不乏小女生得意的炫耀，怀歆的步伐不紧不慢，没过一会儿就什么声音都听不到了。

她从卫生间出来后，对着镜子补妆。

她收好口红，重新背上小挎包，正准备转身回去时，差点撞上了人。

——陆予嘉就倚靠在墙边，眼睛一眨不眨地看着她，明显是在等她。

怀歆倒也没有装作视若无睹，只是略抬眸，问："有事？"

陆予嘉张了张嘴，低声问："你怎么不回我微信？"

"是吗？"怀歆挽了下耳边发，淡淡道，"可能是消息太多了，没看到。抱歉啊。"

陆予嘉眼神暗了暗，往前走两步，有些认输似的："星星，你一定非得这样吗？"

怀歆想笑，想问他自己哪样了。

"就不能再做回朋友？像以前那样轻松愉快地聊天不行吗？"

怀歆笑了。

她知道，陆予嘉比自己还清楚，这不过是借口，他想要的，是成年人之间最高明的暧昧游戏，是进退有度的试探，是欲擒故纵的装饰。

可恕她直言，他实在不太够格。

"没必要了。"怀歆越过他，欲向大堂走去。

陆予嘉猛地一把拉住她的手腕。

"可是我不想失去你。"

怀歆眼神微变，正欲挣开，就听见一道惊怒的声音："你们在做什么？！"

——殷蔓就站在不远处，不巧正撞上这一幕。

这回陆予嘉迅速放了手，老老实实地和怀歆拉开距离。

怀歆颦眉，觉得自己还是应该解释几句："我……"

"怀歆是吧？！"

不料殷蔓打断她，愤怒地快步走过来，高跟鞋在大理石地面上踩出咚咚的声音。

她将陆予嘉拽到自己身边，宣誓主权般地挽着他的手臂："你怎么这么不要脸，他都已经有女朋友了还想着勾搭他！"

不分青红皂白的控诉并没有让怀歆乱了方寸："不好意思，但刚才好像是你男朋友拉着我不放。"

殷蔓一哽，瞪着眼道："那也是你先勾引他，他才会拉你。"

"……"

怀歆无语，受害者有罪论，这恋爱脑没个几百上千年恐怕修炼不出来。

陆予嘉表情不佳，揽住殷蔓的肩膀，想要劝架，却被她一把甩开。

"而且别以为我不知道，你们俩以前在一起过！"

殷蔓紧紧盯着怀歆，讥笑道："我和他前两个月还没分手的时候，你就已经见缝插针和他聊上天了，每天分享你那'有趣'的生活，发笑话发照片，怎么这么不知检点啊？"

怀歆眼神微凝，接着冷冷地看向陆予嘉，后者明显更加慌乱，伸手去搂殷蔓，试图哄她："亲爱的，你别说了。"

这一下恰巧点着了她的火药桶："还有你！

"复合的时候你信誓旦旦说心里只有我一个人，结果呢？！那天我翻开你的网易云歌单，看到你关注了她，收藏的也都是她喜欢听的歌！"

走廊上往来的宾客不多，但经过之人大多侧目。

怀歆揉了揉太阳穴，觉得这一切真是无妄之灾。

——她也不是没有错。

她最大的错就是不该重新加上陆予嘉的微信，这家伙就是个麻烦。

"殷蔓，"怀歆真的很无奈，"在你站在道德制高点指责我之前，你有了解过事实全貌吗？

"需不需要我把我们之间的聊天记录打包发给你，看看我在知道他有女朋友的时候有没有向他释放出哪怕一丁点的不良信号？"

陆予嘉做的事情实在是踩到了她的红线，怀歆没太给他留情面："在我这里，他和其他前任没有什么区别。至于他自己做的事，就算有什么越线的证明，那也和我无关。"

男朋友对前女友仍念念不忘，殷蔓大抵是被戳中了痛处，很是气急败坏："之前在 Flipped 你敢说你没有和他一起单独聊天？！我全都看到了，你们喝酒，你还拉着他笑——"

殷蔓深吸一口气，顺手拿过途经的侍者端着的一杯红酒，猛地朝怀歆脸上一泼："你就是居心不良，还想撇清自己？！"

"哗——"

怀歆反应很快，下意识避开。但因为距离太近，还是沾染上了些许。红酒滴滴答答地沿着头发流下，有些辛辣的味道。

不光侍者被吓蒙了，陆予嘉脸色也白了，怀歆闭了闭眼，心想幸好今天穿的是一件黑色皮衣，痕迹没有太明显，尚保留几分体面。

她想说什么，却发现嗓子好像被堵住了。

无论如何也开不了口。

"怀歆。"

就在这时，一道温和低醇的声音自身后传来。

她机械地转身，对上郁承漆黑淡薄的眉眼："这是怎么了？"

好久不见，竟然在这里碰见他。

郁承西装挺括、身姿修挺地站在她面前，怀歆蓦地觉得狼狈起来——嘁，她刚才心态还挺沉稳的。

"我……"

男人走近，略微俯身，带来一阵温暖的木质馥奇香气。

他从西装前襟取出一方手帕，递到她手心，低垂下眼："擦一擦。"

掌心中柔软的丝帕还残留着属于他的温度，怀歆迟疑地捏了捏，半晌低下头，默默地擦拭着脸上的酒渍。

从他的角度只能看到她卷翘又长的睫毛，湿漉漉的，手帕掠过柔软白皙的脸颊，然后是修长的脖颈和潮湿的锁骨，她像是极委屈似的。

郁承抬眸，目光在陆予嘉脸上停留半秒钟，移至殷蔓身上。

"小朋友。"

"……"

他悠悠地笑了，居高临下地问："你爸妈有没有告诉过你，这是一种很没有教养的行为？"

男人嗓音温沉似酒，在场的人却噤若寒蝉，谁也没有说话。

殷蔓惊疑不定地看着郁承，一时之间也没太想明白他和怀歆的关系——这个男人样貌英俊，衣着矜贵，一看就气质不凡。

陆予嘉同样表情复杂，在郁承的注视下，想开口却又抿紧唇，只难堪地拽了下女友的衣袖。

殷蔓大概也有些反应过来这是众目睽睽的公共场所，就算再怎么生气，兜头泼人酒的行为也有些过激。但她真忍不下心里那口气，胸口起伏，还想说什么，却被陆予嘉一把拦住。

"怀歆，今天真的非常非常抱歉，我回去以后会跟蔓蔓把事情来龙去脉解释清楚的——"

最后又看了怀歆一眼，陆予嘉连拖带拉地扯着殷蔓走远了。

这时夏雨霏从他们离开的方向跑过来，给怀歆披了件外套。

她刚才远远看到这边起了争执，却又不知是什么原因："你没事吧？"

怀歆摇头："谢谢，我没事。"

夏雨霏偷觑旁边高大挺拔的男人一眼："这是谁啊？"

怀歆"啊"了声，神情明显明媚了一些，仰头朝郁承看去。

与此同时，他也垂眸，平静地打量着她。

怀歆真没想到今晚会在这里遇见他。他在G城工作，飞来B城本就可遇不可求，这次肯定又是来出差的。

对视不过须臾，怀歆眨了眨眼，勾着笑意："我领导。"

她眸光清亮，鬓边发丝还有些湿漉漉的，却毫不遮掩方才被人无条件维护的小小自得和欣喜，一瞬间变得狡黠又灵动。

郁承眼睫微动，稍顿一瞬，视线稍压下来些许。那双桃花眼透过逆着光的镜片，好看得晃人。

"刚才怎么了？"他淡声询问。

"……"

讲到这个事就有点难办了，无论如何人设不能崩，怀歆掐头去尾，简单把自己的遭遇叙述了一遍，末了吸吸鼻子，面上情绪低落。

她现在是"Olivia"，不是"Lisa"，虽然这事她纯粹是倒了霉被陆予嘉牵连，但是很多细节郁承不必知道。总而言之，只要相信她是一个坚决不插足别人恋情的正直女青年就对了。

怀歆糯着鼻音总结道："她就是误会我了……"

郁承凝视她片刻，才出声："你还准备回同学聚会吗？"

"不了吧。"怀歆低头看自己，自嘲道，"这个样子也不太方便。"

"打算回家？"

"嗯。"怀歆微抬起头。

"那我让公司司机送你吧，刚才叫了车，现在应该已经到门口了。"

怀歆的心情过山车似的从山峰荡至谷底，脱口问道："欸，那承哥你呢？"

郁承脚步一顿，未答话，旁边却插进一道清丽声音："承总，去忙什么了这么久？"

漂亮成熟的女人，看起来二十七八岁，腰肢纤细，妆容精致，一条勾勒身材的红裙，耳垂上的钻石耳钉分外亮眼。

不像是商务会谈的装扮。

怀歆看着他们，女人也察觉到这边有情况，从走廊那头笑着朝郁承走近："遇到什么问题了吗？"

"没有。"

郁承接过话头，临走前对怀歆说："联系电话我微信发给你。"

"好。"她答。

他略一颔首，和那个女人并肩离开了。

夏雨霏回酒桌收拾残局，怀歆也没有东西落在那边，就没跟她一起回去。

她的心思还集中在方才的那一幕。

从走廊内走出来，她下意识扫了一眼大堂。

——没看见他。

怀歆于是联系了司机，约定在餐厅正门口等着。上车之后她才发现，自己手里还紧攥着郁承的手帕，只不过浸了酒，显得比较暗沉。

她伸出手指轻轻抚过，心想，也不知能不能洗干净。

怀歆回到家洗完澡后，第一件事自然是删除陆予嘉。

——在这事上她不可能再栽一次跟头了。

怀歆斟酌半晌，又给郁承发：承哥，今天谢谢你帮我解围。

怀歆：不过你的丝帕落在我这里了，抱歉有些脏了，我洗好之后还给你可以吗？

两个小时都没收到他的回复。

她正打算入睡的时候才看到他发来一条：好，没事，不着急。

从微信退出来，视线移向QQ，怀歆垂下眸，睫毛在眼睑处覆下一层阴影。

兴许是常年写小说的缘由，脑中已自然浮现很多说辞，明里暗里都指向同一个令人好奇的问题。

过了好半晌。

怀歆钩着自己的发尾绕玩几圈，最终没有点开。

寒假有一个多月的时间，怀歆早就计划过年之前一个人去西南旅游一趟，采采风，享受安静的时光，也找找新书的灵感。

于是她上网搜行程，开始做计划。

当晚和怀曜庆说了这件事，他起先比较反对："女孩子一个人多不安全！至少找个伴吧！"

怀歆笑："爸，我之前不也自己出去过吗？不都什么事也没有？"

怀曜庆噎住。

——那是因为之前她跟他讲的时候他总在忙工作，听过一耳朵回头就忘，等反应过来的时候怀歆都已经游玩一圈回来了。

但现在这事儿都甩到他面前了，怎么能不管？

"那……总之就是不行，你说你要去哪儿来着？"

"稻城亚丁。"

"那地方风景是好，但海拔也高，你没个人照应，出现高原反应怎么办？那边山路又难走，你不熟悉路况也不可能自己开车吧，那还得雇个司机，荒山野岭的就你和司机两个人，多危险哪……"

老头较真起来还挺絮叨，怀歆眼里盈着笑，走过去搂他的肩膀："哎呀爸爸！你就让我去吧！"

"……"

她浮夸地撒娇："我想去嘛！"

"……"

"而且我保证，不会让自己的人身安全出问题。"怀歆说，"在当地托朋友找个认识的靠谱的人当司机就行了，夜里我也不单独行动，乖乖待在酒店里，好不好？"

怀曜庆的手臂被她像荡秋千一样来回狂晃，他抽出手来按了按皱起的眉心，试图延缓她的战术："你等会儿……"

彼时赵媛清端着水果从厨房出来，在两人身边坐下："妞妞大了，就让她自己决定吧，你也别老管束着。

"她能力有多强你又不是不知道，去年不还自己去过新西兰嘛，打点得妥妥当当的，还给我们都买了礼物。"

怀曜庆神情复杂，欲言又止。

新西兰那趟怀歆就是先斩后奏，人已经落地才告知他。他吹胡子瞪眼快气晕了，可也没法派个人去把她抓回来，只能时刻保持联系。

怀歆一路上倒也很体贴，时不时在家庭群里发些沿途风景和游玩照片，好吃好喝，有趣的，怀曜庆一边慢慢消化怒气，一边心头兴起种奇怪的感觉。

女儿好像真的长大了。

她很有自己的主见，也能担当起许多事，不再是小时候晚上一打雷就要躲进爸爸怀里的小女孩了。

妻子和女儿一人一边磨他，怀曜庆闭了闭眼，有点无可奈何。

——他知道怀歆打定了主意。这小鬼头一向执拗得很，若是有了什么愿望，那是一定要实现的。

不管是通过自己的努力，还是死缠烂打求身边的人。

于是他只得叹口气："好吧，无论如何，一定要注意安全。"

怀歆听见这话，高兴地跃起来，在怀曜庆脸上奖励似的啵了一下。

老头条件反射地捂了下脸，瞧她那奸计得逞的开心样，很是拿她没办法："行了，不早了，快去睡觉。"

放假以来怀歆都有些无所事事，自己看了几部电影，然后做做行程规划。

今年春节在二月中旬，她计划着一月下旬出发，大概去七八天。

郁承的手帕质地比较丝滑，但是红酒污渍一旦干了更难清洗，当晚怀歆就自己先手洗了一遍，而后又拿到外面的干洗店去洗，这么折腾一通总算是洁净如初。

那是一条颇为低调的藏蓝色西装口袋巾，很漂亮，她都有些舍不得还回去了。但转念一想，要是把人搞到手了，这样的手帕还不是想要几条就来几条。

她顿时心里就释然了。

怀歆点开郁承微信：承哥，手帕洗好了！

怀歆：要不你给我一个地址，我给你寄过去？［龇牙 .jpg］

没过多久，他回：我在 B 城没有固定居所，寄来 G 城太不方便了，下次遇见的时候你直接给我就好，不着急。

他这话说得很随意，好似是真的不太着急。

但怀歆知道，一般这么说，就是不太在乎这东西是否还能还回来了。

他大概有很多条这样的方巾，少一条也无所谓。何况还被异性使用过，应该是不打算再要了吧。

怀歆低眸打量手中柔软的丝绸织物，轻笑一声。

——倒也没什么不好的，至少实现了她想留下它的愿望。

距离上次在荣李记见到郁承已经过了一周，怀歆思忖着是时候再去 QQ 找他了，谁知还未采取行动，那头就颇有心灵感应般地弹出了消息。

Alvin：要不要一起看部电影？

怀歆勾了下唇，打字：挺巧啊。

Lisa：我也正想找哥哥欸。[眨眼 .jpg]

他发来语音，语气慵懒："是吗？"

她不甘示弱，嗓音娇软："是啊，很有默契对吧？"

郁承气息微动，漫不经心地笑："那妹妹想看什么电影呢？"

"我想想啊。"

怀歆嘴角略微勾起了一丝弧度，有些坏意。

少顷，她按住话筒，敛着睫毛，尾音流连着勾出两个字。

"《色戒》。"

隔了几秒，她笑吟吟地问："看过吗？"

虽然并不是实时通话，但是短暂的安静还是让怀歆禁不住捏紧了手机。

她食指屈起，轻轻慢慢、有一搭没一搭地在桌面上轻叩。

心口处的跃动维持在一种稍微有些急促的频率，怀歆眯着眼，没有太多患得患失的紧张感，更多的是来自终将要短兵相接的兴奋。

她给彼此留足了余地。

实在不行大不了就再换一部电影——片子这么多，总能寻到称心的。

而她同时在赌。

赌循序渐进的过程被她拿捏住了节奏，他会纵容地跟着混淆了边界，有意愿沉潜向更深的海域。

郁承留给怀歆自我揣测的时间并不长。

也就是几分钟的间隙，他拨了语音通话过来。

怀歆趴在床上，跷着小腿晃了晃，笑问："怎么样，回想起来了吗？之前看没看过这部片子呀？"

最关键之处不在于看没看过，而在于他们想让彼此怎么认为。

男人轻笑一声，带着几分兴味："我说没看过，你信吗？"

怀歆一愣，唇边弧度更上一层楼："是吗？还有 Alvin 先生没看过的电影啊？"

他显然谙于此道，不答反问："那你看过吗？"

她语气轻快，断然道："当然没有，不然刚才也不会问你了。"

郁承又笑了，对她的说辞不置可否。他们在网上找到资源，怀歆还没说什么，他就开口问："想看哪个版本？"

嗓音低缓，语气还颇自然，仿佛真的只是简单征求她的意见似的，怀歆心中没忍住一凛，而后反应过来，调笑道："当然是未删减的。"

有些嗔怪似的，好像他明知故问了。

他没再说什么。电影前奏响起，厚重的管弦乐铺陈出 20 世纪 40 年代上海街头的情景，氛围凝肃，人们面目疑诡，接着浮现两个悬着的红字。

戒·色。

Lust, Caution。

怀歆还真没看过这部电影。

准确来说，她是不知道背景。

——上学那会儿有次在闺密家借住，趁着夜黑风高偷偷摸摸地搜了未删减版来看。

当然，只看了激情戏。

两人躲在被窝里激动得小脸通红，大呼刺激。

想起来竟有点可笑，当时的注意点都放偏了，她竟然完全没留意这是一个怎样的故事。

那个年代战争不断，民不聊生，军阀横行。

绝不像表面上的这么平静，在任何看不见的地方都有危机，云谲波诡就藏在女人的笑靥里，每一出荒腔走板的黄梅戏里，每一张牌桌上的暗潮涌动中。

每一个无声的动作，每一个意味不明的眼神都传递着语言。人心隔着墙，信任更稀缺，易先生从头到尾都知道王佳芝是蓄意接近自己。

一个女大学生伪装成阔太太，她留下了太多把柄和漏洞。

易先生看破不说破，微笑着看她拙劣地表演，看她小心又谨慎地重复那些别有用心的谎言。与她曲意逢迎，声色人间。

王佳芝是有天赋的，她初入游戏场，眼角眉梢的风情却能把握得恰到好处。易先生原本不甚在意，却也渐渐被勾起兴趣，想陪她玩一局。

但时局动乱，王佳芝没能来得及施展，便错失了良机。她已经牺牲了太多，心有不甘，于是几年后，她重新回到易太太身边，更是借着这层关系住进易家。

早在三年前便开始的暗度陈仓兑现得水到渠成。

第一场戏开始得猝不及防，但远和怀歆记忆中的观感不一样。

易先生并不温柔，甚至十分粗暴。他用皮带从后面捆绑住王佳芝的手腕，压着她的头发，从头到尾脸庞上毫无半分情欲，严酷冷峻到像是在行刑。

疾风骤雨，一场推拉到极致的试探，有一瞬间怀歆看到他的神情显露出一丝罅隙，像是探身下去，只看到深不见底的海面。

易先生冷漠地将风衣扔在王佳芝身上径自离开时，怀歆将一旁的薄毯扯过来盖到自己身上，觉得有点冷。

郁承的呼吸声就在耳畔，时近时远。

没有人出声。

易先生生性多疑，身为伪政府高官，必须高度紧绷神经，和王佳芝之间也是你进我退，真真假假分不清楚。

王佳芝等了许久等来第二次。

灰压压的房间里，阴沉、压抑，他仍旧掌控着她。这次正面相对，他掐着她的下颌，始终不让她拥抱自己。

他要看着她，正如他从不将自己的后背交给任何人。纠葛的肢体语言，赤身相搏并未带来爱的愉悦，汗水淋漓的脸庞上交替闪过犹疑和恐惧，手背上青筋迭起，强势和脆弱只有一线之隔。

两人隔着一段距离对视，那种眼神让怀歆如坠寒窖。

相拥的那一刻，很短暂的间隙，易先生并未设防，而王佳芝的脸上也仅存空茫。

那瞬间她忘了自己所承担着的重负，忘了世事艰难，忘了自己被父亲抛弃，忘了自己曾为倾心的男人付出过不对等的爱情。

怀歆裹紧了身上的被子，蜷缩在沙发一角，慢慢地舒缓自己的呼吸。

喉头被扼住，这样露骨的场景她却说不出任何撩拨挑逗的话来。

不知是在哪儿听过的一句话，"肉体相对的时候并不一定要心意互通"，但是肌肤触碰的时候心灵也会在不知不觉中靠近。

第三场戏在某种程度上是残酷的，将这种心理上的极致挣扎撕裂。枪就悬挂在离床不远的墙边，王佳芝用枕头蒙住易先生的眼睛，他并没有反抗。

只是少顷，他流露出痛苦不安的神情，像要喘不上气似的。

怀歆觉得痛又觉得冷，不知道为什么当初那样年少无知，忽略了这么多的细节。理智与情感的强烈拉扯，触不到答案的荒芜感，生逢乱世无根无依的浮萍，只有紧紧相拥时的触碰最真实。

郁承的吐息自耳畔沉沉地落下，很缓慢，像是重石投入深海，怀歆一激灵，抱住自己的双膝，想象着自己此刻也与人拥在一起相互取暖。

王佳芝在艺伎馆为易先生唱《天涯歌女》，"郎呀，穿在一起不离分"，易先生喝了她递过来的茶，沉默的对视中有久违的脉脉温情，也有隐隐闪烁的泪光。

王佳芝在暗杀行动那天将易先生放走了。她出来的时候就知道自己难逃一死，步伐却轻松欢快。其实易先生也给过她很多次机会，只是道不同不相为谋，他们之间相隔着的终究是道天堑。

影片最后的画面，是易先生对着王佳芝曾睡过的房间一回眸。

深沉难语，人间种种，皆在不言中。

终曲散了，演职人员表依次浮现，却迟迟没有人说话，只闻起起伏伏的呼吸声。①

---

① 所涉及情节和台词来源电影《色戒》。

怀歆发着呆，斜靠在沙发扶手处，有点愣怔。

好半晌，那头才传来些动静。

"Lisa."

郁承的嗓音有些哑了，可还是那么好听。

在此之前怀歆没想过随口胡诌的一个名字从他口中念出会这样直达心灵。

"什么？"她也跟着喃喃。

灵魂还飘浮在半空中。

"你真叫 Lisa 吗？"

这问话如当头一棒让怀歆清醒了些，但实在让人措手不及，仅存的时间只够她发出一声疑问音："嗯？"

"我是说，你总该有中文名吧？"郁承顿了顿，低缓温柔地问，"你的家人朋友不会也叫你 Lisa 吧？"

这是一句调侃的话，可他没带浮笑的语气。平静地叙述，难得让人有种认真的感觉。

"当然——"怀歆咬着唇，尾音折回来，"不是了。"

她终于扬起笑："那你又真的叫 Alvin 吗？"

仿佛有一根弦在空中崩断，不过安静须臾，郁承轻浅的喉音从听筒中传来："真的。"

"这样哦，"怀歆眨着眼道，"那看来我们对彼此都很坦诚嘛。"

"是啊。"他叹一声，像是在悠悠地笑。

"……你过年有什么安排？"担心这话题转移得太过生硬，怀歆补充了很多细节，"我学生刚放寒假，现在都在计划要出去玩呢。刚还跟我打电话说课上不了了。"

"是吗？"

郁承是个绅士，不管是否察觉到她的意图，都顺着话往下讲："今年春节应该挺不一样的。"

怀歆以为他说的是许久未遇的寒潮，附和道："是得多加几件衣服，别冻感冒了。"

他情绪不明地"嗯"了声，有思忖的意味。

"上次你说，计划寒假去哪里旅游？"

"稻城亚丁。"怀歆道，"先从成都开始，途经康定、新都桥和理塘，绕到亚丁那头，最后再回成都。"

"什么时候出发？"

"不出意外的话是 1 月 26 日。"

"那还有一两周。"

"嗯。"

她顿一下，玩笑似的问："问这么详细，是想和我一起去吗？"

郁承淡淡地笑，明显没把她的话放在心上："说不定呢。"

怀歆笃定了自己是在安全范围内活动，刻意道："你要真想来也没事，我不介意寻找灵感的旅途中多一位长得好看又会聊天的同伴。"

"你一个人去吗？"

怀歆有的时候是很喜欢他这种从不直给的虚与委蛇的，暧昧地模糊了重点，双方都进退有度。

"是啊。"她拉长语调。

"以前都是一个人吗？"郁承漫不经意地问，"去那些荒郊野岭，也没带个男伴？"

"没有欸。"

"不害怕？"

"怕是有点怕的，一开始。"怀歆倒也挺坦诚的，"但是次数多了就好了。很多地方民风淳朴，没有想象中那么危险。"

"这种事本来也是迈开第一步最难。但真正出去之后，你会发现那种无拘无束的自由太值得了，只有自己和自然的呼唤共鸣，千金难买。"

"……"

怀歆不过稍一停歇，又开始懒散起来："更何况，我实在是想不出身边哪位帅哥应得这个和本人同游的光荣机会。"

隔着话筒，郁承听到她幽幽地吐气，问："怎么，你想当我的第一个男伴吗？"

像是卡萨布兰卡开花的声音，甜腻而勾人。

"……"

郁承笑了下。

她张扬直白又有些目中无人，还是小女孩，仅是逞口舌之快就得意地忘乎所以。

他也不能总做绅士。

"在向我邀约之前，你要考虑清楚。"郁承勾唇，屈指轻叩了下桌子，警告似的提醒，"到时候我就不会只知道你的名字是叫 Lisa 了。"

怀歆突然被杀了个回马枪，差点招架不住的同时感叹姜还是老的辣。

她张了张嘴，想着反正已经露怯了，哪怕再度拙劣地转移话题好像也没有什么关系，有点破罐子破摔的意思，嘟唇道："哎，那天我看见你了。"

郁承对她到底还是宽容的，问："什么？"

怀歆不说清楚地点，只似是而非道："你和一个女人，走在街上。"

她不知道他和那个女人都去过哪里，但主要是不想让他怀疑自己的身份——荣李记的正门口就对着街，怀歆寻思着他们如果一起进门，总应该也在街上一起走过。

说不定还去过别的地方。

那头安静须臾，郁承笑了，语气略微有些散漫："那你怎么不过来和我打招呼？"

怀歆捏了捏腿上的薄毯。

——自电影播完她就一直状态不佳，每个问题都要停顿一两秒才想出答案。

"女人都是好面子的嘛。"怀歆调笑，"不是总说不知道我长什么样吗？我怕你认不出我，还得解释半天，又在你女伴面前，多尴尬啊。"

"你不试试，怎么知道。"

他轻笑，慢悠悠地道："也许你在我这里很特别呢，不需要看长相，一开口我就知道。"

怀歆心中的弦轻轻一拨，也掩着唇笑："哦，有那么特别啊？"

"那万一我过去了，你的女伴不高兴了怎么办？"她煞有介事地拖长语调，有意无意地抖搂出点酸味儿，"还得你去哄。"

郁承语调慢条斯理："她没那么小心眼。"

"……"

很好，没有否认这是约会。

怀歆的拳头有点硬了。

她本能地想说些什么，但是郁承已经抛出第二个问题："既然那天看到我了，怎么当时不说？"

节奏略微被打乱，怀歆沉下一口气，故作满不在乎："本来想说的，但是那天也是有别的事打了岔。"她顿下，又提起，"而且你前段时间不是很忙吗？总是聊一会儿就下线了，我怕打扰到你。"

怀歆刻意咬重了最后几个字，语气控诉，没忍住有点夹枪带棒。

郁承垂下眼，不急不缓地摘下眼镜叠放至一旁，这才启唇。

"妹妹，你可能理解错了我的意思。"

怀歆一愣，不由得迷茫地眨了眨眼。

"被偏爱的人才有资格小心眼。"

他的声音很近，明晃晃含着笑意："当时你要是走过来了，指不定我会哄谁。"

"……"

被征服了。

太会了。

一口气哽在喉咙里，上也不是，下也不是，怀歆很没出息地扬起了嘴角，偷偷地乐。

呸，这个"渣男"。最会模糊重点。偏偏还让人心甘情愿。

她清了清嗓子，一本正经道："我很好奇欸。"

"什么？"他音色低醇。

"Alvin 先生这么会撩，里面有多少人的功劳啊？"

郁承扬了扬眉，似笑非笑："想知道？"

"对啊。毕竟我就是这么小心眼。"怀歆拿他刚才的话来堵他。

"嗯，我想想啊。"

郁承像是真的想了一会儿，又喊她："妹妹。"

"嗯？"

怀歆感觉自己进了一座冰火两重天的池子，被他进退维谷地吊在中间，一面冷一面热，热的那面要烫坏她，冷的那面却要冻僵她。

郁承低缓地笑了声，语气温柔地同她打商量："全算成是妹妹一个人的功劳，好不好？"

"……"

怀歆有那么一瞬间甚至开始怀疑自己是不是步子跨得太大了。

她不应该招惹他的。没一句真话，还哄得她心颤。

她哽了一会儿，软着声笑："这样啊，那我还挺荣幸的呢。"

怀歆揉了揉太阳穴，觉得先结束此次通话或许是个明智的选择："那个，我刚刚好像听到门铃响了——"

"又是亲戚来了？"

"……"

"不一定，可能是我的编辑。"

怀歆稍顿一瞬，心情复杂地说："之后我去稻城那边，都是山路，通信也许会有延时……"

"嗯，明白。"郁承勾唇，"如果你不回我消息，是因为信号不好，不是在生我的气。"

"……"

怀歆指尖停在手机屏幕上，还没反应过来，耳边又传来男人轻描淡写的解释："上市企业董事长的女儿，陪着吃顿饭。"

"……"

"还有，在我这里，妹妹就算再小心眼一点也没关系。"

当晚怀歆窝在被子里，闷声狂捶自己的枕头。

——她就知道，和老男人一起共舞既像是与虎谋皮，又仿佛走钢索，快乐刺激，却危险得要命。

不行。

这状态有一点点上头，凡心不宁六根不净，得稍微控制一下。

正好趁着旅行，让亚丁海拔五千米的山顶的寒风把她吹得清醒一点儿——怀歆打定了主意，无论郁承在那七天内发什么过来，都不理他了，哼。

反正有烂信号当挡箭牌。

时间过得很快，一眨眼就到了出发的日子。

那天是星期五，赵澈正好去近郊和朋友玩了，家里空荡荡的，一个人都没有，怀歆打包好了行李，裹着厚重的羽绒服打的去了机场。

她过完安检登机之后，才在家庭群里收到怀曜庆的微信：星星，你今天是不是要去四川了？

怀歆：嗯，一会儿就起飞啦。

赵澈也冒了泡：哦对，姐今天是要走来着！

赵澈：唉，早知道今天就不跟他们一起去玩了，还能送送姐。[龇牙 .jpg]

怀歆：[狗头 .jpg]

怀歆：感动了。

赵媛清：一切顺利！注意安全。[拥抱 .jpg]

怀歆：嗯嗯，知道啦，你们放心吧！

一旁传来空姐善意的提醒，她关闭电源，收起了手机。

飞机开始缓慢地在轨道上滑行。怀歆透过玻璃去看外面。B 城的天不一定总是晴空万里，但是偶尔的湛蓝却更会让人觉得惊喜。

人也是这样的吧。

她淡淡地弯了弯嘴角，靠在椅背上闭目养神。

航程一共三个多小时，这个机长的驾驶水平不错，全程没有什么颠簸感，降落也又轻又稳。

这回没有人帮她拿行李，怀歆的背包被挤在里面，她踮起脚够了好一会儿才拿下来，随着拥挤的人潮往外走。

因为天气冷，带的都是冬衣，再加上装了超规格的化妆品和护肤水，所以箱子尺寸不小。机场的人很多，熙熙攘攘，怀歆在托运转盘处等了一会儿才看到自己的行李。

现在是下午，她计划先在成都待一天，逛逛夜市，第二天再出发。

导游是托朋友关系找的一个本地人，兼职司机，还是女的。朋友跟她絮叨，说女地陪很少见的，正好人家有空，她算是很幸运了。

两人联系上，约定第二天早上八点钟出发。

前一天晚上怀歆去宽窄巷子遛了一圈，可惜去得太晚，街边铺子基本都打烊了，只剩下零星几个酒吧里还传来驻唱歌手用力念出来的情歌字句。

怀歆站在门口，门童举着牌子，上面拿彩笔勾勒着小食和啤酒的卡通画儿，旁边写着吸引力十足的折扣优惠信息。

"一个人吗？"门童逆着喧闹的歌声热情地问。

低迷幽昧的光打在怀歆脸上，她点了下头，看向里面纵情声色的场面，须臾还是摇了摇头："抱歉，我就不进去了。"

怀歆早早就休息了。

她在学校规律上课时也没有这么早睡过。

因为第二天要早起，而且当晚海拔就拉上 3000 米，所以地陪发消息叮嘱她睡眠一定要充足。

次日清晨，两人在酒店门口见面。

这个地陪名叫周燕，三十岁出头，说话干练地道，拉着怀歆的行李箱依次询问她高原上的一些必需品带齐没有。

四川人都特别白，皮肤好，车子徐徐从市中心往高架上驶出时，怀歆还和她交流了一下护肤经验。周燕说了一些要点，也没什么特别的，怀歆估计还是这里的水土养人。

第一天的行程基本上以赶路为主。

怀歆很少有这样心情放松过，看了一会儿沿途风景，有些地方仍旧绿意幽幽，远眺却白雪茫茫，两种颜色的极致碰撞，层层叠叠，很漂亮。

偶有聚在一起的乡镇村居，被群山环绕。

她掏出自己带的微单相机拍了几张，又连上车里的蓝牙音响放自己喜欢听的歌曲——窗外景色疾驰而过，突然有点明白《绿皮书》里托尼和唐在美东恣意飞奔的心情了。

从成都到新都桥多是崎岖的道路，坐长途车晃悠悠的，让人想睡觉。她看着看着不自觉就睡着了，再醒来的时候车还在开着，周燕专注地目视前方，注意路况。

她们带的补给很充足，零食、水和氧气。怀歆开了一瓶矿泉水，问她要不要喝。

"有一点点渴了，谢谢嘞。"周燕笑着接过。

怀歆自己也喝了水，感觉喉头没那么干涸了。

曲折崎岖的盘山公路，有的地方甚至没有栏杆，不过车道很宽敞，怀歆还敢贴着窗边伸脑袋去看外沿纵深的峭壁悬崖和山岭沟壑。

一路都在上行，海拔升得很快。

318国道沿途风景亮丽，经过康定的时候已经到达2000多米，开到下午三点多，陡增至4000米。

周燕是本地人，几乎来去自如，只关切地问怀歆需不需要吸氧。

据说这氧气吸太多会"醉"，反而不好，就像是吃太多药却产生抗药性一样，怀歆觉得自己除了呼吸有点沉，也没有什么特别不舒服的地方，想了想还是没吸。

第一个景点是折多山。

西边就是青藏高原，真正的藏区，因此这里居住着的也都是藏族同胞。

这里到底是个旅游景点，观景台四周都是小吃摊，中央立着一块巨大的石碑，刻着"西出折多"四字，旁边是藏文注解，写明海拔4298米。

据说这是从折多山上运下的天然巨石。前面有藏族同胞牵着两头牦牛，供游客上去合影。

观景台还能向上攀爬，沿途都是经幡和彩旗，大约百米处有一个垒砌成的巨大玛尼堆。

周燕告诉怀歆，玛尼堆也被称为"神堆"，多有镇邪消灾、祈祷祥和平安之意。

她们逆着寒风沿着石块垒起的阶梯往上攀登，经幡在一旁随风起舞猎猎作响，远处的山脉脊背上都是白雪，五彩的旗帜是唯一的点缀。

走过大半的时候怀歆就觉得喘不上气儿了，头很晕，隐隐作痛，是血氧供应不足的表现。周燕搀着她，拍她的背给她顺气儿："咱不着急，缓一缓，慢慢来，时间还很多。"

大概原地歇了五分钟，怀歆感觉自己渐渐适应了。

在高原上就是这样的，做什么都要轻而缓，不能剧烈——但很神奇的是，时间的流淌好像也变慢了似的。

她们爬到了山顶。就在刻着经文的石堆旁。

风很大，周燕给怀歆照相，她笑得张扬，头发都被吹得飞了起来。

"咔嚓"——照片定格。

怀歆居高临下地往下看——山川、平原、白雪、蜿蜒的盘山公路，还有沿途譬如蝼蚁的车。

每当这种时刻就会觉得自然浩大，人类很渺小。心灵极度宁静。

她拍了很多张照片，眼角都被风吹得潮湿了些许。

周燕看到另外一侧有更好的角度，问她还要不要去那边。怀歆摇头，说：

"下去吧。"

她一向是这样随停随走的性子，没有什么能留住她。但是沿途看到的风景，她也永远不会忘。

重新回到"西出折多"的石碑旁，怀歆有点饿了。

烤串和铁板豆腐的香味滋滋地冒出来，她很开怀地买了两盒，又要了一份酥油茶。甜甜咸咸，顺滑醇厚，说不出的感觉。总之，很好喝。

怀歆端着杯子拍照的时候又想到郁承。

——如果不是现在还处于"不能理他"的状态下，她是很想要和他分享的。

又这么绕了一圈，吃也吃了看也看了，两人合计再度出发。

重回温暖的车厢，怀歆舒服地脱了棉衣，窝在软座里。

信号时有时无，微信的动态更新也没之前那么频繁。怀歆躺了片响，手机振动起来。

有人来电话了。

这是个陌生的号码，她拿起来，眯着眼看了几秒，接起："喂？"

"喂，杉杉，我终于联系上你了！"那头一道男声嚷叫起来。

怀歆反应了好一会儿才意识到这人真的是在叫自己。

杉杉，毕杉，她的小马甲……

晕！考完期末考试就是连续五天的疯狂码字，然后一直在做行程计划，她都没怎么登小号了，几乎都快忘记了微信那头还有一个嗷嗷待哺的王可翰。

怀歆试探着问："……喂，学长？"

"真的是你！"王可翰的语气听上去是真委屈，"我给你发微信你都不回，后来我想到了快递有你的电话才打来的，你怎么一直不理我啊？"

"啊，那个……"怀歆讪讪笑道，"我最近在旅游呢，都没怎么看手机。"

王可翰有点狐疑："是吗？在哪儿旅游呢？"

"藏区这边，信号不是太好，所以老是收不到消息。"怀歆乖乖道，"抱歉啊，我不是故意的。"

通话中确实偶尔有小的电流声和卡顿，王可翰应该是信了她的话，没再继续追问。他顿了顿，缓了过来，用那种撒娇的语气说："好多天没见你上线了，要不视个频呗？"

怀歆抖出了一身鸡皮疙瘩。

之前发给他的照片一直都是金菇凉发给她的，现在视频肯定会穿帮，她婉拒道："抱歉啊学长，我这边网络真的不行，应该会卡成一帧一帧的……"

"那就聊聊天？"王可翰道，"不许拒绝我哦！我们都这么多天没说过话了！"

怀歆："……"

她皱了皱鼻子，吸了口气勉强平静自己胃里酥油茶的翻滚。

"好啊，你想聊什么呢？"

"都可以啊。"王可翰嘻嘻笑，"学妹声音太好听了，我可以一直听到地老天荒。"

"……"

哟，我的天哪！

"哈哈哈，谢谢学长。"

怀歆营造出信号委实不好的样子，一边将手机拿远一边焦急询问："喂？……喂！学长你听得见吗？"

她说到一半，指尖轻巧地按下了挂断键。

她登上微信小号给他发：学长，刚自动挂断了。[大哭 .jpg]

Lisa：要不我回去再给你打电话？

那头安静了几秒钟。

然后铃声又以更猛烈的姿态响了起来。

怀歆闭了闭眼，点击挂断键。

好家伙，他真的太锲而不舍了，好像就非要在这种时候跟她说上几句似的。

他再次打来，她又点了挂断键。

再打，再挂。

又打，又挂。

……

不知是第几次打来的时候，怀歆终于忍无可忍，看也没看就接了起来："学长！"

她几乎是怒吼出声："我、这、边、真、的、信、号、很、差！"

落针可闻的沉默。

怀歆胸口轻微地起伏着，掐着手机的纤细指节都快发白，脑海中余怒噼里啪啦地作响，克制着自己等他回话。

过了半晌。

那头终于有了回音，却是另外一道截然不同的低沉磁性声音，略带些不明意味。

"谁是学长？"

兴许是轻微高原反应的缘故，怀歆大脑也跟着宕机，张了张嘴，只来得及冒出一个装傻的"啊"。

"你以为我是谁？"男人嗓音里有着不知所谓的兴味。

说出去的话覆水难收，幸好除了"学长"这个称呼没有再透露其他什么置她于死地的信息，怀歆心虚，莫名有些嗫嚅："我以为是……"

但郁承却没这么轻易放过她，不紧不慢而又一针见血："学长？我以为你已经毕业了。"

"……"

怀歆眼珠转了转，终于活了过来，断弦的思路接轨："对，我是毕业了。但那是我的大学师兄，我习惯了那么称呼他而已。"

"哦。"郁承语气了然，"看来关系不错，毕业了还在联系。"

"是啊。"怀歆理所当然。

"可我刚才听你的语气，"他的话音悠然转了个头，"好像不是很待见他。"

"……"

这个男人要不要这么明察秋毫。

"因为他……"怀歆挽了下头发，幽幽地叹口气，"最近陷入了对我的狂热迷恋中，想要发展更深层次的关系。"

她佐以实证，数了一下："就刚才，非要等我接电话，一口气打了九个。"

"哦，这样。"郁承声线温沉了些，却仍是慢条斯理地含着笑，"那你会考虑他吗？"

怀歆眨眨眼："我喜欢的不是他这类型的。"

"那是什么类型的？"他很上道地顺着问。

"是那种可以陪我逛画展看电影，长得好看又会聊天逗我开心，哪怕出来采风的时候也想和他通电话的。"她娇声说，"很可惜，学长还没有达到门槛呢。"

郁承低低笑了声。

"嗯，听起来确实挺有难度。"

"是吧？"怀歆挑了挑眼尾，视线又再度被窗外风景吸引，不由得叹了声，"这儿真漂亮。"

"是吗，有多漂亮？"

"照片传得好慢，我跟你讲讲吧！"

"嗯。"

"灰色的公路沿着巍峨起伏的山脉蜿蜒盘旋，远处苍松翠柏，云雾缭绕，最棒的是雪山，放眼望去皑皑一片，莹净纯白。"

她可能不知道自己的声音其实也挺好听的。软软糯糯的语调，个别咬字却清脆，有如琉璃相撞。

郁承坐在车上，继续听她描述。

"车很少，人迹罕至，好像重山环绕之中只有我们自己，空气冷而清新，天是蓝色的，比宫崎骏动画里的景象还要美。"

怀歆的声音很兴奋，似感慨般道："在这里写出来的东西应该也会是童话吧。"

周燕也听到她的描述，含笑道："小姑娘真会讲。"

"听上去确实很漂亮。"听筒里，郁承声音低缓，"不知道亲眼见到会是什么样。"

怀歆又跟他分享方才攀爬折多山的情景，说到广场上的铁板豆腐和酥油茶有多美味，也许的确是信号不太好，偶尔会有卡顿，途经一个弯道时，通话自动中断了。

怀歆戳了两下屏幕，没反应，又看信号条，三格，好像也没有很差的样子。

她有些疑惑："欸，怎么就挂了？"

前排周燕从后视镜里看了她一眼，问："男朋友啊？"

"啊？"怀歆抬眸。

"我说，刚才是在和男朋友打电话吗？"周燕笑，"看你神采飞扬的，那么高兴。"

"嗯。"怀歆眸光一转，没否认。

"同学啊？看你年纪挺小的。"

"同事。"反正郁承也不知道，她很是心安理得地占着他的便宜，"他是我实习时候的上司。"

周燕又扬眉瞥她一眼："哦哟，了不得啊。"

怀歆得意地哼哼两声。

周燕问："喜欢他什么呀？"

"他很帅。"

周燕乐了："你们这些小姑娘哦，就在意这些外表的东西啊。"

怀歆歪着脑袋趴在窗边，惬意地朝外看。

微风拂面，乌黑的发丝掠过红唇，她笑着回眸："他真的帅，笑起来特别好看！"

"行，我信的咧。"周燕一边打着方向盘一边沿着山体内侧上行，玩笑道，"还有没有别的了？只有帅，你男朋友知道了怕是会不高兴哦。"

"还有啊……"怀歆想了想，又弯起嘴角，"他能力很强，聪明，专注工作时特别迷人。很有艺术品位，博学，涉猎广泛。"

"……"

"平常也很照顾我。温柔，体贴，耐心，情商很高。"

"……"

车子转外弯，凛冽的风声作响，吞没了多余的杂音。

怀歆眯了眯眼，摘下耳机，唇角的弧度敛了些许。

她安静了好一会儿，才再度开口。

"最在乎最关心的人是我，有什么好东西第一个想到的也是我，无论我犯了怎样的错误他都会包容，一句重话也不会说，永远把我当成小孩。"

她垂下眼，喃喃道："打雷的时候会把我抱在怀里不让我听见，我怕黑的时候会陪着我不让我孤独，每一天，每一分，每一秒，都让我感觉自己是被人深深爱着的。"

周燕又从后视镜里看了她一眼。

"那真的挺好的。"

车厢里无端安静下来。

怀歆转头，视线落在远山重叠处。

好半晌，她轻声说："周姐，我们可以找个地方停一下吗？

"我想下去看看。"

很长的时间一直都没有信号。

等到晚上驶入新都桥小镇的时候，手机里才陆续有消息进来。

多是来自朋友的问候，关心她玩得怎么样，怀歆依次回复，与他们插科打诨。

家庭群里还是互道早安时的情景，没有什么动静。

下午的时候QQ通话被强制中止，郁承后来没有再给她打电话，但是发了信息，让她安心旅行，玩得开心一点，并期待她跟他分享照片。

怀歆勾了下嘴角，回：好哦。[害羞.jpg]

当晚住在新都桥。条件不是太好，但是初来乍到，满满都是新奇感。

到高原上的第一天最好不要洗澡，怀歆整理了一下白天拍摄的照片，打开电子文档，不过才记录了几个灵感点就感到很困倦，然后就睡了。

这个晚上她久违地做了个梦。

她梦到小时候爸爸带她去应酬。

那时他们家的条件还没有现在那么好，公司刚成立几年，还在爬坡创业阶段，爸爸妈妈时常晚归，每天夜里怀歆都在家里，等他们等到睡着。

他们在做什么，在忙些什么，她统统不知道。

她只看到他们步伐踉跄地回来，黑暗中酒精的气味刺鼻，听到他们在吵架，丁零当啷的声音让她在黑暗中一下下发着抖。

天真懵懂的女孩拽着爸爸的袖子问能不能也带她去，被爸爸无言甩开。

他太忙了，也太累了，没有多余的精力来应付她。

所以当怀歆发现自己和爸爸身在饭局的时候，她在梦中是有点惊讶的。因为这种机会少之又少。

小小的她乖乖坐在椅子上，撑着脑袋很无聊。

因为怀曜庆把她带来了，所以对方企业家也带了一个和她年纪相仿的小男孩，不过看起来不太好相处，胖胖的，满脸横肉地坐在那儿，张牙舞爪地吃着东西，油溅得到处都是。

大人们在聊生意，无人注意，那个小男孩舔了舔自己的手指，站起身，朝怀歆走过来。

她满脸迷茫地看着他，看他姿势怪异地迈着肥腿接近，然后拿起桌上的一盘蛋糕。

整个扣在了她的头上。

"爸爸、爸爸！你看她糟蹋东西！！！"小男孩指着她，恶意地尖叫起来。

怀歆的视野开始摇晃起来。

是怀曜庆一把拽起她，掐着她纤细的胳膊，口一张一合，但冒出来的言语却让她极其陌生："爸爸不是叫你乖一点吗！为什么要捣乱呢？！"

怀歆根本看不清，液状的奶油从她额头上一点点滴下来，流进了眼睛。她第一次知道，原来蛋糕也有不甜的时候。

八岁的小女孩用力擦抹自己的脸，把那些恶心的污垢全都甩向离自己最近的始作俑者。

"明明是你——"

"爸爸！她欺负我！"他倒先哭起来了，声浪一潮高过一潮，委屈又愤怒。

那位企业家的脸色变了，拉过自己的孩子给他擦干净脸，然后转头很严肃地对怀曜庆说了些什么。他们在交涉，但似乎结果不太乐观，本来还算和谐的氛围降至冰点，最终不欢而散。

对方离开后，怀曜庆猛地转头，看向沉默站立在一旁的怀歆。

他扬起了手臂。

怀歆记得很清楚，那是爸爸第一次打自己。掌印很深，第二天没消下去，同学看到她都窃窃私语。

事后他冷静下来极其后悔，摸着她的头向她不断地道歉："对不起，对不起，是爸爸错了。"

而怀歆抿着小嘴，脆生生地说："没关系，我原谅你了。"

整个梦境到这里戛然而止。

怀歆侧着身蜷缩在被窝里，缓缓地睁开眼，心还扑通作响。

很多错乱的回忆剪在一起，幸好大部分时间都是黑白默片，她只看到激烈的动作和夸张的画面，不像当初那样身临其境。

怀歆深吸了一口气，从床上坐起来。她垂眸平静了一会儿，淡淡地扯了下嘴角。

——这么冷的天气，竟还出了汗，也挺稀奇。

怀歆收拾好行李再度出发。今天她们会经过理塘，到达稻城。沿途景色多变，绿林松柏，苍山巨石，冰川流水，白雪皑皑，周燕带着她停靠在几座小山坡观景台照相。

当晚住在香格里拉镇。

周燕为怀歆规划的第四天行程是在亚丁景区的长途线进行徒步，这是一个纯天然自然保护区。先坐一小时观光车上山，途经亚丁村和龙同坝到达扎灌崩，再步行到冲古寺乘坐电瓶车，大约六七公里后到达洛绒牛场，徒步从这里出发。

长线整个的行程十公里出头，地势很陡峭，如果不赶时间的话可能得走五六个小时。冬天路滑，可能会走得更慢。中间有一段可以选择骑马，但是怀歆还是决定全程步行。

周燕在酒店里等她，叮嘱她一定要记得在收车之前到达乘车点，不然错过了最后的晚班车会被困在山上，因为全程有五十多公里，就算天亮了都走不回来，而且还很危险。

冬天其实不是亚丁的旅行旺季，放眼望去景点门口排队的人寥寥。怀歆在商店购置了爬山用的一系列装备——登山杖、冰爪，同时还带上了护目镜和挡风帽，以备不时之需。

她背了一个小背包，装了两瓶氧气，带了葡萄糖溶液，出发的时候先喝了一瓶。

今天天气很好，天空晴朗，碧蓝色的天空浮动着几片纯白云朵。

一开始是平原，人工搭建的木质栈道非常好走，海拔4000多米，阳光暖融融地洒下来，怀歆穿着厚重的棉服，还觉得有些热。

前两公里她走得很顺，不疾不徐，偶尔停下来拍几张照。途经一个无名湖，已经有些结冰了。

湖边的旅客多了一些，大概是走累了在这儿歇脚。怀歆请人帮自己留了张纪念照，并未过久停顿，继续往前走。

之后的路明显艰险陡峭起来，多是上坡，有些地方结了冰，很滑，怀歆必须慎之又慎，才能保证每一步都踏稳。

——她之前还没见过这么复杂的山路。

有些地方连台阶都没有，全都是巨大的石块，只能徒手攀登。好在有护栏隔着，还算安全。

怀歆并非运动爱好者，身体素质只能算是中等，到这里开始需要吸氧，并且觉得身上的背包有点沉，走一段便时不时地停下来休息一会儿。

有游客身姿矫健地从她身边经过，从所带装备判断应该是专业登山选手。怀歆也并不急躁，专心自己脚下的路。

有好几个转弯就在悬崖边上，不过崖边长着树，繁盛的枝叶遮住了断壁的危险。另外一侧是野生生态区，被挂着经幡的铁丝网阻隔着，怀歆好奇地往那边看，忽然一道黄褐色的影子蹿了过去。

是羚羊。

人和自然和谐共存的场景，原始的宁静。怀歆呼吸着这里的空气，觉得思绪也渐渐沉淀下来。

像是一场自由的放逐，在这样一片广阔的天地，她可以什么也不用想，什么都不需要去在意。手机被她静音放在背包里，无人打扰。

怀歆照例拍照留影，记录下这些美好时刻。

越往上走越明显感到攀登难度呈几何倍增长，山路越来越陡，她不留神还滑了一小跤，磕到了膝盖。

但没有那么疼，又或许是天太冷，麻痹了痛觉。总之，应该不碍事，怀歆原地坐下揉了片晌，再度启程。

还有不到一公里就要到达著名景点牛奶湖，但当地人都说这最后一公里是最考验人的。坡度非常大，有些地方甚至呈现六七十度，加之高原反应，每一步都走得气喘吁吁。

怀歆有些后悔自己临行前把什么有的没的都带上了，结果也没怎么用上，现在全成了负累，她明显感到自己有些体力不支，撑着膝盖喘气儿。

头晕，胸闷，两眼昏花，冷风也一个劲儿地袭来，怀歆动作艰难地从包里掏出氧气瓶，装好喷嘴，对着自己鼻部按压。

身后有布料摩挲的声音，还有冰爪陷入雪地时碰撞出的脆响，大概是有人上来了。

路本来就很窄，怀歆不想挡别人的道，于是微微侧过身，想让对方先通行。

谁知这一踏没站稳。

她刚才摔了一下，没缓过劲儿来，膝盖一别，也用不上力气，踩到一块很滑的石头，瞬间整个人就失去平衡向一旁仄歪。

氧气瓶直接脱手，呈一道抛物线从悬崖上掉了下去，怀歆徒劳地伸出手想要抓住些什么，却扑了个空。她惊恐地感受到自己如同下方直线坠落的氧气瓶般倾倒，血液冰凉上涌。

砭骨寒风如刀般划过她的脸颊，她想叫想喊，但是出不了声。

强烈的失重感，心跳几乎快要停止。

"小心！"

就在这千钧一发的时刻，有人从身后用力拉了她一把。

怀歆如同一道绷紧的弧线被狠狠拽了回来，又因惯性直接撞入那人的怀里。

两人同时踉跄一步，男人的背磕上身后嶙峋坚硬的山体，很清晰也很锐利的一声响。

怀歆吓坏了。

她真的是吓坏了。

有那么一瞬间几乎失去言语的本能，大脑空白一片，不知自己身处何方。她紧紧搂着男人劲悍的腰，像抓住属于自己的那根救命稻草，无论如何都不松手。

分不清是谁的喘息声，都在风中融为一体。

怀歆发着抖。寒冷，也恐惧。

心有余悸。

拥抱的姿势让她和男人离得很近，耳朵恰好贴在他胸膛上，听到里面传来有力的跳跃声，一下一下敲打在她的心上，逐渐安定。

少顷，她的肩上落下不轻不重的力道，头顶洒下温热呼吸："……你还好吗？"

那人语气轻柔，像怕再吓着她似的。

怀歆却周身一震，蓦地抬了头。

双目对视，她一张小脸被冻得雪白，鼻尖和眼尾却有些发红，郁承视线落下去，毫不掩饰地颦蹙双眉。

"……怀歆？"

大概愣了三秒钟，怀歆松开抱着他的双臂，有些不知所措地垂在身侧。

她依旧离他很近，两条腿微不可察地打着战，努力平复自己。

"……"

"你怎么会在这里？"呼啸的风声中，他嗓音听起来很沉。

"我就是，过来旅行。"她开口声音还是哑的，又轻又软，"……承哥，谢谢你。"

他的手还握着她的双肩，怀歆抿了抿唇，冰冷又毫无知觉，她低声地问："你刚才撞痛了没有？"

"我没事。"郁承垂眸，片刻道，"你呢？"

怀歆抚着胸口，细微地喘气："……我也没事。"

郁承松了手，仍低敛着眼注视她，俯视的角度眼神并不分明："就你一个人？"

"嗯。"怀歆咬唇，"你也……"

他颔首："嗯。"

"……"

又过了一会儿，怀歆才从差点坠崖的惊魂未定中稍微缓过来一些。

她看着郁承，也意识到自己正面临着一个非常棘手的问题。

他来了，而且还和她正面相遇……

老天，这运气比彩票中头奖还难得。

为什么会这样？他怎么会来？他们为什么那么巧还遇上了啊！

她和"Lisa"的轨迹高度重合，又都是写小说的，就算真的是完全毫无干系的两个人，也实在是太过巧合。

不行，Lisa 这层马甲还不能掉，得赶紧再修补一下，错开时间线。

怀歆思绪急速飞转，小声说："我昨天才从 B 城过来的。直飞稻城机场。听当地人说亚丁景区还不错，所以今天才想来看看，没想到能遇见承哥你，真巧。"

"是挺巧的。"郁承看着她，停顿了一两秒，"不过这边海拔很高，直接过来更容易起高原反应。"

"嗯。"她点点头，"我有提前吃一些预防药。"

"怎么没想着和同学们一起来？"郁承问。

"他们觉得这边冬天太冷了。但是我还挺感兴趣的。"怀歆眸光微亮，不着痕迹地强调，"而且我之前从来没有自己一个人出来过，所以想尝试一下。"

"这样啊。"

怀歆轻抬眼睫，顺着把话题引到他身上："不过承哥，你怎么也来了呀？"

"出来散散心。"他浅淡地扬了下唇。

怀歆抿了抿嘴角。

其实她想问，今天不是工作日吗，而且投行不是连周末都忙得要命吗，怎么会有空过来。

但是觑他神色，到底没有在这个不适宜闲聊的地方问出什么话。

"哦。"她试探着道，"那我们要不一起走？"

"嗯。"郁承没多说什么，只是在怀歆重新捡起掉落在一旁的登山杖时，指出，"你刚才那样很危险。"

"……哦。"怀歆认错般地低头，"刚才有点走不动了。"

"现在好些了？"他问询。

"嗯，歇了一会儿，好多了！"

"那走吧。"郁承微俯下身看着她，一双桃花眼深邃，"我在后面跟着你。"

他稍顿一瞬，道："慢慢来，别着急。"

似有羽毛轻扫过心尖，怀歆蜷了下手指，轻轻"嗯"了声。

路道真的很窄，有些地方仅能勉强容两人并肩通过，还是一前一后比较稳妥。

有了刚才的惊险遭遇，怀歆真的不敢掉以轻心，每一步都看准再落脚，因此速度也并不快。她其实心里有些不好意思，他腿那么长，跟在自己身后肯定很受掣肘。

而且男女体力真的悬殊。又爬了一段陡坡，郁承没有太大的反应，但是怀歆几乎快要累死了。她又感觉喘不上气了，便拿出自己剩下的那一瓶氧气开始吸。

郁承让她在原地歇一会儿，怀歆侧眸看他一眼，歉意道："对不起啊，承哥，给你拖后腿了。"

"没事。"他态度温和，看上去没怎么放在心上，"你顾好自己。"

其实山顶并不远，仰起头就能看到。只是山路弯弯绕绕确实多，有些地方完全就是来回曲折，而且随着高度攀升，温度越来越低，石缝里的水都结成了冰。

某一处陡坡边，怀歆鞋底又有些打滑，还没能惊呼出来，就倏忽被一股力道从后向前托住。

"小心。"

郁承真的是离她特别近，说话的时候吐息就洒在耳畔，温热的。音色低而沉，夹杂着些微的气音。

情况紧急，他的手大概随意扶在她腰间某处，虽然穿的衣服较厚，但还是有触感上的判断。

"……谢谢。"

怀歆直起身，睁着乌黑的眸软声道谢。他略一颔首，以作回应。

短短几百米的路程，眼看胜利就在眼前，怀歆撑着最后一口气，边吸氧气边走，终于登上了山顶。

"……"

不得不说，站在顶峰的感觉真是棒呆了。

视野倏然开阔，下方是一处棕褐色的巨型山鞍，湛蓝色的牛奶湖静静躺在大山的臂弯中，结冰的湖面浮起白色的凝晶，如同一枚澄澈的湖蓝色宝石，剔透纯粹。

"好漂亮。"怀歆情不自禁地感叹。

这里一共有两个湖，前方还有一个，叫五色湖。两边都能看到。

仔细远眺，底下的湖边其实有人，小得几乎只剩下几个点，不对比都感觉不出这片水域居然这么大。好像无拘无束的一方天地间，只有他们两个人。

她想起《情书》里，渡边博子对雪山，也是对她曾经的恋人藤井树的呼喊。

　　你好吗？我很好。

这样美的地方，不喊一句可惜了。

怀歆就双手合成喇叭状，朝山里放声："啊——"

有清晰的回声。又像是投石入海，一圈圈地层叠激荡开来。

她下意识地扬眉去看郁承。

——男人在斜后方，也正注视着她。清俊眉眼之中似乎还有些意外的神色，好像这样随心所欲的事情不像是她会做出来似的。

怀歆弯起眼睛，任长发随风扬起，就那么笑着与他对视。

明明是漂亮张扬的一张脸，但眸光清亮水润，却让人觉得清纯之至，极其生动而明媚。

"我给你照相吧，承哥。"她上前两步，靠近他，乌黑的发丝被风吹散，有意无意地掠过他下颌。

郁承垂眸看着她，道："先给你拍。"

怀歆背朝湖泊，本来也是她先拍比较合适。

她乖乖地"嗯"了声。

视线落在男人胸前挂着的单反上，怀歆勾了勾唇，什么也没说，朝后退了一些站定，摆好姿势。

郁承端起相机，给她照相。

咔嚓的快门声在风中听上去清脆又自在，大概有好几张，他走过去拿给她看，问可不可以。

怀歆依在他身侧看屏幕，衬得她身材格外娇小。

那柔软的发尾又荡过来了，郁承不着痕迹地拨开，听她脆声说："你真会拍照。"

只是很纯粹的夸赞，怀歆鼓了鼓颊，想到自己的技术："要是我照得不好，不要怪我哦。"

郁承淡淡笑了："不会。"

羽绒服厚重，单反摘下来太麻烦，趁他还未递过自己的手机，怀歆的手便摸进口袋，将微单掏了出来。

她笑了笑："用我这个吧，方便些。"

郁承稍顿一瞬，颔首，与她交换位置。

隔着取景器，怀歆能够肆无忌惮与他对视。

视线也无须遮掩，从他俊朗眉目滑向高挺鼻梁，再到颜色略淡却微微勾起的薄唇。

他看着镜头，也看着她。眸光沉而静，深邃又好看。

怀歆举着相机，手肘恰好压在心窝的位置。天空好像飘雪了，她隔着布料隐约感受到内里如鼓点般有节奏的声音。

半晌直起身，她浅笑道："好啦。"

"承哥，你要看看吗？"

"没事，照了就行了。"郁承似乎不太在乎自己上镜怎么样，他伸出手接住几片轻盈飘落的雪花，沉吟片刻，道，"开始下雪了，我们再到处转转就回去？"

可惜也没待多久，怀歆"哦"了声："好。"

郁承瞥了她一眼，补充解释："要是雪下大了路会很难走。"

他有藏区转山的经验，在这点上怀歆很相信他，戴上自己的棉绒帽，点点头："我明白，都听你的。"

郁承没再多说什么。两人又走到五色湖的那一侧看了看。还没来得及下去，雪就纷纷扬扬地下起来了。

清澄的蓝色宝石陷入了一片纯白世界，赭色的峰峦也被点点覆盖，掩去锋芒，全化作柔软祥和，美得让人无法用言语描述，心灵也像被涤荡过一般。

不过确实应该即刻返程了。

来的时候大约五公里多，一路爬到山顶，海拔接近五千米。返程就都是下坡，怀歆有些警醒地发现——这比上来的时候要更加难走。

因为坡度都很陡峭，每下一级台阶膝盖都会隐隐作痛，如若不是扶着一旁的把手，她很难控制自己下坠的趋势。

但实在是太滑了。怀歆已经很小心，还是有行差踏错的时候。

稍不留神，脚一落空，整个人啪叽坐在冰面上。

"……"

虽然有羽绒服作防冲垫，没那么疼，但讲真的，她觉得自己这一下挺滑稽的。

怀歆坐着没动，抬眸转头看向一旁的男人，一脸摔蒙了的神情。鼻尖沾了点雪花碎片，小脸红扑扑的，难得有点傻里傻气的。

郁承俯视着她，是居高临下的角度，他打量了一会儿，倏忽没来由地笑了。

桃花眼微勾，眉宇舒展，他掩着唇，怎么也止不住似的，胸腔也跟着微颤共振。

怀歆真不知道哪里就戳到了他的点，但是第一次看到他笑得这么开怀。

在她面前。不是在电话里。

她的心情也跟着敞亮了。

她好似什么都忘掉了，也扬了唇。

郁承笑了好一会儿，微弯下腰，对她伸出手，双肩却还在耸动："……抱歉，拉你起来。"

手套相隔，却仍对比出他手掌修长。

怀歆腿软，刚站起来又趔趄，整个人倾向他，下意识地扶住他的手臂。

大雪飘扬，迷乱了她的眼，却反而更加明晰地描摹出男人英俊清冷的五官轮廓，怀歆稳住重心，倏地松开了手。

"我们得赶快回去。"她定了定神，抿唇。

前方重岩叠嶂，郁承的神情看上去也有些冷峻。他略一颔首："走吧。"

两人深一脚浅一脚地踏上这似乎看不到尽头的归途。

怀歆不知怎的又想起那幅画——弗里德里希，《森林里的猎人》。

极致的孤独最后幻化成宁静。

在这一片只闻风雪声的静谧中，她和郁承颇为心有灵犀地保持了无言的默契。

怀歆觉得自己确实是有些不知天高地厚了，一个人跑到这种地方来，那时若真从悬崖边掉下去，可能谁也不知道。

也许好多天以后，等她的身体冷透了，警局才会接到报警电话。

又差点滑了一跤，郁承揽了她一把，沉声："你怎么心不在焉的？"

他这时候又有点像她实习那会儿的样子了，语气凝肃，充斥着公事公办的职级感。怀歆反手抓住他的袖子，蹙起了眉，很难受的样子："我好累，喘不上气了。"

她嗓音绵软中带着哑，看上去确实状态不是太好。

他们从山顶下来，几乎是没有停歇地往回赶，虽是下坡，体力却也急剧消耗，这会儿又出现了高原反应的症状。

怀歆习惯性地伸手去够背包拉链，却想起氧气早就用完了。她停下来，有些巴巴地看着他。

郁承轻叹了口气，动作利落地装好喷阀，递给她："用我的。"

吸氧的时候，是贴着喷头呼吸。

两个人共享，亲密度不亚于同喝一瓶矿泉水。更何况，这东西她刚才还看他用过的。

怀歆垂着头接过，声如蚊呐："谢谢。"

头昏脑涨，胸口处好像压着一块大石，视野也有些浮沉，只看见到处都是雪，白皑皑的一片，她深吸了好几口氧气，呼吸仍旧很重。

怀歆把氧气瓶还给他，不经意间低眸，却发现自己仍紧挽着他的手臂。

她思绪混沌，指尖也发白，却没有松手。

好半晌，郁承迈开步伐。

——他也没有甩开她。

两人肩挨着肩迎着风雪向前走，雪地上两排脚印自身后一路延展，像是互相依偎。

　　每一片雪花都是有重量的，看似轻飘飘地落在身上，实则聚少成多，融化了渗进棉服里，冷气直往里钻。怀歆那顶毛绒帽子外形可爱得花里胡哨，其实不怎么防寒，逐渐被雪水浸湿。

　　她开始有些不自觉地发抖。

　　明明早上上山的时候还日光万丈，热得想脱衣裳，这会儿把全部家当穿在身上，她却还是觉得少。

　　手套也是，聊胜于无。

　　重复着机械性的步伐向前走，也不知道过了多久，终点在何方。怀歆低下头不断向冻僵了的手心呵气，瑟缩的姿势让她和郁承挨得很近，半边身体几乎靠在他臂侧，汲取仅有的温度。

　　少顷，她察觉身旁的人停了下来。

　　"冷？"他这样问。

　　"……嗯。"

　　郁承看着她，把背包卸下，脱掉了身上最外层的防寒大衣。

　　他低敛着眼，提着衣领递给她："穿上。"

　　怀歆视线落在他那只骨节分明的手上，他的皮肤被雪衬得冷白，手背上好看的肌肉纹理纵深起伏。

　　"可是你……"她迟疑。

　　"穿上。"郁承颦眉，直接把大衣罩在她身上。

　　怀歆闭了嘴，听话地穿戴整齐。他的外套领口处有个纽扣绳，是用来调节帽子松紧的，这会儿蹭在她脖子上，有点痒。

　　"把包也给我。"

　　怀歆有些不知所措地看着他解下她的背包，然后斜挎在肩上。

　　她知道自己带的东西有多少，再加上他的，肯定很沉，可他侧颜平静沉毅，密长分明的睫毛上结着细小的冰霜，没有泄露出一丝一毫多余的情绪。

　　"喝不喝水？"

　　"……哦，好。"

　　两人轮流补给完糖分和氧气，郁承便继续往前走了。

　　怀歆吸了两口气，快速跟上，少顷借着脚下落势不稳重新抓住他的手臂。

　　侧脸被北风刮过，渐渐没了知觉。双眼也被吹得泛起潮，慢慢地习惯了这样的极端天气。

　　大概有一公里，也可能是两三公里，她不知道路有多长，但仅仅是裹在带有他沉洌气息的大衣中，她却久违地感觉到温暖。

脚步虚浮，茫茫大雪铺天盖地，怀歆视线遥遥落在远处的地平线，看到最初的木质栈道在浅色调的光晕中逐渐崭露头角。她几乎以为是幻觉。

"就快到了。坚持一下。"

郁承温缓的嗓音自一旁传来，听不太真切。

怀歆喘着气应一声，也打起了几分精神。

最后这段坦途和来时一样，是走得最顺的。只是怀歆拿不稳登山杖，一直不断地戳入木板之间的细缝中，反而阻碍了她走路，郁承眄了一眼，道："给我吧。"

终于到达洛绒牛场的景点门口，他把废弃的氧气瓶和一次性的登山装备都扔了。两人冒着雨雪进了排队等车的室内，环境比山上实在要好上太多。

不过温度一上来，全身上下也都更加湿了。

怀歆的心也热起来，在郁承转过来面对自己的时候她松开了他的手臂——之前一直在不自觉地用力，手指关节都有些酸疼。

这一路上他照顾她太多了。

他的大衣还穿在她身上，拂去冰雪冷冽的气息，衬得怀歆越发娇小，仰头看他，吸了吸鼻子，糯声道："承哥，谢谢你……包给我吧。"

他垂下眼睫，温润嗓音夹杂着些许被寒风磨砺后的温沉和倦淡，却仍是道："不用。"

怀歆张了张嘴，觉得自己应该再说些什么的。

还未开口，他又看着她，问："带毛巾没有？"

"没有。"怀歆诚实地摇摇头。

郁承从自己的背包取出一条纯白色的棉巾给她，淡淡道："新的，擦一擦。"

——他总是这样。

怀歆心里几乎叹息一声。

他总是这样周到体贴，从骨子里体现出的良好教养。与此同时他也太了解女人，予取予求，每个细节都绅士得恰到好处。

如果，她只是想，如果什么人能有幸被他爱上，是不是就可以一辈子享受这种好。

怀歆拿着毛巾迟迟未动作，郁承俯视她须臾，深邃眼眸压下来一些。

"怎么，想让我帮你？"

他勾着唇，语气似笑非笑，带有兴味，却并不显得轻佻。

怀歆睫毛微颤，低下头，开始擦拭自己湿漉漉的头发和脸颊。他也没再说话了，两人沉默半晌。

过了一会儿，新一班的小型电瓶车到站。

他们上了车，并肩坐在最后一排，怀歆帮着把郁承肩上背着的两个包拿下来放在座椅中间。

她想了想，又从自己的背包内衬口袋里掏出两支口服液，递给他一支："预防感冒的。"

郁承扫过一眼："我不用了。"

怀歆没收回，踟蹰着："……要不，还是喝一支吧？"

姑娘的表情恳切，似乎还有些惶恐。郁承稍顿一瞬，浅笑着接过来："好，谢谢。"

"……"

怀歆抿了下唇，也有些不好意思地笑道："今天的经历确实挺特别的。"

她以前的确很少独自到这种自然保护区来，顶多是在已经开发成熟的旅游景点，大部分是城市景观。今天来了才知道，哪怕自以为准备得万无一失，还是会有考虑不周的地方。

郁承侧眸，颇有同理心地接道："第一次出来，可以想象。"

怀歆摸了摸鼻尖，仍是凉丝丝的："承哥你以前经常自己出来旅行吗？"

"嗯，读 MBA 那会儿，还有刚回国的时候。"

"都去过什么地方呀？"她好奇地问。

郁承又睨了她一眼，道："美国的话西海岸去得多一些，国内就是西藏、新疆、云南那边。"

怀歆眼睛亮了亮："噢，我也去过云南！"

"喜欢？"郁承问。

"嗯！那里的古城小巷里总是有种清新的潮湿感，"她顺口说道，"让我很有灵感。"

郁承笑了，语气有些懒懒的："对了，都忘了你也是写小说的。"

"也？"怀歆直起身，迷茫地眨眨眼，"还有谁是？"

他看着她，略一勾唇："一个朋友。"

"是吗？"怀歆有些感兴趣的样子，但似乎又不知道能不能问太多，"那如果以后有机会的话，希望承哥能帮我引荐一下。"

"好啊。"

电瓶车开了半小时就到达了中途站，要换乘大巴。怀歆跟着郁承上了车，因为是最后一班车，所以游客稍微有点多，两人仍旧坐在一起。

大巴上的座位间隔就要比电瓶车近很多了，再加上穿的衣服也厚重，两个人基本上完全挨在一块，手臂相碰。

终于开始有点信号，怀歆看了下手机，依次回复信息。

周燕问一会儿要不要去山脚下接她，怀歆斟酌片刻，说不用了。

回程比来程要疲累许多，车身颠簸摇晃，怀歆在不知不觉中睡了过去。

她一直半梦半醒，有几个瞬间隐隐约约感觉自己半靠在别人的肩上。有心调整姿势，后来又想到——管他呢，只要郁承没把她一巴掌拍飞，她就什么事也没有。

她反正脸皮厚，流氓一点也不怕，嘿嘿。

醒来的时候大概过了一个小时，已经晚上八点，天都快黑了。

是郁承把她叫醒的，怀歆迷迷糊糊地睁开眼，看到周围的人都起身在拿行李架上的背包和外套准备下车。她揉了揉眼，也很快清醒，和郁承随着人流下车。

"你今晚住在这儿附近？"他问。

"嗯嗯，对的。"

怀歆报了个地址，是个民宿。当初她看离景区起点比较近才选的。上下三层，房间不算很多，但是胜在极具当地风情，老板娘也非常热情好客，早上还请她吃家里自制的风干牦牛肉。

郁承扬了下眉，似有些失笑："我也住在那里。"

"啊？"

怀歆真没想到会有这么巧的事情发生，她也笑了，抿着嘴角问："那，承哥，你打算在这里待几天啊？"

"三四天？还没想好。"郁承问，"你呢？"

怀歆思忖得很快，"嗯"了声："我也差不多。"

从这里到民宿还有几公里，郁承问："你的车到了吗？"

"车？"怀歆眨眨眼，试探着回，"我应该……有车吗？"

他似乎没想到还能有这种问题："……你没租车？也没找司机？"

"没有啊。"怀歆懵懂道，"我从稻城机场那边直接打的过来的。"

"从民宿到景区呢？"

"也是打车。"她老实道。

"那你之后的行程呢？"他似是想笑，但又觉得离谱，总之，眼神有点复杂，"你就只在亚丁这边待吗？"

就算是稻城和亚丁两个地方，距离也有一百多公里，没有车简直寸步难行。

怀歆脸颊有点红红的，不知道是不是冷热交替闷出来的。

"我没想过这个问题。"她说。

郁承垂着眼凝视了她片响，神情难辨。

果真是第一次出来，没轻没重，连车都没有。

他叹口气："都湿透了，先跟我回民宿。"

"哦。"

郁承租的车是辆硬派越野，车型很酷，福特 Shelby Raptor，没有地陪，他自己开。怀歆回想起折多山腰部那些崎岖曲折的山路，觉得他的野外生存经验恐怕比她想象中还要丰富。

而且第一次坐他的车，他给她当司机，她好兴奋。

怀歆掩着嘴角的弧度坐上副驾驶，撑着下巴向窗外看。道路两旁绿意融融，风景如画。要不是顾忌郁承还在旁边，她差点悠闲自得地哼起歌来。

不过湿答答的衣服黏在身上并不好受，她走了一天，除了中午吃的那个冷三明治，胃里空空的，这会儿开始感到饿了。

"承哥，等会儿我们能一起吃晚饭吗？"她问。

郁承控着方向盘，闻言稍顿了下，瞥她一眼。

"之后再说。"他道，"先回去洗个澡，换身干净衣服。别着凉了。"

"哦。"怀歆侧眸，认真道，"你也是。"

郁承又看了她一眼，没说什么。

不过十分钟就回到了民宿，郁承停好车，仍旧帮她拎了背包，怀歆跟着他一起进去，顺便和老板娘打了招呼。

"幺妹玩回来了？怎么样哇？"对方热络地问。

"挺好的，风景很美。"怀歆笑。

老板娘的目光在她和郁承之间绕过一圈，落在男人肩上背着的那个浅紫色的包上："呀，你和 89 号房的客人认识呀？"

怀歆下意识也顺着看过去，恰和郁承对上视线。

她心里轻轻紧了一瞬："……啊，对。"

"哎呀，我看你们衣服都湿了，赶紧回房间换吧！"所幸老板娘没拉着他们聊太久，临走之前还给两人各倒了一杯热气腾腾的酥油茶暖身子。

上楼的时候，怀歆状似无意地提道："承哥，你住在 89？"

"嗯。"郁承走在前面，回过头，敛着眸凝视她，"你呢？"

这个民宿只有三层，老板娘特别可爱，坚信 6 是个好数字，用来打头会比较吉利，于是楼上两层顺着也就是 7 和 8。但因为房间就寥寥几间，所以象征性地编了号码。

"我在 86。"她说。

还隔着一段距离，不过好歹是同一层。

刚到第三层，拐过楼梯口就是怀歆的房间。郁承站在门口，把包递还给她。

"谢谢承哥。"

怀歆仰起脸，问："你出去吃晚饭的时候可以叫我一声吗？"

很自然的语气。

她写了许多故事，知道怎样在最佳时机植入伏笔和铺垫，而让读者不感到突兀。她笃定郁承不会拒绝。

果然，男人只是微动了下睫毛，便淡淡颔首："好。"

合上房门，怀歆脱下郁承的大衣，挂在一旁的衣架上。

——她方才意识到了，但故意没有还给他。反正他也没有向她要。

终于得以把身上层层叠叠的毛衣脱下来，舒舒服服地洗个热水澡。不过她也不敢洗太久，只是简单清洗一下，便换上干净衣服出来吹头发。

为了预防感冒，怀歆还特意冲了杯姜茶驱寒。

把自己从头到脚捯饬一番之后，还没有收到郁承的微信。她皱了皱鼻子，给他发：承哥，你准备什么时候吃饭？

怀歆：我有亿点点饿。

这条消息刚发出去，不知哪里就传来"咕噜"一声清晰的响动。怀歆摸着干瘪塌陷下去的小肚子，哀怨地戳了戳手机屏幕。

哼，他要是说什么"饿了你就先自己去"，那她就真去了，不管怎样都不等他了！

"嘀。"

手机振动，郁承回过来一条语音。

怀歆点开，听他说："现在。"

"……"

男人嗓音低缓，似有若无地含着笑："在你门外，出来。"

怀歆噌的一下从椅子上弹起来。感动得快哭了。

她以最快的速度带上出门要用的东西，打开门，郁承神清气爽地站在走廊外面。

他额前还有几缕碎发是湿的，不过精神看起来比刚从山上下来那会儿要好许多，眉目清朗，笑意温润地看着她："走？"

"走！"

怀歆十分迅速地拔出房卡锁了门。

她饿得要死，言语间也没那么顾忌所谓的分寸和语气："我们去镇上吃？"

"好。"郁承没有异议。

这儿附近有个小镇，叫作香格里拉，大概有几千个原住民。各种功能的店铺应有尽有，美发沙龙、药妆超市、足疗按摩、餐饮酒吧等。小镇虽小但美，风情十足。

两人都不怎么吃辣，所以找了个清炖滋补的牛肉汤锅店。

点菜的时候郁承让她先选，怀歆其实已经无所谓了，看着几个像是肉的名字就画了钩，然后点了些蔬菜和腐竹。

她把菜单推给郁承："承哥，你看你还想加什么？"

郁承扫了眼："就这么多吧。"

他顿了下又问店员："有没有现成的热菜？"

"有的。"店员是个手脚麻利的男孩，看着年纪不大，可能还是学徒工，"烤馕、红糖糍粑、孜然香肠……还有麻酱小面也上得很快。"

郁承的眸光又转向怀歆，温声问："想吃什么？"

怀歆知道在这种事情上她没必要矫情地再反问他让他拿主意，便糯声道："来碗面吧，还有糍粑。"

店员："好嘞！"

怀歆刚才路过一家奶茶店，店面装修很新潮，她心中微动，道："承哥，我出去买杯奶茶。"

正要问他喝不喝，又蓦地想到之前在招股书印刷机构的时候，他说自己在健身，要控制摄入量，甜品也没怎么动，十分自律。

于是怀歆没再说别的。

五分钟之后，她拎着奶茶回来了，重新坐下。

郁承听到动静，抬起头，见她将一瓶饮品放在自己面前，弯着眼笑："蓝莓酸奶，给你买的。"

他扬了下眉，启唇："谢谢。"

怀歆微赧："也不知道你喜欢什么口味，我有没有选对？"

"是吗？"郁承凝视她须臾，悠悠笑了，"那你还挺了解我的。"

男人很给面子，当即揭开盖子喝了一口。怀歆被他方才那个笑"杀"了一下，也不知道说什么，抿着嘴角缓缓"哦"了声。

彼时香味扑鼻的麻酱小面和红糖糍粑恰好呈上，郁承将碗碟移至怀歆面前："吃吧。"

她和他的地域特征都不太分明，他们在许多城市都待过，但意外地，口味倒是蛮相近的。

怀歆一直都觉得美食这种东西很玄学，两个人在一起吃饭，哪怕什么都不说也能共享幸福。

一顿饭吃得相当有滋有味。

其间郁承问起她下学期实习的打算，怀歆坦诚地告诉他自己面试了博源投资并获得了学期中实习的机会。

这其实非常难得，因为博源是国内最大的私募基金公司，资产管理规模在

5000亿左右，从不开放正式的暑期实习渠道，也不一定会校招，只能通过日常实习留用。

郁承微微笑了下，夸奖并鼓励了她。

从餐馆走出来的时候已经将近十点了，夜幕落下，整条街却仍旧热闹非凡。

夜里温度低，怀歆裹紧了自己的棉衣，从下至上很严谨地系纽扣。可稍不留神，脖颈间的围巾从肩上滑下来，一端长一端短，她有些费劲地抬起手想要恢复原状，结果头发被缠进了拉链里。

怀歆站在原地和拉链抗衡，好不容易解救了自己的头发，再一低头却发现围巾就要掉了。

头顶倏然有气息落下。

——是郁承。

他在她面前站定，手指拈起长的那一端，避免了它落地的命运。

怀歆抬起下颌，还没开口，只见他低敛着眼，开始慢条斯理地、一圈圈地给她重新系好围巾。

晚风拂过，男人的眉眼英挺而温柔。

一道很淡的雪松香气侵入鼻间。

怀歆看着他，眼睛一眨不眨。似乎有什么东西完全静止了。

她突然联想到一个莫名其妙的意象，以前写小说的时候不常碰到的——一只魔术师装扮的肥兔子，落入莫比乌斯环的圈套中，无论它正着走还是反着走，始终没法出去。

"那个，"在他松开手的前一刻，怀歆小声问，"承哥，我们能不能逛一逛再回去？"

郁承对上她的视线，稍顿一瞬，问："想去哪里？"

"都行，沿着这条街走就可以了。"

他放下手臂，颔首："好。"

其实也没什么特别的东西，都是些稀松平常的店面，餐厅这个点几乎都打烊了，但药店和足浴店还灯火通明，超市里面零食和秋衣居多，还卖些挂坠、冰箱贴等景点纪念品。

怀歆又看到小包装的牦牛肉——之前在民宿吃过觉得还不错，就买了两袋，想着路上可以当零食吃。

正准备结账的时候，被一只修长好看的手抢了先。

郁承付了款，很自然地接过前台递过来的购物袋，对怀歆道："走吧。"

怀歆凝视他清俊挺拔的背影，眸光又下落至他指尖随意钩着的塑料袋，略停了两秒，才唇角微扬地跟了上去。

她和他肩并肩，继续漫无目的地向前走。

大概走了几分钟，看见前面不远处有一家酒吧，缱绻的灯影环绕，隐约传来歌声，像是民谣。

怀歆很感兴趣，她知道郁承肯定也有意进去看看，但是并不打算贸然开口询问，先问了点别的做铺垫。

"承哥。"

"嗯？"

"你最近怎么有时间出来旅行呀？"她是真的有点好奇，"投行工作不忙吗？"

"忙啊。"他笑。

"那怎么……"

"我辞职了。"

怀歆步伐一顿，差点绊倒自己。

她显然受到不小的震动，缓缓眨了下眼："啊？"

郁承也跟着停下来。他偏头看她，饶有兴致地问："很惊讶？"

"没，就、就是觉得很突然……"

正好停在那家酒吧门口，里面在唱一首 20 世纪 90 年代的老情歌，郁承扬了扬下颌，桃花眼里晃着清浅的笑意："进去聊？"

这是一家具有藏族特色的清吧。

地方不大，人倒还挺多的，木柱上挂着漂亮的彩旗和帷布，还有一串串造型可爱的小灯泡，感觉很温馨。

两人找了一个角落里的座位。老板热情地迎上来，推荐自家卖得最好的酒类。

郁承听他说完，问怀歆："能喝吗？"

"不想喝我们就不喝。"他补充道。

"可以的。"怀歆点头，乌黑的眼眸在灯光下微微发亮，"能喝一点。"

"那就先来两瓶啤酒？"他征询她的意见。

怀歆"嗯"了声，目光在菜单上停了两秒才移开。

郁承轻轻笑了下，音色低醇："还想要什么？"

居然这都被他看出来了！

怀歆本来有点纠结，但想着来都来了，还是要随心所欲一点，便指道："这个……稻城之春。听名字不错。"

"嗯。"郁承对老板说，"那再加两杯这个。"

两杯，不是一杯。

怀歆心里微漾了漾，又开始感叹他果真是个妙人儿。

当你发现一件新奇事物的时候，想尝试又怕踩雷，这时候如果有人陪着一起，是会受到莫大鼓舞的。这种感觉很微妙，并非所有男人都有天赋领会。

——但相辅相成的，拥有这种能力的男人也确实危险。

这家店的服务很好，点的酒很快就上了。

店员替他们开了瓶，郁承便接过玻璃杯，不紧不慢地倒酒。倒完她的，再倒自己的。

他向她举杯，怀歆会意，自然地与他碰杯。

"叮"的一声脆响。

台上的民谣歌手换了另一首歌，节奏略显轻快，好像不是很适合聊天。

于是两人就心照不宣地喝着酒。

直到第一瓶啤酒见底，第二瓶只剩一半的时候，郁承才继续刚刚戛然而止的话题。

"我辞职了，最近没有什么事，所以出来散散心。"

怀歆抿了抿唇，没出声。

其实她真的想不通他为什么会辞职，几百万年薪说不要就不要了，这么安稳又体面的一份工作。

郁承像是猜到她在想什么，淡声道："其实我做这个决定，考虑有一阵了。"

"……"

"如果要简单概括的话，就是我觉得有点厌倦了吧。"他举起酒杯啜饮一口，难得坦白自己内心的想法，"占用太多时间了，好像没有最初那么值得。"

"那你之后呢？"怀歆禁不住问。

郁承看了她一眼，勾起唇，眼底莫名有了些笑意。

方桌窄小，他略微向前倾身，离她耳畔稍近："眉头皱得这么紧，担心我找不到工作吗？"

男人声音低缓，在这天然幽暗暧昧的环境下显得更加磁性动听，怀歆脖颈处猝不及防一阵酥麻，有意控制住自己才没有条件反射般弹开。

"……不是。"

她舔了下唇，斟酌着想说些什么，但不过少顷，郁承又靠回椅背，语气清浅散漫："两个月的休息期，差不多等到过完年，我就会入职新公司。"

"欸？"怀歆差点跟不上他的速度，"所以是在……"

"以后你会知道的。"郁承淡淡笑，拿起桌上的打火机随手把玩，略显漫不经心。

怀歆有些微醺，只当作是他的托词，很有分寸地没再继续问下去。

驻唱歌手换了一首安静的情歌，优美的旋律缓缓流淌，她也没开启新话题，只是撑着脑袋听歌。

郁承的手机屏幕在黑暗中亮了一下，显示有人来了短信，他大致扫了一眼，拿起来回复。

怀歆鼓着颊发呆，忽然想起一件事情。

虽然她作为"Lisa"时没有分享太多的行程给郁承，这是不幸中的万幸，但是必须来一个结尾，以便和她本人更加区分开来。

两人回到民宿之后，怀歆换了睡衣窝进被子，登上 QQ，给郁承发消息。

她按着语音键，娇声道："给哥哥报告哦，我明天要回 B 城了。"

过了几分钟，他回："这么快？"

语气温缓，听不出是什么意味，怀歆便道："对啊，其实该看的也都看得差不多了。灵感也收集完毕，所以就回去咯。"

"这样。"郁承似是笑了下，又问，"你去了亚丁吗？"

"去了，走了个短线，也没花多少时间。"怀歆说完顿了下，刻意将唇贴近话筒，轻软吐息，"这几天没联系，Alvin 哥哥有没有想我啊？"

不等他回答，她就像自问自答一般，眨眨眼："反正我是想了，还等着回去和哥哥一起看电影呢。"

少顷，郁承打来了语音通话。

怀歆接起。

"Lisa 妹妹。"他开口，嗓音低醇，说的却是，"我可能要向你承认一个错误。"

"什么？"她心尖一跳，很快又顺着这反应佯装微嗔，"不会是没想我吧！"

"那不会。"郁承轻笑，"每天都在等妹妹的消息呢。"

"昨天没收到，都有点失眠了。"

"……"

我很确定你失眠只是因为高原反应。

但怀歆还是颇为受用地"哼"了一声，问："那是犯了什么要我原谅的错？"

郁承缓了几秒，说："其实我也来了川西。现在在亚丁。"

"啊？"

"本来是想今晚联系你的。没想到你这么快就走了。"他似是有些遗憾，"怎么办？一时半会儿见不到妹妹，也不能陪妹妹看电影了。"

半真半假，怀歆把郁承的意思猜了个大概。

其实他也没真想和 Lisa 碰面——这么大的地方，碰上是缘分，遇不上也无所谓，反正他们一直恪守着那条界线，谁也没提过线下见面。

但说总归还是要说一声的，因为来这里最初本来也是她的主意。

郁承恰好辞职之后有段空白期，想着出来散散心，又恰好她告诉他有这么一个地方，他感兴趣，所以就来了，但并没有很多成分是因为她。

这么一捋，逻辑就顺了。

"那可真是太不巧了。"怀歆的语调染上几分可惜，"你要是早点告诉我，我还可以改一下行程。"

郁承态度温和地揽下所有责任："嗯，都怪我。"

怀歆假意思考两秒，尾音上扬："算啦，原谅你了。"

"真的？"他浅笑。

"是啊，有什么办法呢。"她幽幽地道，"谁叫哥哥帅呢。"

他们依旧很有默契地揭过这茬，又聊了一些旅途中发生的事情。怀歆了解到，原来郁承差不多是和她同一天出发，计划的行程路线也相近，难怪这么巧会碰上。

从酒吧回来的时候就不早了，再加上打电话，现在已经过了午夜零点，怀歆正想问他明天什么安排，就听到那头有些响动，像是门开合的声音。

"你在做什么？"她好奇地问。

"出去拿点东西。"

"什么？"

"防高反的含片。"

"去……哪儿拿？"怀歆不知怎的心头感到不妙，"你不是在酒店里吗？"

那头安静片响，响起男人云淡风轻的嗓音："哦，我刚才没有和你说吗？我碰上一个熟人，今天我们一起爬山，我的衣服落在她那里了，东西都放在口袋里。"

怀歆："……"

"你先别挂。"郁承不急不缓地说，"等我找她拿完药。"

怀歆："……"

怀歆震惊。

"等一等。"怀歆十分佩服自己的临场反应，大难临头还如此处变不惊松弛有度，"熟人？男的女的？"

郁承稍顿一瞬，散漫问："妹妹很关心？"

"当然了。"

怀歆扬了下眉，反问："哥哥不是说过我再小心眼一点也可以吗？"

郁承敛着眸，微微勾了唇，不置可否。

怀歆眸光一转："不会是女人吧？"

他这才懒懒地开口："如果我说是呢？"

"是谁啊？"

"这么在意？"郁承轻哂，"取个东西而已。"

不知是不是错觉，怀歆总感觉门外走廊已经响起了脚步声，也许下一秒就有人敲门。

她有些抓狂地揉了揉头发，语气还是伪装得游刃有余："哥哥，现在这么晚，人家很可能已经休息了。"

"应该没有。"他温和道，"我们刚刚才一起从小镇上回来。"

怀歆噎了一下，很快理直气壮地接上："就算是这样，深更半夜，也有点容易让人误会呢。"

郁承笑了。

男人的嗓音低沉悦耳，如海潮一般和缓拂过。

他问她："妹妹是不是不想我去？"

"……"

"为什么？"他笑意不改，浅浅夹杂着几分蛊惑，似有阵阵痒意沿着她耳骨蔓延，"告诉我为什么，我就不去了。"

怀歆轻捏着自己柔软的发尾，吐气如兰："我就是有点担心呢。"

"嗯？"

"现在这么晚了……"

她嗓音天生甜润，又精于语气上的拿捏，勾起来像绵软的丝线，悠悠然地缠绕："哥哥去了之后回不来了怎么办？"

"……"

怀歆轻声慢语地笑："我要继续听着电话吗？"

挂了电话，怀歆深深舒出一口气。

好家伙，玩的就是心跳。

演技简直炸裂，金马影后就该是她的！

幸亏她心理素质过硬，临危不惧、不慌不乱成功逃过这一劫，不管郁承怎么想的，她算是比较体面地挂了电话，也不管他来不来，总归不用面临当场被拆穿的戏码。

怀歆在屋内等了一会儿。

他没来。

不知是失落还是终于放下心来，她定好明天早上的闹钟，又擦了红花油按摩今天徒步磕到的地方，洗漱完毕，关灯，上床。

次日怀歆在优美的乐曲声中缓缓醒了过来，这是她很喜欢的一首钢琴曲，德彪西的《月光》，很温柔，让人联想到夜晚的时候清冷月光洒在雪山上的情景。用来叫醒比较循序渐进，没那么暴力。

郁承今天大概率还是待在亚丁附近，怀欹也不着急着联系他，先把自己的情况跟周燕说了——自己有可能之后几天都不需要用车，让她先待定，钱会照付。

下楼的时候又被热情的老板娘拉着吃了一块烤饼，怀欹恢复了一晚，状态极好，打算去把亚丁景区的短线也走了。

又坐上熟悉的大巴，这回她就熟门熟路多了，轻装上阵。短线不需要坐电瓶小车，以冲古寺为起点，往返路程只有三公里。

今天万里无云，却也没有雪，早上日光正足，但又不太晒，气温很舒适。几乎临近中午的时候，怀欹就已经走完了全程，坐车去香格里拉镇吃饭。

一个人旅行，一个人听歌，一个人安静地进食——她很习惯这样的独处。

怀欹常常在想自己究竟是个怎样的人。有的时候自己也想不明白。

——明明很喜欢吵闹的俗世，却也可以在彻头彻尾的孤独中待得很自在，不希望有人来打扰。

就这样安安静静的，挺好。

冬季是淡季，白日里街上也没有什么行人。

怀欹在街边驻足一会儿，抱着强烈的同情心（其实只是自己想喝），为那家奶茶店的生意再度添砖加瓦，慢悠悠地踱回了民宿，瘫在床上美美地睡了个下午觉。

快傍晚的时候郁承给她发了消息。

郁承：怀欹，你在房间吗？

郁承：我有点东西放在那件大衣口袋里了，可能需要来拿一下。

怀欹：啊，抱歉，不在呢！

她随意看了眼时间。

才六点，还不够晚。

怀欹：承哥，晚上九点我大概就回来了，之后送过去给你行吗？

他回得很快：嗯，我到时候过来拿就行，谢谢。

之前还真没留意这口袋里除了防高反的含片还有什么，怀欹好奇地看了一眼，惊讶地发现这里面东西还不少。

一盒雪茄，两片薄荷糖，一枚戒指，还有翻盖打火机。

难怪他身上总有那种淡淡的香气，类雪松，但又不那么像，层次更沉厚一些，原来是烟草。

那枚戒指是银质的，怀欹恍惚回想起，她好像从未见他戴过。很简约的设计，表面有些粗粝，看上去似乎经常被人摩挲。

再仔细一看，又发现这好像并不是男士戒指。

尺寸小了一圈，但也不是很明显，怀歆心里咯噔一下——是哪个女人送给他的？

而他还留着。

借着隐约的光线，她观察到那枚戒指的内衬似乎刻着小字，凑近点仔细瞧了，才依稀看清楚。

19910620。

还刻着他的生日。不会错了。

怀歆垂下眸，用纸巾小心地将戒指擦拭一遍，除去她自己的指纹，重新放入大衣口袋里。

临近九点的时候，怀歆跟民宿里的伙计打了个招呼，请他帮忙把这件衣服妥帖地交给89号房的客人。

伙计刚离开一会儿，郁承就发微信过来：衣服收到了，谢谢。

然后就没了下文。

他没有问，为什么他们约定好了时间，她要差旁人把东西送过去。

本来是个小钩子，要引导他问一问今天她都做了什么，去哪里闲逛了，可惜没能派上用场。怀歆挺遗憾地撇了撇嘴，解开衣领纽扣打算去洗个澡。

民宿的每个房间都有个小阳台，怀歆还从未出去过。进浴室之前，她衣衫半拢，推开自己阳台的门，朝外眺望。

一下子就看到远处坐在屋外的男人。

夜里凉意暗侵，郁承身着一件挺括的黑色高领毛衣，双腿交叠坐在阳台上。九分裤不长不短，恰好露出一截漂亮冷白的脚踝。

对面就是雪山，他靠在椅背上，指间夹着一支猩红明灭的烟。

几缕缭绕上浮的烟雾幽然飘过，男人微眯了眯眸，神色倦淡而迷离。

少顷，他低垂下眼，淡淡吸了一口。

浅影流淌，顺他动作倾泻，鸦羽似的眼睫漫不经心地垂落，清冷俊逸的眉目半陷入暗潮中，没过一片难测的幽深。

怀歆不知道为什么，这一刻她感到透骨的寂寥。她以为自己的心是因这种偷窥的行径而狂跳，但片刻又觉得，她更像是窥探到了什么秘密。

冷空气吹拂过怀歆的脸颊，也捶打着她的心，她扶着冰凉的窗沿，慢慢抽回身来。

"啪嗒"一声，很轻地消散在夜里。

郁承指尖一顿，移开烟，似有所感地朝那侧望去。

空荡荡的阳台，没有人。

只有凛冽呼啸的风声。

他捻灭了烟，站起，转身进了屋内。

那件大衣挂在衣架上，还带着点不知从何而来的隐秘馨香，郁承在口袋中摩挲一阵，取出那枚戒指。

屋里没开灯，他又返回去，站在窗侧，对着月光细致地打量着。

有些斑驳的起伏凹痕，上了年代的印记，郁承凝视了片刻，缓缓收拢掌心握住了它，像要温暖那冰冷的物什似的。

好半晌，他垂眸，将戒指戴在自己的左手尾指上。

大小正好合适。

郁承坐在床沿，又从烟盒里取出一支烟，呵在掌心内点燃，手肘支在大腿上，沉而缓地吐息。

床头手机屏幕亮起来，有新消息推送，还有之前的两通未接来电。他睇过去一眼，须臾后移开视线。

但提示音仍在屋内接连响起。

投行的人还在语重心长地规劝他三思。那消息锲而不舍似的，不停地弹出。

郁承咬着烟，有点不耐地揉了揉眉心。

——烟草的镇定作用此刻似乎对他无效。

只要一闭上眼，就会想起那条长长的巷弄以及时常处于雨季的，布满青苔的石板。

各家各户离得很近，空气中弥漫着黏密的潮湿感，放学回去的时候，女人听到他的脚步声，会放下手中的针线，站在门口迎接他。

"阿程，今天怎的回来得这样早？"

侯素馨弯下腰来摸他的脑袋。

郁承依旧不习惯她的触碰，别扭着戳在原地。

他是个很寡言的孩子。什么也没说，不回应，两手紧紧扯着背包袋子，低着头进了门。倒是挺熟门熟路地走到书桌前坐下。

他们家的条件着实不算太好。

几十平方米的一个小屋，墙壁斑驳残缺，客厅里除了饭桌就是一台小电视，走了几步就到了厨房，后者是半开放式的，极其狭窄，两个人在里面都转不开，只有卧室是单独隔开来的一间，里面有侯素馨刚刚置办的一张书桌。

郁卫东睡相不好，晚上爱翻身，侯素馨担心他压着郁承，单独给郁承辟了张小床架在一旁。

其实就是张躺椅，郁承常常失眠，对着天花板发呆，耳边只听到男人一声高过一声的打鼾声，但他又不敢动，害怕年久失修的铁架发出吱呀吱呀的杂音，会吵醒床上已经熟睡的人。

这天郁卫东回家很早。

还没进门就听他嚷嚷，街头老王家又赊账不给钱，没脸没皮，侯素馨安抚他几句，语气柔和地让他小声点，别吵着孩子学习。

郁卫东叼着烟进来了。

经过郁承身边的时候特意停下，俯身，看他在写什么。

郁承条件反射般地和他拉开距离，如一道绷紧的弦。

小小的少年仰着脸，漆黑眼眸中不加掩饰地映着防备和抗拒，还有几分生人勿近。

郁卫东身形稍僵，拉下了老脸，很明显的挫败感，和他拉锯般对视几秒，咕哝着直起腰："好好学习。"

然后他就出去了。

郁承看着他背影消失在拐角，才重新低下头继续看书。

厨房里热火朝天，不一会儿传来饭菜扑鼻的香味。片晌，郁承听到侯素馨叫自己："阿程，出来吃饭啦。"

他合上笔盖，站起来，出卧室的时候顺便带上了房门。

郁卫东已经坐在餐桌旁，侯素馨仍在厨房里里外外地端菜。郁承走过去，对她伸出自己一双干净的手，掌心朝上。

侯素馨大概愣了一两秒，明白他的意思，笑逐颜开："阿程要帮我端菜是不是呀？"

她把三套干净碗筷递给他："帮妈妈拿这个，这个不烫。"

郁承依言将碗筷端至餐桌旁，将饭煲中的米饭分配均匀后，拉开角落的座椅。

郁卫东瞥了他一眼，没说话。

等侯素馨也在两人之间坐下，他才干咳一声，说："赶紧吃饭吧。"

郁承埋着脑袋安静进食。

"我好像没有听他说过话。"郁卫东自以为很小声，一边对妻子耳语一边偷觑郁承，"我们家这孩子，不会是个哑巴吧？"

"说什么呢。"侯素馨毫不客气地拍掉他的手，又扬起嘴角为郁承夹菜："吃点这个啊，阿程，尝尝看妈妈的手艺好不好。"

炒黄瓜，还有金黄色的土鸡蛋。

郁承抬眸看了她几秒，用勺子将那些菜舀起来放进嘴里。

"哎，真乖。"侯素馨眼角眉梢都是笑意。

孩子到家里两个星期了，竟然一句话也没对他说过。郁卫东这顿饭吃得很闷，吃完了也没管郁承，瘫在沙发上看电视。

老式电视机收音嘈杂，郁承就回卧室里去了。

他想先洗个澡。

关上房门，郁承对着镜子脱去上衣。

凝着血痂的伤口裸露在空气之中，他抿着唇，慢慢伸手，想要稍加触碰。

就在这时，身后传来一声轻响，郁承一抬头，猝不及防在镜面中对上侯素馨望过来的震惊目光。

她就站在门口，郁承一抖，下意识地转过来，将衣服挡在身前。

"阿程，这些伤……怎么回事？！"

女人骤然拔高的音量吓到了他，郁承瑟缩着朝后退去，像只惊慌失措的小兽。

"怎么这么多的伤啊……"侯素馨的脚步定在原处，想通了什么，"学校里的人欺负你了是不是？"

郁承无言地望着她，一双黑漆漆的眸子在昏黄的灯影下映着剔透的弧光，看上去像是蒙着一层浅薄的潮意。

侯素馨又去翻他的笔袋——昨天她给了他两块钱，是一周的零花钱，现在里面空了。

郁承低下头，惶惶承认了错误。

"对不起。"他略显生涩地说，"……钱没有了。"

侯素馨忽然蹲下来，撑着膝盖哭了。

郁承看着她，再度沉默。

他知道她做针线活儿不容易，帮人织围巾和毛衣，还做些小孩子的袜鞋帽卖。像鞋子这种需要自己出线，没日没夜地织，一双能挣七块钱。

郁承小心翼翼地靠近她，像是想触碰又不敢："对不起……妈妈……"

侯素馨猛地抬起头，朝他扬起手臂。郁承闭上了眼，做好准备迎接落在自己身上的这一巴掌。

然而不是。

是很紧很紧的一个拥抱。紧到他近乎窒息。

她把他抱在怀里，心疼地哭了。那些温热的眼泪顺着他的脖颈淌过伤口，隐隐有些发疼。

"是妈妈不对。"女人哽咽着说，"妈妈应该去接小程放学的。"

手机提示音还在耳边响着，唤回郁承的思绪。

他想起邱院长在傍晚时给自己打的那通电话。

对方定期汇报，说些冠冕堂皇的客套话，却始终拐着弯不讲重点，郁承及时打断他，温和道："您有什么想说的就说吧。"

那头迟疑一瞬，停顿几秒，斟酌着说："今天令堂想要出去，我就让小刘去陪她，但是她……"

"她怎么了？"

"……她不记得小刘了。"

"……"

"咚咚咚。"

怀歆沐浴完毕，穿上休闲的家居服，提着一袋水果敲响了89号房间的门。

她刚给郁承发微信来着，但是他没回。她索性就直接过来了。

等了几秒也没人来开门。

怀歆又敲了几下，还是无人回应。

她寻思着是不是他又出去了，正想着要不打个电话的时候，房门倏地从里打开。

怀歆目光顿住，满腔话音也哽在喉头。

屋内是黑的，到处都是阴影。传来一阵烟味，她站在门口都觉得有些呛鼻子。

月光洒进窗内，颓靡而冷清。

男人的穿着还是和刚才一样，只不过逆着光影，表情看不清晰。他很高，垂着眼眸看着她。

高挺鼻梁上架着那副眼镜，依稀能感觉目光极浅淡，眼底没有什么情绪。

怀歆向来会察言观色。

她捏了捏塑料袋，细微地做了个吞咽的动作。

"承哥……我之前去镇上买了一些水果，就想问你要不要……"

已经入夜，整个民宿内很安静，走廊上也没有其他人，怀歆努力地维持着那种自然聊天的闲适感："给你发微信没收到回复，就直接过来了……"

郁承凝视了她片刻，终于启唇："谢谢。"

他嗓音一贯温和，只是不知怎的有些暗哑，就像是海潮卷掠过低空，触上暗礁的那种沙质。

怀歆将袋子向上拎了拎："蓝莓、苹果、菠萝、杧果，都是洗好的果切，很甜的。"

郁承接过来，重复一遍："谢谢。"

他的房门半掩，仿佛下一秒就要对她关闭。男人看着她，似乎也没有什么多余的话想说，只是很绅士地等待她自己先礼貌退场。

"……承哥。"

怀歆捏着裤腿，小声地说："你可以陪我去一趟小镇吗？"

郁承眼睫稍动："什么？"

"我今天，爬山的时候磕了一下，想去买点跌打损伤的膏药。"怀歆抿着嘴角，"可是现在比较晚了，我有点害怕。"

"……"

"要是不方便的话就算了。"她很快补上，咬着唇说，"我、我一个人也行的。"

郁承视线在她身上停驻须臾，而后松开了握着门把的手。

"好，等我穿件外套。"他转身向里屋走去。

怀歆暗暗松了口气："那我也回去换身衣服！"

"嗯，去吧。楼梯口见。"

香格里拉镇不好停车，两人选择直接走路过去。一路上郁承的话仍旧不多，怀歆也没有刻意扯些话题要他参与，只是简单地把自己爬短线的经历分享了一下。

她语气轻快放松，很自得似的："我只用了一个小时多一点，还被途中遇到的姐姐夸了呢。"

怀歆听到郁承轻轻笑了声。

她不着痕迹仔细观察他的表情，似乎恢复得与往常无异。

"进步显著，值得表扬。"郁承嗓音温缓，少顷话音一转，"不过好像磕磕绊绊的习惯还是和之前一样，没怎么变。"

"……"

"这也不能怪我吧。"怀歆摸了摸鼻子，尴尬地替自己找补，"有些人连平地走路都会摔跤欸。"

男人低垂着眼淡淡地笑，不置可否。

到了药店，买了酒精棉球和碘伏，还有一些外用的膏药。怀歆眸光一扫，看到很稀奇的东西。

"欸，这里竟然有金银花露。"她走过去，举起一瓶对着郁承扬了扬，"我小时候可喜欢喝这个了。"

"为什么？"

"说不上来，就是甜甜的，感觉不像是药。"

怀歆像发现新大陆似的，对着瓶身照相，郁承耐心地看着她上上下下地摆弄，结完账后，两人从楼梯上并肩走了下来。

药店正对面是家私人影院，营业到凌晨一点。

怀歆随口一提："也不知道这种店的坪效如何。"

学金融的对数字很敏感，商业模式、单店模型、毛利率、年度销售额等，郁承瞥她一眼，接上："按这里的生活水平来说，不会特别高，低频次消费的小本生意罢了。"

"哦，这样。"她侧身看向他，"那我们要不要帮助他们提高一下日均营收？"

"……"

是认真且恳请的语气，但水灵灵的眸子却盈满着黠意，很理所当然的一个提议。

郁承扬了下眉，难得失笑。

"你想看电影？"

"嗯，可以吗？"怀歆微抬眼睫，"想看那种轻松一点的，可以舒缓心情的片子。"

她顿了下又小声解释："……我就是看着现在还有点时间。"

郁承低敛眉目看着她，眸光温沉，神情有些难辨。似乎略带某种审视意味，又像是细致地打量。

半晌，他淡声回："那就看吧。"

私人影院的老板在前台留意他们很久了，眼见着两人过来，忙笑脸相迎："我们这边片子很多的，只要网上能搜到的都能播放，两位想要看什么？"

他电脑里有个文件夹，里面存放着客人常点播的电影，怀歆一眼就相中其中一部："《寻梦环游记》，听说很好看的。"

她说完便有点期盼地看向郁承。

这是部三四年前的动画片，皮克斯出品。当时上映时便好评如潮。

男人正低头回复短信，闻言扫了一眼，没什么异议。看上去也不是非常在意。

老板笑眯眯地和他们敲定下来："好嘞，那就这部，请二位跟我过来。"

他带着两人来到一间不大不小的放映厅，屏幕还比较大，房间装饰也很新，十分干净，沙发柔软，只不过看着好像是情侣座，中间没有任何扶手或者阻隔。

郁承仍在看手机，边打字边在一侧坐下。怀歆也就很自然地坐在了另一侧，和他隔着不远不近半只手臂的距离。

不一会儿，背景音乐响起，电影开始播放。

"祝两位观影愉快！"老板贴心地替他们关上了门。

房间里的灯光整个暗下来，主角米格的自白与欢快的音乐互相应和，郁承的注意力也终于回到屏幕。

怀歆感知到他的视线从侧面掠过来，下意识也转头。两人在黑暗中对视一瞬，谁也没有出声。

其实是个挺有想象力的故事。

米格出生在墨西哥一个制鞋世家，他痴迷于音乐，可惜家人都强烈反对。亡灵节这天，按照节日传统，家家户户要祭祀祖先，而米格由于和亲人发生争吵后外出，意外穿越到了亡灵国度。

在这里，他邂逅了逝去的亲人们，发现他们其实都以另一种形式生活在这个世界中，并且每年都可以在亡灵节这天，凭借家族灵台上的照片作为通行证回到现世去看望生者。

在探险的途中，米格碰到一位落魄的音乐家埃克托，由于无人供奉照片，他无法回到现世和亲人团圆，所以请求米格将自己的照片带回去供起来。

背景声和画面搭配得恰到好处，活泼轻快。是音乐主题的电影，所以常有插曲弹唱。

有一段怀欣看得略微入迷，某一瞬间突然想起，这可是她和郁承第一次面对面一起看电影。

和线上打电话不同，此刻的他是真实的，呼吸声响在身侧，轻缓而悠长。

原本以为这大概就是个小男孩在异世界冒险的故事，谁知情节上有一个非常巧妙的设计——如果现世里没人再记得逝者时，他们的灵魂就会在亡灵国度完全消散，永远离开这个世界。

米格和埃克托来到旧友家拜访时，虚弱的老友躺在床上，在柔和的吉他乐声中听完了他此生最为挚爱的一首曲子，然后安详地闭上双眼。

他化成了无数片亮着金光的万寿菊花瓣，随着扬起的风轻飘飘地散了。

"他怎么了？"年轻的男孩睁大双眼。

"他被人遗忘了。"埃克托说。

"如果在活人的世界里，没人记得你了，你就会从这个世界消失。"

生老病死是自然常态，谁都无力抗拒也无法逃避。其实死亡与分离并不可怕，可怕的是被人遗忘。

被自己所爱的人彻底忘记。

已经是亡灵的埃克托，摩挲着一张几十年前的残损旧照片，上面是女儿可可孩提时的模样，彼时她还是个扎着麻花辫的小姑娘，而现在已经成为白发苍苍的老人。

"我一直希望能够再见到她。"他的语气轻而怅惘，"希望她还会想起我。"

埃克托是在外出闯荡的时候不幸离世的，他没能见到女儿长大时的样子。但是他为她写过一首歌，每当想念她的时候都会轻轻哼唱。

Remember me
请记住我
Though I have to say goodbye
说再见是不得已

......

Don't let it make you cry

希望你别哭泣

For even if I'm far away I hold you in my heart

就算我远行 也会将你放在心底

怀歆看着屏幕上的画面，忽然就哭了。

她把自己缩成小小的一团，极力想要克制，却无法掌控自己氤氲的泪水，模糊的双眼看着年轻的埃克托单膝跪地为女儿可可弹唱吉他的画面。

此时此刻，最动人、最真实的情感轻叩心扉。

I sing a secret song to you each night we are apart

每个分开的夜晚 我都要偷偷唱歌给你听

Know that I'm with you the only way that I can be

那是我在你身边的唯一证据

Until you're in my arms again

在你重新回到我怀抱之前①

窄小的放映厅内，细微的啜泣声却显得格外清晰。

怀歆下意识地掩唇，觉得尴尬，却也无法抽离自己——那些因缘际会，阴错阳差，她总觉得好可惜。哪怕知道只是电影，只是为情节服务的人物角色，还是忍不住为他们的命运嗟叹感慨。

有时候太强的共情能力不见得是好事，她的那些细腻柔软的情感在别人眼中可能只不过是矫情又病态。

也不知怎么回事，或许是太冷了，怀歆抱着膝盖簌簌地发着抖，同时伸出手指，试图悄无声息将汹涌的眼泪抹去。

可是忍得有点艰难。

黑暗中蓦地伸过来一条手臂。

温热的，带着安抚意味的修长手指缓缓搭在她的手背上。短暂地触碰一瞬。

"冷吗？"他说，"坐过来一点。"

男人的嗓音低得几乎听不见，只有一道轻而温沉的吐息落在耳畔，将散未

---

① 所涉及情节和台词源自电影《寻梦环游记》。

散。怀歆含着水汪汪的两包泪，本能地蹭过去一些，将将挨上他。

沙发扶手上放着一条薄毯，他将它展开，延伸，也搭在她的腿上。

柔和的木质沉香气息铺天盖地地将怀歆包裹在内，这一瞬间她像是得到了庇护和默许，终于忍不住捂着脸哭出了声。

她想起许多事情。

她想起自己已故的外婆。小的时候爸爸妈妈忙于打拼，每逢暑假老人便会专程坐火车过来照顾她，每次都会给怀歆带一盒新鲜烘烤的绿豆饼，用报纸精心裹好，拿出来时还尚有余温，外表和着铅墨的余香。

她也好羡慕可可，她的爸爸从未这样为她唱过一首歌。他的世界有太多嘈杂的东西，只有很少的那一部分赠予了她。

而她的妈妈，离婚之后重新组建新的家庭，也渐渐淡忘了自己这个女儿。这个和她有过争吵，有过不快，但仍旧爱着她的女儿。

新的爱人，新的家庭，她总是被他们忘记，胆怯畏葸地躲在记忆的角落，又要去和谁相依为命呢？

二十年来怀歆很少这么恣意地哭过，她一直都装得好累。所以哭得上气不接下气，委屈得要命。

半晌，温缓的气息袭向了她——郁承倾身靠过来。

柔软的纸巾沾上怀歆湿漉漉的眼尾，他抬起手，很温柔地擦拭掉那些滚烫的泪水，嗓音低而沉。

"别哭了，小朋友。"

怀歆恍惚地抬起眼，撞进郁承晦暗深沉的眼眸。

似海似雾，望不穿，看不透，如暮色融融。有那么一瞬间，她也在他眼中看到形似悲伤的东西存在。

郁承深深地望着她，片刻后又弯了下嘴角，如私语又似呢喃，轻轻浅浅。

"哭出来就好了。"

第二天早上怀歆起来看了日出。

她裹着一件薄外套，坐在窗台边，看着那轮火红的太阳缓缓升起，在清冷皑皑的雪山间映上暖融融的光辉。

这种温度似乎也暖和了赏景的人。

出来旅行的意义就在于此，思想沉静，忘却那些不愉快的事情，让心灵也涤荡片刻。

怀歆正坐着，忽闻隔壁稍远处一声"啪嗒"，有人走了出来。

——郁承披着件深灰色呢子长衣，倚在栏杆边远眺。

他好像是在进行一通重要的电话。

纤长的睫羽低垂，眉宇似微锁，英挺的面容冷峻，看起来气场凝肃而紧绷。

他在等待，过了好一会儿，那头似乎说了什么，怀歆看到郁承的眉眼舒展开来，神情放晴了，如同云卷云舒的天色。

不知道究竟是什么好事情。

少顷，郁承挂了电话。

怀歆转头，软糯着声线和他问好："承哥，早。"

他显然也看见了她，隔着两间客房，远远地，应该是勾了下唇："早啊。"

"你今天有什么安排？"她站起来，尾音略微上扬。

"这边待得差不多了，收拾一下东西，下午就往稻城那边开了。"郁承稍顿一瞬，问，"你呢？"

"我应该也要往稻城那个方向去。"怀歆苦着一张小脸，"可是还不知道怎么解决车的问题。"

她顿了下补充："这里打的应该不方便走长途，租车又感觉很难找……"

她的意思几乎昭然若揭，可偏偏又不说明白，明目张胆地耍着小心眼。

郁承似笑非笑地望着她，屈肘倚在栏杆旁，懒散问道："想让我给你当司机？"

男人一双好看的桃花眼微勾，略含着点兴味，好整以暇地看着她。

怀歆没想到他这么直截了当，感觉自己被"杀"了一血。她干咳一声，堪堪维持面上的笑容，索性不再曲折迂回，也支起身，颇为直白地请求："可以吗？"

在熹微的晨光里，小姑娘像是被一圈暖融融的金边裹住了似的，纯白色的针织毛线帽，外层的发丝儿呈现棕栗色，漂亮白净的奶油肌，双眸清亮有神，卷翘的眼睫轻轻扑闪。

郁承凝视她片晌，漫不经意地笑了。

他不急不缓地摘下眼镜，放进前襟口袋，修长十指相扣交叠在前，对她温声说道："下午两点发车，这位乘客如果确定要启程的话，记得准时下楼。"

他说完便进去了。

怀歆低下头，扯了扯自己围巾一端细碎的流苏，少顷，在无人看见的角度，隐秘地牵了下唇。

她把行李箱搬下楼的时候还没到两点，就在前台和老板娘聊了会儿天。

老板娘这两天经常看到她和郁承同进同出，八卦地问："幺妹儿哦，你和89号房的客人什么关系呀？"

怀歆将头发挽至耳后，自然道："他是我领导。"

"哎，一起来的吗？"

"不是，就是旅途中恰好遇到的。"

彼时郁承恰好从楼上下来，老板娘朝她不动声色递去一个眼波，话音就戛然而止。

老板娘想说什么怀歆也清楚，她半倚在前台边，脸上揣着笑，目不转睛地看着英俊挺拔的男人阔步靠近。

"收拾好了？"郁承问。

"嗯。"

怀歆步伐轻盈，跟老板娘最终作别之后，跟着他走到那辆越野车边。

车尾厢很宽敞，带来的行李都能放下。怀歆看着郁承把她的箱子垒在他自己的上面，微提了下嘴角，没说什么，拉开车门坐进了副驾驶座。

在离开之前怀歆没忘记把自己的行程告知周燕，车子发动上路之后，她不着痕迹地看了眼后视镜，周燕果然很上道地跟在后面，怀歆便放心地收回视线。

车厢内安静，郁承说："如果想听手机里的歌，可以连蓝牙。"

怀歆"嗯"了声，反问他："承哥，你有什么想听的歌吗？"

"我都可以。你选就行。"

他在很多事情上都是这样温和无谓的态度，看似没有什么偏好，怎样都行，天生一副让人无法挑剔的好脾性。

但怀歆知道，越是这样表面圆通的人，其实越是不容易走近的。

她没作声了，连上蓝牙之后，在歌单里随便选了首歌，很快具有动感节拍的乐曲便在车内响了起来。

Sentimentos（《感情》），一首拉丁沙发乐曲，电子混音和传统弦乐的结合。

极致慵懒舒缓的阿根廷风情，随性又浪漫。可小提琴悠扬的尾音中却似含着余音袅袅的忧愁，旋律缱绻流淌，让人回味无穷。

中间有一段富有节奏感的探戈小跳，丰富的肢体语言，张力拉到极致，每一个重音落下都像是舞者旋转裙摆时的惊艳回眸，情人间的呢喃絮语，进退之间暧昧试探的真心假意。

越野车在平坦道路上平稳驰骋，窗外的山覆盖着纯粹的白，树林和草甸仍旧生机勃勃，两旁景色稍纵即逝飞速倒退，怀歆浅浅地弯着唇，靠在椅背上欣赏美景。

郁承昐了她一眼，问："喜欢听这种歌？"

"还不错。"怀歆侧眸，"我比较看重旋律，爵士也挺喜欢的。"

"是吗？"他意味不明地轻笑一声。

一望无际而又银装素裹的白色旷野，蓝灰色的公路纵横蜿蜒，郁承姿态闲适，将车开入一道岔路，一侧茂盛的树木遮蔽了视野，明显偏离了主干道。

怀歆茫然地眨了眨眼，趴在窗边左顾右盼："哎，我们要去哪里呀？"

"放心。"男人嗓音低醇，饶有兴味道，"不会把你卖掉的。"

"……"

很快看到一个红色屋顶的平房，他把车开过去停在附近，推开门下去。

屋内很快有人出来，热情地同郁承打招呼。怀歆也下了车，目光掠过不远处的马厩和马路对面起起伏伏的山丘，这才了然。

这是个马场。

这显然是他计划中的一环，看起来似乎已经提前和这里的老板打过招呼。对方差人牵了几匹马出来，扬着嘴角笑道："随便挑。"

怀歆新鲜得不得了，但她以前只在马场简单地骑过几次，没有受过系统的训练。听说这边的马比较野，也不知道能不能掌控得住。

郁承垂下眸，问她："会骑吗？"

她微抬眼睫，迟疑地点了点头。

老板上下打量怀歆一眼，向她招手："小姑娘，放心，实在不行你的马我给你牵着，郁先生他自己骑就行。"

这里不比 B 城的马术俱乐部，也没有什么太过正统的骑装，仅仅是戴上头盔和手套，穿一件缓冲的气垫马甲。

怀歆站在平房内穿戴装备，却没太搞清楚绑带要怎么系扣，纠结地拉扯了半天也没弄好。

她正疑惑的时候，忽然头顶靠近一道轻缓气息，接着有人俯下身来，着手为她调节头盔系带。

怀歆抬眸，看见一双俊逸眉目。

男人敛着眼，目光很专注地落在她颊侧。他离她很近，温热的呼吸呵在怀歆下颌，和着一缕浅淡又冷冽的雪松香气。

若即若离，似蓄意撩拨。

怀歆停顿了一会儿，站着没动，片刻后抬起了指尖，去稳固头盔的位置，只不过时机恰好，在男人收回手的那一刻堪堪触摸到他的手背。

温度相接，极短的一刹那。

郁承抬起睫，深长眼眸对上她的视线。

怀歆只是笑笑："谢谢承哥。"

两人都上了马。

怀歆选了一头白色的，很英俊，听说比较温顺，不太会颠人；而郁承的那匹正是老板的爱骑，纯黑色的，鬃毛极其漂亮顺滑，看上去便威猛健壮。

郁承在大学的时候上过马术课，他之前提过的，所以显得游刃有余、举重若轻。怀歆时隔许久再次坐上马背，刚开始有种轻微的不适和恐慌感，半晌后觉得逐渐消化了一些。

老板亲自带他们上山，出发前先叮嘱了一些基本的指令和注意事项。他牵着两匹马，一匹是怀歆的，另一匹是他自己待会儿要骑的，郁承便纵着马，慢悠悠地跟在他们旁边。

从马厩出去，穿过一条宽敞的马路，迂回曲折地上山。坡倒是不陡，但一路上都是土道，碎石子颇多，马蹄儿老是站不稳，常打滑，怀歆下意识握紧了马鞍，精神高度紧张地低头看着路况。

"身体前倾，放松。"

身后传来郁承温和低沉的嗓音，少顷，稍浮起点笑意："要信任你的同伴，它们很有经验。"

怀歆闷着嗓应了一声，依言照做，立刻觉得重心有所支撑，也没有那种总要掉下去的感觉了。

上了山之后，她发现这里是一片广袤无垠的平原，绿草青葱，蓝天白云，阳光柔和温暖，简直是跑马的天堂。

郁承拽着缰绳行至她身侧，怀歆怕他顾忌她，便主动道："承哥，你先去吧，我没问题的。"

男人注视她须臾，似是觉得她状态还行，略一颔首："行，那我去转一圈。"

郁承抬腿轻踢马肚，黑马霎时就扬起蹄子飞奔起来，转眼之间就驰骋出去，英姿飒爽，一道卷风般从怀歆身边经过。

帅得要命。

怀歆目瞪口呆，看着他背影远去。

老板笑一笑，插话道："郁先生技术很好。"

郁承的马已经在视野中缩成了一个小点，怀歆看看那边，再低头看看自己，咽了口口水，深刻地感觉到了实力的差距。

人天生就是对未知的刺激有种好奇的，越感觉危险越想去尝试，怀歆对老板说："要不您放开我，我也试着跑一跑？"

她以前不是没有自己骑过，基本上都还记得一些。

老板牵着她走了近百米距离，也有点心痒，想自己骑马，便确认般地询问："真能自己骑？"

"嗯嗯。"怀歆点头。

"行。"

老板把缰绳递还给她，而后上了另外一匹马，慢慢地踱开去，片刻也渐渐加速跑了起来。

两人都走远了，怀歆回想老板刚教的方法，试探地踢了下马肚子。

白马哼哼两声，甩了下头，却一动不动。

"哎？"

是方法错了吗？

怀歆又扬了下缰绳："驾——"

白马静止在原地，懒洋洋地甩尾巴，一副岁月静好、现世安稳的悠闲姿态。

怀歆："……"

早听说你温顺，但也不必温顺成这个样子，怪不得老板方才一点都不担心。

她又开始踢马肚子，怀疑是之前自己太温柔了所以它感觉不到，这次稍微狠了点心，加大了力气。

白马象征性地往前走了两步，而后原地转了几圈，再度变成一座静止雕塑。

怀歆："……"

到底是哪里出了问题？？？

她每次试图鞭策它动起来的时候，这马就会很无辜地扭两下，然后就结束了，极度敷衍。有一次甚至转过头来，眼观鼻、鼻观心地看了她一眼。

怀歆几乎气笑了——她懂了，这是一匹"抓马"。

尝试过 10086 种方法后，怀歆放弃了。

再抬头——很好，人家的马都活力四射。

一阵寒风吹来，平原空旷了无人烟，她莫名觉得有点萧瑟。

怀歆心想，自己大概是第一位在马背上无聊到玩手机的女士。

这边信号也不太好，刷了两下屏幕，微信并没有任何新信息跳出来。她就象征性地浏览了一下之前加载出来的朋友圈。

"怎么一个人待在这里？"

温沉悦耳的声音从一旁传来，怀歆抬起头，对上郁承略微含着笑意的眼。

他控着马踱近几步，扬了下眉，看她，意思不言而喻。

怀歆见到他就觉得心中憋屈，鼓了鼓颊，哭丧着小脸告状："这马它不听我的！"

郁承牵了下唇，笑意更深。

"想跑起来？"他浅笑着问。

"嗯，但我试过了，没用呀……"

话音没落，郁承翻身下了马。

怀歆以为他是想让自己试试他的那一匹马，心里本能有点怵，但又好奇，正做着复杂的思想斗争的时候，男人已经扶着马鞍坐了上来。

——在她身后。

郁承手臂一伸便拽住了缰绳，这个姿势也恰好让她的后背完全贴上他的前胸，半陷于一个沉香调的怀抱之中。

衣服穿得也并不算很多，怀歆几乎是被严严实实包裹在内，连同心脏跳动的鼓点声。

她想说些什么，没能开口。

这时郁承微微向前倾身，几乎是俯在她耳边，磁性嗓音含着幽幽的吐息："让我看看，它有多不听话。"

在怀歆的小说里，她最中意的就是恋人从背后拥抱，这种姿势很有安全感，因此也成为经常出镜的桥段。

郁承靠过来的时候，她几乎是下意识地就联想到这件事，心脏悬停一瞬，稍微下坠。

然后没等她来得及反应，身下的骏马就开始拔足奔跑起来。

"啊——"

怀歆没忍住惊呼一声。

马背颠簸，她整个人几乎腾空而起，然后又被男人有力的手臂箍着带回原位，如此反复。视野摇晃之中，怀歆始终没想明白他刚才是怎么让这匹马跑起来的。

——太刺激了。

凛冽激荡的凉风扑面而来，每一个起伏的瞬间都伴随着强烈的失重感，生理上这是很直接的感觉，以至于怀歆的手指死死地抓着鞍环，在急速飞驰之中下意识屏紧呼吸。但是心理上，却觉得仿佛有什么东西突然挣破了桎梏，一下子轻盈而放肆起来。

"别害怕。"郁承的唇接近她耳畔，温和沉稳的声音落下，在呼啸的风声中莫名有几分缱绻。

怀歆被他半搂在怀里，近乎严丝合缝，感觉自己快要晕过去了。

一半是吓得，一半是……过于激动。

回头这个情节要记下来，写进新书里！

他拥着她，温度也透过棉质的面料传递而来，能感觉到他的呼吸洒在颈间，惹来一阵欲罢不能的酥意。

远处的雪山莹白，他们自由自在地在无边无际的平原上驰骋，恣意随性，怀歆很久没有过这样的感觉，仿佛灵魂也被放逐，浪迹天涯。

无拘又无束。

所有的烦恼、不愉全都抛掉。

她好快乐。

此刻，怀歆不想再去分神思考任何，她只想永远保留住这个纯粹快乐的时刻。

不知什么时候，白马的速度渐渐慢了下来。

怀歆的脸冻得快没知觉了，但颊边粉扑扑的，唇红齿白，神情依旧快活激动，一副兴致盎然的模样。

每一步都落在实处，终于不用摇晃颠簸，随着感知逐渐归位，怀歆也开始意识到这个姿势的微妙。

"承哥，你是怎么让它跑起来的呀？"她咬着唇，嗔道，"它刚才怎么都不听我的。"

"你要用脚蹬夹它的肚子。"

郁承做了个示范，白马又开始小幅度地加快步伐。

"哦。"

怀歆侧过脸，回了头，笑说："原来是这样。"

郁承垂下眼，恰与她对上视线。

很近的距离，他眼眸漆黑，逆着天光，深邃而看不分明。怀歆嘴唇微启，翕动一瞬，直视他道："承哥。"

"嗯？"

"谢谢你，我很开心。"

她嗓音绵软，糯中又带着一丝清脆，很好听。

郁承眸光略动，微眯了眯眼，还未开口，就听不远处传来老板的吆喝："郁先生，你们骑得怎么样？"

算算时间，差不多是该回去了。

郁承掉转马首回到起点处，换回了他刚才那匹黑色的骏马。

怀歆比来时适应许多，在刚才的策马中也逐渐地掌握了要领和诀窍，很快便能够自己控制了。

老板见她进步飞快，夸道："小姑娘学习能力很强。"

郁承淡淡眄过来一眼。

似笑非笑，漫不经心的神情。

怀歆没太细究他眼底什么意味，只是拽着缰绳笑一笑，迎上他的目光："是老师教得好。"

热热烈烈玩了一遭，怀歆心情如同笼中鸟放飞，骨头却也像散架了一般，回到山脚，脱去装备，将手和脸清洗干净便上了车，瘫在座椅上。

这次才是真的启程往回赶了，今天要到达新都桥，三百多公里的距离，怎么说也得一直开到晚上。

下午太阳正好，远处拨云见日，灿烂的阳光洒在连绵不绝的峰峦山脉，浮动翩跹的云层轻缓地在柔风中移动，一时之间光影缱绻。

这种时候总是让人昏昏欲睡，怀歆本来侧着脸看窗外的风景，结果不知不觉就睡了过去。

醒来的时候天已经黑了，车子还在高速公路上平稳行驶。

怀歆揉了揉眼，嗓子微哑地发问："几点了？"

她问完才意识到自己的语气过于随意，忙转头去看驾驶座上的男人。

"八点半。"郁承并未放在心上，瞥她一眼，温声道，"车后座地上有矿泉水，你自己拿。"

"哦。"怀歆乖乖应声，依言照做，拧开瓶盖的时候禁不住感叹，"这么晚了。"

郁承没接话，她又看向他的侧脸，少顷，蓦地弯了下眼，将自己手中新开的水瓶递过去，离他唇边不远不近隔一段距离。

"开了这么久，你也累了吧？"怀歆自然道，"喝点水吧。"

郁承稍顿一瞬，垂下睫，视线扫过一圈。

他没动作，淡声说："上来点。"

"嗯？"她一怔。

"我说——拿上来一点。"他不紧不慢地重复，咬字低缓。

"……"

这是要她……喂？

这么一下怀歆觉得自己有点拿不稳了，她表情微妙，正思考应该如何应对的时候，郁承抬手，把她僵举着的那瓶水接过去。

"你不拿上来一点，我看不到啊。"

他慢条斯理地笑。

"……"

被耍了。

对手棋高一着，怀歆在短暂的失语过后就恢复了自如，也不计较得失，颇感兴趣地撑着下巴欣赏他喝水的姿态。

郁承略抬起下颌，睫毛微垂，喉结缓慢地上下滚动，勾勒出一条极为性感的曲线。

仿佛察觉到她的目光，他眸光落过去，语气随意："怎么了？"

怀歆只是笑："等你把瓶子给我呢。"

他不置可否，放下矿泉水瓶的时候勾了下唇："谢谢。"

怀歆接过去，拧紧瓶盖，但不过须臾后纤细皓白的手腕又伸了回来。

——指尖攥着柔软的纸巾，触在男人的唇角。

欲说还休，轻轻一碰便离开。

"哎，刚才洒了一些出来呢。"怀歆视线落于他前襟，手指也下循，理所当然地道，"承哥，你专心开车，我帮你擦擦。"

大约九点多钟到的新都桥。

为了赶路，他们一直没有停下来歇口气，晚饭也就只吃了一点之前在香格里拉镇上买的零食。

到酒店的时候怀歆都快饿死了，前台先为她开好了房，郁承的手机恰有一通电话进来，他便同她道："你先上去，一会儿我们就去吃饭。"

怀歆点点头，拉着自己的行李乘坐电梯。

这家酒店同样不大，配置和她旅行前两天住的那家差不多，条件都不是很好。房间在二楼走廊尽头，她刷卡进了门，四处转了转，桌椅和床具肉眼可见地老旧。

窗户没关，夜幕笼罩，轻飘飘一阵风吹进来，有点冷。

轨道有些生锈，怀歆费了好大的劲儿将窗户拉过来闭上。

没在房间里等太久，就收到了郁承的微信，让她直接下来到酒店大堂。

他极为细心地补充：夜里温度低，多穿点。

怀歆下去的时候，发现郁承的行李箱还在他身边，他似乎刚打完电话，还没来得及上楼。兴许是看出她饿了，所以省却一点时间。

郁承把行李箱寄存在前台，穿上外套就和怀歆一起出去了。手机导航几百米处有一家不错的川菜馆，两人也就没再挑选，沿着那个方向走路过去。

早就已经过了饭点，可是餐厅里却还很热闹，多是圆桌。他们找了一张四人小桌，拿着菜单点菜。

通过这几天的相处，两人已经形成了一定的默契——郁承照旧让怀歆先选，她大概看了几眼，很迅速地做出了决定，然后再问他有没有什么想加的。

这家川菜馆四周都是玻璃，可以清晰地看见外面。暮色沉沉，天已经完全黑了下来，不知该说幸运还是不幸，服务员刚刚把菜下单，外面就下起了瓢泼大雨。

这里的冬季似乎很少降雨，但下起来就气势十足，轰隆作响。

怀歆和郁承坐在落地窗边，她转头看向厚重的雨幕，只看见黑漆漆的一片中，几盏依稀亮着的路灯。

美食的香气和店中的温暖让怀歆颇觉安慰，这家上菜还算比较快，不消片刻便先端上来一盆羊肉高汤，怀歆喝了碗热汤，感觉胃里一下就舒服了许多。

川菜虽辣，但香是真的香，辣子鸡丁和鱼香肉丝做得很地道，怀歆吃得不亦乐乎。

她是真饿了，相较而言，郁承的吃相便斯文优雅许多，他不急不缓地夹菜，细嚼慢咽。但两人都有个共同点，就是吃饭的时候比较安静，不太喜欢讲话。

吃饭就是最纯粹地品味美食本身，而不是任何其他。

菜差不多都上齐了，怀歆酣战半晌，渐渐感觉饱了，心满意足地往椅背上一靠。

其间郁承又接了个电话。

怀歆也拿起手机看消息，正逢赵澈在家庭群里发消息：姐你玩得怎么样呀！两三天没冒泡，现在到哪儿啦？[哇.jpg]

怀歆：新都桥，已经绕了一圈，快回到成都了。

怀歆：估计很快就能回去了。[龇牙.jpg]

赵澈：哦！

赵澈：那小的在家恭迎您回来。[龇牙.jpg]

小东西，那点心思她还能不知道？

怀歆戳进和赵澈的私聊，问：又怎么了？[龇牙.jpg]

赵澈：果然什么都瞒不过姐。[冷汗.jpg]

怀歆：[龇牙.jpg]

赵澈：我有女朋友这件事你知道吧？[冷汗.jpg]

怀歆：嗯。

赵澈：我这个寒假过年期间想让她来我们家住几天，还不知道怎么跟爸妈说……

怀歆：她不用和父母一起过年吗？[疑惑.jpg]

赵澈：除夕到元宵节十几天都算是过年嘛，我们就商量着我到她家住几天，她也来我们家住几天。[龇牙.jpg]

已经想着把人往家里带了，看来感情还不错。

怀歆扯了下唇，回道：行吧，等我回去，帮你想个说法。

赵澈：啊啊啊！

赵澈：爱你！！！

赵澈：[我的姐姐是天仙.jpg]

赵澈：[眼巴巴.jpg]

过于谄媚也过于狗腿，怀歆没忍住"扑哧"一声。她抬起眸，不经意对上郁承的视线。

他已经挂了电话。

怀歆笑了笑，主动解释："哦，是我弟。"

他眸光微动，没说什么。

雨还没停，还有些时间闲聊，怀歆便顺着提道："承哥，你有兄弟姐妹吗？"

"没有。"郁承问，"你们家是两个孩子？"

"算是吧。"她想了想，很坦诚地说，"不过那是我继母的儿子，比我小三岁。"

郁承似是怔了下，道："抱歉。"

"没事啦，已经很久了，我早就习惯了。"怀歆摆了摆手，大大方方地道，"我们现在就像家人一样。有什么也都会互相分享。"

郁承看着她，轻轻颔首："那挺好的。"

他举起茶杯啜饮一口，没有再继续问下去的意思。

怀歆抿了抿唇，心里暗道可惜。

——在现实生活中的相处，总是很难真正走近对方。有那么一条模糊却不成文的规定，让双方在此端驻足，彼此都很有分寸感地止步不前。

想了解他，想靠近他，可要怎么开口问呢？

说到底还没有那么熟络，怎样都很难。

不过，假借 Lisa 这个身份，倒是行之有效的办法。

怀歆这么想着，更加坚定要捂好这层小马甲，处处谨慎，千万千万不能露馅。

窗外的雨没有变小的趋势，反而好像更加猛烈了。已经吃完并结了账，这样也不知道要在餐厅待到什么时候，怀歆便到前台去问，但是店家并没有多余的伞可以借。

外头大雨倾盆，还不时伴有雷鸣阵阵，架势有点吓人，怀歆颦着眉瞧了一阵，决定回座位上待着，看郁承怎么决定。

结果还没走两步，头顶的灯突然极速闪烁几下，接着熄灭了。

整个餐厅都沦陷黑暗之中。

——停电了。

餐厅里顿时陷入一片混乱。

视野完全看不清，只听见嘈杂而惶恐的人声、打翻碗筷的碎裂声、错乱的脚步声。

怀歆站在原地没来得及动，忽然被人推搡了一下，差点跌倒。所幸她迅速扶住一旁的桌子，这才稳住自己。

不仅是餐厅，雨水太汹涌，直接冲坏了供电系统。

窗外的小镇也是黑漆漆的，路灯全都灭了，没有一丝一毫的光线存在。

怀歆的手机还放在刚才吃饭的桌上没有带，下意识摸了摸口袋，突然很没有安全感。她在人影交错之中摸着黑，按之前记忆的路线往回走。

她心里着急，总害怕万一找不到郁承或是和他走散了怎么办，一不留神就没有注意脚下步伐，不知被什么绊倒了，失去重心向前栽去。

心蹦到嗓子眼，没来得及喊出声的前一秒，腰间传来一股大力，将她整个人拽了过去。

怀歆猝不及防地落入一个紧实的怀抱。

鼻间似乎嗅到熟悉的沉洌气息，但她真的太不知所措，以至于没能很好地判断，挣扎着要起来。

陌生的人潮，滂沱的大雨，漆黑的，温热的，所有其他感官完全湮灭的，心跳声咚咚的，这样的深夜。

她的掌心，好像在慌乱中倏忽触上了很柔软的一处。

像是男人的嘴唇。

黑暗中视觉受限，触觉就会格外灵敏。怀歆感觉自己好像碰到什么，心底一惊，总算是反应过来了。

胸口怦然，她尚未动作，男人温沉的嗓音却先一步传来："是我。"

有意无意的，随着他呼吸的起伏，细微的温热气息随之拂过掌心，无端生出一阵惹人心痒的酥麻。

怀歆倏地收了手，改换姿势撑在他肩头——郁承坐着，而她重心完全压在他身上，店内依旧兵荒马乱，她刚想爬起来，不知又被谁推搡一把，重新撞入他怀中。

……

记忆之中好像还没和他如此靠近过。

哪怕是下午骑马的时候，郁承仍礼节性地保持一段距离，现下却是一个真真切切、毫无隔阂的拥抱。

面对着面。

怀歆因惯性冲力搂住他的脖颈，侧脸相贴，肌肤相触，呼吸相抵，在大雨洗刷过后略显潮湿的空气之中交织、缠绕、盘旋。

她的指尖甚至摸到他的头发，微凉，稍软。

思绪略微有点乱，但此刻也足够想明白，她现在是坐在郁承腿上的，而且还隐隐有下坠之势。

和他在一起的时刻似乎迷乱总大过理智，出自本能的放纵感，耳畔落下吐息，腰间也有力道——怀歆潜意识里并不想去确认，那是否出自他主观意图。

总之，她该起身了。

很多东西量变到了一定程度就会质变。

但在尚未成熟阶段揠苗助长，只会导致发育不良。

也真的是很巧，就在怀歆扶着座椅扶手站起来时，供电重新续接，室内灯光亮起。

嘈杂声如同潮水般退去，一切也逐渐恢复到原有的秩序。

怀歆理了理头发，拿上手机，微抿着嘴角抬眸，朝座椅上的男人笑笑："承哥，我们回去吗？"

如果忽视他身上略有些微微起褶的衣服，刚才黑暗之中的一切仿佛都是错觉。了无痕迹。

郁承直视着她，眸光同样波澜不惊。

他扬了下唇，站起身来："好啊，走吧。"

没有伞，要想回酒店，只能跑了。

所幸是冬季，外套层层叠叠，还可以脱下一件披盖在头上。

雨势过于浩大，人行道上都是积水，也不过就几百米的距离，她和他一起奔跑在雨里。脚下每一步都溅起雨水，晃动的视线里只有旁边那个让人心安的身影。

马路上偶尔有蹚着水开夜路的汽车，呼啸而过带起一阵水花，郁承伸臂将怀歆半揽进怀里，险险避过。

怀歆的心跳声与这隆隆雨声相互呼应，迎面而来的白色车灯晃了她的眼，男人轻扯着她的手臂，让她走在自己内侧。

郁承的外套较大，能够遮盖更多面积，他分了一半盖在怀歆头上，两人一同躲在下面，呼吸细密地交缠。

一段几百米的小路，好似眨眼，又好似过了很久。

等他们终于到达酒店大堂的时候，衣裳里里外外几乎全都湿透了。

怀歆看看自己，又看看身边的男人，相较于出门之前，简直是如出一辙的狼狈。两人对视，她没忍住蓦地笑了起来。

怀歆喜欢旅行的原因就在于这里。

——旅行总能给人惊喜。

哪怕是司空见惯的小事，甚至是平常生活中会给人带来些微不便的这种琐事，也能经过旅行的滤镜美化而充满戏剧感。

白天骑马是，现如今和他一起在雨里奔跑也是，都是独一无二的，不可能再复刻的经历。

姑娘笑时表情明媚而灿烂，郁承垂眸看着她，少顷也跟着浅笑。

他在前台办理提领行李箱的手续，大概需要耽搁一会儿，便让她先上楼，换身衣服，冲个热水澡。

这种时候怀歆也没矫情，听他的话先去了。

房间内没有暖气，冻得要命，但好歹有窗户隔绝外面连绵的阴雨，给予人片刻温馨的归属感。

怀歆拉上窗帘，先烧了壶热水，然后依次脱下几件湿答答的大衣外套挂在一旁，只留一件贴身衣物。

水开得很快，她冲了包感冒药预防着凉，刚咕嘟咕嘟给自己灌完时，听到外面响起不轻不重的滚轮声。

怀歆走到门边，踮起脚，透过猫眼去看。

——郁承提着拉杆箱从那条共通的长廊尽头处走来，接着便拐了个弯，消失在了视野里。

那头应该只有一间房间，怀歆思忖着，大概推断出位置。

她垂下睫，趿着拖鞋，转身进了浴室。

郁承洗了个澡出来，额际的黑发半湿，他穿着浴袍坐在床边，重新戴上床头柜上的银质戒指，拿起手机回复消息。

他思忖半晌，没有再打电话给早上那个通信号码。现下已近午夜时分，那边估计早都已经睡下了。

今天清晨的时候他让邱院长转接了侯素馨的房间座机，起初还未接通的时候他心里真的有些忐忑，后来等到那头安静半天，终于不确定地叫出他的名字时，这一颗心才踏实了下来。

她开始遗忘，这个过程可能很慢，又或许极快，没有人能预测。

——但他知道留给自己的时间不多了。

过完年之后郁承就要去 B 城工作。

他会想方设法把她接到 B 城来的。

不论谁再反对。

郁承淡然垂着眸，依次浏览微信未读聊天框。

辞掉工作之后，终于不用再实时回复信息，也无须睡觉时开着电话铃声以备任何突发状况，他也算卸下一身重担。

有人打电话来，郁承接起，平静应声。

"除夕在 G 城和我们一起过。"那头的女人略带命令式的语气，间或表达不满，"你忙起工作几个月也没给家里来条消息，我觉得并不是很妥当。"

"我的工作状态，您是知道的。"郁承轻轻一笑，道，"您如果有什么事，可以直接给我打电话。"

他一贯这样，不冷不热的态度，许琮静默片刻，同他讲起几件琐碎的家事："手底下几个人没办好事，你父亲近日心情都不是太好，有空多跟他联络联络。"

"行，我知道了。"

在他要挂电话的前一秒，许琮喊他："阿承。"

"嗯？"

"你要上点心。"她用粤语警告说，"你爸爸外面的那两个又开始猖狂了，最近动作很大，都在虎视眈眈地等着上位，你还这么不以为意，当心最后闹得难看。"

"我不以为意？"郁承重复一遍，又笑，以平常的语气陈述道，"父亲对我并没有什么感情。"

"他再没有感情，你也是他的亲生儿子。有名有分。"许琮颦眉，"更何况那些本来就是属于我们的，怎能轻易让给旁人？"

"是吗？"他慢条斯理，好似真的在反问，许琮一口气堵在嗓子眼，又听他说，"母亲，可在我看来，这是您比较擅长的事情。"

许琮拔高声音，气极："郁承，你说什么——"

"您瞧，您自己也说了，我姓郁，不姓潘。"郁承笑，"这样的事，十几年前您不是就已经做得很好了吗？"

他挂了电话。

窗外雨势渐停，可夜幕依旧如斯浓重，望不见尽头的深暗。

郁承漫不经心地靠在床头，注视半晌，收回视线。

手机轻微振动，是 Joanne（乔安妮）发来信息：承总，最近怎么样？我周末来 B 城，方便一起吃个饭吗？［笑脸 .jpg］

Joanne，高静瓷，中明科技董事长的长女。上次钟勋抽不开身，便让他陪着吃了顿饭。

不过一面之缘，但是郁承对她还算印象较深。

名媛出身，谈吐优雅，言辞也颇为得体。那晚吃饭时，她那一身剪裁精致完美的红裙，背部设计大半镂空，露出丝绸一样滑腻的肌肤，明晃晃予人一种想要抚摸的好奇感。

只不过那裙子领口处有朵精致绽放的樱花，碎钻流连，过于精奢重工，郁承不是很喜欢。

席间她挽着耳边碎发与他谈论艺术和文学。富家千金自小便受这些世俗景仰之物的熏陶，聊一些老生常谈的话题。高静瓷对于达利的见地颇深，讲起他画中浓厚的虚无主义色彩，分析得有理有据。

她不仅拥有财富地位，还是个极为聪明的女人。郁承提起他更喜欢浪漫主义，高静瓷便微微一笑，说她前段时间在拍卖会上购下了戈雅的一幅女公爵肖像，如有机会可以邀请他来家中小坐，顺带看看这幅画。

农神之子的屁股挺翘的——当下的情景，郁承无端想起了这句不那么适宜的话，轻笑出了声。

她问他笑什么。郁承这才抬眼，拿起餐桌台面上的一次性丝巾递给她，微勾了下唇："抱歉，刚才在看你吃奶油蛋糕。"

高静瓷怔了一下，当即也笑了，娇声嗔他原来没认真听自己讲话。

"听着了，女公爵肖像。"郁承含着笑，声音徐徐低缓。

他收回手指的时候高静瓷恰好侧过脸，隔着丝巾温热的肌肤相触，她柔声道："阿爸的书房里还有一幅德拉克洛瓦的油画。"顿了下又笑道，"他今晚不在家。我们就算高谈阔论也不会影响他办公的。"

成年男女你来我往，无须过多前戏。

郁承知道高静瓷对他有意。

她的暗示几乎称得上是清楚明白，其实他只要稍微给点回应，当晚就能把那朵他觉得颇为碍眼的粉樱摘下。

但说不上什么原因，他的兴趣并不浓厚。

太过合适的暧昧灯光，恰到好处的调情话语，分寸得当的进退拉锯，再加上一个出身不凡的漂亮女人。一切都是那么循规蹈矩，俗套至极。

这样的游戏一旦开始，她便不会是最后一个，所以有与没有，区别也并不是很大。

"真可惜，今晚有些别的工作，恐怕没有欣赏名作的荣幸了。"郁承温和出声，眸光漫不经心地掠过女人耳后的发丝，言辞绅士，"不过还是恳请 Joanne 小姐给我一个送你回家的机会，可以吗？"

他是老手，高静瓷也知道。那种慵懒深沉的气质很有魅力，在某些特殊场景想必会更加迷人，她最近颇感乏味，所以充满了强烈的好奇心。

司机将车子停在别墅门口时，高静瓷向他发出最后邀请。

纤细柔软的手臂半撑在男人大腿侧的座椅上，玩笑道："真的不上来坐坐吗？看两幅画而已，不会耽误你太多时间的，顶多也就二十分钟。"

车厢内灯光不明，诱惑的晚香玉香气贴着肌肤幽幽袭来，郁承好整以暇地看着她，片刻摇摇头说，还是算了。

"艺术欣赏需要沉淀。"他意有所指地笑一笑，"如果作品太有内涵，可能就远远不止二十分钟了。"

之后就再没有联系。

今晚高静瓷突然找他，距离上次见面已经一月有余。

也是来得及时，这趟旅行回去是周中，他会先去一趟 B 城。定居，置办家私，把一切都安顿下来。

不过房子应该会是租的。

郁承习惯了漂泊，从很早的时候就开始在各地辗转，哪里都去过，他不喜欢 "all settle down（安顿下来）" 的那种感觉。

太具有确定性，反而失去趣味。

他在 B 城也有不少朋友，早就约着要一起吃饭。不过这个周末时间挺紧，应该没什么闲暇的机会。

正凝视屏幕思忖的时候，门外响起一串较为急促的敲门声，是个女孩，嗓音柔软朦胧，听不太清楚。

"您好，我的房间浴室喷头坏了，出不了水，能麻烦——"

说到一半兴许是觉得有些私密，她停了下来。

然后便只敲门，她按捺住语气的焦急："您好，请问有人在吗？"

郁承把手机丢到一旁，起身去应门。

那女孩见房里果真有人，看身形是位男士，便咬着唇，有些不好意思地说："先生，冒昧请问您，能否暂时借用一下……"

郁承将门完全拉开来，原先处于暗处的面容落在光下，鼻梁高挺、眉眼俊朗的模样，对面一下子就收了声。

愣了半晌，怀歆才小声唤出来："承哥。"

郁承垂敛着眼看她，随着动作，轮廓分明的侧脸再度隐没于昏昧的阴影之中。

——真的是很紧急的状况。

她整个人都是湿淋淋的。

大概是在浴室里洗到一半突然停水，头发上的泡沫都没来得及冲洗干净。

小姑娘只单薄地裹着一条抹胸浴巾，长度到膝盖，勾勒出玲珑窈窕的曲线。小腿纤细，很紧致细嫩的皮肤。

盈盈一握的香肩，自脖颈处下滑的弧度优美，摇曳而卷曲的黑色湿发奄着，越发衬得肌肤雪白。

蜿蜒的水渍沿着流淌而下，在漂亮的锁骨处积出浅浅的一汪水，与她清泉般的眼眸一样，显得楚楚可怜。

她方才讲了那么多句话，他一句也没接。男人隐在暗影中，低敛着眼，表情看不分明，但一经这窗外暗沉夜色衬托，双眸却显得格外幽深，如望不见底的深潭。

怀歆仰着脖颈凝视他，像是感到冷，捂着纤弱的肩头抖了一下："承哥？"

郁承意味难辨地打量她片刻，侧过身，将她放进来。

"你不知道我住在这个房间？"他问。

"不知道。"怀欹似有些局促地说，"我只是看这里比较近……"

郁承略一颔首，嗓音极淡："浴室里有我的沐浴露和洗发水，随便用。"

"……谢谢。"

她进了浴室，锁上门的时候，听到外面房间大门合上的声音。

很沉的一声响，怀欹的心倏然也跟着跳了一下。

然后是缓步进屋的声音，在安静的室内显得格外清晰。

怀欹抿了抿唇，环视一圈。

或许他也才洗完澡，空气中还冒着潮湿的蒸气，镜面凝结出细密的水珠。

卫浴里很干净，除了桌上放着的一些洗浴用品，没有什么多余的杂物。

怀欹的心里稍微安定一些，将手里紧握的门卡放在洗手池台面，解开浴袍挂在一边，抬步跨进浴缸，拉上塑料帘子。

其实她原本是有点拿不准的——旅行已近尾声，之后什么时候再碰面就完全看天意了，所以狠了狠心，迈了这么一大步。

然而重新置身于温暖的水流之中，怀欹的一颗心又完全沉静下来。

——她认定自己的判断没错。

他不是那么轻浮的人，所以她现在仍旧是在安全区域活动。策略或许激进，但效果可能并没有想象中那么差。

怀欹没花很长时间就把身上黏糊糊的泡沫冲洗掉，整个人再度干净清爽。她用墙上的风筒吹干了头发和浴巾，总之是故意搞出了很大动静，片刻后才将浴室的门轻轻打开一条缝。

室内没开灯，漆黑幽昧，怀欹试探着道："承哥？"

隔了两秒，才有人应："什么事？"

她探出一个脑袋，可怜兮兮地说："来得太着急，我忘记带衣服了。"

借着月光，怀欹看清室内状况。

郁承坐在靠窗边的沙发，双腿交叠，指间夹着一支烟。

他只是点着了，没有抽，英挺眉眼蕴含着淡淡的情绪。原先凝视窗外，怀欹这一喊，视线就转了过来。

郁承把烟架在一旁的烟灰缸上，站起来，朝她走近。

他很高，站在门缝外基本可以称得上是在俯视她。居高临下的角度，那双桃花眼漆黑又深不可测。

"怎么了？"郁承笑了一下，明明是温和的语气，却莫名让人感觉有侵略性。

怀欹提着浴巾，直晃晃与他对上视线。

她战略性地重复，嗓音不自觉就轻了些："我……没带衣服。"

郁承眉目低垂看着她，半晌倒是又恢复了浅笑自若的模样："带房卡了吗？"

计划一是让他代替回去取衣物，都是女孩子贴身的东西，她就是要刻意将他向那个方向引导："带了，我……"

果然，他问："衣服都放在哪儿？"

"行李箱里。就摊开放在架子上。"浴室里还有些未散开的雾气，怀歆一双澄澈的眼水润剔透，"睡衣是那套粉红色的……"

她思忖了下，大概觉得有点太叨扰他了，便软声道："承哥，你随便给我拿一件吧，我回去换。"

郁承挑了挑眼尾，道："太麻烦了。"

他声音轻缓，温沉而动听。即便是拒绝也显得温文尔雅。

怀歆心中稍有落差。

——没事，计划一不行还有计划二，借个浴袍，自个儿走回去得了。

于是她咬着唇问："那……多余的浴袍呢？"

郁承走到衣柜前，简单扫视一眼，慢条斯理地说："抱歉啊，只有一件，现在在我身上。"

怀歆刚才脑子里光顾着想自己那点小九九，郁承不点出来她根本没发现，他穿的是一件黑色浴袍，微微绷出手臂处流畅紧实的肌肉曲线，领口处半敞，锁骨精致而性感。

现在他们目光相对，就比刚才更令人浮想联翩了。

怀歆悄然咽了口口水，略微避开视线。

计划二也挂了，那……

计划三，只能悲催地裹着浴巾回去了。

真应了那句老话，怎么来的怎么回去，一成不变没有新意，尚未达到怀歆心底的预期，她索性破罐子破摔，噘了噘嘴，小声道："那就算了。"

她欲推开门往外走，须臾，却被郁承拦住。

"等等。"

怀歆不明白其中还能有什么转机，心脏微紧，要掉不掉地悬在半空。

一阵窸窣翻动的声音，只见男人修长手指递进来一个衣架，她视线下移，思绪蓦地炸开。

——他的衬衣。

她从领口处的 logo（商标）辨认出来，这正是敲钟那天他穿的那件黑衬衣。

"穿这个吧。"郁承温和地笑，眼睫覆下一层淡薄的浅影，少顷又补充，"干净的。"

"……"

怀歆后知后觉地发现自己有些玩大了。她挑衅不成，反被将一军。

她现在就是进退维谷，左右两难。

"承哥……"她檀口轻启，实际上大脑飞速运转，想给他一个漂亮而得体的反击。

谁知话音还没落下，浴室里的灯"啪"的一声，灭了。

停电。

不知何时雨又下起来，屋里屋外全都黑了。

水龙头滴水的声音滴答滴答作响，在这片寂静的空间里格外清晰。镜子里映出朦胧的人形，浴室正门的玻璃上也晃过模糊的暗影，怀歆捏紧身上单薄的棉巾，小腿并拢，向后退了一小步。

她是有点怕黑的。

自小就是。

因为一个人在家里待得多了，父母夜里总是晚归，墙上晃着怪影，没人陪，她会害怕。所以就睁着眼，尽量等到他们回来。

"怀歆。"郁承突然叫她的名字。

"……嗯？"她应声，尾音细碎地抖。

"出来。"千万种情绪尽退，他的嗓音只余温柔。

心底如一片明镜似的水面，现下有一颗小石子投进去了，搅起了波澜，怀歆抿了抿唇，挪动脚步往外走。

"看得见我吗？"他问。

"看、看不见……你在哪儿？"

她费力地向前摸，自以为走出一大段距离了，可因一只手要按着浴巾，前进缓慢，实际上还是在原地打转。

黑暗中，伸出的那只手被人陡然握住。

指腹温热，他叹了口气："我就在这里啊。"

郁承的手指修长，骨节分明，源源不断地向她传递温度。这种热度不仅驱走她躯体表面的寒冷，也直往她心窝里钻。

"怕黑？"他体贴地问。

"……嗯。"

怀歆不轻不重地回握住那只手，却又小心翼翼地控制力道，不想让他察觉得太明显。

她像变了个人，一到暗处就安静下来，往常那种机灵劲儿都被掩去了。

片晌沉默。

想必也是没有遇到过这么棘手的情况，郁承牵着她，沿着衣柜的轮廓摸索，时不时发出一些碰到摆件的磕碰声。

"你……你在干吗？"她啜泣了一声。

先是衣服从衣架上翻动下来的声音，然后身上倏然笼罩上一件很厚实的外套。温暖包裹了她。

"给你找衣服穿。"他的低音恰在她头顶上方。

怀欹窝在柔软的羽绒服里面，闷闷地应了一声。

"回房间？"郁承缓声，征询地问。

"我……"

她嗓音又细又软，没说出个所以然，指尖先蹭过他掌心，不自觉地钩了一下。

有沉冽的雪松气息袭来，接着她的肩被人紧紧揽住，郁承在黑暗中开了门，带着她往外面走。

"你的房间是 1024？能辨认出大致方位吗？"他音色温醇。

"在、在那边。"她指了个方向。

郁承笑起来，低低的，动听极了。

"指哪儿了？我也看不见。"他含着笑，呼吸贴近她耳畔，"换你带我吧，好不好？"

"……哦。"

他开了手机的手电筒，一束纤细的光，怀欹蜷着手指，缓慢挪动步伐往自己的房间移动。郁承为了不让那件羽绒服滑落一直拥着她的肩，让人安心的力道。

"嘀"的一声，刷卡开了门。

两人一同进去，好似进入了自己的某个私密空间，怀欹的心脏有些失重。

她伸出一只手，借着昏昧光线，找到自己摊在柜子上的行李箱。

"能找得到睡衣吗？"郁承问。

怀欹循着记忆去找，不一会儿好像是找到了，便把一整套揪了出来："……在这里。"

她侧过脸，又想起自己看不太清他的表情，咬了咬唇："我……"

郁承关掉手电筒，拍拍她的肩："去床边上换。"

他微笑着转过身："我不看。"

就算是在黑暗中也不想让他注视，但又不想要他离开。老天，他是怎么做到这么清楚地了解她的心思的。

怀欹定了定心，拿着睡衣独自往里屋走。接着屋中断断续续地传来布料摩擦的声音，绵而柔软。

她换了好一会儿，半晌试探着问："承哥……你还在吗？"

"在。"他顿了下，淡淡地轻笑，"一直在。"

"哦。"

怀歆便抱着那件羽绒服："我换好了。那我现在过来，把衣服还给你。"

"嗯。"

郁承转过来，依稀听见有嗒嗒的脚步声靠近。短促而可爱。

他不经意联想到，她一米六出头的个子，虽不算矮，却显得很娇小，哪怕只用一只手臂也能箍进怀里。

怀歆靠过来了，可也许是在一片漆黑中对于距离估计有些失误，步伐略有些急，直接撞上了他胸口。

怀歆"呀"地低呼一声，羽绒服蓦地脱手掉在地上，她绊了一下，猝不及防之下本能地伸手攀住他的双肩。

郁承顺手揽住了她。

脖颈锁骨处倏忽有她柔软的发尾扫过，散开一阵沐浴后清新的栀子香气。

耳边也有温热湿润的呼吸，轻飘飘地袭来。触手可及是她腰间一片难言的细腻娇软。

他想说什么，可没待他出声，便听怀中的姑娘微哽着嗓音说："……承哥，我脚崴了。"

黑暗中安静了好一会儿，只余轻微的呼吸声音。

怀歆感觉到男人稍微俯低了些，将将与她平齐。少顷，他额际贴过来，距离她又近了些。温热的吐息沉缓落下，若有似无地在她耳畔轻轻游弋。

一屋子暧昧模糊的夜色，影影绰绰。

"很疼？"他低低地问。

怀歆攀着他的臂膀没动，心跳声一声胜过一声。

也是在郁承弯腰的时候才意识到，这是为了让她更好地着力。

自此之前，她从未见过、从未见过他这样温柔又体贴的男人。

怀歆恍惚觉得有什么不一样了——自第一眼看到他开始，她的目的性就非常明确，但是到现在，这种企图的重心好像发生了转变。

前者是为获取征服的快感，后者却是出于独占的欲望。

这样的好，明知如镜花水月，可能转瞬即逝，却还是想拥有，想牢牢抓紧在手心里。

她不答话，郁承便扶着她的腰往上托了托。

"嗯？"

低沉的磁性嗓音烫在怀歆的心口，连同他掌心传来的温度，她嗓音细而微颤："好疼。"

顶多是绊到，轻微地别了一下，谈不上有多疼。本就是她夸张了的，但是此刻却不想收手。

怀歆依偎过去，靠近他胸口。

她小声地，尾音像带了钩子似的，再度重复一遍："……好疼。"

浮云散尽，窗外透着很清浅的月光，淡淡描摹出男人英挺深邃的眉眼，他或许是在注视她，但这样的眸光太过幽沉，仅仅是碰触就让人心惊。

突然，郁承弯下腰，将她整个人拦腰抱起。

他有力的手臂穿过她腿窝，怀歆低呼一声，倏忽搂紧了他的脖子。

郁承并未去理会女孩的惊慌失措，脚步沉稳地跨过地面上的障碍物，直直朝里屋走去。

他身上一贯是这种冷淡慵懒的雪松气味，纤细的腰被他握在手心，怀歆侧脸贴着他颈窝，嫩白的小腿随他步伐迈动的频率，在空中来回摇晃。

轻微眩晕，好似久违的高原反应。

极寒和极热的两极晃动，快要将她融化。

郁承俯下身，把怀歆放在床上。

他双臂撑在她枕席两侧，低垂着眼，没动。

触手可及的距离。眸色很深。

怀歆抬着柔软的颈项仰视他，不自觉地屏息绷紧全身，正当指尖悄然移动的时候，男人倏忽开了口。

"知道有多晚了吗？"

嗓子微微有些哑了，气音低醇，好听得要命。怀歆动作微顿，湖面"扑通"一声，又一颗石子落下，荡漾开层层涟漪。

"明天要早起赶路。"他的手指若即若离地掠过她散在枕上的发，气息流连片刻，淡淡地撤开，"睡吧。"

郁承起身，往外走了。怀歆胸口跃动仍旧激烈，没有再想些什么理由留他。

到玄关处，响起他拉开门的声音，怀歆的心又悬起一些，扬声："……承哥，晚安。"

片刻安静。

"晚安。"他轻声，合上房门。

只余一室幽微。

她一颗心终是落回原处。

Chapter **3**

如河般温柔流淌 ✦

次日清晨天光乍亮，怀欹悠悠转醒。

窗外有鸟雀啼鸣，尚还未接受日光的映射，她捂着眼睛挡了挡光线，爬起来洗漱整理。

郁承和她约好时间出发。

她收拾完行李，走出房间的时候，恰好遇到男人从斜对面的拐角过来。

他垂着眸，朝她淡淡弯了下唇："早上好。"

昨晚的一切仿佛风过了无痕，怀欹抿了抿唇，抬眸，软声笑："早啊，承哥。"

今天回成都，也就几个小时的车程，很快。

稻城亚丁是个很神奇的地方，同时容纳蕴含了四时美景，来这一趟各种各样的景色也都看过了。怀欹轻车熟路地爬上副驾驶座，连上手机蓝牙播放歌曲。

一路上不知怎的，两个人之间话并不多。

怀欹指尖蜷起，偏头靠在椅背，安静地看着窗外俊秀美丽的风光。

到成都的时候临近下午一点，正好补一顿午饭。郁承前些天便说要直接回 B 城，所以两人定了同一趟航班，饭后一起去机场。

过安检之后郁承便接了一通电话，怀欹听到他提到要在 B 城租房，这个周末就会定下来。

等他收起手机后，她没忍住问道："承哥，你以后不回 G 城了吗？"

郁承漆黑眼眸落过来，怀欹赶紧抿唇，装乖道："我不是故意偷听……"

他没说什么，只是温和答："嗯，以后都在 B 城这边工作了。"

怀欹眼睫微动，忽而觉得心情敞亮起来了——之前距离太远，想联系他也没个借口，这下就方便许多了。

她掩去心中喜意，想问他究竟是哪家公司，但转瞬又忆起他上次避开没说，所以也就咽下了没提，只是留了个话口，道："那之后有空还可以一起吃饭呀。"

她一直住在 B 城，他是知道的。

广播声起，登机口前开始排队检票，周围人流匆匆，郁承低下眼凝视她须臾，没待开口，后面那人眼看着要撞过来。

他拉着怀欹的手腕朝自己身后扯了下，险险避开："小心。"

男人的手指修长又好看，怀歆眸光循着落下去，又欲盖弥彰地移开："……谢谢。"

郁承睇过来一眼，两人目光恰好对上，稍顿一瞬，掌心很自然地松开了。

他们随着队伍向前移动，怀歆听到他说："嗯，会有机会的。"

下了飞机领取托运行李，两人在地下停车场打的。

正是高峰期，极难叫车，他们便同乘一部车离开。怀歆问："承哥，你已经找好房子了吗？"

"谈好了，可是还没搬。"郁承似是明白她想问什么，"先送你回家，今晚我找家酒店住就可以。"

怀歆垂了下睫："……哦，好的。"

然后半晌无话。

快到的时候，郁承的手机进来一通电话，可能是按错了，不小心免提声音放了出来。

女人轻盈的嗓音在车厢内响起："承总，那就约好周六晚上见啦，不要食言哦——"

他切回听筒模式，声音戛然而止。

那头又说了些什么，郁承举着手机淡笑着应几句，电话里依稀传来女人娇柔调侃的声音。

看样子是谈妥了，一个新的约会。

怀歆坐在一侧，手指下意识地捏紧背包带子。

好熟悉的声音，还叫他"承总"，好像……是那天在荣李记打过照面的女人？

她记得对方很漂亮，身材火辣，衣着打扮也贵气十足。

郁承没聊一会儿便挂断电话，恰好这时车子停在了怀歆家的小区门口。

她没看他，直接推开车门，下车。她转身的时候他唤了一声："怀歆。"

"嗯？"她手指搭在门把手上，眨了眨眼。

这里是别墅区，外来车辆开不进去，地形错综复杂，恐怕到她家还得再走一段距离。

他注视着她，半晌温缓地笑了一下："到家了记得给我发个信息。"

回到家的时候，难得所有人都在。

怀歆提着行李箱进屋，怀曜庆便从沙发上站起来了："回来了？玩得怎么样？"

"挺好的。"

女儿看上去小脸红扑扑的，气色挺好，怀曜庆也就放心下来了。赵媛清在一旁张罗道："星星，我给你洗水果吃。"

"谢谢妈！"

进到房间，怀歆摊开行李箱开始收拾衣物，没一会儿有个小尾巴跟进来了——赵澈装模作样地敲了敲房门，操着一口刻意搓扁揉圆的英语："May I come in?（我可以进来吗？）"

"Of course.（当然。）"

"老姐，这趟旅游玩得如何？"赵澈抱着臂倚在一旁，挑眉，"有没有碰上帅哥什么的，来个天雷勾地火的爱情华章？"

怀歆似笑非笑地看着他："有啊。"

"真的？"

"是啊。"她悠悠地应着，顿两秒，眸光又转向他，"你这边怎么说？女朋友的事和爸妈提了吗？"

"还没有呢。"说起这事，赵澈就苦恼，"我是有点害怕我妈这边会反对……"

"为什么？"

"你也知道她对我要求一向很严的嘛，之前好几次和我提过择偶标准什么的，说是喜欢温柔娴静的那一种类型。"赵澈吐了下舌头，"可我感觉我女朋友完全不沾边欸。"

看来也是小作精的那种性格，怀歆没忍住笑了："她知道你这么说她吗？"

"我……"恋爱中的男人总是求生欲很强，"我是说她活泼可爱啦！"

周末三个人抽空见了一面，赵澈的女友名叫宋欢，长得很甜，性格其实也挺不错的，亲热地拉着怀歆的手叫姐姐。

谁会不喜欢漂亮可爱的小姑娘，怀歆迅速和她达成同盟，和他们大致商量了一下上门拜访时候的一些技巧，还抖搂了一些怀曜庆和赵媛清的喜好。

临走的时候宋欢送了怀歆一条自己编的手链，怀歆拿人手短，拍着胸脯说这事包在她身上。

晚上一家人吃饭的时候就自然而然地提到这事了，赵澈坐在怀歆身边，试探地道："爸、妈，我交女朋友了。"

怀曜庆的反应还好，赵媛清睨了他一眼，神情难辨："真的？"

她这不省心的儿子从小心思活络，花花肠子一大堆，她心知肚明可从未戳穿过，赵澈还以为自己瞒得很好，声情并茂道："是的，我的初恋，我特别喜欢她。"

"哦，是吗？"赵媛清笑了一下，"那书柜里夹着的那几封情书草稿是谁写的？"

赵澈："……"

怀歆："……"

开局即打脸，全怪猪队友。

她适时插进帮腔道："妈，我见过小澈的女朋友了，小姑娘性格不错的。两个人也挺好的。"

赵媛清对怀歆和赵澈完全两个态度，见她这么说，刚才还半信半疑的表情立马变得笑逐颜开："是吗？"

她又转头剜赵澈一眼："刚才早说你是认真的不就得了。"

赵澈："……"

不是，妈你对我到底有什么误解！

这偏心偏得没眼看了，他只得微笑着接受。

不过他不得不承认，他老姐在这方面是很靠谱的。

怀歆很有策略，说了几句就不作声了，等赵媛清和怀曜庆把两人从认识到恋爱的过程问清楚了，才随意提道："正好过年了，可以把欢欢叫来和我们一起呀。"

赵澈"哎"了一声，佯装觉得这提议不错的样子，询问："爸妈，可以吗？"

怀曜庆迟疑了一下就同意了，赵媛清却颇有顾虑。

"人家不需要和家人一起过年吗？"

"那么多天，可以初五初六的时候来嘛。"

虽然赵媛清刚才已经被怀歆洗脑得差不多了，但还是觉得这个过程有点快，和怀曜庆对视一眼："八字没一撇就上门了，不太好吧？"

赵澈苦着脸，挤眉弄眼向怀歆求救。

"他们也不是关系才刚稳定下来的阶段。"怀歆顿了下，笑道，"况且我们家也不是那么传统的家庭呀，只是来拜访一下，不代表什么的。妈，你放心好了。"

赵媛清欲言又止，怀曜庆看了她一眼，拍板了："看小澈自己吧，想邀请人来，我们没意见。"

赵澈眉开眼笑，冲上去一人啵了一下："爸妈最好了！"

赵媛清一口气被堵在喉咙里，纵使再想说什么也说不出了。

饭后怀歆回到房间，靠在沙发上放空自己，却又不自觉地联想到郁承那天的那通免提电话——

按照时间来说，现在他和那个女人应该正在吃饭。

怀歆盯着手机屏幕看了两秒，冷冷地牵了下嘴角——哼，渣男，她就是要打扰他的好事。

怀歆点开QQ，正想戳他的时候，却发现郁承两分钟前刚给自己发了消息：在做什么？

哎，不是，这什么情况？？？

Lisa：吃饱了，躺在沙发上呢。

Lisa：Alvin 哥在做什么呢？

本来以为要好久才会有动静，谁知没等几分钟，他便又回复了，轻飘飘的几个字：准备吃饭呢。

怀欤指尖顿了下。

——约会的时候也不忘和暧昧对象聊天，呸，渣男。

怀欤存心要惹他，按下话筒，娇娇懒懒地问："哥哥旅游回来了？"

大概过了个五分钟，他回了两条语音。

怀欤开始有些诧异了——这人总不可能当着人家面发语音吧，难不成为了她还特地跑到犄角旮旯里回消息？

这么一想好像又有些微妙的飘飘然，好像她多特殊似的……啊，气死了，渣男。

怀欤戴上耳机，戳开白条。

"对啊。"男人语调慢条斯理地说，"你介绍的地方很不错。"

也不管他是怎么做到的，怀欤的本意就是想尽办法拖住他，随意闲扯："和你爬山时遇到的那个朋友怎么样？"

郁承几乎秒回，佯装不解："什么？"

这人到底在干吗啊？为什么约会还能三心二意地开小差！

怀欤真的迷惑了，但还是顺着聊了下去。

"我是说——"她拉长尾音，要勾不勾的，很令人遐想的语气，"你们有没有发生什么故事？"

郁承散漫道："没有啊，妹妹那晚不让我去，我就没去。"

"这么听话，"他音色磁性，低缓问，"有没有什么奖励？"

怀欤掐了掐一旁的抱枕，心情有点复杂。

和美女花烛良夜浪漫佳肴还这么热情地和她聊天，手也牵了抱也抱了甚至一间浴室洗澡了还叫什么故事都没有，这渣男三头通骗真的太过游刃有余。她现在的情况完全是自己在醋自己，可他一这样说话她就没辙了，简直受用得很。

她噘了噘嘴，心里挺不情愿地说："你想要什么奖励？"

"我想想啊。"男人声音里倒是含着显而易见的笑意。

等了片刻，他居然发了张照片过来。

两个外卖盒子，摊在雪白的大理石桌上，刚刚拆封。不像是在外面的餐厅。

"刚搬了家，好不容易吃上饭，好累。"

郁承的嗓音听上去莫名有几分可怜兮兮："奖励就是，想要妹妹主动给我打一次电话，陪我一会儿，可不可以？"

……等等，等等！

才刚搬完家，在家里吃饭，所以他没去赴约？！

怀歆不知怎的，觉得想笑，但是又想压着，可没过几秒，她还是屈服了，捂着嘴笑出声来。

真讨厌，人家美女不是明明都叮嘱过他不要食言了嘛。干吗又不去了啊，可真是的。

怀歆清了清嗓子，给他打电话。

铃声响了两下，通了。

她先发制人，笑吟吟地说："哥哥难得想起我啊。"

"怎么会？"男人的嗓音醇郁低沉得仿佛近在咫尺，"才刚歇下就来找妹妹了，饭都没来得及吃。"

"是吗？"怀歆掩着唇，嗔一声，"哥哥总是这么会哄人。"

"是真话。"他气息轻缓。

她也就不置可否地轻笑，一边听郁承拆开塑料碗碟的声音，一边顺着漫不经意地问："怎么就想到搬家了呢？"

"工作原因。"郁承没透露太多。

调情可以，想要闯入私人领地，不行。他向来界限分明。

怀歆垂下眼，又想笑。

她今日心情很好，没计较很多，闲闲散散地和他有一搭没一搭地聊着，有的时候也歇会儿，让他得以安静地吃两口饭。

——从 G 城迁居到 B 城可是项大工程，她知道他必然是累极了。

不知为什么，可能就是传说中的"女人的第六感"，怀歆总觉得郁承的情绪实则不是太高涨。他是真的想有个人陪陪他。

于是饭后她问他："要一起看部电影吗？"

"好。"郁承轻轻笑。

"看什么呢？"

"不想看很累人的，你选吧。"

她明白他的意思："好。"

她最后挑了《海蒂和爷爷》，一部德国电影，讲述了天真活泼的小姑娘在阿尔卑斯山的草甸上和放羊的祖父一同生活的故事，蓝天白云，绿草茵茵，很恬静安宁的故事，像是一首温柔的夜曲。

片尾字幕缓缓上浮的时候，两个人无声地待了一会儿。怀歆望向窗外，夜色如水般静谧。

气氛太好，她不忍破坏，但心里总有些念头无法驱散，迫使她问出口："怎么了？能和我讲讲吗？"

怀欷没说得很清楚，甚至完全是不明不白，但她知道郁承能听懂。

听筒中安静片刻，响起他幽幽一声叹息。

"有时候我希望你不要这样明察秋毫。"他声音低低的，说的话很高深莫测，语气却十足温柔，"但是妹妹问出口了，我其实心底里又是高兴的。"

怀欷知道自己曾经对他误判了——她觉得他像一本包装精美的书，里头繁文缛节，锦诗集辞。翻开内容肯定是一把子浮华璀璨的好光阴。

可惜不是。

长久以来他给人的感觉更像是个染着墨香的谜，虽简简单单只有一句话，几个词随意拼凑，却无论如何都猜不透、看不穿。

她从未真正走近他。哪怕触到也觉得指尖尽是空茫，所知甚少。

他将自己包裹在一个桃子之中，初尝觉得温甜，但谁又知一口咬下去会不会碰到桃核碎了牙齿。

桃核纹理分明，其间会有缝隙吗？怀欷不知道，也不敢贸然尝试。

"所以……是因为……"

她到底也才二十岁，碰触真心的事情做起来仍显得笨拙，也不知需说些其他什么话。好像以往的伶牙俐齿、能言善辩都丢了似的。

但好像郁承也全然不在意了，他问："我有跟你讲过我在哪里长大吗？"

"没有。"怀欷屏息一瞬，"你没有讲过。"

"你有见过江浙一带的那种弄堂吧。"

"……嗯。"

"我从小就住在巷子深处，早上起来吃我妈妈做的花卷和米粥，然后经过几户人家，去上学。"郁承笑一声，声音里听不出是什么意味，"也不知道她是怎么做的，我总觉得那粥很好喝。"

"可不就是普通的白粥吗？"他说，"连橄榄菜都没有。但是后来尝遍各种各样的美食之后，却发现再也找不到当初那种味道了。"

怀欷指尖一顿，稍稍收紧。

她其实很难想象他的童年是这样的。

知晓他高中出国的后半段人生，却不承想前面的衔接有些格格不入，像是乐曲奏到某一乐章，"啪嗒"一声，突然终止断开，毫不相关的两截。

"是……想家了吗？"她小心翼翼地询问。

"如果只是想家就好了。"他淡淡笑道，话音里有她听不明白的情绪。

到底只是同看了几部电影的网友，不过是触景生情，看现下气氛合适，他才略有推心置腹，但他们的交情不足够让他继续深入剖析自己了。

这一晚挂电话的时候难得没有再继续推拉试探，郁承只是温和地说，谢谢她今晚能够这么耐心地陪他待上一会儿。

It means something. Good night.①

很快就到了除夕夜，怀曜庆忙工作到年尾最后一天，赵媛清早早就同家里请的保姆阿姨开始张罗，贴春联，扫尘，祭灶神，也唤两个孩子一齐来帮忙。

当晚的菜肴很丰盛，怀歆拍了张照，QQ 传给郁承，又用微信给他发新年祝福。

她添加了长长的一段后缀，显得极有诚意。

手机振动的时候郁承刚走进潘家大宅，别墅门外空荡荡的，除了早些年买来镇宅辟邪的一对威风凛凛的铜狮子，也没多置备几盆盆栽，只敷衍地挂着几个红灯笼，贴着一对春联——"一帆风顺吉星到，万事如意福临门"，极其例行公事。

踏上最后一级台阶的时候就听到里头丁零当啷的声音了。

郁承面色沉静地推开门，在鞋柜里拿出一双客人用的棉鞋，脱了大衣，步伐沉稳地走进里厅。

年仅八岁的小妹潘耀跪在地上哭，潘晋岳面无表情地抽着烟端坐主位，小叔潘晋崇在一旁温声劝慰，许琮冷着脸，大哥潘隽事不关己地看戏，其余的满不在乎地吃着食，只有姨母带着两个小孩柔声在哄小姑娘。

这么一出别开生面的场景中，最局促的当数管家和两个保姆。

一大家子亲戚看到郁承进来谁都没多余的反应，只有姨母朝他微微点了点头，还道一声："阿承回来了。"

细问原因才知道是小妹非要在半山别墅顶放烟花，G 城有烟花管控禁令，潘晋岳因为底下几个基金出了点问题，心里头烦得很，没闲工夫费那人情。

小孩子多吵闹了两句，他便爆发了，直接摔了碗碟。

陶瓷在光滑如洗的白大理石地面上碎裂成一块块，保姆埋着头上前去捡拾，屋内气氛莫名肃冷。

郁承倒像是个没事人一样随便找了把椅子坐下来，微笑着同几人打招呼。

"爸妈，小叔，大哥……"

潘晋岳看他一眼，脸色稍微缓和。

倒不是因为他来了，郁承觉得这大概更像是种不愿在外人面前出丑的心态，所以强压下怒气。

潘晋崇是同样的和蔼示意。倒是潘隽的目光在郁承身上多停留一瞬，欲言

_____

① 对我来说这是有意义的事。晚安。

又止，没接什么话。

一顿饭吃得沉闷压抑，小辈们很会察言观色，都找些理由挨个离席了。

饭后潘晋岳就上楼了，连带着唤郁承一起去。

他很久没回家，父子俩在书房简单寒暄几句，无关痛痒。

也年近花甲，潘晋岳早就在物色接班人。家大业大，除开潘隽和郁承这两个名正言顺的，外面还有几个。他是商人，并不会因血缘亲疏而有所偏袒，只看能力。

有时太有野心并不见得是一件好事，但是完全没有欲望也会让人反感。郁承就属于后者，宁愿自立门户也不想和家族有半点牵连，所以这些年逐渐被潘晋岳边缘化了。

他承认郁承行事颇有手腕，但他向来不缺有能力的儿子。

郁承下楼走出庭院，便看到一大一小两个身影坐在摇椅上讲话。

潘耀揉着眼睛委屈得不行，潘隽摸着她的脑袋漫不经心地哄。

听到脚步声，后者抬起头，对他懒散地挑了下眉："终于舍得回来了？"

潘隽是潘晋岳和前妻生的孩子，没比他大多少。郁承十四岁回到潘家，彼时两人正协议离婚，他是许琮立足的重要砝码。

他进门那时潘隽望过来的眼神恶心得要死——一个私生子。帮着婊子妈上位争家产，不知羞耻。

潘隽当然不会知道许琮根本没养过郁承一天，先前随手扔了，后面见他有用便又找了回来。正值叛逆期的孩子心理是很纯粹的，潘隽心里只有满满的恨意，看他就像颗碍眼的螺丝钉。

别墅外汽笛声起，正午阳光洒下，干净挺拔的少年背着单薄的行李进门。潘隽在光影错落有致的庭院里瞧着他，心想凭什么他能这么坦坦荡荡纤尘不染，当晚就送他一份大礼。

厚厚一沓照片。

——早年的时候许琮大着肚子拽人裤脚哀求，而潘晋岳和彼时潘太目不斜视地从她身边经过。

让他看看自己的出身有多下贱。

潘晋岳把郁承送到潘隽就读的 G 城私立学校念完剩下的初中课时，郁承突然一下接触这样的体系难免吃力，但他无人可以依靠——潘隽让人孤立他，除去几个高门大户的子女，没人敢同他搭话。但是后者往往也不屑他的身份。

打马球的时候，几匹马一下子冲过来，较劲似的，郁承已经狼狈地摔下来了还不够，他们掉转马蹄，从他身上踩压而过。

直接把他手臂踩断。

富家子弟们耀武扬威地挥着球杆，在阳光下哄然大笑。

当天许琼在医院看到他时大惊失色，没承想怎么弄成这样。她现在是正正当当的潘家太太，做什么儿子要被这样欺侮。

许琼责备郁承没能力，丢了她苦心经营的脸面，又掉了几滴假惺惺的眼泪，上演母子情深的戏码——她还要靠着这个孩子去讨潘晋岳的欢心。

可已然来不及。

就算潘晋岳的心底认为郁承是个可塑之材，也不愿几个小辈将家里闹得宅门不宁，传出去叫人笑话。

郁承手上的绷带还没拆干净，他就把人送去了美国。临走的时候潘晋岳不痛不痒地说，好好读书。而许琼只是眼神复杂地看着他，像打量一颗弃子。

她站在离他几步远，漠然地说："终究还是要靠我自己。"

郁承像一只从笼子里放出来的幼鹰，被人不闻不问地扔在了美国——一个如此陌生的地方。

兴许是人生已经经历的动荡太多，郁承适应得很快，没有水土不服，反而凭借自己的努力逐渐融入了那样的环境，不仅学业成绩科科优秀，而且性格沉稳开朗了许多。

潘晋岳听助理汇报的时候，意外于他的成长。潘隽在一旁听到，嗤笑："贱民好养活。"

本来这种话私底下讲潘晋岳也就睁只眼闭只眼，但是当着许琼的面，他直接扇了潘隽一巴掌。

心底更是动了想法，盘算着是否应该把人接回来，好生栽培。

但这个念头也只是转过一圈就散了。

——郁承同他不亲，这样的人培养出来反而或许是个隐患，还不如一条听话的狗。

郁承是念到大学毕业自己回来的，没有依靠任何人，甚至没有同潘晋岳联系，不声不响地进了外资大行工作，又让潘晋岳开始重新审视和考虑先前冒出来的想法。

投行是职业生涯一个还算不错的起点。潘隽金融硕士毕业之后也是被安排到某家行里，先历练两年，再来掌管家族基金。

在 MGS 工作届满三年之后，潘晋岳委婉暗示过郁承可有的选项，但是他无动于衷。

他选择出国读 MBA。

终究是不上道，潘晋岳有些失望。

但不承想郁承在国外也挺能折腾，和朋友一起做了个创业公司，半路起家，离场时套现了小几个亿。

潘隽资质中庸缺乏魄力，外面的几个却是心比天高容易脱离掌控，想来想去郁承确实是个不错的人选，可他再次违背了潘晋岳的期望。

郁承回到 MGS 继续任职。

别人只把投行当垫脚石，他却正儿八经当一份工作，帮助企业融资、上市，对这样的事业抱有热忱。

四平八稳、毫无差错的走法，潘晋岳无法诟病什么，只是不再将他纳入自己的考虑范围之内。

这么多年来郁承很少着家，确实是对这里的一切都有些陌生了。

他淡淡朝潘隽笑了一下："大哥，好久不见。"

庭院里栽种了一种不知名的米色花，闻起来有茉莉香。小姑娘坐在秋千上，气氛较他们以往任何一次碰面都要温馨。

其实已经过去这么多年，他们都已不再是当初的少年。

潘隽对郁承的看法也并非一成不变。

先是郁承的养父求上潘家，说是老伴生了病，许琮闭门不见态度冷漠，他才知晓这个弟弟坎坷的身世。但他依旧憎恶其私生子的身份。

但是可笑之处在于他后来意识到，除去郁承，父亲也远远不止自己一个儿子。长久以来他唯独将郁承当作眼中钉、肉中刺，后者却从未正面与他对抗过。

郁承总是很宽容平和，脾性好到令人咋舌，仿佛别人对他做什么他都不会生气似的。

郁承上大学前夕回了一趟国，潘晋岳和许琮带着他和潘隽去寺庙烧香拜佛，缘觉方丈摸着郁承的脑袋说"慧根早生，大器晚成"，给予潘隽的却是一句"眼高于顶，不可一世"。

潘隽气得要死，心想这老头儿懂个屁，说不准是后妈找的托。趁几人不注意，他掀翻了大师装着供品的烛台，花生李子落了一地。

他转眼却看到郁承垂着睫默立一旁，仍旧一副逆来顺受的乖乖仔模样。

"喂。"潘隽不屑嗤笑，"夸你两句你上天了？真相信这些乱七八糟的玩意儿？"

郁承抬起头，看着他。

阳光穿过宝殿庙堂门栏，落在金灿灿的转经轮上，照见佛台上供奉的舍利子，鸣钟声响，眉眼俊逸的少年腕间戴着一串小叶紫檀，面上含着淡淡的悲悯。

"心有所持，言有所戒，行有所止，莫复如是。"他说。

他也没跪，甚至身姿笔挺，一如打完石膏从医院回来那天，脊梁挺拔。但那一刻潘隽却觉得自己仿佛被什么击中一般，心下短暂地迷茫。

后来再见他已是四年之后。

岁月嬗递，他们都不复如初。

鼻间是似茉莉香的淡雅清香，潘隽迎上郁承的目光，审视般端详几秒，把潘耀扔给了他："自己的妹妹自己哄吧。"

郁承没说什么，略一颔首，朝他们走过来。

经过他身侧的时候潘隽情绪不明地说："你还真是一点没变。"

是吗？没有变吗？

郁承在潘耀身边坐下，淡淡凝视着深蓝色的夜幕。

"不是说好久没见哥哥，很想念吗？"他温柔地理顺小姑娘凌乱的头发，用指腹擦拭她哭红的眼尾，"现在哥哥回来了，不哭了好不好？"

潘耀瞪着葡萄似的大眼睛看着他，哭声渐歇。

过了好一会儿，小姑娘才抽噎着委委屈屈地靠近他，抓着郁承的袖子："……哥哥。

"刚才爸爸他凶我，还摔碟子，呜呜呜……"

又有故态复萌之势，郁承耐着性子抱着她轻声慢语地哄："好了，我知道。是我们小耀受委屈了。"

小祖宗恃宠生娇，窝在哥哥宽厚有力的臂膀里又哭哭啼啼好久，才终于消停下来。

高门深宅之中，只看得见头顶一方天地，他们像是依偎在一起，安静又无言。

半晌，手机又振动一下，郁承揽着耷拉着眼皮昏昏欲睡的小姑娘，解锁屏幕浏览。

99+ 未读消息中，橘色小猫的头像格外显眼。

怀歆：承哥，你看春晚了吗？有个小品还不错耶！［憨笑 .jpg］

迂回曲折的借口，其实是在拐着弯控诉他为何不回消息，郁承视线上移，又看见一句很长的话。

怀歆：祝承哥新年快乐，平安顺遂，无虞无忧，美满安康，年年岁岁常欢愉，岁岁年年皆胜意。

后面还跟了个讨巧的大大笑脸。

郁承垂视片晌，收起手机，将潘耀背在身上，送她回卧室休息。

客厅里气氛稍缓，一桌人在打麻将。郁承没下楼，走进二楼空置的客房，走到阳台上。

——依山傍林，从这里看出去的视野最是开阔。

他拨打怀歆的电话。

那头响了一会儿就通了，先是姑娘软糯但有些急促的声音："承哥，你等会儿，屋里太吵了，我到外面去接。"

郁承并不着急，姿态闲适地等她就位，听筒里一阵嗒嗒的脚步声，然后她才说："我好啦！"

郁承低垂下眼，微不可察地勾了下唇。

他屈肘撑在栏杆处，远眺沉静夜色。声线清浅，嗓音里浮着笑："从哪儿抄来的祝福？"

怀歆本来以为这样的日子他会更倾向于找 Lisa，现下还有些受宠若惊，哪想得到他的关注点在这里。

确实是到处东拼西凑借鉴出来的一句话，她小声反驳："哪里是抄的，明明是我自己真情实感写的……"

"自己写的？"他似有些兴味。

怀歆硬着头皮点头："……啊。"

"文采斐然。"

郁承轻笑一声，半晌，低缓道："新年快乐，我们的作家小朋友。"

寒冬回暖，怀歆裹着一件针织薄外套，倚在窗台边观赏不远处天空中盛放的烟花。

不知隔壁哪栋别墅的邻居偷偷放的，简直造福大众。

"你在干什么呀？"她弯着唇角问。

"刚吃完饭。"郁承说。

"……你在 B 城吗？"

"不是，在 G 城。"

怀歆话音顿了顿，"噢"了声，问："你们那边也有烟花吗？"

郁承看了看寂静漆黑的夜幕，噙着笑摇头："没有。"

"噢，我们这边有欸。"怀歆切成视频，实时给他直播，"你看！"

取景器在她摆弄手机角度的时候拍到了她部分的脸。姑娘笑起来唇红齿白，肤色极好，弯弯的眼像两弯漂亮的月牙。

绚烂的烟火一声接一声在空中炸响，绽放出光彩夺目的七彩花朵，有种超脱于尘世的美丽，郁承安静地看着，耀眼的火光好似也照亮了他深邃的面容。

身后传来啪嗒啪嗒的脚步声，潘耀揉着惺忪的睡眼从卧室出来，穿过走廊，瞪着圆溜溜的眼天真地说："我听到烟花声了！"

镜头里突然出现一个白白嫩嫩、粉雕玉琢的小女孩，怀歆"哎"一声："承哥，这是……"

"我妹妹。"

郁承单膝蹲下来，把潘耀扶坐在自己膝盖上，把手机凑近拿给她看。

他浅浅地勾着唇，眼角眉梢都透着笑意，语气温柔道："瞧，姐姐在放烟花给你看呢。"

"哇，烟花！好好看呀！"潘耀拍着小手，待镜头晃到怀歆的时候，嘴巴跟抹了蜜似的，"姐姐，你好漂亮！"

小孩子烦恼忘得快，一场盛大的烟花就可以把她从讨厌爸爸的小情绪中拯救出来，欢天喜地地谢过漂亮姐姐，自己跑到客厅里去玩了。

烟花声停了，也没有旁人再来打扰，如水夜色显得格外静谧，怀歆还沉浸在小朋友刚才那句让人飘飘然的赞美中，郁承似笑非笑地看着她，敲敲屏幕："发什么呆？"

"没、没有啦。"

镜头中天花板上悬着一顶复古水晶吊灯，背景里是奢华的欧式家居，妹妹年纪看着很小，珠圆玉润的，像是富人家娇养的千金。在稻城的时候问他有没有兄弟姐妹，他说没有。

怀歆心里虽然有很多疑问，还是很有分寸地没问出口。

不过多年执笔胡乱编撰的能力已经让她脑补出洋洋洒洒一大篇豪门秘辛。

"妹妹好可爱。"怀歆很自然地问，"叫什么名字呀？"

郁承凝视屏幕须臾，道："小耀，'照耀'的'耀'。"

他没说姓氏。

"哦。"怀歆笑了笑，"真好听。"

这样隔着电话通信其实显得局促又有些刻意，她也不知道说什么，会不会耽误他时间，便随便扯了几个话题，问他是不是搬好家了，闲聊几句就顺势收了线。

夜幕浩渺无垠，偶尔可以看见一两颗星星。闪烁片刻，又倏忽不见了。

郁承收起手机，转身出了客房。

准备下楼的时候被许琮叫住，两人一前一后地去了她的梳妆室。

关上房门，确定无人接近以后，许琮揉着太阳穴，压低声音开口："阿承，你究竟想做什么？"

"您说什么？"郁承微笑。

"这么多年了，你究竟是真不懂还是装糊涂？"许琮冷冷地看着他，"无欲无求，不争不抢是吧？你信不信，我当初怎样让你进来的这个家，如今也可以怎样让你全须全尾地滚出去？"

"却之不恭。"他一副从善如流的好风度。

"你——"

许琮胸口起伏，强压着怒意。片晌她闭了闭眼，语气缓和下来："有什么不能和妈妈好好说的呢？"

郁承温和一笑，轻描淡写："您难道不知，我向来很好说话？"

"阿承，你……"许琮深吸了一口气，定定地看着他，"你是不是还在怪妈妈当年的选择？"

她垂首，眼尾沁出淡淡的薄红："你也知道，妈妈当时是逼不得已。"

"十九岁怀的你，我那时还在上学，根本没有抚养能力，我只能……只能……"许琮拭去面上的湿润，泪眼盈盈地看着郁承，"让你受这么多苦，一直是妈妈心里长久的痛。"

"是吗？"郁承勾着唇注视她，始终云淡风轻，"我从未怪过您，您不必放在心上。"

"……"

许琮心里暗骂一声，这儿子油盐不进软硬不吃，也不知道像谁，潘晋岳眼看着也没几年好光景了，现在入手是最佳时机，他当真就一点都不动心？

思索之间，她灵光一现，想通其中关节："阿承，郁家夫妇还好吗？"

郁承抬眸，表情终于有了些微变化。

"我不清楚。"他说。

许琮置若罔闻，兀自盯着他："你是不是因那件事才恼恨妈妈？"

郁承高中出国那几年，侯素馨被工地上落下的一根重材砸断了腿，郁卫东的铺子恰逢经营困难，欠下好大一笔债，尚拿不出太多资金医治。

潘家肯定能找到国内最好的接骨医生，将小承接走的时候他们事事允诺得如意，郁卫东本是抱着希望去的，谁知吃了闭门羹不说，还被许琮转告这是郁承的意思。

——他不希望看到他们再出现，这会打搅他的生活。

郁卫东根本不知郁承已被送去国外，他失魂落魄地离开了。

拿不出钱，郁卫东和侯素馨那两年过得十分艰辛，辗转求了好几个亲戚帮忙才周转开来，但是侯素馨的腿也因为诊治不当落下了顽疾，到现在走路的时候还是一高一低跛着脚，且冬天的时候受寒会隐隐作痛。

郁承是在回国工作之后才知道这件事的，当时许琮切断了他和郁家的联系，他被蒙在鼓里这么多年。再见面时，郁父待他已然很是生疏。

他有做过解释，可一切都不复如初。

许琮说完那句话，试图再从郁承的脸上看出些许蛛丝马迹，可惜没有了。

——什么也看不出来。

郁承很宽和地同她说："您想多了。"

过完年还有一段时间就开学了。

怀歆一直在努力地写新书，这本书是个金融职场文，含有少量的商战情节。不管是金融从业者抢客户、做项目，还是实体企业打价格战，都挺符合她的专业背景，所以写起来会比较游刃有余。

但唯一的一个问题就是，她还没做过买方私募工作，对于一个项目从接洽到落地的过程，还没有那么直观生动的感受。

所幸博源投资的实习马上也要开始了。

没两周就开学了，因为是大学最后一个学期，专业课几乎没剩下几门，赶得比较急的，像怀歆，早早都修完了。

唯独有一个重中之重就是毕业论文，但是一般四五月份再做也还来得及，很多金融专业的学生会在这段时间去做一份高品质的实习，为自己之后的职业发展铺路。

到博源报到的时候是个星期一。

气派的写字楼坐落在国贸中心区域，旋转玻璃门干干净净一尘不染，墙上AMP Capital 的深红色油漆商标格外漂亮。

怀歆按照 HR（人事）姐姐给的楼层地址坐了电梯，还没到就收到张可斌的微信：Olivia，你到了吗？[龇牙 .jpg]

张可斌是大怀歆两届的学长，最近才刚刚成为博源的全职员工。他之前就在各大外资行实习，履历非常优秀。

两人同在一个校友圈里，是在某个德扑局上认识对方的。后来又吃过两次饭，关系还算不错。怀歆的简历就是张可斌帮忙递给 HR 的。

博源投资几乎算得上是国内最大的私募基金公司，资产管理规模达 5000亿，一级和二级市场都做，近几年来的复合年收益高达 40% 左右，据传背后还有雄厚的家族资本支持，所以投的都是市场上最好的项目。

怀歆申请到的是一级市场消费组的实习，主要是想看没有上市的消费企业从 C 轮到 buyout（收购）阶段的融资情况。

这么大的一家机构，她刚进门的时候心底还有些紧张，但意外的是，HR 姐姐和秘书都非常和善，笑着同她打了招呼。

先做身份登记，再签合同，最后把怀歆领到属于她的工位上。

不像其他一些小机构，人满为患，实习生没有专门的地方坐，只能随便坐在出差全职员工的位子上，博源专门为实习生开辟出了一片领域，每个工位都写好了署名，还贴心地准备了订书机、便笺等一些未拆封的文具用品。

HR 姐姐又领着怀歆去了饮品零食区域——全是当下最火的网红品牌，以及各种好吃到爆炸的烘焙蛋糕。一旁还有个冰箱，里面有甜品、汽水和冷牛奶。

还告诉她全天餐补 300 块，放开随便吃。

"……"

怀歆从未觉得这么幸福过。

消费组一共四五个实习生，有些是已经在这边工作几个月了，有些则像她这样刚刚入职。几人互相做了自我介绍，然后交换了联系方式，约好中午一起去旁边的购物中心吃饭。

全职员工都在另外一片办公区，和实习生区域是分隔开的，不过仍旧是相通的，可以远远地互相看到。他们都非常忙，好些还在出差，所以也没来得及派什么活给怀歆。

下午的时候倒是等到了张可斌，他刚从外面做完管访①回来。

对方朗笑着与她打招呼，询问她感觉如何，怀歆自然是把这里花式一通夸，条件极好云云，张可斌抿着唇，意味深长地说："等加班的时候希望你还这么觉得。"

这边老板们的时间比较自由，但是初级员工的工作强度较大，每天要做到凌晨一两点左右，通常没有节假日和周末，除了加班，还是加班，加班，加班。

但是就算如此，也比投行工作到凌晨三四点乃至通宵要好许多了，更何况薪水还比投行更高。

再疲惫的灵魂在看到七位数的入账的时候也会安寝的。

怀歆心底早有预期，嘿嘿一笑："没关系，我已经做好准备了。"

两人闲聊一会儿，张可斌说："组里大老板在外面谈项目，今天办公室人不多，一会儿他们可能会过来和你们打招呼。"

"哦哦。"

周围的几个实习生也热切地加入了谈话。

刚入职的全职员工其实和实习生是最亲近的，也最能体会实习生的苦楚，了解实习生的工作内容，因为他们自己就是这样过来的。

张可斌传授经验，并悄悄告诉大家各位老板的喜好。

"还有，我们公司每个月会举办一次下午茶座谈，有酒也有很多好吃的，大领导们都会来，大家就随便聊天各自发展人脉。"他说，"算算时间这周五正好是了，到时候大家尽情享受。"

"大老板人很好，上次下午茶还抓着我和我聊红酒品鉴以及现代艺术，他说要找个时间带我们去 798 艺术区参观学习一下。"

---

① 管理售后之类的工作：询问顾客的意见，回访。

金融行业就是参透百态，只有了解了各个行业的生态才能更好地和这些实体企业家交流。好的项目根本不缺钱，最后让哪家的钱进来完全是靠人与人之间的联系和青睐度。

几个实习生都很憧憬，怀歆其实也很意外，她有想过这边的待遇会很好，但是没想过员工的生活如此丰富。

不仅仅是日复一日地趴在桌上做行业研究，还有更多出去看行业、谈项目、了解市场的可能性。

"我们一级消费组其实全职员工挺少的，也就七八个。"

才正说着，几个人就从门口过来了。

徐旭在外面开会，来的只有李施文、邓泽和王安冉。

真的可以看出他们是特别忙了，打了一圈招呼，简单寒暄两句就离开了，嘱咐张可斌这个师兄多带带大家。

等人走后，张可斌悄声向大家介绍组内结构："邓泽哥比我大两岁，他和安冉姐都是 Associate，施文姐是 Senior Associate，然后徐旭总是 VP，再上去就是两个大老板了，陶总和文总。"

他顿了下又道："我们 ED（Executive Director，执行总经理）今年年初离职，本来这位置是空缺的，但是好像前不久又来了一个新老板，我还没见过。"

他话音刚落，怀歆就听身旁的两个女同事低声喊出来，不知看到了什么："哇，那是谁啊，好帅！"

怀歆抬眸，只见一行人自走廊那头走过来，站在通透明净的落地窗边聊天。张可斌闻言也望过去，只认出陶总和他的助理。

不用问也知道，女同学指的是其间挺立着的另一位。

男人身姿颀长修挺，深蓝色的西服套装，领带打得一丝不苟，精致的腕表盘面随着他屈肘的动作稍微反光。

他的眉眼英俊深邃，高挺鼻梁上架着一副银丝框眼镜，气质温文尔雅，却莫名有种说不出的禁欲感。

怀歆不自觉地吞咽了一口口水。

……天哪。

她不活了，啊啊啊！

"Alvin，我们这边的情况就是这样，你看看还有什么问题吗？"

郁承视线遥遥转向实习生区域，那里聚集着好几个人，叽叽喳喳窃窃私语的，似乎正有意无意地朝他们望来，其中有张小脸还算熟悉，表情复杂满含纠结。

他看着她，似笑非笑地勾了下唇。

她盯了他片晌，撇了撇嘴，移开目光。

小动作很明显。置气似的。

陶总察觉到，也跟着郁承一道看向那头，朗声："公司年轻人多，都挺有活力的。"

郁承笑回："是好事。"

耳边两个女同事秦晓月和胡薇还在复读机似的感叹好帅好帅："刚才那个笑也太'杀'了吧！"

秦晓月："他是看着我笑的。"

胡薇："不，肯定是我！"

怀歆："……"

这个招蜂引蝶的家伙！

张可斌掏出手机，小声跟各位迷弟迷妹打报告："刚问了 HR，新 ED 是从 MGS 过来的，叫 Alvin Yu，郁承。"

副总裁以上职级就会独立出去看项目，胡薇虔诚地双手合十："请把我分给郁总吧。"

秦晓月口嗨："把我嫁给他都行。"

话音才刚落，眼看着她们口中那位帅哥挥别陶总，朝着实习生这边走了过来，她们连忙慌乱地坐回了自己的座位，众人也作鸟兽散，只留下张可斌一人蒙圈在原地。

呵，女人。

这位新来的郁总风度翩翩一表人才，表情温和，看着应是极好亲近的。张可斌向他礼貌问好："Alvin 哥好。"

美元基金公司中，称呼英语和中文名字皆可。

郁承慢条斯理地环视一圈，做了自我介绍，并道："之后大家如果在工作上有什么问题，欢迎随时和我沟通。"

怀歆扫到一旁的秦晓月都快坐不住了，激动地压低音量："天，声线太好听了！"

"……"

每个实习生都有属于自己的卡间，是半开放式的，郁承挨个巡视一遍，认识大家，并和不同的人闲聊两句。

怀歆是今天才入职，所以坐在最里面。

轻缓动听的嗓音自前排间或传来，她假装无视，专注地凝视着电脑屏幕，着手自己刚被分配的工作。

直到桌面被人屈指叩了两下。

怀歆真的不想看他，但是迫于上司的淫威还是很不情愿地扭过了头。

——只见男人闲适地倚靠在工位旁，一双深长的桃花眼眸视过来。

他也没说话，就这么看着她。

周围秦晓月和胡薇也偷偷觑过来，怀歆思忖两秒，客客气气地开口。

"Alvin哥，您好。"她嗓音甜润，"我是怀歆，Olivia，目前是B大一名大四学生，今后请您多多指教。"

听见她的话，郁承脸上没什么太多的表情，眼底仿佛有笑，又好似没有。他朝她走近，仍旧是一副漫不经意的模样。

只是距离轻微缩短，怀歆却感到一种无形的威压扑面而来。

她也不知怎的，觉得空间逼仄，被动站起了身。

就在这当口，郁承握住了她在空中抬起的手。

他手背的肌理分明得很好看，修长手指触抚过去，撩拨似的，轻捏了下她的掌心，悠悠留下一抹温热："你好。"

怀歆一怔，却又见郁承倾近她，贴着耳畔微微一笑，提示："Olivia，做戏要做全套。"

一触即离。

然后他转身回去了。

"……"

怀歆恍恍惚惚，像个败北的战士一样，极为颓丧地坐下。

她面无表情地扒拉鼠标键盘，试图将精力集中在数据库里的市场规模数据之上。

密密麻麻的数字占满屏幕，怀歆盯了半晌，挣扎着放弃了。

啊啊啊！

就是……觉得似乎不该小题大做，但是又确实有点生气。

——他在稻城的时候就知道她会来博源实习了，这么长一段时间，竟然一直都没有告诉她，哪怕是知会一声。

以他们之间的关系，说说这种事情还是可以的吧！

而且刚刚她装不认识，他没看出她什么情绪吗，居然就那么轻描淡写地放过了，全然不在意似的。

讨厌，讨厌死了！

啊啊啊，臭渣男！

每次以为多靠近他一点的时候，又被这种细枝末节的小事打脸。

怀歆闷闷不乐，连带着觉得一旁秦晓月和胡薇偷偷咬耳朵夸郁承帅也不香了，她抬起下颌："帅吗？"

两人一齐看过来，怀歆清了清嗓子，轻飘飘地说："我觉得一般啊。"

对于这种行走的荷尔蒙还觉得一般，并不会让喜欢的人觉得被冒犯——她们只会觉得她是瞎掉了。

秦晓月和胡薇暗暗交换眼神，叹息："干活吧。"

怀歆一直搭市场规模测算模型到晚上六点，一般办公室里的同事稍微忙一点都是点外卖，她本来也掏出手机想看看有什么可吃的，却收到张可斌的消息：约了Alvin哥一起吃晚饭，要不要一起来？很好的学习机会。[嘘.jpg]

怀歆扫眼一看，其他几个实习生都在埋头干活，有的已经提前点了餐，边吃边看电脑。

张可斌与她关系好，这种事也只告诉她一人。

怀歆垂眸凝视屏幕半晌，回道：好的，谢谢可斌哥！[龇牙.jpg]

张可斌：十分钟后楼下电梯口见。[OK.jpg]

怀歆去洗手间补了个淡妆，整理仪表，然后按时下了楼。

她是掐着点到的，走出电梯的时候发现张可斌和郁承已经站在外面了，姿态闲散地聊着什么。

"哎，怀歆来了！"

张可斌看到她，招了招手。

怀歆走过去，张可斌当她是自己人，便笑着同郁承介绍道："Alvin哥，这是我师妹，怀歆，很优秀的，之后你有什么项目都可以带上她。"

"是吗？"

怀歆抬起眸看他，男人眼里浮着些微清浅笑意。

他启唇，音色温和："刚才见过了。"

怀歆盯着他看了两秒，也大大方方地微笑："还是要多和Alvin哥学习呢。"

郁承笑而不语。三人从写字楼走出，步行去一旁的大型商贸。

随便挑了一家日料，找了一个四人位。郁承坐在怀歆对面，张可斌为了方便和郁承对话便坐在怀歆旁边。

郁承朝怀歆递去菜单的时候她恰好抬手接过，两人衔接得无比流畅自然，张可斌愣了一下，但很快也笑道："女士优先。"

不消片刻就点好了菜，服务员离开，三人边饮茶边闲话。

起初还是张可斌请教问题偏多。谈起时下很火的新消费行业，一众网红品牌，企业还没成长起来单店估值就过亿，是否存在泡沫。

然后他又好奇地询问郁承之前的经历，说到MGS，张可斌提了几个在那边工作的师兄师姐的名字，有些还是他们朋友圈的共同好友。

——金融行业里校友联系一向较为紧密。

怀歆一直在旁边安静地吃饭，偶尔插入几句。张可斌想起什么，攀谈道：

"Olivia，你大三暑期不也在 MGS 吗？"

怀歆知道他想说什么，放下筷子，看了郁承一眼。

男人恰在凝视她，她迎上他的目光，道："是啊，但 Alvin 哥在 G 城，我在 B 城团队，所以和他不太熟呢。"

张可斌不清楚内部情况，不疑有他："哦哦，这样啊。"

郁承举起茶杯轻啜一口，敛着眼睫，面上几分漫不经心，像是随意一提，浅笑问："你怎么知道我在 G 城？" MGS 亚太办公室在上海、S 市、东京和新加坡四地还有。

怀歆："……"

她咬着牙，甜甜地笑："刚才在网上查的。"

郁承不置可否，一时之间无人接话，张可斌便扮演捧哏："看来师妹很会做尽职调查啊，之后在项目上你可以发挥优势。"

这家店的菜上得还算快，味道比较正宗，杂菜炒什锦偏甜，寿喜锅飘香四溢。

店员呈上三个小碗放在一旁，张可斌便用汤勺去盛，第一碗本来要递给郁承，他说自己来就行，张可斌便放在怀歆面前。

怀歆："谢谢师兄。"

他道："小事儿。"

张可斌也是 B 城人，一口本地话很地道，性格挺好，总是极乐呵的模样。

他说要去甜品区域拿几个冰激凌球，宽敞的四人桌上只剩下怀歆和郁承两人。

怀歆低头，高冷地吃菜，不是很想主动同他搭话。

本来也没什么立场，所以只能自怨自艾地发小脾气。寿喜锅里煮熟的芹菜叶被她无意识地拿筷子戳得稀巴烂。

郁承就跟完全看不见似的，沉吟片刻，如前辈般关切问："最近学业忙得过来吗？"

怀歆又拿筷子戳了一下菜叶，敷衍答："挺好的，没问题呢。"

"哦，是吗？"他浅浅一笑，"那看来可以专心实习了。"

"……"

怀歆一僵，气势瞬间矮了一截。

她咽了口口水，弱弱地说："那……也不要因为我闲就给我派很多活吧。"

郁承扬了下桃花眼，眼底含着点若有似无的兴味。

"讨价还价？

"不是和我不熟吗？"

怀歆："……"

席间气氛略微陷入尴尬，张可斌恰好回来，手里拿着两个冰激凌球，一个香草味的给了怀歆，然后又朝郁承点了下头，解释道："Alvin哥，不知道你喜欢吃什么口味，就没给你拿。"

郁承注视怀歆和他之间的互动，淡笑："没事。"

有了张可斌的加入，整顿饭局气氛还算轻松闲适。结完账之后三人往回走，郁承在前面，过红绿灯的时候，张可斌趁空走近怀歆，压低声音道："Olivia，你有什么问题可以直接跟Alvin哥说的，不必拘谨。"

怀歆望过来，他了然地笑笑，说："我就是看你饭桌上没怎么出声。"

"哦。"怀歆也弯了弯唇，"谢谢师兄提醒。"

过到对街，郁承回身，他们这幅咬耳朵的景象恰好落在眼里。他面色平静，耐心地立在原处，等待两人过来。

张可斌晚上还有个专家访谈会议，现下看着点快到了，便打了个招呼，先快两步赶回去上楼。

他这一整路都在不自知地扮演调节剂的角色，如今人一走，空气好似都降了几度，凉飕飕的。

怀歆跟在郁承后面，故意慢吞吞地落了几步，就是不跟他并肩。

不知过了多久，男人转过身来。

他的表情没有怀歆想象中的不愉，只是漆黑的眸光落下来，在缥缈夜色的衬托下，有些叫人捉摸不透。

怀歆停住了脚步，与他有几米距离，有些执拗地，不再向前一步。

似有一番暗中拉锯。

少顷，郁承眼睫微动，温沉开口："还生气？"

怀歆的手指落在身侧，慢慢蜷起来。

——他一向好脾气，今天她一直时不时用各种方式刺他，他也没发火。

她寻思着是不是该见好就收，别作得太厉害，免得消耗了情分。

怀歆清清嗓子，正想顺势找个台阶下，却见他走近她，淡淡地问："知道什么叫作避嫌吗？"

怀歆心里怦然一跳，脑袋有些空白。

乍暖还寒，B城夜晚仍旧微凉。

郁承低敛下眼，不紧不慢地抬手为她拢了拢衣领，嗓音低缓："小傻瓜，要是人人都知道我们熟络，我之后怎么带你上好项目？"

沉洌悠然的雪松气息袭来，头顶上他的声音低沉温缓，这一瞬间怀歆没有别的想法了。

——他说避嫌，她是他的"嫌"。

指代特殊的，同其他人都不一样。

啊啊啊——臭渣男太会了啊！

谁说女孩子不好哄的，怀歆很想翘起嘴角，但还是很矜持地维持平静，指出："那，就算是这样，你之前也没有说一声。"

那晚她在稻城酒吧问他，他还特意避开。

郁承垂眸，徐徐道："那时候刚刚离职，HR 手续还没走完，所以不太方便。"再加上没了他，整个团队失去主心骨一下子忙得团团转，钟勋恳请他再留一段时间，做点收尾工作。

"……"

原来是这样。

怀歆慢吞吞地"哦"了声。

他似笑非笑地看着她，半晌勾唇，问："消气了？"

"……"

冒红的耳尖藏在头发里，怀歆裹着围巾，脸颊粉扑扑的，乌黑的眼眸微亮。晚风缭绕，她蹭了蹭脚尖，欲言又止。

郁承深隽眸光在她脸上停驻须臾，正要开口，却听她糯着鼻音小声说："领导，刚才我态度不是很好，你不会生我的气吧？"

绵绵软软的语气，乖得不行，又像是小猫伸爪在挠，不着痕迹地撒娇。

夜色笼罩，路灯柔和的光洒下来，描摹出男人深邃的眉眼。

郁承凝视她须臾，笑了。

他稍俯下身，离她颊边不远不近一寸距离，嗓音缓而磁性："我看着像是生气的样子吗？"

有一瞬间怀歆是真的觉得他的唇要落下来了，差点就条件反射地闭了眼睛，幸好她反应快，指尖掐了掌心一下，只有气息略微紊乱。

而始作俑者却不急不缓地撤开，眼底浮着淡淡的兴味："上楼吧。"

"……"

太坏了。

可是她好爱。

回到座位的时候怀歆的小心脏还是怦怦跳，她眯着眼舔了舔唇，颇有些意犹未尽。

公司离学校有小十公里，顾及有些实习生在校住，回去太晚不好，所以允许他们选择晚饭之后先回去，远程进行工作，十分的人性化。

怀歆走的时候特意远远看了眼郁承的位置——男人正站在落地窗旁边打电话，顾长身姿与溶溶夜色合为一体。

她便拦了个的士，先回学校了。

她到宿舍的时候收到他的微信：回去了？

怀歆：嗯嗯。

怀歆：看你在工作就没打扰你。[猫猫弹球 .jpg]

那头显示"对方正在输入"，然后跳出来一条回复。

郁承：嗯，我明天去上海出差，周五回来。

怀歆的心刚提起一些，他又发来一条：这几天麻烦你帮我做一个 company profile（公司简介），礼遇，一家线下餐饮店，谢谢。[笑脸 .jpg]

怀歆："……"

单看第一句有些私密，好像在把行程交代给她似的，但再看第二句就完全合理化了，她真的怀疑他是不是故意分成两段调戏自己。

但不管怎么说，在工作上她一向保持比较认真专业的态度，在能力范围内一定尽可能做到最好。而且她对消费行业很感兴趣，在 MGS 的时候是第一次接触，越发觉得有意思，现下有了机会更要好好钻研。

礼遇是一家非传统餐饮公司，融合创意菜，比较新潮，很多网红都去打卡，但最别具一格的点在于它也开自己的美妆集合店，两种门店的店内设计都是相通的，很是前卫。

公司去年融完 C 轮，融资金额数亿人民币，方毅领投，宏达跟投，投后估值已经 10 亿。也算是市场上一个比较新兴的项目，有些相关的新闻报道。

怀歆把公司简介、创始人履历、融资历史、股权结构、商业模式等资料集合梳理完毕，撰写了一份报告交给郁承，只用了一个上午加下午。

文件发出去之后他没立即回复，倒是李施文又来敲她，让她看一看小众香水行业的市场格局和规模。

这一块怀歆略有涉猎，看得很起劲，除了最爱的凯利安、馥马尔和百瑞德，又认识了几个不错的新牌子。

直到晚上郁承才回消息。

怀歆一看，开心了——他夸了她。

郁承：效率很高，内容也在点子上。[Nice.jpg]

怀歆：谢谢承哥夸奖。[脸红 .jpg]

怀歆：毕竟是领导交代的工作，我肯定要认真完成呀。[龇牙 .jpg]

这个"呀"几乎可以说打得相当刻意了。

郁承反应并不大：继续努力。

怀歆：好嘞！[脸红 .jpg]

……

聊天框就这么尬住了。

光标不断闪烁，怀歆想问他出差情况如何，正斟酌着词句，那头又来一条信息：回学校了？

怀歆：啊，还没有，刚才在帮施文姐扫行业格局。

郁承说：九点了，早点回吧。

怀歆的心差点又提起一点，他继续道：回去再做也是一样的。

怀歆：……

啊啊啊——为什么总是一句话拆成两句！她再上当她就是笨蛋！

之后两天组里领导们陆续派了些零散的活，做行业研究，看公司，做访谈纪要，打专家 call①，虽然还没有正式跟到项目，但因为是在做自己喜欢的事情，怀歆还是觉得非常有热情。

周五早上的时候一觉睡醒就收到郁承的消息：今天下午跟我一起去见礼遇的创始人。

怀歆一下子从床上坐起来，清醒了。

太棒了！终于可以从公司往外跑了！

时间定在下午两点，郁承给了怀歆一个地址，她上午还是照常去了单位，但是中午吃完饭后就收拾东西准备离开。

一旁胡薇刚趴在桌上睡了个午觉，睡眼惺忪地爬起来，看她这架势，随口问："哎，你去哪儿呀？"

怀歆没说得很详细："一会儿有个管理层访谈。"

胡薇："哦。"

怀歆准时到了约定的地点，是个写字楼。仅仅在门口等了几分钟，就见一辆商务车停在面前。

阔别几天的人迈开长腿从车上下来，朝她弯了下唇，简短寒暄："等很久了？"

"没有。"怀歆乖巧道，"我也才刚到。"

郁承看着像是刚从机场过来的，还提着一个小型的黑色拉杆箱。

私募着装要求没有投行那么严格，他身上穿的是比较商务休闲的款式，小臂处的肌肉线条流畅漂亮，好身材一览无余。

怀歆看着他的箱子，几步蹭过去，问："承哥，需要我帮你拿吗？"

---

① 做专家咨询。咨询公司在做行研或者同业对标的时候，有时会找到相关领域的专家，通过电话的方式进行咨询，按小时计费。

"拿什么？"郁承扬了下眉，目光循着她视线下落，轻笑，"不用。"

好像还觉得她这问题挺多余的。

"一会儿我来问，你负责记录。"他步伐利落，道，"不用说自己是实习生。"

"哦。"

郁承往前走了两步，又回头："第一次做管访？"

怀歆点头："严格意义上来讲，是的。"

他笑了笑，嗓音温和道："不用紧张，有我在。"

进到写字楼大厅，需要登记身份才能入内，已经有礼遇的人在厅中等候，是创始人崔总的秘书。

秘书带他们乘电梯上楼，这家新消费品牌阔气地租赁了一整层，秘书一路领着他们经过茶水间休息区和员工办公区，到达会议室。

办公室的墙壁设计也非常新颖有趣，撞色搭配，还摆放着他们美妆店的一些爆款产品和目前取得的荣誉勋章。

秘书为他们倒上茶水，请他们在会议室内稍作等候。没过几分钟，崔书就来了，笑着与郁承握手："郁总好！博源资本哪，久仰久仰。"

礼遇最受关注的就是其"美妆店＋餐饮"双轮驱动的运营模式，有人觉得时尚新潮，有助于增强品牌效应；有人却认为是完全不搭的两个业务领域，没有协同作用。

崔书先简单介绍了一下公司，也表明他为何最初想要创业做这个公司，原因是他个人想做线下餐饮，但是他的妻子却格外喜爱化妆品、护肤品这一类，所以为了折中，便想出了这么一种结合体。

礼遇的公关显然不错，网页设计便于浏览，让人耳目一新，宣传片也很是精美。

初步接洽一般是大方向的把握和判断，除了体量不太会问详细的数字。

营收 4 个多亿，门店 160 多家，其中餐饮过半，去年净利润刚转正。

其实做线下连锁供应链极其重要，因为两个重要的指标——效率和品牌，生产端的渠道能够满足前者。

郁承问完供应链和门店 UE（单体经济）模型又问营销端的情况，很详细也很专业，比如做了哪些 IP 联名款，美妆代言人计划，新媒体领域未来的广告投放策略。

崔书道："我们礼遇其实可以称得上是一家消费平台企业，因为我们积极拥抱互联网和新媒体。

"我们有自己的私域流量，微信公众号、官网等，在抖音、小红书也大规模地联合 KOL（关键意见领袖，指大 V）发布种草内容，今年我们美妆店有三款产品销售额过千万，成为爆款。"

大概聊了一个多小时，知识和信息都很密集，怀歆在心里暗叹幸好有写作多年的码字手速，洋洋洒洒记了好几页的笔记。

最后郁承问他们下一轮大概需要多少钱。

这是比较关键也比较敏感的问题，崔书斟酌片刻，道："我们最新的报价大概是 20 亿。"

他说的是估值。比起上一轮整整翻了一倍。

郁承面色不变，浅笑着道："我知道了，谢谢您。"

两人交换名片，又加了微信好友，崔书将他们送到公司门口，两人又客套地聊了几句，再由秘书送他们下楼。

上了博源自己的商务车，郁承问怀歆："觉得这公司怎么样？"

"感觉营销做得挺好的，产品设计和观感也不错。"怀歆不确定地说，"但是这种双轮驱动的模型，我不知道可不可持续。潜意识里还是觉得它们可能不太搭。"

郁承肯定了她的说法："对，目前的爆品都是营销端花钱砸出来的。商业模式的合理有效性，仍有待论证。两个板块目前看来协同效应不大。"

他稍顿一瞬，勾起嘴角："还有别的吗？"

"……"

怀歆感觉自己梦回高中做题的时候，她认真想了一会儿，道："我觉得它这个门店开得太散了，就……就不知道怎么形容，但好像是千店千面，每个店的特色和主题都不太一样。"

郁承唇畔的笑意加深："很好。"

他简单概括："非标准化，不可复制，在扩张的时候供应链会面临较大的成本压力。"

确实是那个意思。但是经他提炼过后一切就变得简单明晰起来，怀歆有种恍然大悟的感觉，很认真地做了笔记。

郁承又问："还有什么吗？"

怀歆欲哭无泪，坦白道："我真想不出了。"

他噙着浅笑，也没刻意为难她，公布了答案："太贵了。"

"欸？"

"要价要得太高了。用营收的数大概算一下，不值这个价格。"

"哦哦。"那这意思就是说这个项目 pass（放弃）了，怀歆似懂非懂，少顷又吐了下舌头，苦恼，"但我好像还没有形成这个概念怎么办？"

看过的案例少，很难在听到数字的时候马上心里有一个大概的估值。

郁承宽和地笑笑："没事，以后接触多了就好了。"

怀歆看着他，心里的弦像被轻轻拨了一下。

——他是个很好的老师，自身专业能力出众，循循善诱，耐心，温和，也足够宽容。

在这方面，她的确是需要更加仰仗他。

恰逢周五，郁承道："也没剩几个小时了，你直接回家吧，不用再去公司了。"

他让司机把怀歆送到她家小区门口，路上的时候怀歆问："承哥，你们一般周末的时候会有很多工作吗？"

郁承道："平常加班还好，不过我刚来，有很多东西还是得再交接一下。"

言下之意就是这个周末会忙，那她就不打扰了："哦哦，这样啊。"

怀歆还想说什么，手机屏幕却亮起，一通微信语音电话。她一看署名是"王可翰"，连忙掐断。

清净了几秒，对方又开始像上回一样疯狂地轰炸式地打来，怀歆忍住翻白眼的冲动，不停地点击掐断，在小号找到王可翰的聊天框，发：学长，我在实习开会，一会儿和你说。[可怜 .jpg]

旅行回来以后，怀歆又恢复了和他的联系，但是没那么热络了，王可翰肯定是有所察觉，当即发来两条语音。

怀歆害怕他再穷追不舍地打电话，当即语音转文字，看看是什么内容。

可谁知错手直接点开了语音，王可翰自以为很悦耳的声音在车厢内清晰响起："学妹，明晚和我去看电影吧，我——"

怀歆手忙脚乱地关掉。

脊背绷直，脑袋已经下意识转向旁边。

"看来你倒是挺闲的。"

男人屈指抵在下颔，语气几分慢悠悠的。

他散漫地抬了下眼睑，不疾不徐道："本来周末想让你休息一下的，现在打算派点工作。"

怀歆："……"

"不、不是……"她快欲哭无泪了。

天杀的王可翰！

怀歆咽了口口水，为自身"洗脱"："领导，您误会了，我是不会和他出去的。"

"所以如果这样的话，"她苦着小脸问，"能不能别给我派活？"

郁承漫不经心道："是吗？"

怀歆小鸡啄米似的点头，接着见他微微一笑，道："不行。"

怀歆："……"

男人温和道："主要是想让你锻炼锻炼，和其他人没什么关系。"

怀歆："……"

你自己刚才说的看我太闲！

车子停在小区门口，怀歆带着愤怒而抗议的背影离开了。

第二天不出所料收到郁承的微信，让她帮忙把一份长达两小时的访谈录音整理成笔记，怀歆一边苦哈哈地戴着耳机听，一边跟王可翰哭诉自己的老板有多么无情无义压榨剥削员工，然后顺理成章拒绝了他的请求。

因为是录音，所以有些语速快的地方需要反复播放聆听，怀歆花了四个多小时才整理完毕，把文档转给郁承，像条咸鱼一样瘫在沙发上不想动。

虽然但是。

累是累，但不得不说还是很有收获的。

这家公司是市场上一个比较热的咖啡项目，因为公司内部比较重视，所以也没有带任何实习生去参加管访，是徐旭和郁承一起去看的，而怀歆通过这种方式，有幸听到了内容，在对话之中学习到很多。

很快又是周一。

这一周来自邓泽和王安冉的活比较多，郁承倒是很少找她，他办公室座位上也常常没人，怀歆都怀疑他压根儿就没来过公司。

直到周五的时候，郁承还是没动静，怀歆便直接给他发了微信。

怀歆：领导最近真的很忙呀！[眨眼睛.jpg]

过了半小时，郁承回复：怎么？

郁承：嫌我不够体恤下属？

语气倒是慢悠悠的，怀歆扬了下唇，打字：哪能呀，就是没收到领导的消息，心里有点空落落的。

他不是喜欢一句话拆成两句讲吗，她也故意来了个大喘气：毕竟您承诺过要带我上好项目的，谁知一周连面都见不上一回呢。

怀歆等了一会儿，聊天窗口弹出新消息。

郁承发来一条语音。

"正想找你。"他嗓音轻缓，"下周二有空陪我去上海看个商业展会？"

啊啊啊啊！出差！

怀歆的小心脏激动地跃了下，平复了几秒，回：好的，没问题！

博源这边的差旅报销统一由秘书负责，郁承发送了邮件，将怀歆的名字添上，那边就将飞机票和住宿都订好了。

这周前几天每天都工作到凌晨两点，周末倒是清闲一些，晚上没有什么事，有个好姐妹过生日，在 Flipped 定了 VIP 位置。

她的派对主题是公主变装，每个人搞个迪士尼公主的仿妆。

怀歆并不是很在意，随便挑了一个，《勇敢传说》的梅莉达，她觉得那一头波浪小卷特别酷。

虽然梅莉达公主是漂亮的橙色头发，但是姐妹对头发颜色没有太苛刻的要求，所以怀歆还是保持了黑色，用一次性烫发棒烫出了那种卷翘蓬松的羊毛卷，双眼皮的宽度也通过双眼皮贴调整，脸颊阴影刻意打得很重，偏欧美的立体浓妆，五官结构看上去也和之前不太一样。

衣服穿的是一条花纹繁复的深蓝色宫廷风长裙，束腰很显身材，法式慵懒调。怀歆在镜子前我见犹怜地欣赏了一会儿，感觉很满意——仿妆太成功了，现在就算是很熟悉的人见到她也很难能认得出来。

到生日会的时候大概晚上十点，场子刚热起来。

几个姐妹已经在了，好久没见，互相拥抱着念叨想念对方，然后又揪着裙子夸赞对方漂亮。

寿星姐妹出手大方，开了两箱"冰封神龙套"——一共六瓶黑桃 A 香槟，价钱大几万。

酒水启瓶喷出来的时候，简直爽得不行，旁边几桌也纷纷侧目。五彩灯光闪烁晃动，酒精味道上头，台上 DJ 还给她们点了首 *No Limit*（无限）。

怀歆控制着量，但仍旧难以避免有些微醺。

嗨了一个多小时，又去蹦迪，在舞池中挥洒汗水，怀歆正提着裙子步履飘然地下来到吧台时，一抬眸就看见不远处一道挺拔俊立的身影。

男人恰好向她睇来，一双桃花眼深邃幽沉，微抬着曲线精致的下颌，颇有些轻佻慵懒的意味。

昏昧灯光下，英挺的五官轮廓更加立体深邃。他仍旧是西装革履，只不过外套脱了，领口处领带也解了，扣子微微松开两颗，莫名有种清冷的欲。

怀歆的目光从他的喉结移至锁骨再到手背上性感的青筋，胸口怦然而动。

她与他正正对上视线，无处闪避。

郁承提步向她走来。

越来越近，越来越近，怀歆的心脏就快悬到了嗓子眼——可他只是越过她，倚在高脚吧台旁，嗓音低沉地向服务生要一杯吉普森。

辛辣烈性的鸡尾酒。

所以他这是没认出她来？酒吧灯光迷离摇晃，人群喧嚷，再加上她的妆容，认不出来确实也不奇怪，怀歆下意识松了口气，捏了捏裙摆一角，忽然心生一计。

她提着裙摆盈盈朝他贴近，高跟鞋落在地面，清新幽然的希蒂莺香气随之轻舞。

白皙纤细的小腿慢悠悠贴上他的西服裤腿，郁承转过头晞来一眼，目光冷淡又深隽。

"还记得我吗，哥哥？"怀歆笑着附在他耳畔，咬着气音说，"我是 Lisa。"

郁承凝视着她，眸子微眯一瞬，似在审视。

"Lisa？"

短促的英音被他念得低沉动听，怀歆勾了下唇，小腿沿着他裤腿滑上去蹭了蹭，肯定般地眨眨眼，俏皮回："是呀。"

郁承敛着睫注视她片晌，眼眸深而沉，打量的目光令人捉摸不透。

耳边乐曲仍旧热烈，他歪过头，好似意味不明地轻笑一声。

那声悠悠的呵笑像羽毛尖般扫过怀歆的心窝，她小腿绷紧，更加切实地置身于汹涌暗潮之中。

嫣红的唇瓣轻启，想说些什么，男人却倾身过来，指尖挑起她颈侧一绺卷曲的黑色波浪，轻钩着绕了绕。

不显轻浮，却更似入骨撩拨。

他懒懒抬眼，低声笑道："作家小姐，好久不见。"

郁承绅士地为她也点了一杯鸡尾酒。

Moscow Mule[①]。

伏特加基酒，与怀歆身上佩枪朱丽叶的小众香相得益彰，又名"放纵的邂逅"。

"今天怎么有空来 Flipped？"

郁承贴着她耳畔咬字，黑色皮鞋浅浅刺入长裙边缘之下，似有若无地挑弄。

侵略性，存在感，隔着布料的摩挲，体温和空气的凉意并存，距离那么近，怀歆望进他漆黑的眼底，呼吸也跟着一沉。

坠落，失重。

"找灵感吗？"

郁承微笑着，语气不急不缓，掏出一支烟衔在嘴边，用打火机点燃了，垂着眼吸上一口。

火光明灭，他动作随性慵懒，那双眼却依然噙着淡淡笑意，隔着缥缈的烟雾看她。

———————————————————

① Moscow Mule 是一款鸡尾酒，而佩枪朱丽叶也有一款同名香水，又被称为"放纵的邂逅"。

怀歆心中微动，只盯着他，一时之间并未出声。

郁承漫不经心地瞧着她，似乎也不急着要一个答案。他只是那么悠然地吐息，轻飘飘呼出几个烟圈，然后慢条斯理地在一旁的砂质烟碟中掸落烟灰。

好像只是看着她，也是乐趣之一似的。

怀歆莫名被看得有点燥。

她盯着郁承的喉结，讲话的时候会上下滚动，牵出很好看的曲线。

他的袖口挽起一截，恰是拿烟的那条小臂，腕骨微凸，肌肤冷白而性感。

怀歆注视他，他便也散漫地看回来。

无声胶着片刻，她倏忽凑近过去。

就着郁承骨节分明的修长手指，怀歆吸了一口烟。唇间有濡湿感，她眯着眼，保持着踮脚前倾的姿势，将烟气缓缓倾吐在他颈侧。

"是啊。"怀歆嗓音微哑，肯定了他的话，"来找灵感呢。"

滚烫的呼吸缠绕交融，光线暧昧而迷离，怀歆闻见他身上夹杂着冷调的苦艾草香味，想着自己大概真是有些醉了。

她的手落在他胸口处，触手可及是一片紧实的肌肉。

怀歆稍微用力，想要向后撤开，腰间却蓦然落下一股力道。

——郁承箍住她的腰，不让她动弹分毫。

这样的姿势如同交颈拥抱。

怀歆心底突突地跳，如同鼓噪的太阳穴，郁承一只手臂强势地搂着她，另一只手却又不紧不慢地掸了下烟，然后掐灭。

吐息悠缓，淡淡的烟草味，混着烧灼的残酒香味，她快要化在他的怀里。

"Lisa 小姐。"

郁承的嗓音些微低哑，温热的气息落在怀歆耳畔。他抬手为她挽发，手指若即若离地掠过她额际、耳郭、颊侧，像是在仔细描摹她精致昳丽的轮廓。

"我可以为你提供灵感。"

他的唇近在咫尺，似落未落，怀歆的心荡上云霄，又猛地坠落，撑在他胸口的指节不自觉地发白。

那双漆黑的眼睛幽深难辨，却在不断地引诱着她沉溺陷入。

怀歆蓦地有一种很混乱的感觉，不知在同谁拉锯，与他，又与自己，虚情假意间试探。

她也很慌张，不知接受馈赠就会开启什么，代价能否偿付。

"哥哥，"怀歆抿唇，听到自己细碎的嗓音挤出喉间，有了些刻意拖延的拉扯感，"……今晚你是一个人来的吗？"

这场无硝烟的暗中较量蓦地叫了停，郁承垂眸，眼底的温度逐渐冷下来。

他微微松了手，屈肘倚靠在吧台旁。再抬眸，又是闲闲散散好整以暇的神情。

"和朋友一起来的。"郁承勾唇，微扬下颔，温和地提议，"要不和他们见见？"

和郁承一道的朋友有七八个，再加上有些带了女伴，得有十人以上。他们坐在靠近角落处的一个 VIP 席里谈笑风生，皆是衣着矜贵气质不凡。

见郁承带着个漂亮姑娘回来，男人们并没有太意外，但还是起哄几句。

都是些不三不四的调笑，音乐声太响，怀歆没怎么听清，倒是郁承看了她一眼，温文尔雅地征询："陪我坐一会儿？"

怀歆便与他一同入了席。

柔软的沙发座位很宽敞，她挨着他坐在右边，身侧一个穿着皮夹克的男人懒散道："承总，这妹妹是谁，不给我们介绍一下啊？"

郁承微微一笑："Lisa。"

众人调侃："就讲个英文名啊，也太小气了。"

郁承拿起面前的威士忌抿了一口，眉眼间笑意闲散，一副不置可否的模样。

"皮夹克"吊儿郎当的："看他这样儿，宝贝得不得了呢。"

怀歆屏息一瞬，压在裙摆底下的指尖蜷起来。

心口一股热气流荡下来，胸口又开始怦怦地响动。

郁承向后一靠，长臂自然地搭在怀歆身后的沙发靠背上，漫不经意地笑："那当然了，我们 Lisa 可是作家，很会写书的。"

他又转过头，语调颇为狎昵地问她，轻声地："是不是？"

怀歆看着他，总觉得这人实在是无法无天了。

她弯起眼，也暧昧而轻声地朝他笑："我还不知道你这么稀罕我。"

周遭啧啧感叹。原本三三两两各喝各的，现下注意力倒是有意无意都集中在一处了。

与怀歆对视须臾，郁承意味不明地挑了下眼尾，他眸光转了一圈，轻描淡写带过这个话题："刚才玩到哪儿了？"

原本就是一些酒桌游戏，摇骰子，玩飞斋，也衍生出许多其他的玩法，不过最终目的都是喝酒、享乐。

酒都是纯的，不加冰。

一圈人各自为营，有些玩得颇开，各种喝法：交杯喝，左右抱着喂对方喝，贴面喝，甚至于嘴对着嘴喂着喝。

纵情声色，极致放肆，女人们摇摇晃晃地软在男人的怀里，气氛好时便旁若无人地亲吻。

这画面也让人心浮气躁。

怀歆发烫的耳尖藏在一头柔软的波浪卷中，幸好她所在的这半边区域里几人还算比较收敛，不过是面色寻常地自斟自饮。

她留意过郁承的反应，但他着实有些让人惊讶。

虽也是坐在这里，却淡然的，与这环境不太相符，他只是双腿交叠靠在软椅里，熟视无睹，颇为悠闲地喝酒，松弛有度。

这让他看上去与那些人并不相同，泾渭分明。

郁承左边是个深红色头发的女人，穿着性感，领口开得很低。女人身侧打着银领带的男人似乎与郁承关系较好，两人笑着聊天，有一搭没一搭的。

当然他不忘将 Lisa 也拉入谈话。他们都是做投资的，对方是某大买的基金经理，男人之间的话题无非就那么几个，股票、红酒、房车、艺术品等。

红发女人叫李诺，也不知道什么身份，怀歆没问。但她有注意到对方有意挨向郁承，黑丝袜包裹着弧度姣好的腿肚，脚尖有意无意地偏过去，碰他的裤脚。

这女人竟然复制粘贴她刚才那套，气死她了！

怀歆当即就往右挪了一点，轻拍了拍郁承的手臂。

男人看过来，低缓问：“怎么了？”

“我这边位子很空耶。”她贴着他耳畔咬耳朵，邀约问，“你要不要靠我近一点？”

郁承眸光颇深，半晌轻笑：“好啊。”

这下他与李诺之间的距离就拉开一大截，无论后者再有什么小动作都显得很刻意。

李诺微僵，在昏昧光线中和怀歆眼神碰触一瞬，又神色不明地移开。

怀歆确信这番暗里交锋未被郁承察觉，但他不知怎么了，恰好俯过来，轻声朝她介绍两人的身份。

之前做了一个项目，李诺是企业方那边的人，求郁承帮忙引荐给“银领带”，也就是甄思铭。后来有几个局也会叫她来，一来二去，李诺和甄思铭就认识了。

怀歆想这应是他还在 MGS 时候的事情，就她观察来看，郁承和李诺并不是很熟，对于后者刚才那点心思，也没有给予过一丝一毫的回应。

她还在斟酌着这事，一旁李诺和甄思铭调笑的声音传来。

女人靠在男人肩侧，手抚过他的大腿，讲什么悄悄话，甄思铭不着痕迹地拂开，拿酒给她，两人碰过杯，他半真半假笑道：“小心唇印别落我衣领上了，回去得跟老婆解释半天呢。”

他又朝郁承笑骂：“快管好你的妞！”

郁承是他们之间的搭桥人，也确实是他先认识的李诺。怀欹看出甄思铭想把这烫手山芋扔回去，理解这是因为熟人所以言语没甚分寸，但仍旧心头浮起些微不愉。

她下意识看向郁承。

李诺在甄思铭那儿碰了壁，也将目光投过来，暗暗含点期待，大概是希望郁承顺势应了，给她解个围，免得下不来台。

三方都看着他，郁承倒是淡淡勾了下唇，不着急撇清似的："说的什么。"

怀欹心里憋着一股气，视线从他俊挺如刻的侧颜挪开，正想站起来的时候，男人的手臂从沙发靠背上抬起，不轻不重地落在她的肩上，压下去。

"这个才是我的。"他说。

肩头微微落了些力道，怀欹挨向他，几乎被半揽进怀里。她的下颌蹭到他西装肩处，硬质挺括的面料。

一个极度占有的姿势。

怀欹的裙子是丝绒质地，布料柔软略厚，但这并不妨碍男人掌心的温度源源不断向她传来。

他的呼吸就在身侧一起一伏，她疑心自己胸口跳动的频率会顺着传递给他。

不过那也不重要了。

怀欹绷紧脸颊和想要上扬的嘴角，心中无声尖叫。

啊啊啊！

太、会、了！

甄思铭"哟"了声："承总说这话可真难得啊。"

他打量怀欹一瞬，调笑："我都有点好奇这是何方神圣了。"

"想干什么？"郁承懒懒地道，"有我盯着，不会让你有机会加微信的。"

他又转头看怀欹，挑着嘴角低声地笑，近乎耳语般地说："是吧？"

温热的气息轻飘飘地洒在耳畔，激起身体一阵酥麻，怀欹感觉半边身体都发软了。

啊啊啊——老狐狸精！！！

她撑在郁承胸口右侧，小声反击："你也没有我的微信啊。"

郁承垂着眼，视线落在姑娘轻微颤动的纤长睫毛上，敛着眸轻笑了声。

自始至终两人完全对李诺视而不见，她的面色有些挂不住了，脸上表情略微僵硬，甄思铭偏头看她一眼，朗声笑起来："来来来！让他们两个腻歪去，咱们喝酒。"

李诺这才活过来一般，赶紧挨着他碰杯。

席间都各聊各的，郁承却又靠回椅背，侧眸，颇为细致地凝视怀欹的脸，一寸寸端详。

"你干什么？"她任他这么看着，心下却紧张起来——他该不会是认出来了吧？

谁知他只是低缓说："在想该怎么夸妹妹好看。"

啊啊啊——

不行，她叫不动了。

怀歆嗔他一眼："哥哥跟多少个女孩子说过这样的话？"

"只有你一个。"

哈！怎么可能！怀歆开口就要反驳，却又听他含笑说："我如果这样说，妹妹肯定不信。"

"……"

郁承掏出手机，解锁，递给她："所以，恳请妹妹给我一个机会，身体力行地证明一下。"

他生了一双很深邃的桃花眼，专注看人的时候总显得多情而深沉，如同潮湿的雨季，幽昧的夜幕，如果你看着他，你会想要走近，想要触碰，想要知道那深不见底的潭水下究竟藏着怎样的秘密。

昏暗中微微亮着的屏幕仿佛无声的邀约，怀歆望向他眼底，那么深，那么沉，好像永远只会注视她一个人。

她像是受到蛊惑，身体前倾，想离他更近一些。

感受他的温度，他的呼吸。

郁承垂敛着眼，手指在座椅上触碰到她的掌心，缓缓握住了。

酒精催化热度，彼此体温都偏高，温热的指腹沿着手背慢慢摩挲过怀歆柔软的肌肤，将她缚在网里。

那双好看的眼睛眸色幽深，怀歆在他眼里看见一个小小的自己，光影迷眩，越来越近，近到呼吸也交缠一处。

耐心的猎人，正在等待她释放哪怕一丁点细微的信号，他便持枪闯入山洞，凶狠地掠夺、占有。

怀歆闭了眼。

——她想，她不逃了。沦陷也好，沉溺也罢，她要的是一晌贪欢，哪管明天有什么要紧。

气氛正好，怀歆屏息等待那个将要来临的让人身心沉醉的吻。

心脏如同坐上过山车，些微失重。

正当要临空跃到最高点时，座位上放着的手机骤然响起铃声，无比响亮。

"……"

一万句脏话在心头飘过，怀歆猛然睁开了眼。

她为了怕实习上有活找，特意将手机音量调到最大值，如今自尝苦果。

一捧凉水从心头浇下，怀歆甚至不敢去看郁承的表情，拿起手机就匆匆离开了："我去接个电话！"

她一路小跑到酒吧门口，站在街边，才抚着胸口微微喘气——心跳依旧很快，冷风灌过来，拂在脸颊上，让她稍微清醒了一些。

这才定睛去看手机屏幕。

是赵媛清。

她通常会在家庭群里说话，但不会单线直接联系自己，怀歆心中一紧，接了电话："喂，妈……"

午夜十二点过后的街道过于冷清，怀歆匆匆赶到医院的时候，赵媛清和赵澈正坐在长廊椅子上等待。

前者看到她的时候目光凝滞片刻："星星，你怎么……"

怀歆确实狼狈。

大波浪卷，花掉的浓妆，一身的酒精味，她在接到电话后第一时间赶了过来。

怀曜庆饭局过后坐车回家，不知是司机太过疲劳还是什么缘故，拐弯的时候没看侧面来车，直直和一辆小轿车撞上。

巨大的冲击力袭来，怀曜庆右手磕在挡风玻璃上，当即骨折。同时伴有腰椎滑脱和轻微脑震荡。

无论如何，人没事就好。

赵媛清已经在电话里说了是场小车祸，让她放宽心，但是真正看到爸爸打着绷带无精打采地躺在病床上，怀歆还是没忍住一阵鼻酸。

听到脚步声，怀曜庆抬起头来。

父女俩对视，女儿眼中闪烁的泪水让怀曜庆心惊。

"星星……"他抱歉地说，"让你担心了。"

"没有。"

怀歆趴在他的床边，抿着唇握住他的手，有些哽咽。

怀曜庆脸上也有些动容，安慰说："我没事，在家里养一段时间就好了。"

"为什么总是这么拼命啊？"怀歆吸吸鼻子，欲言又止。

她小声说："我实习也开始有收入了，你把工作辞了，我以后赚钱养你，行不行？"

"傻孩子，说什么胡话呢。"怀曜庆无奈地笑，摸摸她的脑袋，"爸爸还有一整个公司，有那么多员工要养，爸爸怎么能放任他们不顾呢。"

入手是俏皮夸张的大波浪卷，他打量她的造型，笑叹道："看你女孩子家家

209

的，这样像什么样子。

"你好好学习，好好努力，就是对爸爸最大的回报。"

怀歆的眼睛亮起来，又逐渐黯淡下去。

如同窗外没有星子的夜。

寂静良久，她低声地说："您好好休息。明天我再来看您。"

赵媛清怕老头一个人待着太孤单，今晚在医院陪护。

怀歆和赵澈打的回家。

一路上两人一反常态，安静无话，怀歆靠在出租车冰凉的椅背上，神情很疲倦。

回到家，卸了妆洗了澡，换上一身干净清爽的衣服，怀歆看到 QQ 上郁承之前发过来的消息。

他问她怎么了，还好吗。一声招呼不打就走了，是不是出了什么事，他很担心。

连续好几条。

窗外夜色空茫，像她的心一样，孤独无依靠。

如果只是因为寒冷靠近某人的话，那不能够叫作爱吧。

怀歆怔怔望着屏幕，拨通他的语音电话。

她预料要等很久，说不定 Flipped 太过热闹，他连手机铃声都听不到。

可是电话只响了几秒嘟声就通了。

男人低沉的嗓音自听筒那边传来，安静而空旷："喂？"

"你不在酒吧了？"怀歆愣住。

"嗯，我回家了。"他话音里情绪不明，须臾后敏锐地捕捉到，"你哭过了？"

"……嗯。"

怀歆缩在沙发一角，将厚重的毯子裹紧在自己身上。

她一向畏寒。

怀歆动了动干涩的嘴唇："我爸爸出车祸了。"

那头沉默几秒，低声："抱歉。"

"也不是太严重，"她很想扯出一个笑，却没能做到，"只是要在床上躺几个月了。"

怀歆说出口的时候就觉得胸口积压的负能量满满，那些以往悄无声息藏在暗处的坏情绪此时都跑出来作怪。

她一直想做一个能让别人开心的人，从不轻易将软弱示人。长久以来，她一直是这样做的，而且做得很好。

210

可是为什么，她忽然觉得好累好累。

怀歆感觉有些自我厌弃，她想也许哭出来就好了。

哭出来就没这么难过了。

"你要是忙的话不用陪着我的。"她主动给他一个台阶下，"我自己睡一觉就好了。"

安静好一会儿。

郁承嗓音温沉，轻声地叹："有没有人告诉过你，有时候不需要这么懂事？"

怀歆怔住。

没有。没有人告诉过她。

她以为小孩子摔倒了没人扶，自己挣扎着爬起来才是寻常。

"一个人憋着怎么会好，难受的话要讲出来，"他温柔地放缓了声音，"我在听啊。"

"……"

心防几乎是一瞬间松懈，怀歆捂着嘴唇无声哭泣，泪湿衣襟。

她习惯了用文字诉说情感，却不知怎样对着一个活生生的人倾吐心声。

一开始说得艰难而缓慢，磕磕绊绊、毫无章法，好似幼时蹒跚学步。

但她到底是个倔强的姑娘，一边哽咽一边慢慢诉说，乃至于所有零碎的细节，像是要一次性把委屈倾吐尽了。

她说起童年时父母的每一次吵架，不留情面地中伤对方，碗碟的陶瓷碎片将她的足底划出血痕。说起每天晚上她在家中等待他们，是怎样辗转反侧难以入眠。

说起母亲从小对她严格要求，若她没拿到满分便会被冷声训斥。说起父亲带她去饭局，别人的孩子欺负她，他却不分青红皂白打了她。

说起离婚的时候母亲渐行渐远的背影。

时隔两年又见到她，母亲牵着一个小男孩，带他买冰激凌吃。那是她丈夫和前妻生的孩子，母亲的脸上笑容虽淡，但低眸的瞬间眉眼却显得很温柔，怀歆站在街旁，任泪水模糊双眼。

她又说起父亲再度稀释给她的关心。

他有公司，有了新的家庭，他的生活被各种大大小小的事情填满。他不记得她的生日，不清楚她的喜好，不了解她的学业情况，也很少有时间能和她温声讲几句话，哪怕是让她帮忙分担一下工作中的压力，或者是让她感受到至少有一瞬间，父亲也是依赖她的。

毫无疑问父母是爱她的，但人心都是肉长的，孰多孰少，有了比照就可见高下。她不想成为一个次优选。这是多么残忍的事情。

乃至今天，怀曜庆说让她好好学习，好好努力。

可是要怎么做呢？

——她已经尽力了啊。

这么多年，努力当一个乖小孩，努力想被人喜欢，努力挣扎着，还要再怎么做呢？

看见怀曜庆躺在病床上的模样，怀歆蓦然有一种深深的无力感——她感受不到自己被他需要，什么都做不了。

"你会不会觉得我很矫情，很奇怪，很不可理喻？"通过电话，怀歆抽抽搭搭地问。

是不可理喻的吧，明明是父亲受了磨难，咬牙扛下一切，努力做家里那根顶梁柱，她却会有这样的想法。

"我不觉得你矫情，不觉得你奇怪，也不觉得你不可理喻。"

听筒里响起郁承低而沉的嗓音，他是如此温和耐心地听她说话，怀歆终于觉得身上暖了一点，未启唇，又听他缓声说："我觉得心疼。"

"……"

一颗漂亮的鹅卵石投入湖泊，"扑通"一声响。

"你太懂事了。"他叹道，"可是不必事事如此，有的时候也可以任性，可以放肆，可以予取予求。"

怀歆喉头发紧，一字一顿："可我哪有这种资格，没有人把我当小孩。"

空气里安静了半晌，那头蓦地开口，嗓音微沉："倘使我说，有人愿意把你当成小孩呢？"

"……什么意思？"湖面上层层涟漪荡漾开来，她仿若一尾迷失了方向的鱼。

郁承稍顿一瞬，轻轻地笑道："你知道我什么意思。"

B 城的夜晚这样美丽，霓虹闪烁，车辆川流不息。夜色却如同一条黑丝绸，蒙住了眼。

在招股书印刷机构初见的那天，怀歆不会想到，她与郁承的关系能变成如今这样。

每一分距离上的拉近都是她苦心经营争来的。而今真真切切听他说出这句话，却有种临渊欲坠之感。

当她是 Lisa 的时候，她愿意与他一同沉溺，但做回 Olivia，她需要考虑的问题要更现实。

怀歆觉得她开小马甲的做法其实是有些搬了石头砸自己的脚。

"Lisa"和"Olivia"两个人合起来的记忆自然是圆满的，但凡郁承知晓真相，对她的感情都会比现在厚重得多，但单独拆开来看，是很残缺的，残缺到了如果确定关系一定是在虚与委蛇的地步。

他喜欢 Lisa 的热情和张扬，又青睐 Olivia 的俏皮和天真，但抛下哪个都可以，哪个都不足以让他真正上心。

只不过是今晚他们实打实地交过一次手，她又突逢变故，所以他可怜她，才将这样的话问出了口。

她要做就要做他的唯一，要做他独一无二的那个选择，她不要当次优选。

今晚他们都喝了酒，都不太清醒。现在还不应是落槌的那一刻。

不应在冲动下更推进一步了。

郁承说她知道他是什么意思，不挑明就是给她选择的空间。怀歆举着电话，乌黑眼眸迎上窗外清冷的月色，抿着唇说："我不知道。"

她打赌郁承不会再坚持下去了。

果然，只听他很轻很轻地笑了声，然后又像是在叹惜："算了。"

"……"

"很晚了，你也累了。"贴着话筒传来的呢喃温柔而缱绻，"希望我的 Lisa 妹妹今晚能做个好梦。晚安，早点休息。"

也不知是不是郁承那句话起了作用，怀歆这天晚上真的做了一个美梦。她原以为经历了波折的一天，会有些乱七八糟的梦境，可梦到的却是小时候爸爸妈妈带她去放风筝的情景，蓝蓝的天，白白的云，绿草茵茵，紫色的小燕子风筝在天上晃呀晃。

第二天早上起来她精神尚可，不好的情绪都被洗刷涤荡，重拾好心情。

怀歆早上先完成了实习上派的一些活，写完了作业，然后下午去医院看怀曜庆。

医生的意思是让他在这边观察几天，再回家里静养。老头是个工作狂，性格比较倔，说什么也要回去，医生觉得他这个腰椎情况不宜久坐，怀歆到的时候，正听到他老人家和主治医生掰扯。

见女儿过来，还要她评理。

怀歆和帅气的医生叔叔对视一眼，笑眯眯地说："我们谨遵医嘱。"

怀曜庆吹胡子瞪眼，却也只能乖乖妥协了。

赵澈还算懂事，怀歆工作忙，他便和她穿插着去医院看望爸爸，有时候赵媛清会和他一起去，带些自制的便当。

周二要去上海看展，这天怀歆早早起床，收拾衣服整理行李。

和郁承约了在机场见面，刚进航站楼就看到他了，男人穿着轻便，深灰色圆领开衫，外搭休闲白色外套，深黑色长裤，双腿笔直修长，显得运动风十足。

怀歆看向他的时候，郁承刚好侧眸，她就这么在落地窗外蓝天白云的背景下和他完成了一次心有灵犀的对视。

"来了？"

郁承眼底似有笑意，细致地打量怀歆须臾，很自然地寒暄："昨天睡得还好？"

怀歆点点头，扬起唇角："嗯。"

"就是心里一直想着要出来玩。"她及时掩住唇，"……出差的事情，有点激动。"

郁承轻挑了挑眼尾，笑意渐深。

光线正好，逆着光影，他眉眼越发深邃好看，怀歆怔住一瞬，眼看着他径自拉过她的行李箱，语气清浅道："走吧。"

男人挺拔的身影行在前头，怀歆凝视片晌，悄悄弯起眼，快走两步紧跟上去。

这回郁承带怀歆看的是一个消费领域的 IP 联名展会，在上海国家会展中心，几百家消费企业开设展台招标。但因为这种展会一般都会云集水准较高的品牌，所以投资人也会跟着去看看有没有合适的项目。

但他们一般都会伪装成上下游供应商或者批发商的角色，利用话术多了解一些项目信息。

怀歆觉得这个过程颇有意思，一边兴致昂扬地拍照记录，一边听郁承微笑着同品牌负责人闲扯，并不着痕迹地婉拒对方添加微信的需求。

这样的情景让他看起来好似多了一丝市井气息，却比之前更加真实，仿佛触手可及。

怀歆不自觉就看着他笑，负责人转过眼来，又与她攀谈起来："您也是做电商渠道的吗？"

"啊，不是。"怀歆迎着郁承落过来的目光，一本正经给自己脸上贴金，"我是我们老板的助理。"

似乎是觉得郁承比较难攻克，热情寻求合作的负责人掉转"龙头"，又来要怀歆的联系方式，她使出浑身解数，好不容易摆脱对方，事后抚着胸口舒气，感慨道："没想到做投资还得会演戏啊。"

彼时他们坐上摆渡车，车正晃悠悠转过头来，郁承眄她一眼，勾了下唇："是啊。"

他稍顿一瞬又道："不过你还挺适合做这个的。"

这话乍听没什么问题，但认真揣摩却觉出一丝意有所指，怀歆眨了眨眼，无辜地笑："这不都是跟领导学的嘛。"

展会很大，直到下午五点闭馆时才逛了一半，所幸第二天还有，也符合他们的计划。

晚上没有什么安排，秘书给两人订的是家高档的五星级酒店，上楼放了行李，怀歆瘫在床上小憩片刻，站起来，站在窗外远眺繁华瑰丽的夜景。

帘幔薄纱舞动，整个外滩都放眼可见，岸边高楼大厦林立，江畔霓虹光影浮动，有几艘轮船缓缓行驶，漂亮得像一幅画。

手机在茶几上振动一下。

怀歆拿起查看，是郁承：出来吃饭？［笑脸.jpg］

她刚好有些饿了，正想找他呢，实在也太有默契了。怀歆嘴角牵出一丝细微的笑意，回：好呀，去哪里？

他发语音，声音极低缓："先下楼。"

宽敞明净的大堂中央有座室内喷泉，怀歆便到旁边等他，没过一会儿，郁承带着电脑包下来，身上已经换了另外一套衣服，不过还是简约休闲的黑灰白，利落又英俊。

"想吃什么？"他侧过眸，弯唇问。

在郁承面前怀歆不太有身为实习生的自觉，秉持着自己的小小特权拿了主意："本地菜吧，看看这边的特色。"

"好。"

怀歆素来喜欢研究精致美食，当即颇感兴趣地点开大众点评进行浏览，看看有什么高分餐厅，精挑细选之后落定了一家较为老牌的沪菜，位置就坐落在酒店对街的大型商贸里，走路五分钟就能到达。

餐厅生意很红火，两人挑了一个窗边座位坐下，郁承打开电脑，对怀歆温和道："我先处理点事情，你来点餐就好。"

也和他一起吃过那么多顿饭了，她又善于观察，对于他的口味喜好几乎可以说是了如指掌，揣着笑道："没问题。"

这家菜果然做得地道，盛名在外的松江鲈鱼肉质鲜嫩肥美，红烧肉丝丝入味香而不腻，八宝鸭丰腴饱满原汁飘香，完全道出了本邦菜的神韵。

郁承仍专注处理事情，怀歆为他盛饭，又往他碗里添菜。

一番动静不小，满桌色香味俱全，男人抬眸睐她一眼，怀歆便趁机插空道："承哥，你要不先吃一点，不然菜凉啦。"

郁承稍顿一瞬，合上电脑，挑起眼尾："好。"

这个位置的角度极好，稍一转头就看见对岸色彩昳丽的夜景和蜿蜒流淌的江水，也让人从繁忙工作中释放出些许思绪，两人安静吃饭，气氛很是静谧。

怀歆吃着吃着，想到什么："承哥。"

"嗯？"

她抿唇，软声问："这和你家乡的口味是不是很相近呀？"

质地古朴的中式座椅，一桌江浙菜，姑娘敛着纤长睫毛，眼眸仿佛也被头顶的灯光染得清澄透亮，她的脸色极好，透着些微的粉红，唇色含蜜，多么富有烟火气的场景。

郁承的思绪恍惚一瞬，想到那条长长的巷弄，青石砖瓦，过年的时候，房梁上会挂上红灯笼，亮起来的时候，映出来的光也和现在一样暖。

他垂下眸，语气轻缓："是，很像。"

"那你们那边，还有些什么别的好吃的？"怀歆撑着下巴前倾身体，好奇地问，"你最喜欢吃的是什么菜呀？"

郁承看向她。

那双眼漆黑深邃，似是有一瞬隐隐映出窗外冷感的月色，蕴含着彻骨寒凉的情绪，但很快消失得无影无踪，怀歆并未来得及捕捉。

片晌他笑起来："和桌上这些也差不多，我都挺喜欢的。"

"是吗？"怀歆也笑，"我也觉得很好吃哦。"

一顿饭刚吃完，还未结账，郁承就接到一通工作电话。

在这些顶级金融机构，级别越高的领导，私生活和工作越是剥离不开。怀歆见他正忙，便拿着单子去前台付款开发票了。

来电是梁悦地产的老板，之前在 MGS 的一个老客户，和郁承私交不错，听说他高就博源，前来道贺，并顺带着介绍了一个项目，也是某亲戚做的，借由梁悦起家的房地产中介交易平台。

还挺特殊的商业模式，联合市场上区域龙头性小地产中介品牌，让他们都能入驻，一起合作促成新房和二手房的买卖，并且共同分享佣金。

用一句话简单概括来说就是——打破信息孤岛，破除房产中介以往各自为营的老旧作风，真正做到互惠共赢。

这是一种属于行业开创性的构想，如果真能成功，完全是颠覆式创新。

郁承颇感兴趣，约了周末见面，谈妥之后又寒暄几句，这才挂了电话。

小姑娘自己做主到前台结账去了，还没回来，他正想起身跟着去看一眼，对面空着的座位忽然落座一人。

"嗨，承总，好久不见。"

郁承扬了下眉："Joanne，你怎么在这里？"

高静瓷今日打扮仍是十分明艳，笑意吟吟地望着他："我还想问你呢。"

"这几天和朋友在这边看时尚秀，一会儿还要去乘游轮，所以就在这边的老字号吃点了。"她挽着发看向黄浦江畔，侧脸姣好柔婉，"外滩的夜景确实是美，在 B 城也难得一见呢。"

"是。"郁承轻啜一口淡茶，勾唇浅笑，"这家的本邦菜做得也很地道。"

他没回答方才她的问题，高静瓷凝视他几秒，看向一整桌的餐盘，又瞥见一旁座位上的电脑包，了然问："来出差？"

她刚才本来准备和朋友出去，结果一转头就看见郁承独自坐在窗边。

男人侧颜轮廓俊朗分明，鼻梁高挺，其上架着的银丝框眼镜更显斯文禁欲，哪怕是在这么一个具有烟火气的中式餐馆里，他也显得矜贵优雅，端然出尘。

宛如天边挂着的那一轮月，清冷而与世无争。

高静瓷遇到过许多男人，帅气的，成熟的，迷人的，却从没见过任何一个人，有这样两种截然矛盾的气质——时而距离近到让你感觉能真实触碰他，靠近他，肆无忌惮倾听他的心声，时而却又遥远得触不可及，散发难以名状的吸引力。

他无须什么多余的花式，就让人忍不住产生探寻的好奇心。

所以她有点弄不懂了，很是迷惑。

起初的兴趣是源于棋逢对手的碰撞感，到现在却觉得他越发难以捉摸。

那次她在 B 城攒局，特意邀请郁承前去。并不是单独约会，而且邀约的几位也都是有头有脸的人物，他应当没有拒绝的道理，但是最后仍是没有来。

高静瓷不明白，一个商人，有利无害的事情为何不做，哪怕是露水情缘，况且像他们这样的人，不是一向都如此？四处寻欢，逢场作戏，不论真情，也无所顾忌。

郁承想要的到底是什么，她揣摩不出。

不过女人的第六感，她自是清楚，自第一顿晚餐之后，郁承并未对她兴起什么特别的感觉，更别提有什么后续之缘。

再加上他离开了原来的投行，在工作上也和她再无关联。

她向来无往不胜，但他让高静瓷不可避免地产生挫败感，却也因此执念更深。

此刻郁承直视她的眼睛，悠然道："是啊，我来看个展会。"

"那晚上会忙吗？"高静瓷指尖绕了绕发尾，挑着唇角问，"一会儿有朋友在游轮上开派对，不知承总有没有空过来赏个脸呢？"

郁承勾了下唇，不紧不慢地笑了。

他就是这种人。无论拒绝还是接受，进退之间的姿态都很好看。高静瓷的心微微吊起，正有些紧张地等待他的回答，忽闻旁边插进一道清脆软糯的声音。

"承哥，我买好单啦！"

高静瓷眼眸略微眯起，扫向挨在郁承椅子旁边的小姑娘。

一张十足清纯漂亮的脸，只是不知为何莫名有些眼熟。

她刚刚远远看过来的时候，似乎是看到这个女孩和郁承一道，两人吃饭时交流也没有太过频繁亲密。既然是在出差，应当就是助理一类的角色才对。

高静瓷心里微微松了一口气，但仍没有彻底放松下来。倒是怀歆看了她一眼，又转向郁承，嘬了嘬嘴开口问："承哥，这是谁呀？"

小姑娘语气娇软，却隐隐有些不愉，小情绪拿捏得刚刚好。

郁承似笑非笑的眸光扫过去，未启唇，又听她小声抱怨道："咱们赶紧走吧。不是说好陪我看电影的嘛，快要来不及了啦。"

怀歆的声音把握得恰到好处。

不大不小，刚好让在座两人都能听到。

高静瓷挽头发的手放下又举起，局促只在一瞬之间，很快消弭，须臾后又端着笑问郁承："这位是？"

"一个朋友。"

郁承温和地扬唇，并未做过多解释。怀歆垂下眸，得意之色一闪即逝，消弭在眼底。

她要了小聪明，让高静瓷以为他们有私人关系，郁承若要给她面子，便不能说明他们"只是同事"。

"Joanne，今天见到你很高兴，只是实在不巧，我们确实有别的安排了。"一旁，郁承起身拿起随行东西，朝高静瓷略一颔首。

"希望你在派对上玩得尽兴，方便的时候回 B 城我请你吃饭。"

怀歆刚刚才出过狠招，这回只字未言，没看高静瓷的表情，只是十分乖巧安静地跟在郁承后面，随他出了餐厅。

沿江的空气有些湿冷，两人沿着江畔的木栈道缓步向前，一时之间谁也没有说话。

怀歆亦步亦趋地，慢了郁承半步。她盯着他的黑色鞋后跟，上方露出一截冷白紧实的脚踝，心绪剥丝抽茧般放空。

啪嗒。

郁承蓦地停了下来。

转过头来，他低敛着眼看着她："怎么不说话？"

怀歆也跟着顿住脚步，轻咬了咬唇。刚才在饭桌上捍卫一切的气势消失得无影无踪，这会儿垂着个脑袋，有些嗫嚅地出声："你不也没说话嘛……"

她没看他，也不知道他当下的表情，只是听到一声轻缓的吐息，像轻笑，又似微哂。

脚步声缓慢，但是在靠近，怀歆的指尖蜷起一点，知道他要开始算账了。

"刚才在餐厅里，说了什么？"

男人嗓音温沉，似隐隐含着笑，却又不轻不重敲在她心间，让人不自觉屏息。

怀歆睫毛扑闪了下，仰起头，不躲不避地看向他。

她舔了下唇，软声说："我就是结账回来，不小心听到你和那个 Joanne 姐说话……"

怀歆稍顿一瞬，倒还有些理直气壮似的："但我想承哥你可能不一定会想去，所以才想出看电影的说法的。"

她说罢抿着嘴角一笑："我是不是很聪明？"

"……"

郁承垂下眸，密长睫毛覆下淡薄阴影，略有些意味不明。片刻，他微俯低身，更为细致地凝视她。

姑娘弯着眼，眼眸被路灯染得亮晶晶的。他以前没发现，她笑时唇畔旁还有个若隐若现的小梨窝，蓄着浅浅的光，狡黠又灵动。

"确实聪明。"

郁承咬字格外低缓，温热的气息掠过她侧脸，若有似无的，微痒。

怀歆对上他的眼睛，那双英俊的、深邃的桃花眼，心跳声倏忽怦然而起，无处安放的悸动。

——再看多少遍也还是会动心。

有时人与人之间的缘分就是这么奇妙。

她檀口轻启，想说些漂亮话插科打诨，却见他抬了手，修长分明的手指触过来，袭近她鬓边。

晚风幽静，江畔星火点点，一幅人间画卷。

岸边有情郎弹唱，柔和的吉他声和着低浑的嗓音，音调悠长，充斥着细腻的故事感。

怀歆微瞪圆眼，任他气息靠近，一时之间竟不知该如何反应。

胸口跃动越发急促，她四肢僵劲无法动弹，却听他低低一笑，替她将耳边的碎发挽到后面去，而后蓦地站直身体。

"发什么呆呢？"郁承慢条斯理地轻哂，"风有些大，头发都吹乱了。"

"……"

靠！

又被要了！

怀歆被撩得半死，心里又受用又憋屈，但偏偏面上又不能表现出半分。她闭了闭眼，甜甜地弯起嘴角："那谢谢承哥了。"

郁承的语气慢悠悠的："不客气。"

"那……"她对上他眼睛，抬着下颌，颇为不卑不亢道，"既然饭也吃完了，承哥如果晚上没有什么其他工作的话，我就先回酒店了。"

"谁说没有工作？"

"啊？"

怀欣顿住脚步，嘴角扯了下，结巴道："还、还有别的事情吗？"

她还以为晚上能好好休息了，啊啊啊！看了一天展会累死了！！！

啊啊啊！这个人怎么能这样！体恤关爱漂亮女下属懂不懂！！！

一长串腹诽还没道出，便又听他道："再想想。"

怀欣眨了眨眼："什么？"

郁承低敛下眼看她，冷感镜片后的眸子漫不经心地浮着兴味，片晌后才嗓音低醇地开口。

"刚才在餐厅，不是你替我安排了工作吗？"

"……"

看、电、影。

脑海中烟花"啪嗒"一声炸开，和外滩江畔倒影的瑰丽色彩相得益彰，怀欣抿着唇，拼命用劲才止住嘴角上扬的趋势。

这个坏男人！

为什么每个点都那么深得她心！

怀欣眸光一转，见郁承仍含着淡淡的笑意望着自己。

"哦。"她慢吞吞地问，"那领导想看什么电影呀？"

"都可以。"他面色不变，语调也平缓。

"这样啊。"

怀欣"嗯"了一声，忽然踮起脚尖朝他靠近。

郁承敛了下眸，瞳色略深，没有动。她却带着盈盈微波抚上他的衣领，简单整理一番，又在微醺的晚风里扬起眼，朝他展开明媚笑意。

"风有些大。"她声线温软，尾音略微上勾，"领导，你衣服乱了。"

高端商贸里就有电影院。

本来是想随便看一部爆米花商业片打发时间，却发现很巧，一部1998年的老片重新献礼，赫赫有名的《海上钢琴师》。

怀欣曾经在西方音乐史这门课上看过这部片子的经典片段——两位钢琴大拿斗琴，一位是男主角，巨轮上长大的1900，一位是陆地上来的爵士大师。

当时1900弹的那首 The Crave（《渴望》）彻底撼动了她的神经，非常深入灵魂的乐曲弹奏，怀欣一直想要寻找合适的机会观看整个影片，但是迟迟没有践行。

如今倒是个好机会。

这部老片已经在国外上映多年，国内各大视频网站也都能观看，又恰逢工作日，影院中人数稀少，只有后排稀稀落落的几个人。

怀歆跟在郁承身后入座，他们的位子在中间偏后，前面几乎全是空位，恰有种午夜电影包场的安静感觉。

男主于1900年出生，被亲生父母遗弃在一艘名为"弗吉尼亚号"的豪华游轮上。随着逐渐长大，他展现出惊人的音乐天赋，成为船上赫赫有名的钢琴家。

整部电影底色恬静美好，大海一样的蔚蓝，伴随着舒缓的音乐，让人感觉身心沉淀、徜徉，灵魂也被彻底涤荡。

1900生于这艘游轮，一生未踏足过陆地。对于这片未知之地，他抱有一种陌生的恐惧。

有人重金聘请他下船开办演奏会，也有让他心动的女人在某个靠岸处离开。但是1900始终在船舱中注视着他们的背影，眼神沉静而坚定。

"陆地对于我来说是一个太大的船，一个太漂亮的女人，一段太长的旅行，一瓶太刺激的香水，一种我不会创作的音乐。"他说。

耳边是郁承沉缓的呼吸声，银幕上是暴风雨的夜晚，1900解开三角钢琴固定在甲板上的锁扣，整个人随着钢琴来回纵横滑翔，奏出无比美妙自如的爵士乐。

游轮外惊涛拍岸，室内热烈的灵魂在高歌，一个纯粹而理想丰满的精神世界已然构建。那一刻怀歆被他平静沉醉的演奏深深击中，仿佛看见他心中充盈而坚守的方寸之地。

全片平静地叙述，没有什么跌宕起伏，以至于最后当炸弹摧毁弗吉尼亚号时，人们也只来得及留下短短一声叹息。[1]

人生于世，所贪所求，不过自由。

但是会经历踟蹰、挣扎、彷徨、迷惘，这个过程注定孤独而寂寥。身边的人来去汹涌，如同游轮上潮水般的乘客，没有谁会为谁真正停留。

也没有谁能真正陪伴谁走过这漫长的一辈子。

都会失散，都会离开。

小时候母亲对她很是严厉，若是犯了错的话总是少不了一顿责骂。怀歆那时年纪尚轻，跌倒在地上只会哇哇大哭，而母亲却只冷眼站在一旁，呵斥着让她学会自己站起来。

家里电视机柜上放着一柄钢尺，她不会忘记打在身上有多痛。学习钢琴的

---

[1] 所涉及情节和台词源自电影《海上钢琴师》。

时候弹错一段旋律，掌心就会泛起红印。

对于怀歆来说，童年是一杯微苦的淡茶，总是笼罩着浅薄的阴影。

可她也曾拥有过一段舒心的时光，那就是和外婆待在一起的日子。

暑假时怀歆曾到乡郊和老人家住过一段时间。她像个野孩子似的，在草地里打滚，无拘无束，因为贪玩想摘树上的苹果，结果从枝丫上翻了下来。

她压坏了树枝，还碾倒了一片外婆精心种植的栀子花。

怀歆痛得要死，小脸灰扑扑，抱住流血的膝盖哭得眼泪汪汪。

一片蒙眬中外婆朝她走过来，她条件反射地缩起身子，钢尺落在身上的声音又隆隆作响。

——而老人只是把她抱进怀里，宽厚而带有皱纹的手掌抹干了她的泪，柔声问囡囡摔疼了没有。

她的神情是那么宽和，怀歆愣怔地注视着她，心里有朵小芽冒出来，小心翼翼地绽开。

在父母身边，怀歆每时每刻都会绷紧神经，不敢行差踏错。

可只有外婆毫无保留地待她好，当她是个孩子。

外婆教她认清各种品种的花，给她织各式各样的小帽子，还给她烤香喷喷的绿豆饼吃。

外婆不会因为怀歆犯了错就责罚她，反而会耐心温柔地同她讲道理。

"囡囡为什么要这么做呢？"

等怀歆抽抽搭搭说完，外婆就笑呵呵"哦"一声："原来是这样啊。

"其实囡囡的出发点是好的，但是这样的方式不可取哦。我们拉钩钩，下次不要再这么做了好不好？"

小团子伸出白嫩的小手，与外婆起褶的大掌钩住，糯声说："拉钩上吊一百年不许变！"

……

她年纪尚轻，殊不知拉钩上吊一百年不许变也是一句誓言。

而今外婆却不在了。

怀歆咬着唇，努力让自己不要哽咽出声。

视线渐渐模糊，看到大海的尽头，弗吉尼亚号越发渺小。无声的毁灭，时间幻化成一串没有意义的符号。人生不过一场渐行渐远的旅途。

在这样幽暗又隐秘的角落，怀歆摊开自己的伤疤，想触碰又不敢，思绪混沌，像是一刻不停地往下坠。

就在她觉得既黑又冷的时候，旁边倏忽传来一丝细微的响动。

下一秒，有温热指腹触上她湿润的眼尾，替她擦拭泪水。很温柔的动作。

"别哭。"有人对她说。

怀歆恍恍惚惚地抬眸。

昏昧的光线荧荧照见那人隐没于暗处的半边脸庞。他的眼眸深而沉，蕴含着她看不懂的情绪。

怀歆睁大眸子，泪水仍打着转，看他缓缓朝自己靠近，垂下眉眼，抬起手轻捧住她的侧脸。

"不要哭。"

他嗓音落在耳畔，连同呼吸、温度，以及所有可以感观的触觉化成这个人极致的具象，如同温暖的风将人层层环绕。

怀歆蓦然仿佛回到外婆家那条永远走不到尽头的乡间小道。

生机勃勃的草坪，冠幅广展的大树，明黄色亮丽的秋千，还有一大片漂亮的栀子花，夏天的色彩生动而鲜活。

如果外婆不曾有过病痛，那么这样的情景便可以永远地停驻在漫长的光阴里吧。

那天的雨下得好大，院里的栀子花都枯败萎蔫，怀歆蹲在灵堂前，号啕大哭。

老人家躺在一方小小的灵柩中，孤零零的一人，生不带来死不带走，只剩下满地凉透了的白色栀子花瓣。

她痛彻心扉——因为她知道，从此世上又少了一个那么爱她的人。

孤独的时候会感觉到冷，所以格外渴望被人拥抱。怀歆红着眼看着身旁的人，眼泪流得越发凶了。

她总是这样，无论是哭泣也好，难过也罢，总是无声而静默的。睫毛湿漉，鼻尖通红，可怜得让人心疼。

两人呼吸几近交叠，似有一声喟叹，男人倾过身子，离她更近。

肩头被握住，怀歆已经判断不清是出于自己的意愿还是他的，脸颊向前贴过去，触及一片温软的毛呢布料。

周遭是浪潮的拍打声，蔚蓝的大海中，船沉了下去。

她埋在他的胸口，发着抖，隐忍地落泪。

郁承轻拍了拍她的背，诱哄的姿态。怀歆感受他修长的指尖穿过她的发，压上去，倏忽将她向怀里按得更深更紧。

她恍惚间听见他一停一顿的，沉沉的心跳声。似有千言万语，却藏身于暗潮汹涌的海域。

那一刻怀歆有些愣怔，没来得及去仔细分辨那到底是何意味。

只觉她抱他如同浮木，而他抱她却好似沉舸。

迎着晚风从商贸里出来，怀歆逐渐收拾好自己。过了这么久，她已然看不出哭相，只不过鼻尖有点红，睫毛也湿漉漉的。

他们又回到江畔，这回郁承跟在她身后，气氛极静，谁也没有说话。

某种沉着的气氛胶着在他们之间，维持着一种小心的稳态。

外滩的夜景极尽浮华，漂亮得不似人间，怀歆听到身后的脚步声沉稳有力，让人安心。

"承哥。"

"嗯？"

"我们在江边走走吧。"风迷乱她的眼，连同胸腔内清晰可闻的心。

"好。"

长时间的相处让两人培养出心有灵犀的默契，无人提起先前在电影院内发生的一切，如同空中鸟迹，白岸浮沙，不留一丝痕印。

怀歆踩着木质栈道，就像在稻城风雪天中一样，一步一顿地向前走去。

她和他之间不明不白留了一段距离，可路灯照射下来，依旧错位缱绻出两道相依的人影。

怀歆望向那处，愣怔一瞬，忽而心头微亮。

"承哥……"

姑娘顿住脚步，转过身来。

围巾裹住她的半张小脸，只露出一双乌黑的眸。像是有些不好意思似的，她眼神乱晃，小小声道："那个，我……我平常不是这么爱哭的，只、只是情绪到了，就……"

郁承垂眸凝视她片晌，缓缓勾唇："嗯，我知道。"

男人眼底沉静，眸光却是温和含笑的，蕴着几分宽慰。

怀歆埋下头，又抬起。她的眼眸被路灯照得亮亮的，从围巾里露出的耳尖微红，多解释一句："是真的，你也知道的嘛，作家需要比较强大的共情能力……"

郁承敛着眼，语气徐徐低缓："嗯，有幸见识到了，很厉害。"

"……"

他说最后两字的时候，眼尾挑起淡淡缱绻。与此同时，神情也自然带出一丝揶揄的兴味。

很淡，却并不让人难堪，反而觉得很熨帖。

怀歆蹭了下自己的脚尖，一颗心踏实落回湖底，肆无忌惮地仰头看他。

深邃的眉眼，高挺的鼻梁，淡薄的唇，棱角分明的下颌。这样一个人啊。

心里的小芽寸劲地生长，探头探脑地冒出来。

她想对他说些什么，却听手机铃声响起。郁承稍顿一瞬，接了工作电话。

他嗓音是一贯的温和，落在耳畔也沉缓动听，怀歆思绪被打断，低敛着眸，视线追寻着他大衣随风翻飞的一角。

夜里天寒，郁承间或应声几句，偶然间侧眸睨向她，招手示意她跟上自己。

回酒店。

两人一道乘电梯上楼，郁承把她送到房门口，彼时手机那头还在滔滔不绝。

敞亮明净的酒店走廊上，缀着深红色繁复花纹的地毯质感绝佳，高大挺拔的男人站立在她面前，捂着听筒，浅笑着对她道出几句唇语。

怀歆以为他在说些晚安好梦之类的话，抬起眼睑分辨——

他是一条温柔流淌的河，沉厚宽阔，岸边点点星光。

"如果还是想哭，可以给我打电话。"

怀歆躺在床上，想不通自己究竟是种什么心情。

觉得胸口某处柔软酸胀，好像被人很小心很熨帖地触碰了。想哭又想笑，最后只能侧着身在被子里把自己蜷成一团，好像这样的姿势就可以把那难得停驻的温暖留在自己怀里似的。

怀歆的侧脸贴在同样柔软的枕头上，将方才心间的那一丝情绪反复地咀嚼品味，半晌露出一抹有点受用的笑意。

怎么办？

他太温柔了。

让人不由自主就跟着陷入，没有探寻真心的多余气力。

其实她真的不是一个很爱在别人面前哭的人，但是自从认识他以后，次数就越来越多了，就好像一个蛮不讲理的小孩，确信自己会被无条件地宽待。

真奇怪，她这样肆无忌惮，好像就笃定了他会纵容似的。

怀歆这样想着，将被子拉高了一些，把自己埋得更深。

一夜好眠。

Chapter *4*

他是极具耐心的猎人 ✦

翌日一早，怀歆关了闹钟起床，迅速化好妆收拾自己。今天便要离开了，她利索地整理好自己的行李，在房间里检查一圈，没有遗漏的物品，便拎着拉杆箱出门。

她刚转身就看到了郁承。

一身轻便休闲装的男人悠然靠近，眉眼俊逸英挺，浅笑着开口："早。"

"早啊，承哥。"

距离在稻城时已经有一段时间了，早上起来能立刻见到他的这种惊喜感又变得新鲜起来。

他也带着行李，但不过随意瞥一眼，就把她手上的箱子接了过来："走，下楼吃早饭。"

昨天的 IP 展会已经看了大部分，留给今天的内容比较轻松。两人照例是和品牌商聊天，怀歆一边拍照一边记录有效信息，时不时和郁承讨论自己的观点。

下午两三点就把整个会场逛完了，怀歆问："承哥，一会儿我们要做什么呀？"

秘书还没订机票，也不知道是不是今天回去。

郁承瞥她一眼，勾起唇笑道："有特殊安排。"

怀歆看出几分高深莫测，好奇："哎？"

他没有多说，微信转发给她一份 BP（商业计划书）。

怀歆打开，简单浏览——瑞势生物，一家医疗消费企业，由清华、哈佛双博士邵中山创立。主要做以聚乳酸为主材料的可降解骨板、骨钉，还有一些其他的可注射进人体的医疗材料，掌握了几十项专利技术，市场上仅此一家，产品销往世界各地，因此壁垒和优势都非常显著。

"这个项目很好，市场上都很关注。宏达和方毅投资最近一直在约邵总的时间，但是进展不是很顺利。"

好项目就是这样，一票难求，反而是投资人去求企业。有些企业的创始人融资意愿没有那么强烈，就会特别难约，更有甚者，根本不见投资人。

"邵总今晚应该会来上海，下午五点抵达。"郁承顿一下，耐心同怀歆解释，"我与邵总原先认识，见过几次，但也谈不上多熟。到时候我们去机场，看看能不能碰碰运气。"

怀歆眨了眨眼。

——是要截和吗？听上去有点刺激欸。

她点点头："好，我会把 BP 的内容熟记下来的。另外再通过公开渠道查点邵总资料总结一下。"

郁承侧眸，朝她微微一笑。怀歆从他的眼神中读出赞许，唇边也抿出一道弧线。

博源资本在上海有分部，郁承临时调了两个人和他们一起，提前在几个不同的到达出口等待。

怀歆提前搜过邵总本人的照片，因此他一出来，她就眼尖地发现了，悄悄对郁承耳语："在那边。"

郁承："嗯。"

邵中山身后还跟着助理，两人朝他们这边走来，怀歆问："我们要过去吗？"

郁承垂敛下眼，唇角似勾非勾："再等等。"

他气息浅浅拂过她脸颊边，有点痒。怀歆睫毛动了动："……哦。"

她话音刚落，就见人群中冲出两三个人，上去把邵中山和助理团团围住，她瞪大眼："承哥，这是？"

"正兴资本的人。"郁承淡淡道。

一家二流基金公司，抢项目无所不用其极，经常喜欢到各种地方去堵创始人。几人在原地交涉，邵中山面色有些不愉，试图拨开对方往外走。而正兴穷追不舍，一伙人共同下了扶梯。

郁承道："跟上去。"

博源的另外两个分析师已经接到消息尾随过去了，并且同郁承连线汇报情况。邵中山和助理走得飞快，正兴的人则跟在旁边见缝插针地说话。

"Alvin 总，好像宏达的人也来了。"分析师道，"来了不少，他们拖住了正兴，正同邵总谈呢。"

郁承带着怀歆跟在那些人之后不远不近的地方。怀歆抬眸悄悄看他，男人从容不迫，神情并未见急色："好，我知道了。"

前方那伙人拐了个弯，失去踪迹，郁承却挑了另外一条路，直接去地库，怀歆虽然疑惑，但也知道他做事有自己的理由，没有在这种时候问出口。

博源的商务车停在他们出来的那个站口，两人上了车，郁承让司机去另外一个出口。

刚到那边没多久，就看见邵中山和宏达的人一前一后出来。

怀歆眨了眨眼，听邵中山的助理婉拒对方："抱歉，关总，我们真的是有别的安排，融资的事情之后有时间再约您详谈。"

邵中山则颦眉看着手机，过了会儿又左顾右盼，似乎在寻找什么。

这时郁承将窗降下，朗声道："师兄。"

一干人等将目光投来，邵中山上前两步，明显认出了他。

郁承微微一笑，道："晚饭那家酒楼我让人订好了，这个点堵车，咱们可得快点。"

"郁总。"宏达关总面色微变，又看向邵中山，可还没说话，后者便干咳一声，礼貌颔首道："关总，您看我今晚确实和师弟有约了，改天咱们再谈吧。"

车门打开，邵中山和助理就这么上来了。怀歆在前排副驾驶座上看着，简直目瞪口呆。

不消片刻她就想通其中关节。

——原来郁承不是要去堵人，而是去替人解围。

螳螂捕蝉，黄雀在后，这一步棋下得着实是妙。

邵中山与他虽不算相熟，但毕竟认识，又有同窗之谊，肯定会更为亲近。眼下这样的局面，郁承算准了他会配合自己，以此来脱身。

司机启动商务车往地库外开，车厢里较为安静，郁承先开口，浅笑："没想到会在上海遇见邵总，挺巧的。"

"是挺巧的，也好久没见了。"邵中山也笑，意有所指地说，"刚才谢谢郁总了。"

他顿了下："我们的车没停在刚才的站口，只能先麻烦您把我们捎到外面某个地方放下了。"

"邵总客气了。"郁承道，"刚才那是宏达的人？"

"嗯，想投资咱们瑞势。"邵中山顿了下，问，"郁总怎么看？"

"瑞势研发创新势头迅猛，上一轮融资已经过去一年，投资人找上门来也很正常。"郁承淡笑，"不过光靠瑞势手上的专利也足够支撑业绩，现金流同样稳健，不一定要靠研发新品才能驱动增长，关键还是看邵总自己的选择。"

"哦？"邵中山语气兴味，"我以为博源也有兴趣呢。"

他意味深长，言外之意其实颇为直白。面对这一语道破，郁承却不急不缓，慢条斯理地说："瑞势是好公司，我们当然会想要投资。但在此之前，创始人的意愿才是最重要的。"

他稍顿一瞬，说："因为您最清楚公司发展阶段和情况，所以需不需要资金，都是您说了算。博源是肯定不会强迫的。"

邵中山挑了下眉，笑："郁总倒是令我意外。"

"本应如此。商场讲究以诚服人，以礼相待。尊重别人，才能得到别人的尊重。"郁承嗓音徐徐，"今天我是偶然路过，也没想到能和邵总谈这些。不过如果邵总日后改变主意，还是欢迎您来找我。"

邵中山颔首，笑回："好。"

邵中山原本是想让司机下了高架之后随便在某个路口停下，等自己的车来接，郁承却道："邵总想去哪里？我们直接把您送过去就行。"

邵中山和助理对视一眼，道："我们是要回酒店的，不过也到饭点了，会耽误您吃晚饭吧？"

"不碍事。"郁承道，"我和同事也打算回酒店，如果离得近，还能顺路呢。您住哪里？"

邵中山斟酌片刻，报出一个五星级酒店的名字，郁承笑："巧了，我们住在隔壁。"

确实挺巧的，这说到底也不算什么太大的人情，邵中山也就没有再推拒，颔首："麻烦您了。"

"客气。"

正好赶上晚高峰的开头，也就趁这个机会，两人多聊了一会儿。

邵中山提到瑞势近日来在加强财务管理，前任 CFO 离职，正在寻求新的人选。

郁承沉吟道："我倒是能为邵总推荐两个人，您可以见了之后再决定是否合适。"

邵中山看上去似乎挺感兴趣："好啊，那就谢谢郁总了。"

一路上怀歆一直在前排默默地听墙脚，心里不得不感叹这男人真的太懂门道了。他和正兴、宏达那种"强取豪夺"完全不一样，走的是怀柔路线。

尊重创业者，切实为他们解决困难。听上去好像冠冕堂皇，没什么稀奇的，但精准切中对方的需求，实则并非那么容易的一件事。

这也就是邵中山看穿郁承的意图，但依然受用的缘故。

他们花了将近两个小时的时间才到了酒店，基本上大大小小的话题都被郁承历数一通。车子停在大堂门口，邵中山忽然问："郁总晚饭有安排吗？"

"本来计划吃点便餐。"郁承问，"邵总怎么打算？"

"我也是一样。"邵中山看着他，提议，"不如今晚一起吃一顿？"

"好。"郁承笑，"之后还能多聊一会儿。"

怀歆从头到尾旁观，几乎都想大声鼓掌。

她的领导真的太厉害了，别的基金公司怎么留人都留不住，他直接弄来了一顿饭。

晚饭是在酒店二楼的餐厅包房吃的。邵中山带着助理，郁承简单向两人介绍怀歆，说是博源的分析师，都是同事。

邵中山是东北人，开了瓶白酒，郁承便陪他。

助理一看就是熟悉自家老板的，麻溜地给两人还有自己满上了。要给怀歆也倒一杯的时候，郁承及时出声："她不太能喝。"

他嗓音轻缓，玩笑道："我代劳就好了。"

怀歆抿唇，心慢慢地跳起来。片晌，她又转头悄悄觑他。

男人眸光沉静，没有看她，侧颜轮廓分明，唇边笑意温和，在头顶疏落的光影之下，好看得不得了。

邵中山是性情中人，自然不会为难一个女下属，爽快道："行啊，大家都量力而行。"

瑞势的主营业务是生产医用级别高纯聚乳酸，注射到人体中的材料获准国家三类医疗器械证，公司证件齐全，是最大的核心竞争力。

这种聚乳酸材料也是国内医美注射填充剂的一大主要材料，在市场上流行的所谓"童颜针"就是由它和一些润滑剂、分散剂构成的，可以注射到脸部，刺激生成胶原蛋白，让肌肤看上去更加年轻饱满。

瑞势已经开始涉足医美领域，但是他们生产的是医用级聚乳酸，而国内医美领域的竞争对手都使用的是低纯度聚乳酸，所以在成本端有较大劣势。同时，医美行业乱象集聚，他们拼不过那些肆意降价的水货。

邵中山认真请教郁承的建议，推杯换盏间，两人一来一回探讨了许多。

怀歆在旁边安静地听着，不一会儿视线又转到了郁承身上。

——这好像，还是她第一次在商务场合见他喝酒。

也不知这男人的酒量到底有多好，反正已经两小壶了，他面色还未变，眼神清明，说话仍颇具条理。

一顿饭吃了整整三个小时，可谓信息量十足。

邵中山喝得很尽兴，临走时已经有些飘飘然了，揽着郁承的肩说下次再约。两人在电梯口分别，助理搀扶着邵中山跟跄离开，怀歆走到郁承身边，仔细观察他的神情。

和之前没什么变化，只是耳郭稍有些红意。

也难怪，对方两个人，他才一个人，难免会多承担些。

他们的酒店就在旁边，大概要走一条街的距离。郁承转身出了大堂，步伐较为缓慢，而后在门口停了下来。

午夜的晚风微凉，怀歆追上他。他脸色不是很好，她抿住唇角，片晌主动挽住他的手臂："承哥，你是不是不舒服……"

郁承侧眸瞥了她一眼，眼神幽微："嗯。"

"你哪里不舒服？"她靠近他，附在他耳边小声问。

"胃。"郁承喉结微动，没有任何动作，只是绷着咬肌，缓慢地呼吸着。纤长眼睫垂落，轻微地动了下。

他看上去好疼。

怀歆咬着唇，试探着伸手，按上他的腹部："是这里吗？"

入手是紧实坚硬的肌肉，轮廓分明，郁承半眯着眸眄过来，神情难辨。那双桃花眼格外的深，好像一汪看不到底的潭，里面藏着几分说不清道不明的危险。

而怀歆却一触即离，软声说："咱们赶紧回去吧。"

她说完又想了想，抬起他的手臂搭在自己的肩上："这样会不会好——"

郁承脚下忽然踉跄了一下，紧接着整个人都倾倒过来，压在怀歆身上，将她抱了个满怀。

怀歆猝不及防，手指蜷起，瞪大双眼。

他并没有完全借力，所以她能够凭着肩颈的力量支撑着男人高大的身躯。只是现下的姿势太亲密，怀歆四肢微僵，闻到他身上浓重的酒味。

男人的头靠在怀歆的颈侧，落下一片滚烫的气息，她要烧灼起来似的，禁不住一阵战栗，下意识后退，却被往回抱得更紧。

迎面而来强烈的荷尔蒙气息，怀歆的小心脏怦怦怦地跳，快要炸裂："承哥……"

"抱歉。"郁承嗓音低沉，带着些许哑意，含混道，"我有点喝醉了。"

空旷人少的大街上，郁承抱着怀歆，一动不动。

他的侧脸贴在她颈窝里，交颈相拥的姿势，温度滚烫。

幸得夜晚凉风吹拂，怀歆深吸一口气，用尽全身力气才逐渐控制住自己上头的心情。

心跳还是快得出奇，但是好歹能正常思考了。

刚才还好好的！这个坏男人，他到底是真醉还是演的？？？

不管怎么说，都有种被反将一军的感觉！

啊啊啊！！！

自己闯的祸还得自己来受着。怀歆红着脸，把郁承的手臂重新搭在自己的肩上，扶着他往他们的酒店走去。

男人也不像刚才那样了，收回些许压在她身上的力道，同时还颇为配合她的步伐。两人就这么互相搀扶着缓慢地走到了酒店大堂。

酒店前台对于喝醉酒回房间的男女已经见惯不怪，只是还有一同等电梯的客人暗暗投来打量的目光。

怀欷闭了闭眼，选择无视。

男人身高腿长，撑着他走路殊为不易，怀欷只能抱住他的腰，稍微再多个着力点。

只不过这样一来，又不可避免地摸到郁承腰间的肌肉。他常年健身，身材实在太好，怀欷一边羞耻，一边又心安理得地享受着这种不可言说的福利。

费了九牛二虎之力才到了他的房间门口，她小声说："承哥，房卡。"

"……在我裤子口袋里。"

过分磁性悦耳的声音从头顶传来，怀欷吞咽了一口口水，屏住呼吸，伸出手去摸他的口袋。

先看靠得近的这边——右边，什么也没有。

怀欷前倾一些，想再去看左边，男人却又朝她这边压了一些，将她桎梏在了房门前。

他还是不轻不重靠着她，微热的吐息含着潮气，洒在她的脖颈，就像是落下了一个湿润的吻。

怀欷倏忽僵住，也不管三七二十一了，伸出手就去掏他左边裤子口袋。

摸到一个薄薄的硬质卡片之后，她心里放松一口气——还好这人没骗她。

艰难地在他臂弯之间的狭小空间里转身开了房门，怀欷撑着他进了房间。拖着走了几步之后，又感觉他把重量都施加过来了。

怀欷不受控地腿软了一下，被郁承直接带着倒向床铺。

沉下去的心再度浮了起来，怦然乱跳。她推不开他，不过郁承并没有其他动作，只是保持着原来的姿势，安静地抱着她躺在床上。

"承哥……"怀欷被他半压着，仿佛感受到什么，头皮都快炸开了。

她弱弱地开口："那个，你能不能起来一下，我动不了了。"

郁承睁开了眼。

室内昏昧一片。他凝视着她，眼眸显得格外漆黑深邃。

距离这样近，呼吸缠绕，她能够看清他根根分明的睫毛。微微动一下，都像是在蓄意撩拨，让她心间一阵颤意。

怀欷被看得有些受不了，不用想也知道自己脸红了。她着实后悔自己刚才的举动，苦着一张小脸，语气不自觉地讨饶："承哥……"

黑暗中她看不清楚男人的眼神，但拉锯片晌，郁承还是撑着手臂慢慢从她身上起来，坐在床沿。修长双腿微微打开，黑色西裤绷出大腿漂亮紧实的肌理线条。

男人领口处有些松散，他随意扯了下领带，漫不经心地露出微微凸起的性感锁骨。

怀歆也轻喘着气从床上坐起来。

低醇的酒香悠悠缓缓地飘散过来，那种味道萦绕在怀歆鼻间，她觉得有些口干舌燥，情不自禁地舔了舔唇瓣。

郁承侧过眸，蓦地出声："怀歆。"

他收敛了方才那种侵略感，嗓音含着一丝微不可察的哑意，却温和而轻缓。

"嗯？"她下意识应道。

"今晚你也辛苦了。早点回去休息。"他淡淡道，"明天早上也可以多睡一会儿。"

怀歆抿了抿唇，到底还是记着他胃不舒服。

"那个，承哥，你要是还难受的话，我帮你跟前台要点胃药和醒酒汤，好不好？"

地面上有一个小灯，尚且看得清。怀歆起身，去取台面上的烧水壶，又道："我去给你倒点温水。"

郁承没有说话，像是在默许着她这么做。

怀歆也就定下心来，她将热水壶装满，等待水烧开。不一会儿，咕嘟咕嘟的声音从壶中冒出，越发清晰。沸腾的声音很响，逐渐驱散了室内那种隐秘而微妙的气氛。

怀歆将烧好的沸水和凉的矿泉水兑在一起，端着杯子递给郁承，软声说："先喝点水。"

郁承接过水杯的时候，不经意碰到她的手指，有些温暖，很柔软。这时又听到外面有人敲门，怀歆连忙抽身走过去。

是酒店的人送东西来了，效率还算快。

怀歆在旁边看着他吃了药，忽而倾过身去，摸了摸他的额头。

郁承抬眸，意味不明地看着她。

"有些烫。"她解释。

怀歆拿着一条用凉水浸过的湿毛巾，抬手，认认真真为他擦拭脸颊。

从他深邃的眉骨、高挺的鼻梁，再到薄而好看的嘴唇。她的动作轻柔而缓慢，一汪清泉般的眸子温软水润，神情看上去心无旁骛。

这样的情景和某个曾经的具象相互重叠，郁承闭上了眼，任由她摆弄自己。

他安静地呼吸着，直到小姑娘细软出声："好啦。"

郁承不动声色地睁开眼。

怀歆的眼睛弯弯的，笑起来贝齿洁白，眸子里像蕴着光。

很漂亮。

她究竟有没有意识到，在她面前的是一个比她大了将近十岁的男人？

郁承温柔地拍拍她的脑袋，说："快回去睡觉。"

"……哦。"怀歆低声应道，想了想还是多问一句，"还需要我……"

"不用了。"郁承打断她。

他大概是真的有点醉了，桃花眼带着些许散漫轻浮的意味，就这么抬着眼，似笑非笑地看着她。

黑暗中，怀歆听到他温和开口，好似又带着几分慵懒的调笑，悠悠然道："再不走的话，可就要留下来陪我了。"

第二天早上，怀歆睡到十点才起床。

她照例在家庭群里询问怀曜庆的身体状况，老头子在医院躺了几天，今天就要回家了。他告诉怀歆一切都好，不要担心。

怀歆退出聊天框查看别的微信，兴许是知道这几天她同郁承出差的缘故，其他老板并没有给她派活。

……而郁承的微信聊天框也没有任何动静。

她情不自禁地回忆昨晚的情景。手心抚上胸口处，沉默了一会儿，怀歆给他发信息：承哥，今天我们有什么安排吗？

郁承似乎是早就醒了，回得很快：没有。

他又道：不过这两天的看展需要写一个总结报告，不是特别急，周日前给我就好。辛苦你了。

秘书给怀歆订了下午的票回 B 城，这意思是说她可以趁现在的时间在酒店提前着手写报告。怀歆回复了一个"好"，开始整理 IP 展会各家企业的照片和信息，进行总结提炼。

中午十二点退房时，郁承让她下到酒店大堂。

博源的商务车已经等在门口。郁承看到怀歆，对她招了招手，笑："上车。"

怀歆拉长音调："哦——"

司机先送他们去飞机场附近吃中午饭。郁承在电脑上处理完几封邮件之后，提道："我晚上还有点事情，就不和你一起回了。"

他眸光温和："你自己路上注意安全。"

怀歆愣了下，下意识问道："你今天要留在上海吗？"

郁承注视她须臾，轻轻摇头："不是。"

他似乎想说什么，却终究没有做多余的解释，怀歆微微攥紧了衣角，而后抿着嘴颔首："好，没问题。"

两人都没再说话。郁承又开始回复信息，怀歆则转头去看窗外高楼大厦的城市风景——他们正从高架桥上下坡，因为这个时间段不是高峰期，所以较快的车速予人一点轻微失重的感觉，心似乎也跟着沉静了些许。

到飞机场的距离不算特别远，两人随便找了一家餐馆，是 B 城 fusion（融合）创意菜，还得过米其林一星。

郁承又接了一通电话，让怀歆先点菜。她了解他的口味，因而没有太纠结就点好了。

这家店看上去不错，摆盘也很有特色，怀歆一边刷手机打发时间一边等菜。

那头找郁承的人很快就挂了电话，男人举起茶杯轻啜一口，察觉到对面的小姑娘正抬眸看着他，眼睛亮亮的。他饶有兴味地抬了下眉，还没说什么，就听到怀歆的电话响了起来。

两人都不约而同扫过去一眼，怀歆手指顿住。

……王可翰？？？

有没有搞错，怎么又在她和郁承在一起的时候打过来了？

怀歆满脸黑线，下意识按灭了屏幕。

倒是郁承轻笑一声，悠悠问她："不接吗？"

"呃，那个……"怀歆含糊道，"这不是马上上菜了嘛。"

"这样。"

男人似笑非笑，也没说什么。怀歆闭了闭眼，略有些尴尬地将手机调成静音。

上次王可翰约她出去看电影她没同意，但是事后又让金菇凉给他拍了不少独家照片以示安抚。

说实话，她陪王可翰玩了这么久也有些不耐烦了，觉得是时候该停止了。怀歆盘算着等回去之后就找个机会给他下最后通牒。

也没等一会儿，他们点的菜就上来了，怀歆也很快忘记了刚才的小插曲。中途她去上了个厕所，回来发现王可翰竟然又给她打了两通来电。

怀歆偷觑郁承的脸色，没发现什么异常，想着他应当是没有看到。

饱餐一顿之后，司机将两人送往出发站口。

这个点有些堵车，怀歆正闲散地看着窗外风景，就又感觉好像有哪里不对。

低头一看屏幕。

晕！王可翰又来了……

怀歆掐断这个电话之后，震惊地发现他刚才给自己打了十五通来电。

她咽了口口水，深呼一口气，正准备赶紧给对方回个信息以喊停这种过分的骚扰时，旁边的男人合上电脑，双腿交叠，慢条斯理地出声："这是上次约你看电影的那个？"

"啊？"

怀歆张了张嘴，意外他还猜得挺准。她"呃"了声，尴尬承认："嗯，对。"

"接吧。"郁承侧眸看着她，几分意味不明地说，"我都有点看不下去了。"

怀歆干咳一声，几乎想找个地缝钻下去。

她耳尖微红，结结巴巴道："承哥，不是你想的那样……"

"我想哪样了？"

郁承好整以暇地靠在椅背上，直白看着她，桃花眼里勾出一丝笑意。

"反、反正就不是那样，我和他之间有点误会……"

怀歆百口莫辩，干脆不说话了。让她心中微松一口气的是，王可翰没有再打来电话，而是改用微信轰炸。

王可翰：杉杉，怎么不回话？

王可翰：你是遇到什么事情了吗？！

王可翰：可以回我一个电话吗？

又过了几分钟。

王可翰：你总是不接我电话，我都怀疑你是不是故意的了？！

王可翰：你是不是压根就不想理我？？

好家伙，这厮终于回过味来了。真聪明。

怀歆赶紧给他回过去一条信息。

Lisa：没有没有，我最近这个实习很忙，在外面出差呢，所以就没顾得上回消息，抱歉抱歉！

Lisa：我错了，呜呜呜……[大哭.jpg]

Lisa：回去请你吃饭看电影好不好？你想做什么都可以。

王可翰真的太好哄了，立马阴转多云转晴：真的吗！

王可翰：太好了！你终于愿意见我了！

成功安抚住这个狂躁的主，怀歆终于安下心来。

此时司机正好停在飞机场出发站口，她带着行李下车。

郁承放下手机，侧眸朝站在地面上的她看来。

他眸光沉静，低缓道："到家记得给我发个消息。有什么事情也可以随时联络我。"

随时。

他的用词总是能讨人欢心，怀歆浅浅勾起笑容，朝他挥手："那，承哥，我走啦。"

"嗯，去吧。"

怀歆想了想，又道："如果你有什么需要我的地方，也可以随时跟我说。"

郁承看着她，半晌轻轻颔首："嗯。"

她没有再说什么，转身径直汇入前方熙熙攘攘的人流中。身着淡紫色外套的背影逐渐变小，最后消失不见。

良久，郁承收回目光，淡淡对司机说道："麻烦掉头去火车站吧。"

"好的，郁总。"

还是这座时常阴雨绵绵的小城，郁承踏过那条长长的巷子，皮鞋踩在青石板砖上发出沉闷的响声。

十几二十年过去了，这里的一切早已物是人非，不复当年模样。

当初的田间小径已经修成了柏油马路，郁承还记得许琮当年乘车来接他的时候，车子停在逼仄的土路边上，格格不入。

郁承站在小河边，身后是侯素馨和郁卫东，身前是那辆看上去就价值不菲的豪华轿车，黑色的漆微泛着光，许琮摇下窗，朝他们看过来。她耳边坠着的钻石耳坠折射出晃动的光，极为刺眼。

不知为何，女人脸上明明挂着温和的笑意，郁承却觉得她的姿态极为高高在上。

这个毫不犹豫抛弃过他的生母，对着他施舍般地招手："小承，过来。"

郁承身上穿着最便宜的棉麻衣，脸上手上是刚才替郁卫东搬货落下的灰尘。他连直视许琮都做不到，只觉得心下分外茫然。

他对这个陌生的女人没有任何印象，只是前两日侯素馨欲言又止地告诉他——阿程，有件事妈妈想同你说，你要做好心理准备。

她看起来为难极了，郁承揣测那应当是什么很难启齿的话，也许是家里又缺钱了，或者，铺子经营出现困难，最极端的情况也不过是不让他再去上学了。

如果不能上学的话，他会很难过，但是他也明白爸爸妈妈已经尽力地为他着想了，他们把自己可以提供的最好的东西都给了他，所以他没有怨言，只有感激。

于是郁承握住侯素馨的手指，懂事地安慰她："没关系，妈妈，我会听您的话的。"

可是没想到他一说完，侯素馨就哭了。

她倾身抱过来，滚烫的眼泪落在他的手上，哽咽道："我的阿程啊……"

这个怀抱很紧很紧，郁承的脸颊埋在她柔软的肩颈，听到她痛哭出声："对不起，妈妈不能再继续陪着你了。"

郁承呆怔，一瞬间双眼发涩，胸口也咚咚咚地跳起来。

那一瞬间被亲人抛弃的绝望感再度席卷而来，强烈到要将他完全淹没。

什么意思？他听不懂。

耳边的字符已经连不成句，侯素馨断断续续地告诉他，他的亲生母亲找到了他们，要将他带走。

侯素馨有很多次都设想过这样的情景——也许有一天，会有陌生人找上门来，告诉她说这是自己的孩子。

所以她时常有种恐慌感，而且这种感觉随着郁承一天天长大更加明显，甚至有一次她做了类似的噩梦，直接在夜里惊醒，而后怎样都无法再次入睡。

这些年账面转盈，他们便收了隔壁的一块地，将居住的空间辟出一块。

郁卫东要拿这个做书房和麻将室，侯素馨不同意，她坚持要给郁承一间单独的卧室。

"男孩子长大了，需要有自己的空间，老和我们挤在一起像什么样子？"

做噩梦那天晚上，侯素馨翻来覆去，最后没忍住起身，蹑手蹑脚地走向郁承的卧室，倚在门边悄悄地看上他一眼。

月光下郁承安睡的侧颜是她最大的慰藉。

这是她的孩子，不是别人的。

嗯，不是别人的，是她自己辛辛苦苦养大的宝贝。

侯素馨想，如果有人要和她抢她的孩子，那大不了她就要赖，不要脸面了，说是自己生的，他们又能拿她怎么办！

她想了很多种方法，每一种都是怎样和那些假想敌对抗，捍卫她作为母亲的这个身份，把郁承留下来。

可侯素馨唯独没有算到一点。

那就是，郁承的原生家庭过于显赫，他们住的是 G 城的半山豪宅，他的父亲是 G 城鼎鼎有名的富商，与他们这小镇里简陋的一居三室天上地下。

接到许琮的电话，侯素馨的反应很激烈，想都没想就说不行，而女人却在电话那头平静地说："您不必回绝得这么快，再认真考虑一下，我们会给他最优渥的生活，让他接受最高等的教育，再也不必为吃饱穿暖所困扰……"

她顿了下，竟带了些笑意，问："试问这些您能够做到吗？"

满腔说辞堵在喉咙里说不出，侯素馨知道郁承跟着自己受苦了。

他本应该在漂亮的花园里玩耍，学习乐器、绘画、马术，会有温和耐心的私人教师每周登门为他授课，他会在父母的庇护下无忧无虑地长大，而不是困于这一方偏僻寥落的，抬头连蓝天都看不完的小巷。

她犹疑了，许琮便接着循循善诱："虽然我将小承接走，但是你们今后还是可以随时见他，你们于他有养育之恩，我和我先生其实是非常感激的。我们也知道你们现在的情况，愿意给予一笔资助金，而且，如果你们今后有任何困难，也都可以向我们开口。"

胸腔间什么情绪都没有了，只余心酸，侯素馨哽咽道："那你当年，又为什么要抛弃阿程？"

她只剩下这一点武器，就算是会戳人心窝也要问出口来。

却不料电话那头的女人也哽咽了，听上去语气极伤心："是我和他父亲当年得罪了人，被算计了，孩子一出生就被抱走……我找了他好多年，整个 G 城都翻遍了，哪、哪能想到对方会把他扔到内地来……"

阿程的档案信息不多，他是在孤儿院门口被人抛下的，已经过去太多年，侯素馨无法辨别真假，但作为一位母亲，许琮真情实感的哭诉刺破了她心上最后一层保护屏。

对方不是有意抛弃阿程的。

侯素馨心间苦涩——那她便再也没有拒绝的权利了。

她不能这样自私地把郁承留在身边，他们能给他的实在太少了。

侯素馨举着电话，正好看到茶几上一家三口的合家照，那是去年她和郁卫东结婚纪念日的时候拍的，郁承坐在中间，脸上挂着干净明朗的笑意。

侯素馨闭上眼，艰难道："你……再给我几天时间想想行不行？"

许琮说："好。"

许琮笃定侯素馨会答应下来。果然没两天，就收到了她的电话。

这个没什么文化的小城妇女连挟恩图报都不会，什么也不求，许琮说要给她一笔感谢费，侯素馨连问都不问，只是一再确认他们会同意自己和老伴再见郁承，许琮听了心里简直发笑。

"好。"她答应了对方这样简单的要求。

而此时此刻，她的儿子穿着那粗陋的衣裳，神情愣怔，灰头土脸的，许琮不着痕迹地皱了皱眉，下了车。

她提高了声音喊她给他起的名字，让他到自己身边来。

可清瘦的少年却仍一动不动地站在河边，喃喃低语："可是，我姓郁啊。"

她叫他潘承，可是他连潘承是谁都不知道。

郁承回头看了看爸爸，他和自己一样，也是浑身上下灰扑扑的，但是爸爸的神色更加狼狈一些。

他又去看妈妈，侯素馨猛地别过头去，不给他对视的机会。

郁承没有看到她眼中滑落的泪水。只是许琮等待了一会儿，朝他的方向走来。

"小承，"她在他面前站定，嘴角扬起无懈可击的笑意，"我是你的母亲。"

郁承瞳仁微凝，许琮看着他，忍住心里的不情愿，伸出手握住他脏兮兮的手指，温柔地说："跟妈妈回家去，好吗？"

空气安静了一会儿，可郁承只是低着头，沉默着不说话。

想必侯素馨已经将她的话尽数传达，这孩子不可能不知情，抗拒也在情理之中。

郁承垂落的眼睫轻微地颤动，许琼看在眼里。她扫了不远处的两人一眼，抿起唇，压低声音说："小承，妈妈找了你很久很久，你知不知道？"

"……"

"妈妈很想你，你不知道当得到你的消息时我有多开心。"

许琼顿了顿，语气失落下来："可是妈妈也知道，这么多年了，你同我，肯定也生疏了……"她勉强又笑起来，低声问，"可不可以再给妈妈一个机会，让妈妈好好补偿你？"

郁承的头埋得更低了，可还是不说话。

许琼深吸了一口气，更加靠近他："我知道你同养父母有感情……"

她话音未落，郁承蓦地抬眸，抿着唇直视她。

许琼看懂了他的意思。

"好，他们也是你的爸爸妈妈。"她顺着他，轻声叹道，"可……你也知道他们的情况，为了养你，他们承受太多重担了。"

本就不富裕，因为他的到来，他们的生活雪上加霜。郁承不是不知道。

那天的日光格外晒，落在侯素馨和郁卫东的身上，他回过头，几乎快要看不清了。

但是他们就站在那里，没有朝他走来。

郁承知道他们是怎么想的。

他想告诉爸爸妈妈，他根本就不在意自己能过上怎样的生活，只要能和他们在一起，他就是天底下最快乐的孩子。

但是他不能说。

他不能这么自私啊。

他们已经为他付出太多太多，他也已经拖累他们太久了。

郁承想和他们告别，但是没走两步，便看到侯素馨拉着郁卫东转身走了。他怔怔地立在原地，半晌，满腔涩然地跟着许琼向车子走去。

他的步伐拖得极慢，好像是依依不舍，又像是在尽自己微薄之力拖延时间。

"阿程！"

听到熟悉的呼唤，郁承脚步钉住，飞快地转身。

——他的笑脸都快扬起来了，却看见侯素馨满脸的泪水。她朝他飞奔而来，而后紧紧地抱住了他。

一枚小小的银质戒指被塞进他的手里，那圈硬边硌得他掌心发疼。

侯素馨泣不成声，一字一句地说："你要永远记得，妈妈爱你。"

郁承坐在病床旁边的椅子上，手心里不断摩挲着那枚银戒。

19910620。

那是侯素馨和郁卫东的婚戒，日期是他们的结婚纪念日，而对他来说同样有着重要意义。

这些年他一直将它带在身边。到美国的那段日子尤其是，他什么都没有了，只剩下这枚戒指做伴。

病床上的侯素馨闭着眼沉睡，她鬓边的头发比上次见时更多添了些许灰白，神态也苍老许多。

邱副院长先前说她认不出小刘了，后来过了一段时间有所好转，但是前几日又不记得了。即使已经用上一些抑制剂、拮抗剂等药物，病情仍持续反复，有加深恶化之势。

郁承将戒指戴在自己的尾指上，掌心轻轻覆住老人发皱起褶的手背。

视线从她的睡颜转向角落处的小茶几桌上，他的眸色黑漆漆的，暗沉如外面天光。

粉色，橘色，天蓝色，淡紫色……

——各色各样的围巾、手套和针织帽，这些柔软的织物，都是这几个月来侯素馨在床上养病时为他织的，快要在墙角堆出半座小山。

郁卫东坐在床的另外一边，低着头不说话。而郁承只是看着茶几那一处，安静得如同一座雕塑。

他一动不动地握着侯素馨的手，直到老人在床上悠悠醒来。

长时间卧床让侯素馨觉得口干舌燥，还有些微胸闷的症状，她怏怏地坐起来，下意识接过旁边递来的一杯温水。

视线上移，对上一张英挺俊朗的脸。

侯素馨一时失语。

郁承抬眸，在她眼中看见转瞬即逝的迷茫。

那一瞬间，他的心脏猛然下沉，全身如坠寒窖。

在他嘴唇翕动，勉力让自己挤出什么音节之前，侯素馨缓慢眨眨眼，不确定地唤："……阿程？"

"……"

下坠之势骤止。

郁承像一条沙岸上搁浅后重新被扔回海里的鱼，攥紧了手，低低地，急促地吐息着："……妈。"

一旁的郁卫东合了合眼睑，没有说话。而侯素馨朝郁承展颜，神情颇有些孩子气："你来看我了啊。"

"嗯，我来了。"郁承凝视着她，喉音微哑，"您感觉怎么样？"

"……挺、挺好的。"侯素馨察觉到自己语气里的心虚，干咳一声，"就是年纪大了，好像记忆力不太行了，做事有些力不从心……"

见郁承仍一言不发地望着自己，她紧张地强调："只是这样而已，没有别的了，你不要担心。"

郁承喉结滚动，半晌轻扯了下嘴角："嗯，我不担心，妈您好着呢。"

"就是。"侯素馨又开心起来，絮絮叨叨地问他，"阿程，这次能回来待多久？你传信告诉我说换新工作了，还适应吗？累不累？一切都还顺利吗？"

"请了假，可以待到明天。"他一一回答，"适应。不累。很顺利。"

"那就好，那就好……"她喃喃，又想起什么，抬头，"你已经在B城安顿下来了吧？"

郁承抿住唇："嗯。"

他斟酌片刻，低哑着嗓子开口："妈，跟我一起去B城，我找人照顾你，好不好？"

话音没落，旁边插进郁卫东沉下来的声音："她不会去的。"

郁承抬眸与他对视。

郁卫东平静地说："小承，你的好意我们心领了。但是我和你妈都是特别恋旧的人。我们在这里生活了几十年，没办法抛下一切离开。"

顿了下，他话锋一转："B城的医疗养护条件是要好上许多，但是你能保证这件事潘家不会插手吗？"

"……"

郁承搭在椅子扶手上的手臂微僵。

郁卫东的话明晃晃地提醒着他，当年都发生了什么。侯素馨的腿落下陈疾，就是因为忘恩负义的潘家。

所有的事情他都可以说是问心无愧，唯有这件事情是一直以来难以释怀的遗憾。

侯素馨打量郁承的脸色，禁不住皱了眉。她眄郁卫东一眼："阿程又不是故意的，你做什么老挂在嘴边？！"

郁卫东别开视线，不再吭声。

侯素馨连忙又转向郁承："阿程，其实……"

"妈，您跟我说实话。"郁承垂下眼睫，问，"您也想留在这里，对吗？"

侯素馨稍愣，少顷轻轻点了点头："嗯。"

她有些不好意思："妈妈太习惯这里的生活了。"

"好。"郁承颔首，温柔地同她说，"那就留在这里。没有关系的。"

他握住她的手心，说："我会定期回来，也会找 B 城最好的医生过来看诊，你和爸安心在这儿。"

他转而看向郁卫东，问："爸，这样可以吗？"

"……"

郁卫东睨着他，不声不响呼出一口气，接着蓦地站起身来，径直出去了。

房门合上，声音并不是很响。侯素馨叹口气，对郁承无奈道："老头子其实早就没在生气了，只是心里别扭着呢，阿程，你别放在心上。"

郁承的眸光一寸一寸从她的眼睛转向旁边五颜六色的围巾上，轻轻应了一声："嗯。"

房间里的空气宁静下来，窗外是恬静柔和的夜色。

不知过了多久，侯素馨道："阿程。"

"嗯？"

"有遇到喜欢的姑娘吗？"

"……"

侯素馨观他神情，语气低落下来："没有啊？"

"……"

她不死心地追问："那么多姑娘，就没有一个称心如意的？"

郁承垂敛下眸，眼睫覆下一层浅薄的阴影。侯素馨有些闷闷不乐，转头看向墙角的小茶几。

郁承察觉到她的动作，跟着抬头。在侯素馨再度开口之前，他说："有。"

"嗯？"侯素馨飞快看向他，眸光亮起来，"真的？"

"嗯。"

"是什么样的姑娘？快跟妈讲讲！"

郁承凝视落在窗台上的皎洁月光，摩挲了下小指戴的尾戒，淡笑道："就是个，还挺可爱的小姑娘。"

顿了下，他问："您想看照片吗？"

侯素馨一愣，惊喜点头："好啊好啊！"

郁承拿出手机，垂着眼点进云存储的照片合集。

每一趟旅行之后他都会把照片从单反 SD 卡里拷贝到电脑上，整理筛选分类。

他从上到下滑动，半晌，把手机屏幕转向侯素馨："这个是她。"

稻城一片白茫茫的风雪中，侯素馨的视线停驻。

小姑娘脸颊白皙，眼眸明亮，朝着镜头弯起嘴角笑，糯米一样甜。

冰天雪地，她的身后是澄蓝剔透的牛奶湖，黑色的柔软发尾随着风飘扬在半空之中，像是一幅极其漂亮的画。

怀歆是长得极好看的，讨长辈喜欢的那一种姑娘。侯素馨第一眼就觉得称意，反复端详许久，越看越高兴。

她想让郁承找个时间把人带回来看看，却又担心给他太大压力，最终什么也没有说。

郁承又陪她坐了一会儿，临走时替侯素馨压了压被褥，低声道："您好好休息。"

病房没有多余的床位，晚上郁承在附近的一个小宾馆住下。

房间尚且干净舒适，窗外台子上放着一盆绿植，平添了几分生机勃勃。

他洗完澡出来，拉上窗帘，靠在床头看电脑。处理完工作上的事情，时间也才不过九点多。郁承按了按有些隐隐作痛的太阳穴，深深地闭上了眼。

倏忽想到，这时候怀歆应该早就到家了才对。

郁承点开微信，除了上飞机的那一条，她并没有给自己发任何消息。

他颦了下眉，给她发了一条：回家了吗？

郁承等了半晌，聊天框仍旧没动静。他低敛着眼，思考着要不要给她打个电话。

手指刚落在那串号码上方，机身便振动起来，紧接着 QQ 弹出一个界面。

您的好友 Lisa 邀请您进行语音通话。

夜色缱绻。行李箱摊开放在一旁，还没收拾。

怀歆舒舒服服靠着自己房间里的小沙发，将纤细小腿交叠架在茶几上，等待那头接起她的语音通话。

她刻意在微信上留了个缺口，而郁承现在给她发消息，肯定是事情已经忙完了。

果然，没过一会儿，电话通了，传来男人低沉磁性的嗓音："喂？"

"喂，"怀歆翘起唇角，清脆出声，"请问是 Alvin 哥哥吗？"

那头轻笑一声，问："不然？"

"噢，"她慢吞吞地应道，"就是觉得，哥哥真的好长时间没联系我了，这不就确认一下。"

说到底距离酒吧那晚也就几天，他们彼此默契，谁也没提当时那段无疾而终的对话，轻描淡写地揭过。

郁承低声笑道："最近出差，刚歇下来，正想给妹妹打电话的。"

怀歆"哦"了声，一本正经地感叹："哥哥的工作真的很忙啊。"

"嗯，是有点。"

郁承挑了下眼尾，低缓道："如果能多听妹妹说几句，我会感觉好很多。"

怀歆调整双腿交叠的姿势，嗔道："哥哥又在哄我了。"

"没有。"他笑，"真心的。"

郁承语气温沉，话意半真半假，但好歹没有再像之前那样不给她留一丝罅隙，怀歆陷在柔软的绒被中，幽幽叹了口气："很累吗？"

那头稍顿一瞬，气息也沉下来，低"嗯"了一声。

"那……要不要陪我一起听歌？"

"……"

陪她。

她真的很明白怎么照顾别人的心情。

郁承弯了下唇："好。"

怀歆点开音乐软件里"一起听歌"的功能，选了几首添加到歌单里。

大多是比较平缓悠扬的歌曲，很舒心，怀歆偶尔跟着乐曲轻哼着旋律。

过了好一会儿，开始播放 Sam Smith 的 *One Day at a Time*。

磁性动听的男低音和着慵懒的吉他和弦轻浅地呢喃，窗外的夜色拂过枝头，两人安静地呼吸着，明明并没有共处，心却仿佛被什么紧紧相连。

I know you're feeling weighed down tonight
我知道今晚的你感觉无比失落
And you can't find the breaks
也无法寻得暂歇的借口
Every day is too long for you
每一天于你都漫长到没有尽头
You were sworn to your fate
被逼着对命运做出承诺
……
So let's sit by an English river
让我们坐在英格兰河的旁边
Till the water runs dry
直到河水干涸
……
We're neither saints or sinners
我们不是圣人也不是罪人
So leave your history behind
所以忘记你的过去

......

But I got everything I need baby

但亲爱的，我已得到了我所需要的一切

In the palms of your touch

当你的掌心触碰我时

In a world of dark distractions

在这个黑暗扰人的世界里

It can all get too much

它对我来说意义非凡

怀歆喜欢这样直击心灵的灵魂乐曲，就像是时光里缓缓流淌的一条河，深情又缱绻。

她好像真的和他一同坐在英格兰河边，静谧的夜晚微风吹拂，他们惬意地点着烟，火星在夜幕中忽明忽灭地亮着。

曲子步入尾声，余音袅袅，很长的一段时间，都没有人主动开口说话。

半晌，男人温缓的吐息声才响起。

"谢谢你陪我。"他轻声道。

怀歆胸腔中一片柔软。

她以前总是觉得自己靠他不够近，无论如何都没办法读懂他。但是现在她不这么想了，能在这样的夜晚让他觉出慰藉，本身就已经足够了。

"Lisa。"郁承在那头唤她的名字。

"嗯？"

"其实我们也许可以找个时间，一起到这样的地方去旅行。"他嗓音极低沉，"上回在稻城错过，我觉得挺遗憾的。"

怀歆愣了一下，轻轻笑起来："好啊。"

旅行的话朝夕相伴，她化再浓的妆肯定也会露馅。但是这并不妨碍怀歆抛下现实因素跟着一同畅想。

"下次我们去欧洲，我想去坐热气球。"

"好。"郁承在那边笑，"作家小姐可以当我的模特，我给你摄影。"

怀歆也抿着唇，弧度微扬——之前玩小游戏的时候她透露过她喜欢拍照，竟然也一直被他记着。

"嗯，还可以去蹦极。"

"好。"他纵容。

"还有跳伞、冲沙、滑雪。"

"嗯，一个一个慢慢来。"郁承轻笑，"我们还有很多时间，不急。"

怀歆蜷在被子里，甜甜地说："那就这样说定啦。"

"好，没问题。"

空气又稍稍安静下来。

气氛比刚才要更加缓和一些，但怀歆依旧能够很清晰地感知到他的情绪。

"哥哥，"她轻声，"有什么都可以跟我说的。"

"……"

那头没吭声，但也完全在怀歆意料之中，她笑了笑，语调轻松道："你有没有听过那种深夜电台呀？就是想说什么就能说什么，不同的人在失眠的时候打电话过去倾诉，主播就会一一解答他们的困惑。"

她话音一转，温柔地说："就当我是在倾听你的人，好不好？等十二点过去，我就把所有秘密都装进匣子里，放到没有人能找到的地方。"

过了好久，郁承低哑笑出声："你是把我当成小孩子在哄吗？"

怀歆眨了眨眼，又听他幽幽叹了声："怎么办，现在光听妹妹说话已经不够了。"

"……"

"等我回来，我们就见面，好不好？"

怀歆知道，Lisa 对于郁承来说是不一样的。

他们的生活在白天没有一丁点的交集，所以这让他很有安全感，能够在寂静的夜晚将自己心底的某个角落暂时托付给她。

尽管 Lisa 本就是她自己塑造出来的一个形象，但是郁承在情感上对 Lisa 的需要，还是让怀歆小小吃味了一下。

晚上十二点还没有到，她静静地听男人讲着他想装进匣子里的事情。

"你知道我以前住在江浙小城里。"郁承嗓音里的温度淡淡的，"但其实，我是被亲生父母抛弃在那里的。"

"……"

第一句话就开门见山，怀歆睫毛微颤，捏紧手机，甚至连呼吸都下意识屏住。

他有所察觉，轻声笑了下："抱歉，吓到你了吗？"

"……没有，就是觉得，"她努力寻找合适的词汇，小声地说，"很意外。"

郁承没有很在意，宽和地包容了她轻微的失态，继续道："后来我被一户人家收养，我们就住在巷子里面。"

"当时很穷，喝的白粥里但凡放点肉末我都觉得香。"他缓缓地诉说，不显情绪，"是很平凡的生活，虽不过是日复一日的柴米油盐，但是现在回想起来，却又觉得真的温暖。"

他本以为自己的人生会一直这样下去，可是在初中的时候，亲生父母找了过来。

"我被他们带走，去 G 城上学，后来又被送出国，在那边待了好几年。"郁承嗓音低沉，"那段时间我每天都在接受巨大的认知落差，过得很痛苦，很压抑。"

"……"

怀歆觉得心尖好像也被什么东西刺了一下，疼得很。

他把自己剖开，坦然地陈述这样的话。虽然轻描淡写地将这十几年的光阴揭过，她却能够想象出来他在那些陌生的地方过的究竟是什么样的生活。

他这样的谈吐学识，成熟深沉的气质，以及令人倾慕的好皮囊，都是表露在外的东西。没有人知道，他到底经历过什么才能变成现在的模样。

只有他自己明白。

"所以我格外想念弄堂里的那些日子。"

郁承轻笑一声："我的名字里有个'承'字，那是我的生母给我起的，但是在孤儿院的档案上记错了，他们以为是山水一程的'程'，所以我母亲总是喊我'阿程'。"

他说，也就是这么多年，他才渐渐明白过来，这两个字确实是不一样的。

生母唤他的那个"承"，是欲戴皇冠，必承其重的意思。而养母心里的那个"程"，则是前程似锦，快乐无忧的意思。

可惜人这一辈子，总是很难把想留的留住。

听到这里怀歆其实已经能构建出故事的轮廓，她将他曾给予她的那些信息碎片拼凑在一起，难免有点唏嘘。

之前过年的时候她和郁承视频通话，可以得知他生身父母是极为阔绰的，家在 G 城，应该有很深的背景。

他为何会被亲生父母抛在这座小城，又为何会被他们再度找到，怀歆并不清楚，但她明白的是，如果有的选择，郁承宁愿和自己的养父母生活在一起。

也许是因为他们更加真心待他。

郁承的语气里面含着一种触不见看不穿的怅然，似有若无，落不到实处。他总是这样，将自己的情感牢牢地掌握在自己手中，不外露一分一毫。

怀歆只能隐约判断出，大约是有什么东西回不去了。而这恰恰是他最不愿意面对和揭开的伤痛。

她又想起之前他们一同看电影。她凝视他漆黑的眼睛，也能看到那样深深的，沉到让人分辨不出的悲伤。

怀歆叹了声："真想抱一抱哥哥。"

"嗯。"郁承低低地应了一声。

这种时刻让怀歆感觉到柔软。他把他的脆弱放在她面前，哪怕只有片刻，也纵容她看得清楚。

怀歆垂下睫，问："我们这周末就见面吧，好吗？"

"好。"他轻声说。

怀歆顿了下，柔声说："哥哥忙了一天了，要不要听我的话，现在去睡觉？"

"好。"

"那你现在把灯关了，躺下来。"

那头安静片刻，他应道："嗯。"

"闭上眼睛。"

"好。"

怀歆弯起唇，轻轻地贴着话筒呢喃，像是在认真地许愿："希望我的 Alvin 哥哥今晚能做个好梦。"

"……"

她顿了下，补充一句："最好是梦到美丽的我。"

男人动听的轻笑声在那头响起来，片晌低缓道："好。"

"晚安啦，哥哥。"

"晚安。"

周五一早怀歆去了办公室。

几个实习生都听说郁承带她出差了，纷纷围上来询问她感觉如何。

胡薇和秦晓月本来就特别吃这位新执行总经理的颜，简直想让怀歆事无巨细地复述一遍，问这问那，末了还感叹："太幸福了！真的是太幸福了！"

胡薇说："什么时候郁总也能带我出差就好了。"

秦晓月托腮，同款忧愁："我也好想。"

怀歆打趣："徐旭总不是带你俩出去过了嘛，这么说他该伤心了。"

两人这才收敛一点，只不过还是在挤眉弄眼地交换眼神。

一整个上午怀歆都在帮邓泽整理会议纪要，中午吃了顿简单的外卖，下午王安冉又给她派了活，让她整理市场格局的内容。

这一做就做到了五点，怀歆正站起来活动筋骨的时候，远远地看到英俊挺拔的男人从走廊那头过来，然后推门进了他的办公室。

哎？周五这个点，他居然还回办公室？

怀歆没来得及惊讶，就见张可斌走了过来，在她位子这边停下。

他显然是想同她攀谈，怀歆眨了眨眼，问："可斌哥，你有什么事吗？"

张可斌笑："就干活干累了，过来你们这儿晃荡一圈，聊聊天。"

胡薇和秦晓月两个人下午跟着老板们出去尽调了，另外两个男生离怀歆的卡座比较远，正埋头苦干。怀歆也就跟他闲聊了一下自己的出差经历，还特意提到了瑞势生物这个项目。

　　"我就说 Alvin 总很厉害吧。"张可斌抬了抬眉，"怎么样，是不是跟着他学到了特别多的东西？"

　　"嗯，确实。"怀歆弯起眼，真心实意地夸赞，"他人也很好，教我的时候总是很耐心。"

　　张可斌感叹："我入职还没有这样的机会呢，都有点羡慕你了。"

　　怀歆哈哈笑两声："我有什么可羡慕的？师兄以后这样的机会一大把，说不定还能自己带项目呢。"

　　两人又寒暄几句，张可斌想到什么，挠了挠头："对了，师妹，你周六有没有空啊？"

　　"嗯？怎么啦？"

　　话音未落，怀歆就看见郁承从张可斌身后的那条走道经过，而与此同时，张可斌乐呵道："就是我拿到几张话剧的票，据说挺搞笑的，不知道师妹有没有兴趣在工作之余去放松一下？"

　　"咦？"

　　早上来的时候就听一个男实习生说起这件事，应该张可斌也约了他。

　　怀歆对话剧兴趣并没有那么浓厚，再加上周六她正好有一场新书签售会，大概率是不会去的，不过她还是礼节性地问了下："什么时间呀？"

　　张可斌道："晚上。"

　　此时男人已经走远了。怀歆不着痕迹地收回目光，遗憾道："唉，有点不巧，晚上我恰好有约了。"

　　"哦。"张可斌愣了一下，摆手道，"没事没事，我也是随口问问，能来就来，不能来也没关系。"

　　"嗯，那师兄，下次有空再约。"

　　"嗯嗯！"

　　怀歆重新坐下来，喝了口水润润嗓子，打算继续做行业研究。这时手机却振动起来，她扫眼一看，差点笑出声。

　　就这么近的距离他还打电话，真稀奇。

　　她接起，软糯道："喂，领导，找我什么事呀？"

　　郁承轻笑了声，言简意赅："来我办公室。"

　　"哦。"

　　怀歆站起身，往全职办公区那边走去。她停在郁承办公室的门口，礼貌性地敲了敲门。

很快，里面传来男人低沉悦耳的嗓音："请进。"

这还是怀歆第一次进他的办公室，推开门的时候注意力都被落地窗外的风景吸引了。

郁承这个办公室还挺大的，180度全景，一尘不染干干净净，外面是高楼大厦、蓝天白云。

门是磨砂玻璃做的，自动闭门，怀歆一进来，它就缓慢地关上了。

男人正在伏案处理工作，鼻梁上架着那副银丝框眼镜，眉眼深邃，分外好看。

"那个，领导，"怀歆扬起一双明亮的眼睛，在他脸上转过一个弯，"您有何要事吩咐呀？"

郁承这时抬起眸来。他的西装外套脱了挂在一旁，衬衫外面穿了一件平驳领马甲，衬得宽肩窄腰，肌理感十足。

男人放下手中钢笔，给怀歆发了一个新商业计划书还有财务报表："下周跟我一起去见创始人，这几天你可以看看他们给的估值模型，总结一下不合理的地方。"

还是个怀歆挺喜欢的知名消费企业，她点点头，声音昂扬道："遵命，保证完成任务。"

郁承笑了下，凝视她须臾，嗓音轻缓道："对了，那个看展报告呢？做得怎么样了？"

"那个，"怀歆歪了下头，"您说周日之前交，我就想着周六再做。我现在手上还有安冉姐和徐总的一些活。"

郁承抬眸，那双好看的桃花眼直勾勾地看着她，少顷似笑非笑地问："周六不是要去看话剧吗？"

"……"

怀歆在他开口的时候就想笑了。

她低着头，极力控制住唇畔弧度，好半天才开口："领导，我没打算去看话剧，刚才就已经回绝了。"

"这样。"郁承面色未变，悠悠问，"那有别的安排吗？"

怀歆眨了眨眼，到底还是没说签售会的事情："没有，我周末打算认真做领导给我布置的任务。"

郁承低敛下眼，轻笑一声。

他靠在椅背上，朝她招手，嗓音低沉磁性："过来。"

"嗯？"

怀歆好奇地走过去，在他面前停下。郁承正好站了起来。

他是真的很高，她需要抬着下颌仰视他。

"送给你的。"

脖颈间落下了很柔软的触觉，怀歆低头一看，郁承为她戴上了一条很温柔的淡紫色围巾。

这是用冰丝线织的，颜色还隐隐有些渐变。两端末尾处是一簇簇细碎的小流苏，可爱得要命。

她第一眼就爱不释手，眼睛亮起来："好好看哦。"

郁承没说话，怀歆又自得其乐地玩那些流苏，很新奇似的，唇角旁不自觉露出一个甜甜的小梨窝。

郁承垂下眸，眸光停驻在她被围巾衬得分外白皙的脸颊上，神情并不分明。

"和我想的一样。"他微微一笑，"你戴这个很好看。"

怀歆眼睫扑闪了下，大概有些明白过来了。

上海离江浙那边还挺近的。他之前是回去看养父母了。

"谢谢领导啦。"小姑娘神情娇俏，珍而重之地将围巾抱在怀里，笑得眉眼弯弯，"我很喜欢！"

"……"

她扬了扬眉，稀罕道："这是我领导送给我的第一件礼物，我可得好好保管。"

怀歆有些小得意的神情落在郁承眼中，他不自觉有些失笑。这小姑娘，真的很聪明。

郁承眼尾微挑，凝视她片响，俯下身去。怀歆定在原地，感觉他靠过来，温柔地将她压在围巾里的头发顺了出来，而后又为她整理了一下穿戴。

气息交织，雪松沉香味道袭来，怀歆抿着唇，感受他修长手指穿过她的发丝，缓慢地动作。

过了好一会儿，他才温缓出声："好了，回去吧。"

怀歆回到座位上，好半天心跳还是很剧烈。

她的手抚在心口，嘴角隐秘的笑一直维持着——这个人真是有太多种方法让她心动了。

怀歆低下头，埋在颈间柔软的织物里，深吸了口气。

香香的。

喜欢。

晚上怀歆照旧打车回学校。

其实每天这样上下班，通勤时间还挺长的，大四又没有什么课了，既然要在这边长期实习，怀歆琢磨着要不在公司附近租个房子。

周六就是签售会，编辑给她发消息再次叮嘱了时间地点。

洗完澡准备上床的时候，QQ弹出了郁承的消息。

Alvin：在忙什么？

真的很心有灵犀，她也刚好想找他。

怀歆扬起嘴角，按下语音键，糯声回："忙着想你啊。"

不一会儿他打过来一个电话。

熟悉动听的磁性嗓音，郁承在那边慢条斯理地笑："挺巧的，我也是。"

和他聊天就是总在笑，怀歆在床上抱紧自己的小被子，扬眉问："哥哥忙完了？"

"嗯。今天还好。"

他顿了下，问："明晚有空吗？"

这是在说见面的事情。

怀歆抿唇："嗯，这个……"

郁承很快察觉到，嗓音低沉了些："有事？"

"嗯，下午有个签售会，不知道要开到几点。"怀歆苦恼道，"可能要和出版社的人一起吃晚饭欸。"

"这样啊。"郁承在那头轻笑一声，道，"妹妹好厉害。"

蛊惑撩人的尾音低缓地漫过来，怀歆颇为受用地哼了声，片晌又听到他饶有兴味道："说起来，我还一直不知道我们作家小姐写的故事是什么题材的。"

他们此前确实没讨论过这件事。

怀歆愣了下，钩着头发悠悠问："哥哥很感兴趣？"

郁承低声笑道，不答反问："周日晚上可以见面吗？"

话题跳跃有点快，怀歆眨眨眼："嗯？"

"小说在某种程度上也是作者内心世界的投影。"男人不疾不徐，咬字却带着几分蛊惑般的温柔烫意，"与其说我对故事好奇，不如说是对写作的人着了迷。"

周六这天下午，差不多到时间，怀歆便梳妆打扮前往中心书城。

之前写的那本书是女性成长题材，还挺热血正能量的。为防止熟人认出来，她还是特意戴了口罩。

她的编辑大人田爽早就到了，先是交代一遍流程，再就是趁着还没到点和怀歆聊起新书的事情。

过年期间开的那本商战文怀歆停了，没什么灵感，想着要不先开别的坑，或是再等等看。

"你上本写完就跟我说要酝酿酝酿，这都几个月了，你旧文男女主孩子都抱俩了，我看你这新书连个胚胎的影子都没有啊！"

怀歆一直很好奇这编辑是怎么做到又软萌又毒舌的，她眯着眼冲对方假笑道："最近人家很忙嘛。"

田爽："忙着干啥？"

怀歆撩了下头发，眨眨眼："谈恋爱。"

田爽："……"

她不想再说话了，冷酷地把怀歆按到椅子上坐好："签你的字去吧。"

签售会很快开始，来的人比怀歆想象之中更多。主办方介绍之后，怀歆拿着话筒登台发言，底下的粉丝兴致昂扬地欢呼起来。

很快就开始排队签售。

怀歆之前办过一次这种活动，深谙这对于手腕的耐受力有多么高的要求，她签得两支水笔都没墨了，手臂酸胀不已，但是看到一张张明媚的笑脸，还是觉得很高兴。

下一本书递过来，罕见的是一位男读者。

对方眉目还算清秀，眼角生了颗痣，磕磕巴巴地说："我……我真的很喜欢你的作品，每一本我都看！里面的情感实在是太动人了！"

题材的缘故，怀歆的男粉并不多，她惊讶又欣喜，浅笑道："谢谢你的喜欢。"

男生低着头，片刻才鼓起勇气问："大大能不能……给我多签两本？"

怀歆还没说话，田爽就在一旁委婉拒绝了："抱歉哦，这边人太多了，公平起见，我们最多只有一次 To 签呢。"

男生愣了下，耳尖有点红，想来也是因为提出唐突要求觉得不好意思。他喃喃道："抱歉。"

怀歆弯着眼问："没关系，你叫什么名字？"

很明显男生有些不敢看她，小声说："我叫苏倾。'倾'是'倾心'的'倾'。"

"苏倾？很好听的名字哦。"

怀歆为他签了字，双手将书递还的时候，看见对方定定地看着自己，而这一对视，苏倾慌乱移开视线。

怀歆觉得有些微妙，但是下一位读者很快上前，她也就将这些抛之脑后。

签售会整整开了两个小时，毫不夸张地说，怀歆感觉自己的手都快抽筋了。在和主办方乘车去往饭店的路上，她收到郁承的信息。

Alvin：签售会还顺利吗？

怀歆笑笑，回：挺顺利的。

Lisa：感觉得签了有几百上千本。[转圈 .jpg]

他发语音过来："那明天作家小姐能给我也签个名吗？"

显而易见的含着低沉磁性的笑，尾音轻缓："我一定会好好珍藏的。"

这个男人真的越发肆无忌惮了，怀欤嘴角快要翘到天上，一旁的田爽都有点看不下去了，冷漠道："几百年不见我一次，你就是这么对我的？！"

"哦，不好意思。"怀欤这才收起手机，摸了摸她的脑袋，怜爱地说，"忘了我们爽是单身狗了呢！"

田爽："……"

田爽："呸！滚！！！"

晚上的这顿饭还算轻松，怀欤跟几人闲聊，谈了下新书创作的计划。结束的时候差不多八九点，对方派车将她送回了家。

怀欤在小区门口对街下车，跟田爽作别。

近几日保安查得严，一律要户主报门牌号，因此横闸前排了好几辆车。过马路的时候，怀欤晃了一眼，忽然看见对面树底下好像有道眼熟的身影。

等她走到门口的时候，那里却空无一人。

兴许是大晚上眼花了，怀欤摇摇头，刷了卡就进门了。

还有些博源的实习任务没有做，怀欤埋头苦干，终于在晚上全部收尾。

其间看了眼 QQ，郁承发来一则订位信息。

这是某个共同好友攒的局，恰好在明天晚上。还是 Flipped，二楼 VIP 座。

基本都是上次的那伙人，甄思铭和李诺也会去。对方让郁承把 Lisa 也带来，他便询问她是否有这个意愿。

Alvin：如果你不想和他们一起，也没关系。

Alvin：我都可以。

他这点很好，足够绅士，也足够尊重她。因为知道将她带入自己的主场，他会占尽优势，所以委婉提醒了她。

不过，参与郁承的交际圈，怀欤倒觉得没什么不好的。大家一起出去，就是要玩得开心。她不仅没有顾虑，反而觉得还挺有意思的。

Lisa：没问题，我可以的。

Lisa：去吧。

Alvin：好，那我去回复他们。

临近周日晚上的时候，郁承说要开车来接她。怀欤担心自己的妆在独处时容易被看出来，还是婉拒了：没事儿，我自己去就行了。

他也没问为什么，温和道：好，我在门口等你。

这还是第一次以网友身份主动和他碰面，担心"掉马"的同时又有种刺激感，怀欤下定决心今晚一定要玩得尽兴。

她照旧是折腾了一个近乎改头换面的妆造，偏欧美风格，睫毛浓密，眼睛是娇媚的烟熏妆，一头深黑色波浪卷发慵懒性感。

总之，和平日里大相径庭，怀歆琢磨着郁承应当认不出来。近日 B 城天气渐渐回暖，她又给自己搭配了一件露肩的黑色铆钉吊带裙，布料偏硬，收束有型。

她是掐着点到的，晚上十点，夜才刚刚开始，门口站着许多人，等保安依次为他们检票盖章。

怀歆没找到郁承在哪里，便先排上队，奈何人实在有点多，秩序乱糟糟，混乱中有人直接挤过来，顺带着推搡了她一下。

怀歆差点摔倒，但是顷刻间便有一条修长手臂将她的肩稳稳揽住，而后她半落入一个坚硬结实的怀抱中。

头顶洒下温暖的呼吸，他说："是我。"

肩头传递过来他指腹的热度，心跳些微不规律，怀歆"哦"了声，目视前方，默许了他的姿势。

"怎么也不看我？"

郁承轻笑了声，从后面贴近她耳畔，和着酒吧里面动感的节拍，嗓音显得格外低沉磁性。

怀歆垂了眼，没说话。

主要就是因为刚才的惊鸿一瞥，她到现在还在消化呢。

郁承穿了一件深黑色的立领夹克，里面是简单的素 T，身高腿长，好身材一览无余，简直帅到爆炸。

寥落的光影下，男人的眉眼显得格外风流深邃，随便一眴都是英俊倜傥的意味。

这时恰好轮到他们检票，郁承低低一笑，在怀歆进门的时候，径直牵住了她的手。

……

已经进入这片声色天堂，怀歆心跳的声音更大一些，感觉到他骨节分明的手指将自己的手掌包裹在内，干燥而温暖。

他握得很紧，没有给她半路脱逃的机会。怀歆咬着唇，就这么跟在他身后。

台上 DJ 在打碟，舞池中人影晃动，郁承带着她上了二楼。

走近卡座就看到几个相熟的面孔，他们正面带笑意碰杯。

甄思铭这回坐在角落，没和李诺在一起，他身边是一个金发女生，两人坐得很近，偶尔讲一些悄悄话。

见郁承牵着姑娘来了，他倒也顾不上别的了，挑着眉道："哎呀，承总来了啊。"

其余几人也停止交谈，目光在郁承和怀歆身上转过一圈，意外又揶揄："还是上次的妹妹？"

"不然呢？"

郁承在他们让出的空位坐下来，又敛着眸看向怀歆，意味不明地勾唇："我可就只有这一个。"

在五光十色的灯光的映照下，怀歆眼睫扑闪了下，别过头去倒酒。

她像是嗔了他一眼，郁承垂下眼，低声笑起来。

他双腿交叠，手臂随意搭在她身后的沙发靠背上。圈上私人领地，没人会不长眼色地再来搭讪。

上次那个穿骚包皮衣的男人叫饶以杰，是 VC（风险投资）合伙人，今天场中最会闹气氛的也是他，和美女们互动频繁，嬉闹打趣。

郁承还是和甄思铭聊得最多，怀歆隐隐感觉到纵使场内有这么多人，大家也经常一起出来玩，却仍然不能算是一路人。

甄思铭身边的金发美女是 FA（financial advisory，财务顾问）小姐姐，名叫尤嘉。她明显比李诺要会来事，也很懂得分寸，怀歆瞧着甄思铭挺喜欢同她说话的。

她正不动声色地观察着，侧脸就覆下一道阴影。

郁承揽住她的肩，贴着她耳畔懒懒道："跟着我出来，怎么净盯着别人去了？"

他离她很近，却又半点不轻浮。说话的时候甚至温和低缓，但怀歆却觉得心间被撩起一阵若有似无的痒意。

她稍稍侧过眸，扬了扬眉："哥哥想让我一直看着你啊？"

"嗯。"他专注地凝视她片晌，接着散漫笑起来，"不行吗？"

怀歆心中一动，还想说什么，又听到饶以杰在旁边吆喝，让大家一起玩游戏。

有人感兴趣问："怎么玩？"

饶以杰目光在场中悠悠转一圈，道："瞧各位成双成对的，我们就玩最简单的转盘游戏。转到哪一对，哪一对就要喝酒，并且接受大家指定的惩罚。"

听上去没什么技术难度，在座的也没有不敢玩的，当即纷纷同意。

兴许是饶以杰带头的缘故，第一圈直接转到他自己，他也毫无异色，反而跃跃欲试地笑道："我先来给大伙儿打个样哈。"

他的女伴穿着比较成熟性感，两人直接喝了交杯酒，众人各种起哄。

饶以杰还嫌不够似的，大手一挥："有什么惩罚，放马过来。"

他自己赶着往枪口上撞，大家也就稳扎稳打给他找最刺激的了。

"和女伴当众舌吻一分钟！"

怀歆咽了口口水，就看那两人拥在一块亲，还有人负责掐表，总之就是很狂很野。众人看得起劲，纷纷拍掌叫好。

她倒不是没见过这种世面，主要是平素在学校，环境还是比较单纯，忽然来这一下还有些转换不过来。

郁承在旁边没什么动静，怀歆实在没忍住，偷偷瞥过去。只见男人低敛着眼在饮酒，倒是一副漫不经心的模样。

察觉到她的目光，他很快抬眸，轻笑："怎么？"

怀歆移开视线，小声："……没什么。"

这时他们又开始第二轮转圈，这回指针缓慢停下，指向了李诺和她的男伴宋毅。

两人没说什么直接干了手中的威士忌，而后众人下了指令。

"来个基础款，嘴对嘴喂酒呗。"

有人特意换上热辣的纯酒，李诺搂住男伴的脖子，场面极其香艳。

怀歆在一旁看着，觉得手心有些微潮出汗。

她已经有一种很不妙的预感，果然，下一次饶以杰拨弄转盘，指针就慢悠悠地对准了她和郁承。

这实在是新鲜，饶以杰一拍手掌："哎哟，承总！"

众人的目光纷纷投来，多少有些不怀好意。

郁承不是那种喜欢乱搞的类型，跟他们聚的次数本来就不多，也很少固定带什么女人，他们早就好奇他身边这个漂亮妹妹是何方神圣了，这下逮着机会，都想好好一探究竟。

所有人都看过来，怀歆感觉自己简直成了聚光灯集中地，不自觉地舔了下唇。

郁承倒仍旧是从容不迫的模样，倒了两杯酒，递给她一杯。

他好像没有交杯的意思，怀歆便照猫画虎跟着他仰头将酒喝尽。

她一放下玻璃酒杯，饶以杰的眼睛就亮了起来，很明显想到了什么有趣的玩法。

在饶以杰说话之前，郁承微微笑了。

他的指节贴在怀歆背后，隔着黑色棉纺布料沿着脊椎骨悠悠下移，慢条斯理地勾着唇："我家妹妹平常不玩那些的，别为难她了。"

怀歆的吊带裙较薄，从脊背到尾椎登时一阵酥麻，她僵硬着不敢动，耳尖也烫得要命。

"哪些啊？"旁边几人不三不四地笑，"承总得圈个范围啊。"

郁承笑而不语，并不搭腔："给她个简单点的。"

怀歆的指节在隐秘处沉进掌心里。不知怎的她就有些懊恼，好像是被看轻了。

拜托，她现在可是 Lisa，难道看起来是个需要被人保护的女大学生？

饶以杰颇具兴味地看了怀歆一会儿，还是看在郁承的面子上说："那，简单一点的话，就坐你承哥腿上，今晚别下来了。"

郁承眼睫动了下，饶以杰笑着打断他："这可不能再放水了啊。"又转过头揶揄地问怀歆，"Lisa 妹妹，怎么说？"

怀歆抬眸，"哦"了声。

在郁承开口之前，她直接侧着身坐上他的大腿，纤细的手臂缠上他的脖子。

头顶上疏落的光洒下来，怀歆的腰肢像是藤蔓一般，伸展出柔软的弧度。她甚至居高临下地侧眸看了他一眼，眼神有几分挑衅。

"……"

郁承一双桃花眼半眯起，目光顷刻暗沉下来。

他掐着怀歆的腰将她用力摁向自己怀中，待到她结结实实、毫无间隙地与他挨在一处了，才贴着她颈侧沉哑出声："这才叫坐上来。"

郁承的力道不轻，怀歆猝不及防地栽在他身上，低呼一声。

这下是大面积亲密接触了，她整个人趴在他一侧肩头，脸颊蹭到他温热的脖颈。他的手臂揽着她的腰，将她牢牢地控在怀里。相触的地方，好像滚烫到快要烧起来了。

强烈的男性荷尔蒙气息侵袭而来，怀歆感觉自己的身体都有些软了。然而让她的心跳得更快的，是周围众人啧啧起哄的声音。

这样的姿势令怀歆有些受掣肘，她想要支起身来，但抵不过男人手臂暗暗施力，最后只能再度侧倾回郁承胸膛。纤细五指隔着素 T 被迫撑在他结实的胸肌之上，怀歆耳尖沁出一阵薄红。

饶以杰瞧见他们这边的情景，一边同女伴碰杯，一边打趣："承总，你从哪里捡了这么个宝贝啊，坐个腿而已，纯得跟个大学生似的。"

怀歆："……"

她好像听到自头顶传来的男人若有似无的轻笑声了。

一世英名毁于一旦，啊啊啊！

谁是女大学生了！都怪郁承！本来她是很从容优雅的，啊啊啊！！！

下一轮转盘又开始了，这回指向怀歆先前没见过的一对男女，但是她也没有多余的精力去关注，有些别扭地维持着那个坐在郁承腿上的姿势，将头埋进他的颈窝里，默然不语。

她有点热，无论是过快的心跳还是起伏的脉搏，都昭示了此刻并不算太平稳的心境。

场中热闹仍在继续，郁承稍低下头，脸颊轻微蹭过怀歆的额际。

他将小姑娘抱着提上来一点，气息清浅拂过，片响笑着问："怎么了？"

明知故问。这个坏人。

怀歆气得想捶他。

但又不能崩坏了人设，她缓了片刻，自若道："就是有点坐得不舒服。"

怀歆垂下了睫。待调整完臀部落下的位置后，才凑近他，悠悠弯唇一笑："好了。"

昏昧的光影中，郁承的眼睛极为幽深。他神情难辨地看着她，半晌轻扯了下嘴角。

"妹妹，"郁承不急不缓地在她颈侧耳语，"现在你还来得及离开。"

意有所指，如诱引似撩拨，更像猎人布下危险陷阱，温柔地警告。

明明这样的姿势是她轻微地俯视，他却从容得好似自己才是那个居高临下的人。

怀歆指尖稍蜷一瞬，心脏扑通扑通地跳，她紧紧地盯着他，喉间情不自禁地吞咽。

线下交锋，又是他的主场，自己稍被压制也在情理之中。这没什么。

怀歆不躲不避地对上他的眼，语气颇为镇定："我不需要。"

郁承笑了。

光影缱绻在他眼底，说不出的英俊好看。

男人没说什么，只是用掌心绅士地虚握住她白皙的肩头，温声说："那妹妹今晚可要坐稳了。"

怀歆抿唇。

接下来两轮都没有再转到她和郁承，怀歆刚兴起这个念头，不自觉松了口气，就又瞧见指针悠悠转了过来。

"……"

说曹操曹操到。

"又是承总。"饶以杰吹了声口哨，意有所指地看了眼转盘，"它也知道承总今晚没尽兴啊。"

郁承随意撩了下怀中人儿柔软的黑发，敛着眸轻笑："谁说的？"

饶以杰微顿，甄思铭在旁边似笑非笑地插一句："承总尽没尽兴我是不知道，但是大家伙儿肯定是没尽兴的。"

"对呀。"众人"啧"一声，起哄，"第二次了，来点刺激的。"

饶以杰视线落在怀歆身上，眼睛转了圈，问："Lisa 妹妹，要不你自己来说？"

怀歆感觉到郁承落在她侧颈有些微沉的呼吸，她按住他欲抬起的手，朝饶以杰轻巧勾了下唇："还是以杰哥说吧。"

饶以杰挑了下眉："有点意思啊。"

"……"

"我收回刚才的话，我们Lisa妹妹可不是女大学生。"他笑得很不正经，"既然如此，你都坐承总腿上了，我看不如……"

"饶以杰。"郁承蓦地出声。

他脸上笑意没怎么变，却在暗中翻过掌心，骨节分明的手指扣住怀歆的手腕，强势地反客为主。

饶以杰的话戛然而止，拿起杯子饮了口酒。众人神态各异，心里都门清儿他方才要这小姑娘做什么。

气氛有些微的凝滞，但也仅仅是一瞬而已，饶以杰朝郁承举杯，脸上还是挂着笑，敬他："我好像是有点喝多了。承总别在意啊。"

郁承淡淡勾了下唇，也举杯轻啜一口，承他的意。

很快就有人笑着出言打破沉寂："刚刚那些也没意思了，换一个嘛。"

"是啊是啊，换点清新脱俗的，不然我们都看腻了。"

"要不，帅哥美女接个吻呗？赏心悦目的，多好！"

怀歆被郁承握住的那只手微蜷了下，还没动作，就见饶以杰意味不明地瞥过来："不过承总，我寻思半天，你这不让碰又不让我说的，好像有点不太对劲啊？"

旁边几人都听懂了他的潜台词。

寻常人带的女伴都是新近相中的猎物，也不会有多上心，因为他们就是来消遣的，但郁承对这小姑娘维护之意明显，所以反而令人奇怪。

宋毅打趣："饶总这就不懂了吧？人家承总这才是最高境界啊。"

旁边几人互相对视，像是明白了什么，都在隐秘地笑，怀歆稍加思索，忽然就明白了他们的言外之意——玩女人动真感情就不好玩了。半真半假才最有趣。

对于此言，男人只是轻笑了一下。

他漫不经心地靠在真皮沙发上，仰起头。从下颌到喉结的曲线性感而分明，郁承抬着那双多情的桃花眼，懒散地睃向怀歆。

"要不要吻我？"他薄唇轻启，笑得十足蛊惑。

又是众目睽睽，和刚才一样的场景，怀歆觉得这次更加口干舌燥。周围的目光像是无形的压力，她指尖微微嵌进掌心里，少顷，搂住郁承的脖颈，身体朝他倾过去。

怀歆闭了眼，睫毛有些不自知地微颤。

她越靠近他动作越缓慢，待到了只有一丝罅隙之时，忽而睁开眼睛，轻挑眼尾看着他。

将落未落，似吻未吻。明目张胆地勾引他。

她身上喷的香是凯利安的"Good girl gone bad"，狂野淑女，与那妩媚娇艳的神情相得益彰。

郁承敛着眸看了须臾，倏忽摁住她的后颈，重重吻了过去。

碰到他的那一瞬间，怀歆觉得自己全身都像过电似的，一路从后颈麻到尾椎骨。她低哼一声，却被他朝怀里拥得更深，唇舌辗转倾覆，吮咬着厮磨。

在此之前的无数个日夜，怀歆幻想自己同他接吻的情形。她有想过他吻技应当很好，但是当一切真的发生以后，才发觉那种感觉只能用疯狂形容。

他撄住她的下颌，用力地亲吻她，取悦她，引导她。怀歆眼尾渗出泪，搂着他的脖子，大脑在一瞬间甚至轻微空白了。

良久，在她快喘不上气的时候，郁承放开了她。

周围喧哗而嘈杂，DJ打碟轻佻的乐曲，各色人群来往留下的轨迹，还有周围哄闹成一团的调笑，一同构建了这个声色颠倒的世界。

怀歆眼神还有些涣散，郁承微喘着气，将她重新抱进怀里，只不过手指仍扣着她柔嫩的手腕，极度掌控的意味。

怀歆趴在郁承肩上，听到自己胸腔里传来的跳动声，好像与其他的什么合上了共振的节拍。她像是与他连在了一起，此刻只想被他紧紧搂在怀里。

他们吻得这样热烈，完全超出众人预期，就算是饶以杰也没再抓着两人不放，挑着眉啧啧感叹："太精彩了。"又转头看宋毅，坏笑，"还是宋总一语中的啊。"

他识趣地叫响下一轮。

没人再来火上浇油，怀歆的系统慢慢熵减，回归稳态。她颊边已经渗出些许汗珠，还是好热，于是支起身，从茶几上取一杯冷水。

她捧着杯子喝了几口，回过头来看郁承。

怀歆舔了下嘴角，被他吻过的唇瓣经水润湿后更加娇艳欲滴，几乎红润到透亮。她又倾过去，撑着他紧实的肩臂，端着那杯水在他耳边娇声笑："哥哥要吗？"

郁承半眯起眼，漆黑深邃的眼眸暗火丛生，深得望不见底。绸缪浓郁的暧昧，胶着的磁场，极尽缠绕的呼吸，在这一刻都化作清晰的具象，将人拖坠沉沦。

他抬手，拿走她手上的水杯。

待放在台面上后，杯沿一滴摇摇欲坠的水珠终于啪嗒落了下去。

下一秒，他又蓦地拥住她吻上来。

郁承修长的手指强势地插入她黑发之中，摁着她同他亲密。但是出乎怀歆意料，他的力道却比之前不知要温柔多少倍，低缓地舔吮她的唇，让怀歆觉得他好像在吃一颗糖。

她不知怎么描述这种感受，那种温度仿佛要将她融化了似的，同他接吻是一件太快乐的事。

怀歆不自觉搂紧他脖颈，与他亲昵缠绵，情不自禁地发出快慰的呜咽。

这细软的声音又像是催化剂，反过来点燃了他。

郁承掐住她的腰，动作仍缱绻缠绵，可唇舌间渡过的气息更为炽烈滚烫，他一向是极度有耐心的猎人，要将她一点点温柔揉碾，吞吃入腹。

到底是蓄谋已久。

怀歆喘着气睁开眼，在晃动的霓虹中看他，有些迷离。男人微眯着眸，表情很性感，他掌心潮气渗入她薄薄衣料之内，几乎要将她腰窝烫软。

他们吻了许久，郁承才将将放开她。

怀歆扬起白皙的脖颈，有些急促地呼吸着。

"哥哥。"说出口的声音暗哑娇媚，都不像她了。

郁承同样呼吸微乱，眸色晦暗。他喉结上下滚动，半晌抬起手，指腹在她水润唇瓣上不轻不重地蹭过。

怀歆睫毛微颤，想要动，却被郁承按住。

"安分一点，"他嗓音低哑得不像话，眸子紧紧盯着她，"如果今晚还想回去的话。"

怀歆从男人这句话中听出警告的意味。

她咬着唇，乖乖在他大腿上坐稳了。

此时场中突然爆发出一阵响亮的呼声。

这让怀歆恰有了逃脱的契机，转头看去，原来是甄思铭和尤嘉被转到了。

其实两人只是坐在一起。严格意义上来说，尤嘉并不算是甄思铭带来的女伴，而在座的也都知道男方结婚有老婆，但还是兴致昂扬地凑在一起，跷着二郎腿想看这场好戏。

到了他们这个层级，上千万的年薪，钱只不过变成了一个数字。房、车、女人，唾手可得，但是快乐难买，一掷千金也稀罕。

他们被外界太多东西潮水般地裹挟，早就已经身不由己。

有时候会在某个时刻突然觉出钝感的麻木，虽然很短暂，但也是会让人极度恐惧的事情，所以要用这样疯狂刺激的方式，来寻找活着的感觉。

不过是逢场作戏，心照不宣。

甄思铭拍了拍尤嘉的肩，面对即将到来的惩罚也没什么异色，只是笑："真不成了，我自愿罚酒，双倍。"

"那多没意思。"饶以杰笑眯眯地提议，"要不你俩喝个大交杯？"

不同于小交杯，这种喝法需要绕过对方的脖子进行，更加亲密无间。

顿了下，饶以杰又道："宋总也结婚了，刚才人家不也没说什么？"

众人拍手，附和笑道："对呀，好歹走个过场嘛。"

甄思铭抬眼看了一眼几人，过了会儿，转头睇视尤嘉。

"那……？"

他像在征询她的意见。纵使什么也没说，还是那副懒散的模样，但怀歆清楚，此举无疑是把对方架在了台面上。

如果尤嘉拒绝，众人只会认为是她小家子气。

是不是所有成功的男人都喜欢这样？陪女人玩，享受情感的博弈，却又丝毫不愿付出真心。

怀歆若有所思地坐在原位，来自后颈的温热呼吸让她的身体起了轻微的战栗。

不过尤嘉并没有拒绝。

她微笑着与甄思铭喝了大交杯酒。两人姿态亲近，但都礼节性地尽量不挨着对方。手臂放下，满堂喝彩。

玩不起的人误入游戏局，就只能奉陪玩到底。

怀歆垂下眸，想起自己以前写的小说。

只有身体契合，不谈感情，却又在虚情假意间迷乱了真心，这样的情节她了如指掌。

当时她觉得凭借着自己远超于同龄人的优越见地足够掌控这些与她年纪相去甚远的经历和交际，写熟男熟女写得入了迷，还因此很得意。

现在才觉得只不过是触及皮毛而已。

真正的饮食世界会将人生吞活剥，不论是游戏赢家还是输家，无人能够幸免。她的小说，现在看上去更像是一个荒谬童话。

他们坐在角落，怀歆注视着场中情景，身体轻微瑟缩一瞬。

"不舒服？"

郁承微沉的嗓音自身侧传来，怀歆转头看他，垂下了睫。

她拿手扇扇风，姿态娇懒地埋怨："嗯，哥哥不觉得有点闷吗？"

男人敛着眼看了她一会儿，目光落在她盈盈的白皙肩头上。这件黑色铆钉吊带裙极好地凸显了她玲珑有致的身材，俏皮又性感。

裙摆并不长，是以她大腿向下三分之一处以外都是暴露在空气里的。

纤细笔直的小腿，再向下是有些骨感的脚踝，很漂亮。

饶以杰他们似乎终于对转盘游戏厌倦了，开始三三两两各自饮起酒来。

郁承略微倾身贴近她耳畔，唇似有若无地沿着敏感的耳骨徘徊，嗓音低沉得要命："要不要我陪你出去走走？"

好像有些暗示意味，怀歆舔了舔唇，半推半就地应了一声。

郁承挠了下她的下巴，像挑逗小猫似的。

他压低好看的眉眼，笑得蛊人："那就走吧。"

两人站起身来，大家都注意到了这边的动静，饶以杰率先出声："哟，承总，这是要回去了？"

郁承牵着怀歆的手，散漫笑了笑："嗯，抱歉，我们有点事。"

眼下众人听了这话，不知联想到什么，都露出意味深长的表情来。

"哎，赶紧回吧承总，干你的事去，不用管我们。"

有人回过头来招呼道："来，哥几个继续啊！"

怀歆跟着郁承出了 Flipped。

夜晚微风吹拂过来，很凉爽，燥热感有所缓解，但是酒精上头的晕眩仍因他指尖相握的力度而越发弥散。

郁承侧眸看她一眼，挑了下眼尾。

不似在酒吧里因那种狂热的气氛而心跳迷乱，此刻怀歆只是单纯因为他这个人而胸口跃动。

他那辆白色的宾利欧陆 GT 停得不远，郁承拉开副驾驶的门，手臂半撑着车身，慵懒睇她一眼："进去？"

低调奢华的棕色内饰沉静地落在浓稠的夜色里，怀歆挽了一下耳边颜色更深的黑色卷发，矜持地坐了进去。

郁承绅士地替她关上车门。

他绕到另一边的驾驶位，坐进来。

怀歆没系安全带，就那么好整以暇地看着他。男人抬了下眉，倾过身来。

他的动作慢条斯理的，漆黑眼眸却一直注视着她。像是猎人盯准自己的猎物，随时都能一口将其拆吃入腹。

昏昧的车厢里有什么胶着起来，怀歆下意识轻微屏住呼吸。

心跳越发急促，还有点担心会被他认出来，她强迫自己不要移开视线，仍是那么一眨不眨地回看向他。

好在他只是凝视她片晌，便抽回身去，只余耳畔一声扰人的轻笑："妹妹今晚好漂亮。"

"……"

车厢里落下怀歆轻微的吐息声，片晌她倾过身去。

"虽然不清楚哥哥有几分是在哄我，"怀歆娇俏地眨了眨眼，"但我还是很喜欢。"

郁承还没说什么，她就别开视线，悠悠然去欣赏窗外夜色。

他轻笑一声，拿出手机联系代驾。

等待的过程中，郁承嗓音温缓地开口："下次咱们不要来了。"

怀歆心里咯噔一下，意外地转头看他："为什么？"

郁承屈肘支在窗沿，语气还是温和："喝酒本来就是偶尔放松才得趣，次数多了反而没什么意思。"

怀歆迟疑地眨了眨眼。

——他看出她因为饶以杰他们的游戏而感到不舒服了。

"我还以为，哥哥很喜欢那种地方呢。"她刻意拉长语调，"觉得没意思刚刚还待了那么久。"

外面就是四通八达、霓虹辉映的马路，郁承侧眸，似笑非笑地眄过来一眼。

寥落幽暗的光线之下，他英俊的眉眼显得更加深邃，嗓音也说不出地低哑动听。

"我喜欢的是什么，你难道不清楚吗？"

"……"

怀歆手指微蜷，心间像是被羽毛扫刮了下。

他总是这样，话说三分不满，游刃有余地拿捏着暧昧的分寸，从容不迫地牵引着她，进退有度。

但能怎么办？

她喜欢，喜欢得要命。

其实刚才和饶以杰他们在一起的时候，她感觉轻微的不舒服，不仅是因为他们开的肆无忌惮的玩笑，更是因为混迹在这些人之间，她有些在意郁承的态度。

他太过深藏不露，她无法区分，他是否也与他们一样。

他的真心，又究竟放在哪里。

有好几个瞬间她觉得自己明明看到了，却不敢去确认。

怀歆想到《小王子》里面说的一句话。

——所谓驯服，就是制造羁绊。

他们这样，到底是什么关系？又是谁在驯服谁？好像都乱成一团，理也理不清了。

"Lisa。"这时郁承叫她。

他很少单独称呼她的名字，怀歆一怔："嗯？"

"有一个问题想问你。"男人看着她，唇边还带着些许温和的笑意，眸光却沉静到辨不分明，"你真的是二十四岁吗？"

怀歆右侧的那只手蓦地捏住了裙摆，心跳快起来。

难道他是看出了什么？

这样想着，她面上却弯起嘴角，撒娇般问他："怎么，我看上去还更大一些吗？"

"没有。"

郁承率先否定她这个说法。

他朝她轻浅地笑，说："我是觉得妹妹看上去只有十八岁。"

怀歆撩了下头发，眸光明媚："那我可真高兴，自己在哥哥眼里这么显小。"

郁承又笑。

他笑起来真的很好看，春风拂面似的，温文尔雅。

"你好像从来没问过我的年龄。"

"嗯……"怀歆不知他这话的目的，顺着道，"那哥哥多大了？"

她语气很俏皮，试图将气氛转化成闲聊，不然总觉得有种异样的感觉。

不过郁承并没有正面回答她的问题，只是淡淡道："我比你大不少。"

"嗯，有吗？"怀歆刻意假装端详了他片晌，翘着嘴角道，"只看出来帅了。"

车厢里落下男人一声悠悠的轻笑。

"妹妹也很会哄人。"

他们到底还是默契，哪怕已经相互做过情人之间亲密的事，也没有谁提出关系该如何转变的问题。好像就默认着还是按照原来的轨迹发展。

这恰恰是怀歆所希望的，因为她到现在还无法确保一些东西，需要时间看得更仔细一些。

只不过想起郁承同 Lisa 已经进展到了这样的地步，白天就不知怎么在办公室里同他暧昧了，好像无论怎样心里都会觉得有些别扭。

虽然 Lisa 和 Olivia 就是不同面的她自己，理论上她们是同一个人，但怀歆也不得不承认，在郁承的情感世界里，这就是泾渭分明的两段感情。

她不能自欺欺人。

音乐播放器恰好跳到 *Bésame Mucho*（《深深地吻我》），一首深情的拉丁情歌，如大提琴般沉缓的男低音诉说对爱人的深深思念，空气突然就安静了下来。

这时代驾终于到了，两人移至后座。司机花了一些时间熟悉宾利的操作系统，不过 Flipped 离怀歆家不远，很快就开到了。

等代驾走后，车子停在小区门口，谁都没有开口说话。

怀歆调整好自己的心情，稍顿一瞬，雀跃地朝他扬眉："谢谢哥哥送我回来啦。"

郁承轻勾了下嘴角，倾过身来替她解安全带。

他没有一直看着她，但是偶然抬眸的那一眼却无比温柔，蕴着令人目眩神迷的笑意。

怀歆又开始感觉到心跳了。

她明白自己长久以来为什么这么想要得到他，就是因为这种温柔。

他太温柔了。

就在郁承松开安全带锁扣准备退回去的时候，怀歆舔了下嘴角，倏忽揪住他的衣领，在他唇上重重亲了一下。

她眼眸澄澈明亮，水光莹润，像天上亮晶晶的星子，张扬又漂亮，瞳仁里倒映出郁承微有些怔然的表情。

偷亲完毕怀歆就想溜，谁知他反应很快，一下子扣住她的手腕，将她整个人给扯了回来。

怀歆被他半搂着桎梏在原处，还没来得及说什么，话音就直接被男人温热的双唇堵住。

郁承的手臂虽禁锢着她，但动作却比任何时刻都要缱绻。

先是温柔描摹着她的唇形，再撬开贝齿，细细地吮磨。怀歆感觉一阵酥麻自尾椎骨蔓开，又被他搂着往座椅上靠，十指相扣，深深地交缠，强势而温柔。

这阵势怀歆实在难以招架。

光靠温柔的吻就足以让她沉沦，更遑论还有气息，温度，味道，声音，相贴的肌肤传来的阵阵热意。

怀歆被吻得七荤八素，情不自禁地搂着郁承的脖子，加深这个缠绵悱恻的吻。

皎洁的月光透过疏落的树影笼罩下来，悠悠地洒进车内，将两道人影映照得更加缱绻。

郁承低低地吐息着，微沉的呼吸落在她耳畔，悦耳动听。

他今日换了一款香，有轻微的檀木香味，比以前惯用的雪松多了一丝温暖的感觉。更是和她身上晚香玉及水仙花清冷的气息充分调和。

怀歆被他的温度完全包裹在内了，安心又沉醉，某一刻心中陷落，好像真切地感觉到了他的情意。

有什么内里的东西被触动了，她也变得极为柔软。

时间缓缓流淌，不知过了多久，吻毕，郁承抵住她额际。

他的眼睛像是无边无际的海，深沉而又缱绻。

怀歆看着他倾过身来，紧紧拥抱住自己。

她以为他会说什么，但是没有。郁承只是这样不声不响地搂着她，与她一同享受这难能可贵的安静。

也就是在这一刻，怀歆意识到，她是喜欢被人这样对待的。

最好是用力的，快要窒息的，欲把她揉入骨血中的那种力道。

让她感觉自己活着，或是被人深深爱着。

怀歆靠在郁承的肩上，听他沉哑的嗓音从耳畔传来："小朋友。"

"……"

"出差应酬那天晚上就很想这样抱你了。"

男人的声音低得近乎呢喃，怀歆手指微蜷一瞬，少顷抿着唇抬起手臂，以同样的方式回应了他。

她抱着他，如同他抱着她。而他需要她，也正像她需要他。

极其静谧的夜，灯火阑珊，在某处似是落下一句无声告白。

怀歆躺在床上，一直反复回味着整个晚上发生的事情。

前面互相调情，关系有重大进展，后面则是剖白自己，进行情感交融。

她获胜心切，以身诱敌固然不对，但是不得不说还是颇具成效，至少一切都按照她设想中的节奏在发展。

而且整个过程她沉溺而且享受，快乐加倍。

"最高级的猎手往往以猎物的姿态出场"，这话中肯且没有丝毫偏颇，怀歆做了这么久的猎物，此刻打算反转身份，开始全面收网。

想到这里她就开始兴奋，但是嘴角上扬之后，又回忆起方才在昏昧车厢内发生的事情。

怀歆的手指不自觉抚上自己柔软的唇，怔怔地看着天花板。

好像还残留着他的温度和触感，她越是这样想，就越忍不住弯起眼睛。怀歆再度抿着唇笑，胸腔中那颗心怦怦怦地跳，她几乎不能自已。

完了，真的中毒了。

啊啊啊，太讨厌了这个老男人！

怀歆把"郁承"这两个字放在嘴里咂摸一遍，也品尝出甜味，又回溯他是如何下车，陪着她走到别墅门口，最后温柔同她告别的……

等等。

小区？！

郁承为什么会知道她住的小区在哪儿？

刚才气氛太好她忘了说，而且身为 Lisa 她可从来没有把地址告诉过他啊！

怀歆瞪大双眼，扔了手中抱枕，猛地从床上坐起来。

她翻看 QQ 聊天记录，又仔细回想，确认自己是真的没有同他透露过这个信息。

不过，怀歆记得有一次从博源出去管访，郁承好像让司机送她回家过。

而那时，她是白天的Olivia……

怀歆的手机啪嗒掉到了床上，整个人都变成了菜色。

我去？

我了个去！

郁承他知道了？难道他已经全、都、知、道、了？！

所以怪不得他还问她年龄，不是怀疑什么，而是早就知道事实，试探她愿不愿意如实坦白。

送她回家，更是在直接暗示她，就看她反应够不够灵敏。

我去，演得跟真的一样！

老狐狸！坏家伙！臭男人！

而她还在那儿一无所知地跟他飙戏，尤其是刚才，酒精上头之后坐他的车，忘记周围很安静，又没有变声器，现在想想，只想以头抢地，尴尬去世。

所以他是从什么时候知道的？

今晚？

可是仔细想想似乎又有迹可循，感觉他不像是才刚知道的……

怀歆像一条死鱼，大脑CPU超负荷加载，只有眼珠能够轻微转动——再早一些？具体是多早？

她细细回忆，好像每一次她与他过招他都表现得滴水不漏，她竟是完全分辨不出来自己究竟是什么时候露馅的。

怀歆深吸一口气，想要冷静下来。

……

五秒钟后，冷静失败。

她，Lisa Huai，一个行走于江湖片叶不沾身的"撩汉"高手，遭遇了史上最重大的滑铁卢。

虽然这么说来，郁承渣男两头暖的这个顾虑解决了，但是这种被人玩弄于股掌之间的感觉，还是让怀歆感到很爆炸。

前一秒还在沾沾自喜进度可人，后一秒直接王者变青铜，完全挫败，简直令人不敢相信。

实在太晚了，怀歆想半天都想不明白，就在这种又憋屈又愤怒的心情中睡着了。

第二天早上醒来，怀歆盯着空白的天花板发了几秒钟的呆。

外头明媚的阳光从窗沿溜进来，她坐起来，抓了抓自己的头发，端详自己在镜子中映出的面无表情的美丽脸庞。

……

被渣男骗的第一天。气气。

不过再怎么心潮翻涌，还是得正常去上班。她可是专业人士，不会被这些影响工作情绪。

怀歆梳妆打扮好自己，准时抵达办公室。

今天实习区域的人很少，胡薇和秦晓月在她们和怀歆的女生三人小群里欢呼：啊啊啊——Alvin 哥带我们出去尽调啦，开心！［脸红.jpg］

胡薇：他好帅他好帅他好帅，啊啊啊！我要晕倒了！！！

怀歆看着那两行字，闭了闭眼。

呸！

臭男人！！！

说好带她上好项目的，转头就跟别人出去！不要脸！！！

怀歆低头打字，在群里一字一句发：恭喜，哈哈哈哈！［狗头.jpg］

她想了想，又冷静补充一句：他真的很帅吗？我觉得很一般。［疑惑.jpg］

胡薇和秦晓月还在群里间歇性发疯，激动不已，完全无视她这则消息。

过了片刻，这两人才缓过来，引用怀歆最后一句话，回：宝子，我认识很好的眼科医生，你需要联系方式吗？［怜爱.jpg］

怀歆：……

她喝了一大杯水平复自己，而后整个上午都将这种愤怒化身为动力，疯狂干活。

以至于中午的时候，就把一份还挺难的工作做得差不多了，效率完全超出预期。

到了饭点，怀歆有些累了，想好好犒劳自己，恰逢这时张可斌发来微信，问要不要一起下楼吃个饭。

怀歆：好啊。

张可斌：［龇牙.jpg］电梯口见！

怀歆一出来，就看到张可斌拿着手机等在那处，她笑着打了声招呼，两人寒暄几句，开始讨论去哪家餐厅。

"就上次咱们和 Alvin 哥一起吃的日式小火锅如何？"

怀歆："……"

怎么哪儿哪儿都有他。存在感就这么强？

她磨了下后槽牙，微笑："当然没问题啊。"

他们从写字楼出来，怀歆正与张可斌说着话，不经意一打眼，却看见一道一闪即逝的人影。

她脚步当即停住，再往那头去看的时候，对方又不见了。倒是张可斌困惑地看向她："怎么啦？"

怀歆怔了怔，摇头："没什么。"

他们到了那家日料店，很幸运，正好还有一个空位，两人坐下来，熟门熟路地点了菜，开始闲聊起来。

怀歆问张可斌周六的话剧怎么样，他道："其实是个音乐剧，还挺好看的，我笑得不行。"顿了下又招呼怀歆，"下次一起去啊。"

"嗯嗯，好呀。"

张可斌聊起自己周日去朋友家打德扑的事情，说对方也在这儿附近实习，正好能凑在一起。

他说的这些学长学姐怀歆也都认识，顿时颇有几分兴趣，张可斌观她神色，笑道："下次再有局我叫你。"

"嘻嘻，好的！"

一顿饭吃得颇为放松，怀歆回公司的路上查看了一下手机。

很好，某人到现在还没有给她发一条消息。QQ 和微信都是。

哼，她不要理他了！

办公室冷冷清清，怀歆也没个人唠嗑，整个下午基本上也是在自闭中度过的。

她工作到六点多就待不住了，打算先回学校。

收拾好东西下楼，她在写字楼门口用软件打了个车。在等待的过程中，忽然看到有一个男生正低着头，行踪诡异地从大厦拐角绕过来。

这人的身影和之前几次重合，怀歆倏忽想到，早前在自己家小区门口也见到过他。

男生抬头的时候，正好与她的视线对上。怀歆清晰地看见对方眼角底下一颗小痣。

……

苏倾。

之前在签售会上的那个读者。

虽然不清楚是什么原因，但是怀歆很确定，对方在跟踪自己。

苏倾看到她的时候步伐明显僵了一下，没有料到自己会被发现。但他很快朝她露出一抹不明笑意，接着压低自己头上的帽子，转身小步离开。

怀歆心中一凛，觉得好似起了一身鸡皮疙瘩。

这是什么意思？！

她是不是遇到传说中那种变态男粉了？

可苏倾长得清秀白净，真的很难看出是这样的人。

怀歆越想越觉得毛骨悚然——这人知道她家的地址，又从家里一路尾随到公司，但问题是，前两天是个周末，她在家也待了不少时间，难道他一直在那儿蹲点？

思绪恍惚间，她叫的车到了。

怀歆上了的士，没忍住有些不安地回头看。

后窗里苏倾的身影没再在视野里出现。

她松了一口气，但还是如坐针毡。

司机把她送回了学校，怀歆下车，想到刚才的事情，再度东张西望，仍是没有看到任何行迹诡异的人或车，这才暗暗放下心来。

晚上洗完澡以后，怀歆窝在椅子里吹头发。

她垂下眼盯着微信聊天框……准确地说，是盯着和郁承的微信聊天框。

要是这个臭渣男再不给她发消息，他就死定了！！！

也不知道是心灵感应还是怎么回事，这个念头甫一出现，那头就跳出来一个简短的白色框框。

怀歆吸了口气，稍显平静。

郁承：还在忙吗？

怀歆平静地拿起手机，仍旧潮湿的发尾耷拉下来，落在漂亮分明的锁骨上。她面色镇定地抬手，打字。

怀歆：没有，已经做完了。

这么高冷也怪不了她，谁叫他骗她的。秉持着这个想法，怀歆又补充一句：承哥，你这边有什么需要我帮忙的吗？

这句话没发出去几秒钟，郁承很快回复：没有。

郁承：不过那个好时家的项目麻烦你多熟悉熟悉，周三要见一下创始人。

这是他上周五给她交代的那个消费企业，怀歆又禁不住想起今天他带胡薇和秦晓月出去的事情。

虽然知道这只是工作，但她还是理直气壮地吃醋了。

心里一酸语气也跟着阴阳怪气：领导最近很忙啊，天天在外面跑。

怀歆就想看看他要说什么，谁知郁承直接打了个语音通话过来。

手机不停振动，她的心怦怦跳，绷紧咬肌。

接吧，她又暂时不想面对他；不接吧，又好像显得落入下风。

——本来以为他们旗鼓相当，现在回过头来却蓦地发现自己失算了。郁承不仅早就认出了她的身份，还在这期间一直举重若轻地陪她玩这个游戏。

……行。

既然他不主动挑明这件事，她也就不拆穿，继续陪他把这场戏演下去，看最后谁能玩得过谁。

　　斟酌片刻，怀歆还是在急促的铃声中用力按下了绿色的接听键。

　　"喂？领导有什么事吗？"她先发制人，全然漫不经意的语气。

　　"回学校了？"郁承嗓音低缓，并不接她这茬。

　　怀歆的斗志被别了一下，胸腔中一口闷气："对。刚才就回了。"

　　"嗯，辛苦了。今天早点休息。"

　　"……"

　　自从意识到自己在他面前"掉马"以后，怀歆就格外敏锐，他一句话她就能明白其中含义。

　　为什么是"今天"早点休息，那是因为昨天他们玩得太晚了。

　　如果她还被蒙在鼓里，肯定听不出这弦外之音，还乐呵呵觉得他很体贴。而他就可以一边说着这样似是而非的话，一边得趣地欣赏她自作聪明的模样。

　　"领导也要早点休息啊。"怀歆笑眯眯地说，"毕竟今天带实习生出去尽调，真的很辛苦了。"

　　那头传来郁承一声低笑。

　　"不是什么尽调，就随处走访一下，看看店面，没什么实质性的东西。"他顿了一下，又慢条斯理地说，"好时家是个不错的项目，如果你想今天出来的话，周三我就只能带别人了。"

　　"……"

　　这话就是在说，他纯粹是要把面上功夫做全，不能厚此薄彼，实际上她没有损失任何？而且不仅如此，还是在为后续带她铺路了？

　　哼，好话赖话都被你说了，怎么这么讨厌！

　　怀歆张了张嘴，语调自然道："哦，周三挺好的啊，我也没有想着今天出来。"

　　"是吗？"郁承在那头悠悠地轻笑，"我还以为你因为这个不高兴了，所以就解释一下。"

　　怀歆："……"

　　她的呼吸停滞一瞬，炸了。

　　什么叫以为她会不高兴？

　　他、什、么、意、思！

　　"一切都是领导说了算，我又怎么会不高兴。"怀歆嗓音甜腻腻，"况且领导带我上这么好的项目，我开心还来不及呢。"

　　"嗯，那我就放心了。"

　　怀歆："……"

她还没说什么，又听男人在那头低缓问："明天中午我来办公室，有空一起吃饭吗？"

"啊，这个……"怀歆故作思考片刻，"不一定欸，今天中午和可斌哥一起吃的，有些事情没聊完，估计明天中午还要继续讨论吧。"

"……"

郁承短暂地沉默了一下。

这片刻停顿被怀歆捕捉到，她心中暗爽——哈，终于扳回一局。

几秒后，郁承嗓音轻缓地开口："那也可以三个人一起吃。"

怀歆为难道："哦，其实不是工作上的事情啦。"

"……"

"这样。"他仍是一副进退自如的好风度，沉静须臾，又温和地笑起来，"没关系，反正周三肯定是一起的，也不差这一顿。"

怀歆："……"

第二天一早，怀歆去办公室上班的时候，老远就见郁承在实习区域和两个男生说话。

她步伐稍缓，而后又提速，无差别地同他和其他实习生浅笑着问好，随后目不斜视地回到了自己的座位。

怀歆放好自己的东西坐下来，没忍住抬眸看了一眼，恰好与男人似笑非笑睇来的目光对上。

她立即别开视线。

怀歆打开电脑，又掏出之前的笔记本。她看似在做自己的事情，实际上大部分注意力都在余光之外，试图去感知郁承在做什么。

好像一阵清风拂过，淡淡的雪松气息，勾人心魄之时，又缓缓弥漫散开，但她一直刻意压住自己不去看。

过了好一会儿，等怀歆终于抬头的时候，发现男人已经走了。

……

一整个上午她都有些心不在焉，一方面是因为几个老板派的活也没有很急，另一方面是几个外出的实习生都回来了，办公室一下子热闹起来，偶尔有窃窃私语的交谈声。

挨了半天终于到了中午。

怀歆一看微信，又收到郁承给她发的信息：忙完了吗？要不要一起吃饭？

她撇了下嘴，选择暂时无视，给张可斌发：可斌哥，中午一起吃饭吗？

张可斌：好啊，我现在过来。

怀歆抿唇，隐秘地笑着给郁承打字：不好意思呀，今天不太行呢！

这句话还没发出去，就收到张可斌新发的一条信息：正好今天 Alvin 哥说要请所有实习生吃饭，你跟他们都说一声，收拾一下准备下楼。[龇牙 .jpg]

怀歆：……

她憋屈地把那行字删掉，顿了几秒，又赌气地把郁承最后发来的那条信息也删了。

眼不见为净。

怀歆跟着一伙人一起出去。还没到电梯间，就见男人从全职区域的走廊那边过来了。

好久没见他西装革履的模样，依旧清俊落拓，双腿修长，一股禁欲气息。深邃的桃花眼里似有隐约的笑意，温和地同他们打招呼。

纵使怀歆现在不愿承认，但是的确，郁承对她就是有一种很致命的吸引力，只要有他在的地方，她就没法把自己的注意力放在别处。

怀歆视线下循，看到郁承一手随意插兜，另外一边骨节修长的手指垂在身侧，她又禁不住想到不久之前这双手是如何掐着她的腰，高挺的鼻梁若有似无轻蹭她的脸颊，整个人又是如何抵过来，强势而温柔地同她接吻。

那种感觉真的很难忘记。她光是想想都要脸红了。

一行人步行到附近的大型商贸，路上怀歆始终和郁承保持着一定距离，倒是张可斌积极地同他聊天。

张可斌订了一个榻榻米包厢，一共七个人，大家坐得更亲近些。

郁承坐在主位，怀歆在他斜对角的地方，离得不是很远，一抬头就能互相看见。

郁承把点菜的主动权让了出来，张可斌牵头，三下五除二归总好大家的意愿，服务员下单之后就出去了。

而后胡薇和秦晓月就开始缠着郁承讲昨天尽调的事情，又问了一些关于单店模型的问题，男人一一耐心解答。

怀歆听得甚是没滋没味，在旁边慢慢地饮茶。

过了一会儿，胡薇干咳一声，大着胆子道："Alvin 哥，想问你一个问题，不知道方不方便。"

"什么？"男人抬眸。

"呃，就是，"胡薇和秦晓月对视一眼，问出自己一直好奇的问题，"你结婚了吗？"

"……"

几人都看向他，郁承坦然自若地回答："没有。"

似乎被这个答案鼓舞，秦晓月咽了口口水，更进一步："啊，那……那你有女朋友吗？"

他依旧摇头。

"……"

很好，告诉倾慕你的年轻女孩她们有机会是吗？

怀歆冷静地把筷子戳在了面前小份的土豆泥里。

可怜的土豆泥刚被碾压下去，怀歆就看见郁承眸光稍往她这侧转过来，好看的眉眼被墙壁上柔和的灯光勾勒描摹得更加迷人。

他笑得很犯规："但是我有正在追求的人。"

郁承明明在回答别人的话，却一眨不眨地凝视着她，怀歆手上又一下使错劲，将土豆泥戳得惨不忍睹。

追求？？

你哪有追求啊？！

啊啊啊——臭男人真是花言巧语！！！

怀歆很想深深谴责自己这种心脏乱跳的反应，但她还是可耻地受用了。

她抿了下唇，一本正经地从桌上捧起一杯茶，低着头喝起来。

她没看郁承，但是他的回答显然掀起不小的风浪。估计也是没料到男人会这么直白，胡薇和秦晓月都没忍住捂着嘴发出了呼声。

"天啦，Alvin哥这样的人还要追人。"胡薇夸张地说，"那对方一定超级优秀吧？"

"嗯。"郁承微微一笑，嗓音低缓，"是个很可爱的小姑娘。"

怀歆一口水呛住，趴在那儿咳嗽起来。张可斌坐她旁边，赶紧小声询问她有没有事。怀歆摆了摆手，就见一张纸巾从斜对面递了过来。

——郁承为她取了一张纸。

他敛着眼，睫毛如同伞扇般垂落，眸光深隽浓郁，瞳仁微微反射出来的琥珀色很漂亮。

尤其专注看人的时候，更加英俊好看。

怀歆伸手去接那张纸，却不料交接的时候他的指腹轻蹭过她的手指，触碰一瞬，不紧不慢地撤开。

温热，又有些痒意。真的是，众目睽睽之下跟她调情。

怀歆睫毛抖了抖，飞快收回手去，低头闷声道："谢谢承哥。"

被这一个小插曲打断，正菜陆续呈上，也没人再有勇气继续刚才劲爆的话题。兴许是之前没什么机会接触领导的缘故，两个男实习生话多了起来，趁机多请教一些职业发展上的问题。

怀歆平复了自己的心情，一边安静吃菜，一边有一搭没一搭地听着。

因为榻榻米包厢里是长桌，所以有的菜放在离她比较远的位置。她刚才看中的那道鹅肝手卷离她十万八千里远，而比较近的又是她不喜欢吃的海胆寿司。

烤鹅肝诱人的香味阵阵传来，怀歆眼巴巴地看着，也不好意思去让人帮她拿。

她舔了舔唇，正准备移开目光的时候，却见郁承温和询问那两个男生能不能够到怀歆面前的那盘菜，如果不行可以换一下，张可斌闻言，也提议道："对啊对啊，这样两边都能吃到。"

大家都没有异议，鹅肝手卷和海胆寿司成功交换了位置。

怀歆品尝着入口即化的美食，将发红的耳尖悄悄藏进头发里。

好会！

算了，要不原谅他？

怀歆一边在心里斥责自己没出息，一边口是心非地将郁承从"不打算理睬"黑名单里放了出来。

这家菜尤为好吃，再加上席间一直有人说话，显得气氛更为和谐。

胡薇和秦晓月还是很活跃，是各种话题的发起者，怀歆一边听一边吃，但还是有意避开郁承的视线。

——这个老狐狸精，总觉得看他就会被撩拨。

她本就坐在角落，吃得差不多了就随意看看手机，恰逢这时屏幕亮起来，显示出来电提醒。

上面是三个让她 PTSD（创伤后应激障碍）的大字，怀歆目眦欲裂。

王、可、翰。

苍天啊！为什么！这个男的到底为什么！

上周说等她出差回来再联系，后来他再问怀歆就推说还在外面，让他等自己电话就行，所以王可翰安分了一段时间。

谁知没几天就忍不了了，现在又来疯狂轰炸她。

怀歆扶额，不行了，现在轮到她忍不了了。

怀歆拿着手机，有些抱歉地对大家，尤其是对坐在主位的男人说："不好意思，我出去接个电话。"

在郁承不动声色的目光中，她起身离开榻榻米，穿上鞋子出去了。

包厢的私密性很好，外面的走廊空无一人，怀歆走到一个隐蔽的拐角处，接通了电话。

"喂，学长？"她试探。

"杉杉。"

今天王可翰语气十分严肃，听起来像是不好糊弄了："你认真告诉我，你是不是早就回来了？"

要是平时怀歆可能就装傻问一句，你在说什么。而现在她有点乏了，只是疑惑地说："嗯？"

"我回想了我们之前相处的那段时间，越发觉得不对劲。"王可翰深吸口气，"开始的时候你回我总是很快，但是后来给我发了照片之后，你就没那么积极了，我之后再找你，你要不说是有事，要不就推托下次。"

王可翰又絮絮叨叨说了许多，把之前的事情都掰开揉碎了分析细节。怀歆正感叹他记忆力可真是好的时候，忽而耳边传来点动静。

是皮鞋踏在木质地板上的低沉脚步声。

一转头，果然看见郁承。

男人垂敛着眼，意味不明地看着她。

"嗯……"怀歆思忖片刻，就那么迎着郁承的视线，扬起软糯的尾音道："那学长，你喜欢我吗？"

她这个问题跳跃性太大，王可翰愣了一下，有些猝不及防："你……"

缓了几秒，他重新定下心来。

——是因为他总是不表白，所以她觉得他吊着她？

其实，一开始的确是的，他觉得她是挺好骗的那种清纯类型，就跟之前谈的那个女朋友吕瑜一样。谁知跟杉杉交谈的过程中，他越发觉得新奇有趣，越发沉迷，反而忘记了最初的目的。

王可翰叹了口气，踟蹰地说："其实……我也没想到自己有一天会这么喜欢一个女孩。"

"吃饭的时候想她，睡觉的时候想她，甚至学习的时候还想她。"他说完还觉得有些委屈，"杉杉，我都表现得这么明显了，你难道还看不出来吗？"

"哦，是吗？我没看出来欸。"怀歆低下头，漫不经意地道，"我以为我们只是朋友关系。"

"什么？！"那头王可翰声音一下拔高了八个度。

"嗯，不好意思啦，其实我已经有男朋友了。"怀歆说完这句，好像又想到什么，转过头朝郁承笑。

她眉眼弯弯，眼形弧度姣好，眸光清澈，卷翘的睫毛软软的，不自知地勾人。

电话里王可翰仍陷在各种不敢置信中："你骗我的吧？怎么可能——

"我不相信！除非你现在叫他来和我对峙！我要和他说话！"

郁承视线压下来一点，怀歆顺着后退半步，自然地贴向墙壁，甚至还娇俏地冲他挑了下眼尾。

离得太近，她知道他差不多也听了个大概，于是便伸出柔嫩的手指，有一下没一下地轻拽他的领带。

弧度摇曳，似撩拨又似蓄意诱引。

男人沉静呼吸片刻，抽掉她另一只掌心里的手机，放在自己耳边。

少顷，他温文尔雅地出声："想说什么？"

重新坐回办公室，怀歆的嘴角还带着点隐秘的微笑。

刚才他们藏匿在拐角后面，如果张可斌那些人出来找，其实只要转个弯就能发现他们了。这样的心情有种新鲜的刺激感，好像在偷情。

撇开这个，踹掉渣男的感觉也出乎意料地爽。

其实王可翰刚才并不是真的想和她所谓的"男朋友"说什么，他只是单纯无法接受这个事实罢了。郁承说完那句话之后对方就瞬间萎了，一个多余的字都挤不出。

怀歆挂掉电话他又打来，她直接把他拉黑——也不担心他会拿着她的号码报复，因为这个电话是她专门为了他而办的新卡。她手机双卡双待。

怀歆抿唇一笑，这也算是看得起他了。

随后王可翰开始疯狂发微信，字里行间都是被渣女玩弄后的心碎和愤怒。

王可翰：你为什么要这么对我？！

王可翰：我一直对你那么好！

王可翰：你不是一直在和我聊吗，怎么可能那么快交了男朋友？！

王可翰：我要跟你男友揭穿你的真面目！

王可翰：你一边和我暧昧，一边又和他在一起，脚踏两条船，真恶心！

他又发来一长串一长串的控诉，好像全然忘记自己出轨时候的那张丑恶嘴脸。

怀歆懒懒地浏览了半天，惜字如金地给他回了三条。

Lisa：其实，我从一开始就想要玩你的。

Lisa：问就是替天行道，渣男。

Lisa：请一定记得把我的名字倒过来读一下，谢谢。

毕杉，杉毕，相信这个动听的名字会让王可翰拥有一段非常非常难忘的青春记忆。

怀歆把王可翰的微信也拉黑，而后又给吕瑜和金菇凉分享了这一喜讯。

大仇得报，堪称皆大欢喜。两人给她发来一长串"牛"的表情包。

一整个下午怀歆的心情都很好，干活的效率也非常快。她有关注过全职区域那边的情况，见到郁承出来过一次，之后就一直待在办公室里面。

她没去找他，他也没给她布置任务，就这么一直到了晚上。

大概十一点，怀歆寻思着自己应当返校，不然就太晚了，刚起身合上电脑的时候，便收到郁承的微信：什么时候走？

嗯。

怀歆弯了双眼。

——他知道她没走呀，这是不是证明了他也一直在关注着她呢？

怀歆：现在。

怀歆：领导要和我一起走吗？

他很快回：等我五分钟，收拾一下东西。

怀歆环视一圈，见其他人仍旧埋头工作，又忍不住扬了扬嘴角。

真的好像偷情。

怀歆舔了下唇，悠悠给他发：只要是领导，多久我都等哦。

……

他没回了。

不过怀歆倒也不在乎，她将自己的东西收进包里，穿好大衣，慢吞吞地晃到了全职区域他的办公室外。

在郁承开门的瞬间她转过身去背对着他，小步往外面走。到电梯区域时，身后的脚步声更加清晰靠近。

他们像两个陌生人一般等在这里，衣冠楚楚，距离感十足。光洁的大理石地面倒映出沉默的身影。

少顷，"叮咚"一声响，郁承抬步走了进去，怀歆尾随其后。

男人按了负二楼，因为他的车停在地库。

狭小的空间里，依旧没人开口说话。

已经很晚了，地下车库非常安静，连车都比白日里少了许多。

郁承解锁了车，怀歆拉开副驾驶的门坐了进去。

行云流水，一气呵成。

等到车内空气终于被完全封闭住了以后，男人才开口说了到现在为止的第一句话。

"送你回学校？"他嗓音低沉含笑。

"好啊。"怀歆挑了下眼尾，"谢谢领导。"

漂亮的白色宾利驶出车库，一路平稳上行，郁承单手控着方向盘，随意问："不跟我说说吗？"

"说什么？"她装作没听懂。

"中午的。"他言简意赅。

"没什么。就是一个学长，已经拉黑了。"怀歆也回得很简略。

郁承勾唇瞥她一眼，似笑非笑，嗓音懒懒的："你对自己的追求者都这么不留情面？"

不知怎的，怀欹又想起中午吃饭他说正在追求她的事情。

她总觉得他暗含言外之意。有点想笑。

"也不是呀。分人。"怀欹将鬓边碎发挽至耳后，认真道，"如果有人长得特别帅，又每天开着宾利送我回学校，我想我会认真考虑的。"

车厢内响起男人一声轻笑，低低的，让人心痒痒的。

和他在一起的感觉很恣意，怀欹望着窗外灯火，全身放松。

她开始发现，在他面前"掉马甲"也没什么不好的，因为这样的话，很多事情都不必再藏着掖着了。就比如她连上他的蓝牙音响，可以肆无忌惮地播放她喜欢的那派慵懒的拉丁沙发乐曲。

Sentimentos。

其实怀欹觉得郁承给人的感觉就像是这首歌，随性而浪漫，不受拘束，却又有一种让人把握不住的危险。再仔细听还有悲伤，以及藏得很深很深的低沉喟叹。

等这首歌过去之后，随机播放的恰好是《苦瓜》。

> 真想不到当初我们也讨厌吃苦瓜 / 今天竟吃得出那睿智越来越记挂
> 开始时挨一些苦 / 栽种绝处的花 / 幸得艰辛的引路甜蜜不致太寡

陈奕迅的歌声伴随着彻悟后的抚慰释然，怀欹抿了抿唇，忽而道："承哥。"

"嗯？"

"那条围巾，我很喜欢，你是在外面买的吗？"

外面的霓虹映进窗内，车厢内半明半暗，郁承敛着睫，片晌后嗓音温沉："不是。"

"那，"怀欹弯起眼，柔声说，"我很感谢织围巾的那个人。"

"……"

男人侧脸轮廓分明，英挺清俊，他隐没在夜色中，专注地凝视路上来往的车流。

怀欹没再说什么，似乎也不需要再说什么。没有人不想被旁人理解，懂一半也是懂，言语总会让心贴得更近。

她跟他独处时候的这些温情，是在饮食世界里所没有的东西。这有时会让怀欹觉得，他们是同类的人。

纵使路上并不堵车，开到学校还是花了差不多半个小时，怀歆感叹："真的好远啊。"

她眨眨眼，语调俏皮道："领导辛苦啦！"

郁承将车停在路边，轻笑："这不是应该的？"

互相陪玩游戏的关系，哪有什么应不应该，可他话说得漂亮，怀歆也就大方承下。

"哎，明天要去好时家管访。"她想起什么，"我看了一下，地址有点远，在很东边的位置。"

他们的公司就在东边，离好时家总部近，而学校在西北边，所以她明天得起个大早了。

"好远啊。"怀歆苦着一张白净小脸，"我得定上八个闹钟。"

在外实习就是这么不方便，租房的念头再度兴起。

郁承屈肘搁在窗沿，轻抵住下颌，饶有兴味地看她："早知道刚才就不把你送回来了。"

"嗯？"

"我家离得近。"他微微一笑，镜片下的他斯文而绅士，"可以借宿一晚。"

"……"

这男人真的是坏得要命。

戴着那副眼镜更像是风度翩翩的诱引。怀歆很想把它摘下来扔到一边，而后拽着他的领带将他身体拉低去亲吻他。

但她知道这样就被他掌控了节奏。所以即使心痒得不行，还是忍住了。

怀歆想要下车，却透过车窗看见了什么。

她欲解安全带的动作顿住。

"怎么了？"男人在旁边问。

树影下的身影一动不动，显出一种诡异的沉寂，怀歆"咝"了一声，捏紧安全带。

"这几天好像有人跟踪我。"她咬唇，"是我上次签售会的一个读者。我也不认识，但看见他好几次了。"

郁承颦眉，循着怀歆的目光往那处看。

一个清瘦白净的男生，正站在不远处大树下。枝叶茂盛，将他完全吞没在阴影中。

车窗是单向镜，外面看不见车内，因此苏倾并不知道自己已经被发现，还是一眨不眨地望过来。

两相对望，情景十分诡异。

"承哥，我有点害怕……"怀欬小声，"他好像也知道我家的地址。"

郁承视线放低，与她对上。

他抬起手，温暖的掌心覆盖在她手背上。

"我在这儿呢，别怕。"

怀欬睫毛颤了下，觉得那种紧张的感觉消弭了一些。只是想到苏倾尾随这么多天，还是有些不安。

郁承沉静凝视她须臾，道："这样。你先进去，然后拐到一边等一等，看他会不会也跟着进来。"

他顿了下："我也帮你看着，一旦发现不对你就出来。"

怀欬顷刻间明白了他的意思。

学校门口有人脸识别装置，万一苏倾也有权限，那她每天这么晚回来就有危险了。

如果他有什么歹心，很难在人流量大的白天有什么出格行为，大概率只会是等到晚上怀欬回校之后再动手。

不过大门口有好几个保安驻守，所以她先进去的话也还是安全的，因为距离足够近。

"……嗯，好。"

"去吧。"郁承安抚性地摸了摸她的脑袋，温和道，"我就在这里等你。"

"嗯。"

怀欬皱了皱小鼻子，带上自己的东西，深吸一口气，推开车门。

她假装不知道有人在看着自己，回头的时候还弯下腰笑着和郁承说再见。

怀欬目不斜视地走到闸机前，进行人脸识别。

不知道是不是心理暗示的缘故，她一直有一种芒刺在背的感觉，简直瘆得慌。

怀欬按照郁承所说，进门后就拐到一旁的隐蔽角落，安静地等待着。

心脏急促地跳动，手心也憋出了汗意。她一眨不眨地望着自己来时的方向，好像下一秒就会看到苏倾的身影出现在拐角处。

之前在公司楼底下，他对自己露出的那抹奇怪的笑还盘桓在脑海中挥之不去。

处于一种极度紧张的状态里，怀欬提着心等了好一会儿，都没见到人。

再一看微信，郁承给她发了一则信息：他走了。

郁承：安心。

怀欬闭上眼睛，长呼出一口气。

看来不是学校里面的人了。

身体放松下来，怀歆才蓦然发现自己现在身处一个破旧的自行车棚里，步伐稍动就碰到什么东西。

周围太黑，她像是惊弓之鸟，从阴影里跑了出来，重新回到保安亭有光照到的区域。

她往外面一看，那辆白色宾利已经不在了。

嘴里面稍微有些苦味泛出来，怀歆转过身往校园里走，自知多余地给他发消息：你已经回去了吗？

本来也只是确认一下，为心里那种略显空落的感觉找个合适的注脚，谁知郁承打了个电话过来。

怀歆接通："喂。"

他开着车回消息不方便，所以打过来。怀歆捏着手机，觉得自己如果重复问那个问题好像也有点奇怪。

郁承却回应了她。

"我没走，再多停一会儿该违章了。所以就掉个头再绕一圈。"男人吐息温缓，语气耐心之至，"我再帮你看看，不过他应该不会再回来了。"

怀歆的心忽然就好像浸泡在一捧温水里，低应了一句："……嗯。"

好像也没什么可说的了，但她知道自己不想挂电话，就一直举着手机，等他先开口。

可是他说："保持通话。我等你回到宿舍再挂。"

怀歆低头去看脚下的影子，忽然就无声地笑了，是啊，他知道她怕黑的。

虽然她刚才没表现得很明显，但其实本就稀缺的安全感因为苏倾的事情被折腾得所剩无几。怀歆今晚又看到对方，神经高度紧张，总感觉从哪儿会蓦地冒出一个怪影。

不过有郁承陪着，她感觉自己好像不怕了。

他真的很贴心，同她低缓温柔地说着话："路上有灯吗？"

"有的。"怀歆瓮声道。

"是什么样子的？"

"橘黄色的，暖暖的。"

"是吗？"郁承笑了，"离宿舍远不远？"

没那么远，但她鼓着脸颊，睁眼说瞎话："嗯，有点……"

"没事。"他像哄小孩子，"远也陪你。"

怀歆慢吞吞"哦"了一声。

其实在此之前，她并没有很深刻地意识到两人之间的年龄差距。

但是现在这样，怀歆突然发觉她是喜欢郁承把她当成小孩来对待的。

男人有意无意讲些话来让她放松，两人缓缓低声交谈着，很快就到了宿舍楼底。

他察觉到大门拉合的声音，问："到了？"

"嗯。"怀歆尾音扬起，听上去比刚才欢快不少，"你到哪儿啦？"

"还有二十分钟到家。"

"那你路上要注意安全哦。"她提醒。

郁承轻笑："好。"

"对了，承哥。"怀歆眨眨眼，想到什么了，"你家是不是离公司特别近啊？"

"嗯，怎么？"

"总是来回太不方便了，我也想在附近租个房子。"她十分苦恼，"但之前简略在网上看了一眼，好像都没有特别满意的。"

"是吗？"

这一声悠然的笑好似有什么别的意味，他说："你可以把预算和对房子的要求发给我，我帮你找渠道问问看。"

怀歆挂了电话上楼的时候还在想，这个人到底有没有听懂她的暗示啊。

她是要离他家近的小区，而不是公司附近随便哪里都可以，哼。

不管怎么说，第二天要早起，怀歆洗漱过后就睡下了。

虽然没定八个闹钟，但是也不遑多让，铃声足足响了十多分钟她才成功爬起来。

博源可以报销的士费，怀歆也就十分阔绰地给自己叫了辆六座商务。

顺利抵达好时家，与郁承碰了面，而后很快就有人接待他们进入会议室。

这是一家消费电子企业，主要做些扫地机器人或者智能控制器、播放器等小家电。谈了两个小时，好时家的融资意向还比较强烈，因为他们计划往海外市场扩张。

不过中午没能和郁承吃成饭，别的项目找他临时有点事，郁承便让司机先送怀歆回公司。

到了晚上五点的时候他还没回办公室，给她发一条：晚上还有些工作。

郁承：你记得早点回学校，注意安全。

怀歆眨了眨眼。

其实她也就是随意说一嘴，没真想让他天天都送的，但他这种交代的行为，还挺像那么回事儿的。

而且还特意挑在白天的时候告诉她，这样她回去的时候更加安心，就算碰到苏倾也不会那么害怕。

怀歆给他发一个两只卡通胖哈拉鱼抱在一起互相蹭的卖萌表情包：知道啦，

我尊敬的领导。

她本来以为郁承这个事情很快就能处理完，结果连续三天都没在办公室见到他。

一问才知道是瑞势生物那边也有些麻烦。

邵中山工科背景出身，团队里都是研发人员，财务和营销公关资源比较少。目前碰到另一家医用材料企业侵犯他们的专利，还在网上肆意传播公司的不实谣言。

纵使瑞势没有融资意愿，郁承也一直在密切跟进这个项目，他当即牵头将腾越公司的魏总介绍给邵中山。腾越在互联网背景很深，对于这种公关危机很有自己的门道。

连着好几天都在两方之间协调沟通，周五的时候问题解决，邵中山主动要求请郁承吃饭。

又开了几瓶酒，席间邵中山松了口，说博源如果要投资也不是不可以，只看具体条件如何。

怀歆听闻这件事只觉得自家老板果然厉害，切入的时机巧妙，锦上添花不如雪中送炭，邵中山欠下两次人情，再怎样也得有所回应。

本来以为他都这么忙了，理论上应该没有空帮她操心租房的事情，谁知上床睡觉之前收到了他的消息。

一条房源链接。

郁承：找人帮忙看了一下，这个还不错，综合现有房源和你的要求，应该是性价比最高的。

怀歆点开看了看。

高级住宅小区里的单身公寓。

装修风格挺简约大气的，怀歆乍一看就很喜欢。

开放式厨房，和客厅连在一起，空间很大。出去就是阳台，可以俯瞰繁华的城市美景。

卧室也不小，一张一米五的大床。总之，她一个人住够够的了。

再一看价格。

六十平方米，这个地段，居然只要六千五百元？

怀歆不敢置信——这也太便宜了，仿佛天上掉馅饼！

关键是离公司很近，周围都是繁华商贸，哪怕是午夜过后街上还有许多人。

她的实习工资完全可以覆盖房租，而且看上去这儿条件很不错，家私和摆设都很高档，商务艺术范，性价比不要太高。

怀歆完全被惊喜砸中，再看几遍缩略图也还是很喜欢。

怀欯：哇！谢谢领导，感觉很不错的样子！

郁承发过来一段语音，嗓音含着点被红酒浸过的磁性："决定了的话，我让中介联系你。"

他问："要约个时间看房吗？"

链接里有 VR 实景图，怀欯已经进行过虚拟看房，没发现有什么问题。

这么好的房子，多犹豫一秒都会被人抢走的。而且她是信得过郁承那边的渠道的。

怀欯：要不直接定下来吧！ [转圈 .jpg]

当晚中介就加了她的微信，与她签订合同。效率之高，令人感叹如今内卷精神已经深入各行各业。

既然已经决定下来，怀欯打算周末搬家。她的东西不多，没麻烦郁承帮忙，只是找了个搬家公司。

和她想象中一样，这房子每一处都深入人心。

已经有保洁来打扫过，地板光洁，台面上干干净净，纸巾等一次性耗用品都是新的，连窗玻璃都一尘不染。

怀欯安置完新房后累得要死，瘫在自家的米色大沙发上歇息。

一转头就能看见外面宽敞的阳台，夜景绚丽缤纷，视野极好。

刚才上楼的时候再度确认过，这里安保很严格，非业主是没有进出权限的。

终于不用再赶早高峰，也不用担心回校会被人跟踪，怀欯舒服地喟叹一声。

她现在心情很好，连带着就想把这种感觉再回馈给让自己开心的那个人。

微信里戳戳郁承：领导忙不忙呀？

怀欯：有空打个电话吗？

过了几分钟，郁承直接打过来了。

无须她多言，他就猜到："搬好家了？"

慵懒而带点轻微沙哑的嗓音，怀欯猜测男人现在也是极放松的状态，抿着唇笑："是啊。"

"房子怎么样？"

"很满意！"这个时候就要大吹特吹，怀欯叽叽叽地把所有优点都总结一遍，末了雀跃道，"我好喜欢！"

"喜欢就好。"郁承笑。

不知怎的，他的声音听上去有些闷闷的，还有回声。怀欯站起来，一边听电话一边给自己倒了杯牛奶，糯声问他："你在干吗呀？"

还没等到他回答，门口就传来一阵彬彬有礼的敲门声。

怀欯放下瓷杯："你等下哦，好像有人敲门。"

她顿了下困惑道："不过这大晚上的会是谁，我也没叫外卖呀。"

那头男人漫不经意地回答："可能是你的新邻居来跟你问好。"

外边还有一道玻璃防盗门，怀欷也就没从猫眼看。

"邻居？"

她直接拉开里面那扇门，玩笑道："现在邻居都这么热情——"

话音顿住。

顾长挺拔的英俊男人身着一套黑色商务装站在外面，还维持着听电话的姿势，挑着一双桃花眼朝她散漫地笑。

"妹妹，给你热情的新邻居开个门。"

"……"

怀欷将手机握得够紧，是以它还稳稳地被举着。她心想如果是拿着刚才那杯牛奶，那杯子此刻应该已经在地上四分五裂了。

郁承住隔壁。

郁、承、住、隔、壁。

怀欷缓缓深吸一口气，打开了漂亮的雕花玻璃防盗门。

她想找一间他家附近的出租房。之前还担心过郁承没接收到她的暗示，现在才发现，好家伙，原来她家领导是语文阅读理解第一人。

简直太优秀了！

她的视线又不自觉被吸引着落在郁承身上。

大概是进行过什么重要的商务洽谈回来，他今日穿的是西装三件套，双腿修长，宽肩窄腰，外套脱了搭在臂弯，贴身的白衬衫挺括干净，衬出手臂的肌理线条。

衬衫上领带打得一丝不苟，深灰色马甲上每一颗扣子都严谨地系好，于腰腹处绷出些微的力量感。

十分引人入胜的身材。

正当怀欷情不自禁地舔唇时，单手插兜的男人上前半步，风度翩翩地询问："新家不错，请问我可以进来参观一下吗？"

怀欷这才发现他提着一瓶红酒，扬了下眉："这是？"

"恭贺乔迁之喜啊。"郁承挑了下眼尾，似笑非笑道，"新邻居总不好空手而来。"

"哦，这样。"怀欷慢吞吞地拖长声调，顿了下侧身，"那你就进来吧。"

中介还真贴心，为她准备了两双一次性拖鞋，怀欷打开鞋柜才发现。

眼下正好，她把这鞋拿了出来。

男人把西装外套搭在沙发椅背上，又随手将红酒置于茶几上。

他很讲究分寸，没有再探入走廊深处和卧室等比较隐私的地方，只是在客厅中稍微转了转。但纵使如此，怀欤还是有一种让他进入自己私人领地的感觉。

他的存在感太强，这种侵略性很明显。

怀欤刻意忽略掉这种感觉，找了个干净的玻璃杯为他倒水。

"你先在沙发上坐一下。"

郁承倒是听她的话坐下来了。怀欤将温水端过去给他，凝视着他低头轻抿一口，蓦地出声道："承哥。"

"嗯？"

"你家隔壁的这个房子正好在出租吗？"她弯了弯唇，软声道，"好巧。"

郁承望过来，视线与她在半空中碰了一下。

他唇边浮起一抹闲散的笑，认同道："嗯，是挺巧的。"

郁承放下水杯，目光转向墙上挂着的超大屏电视机。怀欤顺着看过去，在他身旁坐了下来。

她拿起遥控器开了电视，笑道："我还没检查这个呢。也不知道好不好用。"

"嗯，我家也配了一个。"郁承双腿交叠，随意靠在椅背上，"可以点播。"

果然，界面一亮跳出来就是各种电视剧、电影、综艺的选择。怀欤饶有兴致地切换到电影频道，搜寻片刻又点进豆瓣高分专区。

"这里的资源很齐全欸。"

有不少眼熟的片子，甚至其中几部还是她和郁承一起看过的。

怀欤一边悠悠然往下翻页，一边问："哎，《绿皮书》你看过吗？好像评分不错。"

"看过。"郁承脸上的笑有些耐人寻味，"印象挺深刻的。"

"哦？为什么呀？"她眨了眨眼，直接迎上他的视线。

郁承看着她，慢条斯理地说："觉得人物性格很有意思，喜欢它带给我的那种自在放松的感觉。"

怀欤心中一痒，若无其事地转过头，又往下翻了几页。

郁承勾了下唇，没再说话。空气一时之间有些安静，莫名平添一丝黏稠感。

片晌，他开口问："你一会儿有别的事吗？"

男人的手臂搭在沙发扶手上，离她不远不近，嗓音低沉而醇郁，讲话的时候喉结微微滚动，下颌处的曲线流畅分明。

很性感。

他明明没在看她，怀欤却能感觉到被那种略显胶着的磁场所包裹。

明明还没有喝酒，却已然有些微醺。

怀欤缓慢地吞咽，轻声道："没有，你呢？"

郁承侧眸看过来。

他缓缓笑了，说："我也没有。"

怀歆"哦"了声。她佯装专注地翻看影片榜单："那，要不要看点什么？"

"好啊。"悠缓的气音从身侧传来，"看什么？"

"《美国往事》怎么样？"怀歆记得之前他说自己没看过，又不着痕迹地瞥了下四个小时的播放时长，"那要不就这个？"

郁承没有异议："好。"

客厅里亮如白昼，总感觉没有看大片的那种意思，但是要全熄灭了又太暗。怀歆庆幸自己从宿舍带过来一盏照射较远的落地灯，关上顶灯之后，橘黄色的暖光把周围照映得影影绰绰，颇具氛围感。

本来她自己是没有开瓶器的，但是橱柜里留了起子和几个干净的高脚杯，怀歆把东西递给郁承，一个字都没有说，他便心领神会，自然地开了那瓶酒，倒在一旁先醒一醒。

这是 1984 年在意大利上映的一部老片，画质没那么高清，讲的是美国 20 世纪 20 到 60 年代的黑帮故事，人物情节比较复杂，也有很多抓人眼球的丰富场景。

一开始需要交代背景，所以节奏较慢，而且当时的电影叙述手法也和现代有不小的差异，怀歆有几个瞬间并没有完全看进去，甚至有点走神。

郁承察觉到，含笑看她一眼："你不喜欢《教父》，理论上也不太会青睐这类片子。"

确实如此。

她选择这部电影的私心并非来自对题材的偏好。

"如果你想，我们可以换一部。"他说。

屏幕上，昏暗的房间里，一个女人刚被枪杀，血液四溅。

怀歆低头笑了笑："不用。"

除去男人都喜欢的那些打打杀杀的桥段，这部片子似乎还有不少情感纠葛，所以她觉得也无可厚非，并且仍然抱有一定的期待。

"其实我还挺喜欢这电影里美国 20 世纪的老式街景的，有种往事如烟的怀旧感。"

"……"

"而且，"怀歆不动声色地倾过身，靠他近一点，无辜地抬起眼睫，"又不是只看电影。"

郁承眼睫动了一下。

很轻微，但因为近距离对视，还是被怀歆捕捉到了。

他似乎笑了，视线压过来，也离她近了一点。

"是吗？"

格外低沉磁性的嗓音沉缓落下，光线也随着他的动作淹没了一些，郁承垂敛着眼看她，眼睫鸦羽般密长，双眼皮褶很深，内勾外翘的桃花眼格外惑人。

他今日没戴眼镜，所以怀歆将这些细节看得更为清晰。

有什么东西在悄然变化，她的心跳声也开始盈沸起来。拉锯般地对视片刻，怀歆率先低下视线，而后又若无其事地看向屏幕。

继续看电影。

一群纽约犹太区的少年靠抢盗、敲诈和走私为生，他们一同长大，出生入死。其中领头的两人叫作面条和麦克斯。

街边地痞混混做的事情粗俗不雅，面条和麦克斯斗殴打架，还肆无忌惮地与妓女厮混，怀歆皱眉的时候想起郁承还在旁边，生生止住。

不能反应太大，好像没见过世面似的。

她咬了咬唇，继续瞪大眼睛看着。

昏昧沙发的另一侧，男人余光瞥见她神态，轻轻勾了下唇。那抹弧度很快隐没于暗影中，早就已经搭在怀歆身后沙发靠背上的手臂悄然落下一些。

年少的面条从墙中空隙偷窥黛博拉脱衣，那一幕朦胧而又美好，美丽的少女光洁的后背笼罩着神圣的光，面条睁大了双眼，睫毛微微颤抖。

——所有爱情的开始都是来自原始性冲动。

怀歆稍微觉得有些口干舌燥，面条这种无耻的行径和她想解开郁承这个晦涩谜语的行为没什么不同。

虽然这样的尺度对他来说并不算什么，但她还是很想将郁承的眼睛蒙上，让他不要看，因为这情景就好像是把她的心思外化，赤裸裸地摊开在他面前。

心里轻微有些焦灼的时候，掌心被什么触碰，又硬又凉，接着耳畔响起一道低沉声音。

"要不要喝酒？"

怀歆接过酒杯，与他碰出短暂清脆的一声响，仰头喝了下去。

她喝得有点急，被轻微地呛到。郁承靠近安抚地拍她后背的时候，顺势揽住她的右肩。

怀歆品尝到些微的苦涩。她舔了下唇，而后是细密绵长的回甘。

郁承帮她把易碎的玻璃杯放了扶手旁的台面上。而怀歆则轻靠在他身侧，没有再改变姿势。

后来黛博拉在堆满瓜果的仓库里为面条诵读《圣经》中的《雅歌》，他们在对视中亲吻彼此。

只是嘴唇的相贴，没有太多欲望，黛博拉的眼睛如蓝宝石一样盈着光。这像是一个易被惊扰的美梦。

怀欹耳侧贴着郁承的白衬衫，只隔着薄薄一层布料。

她感受到他被红酒熨帖后的体温，还有黑暗中悠长深沉的呼吸。没有人开口言语或者动作，仿佛如此这般，这个梦就能做得更长一些。

对于面条和麦克斯这样出身底层的人来说，其实没有太多的选择，时运不济，做什么都不容易。

《美国往事》讲述的不只是一帮街头少年的成长故事，更是沉甸甸的黑帮史，枪响声和利刃刺入人身体中的声音压在怀欹的身上，她缩着肩，出神地看着屏幕。

暴力的地方总有流血牺牲，面对辖区黑帮和警察勾结起来的凶狠压迫，这群孩子年少轻狂地选择"以牙还牙"。

年纪最小的多明尼克被直接枪杀在街头，面条摸到一手的鲜血，怀中挚友的身体尚存温度。

他本来可以全身而退，却拿起刀冲上前去，疯狂地往开枪的人身上连捅十几下。

宛如什么东西刺入心间，怀欹下意识闭上了双眸，耳畔的怒吼、痛呼和搏击声却还在继续。

而与此同时，一只骨节分明的手掌轻轻地覆盖在她的眼睑上。

"怕不怕？"他将她往怀里温柔地压了压。

顺着郁承的动作，怀欹稍微侧了下身，将左耳贴在他右侧胸口。这样的姿势看起来像是更深地埋进他臂弯。

"嗯。"怀欹闷闷应一声，软糯鼻音短促得像撒娇。

郁承拨开她右脸颊的发，指腹触到她微凉的耳垂。他低敛眉目，带着些温存的意味，覆住怀欹的耳朵。

一片混沌的环境，视觉和听觉切断，她能感知到的具象只有身旁的这个人。

温暖的，可靠的，安心的。

怀欹揪紧了他身上的衣料。

过了一会儿他说"好了"，她才睁开了眼。

血腥的画面已经过去了。

怀欹耳尖红红的，好像是被闷出来的。她视线落于台面上的高脚杯，小声道："我要喝酒。"

郁承把杯子递给她，怀欹支起身来，将里面的酒饮尽了，方才觉得舒服一些。

男人刚才短暂地松开了她，现下重新自然地将她搂进怀里。

怀欹不作声，彼此心照不宣。

现在的情形与他们之间的关系何其相似，不过是你进我退的相互推拉，她如果想赢就必须隐藏自己想要进一步靠近他的想法。

十二年后面条从狱中出来，沧桑巨变。麦克斯找到他，当年的小团伙开始重操旧业。

黛博拉已然出落得美丽动人，她依旧是面条心目中的女神。可黛博拉却一直梦想着做耀眼的女明星，野心勃勃，认为面条不能给她她想要的。

面条虽然落寞，但还是包下高雅的法国餐厅和她约会，悠扬动人的小提琴声中，两人在厅中跳舞。

面条为黛博拉诵读《圣经》中的《雅歌》，一如她曾经那般。他的眼睛里盈着光，温柔彻骨，不见天光的岁月并没有减轻他对她深刻的情意。

面条抚摸着黛博拉的脸颊，低低说道："没有人能够像我这样爱你。"

怀歆心中一动，心中有了些微酸涩的感觉。

这样深切的爱情是什么滋味？

她没体会过，但可以与之共情，胸腔中的空气被尽数挤压，有些闷，又想流泪。

那种感觉就好像是，自己得不到，但又真的羡慕，因此而叹息。

其实也谈过几段恋爱，可都是年轻的游戏，没人会真的沉溺，当时她享受那种举重若轻来去自如的轻盈感，却忽视了心底更加渴望的东西。

真正的爱情就是一腔无处安放的真心。

她希望有这么一个人，能够至死不渝地爱着自己，永远为她匡扶正义。

情感和理智，不论对错，无惧是非。她永远是他的最优选。

怀歆始终没想能真的找到这样的人，所以放任自己陷入一场场无意义的追逐和游戏。心动和迷恋也是爱情，只不过是最肤浅、最初级的形态而已。

后颈有轻微的气息拂过，无比沉缓。

她似有所感，侧过眸，对上男人低敛下来的眼。

他身上的气息很好闻，檀木和琥珀的味道，还混着红酒的醇香。

怀歆如同受了蛊惑，缓缓伸展修长白皙的脖颈。

微颤的眼睫如同蝶翼，试探着抬起的时候，郁承恰好低头，她柔软的唇沿着他的下颌擦了过去。

暗影之中，他漆黑的眼睛深沉幽微，只稍映出些许微弱的弧光。那光像是水波粼粼的月色，风一吹，就荡漾着散开。

怀歆保持着仰头的姿势没有动，她才刚启唇，郁承就倾身吻了过来。

只是嘴唇和嘴唇的触碰，似水缱绻，如月光般温柔。

他的手掌贴在她侧颈，指腹缓缓摩挲着她的脸颊，怀歆竟觉出一种小心而珍重的意味。

她恍惚着，不知怎么就哭了。

郁承闭着眼，轻柔地吻她的唇。他摸到她滴落下的眼泪，稍顿一瞬，又转而吻她脸颊。

一下一下，他温柔至极，将她脸上成串的泪珠都吻掉了。

怀歆迷迷糊糊地被郁承抱在怀里亲，手臂情不自禁地搂住他的脖颈。

她很喜欢他吻自己，嘴唇，脸颊，眼睛，还有别的地方，都渴望他温柔的触碰。

这件事无关情欲，只是在被他亲密对待的时候，她心中会有那种酸胀饱满的熨帖感。

她想被他抱得紧一点，再久一点。

屏幕上播放的电影早已不那么重要，他们纯粹地相拥，将自己的温度传递给对方，有什么在静谧处缓缓地流淌。

片晌，郁承松开怀歆，又转而抵住她的额际，轻而低地呼吸着。

"真是个小哭包。"

他低哑开口，嗓音里含着清晰可闻的笑意。

怀歆红了脸，嗔了他一眼，好半天才鼓着脸颊为自己正名："我、我也没有总是哭嘛。"

郁承又笑，指腹轻蹭过她潮湿的眼尾，意味温存。

他稍顿一瞬，似乎想说什么，但电影的情节仍在继续。

火车的鸣笛声轰隆响起，黛博拉提着行李远行。那种柔缓的情绪蓦地被破坏，泄露出一丝缝隙。

怀歆眼睫颤了颤，低着头从他怀里退出来。

她张了张嘴，可好像也觉得现在不太合时宜，到底没开口。

只能继续看电影。

郁承原本搂着她，但因她动作松了手，所以重新搭回沙发靠背上。

突然卸去的力道让怀歆心里不自觉空落落的，可是这种境况无论再做什么都会显得很刻意，索性顺其自然。

后面的一个多小时情节跌宕起伏，昔日兄弟反目成仇，云谲波诡，但怀歆看得颇为心猿意马——男人身上那股沉隽的香味总是让人无法忽略。

好不容易看到最终的黑幕白字，怀歆微不可察地松了口气，心也稍稍安定下来。①

———————————

① 所涉及情节和台词源自电影《美国往事》。

沉静片刻，她抿了下唇，软声开口："还挺好看的。比我预想中好很多。"

"嗯。"

郁承敛着眸看过来，面色无异，也点点头："确实是经典之作。"

红酒只喝了一半不到，怀歆瞥了一眼，笑道："就是可惜了这瓶好酒。"

"也没有。"郁承低下睫，不疾不徐地轻笑，"下次来的时候再喝完就是了。"

低沉磁性的尾音徐徐扫过，怀歆手指微蜷起，心里有些痒。

她短促地"嗯"了一声，逼自己迎上他的视线，恍若自如道："好啊。"

郁承凝视她须臾，勾了下唇，起身。

他的深灰色马甲上有些微的褶皱，那是她刚才压出来的痕迹，怀歆走马观花地掠过去一眼，看他优雅地挽起靠背上搭着的西装外套，挂在臂弯。

墙壁上的指针也显示过了十二点，再留他就显得有点不同寻常了。

那瓶红酒就放在她这里，两人之间无须太多言语，就默契地知晓下一步该如何。

郁承换回皮鞋，走到门外的时候转过身来。

怀歆盯着他领口打得一丝不苟的领带，舔了下唇，但是并没有什么动作。

郁承低垂眉目看着她，正欲说话，怀歆忽然踮起脚，柔软的手指贴附上他的脖颈，侧过头在男人的嘴角亲了一下。

又轻又软的触碰，羽毛似的。

怀歆弯着眼，眼底一片狡黠的笑意，像只小狐狸般在他耳畔吹了口气。

"Good night kiss.（晚安吻。）"

甜糯尾音悠悠勾起，明目张胆地撩拨，她使完坏就抽了身，动作迅速地将那扇防盗门关上，得意地朝他挑眉。

隔着一道雕花玻璃门，男人微绷了下咬肌，接着低下眼，散漫地笑了。

他很快又抬头，一眨不眨地与她对视，漆黑眼眸里光线幽微，但好似又有了些许淡淡的兴味。

郁承优雅微笑着，朝怀歆做了个口型。

一句话。共四个字，分成两个词。

前者不难认，后者倒让她有一瞬间的迷茫，可关上第二扇门的电光石火间，怀歆却突然分辨出来，觉得心底好像有一罐蜂蜜炸开了一样。

他说：晚安，宝贝。

晨昏游戏

下

Romantic Secret

浮瑾 著

四川文艺出版社

他是幸运的,纵使曾经路途坎坷,但仍然坚守初心。

茕茕孑立三十年,在茫茫人海里找到她。

她是这么独一无二,让人看一眼就心生欢喜。

Contents 目录

Chapt 5 你一出现我就沦陷了 / *001*

Chapt 6 怦然心动 / *051*

Chapt 7 狐狸和小玫瑰 / *111*

Chapt 8 这世界那么多人 / *165*

Extra 1 可以请你嫁给我吗？ / *213*

Extra 2 岁岁平安 / *315*

"你是上帝展示在我眼睛前的音乐、天穹、宫殿、江河、深沉的玫瑰，

隐没而没有穷期。"

我愿跟你走长路，愿陪你寻花期，愿同你看天明，愿与你共朝夕。

愿当你遮风避雨的港，更愿做你忠心不贰之臣。

I WANT YOU TO
STAY CURIOUS

ABOUT
ME .

Chapter 5

你一出现我就沦陷了 ✦

自从搬了家之后，怀歆的生活质量直线上升。

从她住的小区步行到公司连十分钟都用不了，写字楼就在对街，甚至可以从地下通道直达。每天早上也不必再提早一个小时起床，可以多睡一会儿。

她没有特意和郁承约过，但是连着几天早上乘电梯下楼的时候都没有遇见他。

明明是邻居，倒还挺不巧的。有时候他早早就到了，有时候却晚她半小时才来，因为距离近了，下班也不需要郁承再开车送她，所以总是碰不到一块儿。

怀歆在微信上问了中介，她这房子的房东是谁。虽然他们没有透露什么确切的信息，但怀歆怀疑她家领导绝对在中间倒了一手。

按这里的价格，这样的条件怎么说也得一万零四百元左右，而现在只需要六千五百元，她在这里实习四个月以上，可以省下很大的一笔费用。

虽然怀歆也不缺这点钱，但是郁承对她的照顾还是让她觉得很暖心。怀歆特意去商场给他挑了礼物，看来看去最后选择了一台价值不菲的徕卡胶片机。

他喜欢摄影，怀歆觉得这个礼物应当能合他心意，只不过不知该找什么样的契机给他。

郁承近日很忙，找她的频率有所减少，偶尔晚上发来消息，也聊不上几句。

因此怀歆并不想显得太主动，决定也冷他几天再说，一切从简回复——稍微空闲一阵，在某种程度上也更方便她掌握节奏。

而将注意力专注到实习上之后，怀歆发现自己越来越享受这份工作了。

同事和领导们性格都很好，交流也很顺畅，偶尔还会约出来一起玩。上次的话剧没看成，张可斌便邀怀歆和其他几个实习生周五晚上一起去打德扑。

胡薇说："哎，宝子，你不是搬家了吗？我们可不可以去你家打呀？"

秦晓月眼睛一亮："对呀对呀！看照片我就好喜欢，好想知道这种房子里面是什么样子哦！"

顿了下，她又恳求般地问怀歆："可以吗？"

当然是没什么不可以的，大家好奇，怀歆也乐意满足他们的愿望，只是稍微有点担心他们过来的时候碰巧看到郁承，那到时候就怎么也说不清了。

所以临近下午的时候她特意和男人提了这事，大概一小时后他予以回复，说自己那时候应当不在家。

怀歆猜想他是另有别的应酬，但不管怎么说，德扑这件事是可以落实的，是以周五晚上，一行人浩浩荡荡地去了她家。

外面敲门声响起的时候，怀歆正在写新书的第一章节。

几个月不开新文，对于一个作者来说可不是好习惯。最近她灵感充沛，做好人设大纲之后就开始创作了。

这本书不像之前的风格，写的是家族明争暗斗的故事，权柄、金钱、女人、纸醉金迷、无上欲望将人性打磨得一贫如洗，真心更显廉价。

这也是看完《美国往事》之后获得的一点点启发，写作对于怀歆来说，最有意思之处就是可以借由这种方式去洞察和挖掘人心最深沉、最复杂的地方。

今天来打德扑的除了张可斌，还有邓泽和其他四个实习生。

怀歆给他们开门，屋子里一下子就变得热闹起来。

她已经提前叫了比萨和炸鸡，几人前脚刚进，后脚外卖就到了，香喷喷的气味弥漫开来，胡薇和秦晓月幸福地欢呼："宝子太懂我们了！好快乐！"

怀歆让大家先在沙发上落座，又拿来几把小凳子放在一旁，所有人围着茶几坐成一圈。吃的喝的就摆在旁边，随时取用。

张可斌打量房子内的布局，赞叹道："这些家私和摆件都好有艺术感啊。"

胡薇附和："是啊是啊，我也好喜欢，很高质量了！"

几人七嘴八舌，怀歆笑着道："那欢迎大家常来。"

"对了，"邓泽随口提道，"我怎么记得承总也是住这个小区？之前好像听他说过。"

"啊啊啊啊，真的吗真的吗！"秦晓月当即扭过头，"歆歆，那你……"

怀歆干咳一声："这我倒不知道欸，我就是在网上找中介看的房。"

众人对她这个说法倒没表示出什么疑问，只是作为郁承的头号迷妹，胡薇和秦晓月显然激动起来，前者甚至小声提议要不要把男人也邀请过来一起打牌。

当然她也只敢这么说一嘴，就算郁承再有亲和力，职级也和他们是天差地别。领导只可远观而不可亵玩，大家都当是玩笑，最后也就不了了之了。

怀歆心中暗暗松了一口气，用蓝牙音响播放比较动感的背景音乐，然后拿出扑克牌分发。

邓泽和张可斌比较会玩，怀歆和那两个男生是一个水平线上的，胡薇和秦晓月是妥妥的菜鸡，风险厌恶偏好反复横跳，一会儿不要命地往里进，一会儿又无比谨慎。

虽然他们没玩真钱，只是假筹码而已，但是两人还是哀号一片："邓泽哥和可斌哥杀疯了杀疯了！"

"不行不行！"胡薇扶额，"倾家荡产了，我要出去吹会儿风冷静一下。"

怀欯家的阳台挺大的，正好大家玩了一两个小时，也是时候休息一下，秦晓月也跟着推开玻璃门出去了，几人倚在栏杆处俯瞰。

"风景真不错呀！"

怀欯正好又叫了奶茶，她去门口取外卖，而后一一分配给众人。

这时忽然听到胡薇一声惊叫："哎呀！"

怀欯赶紧跑到阳台去："怎么啦？"

胡薇指着隔壁阳台，哭丧着脸说："刚刮来一阵大风，把我帽子吹到别人家去了！"

她来的时候戴着一顶漂亮的呢绒帽，对它爱不释手，大家都夸赞好看，怀欯往那边一瞧——果然，胡薇的帽子落在……

郁承家的阳台地上。

这可真是……

怀欯知道两边离得不远，但以前没有仔细看，不知道靠得这么近，基本上是到了可以直接跨过去的地步。

两个阳台的中间有一大半被建筑物的墙体阻隔，另外一小半露了出来，所以如果在顶角探身往那头看，是可以极为清楚地将那边的情景一览无余的。

郁承家的窗帘拉得严丝合缝，也不知道有没有人在家，胡薇正想过去一探究竟，怀欯出声："那个，要不我去隔壁问问看，帮你把帽子拿回来吧？"

胡薇感激地点点头："我和你一起去吧。"

"哎呀没事，你在这里和大家看会儿电视，吃点东西，我去去就回。"

怀欯家的电视屏幕很大，而且可以点播各类栏目，秦晓月已经颇感兴趣地点开时下一个大火恋综，胡薇的注意力被吸引过去，迟疑一瞬欣然答应："那好吧，爱你宝子！"

"不客气，哈哈。"

怀欯披上薄外套出了门。

她给郁承发微信，简要介绍事情概况：承哥，你在家吗？我想来取一下东西。[乖巧长颈鹿.jpg]

还没等几秒钟，男人就回：密码910620，你直接进来就好。

怀欯指尖稍顿。

没想到他会把密码直接给她，有点意外。她抿唇输入数字，"嘀"的一声，心里一丝细微的甜味儿不受控制地蔓开。

客厅里开着灯，但是空无一人。怀欯轻轻推开门，往屋内走去。

郁承家的格局和她的不太一样，面积稍微大一点，但是装修风格很像。茶几上整齐摆放着他的一些私人用品，怀歆扫了一眼，没有细看。

"承哥？"

她试探着叫了两声，没人应。

他应该是不在家。

怀歆往走廊深处走了几步，蓦地停住，又转过身，朝阳台走去。

无论如何，先拿回胡薇的东西。

怀歆推开玻璃门，看到胡薇的帽子好端端地躺在地上。

她松了口气，幸亏只是吹到了隔壁，要是掉到楼下就不好找了。

怀歆捡起帽子，听到自家传来阵阵欢声笑语。

她走到栏杆边探身看——张可斌几人在家里看电视，说的话也隐隐约约能够传过来，是在讨论那个综艺里面嘉宾之间的互动。

正饶有兴致地从这个奇怪的角度观察他们时，一阵温热的呼吸从后颈袭过来，怀歆瞪大眼睛，还未出声，便被人抱着身子转过来，以吻封缄。

太过猝不及防，她发出一声短促的呜咽。近在咫尺的人却捏了下她后颈，怀歆浑身一颤，不留神就被他撬开齿关，长驱直入。

他在家啊？！

不是，他是什么时候过来的？为什么走路没声音？也不说一声！啊啊啊！

怀歆控诉地挥舞着小拳头，却被郁承轻而易举地抓住。男人敛着眸轻笑了下，而后摁着她的后颈，一边厮磨一边加深这个吻的力道。

怀歆被抵在两个阳台中间的墙体上，承受着他并不怎么绅士的亲昵行径。

虽然他们将近一周没见，但一上来就这么猛，她腿都快软了好吗！

他一寸寸地掠夺侵占，怀歆头晕目眩，双手撑在他胸口借力，才勉强靠立在墙壁。

有一瞬间她觉得自己是真喘不上气了，呜呜地又捶他两下，他才松开。

"你、你……"

还没说两句，就听到自家阳台的门被推开的声音，有人走出来："歆歆怎么去隔壁那么久啊？"

是胡薇的声音。

怀歆和郁承紧贴着靠在这侧的墙边。因为视角差，只要对方不用力探着身子攀过来，理论上就发现不了他们俩。

但到底只有一墙之隔，怀歆的身体还是不自觉地绷紧了。

她睫毛颤抖，没来得及动作，却见郁承朝自己挑了下眼尾。

轻佻而又戏谑。恶劣得要命。

心头一阵不妙的预感，腰间被箍紧，他又欺身吻了过来。

这一波浪潮更加汹涌澎湃，怀歆被裹挟在炙热的唇舌和冰冷的墙体之间，在他极致的技巧之下沉溺沦陷，她是真的从不知道，接吻这种事情还能翻出这么多花样。

几声"嗯嗯"没忍住溢出唇间，怀歆恍惚间感知另一侧脚步微动，胡薇的声音清晰了点："晓月，我怎么好像听到一些声音？"

唇舌的掠夺还在继续，怀歆仰着脖颈，不自觉揪紧男人胸口的衣服，指节泛着青白。

她的呜咽声还没溢出就被郁承堵在口中，泪水凝聚在怀歆的眼尾，她脸上蔓延出一片潮红，眸光蒙眬不已。

太刺激了，呜——

纵使已经尽量压抑自己，怀歆却感觉所有的反应都不受控制，如同卷入情欲的旋涡中，任眼前的男人肆意摆布。

郁承在攻城略地之余给予她快乐和温度，随着胡薇脚步声凑近，怀歆脑中的弦越发绷紧。

他却还有闲心含着她耳垂调情，将那块儿吻得通红之后，再度沉下来描摹舔吮她的唇。

就在那根弦将断未断即将拉至顶点的时候，屋内张可斌唤："都快进来，新点的外卖到啦！"

近在咫尺的步伐声一顿，逐渐远去了。

怀歆被松开，停顿片刻，开始大口大口地喘气，腿软得要命，若不是有郁承抵着，恐怕就要滑下去了。

她羞耻地发现自己讲不出话了，而始作俑者低敛着长睫，喉结滚动，眼角眉梢都是愉悦的意味。

"……"

郁承凑过来亲了一下她的嘴角，哑着嗓子低笑："甜的。"

怀歆蒙了一瞬，整个人炸了。

"你——你你你！"

怀歆红着脸，是真的一瞬间浑身颤抖，哽到结巴。

说不出话只能动手，她连捶郁承胸口三四下，才慢慢平复过来。

"你真的坏死了！"

五分恼羞成怒，五分欲说还休，怀歆把男人推开，气呼呼地揪着胡薇的呢绒帽子跑了。

背影雄赳赳气昂昂的，姿态却像是落荒而逃。

郁承抬眸注视她噔噔噔飞奔出门外，末了轻声一笑。

真是可爱。

再不回去真的说不过去了，怀歆站在自家大门前，用手机前置镜头看了一下自己的状况——啊啊啊啊！都怪那个臭男人，抱着她又啃又咬的，嘴唇都肿了！

要不是她今晚只化了淡妆，涂了个唇膏，口红早就花了！

真是太可恶了！

她重新整理了一下着装，尽量在外表上不留下什么热吻后的端倪，深吸一口气，才输入密码进了门。

几人已经看综艺看入了迷，边吃新到的甜品边兴致勃勃地讨论。张可斌抬眼："哎，Olivia 你回来了？帽子取到了吗？"

"嗯。"怀歆出声的瞬间才发现自己嗓音有些沙哑，又在心里给郁承狠狠记了一笔。

她把帽子还给胡薇，对方道了谢，随口道："你怎么去了那么久呀？"

怀歆尽量自然地转过身去餐桌边倒水，边喝边含糊说："我一开始敲门没人应，以为没人在家，后来又等了一会儿才有人开门。"

"哦哦。"

看他们这架势也不想继续玩牌了，怀歆索性就坐下来，跟着一起看完一整期综艺。

差不多晚上十点多钟的时候邓泽说还有工作要回去了，张可斌和几个实习生也就跟着一道离开。

几人在房门口说了一会儿话才下楼，怀歆回眸看茶几上杯盘狼藉，松了一口气，这才关上门。

她忙活了好一会儿才将家里的垃圾收拾好，扎捆好袋扔了出去。

在沙发上歇了一刻后，怀歆冷静地戳开郁承的微信框：我要求算账。[微笑 .jpg]

"好啊。"他懒洋洋地回语音，几分散漫和挑逗，"你想怎么算？"

怀歆起身，到郁承家门口敲门。

她敲得很用力，一边按门铃一边敲，很快里面就有人开了门。

郁承垂眸，桃花眼微扬，好整以暇地看着她。

怀歆绕开他，面无表情地走进屋内，于是他也跟上。

她停在沙发前，命令道："你坐下。"

郁承笑了笑，长腿一弯，优雅回应："遵命。"

男人就那么姿态慵懒地靠在沙发上，他衬衫领口随意散开几颗扣子，露出如刀刻般的平直锁骨，仰头饶有兴味地看着她。

怀歆压住胸口翻涌的闷气，语调平平地问："你不是说今晚不在家吗？"

"我是说饭点那时可能不在家。"郁承微微一笑，"你们一共玩了三个多小时，时间跨度不算短吧。"

"……"

确实。

但谁叫他营造出一种不在家的气氛又突然跑出来吓她的！

怀歆膝盖弯曲顶住沙发边沿，恰在郁承大腿外侧，她手臂撑住他双肩两边，倾过身，凶巴巴地说："你不许动。"

她皮肤白皙，眼尾弧度姣好，颊边一缕卷发垂落，容色昳丽，光线从卷翘的睫毛中垂落，此刻神情无比生动。

郁承还是维持那种漫不经心仰头的姿势，喉结略微滑动一下，低沉应道："嗯。"

怀歆拽住他的领带，稍微俯低身体。

她审视般地凝视他，片刻后红唇凑过去亲他一下，接着探入更深处。

若即若离地缠绵须臾，怀歆垂着眸往外撤。

郁承眯着眼，欲顺着向回钩，却被她按回沙发靠背，警告："不准动。"

头顶的吊灯明晃晃映在男人眼底，他敛着眸看着她，过了会儿低下睫，不动了。

怀歆又靠近，继续吻他。

她故意使坏，给他一点甜头就跑，他连抬手都不许，银色的腕表被她扣住，冰凉的金属也沾染上她的体温。

怀歆这么反复几次之后，终于觉得解气了。

郁承轻微地喘着气，那副有些欲求不满的样子落在她眼底，真的很性感。

怀歆膝行过去，稍微离他近一点，戏谑地扯一扯他的领带，居高临下地明知故问："感觉怎么样？"

郁承定定地看着她，半晌眼底重新浮出笑意："嗯，我认输。"

这个词可是真新鲜，她跟他拼这么久就是想争个你输我赢，蓦然听到还有种尘埃未定的感觉。

怀歆受用极了，欲翻身下去，却被他扶住腰，按在原地不能动。

小火苗灭而又起，还没烧旺，就被他眼中如水温柔浇灭。

郁承深深凝视着她，笑问："解气了吗？"

怀歆低头："……嗯。"

"那就好。"

男人瞳色漆黑，其内光线幽微，情绪难辨。怀歆怔了一瞬，心间有些不知名的意味浮起。

她一向是不怎么看得清他的，自然也读不出此刻他心中所想。

"你这几天在忙什么？"怀歆问。

"工作。"他唇线平直，自然答道。

"我是说除了工作之外。"

郁承沉静看她，没有立即回答。

怀歆也缄默与他对视片刻，摸了摸他心口的位置："我觉得你这里好像有事。"

郁承眸光微动，缓慢呼吸几瞬，抬手抚摸她的头发。

"嗯。"他轻轻应，肯定她的明察秋毫。

怀歆了然。

她没有急着去问什么事，而是倾过身，直接抱住了他。

她知道他是喜欢这样的，就像她也喜欢。他们本就需要彼此。

郁承静默几秒，抬起手臂回应了她。

"我前两天回家了。"他缓缓道。

怀歆反应过来郁承说的是江浙那边，他又去看望养父母了。这周这么忙，想必也是为了提前把工作做完，好挤出时间。

大概是女人的第六感，她心里有种直觉告诉自己不能问，只是贴着他的脸颊，宽慰地"嗯"了一声。

她身上是柔软的，头发也是软的，落在他脸颊旁，有些许安抚的意味。

郁承贴在怀歆颈侧，沉郁地说："我这周末要去趟 G 城。"

"好，我等你回来。"

她是真的一句多余的话都不问，他喜欢她这样知分寸，就像他喜欢和她待在一起。

这个世界复杂万分，唯有她是无害的。

清醒聪明，却无害，多么难得。

郁承握着怀歆的双肩，轻轻拉开一点距离。

光线重新进入他眼底，他又带上清浅的笑意。

"陪我随便看部电影，可以吗？"

"好。"

他们选择了 *Jerry Maguire*（《甜心先生》），一部 1996 年的美国电影。

影片播放之前，怀歆抚摸了一下郁承的侧脸，弯唇道："等我一下，我去拿点东西。"

他等了几分钟，她就回来了，手里提着一个厚实的布袋子。

"拿的什么？"郁承抬眉。

怀歆神秘兮兮地一笑，从里面抽出那瓶未喝完的红酒："可不能少了它。"

郁承也笑了。

他从橱柜里拿了两个普通玻璃杯："之前不小心把高脚杯碰碎了一只，用这个不介意吧？"

怀欷摇摇头："有什么好介意的，都是杯子。"

他轻笑一声，将临时瓶塞拔掉，把酒满上。

电影开始播放，怀欷便抱着郁承的手臂，靠在他身侧找了个舒服的姿势窝着。

杰瑞·马圭尔原是一名风光无两的体育经纪人，一朝却因为理念不同被原公司解雇，当他询问有谁想跟自己走时，只有一名叫作多萝茜的单身母亲跟着他一同离职。

他们共同携手开创新事业，从零开始摸爬滚打。但是出师不利，杰瑞手下最红的运动员背叛了他，未婚妻也与他分手，杰瑞没有了收入，濒临破产。

杰瑞和多萝茜闪婚，他喜欢她却并不爱她，更多是出于那种互相依靠的温情，将她当成可以停泊的港湾。多萝茜察觉到他的逃避，但是仍旧支持着他。

杰瑞的事业起步很难，他历尽艰辛，到最后终于获得成功的时候，才意识到自己对妻子的感情。

We live in a cynical world, but you complete me.
我们生活在一个愤世嫉俗的世界里，但是你让我变得完整。

杰瑞卸下平日里的能言善辩，结结巴巴地求爱。
而多萝茜打断他，笑中带泪，说出那句经典台词——

You had me at hello.
你一出现我就沦陷了。[①]

这个隔空对视的片段怀欷以前看过不下三次，但是重温一遍，还是觉得脉脉温情。

在郁承面前哭过许多次，现在她已经不害臊了，在茶几上抽了张纸巾，安静地拭泪。

郁承侧眸凝视她蕴着水光的漂亮眼睛，抬臂将她揽入怀中，轻轻拍了拍。

怀欷有些享受地蹭了蹭他胸口，在心尖细细品味那种情绪余韵流淌的感觉。

---

① 所涉及情节和台词源自电影《甜心先生》。

有时候她喜欢这种真正敞开心扉的时刻，流泪不是因为难过，而是温暖的共情。

怀歆扶着男人的肩，抬起卷翘的睫，嗓音软糯："你还记得在招股书印刷机构的时候吗？"

"怎么了？"他垂眸，抚摸她的脸颊。

"我看到你的第一眼，就有点上心。"

怀歆在他耳畔，轻声细语地坦白这个秘密。但是姿态是大大方方的，水灵灵的眸中藏着狡黠的笑意。

You had me at hello.

——这句话对她同样适用。

倒不觉得将这个说出来会怎么样，她对他感兴趣是已知的事实，怀歆只是有点好奇他当时有没有发现。

俏皮轻快的片尾曲中，郁承意味不明地勾唇："其实我看出来了。"

怀歆瞠目，眼睛圆漉漉的很可爱："真的吗？当时我也没干什么呀。"

她是没干什么，但那双眼睛藏不住话。与她对视的时候就能明察。

男人摇摇头，笑得高深莫测："我就是知道。"

"……"

"好吧，那听上去好像是我棋差一着。"怀歆鼓了鼓脸颊。

说是这么说，其实眼里全然是不服输，郁承亲昵地捏了捏她软乎乎的脸，道："不是。"

怀歆仰起脑袋："为什么？"

"因为，"他靠过来，低缓出声，"我也是一进门就注意到了你。"

怀歆拿过红酒喝了一口："哦？一进门就看到我了啊？"

她拖长语调，很明显的得意，郁承压着笑意，嗓音徐徐："是。"

一比一扯平，怀歆心里舒服。因着之前在阳台上发生的事情，她本来想克扣给他的礼物，但最终还是从布袋里拿出来，递给他。

"送给你的。"

"什么？"郁承有些惊讶。

"谢谢领导帮我找房子。"怀歆勾着娇懒的尾音，在他脸上亲了一下。

他顷刻就懂了。

他将东西接过去，端详片刻："Leica（徕卡相机）M5，镜头 35mm F2.0。"

她没有错过男人脸上那种略微亮起来的神色，送人礼物就看对方揭开惊喜的这一刻最让人开心，怀歆搂着他脖颈，蹭蹭他挺拔的鼻梁："喜欢吗？"

"嗯。"郁承声音沉下来，"一直想收藏这一款。"

"那就好。"怀歆柔声笑，"我还怕买重了呢。"

男人凝视着她的双眼，漆黑眼眸中意味深沉难辨，没有说话。

怀歆捕捉到什么，那东西又顷刻消弭。她凑过去，在他唇上啄吻了一下。

她眼里有浅浅的橘色光，郁承敛着眸，按着她的后脑勺与她自然接吻。

他修长的手指陷入她柔顺的发中，力道很温和，不似之前在阳台上的强势，但是难掩情欲的初衷。

他们是什么关系？

怀歆一边享受他的吻，一边迷迷糊糊地想。

他们大概是一方可以随时抽身而退的关系，没有契约，虚情假意，谁也看不清谁的真心。

她知道他在情感上的需要，便尽可能地满足他，而他也察觉到了这狡猾的一点，在对她做着同样的事。

怀歆对此并不反感，只是如果她赢不了他，他也休想叫她缴械投降。

郁承吻她娇艳欲滴的嫣红唇瓣，这次多了一丝挑逗的意味。他如同极有耐心的猎人，一下一下，有分寸地撩起欲望的火苗。

怀歆配合他共同营造这沉溺的快感，感受他骨节分明的手指越发深入插进她发丝，温柔十足地掌控着。

她的回应也烧灼了他，郁承半眯着眼，将她迷蒙而享受的表情收在眼底，一如照见他自己。

——他们如此之像。

郁承自打定主意要去 G 城之后，就知道这是一条没有回头的路。

回去一趟，发现侯素馨的拮抗剂药物被人为换成维生素片，连续三天。

许琮终于按捺不住，向他发出最后通牒。是警告，也是威胁。

他本来不欲如此，但既然她不放过他，那就没必要再做与世无争的事。

因为他向来清楚对自己来说最紧要的东西是什么。

电话铃声响起，两人的动作都停了下来。

怀歆轻喘了两下，从郁承身上翻身下来，坐在一旁整理有些松散的衣裳，缓缓平复滚烫的呼吸。

男人垂着眸，拿起手机看到来电备注却不接电话，怀歆心下了然。

不计较今晚未尽事宜，他们来日方长。她站起身来绕到沙发后面，弯下纤腰。

柔软的长发轻轻扫过他颈肩和耳畔，怀歆红唇翕动，柔声道："我等你回来。"

郁承第一次主动回家，但是契机选得很妙，这周日恰是潘晋岳六十九大寿，他理应回来庆贺。

一进门的时候保姆们倒是诧异又惊喜，张罗着为他挂衣裳、提鞋。

潘晋岳同人去打高尔夫，潘隽也不在家，偌大的客厅里只有许琮身着真丝睡袍在客厅百无聊赖地看剧，她见到郁承的时候神情并不很意外，拍拍自己身旁："阿承回来了？坐。"

郁承便就这么坐下。

两人之间隔着一段不近不远的距离，许琮面色无异，继续看剧。

这是以前 TVB 的一部老片，一集四十多分钟，粤语的发声极为动听，电视放了多久，他们就这么不声不响地坐了多久。

这一集播完，许琮抬手按下遥控电源键，关了电视，而后迤迤然起身，沿着旋转楼梯往上走了。

很快身后也传来脚步声，她淡淡勾了下嘴角。

许琮回到自己的梳妆间，瞧他进来，抬了抬下巴："关门。"

郁承依言，仍背对着她的时候，就听许琮不紧不慢地出声："我料得不错，你是肯定会回来的。"

郁承稍顿一瞬，将锁扣仔细搭好，这才从容不迫地转身，用普通话讲："这周末父亲生日，我怎能不回？"

从他的脸上看不出丝毫怨怼的痕迹，银丝框眼镜稳稳地架在高挺的鼻梁上，反射出些许微光，叫人猜不出他心中想法。

许琮盯了他须臾，扬声："这么说，你不是来为郁家夫妇抱不平了？"

"本意不是如此，但既然来了，也想问母亲一句。"郁承温和道，"这么多年，您当真一点都不了解您儿子的脾性？"

"什么意思？"许琮沉下声，有些警惕。

"我并非什么重情重义之人，也不会受任何掣肘。"他平静出声，"不然这么多年，您想要我做的事早该做成了。"

许琮一滞，胸口微微起伏。

当年郁承出国以后，郁卫东因为侯素馨被工地重材砸伤求到潘家，被她使了离间计。当时她就是想试他一试，看看郁承的软肋到底在哪里，也好将他拿捏。

可谁知后来郁承得知这件事，竟没有任何反应。

没有愤怒、悲伤，也没有替郁家夫妇鸣不平。

看来他本质上同她一样冷情冷性。这是一件好事，许琮稍稍放下心来，但这样一来，就没了制衡他的方法，郁承油盐不进，当真是颇为棘手。

潘家子嗣单薄，算上外面两个私生的，统共也就四个儿子。

前几年潘晋岳精力尚且充沛，将大权牢牢抓在自己手里。潘隽是个不成器的，不足为惧，外面两个又被潘晋岳提防，暂且翻不出什么大风浪，所以许琮也就任由郁承去了。

但近年来情势急转直下，潘晋岳积病在身，身子骨不如原先健朗了，再加上家族公司开始出现大大小小的问题，明眼人都知道他需要开始挑选继承人，或者至少将权力分一部分出去。

郁承再不回来就晚了，许琮也是心急，再度向郁家夫妇下手，原意是死马当作活马医，可没承想那头临时派去的人告诉她，郁承那几日也恰好回去看望他们了。

虽然房门紧闭，并不知他们说了什么，但这件事仍然让许琮很在意。

难道这么多年他都是装给她看的？骗她这么久，让她放松了警惕，竟不知最好用的把柄早就握在自己手里？

许琮审视般地打量郁承："若真是如此，你还回去看他们做什么？"

"母亲这就高看我了。"郁承微微一笑，"养条狗还能有感情，更何况他们养了我这么多年，老太太生了重病，于情于理我都应该回去看一眼，不然岂不是叫别人看了心寒。"

他瞳仁漆黑深暗，言外之意露出一丝罅隙，许琮蹙了眉："……你说什么？"

"我说过，您并不了解我。"郁承靠近她，轻声慢语地问，"您该不会真的以为，这么多年我对潘家一无所图吧？"

许琮蓦地眯起了眼。

她想到一个可能性，但由于太过震惊，一时之间无法相信。

"您说，如果一个猎人养了一匹狼和一条猎犬，那么只剩下一块肉吃的时候，他会把它给谁呢？"

许琮的呼吸沉了下来，突如其来的重力压得她心跳加速。

郁承没等她回应，便勾起唇，淡淡道："您应当并不知道答案，不然也不会做出以郁家夫妇为要挟这么愚蠢的事情了。"

"……"

狗比狼更无害，饥荒年代，猎人会选择对狼设防。因为狼的野性导致它可能会突破人为的驯化，但是听话的狗不会。

许琮意识到，郁承这么多年的不争不抢，也许都是为了让潘晋岳卸下防备，为了让自己被定义成一条乖顺的猎犬。

他定期看望郁家夫妇的这个举动，若落到潘晋岳眼中，便是一剂强力定心针，是他不会逾越本性的证明。

她突然发现自己一直以来对这个儿子的认识过于偏颇，他的心思比她想象中要深沉得多，他也比旁人更能够隐忍。

"你从未对我说过。"许琮抑制住自己微微有些颤抖的嗓音。

"若让您知道，那也未必能瞒过父亲了。"

郁承观察她的神情，似笑非笑地说："这么多年我们的配合算得上有默契不是吗？现在时机恰好，所以我才回来。"

"……"

许琮沉默。

郁承利用她演了一场足够以假乱真的戏，潘家内忧外患之时，他临危受命，不会引起太多忌惮。

这本是她为郁承设计安排的戏码，谁知他早就是如此打算，还提前许久布局谋篇。虽说与自己的想法不谋而合，但许琮还是感觉自己被人摆了一道。

"您也无须太过介怀，下次有什么事我会同您商量的。"郁承平静道，"毕竟我们才是对方唯一的亲人，打断骨头连着筋的关系，荣损与共。"

许琮深深地望着他，他亦坦然回视，过了片刻，她才轻哼一声："你知道就好。"

除开他自作主张这一个小点，这个儿子比她想象中要更合心意。她原以为他冥顽不化、执迷不悟，现在反而是意外之喜。

她将潘家现在的情况细说与郁承听。

潘晋岳身体大不如以往，家族一些旁枝末节的小事便交给潘隽打理，也算是给予他一定的权力。外面的两个私生子——潘睿和裴明帆，也各执掌潘家两三家子公司。

年前基金会出的事托了些关系解决了，眼下 B 城的几处地产置业资金链又有问题，这块儿本是潘隽负责，结果窟窿捅到潘晋岳跟前，他大发脾气。

"明日你父亲过寿，我替你准备了贺礼。"许琮淡淡叮嘱道，"第一次回来，表现好一点。"

"嗯。"郁承颔首，轻缓道，"我知道了。"

潘家的后庭院里有一处打理得极漂亮的花园。

许琮与郁承商讨完毕，便在卧室里休憩。郁承坐在花园里的长条吊椅上，眸色极淡地看着眼前繁盛的景象。

一朵山茶花的绽放需要园丁每日悉心地浇水施肥，需要空气雨露和泥土中的养料，需要很多繁杂的步骤。它们被禁锢在高门深宅之中，看不见外面的天光，但凡稍有差池，便很容易就枯萎了，远不如野草的生命力顽强。

郁承垂下眸，笑一笑，起身进屋去了。

潘家二楼房间很多，有一处是专门给郁承留的。面积只有潘隽房间的三分之二，家具摆件更简单，但是胜在朝向好，显得比较宽敞。

晚上郁承洗了澡，穿着睡衣上了床。时隔多年重新回到这里，感觉陌生又熟悉。

半晌后潘耀过来敲门。听说哥哥回来了，小家伙高兴得要命。

郁承陪她聊了一会儿天，问问她在学校里的情况，又问和爸爸妈妈相处得是否愉快。

小姑娘吧啦吧啦讲了好多，恨不得把平生见闻都拿出来和哥哥分享。谈及和潘隽的关系，潘耀一副大人模样，用粤语脆生生地说道："我一向同他不亲的，巴不得不要碰到他才好。"

郁承淡笑着听她讲这些，潘耀想到什么，雀跃说："不过最近另外一个哥哥对我很好，总是送我很多好玩的东西。"

"另一个哥哥？"郁承抬眉。

"嗯嗯！明帆哥哥！"潘耀语气昂扬，"我的小兔子还是他给我买的呢。"

"这样啊。"郁承温柔地摸了摸她的小脑袋，"他经常来家里吗？"

"嗯……不过他怕惹妈妈不高兴，所以总是悄悄地来看我。"潘耀一五一十地说，"有时候还会去接我放学呢。"

她说完又吐了吐舌头，纠结道："哥哥不要告诉妈妈呀。"

"嗯，当然。"郁承眉目低垂，轻笑，"这是哥哥和小耀之间的秘密，是不是？"

潘耀重重点头，眼睛弯起来："嗯，是秘密！"

郁承去了G城之后，怀歆周末闲来无事，把自己关在房间里写小说。

赵澈跟她说自己有个一起打商赛的B大朋友近日刚转系到了管理学院，听说怀歆是学姐，很想一起吃个饭请教一下经验。恰好这两天没事，怀歆欣然应允。

赵澈的这个朋友与他同级，小怀歆两岁多，名叫喻景畅。一米八几的个子，阳光俊朗，眼睛是很好看的内双，有种奶油小生的既视感。

席间他跟着赵澈一起叫怀歆姐姐，画面非常赏心悦目，怀歆快乐地应声，赵澈在一旁酸不溜秋地说："我姐一年给我的笑脸还没今天多。"

喻景畅立马笑逐颜开，弯着眼睛道："是吗？那我真是太荣幸了。"

弟弟人帅又谦虚，请教了怀歆很多学业上的问题，还把她哄得开开心心。饭局结束的时候，他大方地掏钱请吃饭，怀歆拦道："你还没工作呢。"

"姐姐也没工作啊。"喻景畅摆摆手，"没事的，今天是我麻烦阿澈请歆歆姐出来，理应我来请客。"

他的态度颇为坚决，怀歆只好作罢。

临别时喻景畅问："之后在学院上课我还能来找姐姐请教问题吗？"

怀歆点点头，笑："当然，随时可以。"

周一怀欤照常去博源上班，没有看到郁承。

他也没说会去 G 城多久，是以她并不知道他什么时候会回来，只能偶尔瞄一瞄他的办公室。

他偶尔跟她简略报备，聊上两句就没再继续，只说一切顺利。

晚上六点怀欤就收拾东西下班，剩下的工作带回家做。乘电梯下到一层的时候，竟在外面碰到了喻景畅。

"你怎么会在这里？"她有些好奇地问。

"我来这里面试学期中实习，刚刚结束。"喻景畅挠了挠头，睁大眼睛，"姐姐呢？"

怀欤解释："哦，我在这个写字楼实习，博源资本。"

"哦哦，我听过的，是很有名的私募公司，姐姐好厉害！"

"哈哈，没有没有。"怀欤顿一下，关心道，"你面什么公司？"

喻景畅说了一家中资投行的名字，正寒暄的时候碰到大领导陶总和王安冉并肩出来，怀欤恭谨地打了个招呼。

几人说话的时候喻景畅一直很有礼貌地保持安静，待两人远去，他才出声："姐姐现在是要去吃饭吗？"

怀欤迟疑道："……嗯，想随便找个地方吃点东西。"

"那不如我们去对面的商贸一起吃？"喻景畅提议，"我知道有一家很好吃的新式创意菜。"

今天任务不重，怀欤斟酌片刻，没有拂他的面子："好，那就走吧。"

喻景畅说的那家创意餐馆不远，几步路就到了。店面装修很新，薄荷绿的卡座色彩明亮，菜品看着也很是丰富。

两人点了菜，闲聊了片刻，谈起未来的职业规划。

喻景畅年纪较轻，思考得没有那么清楚，怀欤便和他讲了许多自己的经验。喻景畅认真记下来，还就自己的一些困惑向她讨教。

一顿饭吃了一个多小时，过程比较愉快，怀欤回家以后效率也很高，迅速把领导们派的活做完了。

戳开微信没有新消息，到晚上准备睡觉的时候，收到郁承的一条信息：我明天中午回来。

怀欤：哦。

不知道是什么原因，他没有发语音，还是用的文字。但是隔着屏幕都能感觉到那种似笑非笑的兴味：就一个"哦"啊？

怀欤：不然你还想要什么？ [猫猫眨眼 .jpg]

老男人故意卖关子：明天告诉你。

哼。

知道他什么时候回来，怀歆的心情还是畅快不少。

第二天早早来到办公室，和其他几个同事问好。

今天也是比较凑巧，陶总来 B 城待两天，打算中午请全组一起吃饭。往常都是实习生们和初级全职员工一起，或者是自己在办公室解决，很少有大家都凑齐的日子。

郁承恰好是上午十一点半飞机落地，怀歆估摸着他不一定能及时赶来。到了中午，果然没在包厢里看见他。

不过众人还是给他留了位子，大家边吃边聊，气氛还算轻松和谐。

和大老板一起吃饭的压力也没有怀歆想象中那么大。几位领导都很亲和，没什么距离感，除了询问工作感想，也关心他们平常学业生活如何，有什么兴趣爱好。

两个男实习生正聊恋爱状况的时候郁承进来了，怀歆与他视线在半空中交会，稍抬了下眉。

郁承风度翩翩地在给他留的空位上落座："抱歉，我来晚了。"

陶总向他颔首示意，几人的注意力很快又回到实习生身上，兴致勃勃地听他们分享自己的故事。

听罢，张可斌感叹："单身狗太羡慕了。"

李施文哈哈一笑，视线转到几个女生身上，问："都有男朋友没？"

胡薇刚分手，秦晓月也是单身，怀歆还没说话，就听到陶总亲切地开口："小怀有了吧？那个和你在门口说话的高高瘦瘦的男孩子是不是就是？"

怀歆没反应过来，王安冉插话道："就昨天啊，那个阳光白净看着挺年轻的男生，又帅又开朗，你们聊得挺开心的。"

几个形容词下来，怀歆这才联想到喻景畅，正欲否认，却不经意间对上郁承抬眸投来的视线。

那双深邃的桃花眼眸光平静，意味不明，且幽深难辨。

郁承与她恰是面对面，最远的直径距离，但怀歆却觉得他此刻的眼神令人难以忽略。

她舔了下唇，抿唇笑着否认："哦，那个不是的，只是我的一个学弟。"

嗑 CP 是人类的本能，陶总颇为可惜地叹了一声："我还以为是呢。"

怀歆抿了下唇，没说话。

李施文好奇地问："那歆歆有没有男朋友？"

"这个……"怀歆眨了眨眼，刻意瞥向郁承的方向，直视了他须臾才悠然笑道，"没有啊。"

男人与她对视片刻，垂下眼帘，举起茶杯轻啜一口。

文总在一旁笑着开腔："那大家有什么优秀资源都可以给小怀介绍介绍。"

怀歆弯着眼道："那我就提前谢过领导们啦。"

吃完饭后大家三三两两地走回办公室。怀歆在后面，听见文总说一会儿要和郁承、徐旭一起开个会。

在人群中郁承总是很显眼。她凝视着他笔挺的背影，宽肩窄腰，双腿修长，嘴角稍微翘了一下。

和他拥有一个共同秘密的感觉超乎预料地刺激。

他对于别人而言是只可远观而不可亵玩，可她却真切了解触摸他紧实的胸口、坐在他大腿上与他接吻是何种滋味。

一般开会需要一两个小时，怀歆回到座位上之后开始心无旁骛地工作。

等到手中的活告一段落，她去茶水间接了杯水回来，看到微信弹出一则新消息：来我办公室。

怀歆无声笑了下，多此一举地问：什么时候？

郁承秒回：现在，马上。

怀歆：哦。

她重新给自己涂了个漂亮的口红，这才迤迤然起身，走到郁承办公室门前，轻轻敲了敲门。

里面沉稳地传来一声"请进"。

怀歆便推开门进去。

刚关上门转过身，她便被人压在从外面看不透的磨砂玻璃上亲吻。

怀歆挣扎着"嗯"一声，却在唇半启的时候给予他可乘之机。郁承托着她的大腿，一边吸吮舔咬着她的唇，一边将她抱坐到一旁较矮的立柜上面。

他双臂撑在她身体两侧，微仰着颈倾近过来。怀歆被压在墙壁上，几乎无法动弹，只能被动承受汹涌浪潮。

交缠片晌，郁承短暂松开她，但眸子却仍紧盯着她，轻喘着气笑："几天不见，就和别人好了？"

他的眼睛里有未散开的情意，纤长睫羽敛着，半眯眼眸的时候，莫名有些性感的欲色。

怀歆垂眸，迎着他的目光，懒懒问："如果我说是呢？"

郁承稍顿一瞬，勾唇笑了。

"不许。"

他扣住她一侧纤细手腕，再度倾身压过来。

郁承吻技颇好，很懂得怎样让女人舒服享受。本来就像是偷情，再搭配外面隐隐约约有人来往的脚步声，怀欯不由得有些兴奋地战栗，连被他指尖触碰的脊椎骨都隐隐约约有一阵酥麻之意。

她喘息的声音不敢太大，怕被别人听见，更怕有人突然闯进来，撞见这样的旖事，身体都不由得绷紧了。

郁承察觉到她的反应，好似闷笑一声，将她抱得更紧。

吻了好一会儿，直到怀欯快喘不上气无意识推搡他的时候，郁承才意犹未尽地放开了她，须臾眯着眼舔了下嘴角："好甜。"

她的口红有不少都沾到他唇上了，这动作被做出一股子暧昧味道，怀欯羞耻地低下头，几乎想钻到地底去。

"讨厌死了。"她小声，"动静那么大。"

郁承挑了挑眼尾，凑近她勾唇问："谁讨厌？"

"你！"

他低低地坏笑："刚才接吻的时候你的表情可不是这么说的。"

"……"

怀欯推开他，跳下矮柜往外走："我要回去了。"

"这样回去可不行。"郁承从后面抱住她，慢条斯理地笑，"不然大家都会知道我欺负过你了。"

怀欯瞠目，接过他递来的镜子。

好家伙，这口红都花得不行了……

也太激烈了吧刚才。

你也知道是欺负啊，她瞪了他一眼，还笑！

认认真真地拿纸巾擦掉，重新涂抹一遍口红，怀欯这才松了口气。一转眼看到郁承英俊的面容，她红着耳朵，又拿干净纸巾替他擦拭嘴角。

一切全部恢复原状之后怀欯就想溜，却被眉眼含笑的男人擒住手腕。

他掌心的温度有点烫，怀欯难得结巴了一下："郁总还、还有什么事？"

郁承把她拉到怀里，垂着眼，似笑非笑地道："账还没算完就想跑？"

"什么账？"她睫毛扑闪了下，无辜地问。

他稍顿片刻，情绪不明地压着嗓音提示她："高高瘦瘦，阳光白净，年轻，又帅又开朗。"

这样搂着腰说话让怀欯有种被压制的感觉。她仰着头，试图推他但没推动，憋着笑，便就着这个姿势回答："就，我弟弟的一个好朋友，刚认识的。"

"刚认识就聊那么开心？"

怀欯歪了下头，好整以暇地打量他。

片晌她悠悠然开口："哥哥这是吃醋了？"

"……"

"不要吃醋。"怀歆眨了眨眼，眼神无比娇俏。她含笑凑过去，在他耳畔轻声说，"虽然我现在还没有男朋友，但他不如你赢面大。"

她似是故意，撩拨般地，唇轻轻一触就离开。

郁承眯了下眼，绷着咬肌笑了。

"先回去工作，"他嗓音低沉微哑，警告似的捏了捏她柔软的耳垂，"不然我不保证之后会不会弄出更大的动静。"

此次 G 城之行的进展如郁承预料中一般。

潘晋岳六十九大寿，不是整年，再加之家族里里外外的各种小问题，也没有多少心思大办。

寿宴就在半山别墅举行，宴请了多年来的亲朋好友，席间很是热闹。潘晋岳对于郁承的出现没有什么多余的表示，照旧与他寒暄几句，问候日常情况。

郁承送的礼物是许琮准备的明朝山水图，在一众贺礼中算是中上乘，对于他现在这样的边缘化地位来说却是不多不少刚刚好。

潘隽送的是藏传佛教随行供奉过的一尊小金佛，颜色昳丽多彩，很是贵重，也不知是从哪里弄来的。

晚宴过后，宾客都在二楼饮酒尽欢。郁承在长廊落地窗前往下俯瞰，能看到后花园中的情景。

潘耀在欢快地荡秋千，旁边站着一个容色清俊的年轻男人。

小姑娘玩了一会儿，对着男人伸出粉嘟嘟的手臂，于是男人将她抱了起来，让她坐在自己腿上。一大一小两人笑着说话。

郁承想那应该就是裴明帆，他并没有见过父亲的其他两个儿子，原先是因上不了台面所以一直把他们放在暗处，就像潘晋岳曾经对待他那般。

不过今天裴明帆能出现在这里，显然并不是潘耀所说的"悄悄"进来那么简单。

这是父亲默许了的。

郁承低敛着眼凝视他们片刻，底下的男人似有所感，朝二楼上方看过来。

两人的视线在半空中相碰，裴明帆率先反应，嘴角微微一勾，颔首示意。

郁承朝他回以一个淡淡的笑，不知怎的就想到，其实裴明帆和自己一样，一开始都不姓潘，只是前者更识时务，认祖归宗后一切都以"潘"为重，所有证件上的名字已经更改。

不像他，冥顽不化。

郁承一直不随潘姓，他在家的时间太少，还没站稳脚跟就被扔到了美国，几年过去，潘晋岳都快忘记了他这个人。

回国以后没有一件事是和潘家沾得上边的，许琮也没太指望他，所以对这事就睁一只眼闭一只眼。

不过也许有一部分原因正是他这个生母。

听说裴明帆的母亲是沪圈某家的小姐，虽比不上世家大族，但还是要强过现在的潘太不少。这样的背景还要给人做小，可见潘晋岳的棋盘里也不是那么黑白分明。

郁承不用改姓，是否还应该感谢父亲对母亲尚有深重情意？不然怎会容忍他这般纵意。

真情？

他想到这个词便觉得有些好笑，摇了摇头，没有过多停留，离开了玻璃长廊。

途中遇到几个亲戚，都是捧高踩低的，看见郁承也没有什么好眼色，冷冷淡淡的。只有小叔潘晋崇亲切地同他问了好。

他是潘晋岳的胞弟，兄弟俩年纪相差近二十岁，一直未曾婚娶，潘晋岳将潘家的酒店事业交给他来打理。潘晋崇颇有几分经商头脑，管理至今商业版图一直稳步扩张。

两人简单聊了几句就作别，郁承从旋转楼梯下去的时候碰到许琮裹着丝绒披肩上来，她妆容精致，但兴许是举办宴会劳累的缘故，气色难免有些憔悴。

双方交换了眼神，许琮对他说："随我来，你父亲在书房。"

书房内有谈话的声音，甫一走进，里面就有人出来，是一位世叔家的长辈。

"潘太。"对方问候一句，又朝郁承淡淡点头。

许琮端方回礼，郁承也唤："谢叔叔。"

待那位离开之后，许琮才敲了敲门，柔声道："是我。"

"进来吧。"

潘晋岳书房内的摆设颇有讲究，文房四宝一样不少，蕉叶白石品的老坑岩端砚，细腻凝润，比官窑瓷器还珍贵稀缺，壁上挂着一幅明代文徵明的书法真迹，笔走龙蛇，气概饱满浑厚。

郁承在外面等了一会儿，待听到谈话内容转到引子上了，他才敲门。

"阿承来了？"

潘晋岳喜怒不形于色："进来。"

郁承致礼，在一旁的偏座坐下。许琮瞥他一眼，微笑道："今日的宴食可还中意？我瞧你吃得不多。"

"母亲张罗的，自然是中意的。"郁承也笑一笑，"只是鱼脍鲍肉虽好，也不可多食。"

潘晋岳倒像是来了兴趣："哦？为什么？"

郁承抬眸直视他，不卑不亢地回："凡事讲求取之有道，用之有度，欲则生贪，贪则无厌。"

萃茶的水滴声扑通两下，他垂低眸，谦和道："只是儿子的一点薄见罢了，阿爸听过便好。"

潘晋岳看了他片刻，神色比方才进门时缓和不少。许琼不动声色地观察，停顿片晌，继续同他讲起方才的事情。

潘晋岳瞥了她一眼，没有制止。

原是在讲潘家 B 城置业的事情，住宅和商业地产都有，此次出问题的是潘隽负责的一个影视城综合体项目，周边四至有高端酒店和商业配套。

因为综合体存在建设违规的情况，大量商业单元面积未售，而已售出地产也未能竣工及时验收交付，最终导致资金链断裂，公司严重拖欠负债还款。

潘家地产子公司早些年已经分离上市，如今新闻一出股价狂跌，百亿多市值一夕之间化为乌有。

许琼边为潘晋岳斟茶边轻声细语地说："我看这事也不必太过忧心，几十个亿的窟窿，大不了从其他地方再周转一下资金，咱们文旅和餐饮的现金流一向很好……"

潘晋岳轻轻缓缓地呵出一口气，面上还是不显，只不过思虑片刻，望向郁承："阿承怎么看？"

"当务之急是注入资金，解决标的项目的违建手续，完成后续复工建设并重振销售。"郁承稍顿一瞬，"不过我理解，阿爸担心的是公司的信用危机。"

资金方面损失惨重只是其次，更关键的是声誉一落千丈，其余已交付楼盘遭到大量抛售，业主和供应商齐齐施压，这样下去信用风险敞口会越发扩大。

潘晋岳慢慢地盘着掌心里的沉香"寿"字佛珠，并不作声，郁承斟酌着说："儿子在想，要不引入一些外来资金？"

潘晋岳抬了抬下巴，以示鼓励。

郁承便继续道："找些大型民营私募的夹层部，用它们的牌子为项目做背书。"

许琼插话："这倒也可以。"

"博源资本新募一期夹层基金 500 亿，再找个国资系的共同组成劣后级投资，将不良资产进行债务重组，应当是可行的方案。"郁承说，"如果阿爸需要，我可着手推动这件事。"

夹层投资股债并重，尤偏债权，投资回报要求较高，大多投的是地产公司。国内私募不兴搞这套，因此只有几个大型资管机构有相关的夹层基金，博源是其中之一。

潘晋岳垂下眼，不急不缓地饮了口茶。

"你有几分把握？"他问。

许琮不着痕迹地给郁承使眼色，他却沉吟半晌，才道："七成。"

很保守的回答。许琮面色稍沉。

郁承并不看她，只是眸光沉静地等待潘晋岳的决断。

墙上的老式钟表缓慢转动，秒针嘀嗒作响，待绕过一圈之后，潘晋岳将佛串放下。

"那好，这件事交给你去办。"

郁承恭谨应声："好。"

潘晋岳不再看他，只是摆摆手："阿承，莫要让我失望。"

"好。"

郁承颔首，起身往外走的时候，他稍停住脚，道："儿子也想同阿爸讲一句。"

潘晋岳睇向他。

"不管小辈们如何替您分忧都是应该的。"郁承低敛下眼，温和出声，"只是阿爸诸事繁多，儿子还是想劝您仔细些身体。"

怀歆今日十分盼着下班，可惜今天几位老板都在办公室，顺带着给她多布置了几个行业研究任务。

因为家住得近，也不用太担心安全的问题，她一直工作到凌晨一点才回去。

回家以后去阳台看了一眼，郁承家里窗帘没拉，灯都是黑的，他还没回。

今晚是做不了什么了，她同他道了声晚安，便直接上床歇息了。

一直想补上上周末欠下的会面，但是这几日郁承再度变得很忙，直到周五傍晚的时候，怀歆终于忍不住，心想着是不是要给他发个消息问一下。

这个念头刚在脑中转过一圈，QQ就弹出一条语音。

怀歆还没听到内容但嘴角已然预先上扬，点开，男人低缓磁性的嗓音在心尖悠悠转过。

"Lisa妹妹，今晚我们去谁家约会？"

周五晚上没有什么特别紧急的工作，差不多六点的时候怀歆便收拾好东西，从实习生区域绕到全职那边，再走向电梯间。

她到了没一会儿，身侧便有沉重的脚步声响起，而后一阵清冷的雪松味道幽缓弥漫过来。怀歆稍稍翘起一点嘴角，挪动着靠近一小步，但仍旧目不斜视地默立着。

两人深谙如何扮演陌生人，一前一后进了电梯，没有和对方说半句话。

直到下了地库，坐上郁承那辆宾利以后，怀歆才掩唇笑出声来。

"怎么？"

郁承侧眸睋她一眼，顺便倾过身来给她系安全带。

"没有，我就是觉得我们这样，"怀歆一眨不眨地看着他，眸中莹亮的光有点勾人的意思，"很像是在偷情。"

她一点儿不害臊地把这个词讲出来，郁承意味不明地凝视她片刻，散漫勾唇："你好像很有经验？"

"没有。"怀歆娇懒道，"但我以前有在小说里写过。"

郁承笑了，嗓音低沉蛊惑："那可以请作家小姐教教我吗？我不太会。"

车厢内并没有开灯，地下车库灯光从窗外照进来，将他英俊深邃的面容勾勒得更加轮廓分明，尤其是从下颌骨到脖颈的曲线，影影绰绰的性感。

"是吗？"怀歆扬眉，尾音略微上扬，"我看哥哥挺会的。"

郁承含着笑与她对视，那双深邃桃花眼分外撩人。似有什么在暗中拉锯，弦线绷紧，怀歆靠在椅背上不动声色，片晌男人撤开身，挂挡起步。

他们并不急于这一时，调情和暧昧都是为兴致服务的游戏。

餐厅预订在晚上六点半，是一家离公司稍远的米其林二星西餐厅。两人在悠扬的大提琴声中品尝完美味，驱车回家。

他们选择在怀歆家里看电影。

郁承回去放东西，怀歆弯着唇叮嘱："等我给你发信息你再过来哦。"

"嗯，遵命。"他笑。

怀歆关了门，开始按照自己的想法布置场地。过了一会儿，她给他发：好了，过来吧。

等了一分钟不到，敲门声响起。

怀歆踏着小碎步过去开门，透过玻璃对上郁承深邃漂亮的眼睛。

他跨进门的时候就和她吻在了一起，郁承搂着怀歆的纤腰将她揉至屋内，大门在身后沉声合上。

如同一场追逐的游戏，沿着蜡烛摆放的轨迹，怀歆一边踮着脚亲吻郁承一边脱他的外衣。

西装和马甲都被卸下搭在一旁的高凳上，郁承托着她坐上料理台，扬起下颌与她唇舌交缠。

温热的吐息相融，怀歆颇享受地眯着眼，心想她真的喜欢他同她这般亲密。

郁承很懂如何让她愉悦，他的呼吸，触碰，身上浅淡清冷的雪松香味，都让她深深着迷，不能自已。

浪漫的法式热吻持续了好一会儿才结束，怀歆眸中氤氲起了些许潮气，衬得她的眼睛在缱绻光影中蓄着浅浅的水光，脉脉含情。

两人相视片晌，怀歆又倾身去亲他。

这回没那么急躁，而是像在品味上好的珍馐，慢条斯理地用西餐刀挑开丝线和包装。

男人手臂撑在台面上，低敛着眼，纤长的眼睫如同伞扇一般微动，高挺鼻梁蹭过她脸颊，一下下地啄吻她的唇，辗转含唅。

蜡烛燃着的光也在旁边轻微摇曳，映出交颈相拥的两道身影。

片晌，郁承稍微撤开，额际与怀歆相抵。

他骨节分明的手指触到她的腕心，向下一抚插入指缝，十指相扣，眸光幽深迷人。

"去看电影？"他轻声询问。

怀歆舔了下唇："嗯。"

她想从流理台上下来，却不防被郁承单臂箍住了腰。怀歆低呼一声，下意识搂紧他的脖颈，下一秒整个人就被他腾空抱起。

怀歆双腿圈住郁承的腰以防自己滑下去，最初的那个瞬间还没有什么安全感，但男人一直稳稳托着她，步伐沉稳有力。

待走到沙发边上，他俯下身，将怀歆轻放在软垫上面。

她微红着耳尖，气捋顺了，这才缓过劲儿了。没忍住在他臂膀上打了一下，神情微嗔——居然又不打招呼就要流氓！

郁承低低笑起来，亲昵地挨着她坐下，将她揽进怀里。

怀歆欲挣扎，被他钩着肩搂紧了："别动。"

"……"

"果然和你在一起才最放松。"郁承埋在她颈肩微叹。

怀歆怔了一下，从他嗓音中听出些许不易察觉的疲惫。她联想到他去 G 城的事情，略微沉默下来。

他是回去见他的亲生父母，但似乎他们关系并不亲近，也不知道究竟发生了什么事情。

"你最近好像很忙。"她轻抚他的脊背，柔声问，"一切还顺利吗？"

"嗯。"郁承维持着那姿势没动，"G 城那边需要我做点事，所以就忙了一些。"

不管怎么说，到底是向她交代了一句，怀歆的心稍微放下来。

她轻缓地呼吸着，抚摸了一下他的侧脸，问："累？"

"嗯，有点。"郁承轻笑。

怀歆稍顿一瞬，身体更侧过来一些。

"那我借你靠一靠好不好？"她神情认真，又好似含笑，"我们不想那些，就看电影。"

郁承深邃眸光凝视她须臾，点头："好。"

怀欷弯了弯唇，问："想看什么？"

电视上的影视栏目可供选择的片子有很多，郁承安静地看她向下翻页，目光倏忽停在某处，出声道："看那个吧。"

怀欷跟着看过去。

《本杰明·巴顿奇事》，一部2008年的美国电影，讲述一个关于时光的故事。

她有看过梗概，说的是一个一出生便是古稀老人形象的孩子，本杰明·巴顿，越长越年轻，最后回到婴儿形态。他与他的恋人黛西像两条交错的轨迹线，一生都在渐行渐远。

听起来略微有些天然的压抑，怀欷拿起遥控器，点击播放。

春夜气温不冷，但她还是拿了一条薄毯，挨着郁承盖在两人身上。

本杰明·巴顿生下来便是奇形异状，皮肤褶皱松弛，身体如八十岁老人一般沉疴难愈，以致他被自己的亲生父亲抛弃在一个养老院门口。

养老院的黑人大婶奎尼发现了他，不顾丈夫和众人的反对收养了这个先天早衰的孩子。

医生说本杰明寿数不会太长，他没法过普通人的生活，注定会很辛苦。

可这一切都没有改变奎尼对他的爱，这个善良的女人对他悉心照顾，教他成人的道理。

在遭遇别人异样的眼光时，她温柔而坚定地同他说："你和其他的孩子不一样，但是宝贝，别人是不会明白你的特别之处的。"

本杰明的小床就安置在奎尼夫妇旁边。在养老院这样的地方，他也目睹了身边亲近的人不断离去。

教他钢琴的老人说："本杰明，我们命中注定要失去所爱之人，不然我们怎么知道，他们在我们的生命中有多重要呢？"

十二岁这年，他以六十八岁的衰老身躯遇到了六岁的黛西，她的那双蓝眼睛让他无法忘怀。

他带她出海远航，给她寄明信片，而她也给他寄信，告诉他自己去纽约追逐芭蕾舞的梦想。

本杰明在外闯荡，认识了很多的人，也有过足够厚重的经历，洗尽铅华褪去风霜之后，他回了家，终于和黛西相恋。

最好的年纪，最好的爱。

他们在一起度过了一段美好浪漫的时光。

但他们的人生终究还是像两条短暂交错但最终分岔的轨迹线，本杰明爱的人一个个地离开。电影的最后，白发苍苍的黛西回忆完这漫长的一生，也安静地闭上了双眼。

整部影片一直都在舒缓地叙述，将这个属于光阴的故事娓娓道来。在某一刻时怀歆的双眼就湿润了，她安静地流泪，滚烫的液体滴落在郁承肩头。

"本杰明，你在想什么？"黛西从身后拥住他。

"我在想，为什么世上没有永恒呢？多可惜。"

她柔软顺滑的金色长发铺满他背脊，温柔地轻声道："有些事情是永恒的。"

"晚安，黛西。"

"晚安，本杰明。"①

郁承的手覆了过来，不复以往的温暖干燥，他掌心微热起潮，但与她交握的力道很重。

怀歆侧过眸，看见男人漆黑瞳仁某处映着浅浅的水光，湿漉漉的。

她的心跳空了一拍，他却转过头来，一言不发，很安静地看着她。

那一瞬间怀歆好像看见一颗破碎的心摆在面前，他的悲伤汹涌到快要溢出来，她没有想得很清楚就扑过去抱住了他。

"郁承。"怀歆哽咽着叫出他的名字。

她的脸贴着男人温热的颈，泪水与潮气交融，到处都湿润一片。

怀歆感受到他胸膛里跳动的那颗心脏，巨大的悲怆也将她击中，她搂着他，几乎哭得不能自已。

她不明白郁承的苦痛到底来自何处，但是她能与之强烈共情。怀歆明白那种感觉，就像一个人独自航行在海面，黑压压的天空，四处都没有出路，只余彻骨的寂寥。

漫长的人生，永远待在一艘不断离别的船上，彻骨寂寥。

过了好久好久，头顶上传来很轻的一声，嗓音喑哑："这世上真的有永恒的事情吗？"

怀歆闭了闭眼，仰头去寻他双眸。

郁承的气息很轻，他垂敛着眼，漆黑的眼睛蕴着浅浅淡淡的弧光，眼尾薄红。

原来他没有哭，只是困顿得仿佛迷了路，茫然而失措。

"可以再抱抱我吗？"

郁承很少要求什么，怀歆的心都化在那沉得叫人心痛的眼神里，紧紧地拥

---

① 所涉及情节和台词源自电影《本杰明·巴顿奇事》。

住了他。

他们以襁褓婴儿的姿势拥抱对方，用力地，叫人喘不过气地，甚至有些难以抑制的疼痛。

怀歆渴望这种近乎窒息的拥抱，因为只有在这种时刻，她才能清晰感觉到自己活着。

也许对郁承来说，也是一样。

"她要忘记我了。"寂静处落下一道低得听不清的嘶哑声音。

怀歆轻轻一震，双手捧住郁承的脸，凝视他深得看不见底的黯淡双眼。

"什么？"好半晌她才吭出一声。

郁承没有再说话。

他只是抬臂回抱住怀歆纤瘦的身体，将脸埋在她的颈窝里，用力平静自己的呼吸。

怀歆抚摸着他的脊背，像哄孩子一般宽慰着他。

外面繁华的城市逐渐灯影寥落，屋内寂静一片，几乎没有任何光源。他们只是在黑暗处一动不动地抱着对方，直至夜幕落得更沉。

不知过了多久，郁承沙哑出声："怀歆。"

"嗯？"怀中的人儿颤动了一下。

"……听我讲个故事，好吗？"

就在刚才的某个瞬间，他意识到自己对她的需要。不只是那些虚与委蛇的爱情游戏，不只是她年轻的身体散发的迷人芬芳和柔软温度，不只是她一颦一笑间带来的那种新鲜感和占有欲。

仅仅是他想向她敞开心扉，容她走近他，触碰他，拥抱他。

抑或是填补他。

这具鲜活的身体所给予他的，除却怀抱的满足，还有心间那种无法言说的充实感。

"好。"怀歆糯着鼻音，闷声说，"我听着。"

一个孩子的抚养负担实在是太重了。可就算奎尼收养本杰明遭到所有人的反对，她还是义无反顾地将这个孩子留了下来。

就像他的母亲。

当时真的是穷得叮当响，郁承的睡铺就放置在侯素馨和郁卫东的旁边，准确来说那甚至不是一张床，而是用布袋扎出来的一张躺椅。

每一天晚上他就躺在上面，不敢翻身，害怕铁皮和帆布摩擦的声音会吵醒他的母亲。

可她真是把自己所有的爱都给予了他。

在遇到侯素馨之前，郁承难以想象这世上会有人愿意为另一个人付出如此之多。

可事实就是如此，他是她的第一个孩子，有些人是生来就会当母亲的。

她没日没夜地做针线活儿，能赚的钱不多，都拿来为他置办生活用品。书包、课本、文具，他一件都不比别人少，甚至更新更好。

因为大部分积蓄都花在这上面，所以衣服上能省则省，郁承很多衣服都是侯素馨自己做的。拮据的时候她自己有几件衣服都打着破布补丁，可给他做的永远是崭新的。

刚转学那阵子郁承遇上过高年级学生寻衅滋事，要收他保护费，他们打了架，他搞得满身是伤。侯素馨一边哭一边用浸过热水的湿毛巾仔仔细细擦净他脸上的血污。

担心他在学校受人欺负，她每天中午为他送饭送汤，风雨无阻。

十岁那年城镇上开了第一家麦当劳，郁承每次路过的时候都会驻足。可是太贵了，他一次也没有进去过，倒是看见之前找他碴儿的同学和对方的父亲在里面大快朵颐。

郁承从来没有对侯素馨说过他的愿望，每次与她并肩经过那里时都会加快步伐，可是生日那天，侯素馨带他去麦当劳，让他对着菜单随便点。

郁承小心翼翼地要了一个麦香鱼汉堡、一份薯条，配一包番茄酱。

侯素馨让他换成双层牛肉汉堡，又加了一个红豆派。在取餐的时候，郁承看到妈妈将自己磨出茧子、流血的手指悄悄掩起来，对他温柔地微笑。

那顿饭花掉了她将近一周的工资，她给人家的小孩做花衣裳，日夜赶工挣来这点钱。

她为他付出太多太多，他初中升学拿不到名额，侯素馨在房间里急得要哭。

郁卫东劝她想开点，不如让儿子早点出来做营生，好帮衬店铺的生意，可侯素馨不许，她要郁承继续读书。

郁承永远忘不了那一天。

他从学校放学，绕过教师办公室的时候，远远看到母亲提着几个袋子上门。

似乎是一些厚礼，他愣怔在原地，看见她向校长弯下膝，跪了下去。

穷啊，真的是太穷了。

随着那"扑通"一声响，少年的他脊梁也被折弯了。手指深深嵌进掌心里，掐出红印，他发誓自己将来会出人头地，给她最优渥的生活。

不为别的，只为她近十年毫无保留的爱和付出。

为她是他的母亲，是他心里最珍重的那个人。

可是如今，连她也要忘记他了。

在这样一个特别的深夜，郁承把他十数年来不见天光的伤口揭开，袒露给她看。怀歆感觉自己的心好像被谁紧攥在手里，一阵阵地发疼。

"我妈妈患了阿尔茨海默病。"郁承压着嗓音说出这句话，轻缓的呼吸也沉了下来，"我不知道她什么时候会忘了我。"

哪怕每一次见面，侯素馨都尚能叫得出他的名字，每次她看见他时眼睛都会发亮，但郁承不知道这样的时日还能持续多久。

她再怎么爱他，总有一天她是要忘的，会把他彻彻底底忘掉。郁承自嘲，原来他也是个懦弱的人，对此不愿相信也拒绝接受。

怀歆泪眼蒙眬地看着他，只剩下满心的难过和酸涩了。

每一天他都在害怕吧。

一柄剑高悬头顶，生命在走倒计时，知晓自己终将被最爱的人遗忘，是一件多么残忍的事情。

这是她第一次真真切切地触碰到他的孤独，那颗被厚重包裹的桃核为她留出缝隙，那条谜语也隐隐约约有了谜底。他的默许让她心中熨帖。

有时候人和人之间的吸引没什么道理，自看见郁承的第一眼，哪怕还不了解他的为人、他的过往，她却清楚地知道他就是自己会属意的那种类型。

越探究越上瘾，怀歆想，如今她也没可能再全身而退了。

"郁承，"她轻唤，他颈间的温度要把她烫化了，"以后让我陪你吧。"

"……"

怀歆将脸紧贴过去，喃喃低语："我会一直陪着你的。"

她感觉男人的身体僵了一下，而后陷入久久无言的沉默。

好半晌，郁承才推开她，眸光沉如深潭，晦涩而幽暗。

"一直？"他攥住她的手指，双眼紧盯着她，哑着嗓子低问，"你知道自己在说什么吗？"

怀歆被他弄疼了，睫毛无措地颤抖。

"我知道……"

"你不知道。"郁承摇头，喉结略微滚动。

怀歆不知道自己哪里惹他生气了，可大脑混沌，此刻没有多余的心力去厘清纷乱的思绪，只是睁大眼睛看着他。

"一直陪着我，要是做不到呢？"

郁承手上的力道也越发加重。他步步紧逼，怀歆眸中刚刚消退的泪水又被激得渗出来，在眼眶里打转。

她看起来要哭了，可怜兮兮的。郁承知道她年纪轻不懂这些，不明白这样的承诺是不可以轻易许下的。否则一旦应允，她将承受付不起的代价。

因此他也不会把她的一句戏言当真。

怀歆眼尾通红，很明显是委屈了。她显然也意识到了什么，慢慢地垂下头去，不置一言。

郁承凝视她湿漉漉的眼眸和轻微颤抖的睫毛，片晌叹息了一声。

算了，他和小孩较什么劲呢。

他把怀歆重新抱进怀里，温柔地拭去她脸上的泪水："别哭了。"

怀歆紧抿双唇，郁承凑过去亲亲她，嗓音低缓道："是我不好，刚才不该凶你。"

怀歆抬起蒙眬的眼看他。

俊美无瑕的五官，撇开生人勿近的内里，他是完美的。

也许是她不好吧，冲动之下把他们一同苦心粉饰的东西摆到了台面上，戳破那层脆弱的窗户纸。

郁承不相信她刚才说的话，所以第一个反应是将她推开。但其实他是对的。

在这种情形下建立的关系往往不得善终，他们都需要更加深思熟虑。

爱不是同情，亦不是施舍，她需要去仔细甄别，他也如此。

郁承给她一个台阶，怀歆自然就顺着下了。

她吸了吸鼻子，闷闷不乐地将自己泛红的柔嫩指尖举起给他看："你看你把我的手都掐疼了。"

郁承眼眸深暗，垂下睫羽。他握住她的手指，在纤细的指节上落下温热的吻。

"这样有没有好点？"他小心地哄着她。

"嗯，好多了。"

怀歆不着痕迹地擦掉眼泪，捧着他的脸亲了一下，郁承怔了一瞬，闭上眼与她吻在了一起。

戳破窗户纸也没有关系，他们还可以合力再让一切恢复如初。只要不去触碰那里。

午夜悄然而至，他们放开彼此，郁承站起身。

"我想我该回去了。"

走到门口，男人身影陷在一片昏暗之中，回过头来静静看着她。

怀歆咬了咬唇："晚安，哥哥。"

郁承的手臂垂在身侧，淡笑了下："晚安，小歆。"

周末这两天怀歆都没有主动联系郁承，不知该不该说是默契，他也没有找她。正好两人都借此机会平静一下，怀歆觉得这未必是一件好事。

周一上班她重新沉下心来，早早就来到公司。

一同乘电梯的人络绎不绝，怀歆靠墙站着，在电梯门即将关闭的时候，外面有人匆忙赶到："等一下！"

怀歆离按钮近，连忙摁住开门键，外面那人也就顺势挤了进来。

"歆歆姐？"

竟然是一张极为熟悉的脸。喻景畅面色红润，问怀歆："你来上班？"

"嗯。"怀歆点点头，打量他一身有模有样的西装，抬眉，"你这是？"

"我上周来面试嘛，然后就被录用啦，今天开始学期中实习。"

喻景畅站定在怀歆身边，比她高了大半个头。他垂下眸，眨了眨眼："姐姐，今天中午可不可以一起吃饭呀？刚入职我感觉有很多不懂的地方，还想问一问你。"

怀歆稍顿一瞬，点点头："如果组里没有饭局的话，可以。"

"好，那我就等你消息啦。"

到了他的公司的楼层，喻景畅就步伐欢快地出去了。怀歆瞧见他乐呵呵的背影，倒觉得这孩子可可爱爱，还挺讨人喜欢。

至少比她那个不省心的弟弟强多了，毕业旅行借的钱凑到现在还没还上来。

一上午就只有李施文请她帮忙做个简单的活，怀歆去茶水间拿牛奶喝的时候，瞥见全职区域的办公室较以往冷清不少，看来老板们大多出去了。

临近中午，怀歆便和喻景畅发消息：中午可以一起吃饭。

喻景畅：[哇 .jpg]。

怀歆有选择困难症，便心安理得地让弟弟挑个地方。

喻景畅：姐姐吃辣吗？

怀歆：可以吃，但不经常。

喻景畅：好的，那就财富购物中心四楼的那家云南菜？

怀歆：行。

他们约定在写字楼一层大门见面，看着时间差不多，怀歆便收拾东西准备下去。

正在等电梯的时候，张可斌从公司里出来。怀歆还没来得及问好，就看到眉眼俊逸的男人紧随其后，脚步微顿。

张可斌熟稔地同她寒暄："你也下去吃饭啊？"

怀歆点头："啊，对。"

"一个人？"张可斌很热情地邀请她，"我和 Alvin 总约了今天聊聊，你要不要和我们一起？"

"呃，抱歉。"怀歆悄悄瞥了郁承一眼，对张可斌道，"我有约了，要不下次再一起吧？"

张可斌遗憾地耸耸肩："哦哦，好啊。"

气氛安静下来，怀歆这才转过头，跟郁承打招呼："承哥好。"

郁承凝视她片晌，颔首致意，没再说什么。

电梯门打开，里面零零星星几个去吃饭的员工。三人一同进去，怀歆选了角落的位置，和两人呈对角线站立。

等待的时间总是无聊，她放空自己，望着某处发呆。

但过了一会儿，直觉好像有人在看着自己，怀歆抬头，不经意与郁承的视线对上。

男人眸光沉静，还有些情绪不明，怀歆抿了抿唇，身体先大脑一步反应，佯装低头翻看手机。

很快就到了一层，"叮"的一声，电梯门打开。

怀歆边往外走边想——要是现在迎面遇上喻景畅可就有点尴尬了。她咽了口口水，刻意加快脚步，与后面的人拉开距离。

还没走出写字楼大堂就看到喻景畅等在外面了。他个子高挑，在人群中非常出众。

怀歆小跑几步至他身边："Hello！"

喻景畅放下手机，眼睛亮了亮："歆歆姐。"

"走吧走吧。"

怀歆没有在原地多留，直接提步往对面商贸走去，喻景畅赶上来和她肩并肩，笑得很灿烂："姐姐是饿了吗？"

"嗯，有一点。"

"那一会儿咱们多点几个菜！"

他们到那家云南餐馆的时候已经挤满了人，怀歆本来以为吃不成了，没想到喻景畅已经提前预订了位子。

服务员为两人带路："请跟我来。"

他们选了一处僻静的角落，喻景畅问怀歆有什么偏好，她摆摆手，将甩手掌柜发挥得淋漓尽致："我都行，你选吧。"

喻景畅乖巧地应了一声："哦。"

有弟弟就是好，不用再选择困难挑半天。怀歆乐得清闲，趁他点菜的时候随便刷刷手机，放松一下疲惫的身心。

"姐姐，这种炒面片你爱吃吗？"

喻景畅在认真挑菜，怀歆"啊"了声，笑着点点头："爱吃的。"

"好，那我把过桥米线换掉吧。"

怀歆怔一下，摆手："没事儿，你点你爱吃的就行，我不挑。"

"炒面片我也爱吃的。"喻景畅弯唇，"就这个吧。"

他同服务员一一确认菜品，怀歆听着都比较合意，就让他们下单了。

趁着等菜的空隙，她同喻景畅闲聊："第一天入职，感觉怎么样？"

"挺好的。同事们人都很好，也没有一上来就给我很难的工作。"他挠了挠头，"就是要开始学用万得（一款金融软件），感觉功能有点多，看得我眼花缭乱。"

"正常的。"怀歆笑起来，"一开始都是这样的，后面用多了你就驾轻就熟了，去听几节培训课，其实很好上手的。"

"真的吗？"喻景畅道，"那我就放心啦。"

"嗯，一开始就是让你画图、导数据什么的，做比较基础的一些工作。"怀歆回忆自己的第一份实习，"主要是格式比较重要，其余有什么不懂的可以多问领导，但是要注意，可以百度得知的问题不要去浪费他们的时间。"

喻景畅似懂非懂："哦哦。"

一顿饭吃得非常轻松，最后买单的时候，服务员掏出 POS 机，喻景畅便准备付钱。

怀歆制止了他："没事儿，我来，我可以向单位报销。"

喻景畅眨眨眼："我也可以向单位报销的。"

怀歆笑着摆手："上次你请的，这次我来吧。你的额度留着晚上吃饭用，正是长身体的时候，男孩子要多吃一点。"

喻景畅看了她一会儿，这才乖乖点头："好吧，谢谢姐姐。"

两人吃完了就慢慢往回溜达，散散步，但不知道究竟是什么缘分，他们刚并肩走进写字楼正门的时候，就碰到了张可斌和郁承。

中午人流高峰期，来往的员工很多，但张可斌还是眼尖地发现了怀歆，以及她身边的高个子小帅哥。

"哎哟，这谁啊？"

张可斌扬了扬眉，虽然什么也没说，但早已胜似说了什么，满脸写满了八卦和好奇。

恰在这时，郁承也看了过来。他的视线从喻景畅脸上淡淡掠过，最后停驻在怀歆身上，面色波澜不惊。

"我一个学弟。"不知为何怀歆有点心虚，喻景畅却在此时贴近，懵懂地问她："姐姐，他们是？"

怀歆哽了下，索性打包介绍："我的领导们。"

"哦哦。"喻景畅领首，朝两人笑着打招呼，"您好您好。"

四人就这么一起进了电梯。人潮拥挤，怀歆被推搡至角落，喻景畅抬臂护了她一下，关心道："姐姐，你没事吧？"

怀歆摇头："没事——"

话没说完，垂落在身侧的手被人握住。

骨节分明、修长有力的手，她惊了一下，那阵热意一路烫进掌心。

是郁承。

男人站在她另外一侧，与她形成一个不大的夹角，因此怀歆仰头就能看到他的表情。

散漫敛着睫羽，垂下眸，眸光漆黑幽微地看着她。

怀歆嘴唇翕动，还没出声，他的指腹不轻不重地蹭了一下她的腕间，蓄意地撩拨。

登时一阵过电般的感觉从指尖蹿过，怀歆睫毛微颤，扭头看向别处。

喻景畅却在此时同她搭话："歆歆姐，我要在这边实习三个月，以后咱们可以再约饭吗？"

"啊？"怀歆回过神，点点头，"当然可以——"

话音未落，指尖被用力捏了一下，郁承的手指强势挤入她指缝，与她十指相扣。

喻景畅看她面色古怪，疑惑问："怎么啦？"

怀歆微红的耳尖藏在头发里，摇摇头："没事。"

彼时电梯上升，一直有人出去。所以密度也逐渐变小，间隙稀疏。喻景畅往怀歆这边凑，想跟她站得近一点。

怀歆心里一紧，想把自己的手抽出来，某人却纹丝不动。

眼看喻景畅越来越近，马上就要看到他们交握的双手，怀歆后退一步，转了个角度，用身体巧妙挡住他的视线。

这时恰好到了他的楼层，喻景畅欢快地同她告别，转身出去了。与此同时，郁承也松开了她的手。

怀歆终于松了一口气，但仍心有余悸——再晚几秒钟，张可斌就要从另外一侧看见了！

在公众场合做这种事，这人真是越发无法无天了！

她扭过头嗔了郁承一眼，待楼层到达之后，也没等他，就雄赳赳气昂昂地出去了。

怀歆回到座位，深呼吸了好一会儿才将多巴胺降至正常水平。她工作了两个小时，打算去茶水间泡杯咖啡，振奋一下自己的精神。

博源的茶水间是一个装有推拉门的单独小间，怀歆拿着瓷杯走进去，摁下卡布奇诺的按键，耐心地等待机器操作流程。

外面的打印机隆隆作响，有人一边整理材料一边交谈，似乎是胡薇和秦晓月。

"今天 Alvin 哥又来办公室了欸！"

"真让人一饱眼福，嘿嘿嘿！"

"是啊是啊！话说姐妹，他上上周四和邓泽哥出去管访的时候顺便带上我了！"

"哇，也太让人羡慕了，我还没和他去管访过呢。"

怀歆默默站在原地，有意无意地摩挲着瓷杯的把手。而借由打印机的掩护，胡薇和秦晓月还在很兴奋地八卦："他真的好帅啊，我去。"

没有旁人，两人措辞都越发肆无忌惮起来："那眼睛那鼻子那嘴巴，也长得太优越了吧！"

怀歆还在聚精会神地偷听，后颈处忽然有温热的呼吸洒下，她吓了一跳，转过身来，被身姿颀长的男人抵在台子边。

郁承双臂撑在她身侧，稍微俯低，慢条斯理地垂敛下眼："在这儿干什么呢？"

这个姿势极其暧昧，怀歆当即红了耳尖，张了张嘴："你、你干吗啊，怎么也不出个声！"

他是从另外一边进来的，推拉门已经合上，但还是能够比较清晰地听到胡薇和秦晓月兴奋的对话。

"我是觉得 Alvin 哥帅到没边啦，但歆歆好像不这么认为。"

"对啊，她上次不还说觉得人很一般嘛，这审美可真是堪忧。"

怀歆："……"

倒也不必强调那个"很"字。

郁承抬了下眉，意味难辨地看着她。

从未想过那些话会以这种方式被正主听到，怀歆咽了口口水，已然感觉到危机降临。

"我、我那都是赌气话——"

郁承凝视她片刻，而后笑了一下。怀歆还没看明白他笑里的意味，男人就掐住她的腰，径直吻了下来。

怀歆瞠目，脑子里瞬间一片空白，他长驱直入，毫不留情地攻城略地，没有给她任何喘息的机会。

她被他的吻缠住，热意从他掌心扶住的那块衣料渗入腰间，倏尔酥软一片。怀歆有些站不住，抬手寻找地方借力，胡乱地扯住了他的领带。

外面胡薇和秦晓月还在聊："你说歆歆这么漂亮为什么没男朋友啊？"

"你这就不懂了吧，万花丛中过它不香吗？随手一抓就是小奶狗学弟，生活多么快乐——"

郁承半眯起眼，手指插入她的发间，越发加重力道。

"呜呜……会有人……"怀欹借着换气的机会吭出一句，双唇再度被郁承堵上，辗转厮磨。

她被猛烈的攻势逼得向后倾倒，又被他揽住腰，更深地往怀里摁去。

"不会。"郁承哑着嗓子道，"锁了门。"

这小房间也没有摄像头，他越发肆无忌惮，好像要吃掉她似的。怀欹眸中氤氲出潮气，眼尾渗出眼泪，喉间情不自禁溢出轻吟。

她此刻真的很庆幸外面打印机的声音响得要命，掩盖了这室内的一切异样。

怀欹的腰抵在坚硬的台面边沿，有点头皮发麻，她眼尾淌泪，双颊绯红一片，感受他的唇沿着她耳郭徘徊，故意磨着她："我一般？"

"……"

"具体哪里一般？"

郁承的掌心沿着她后腰缓缓抚了过去，怀欹一颤，自尾椎骨都发了麻。

她是真的被他亲到哭了出来，呜呜咽咽地认怂："哪里都不一般，呜呜呜……"

这、个、醋、王！！！

怀欹在茶水间里缓了好一会儿才平复下来，她羞愤地把郁承先推了出去，独自冷静一下。

口红全花了，也没随身携带一支，只能先用纸巾全部擦掉，再假意边喝咖啡边走出去。

怀欹庆幸今天办公室里人少，刚才那十分钟也没人过来，不然她这颗小心脏可承受不住。

回到座位上，胡薇和秦晓月这两个引战的罪魁祸首已经坐在了原位，一无所知欢快地同怀欹打招呼。

她们没看出什么异样，怀欹心里揣着两包泪，打开随身携带的梳妆镜补口红。

手机屏幕亮起来，她扫了一眼，是郁承。

他带给她的那种具象的感觉只要一回想她还是会心跳加速，怀欹抿着唇抚了抚额，点进聊天框查看消息。

郁承：和他一共吃过几次饭？

单刀直入，这是真醋了，怀欹抬手掩住上扬的嘴角，给他回：也没有很多，三次吧。

过了几分钟。

郁承：下次还要约？

胡薇和秦晓月还在旁边，怀欹很努力地憋笑。她想了想，走到一处偏僻无人的角落，悠悠地给他发语音："领导这是有危机感了啊？"

他还没回，怀歆便又按下语音键："要不要给领导支个招？"

"什么？"男人话音中情绪不明。

怀歆垂下睫，娇懒地挑着眼尾笑："只要领导每一顿饭都约我出去，他不就没机会了吗？"

过了一会儿。

郁承轻笑出声，嗓音低沉磁性，道："那先从今晚开始？"

和郁承交往真的让人很舒服，他成熟体贴，会把各方面都思虑周到。

出去一起吃晚饭，他会给她几个选择，然后提前预订餐厅的座位。在驱车前往目的地以及进餐的过程中，也有许多小细节体现出他绅士、有风度的良好教养。

例如为她开车门、推拉椅子，点菜时先照顾她的口味，替她切牛排等，面面俱到又细致耐心。

郁承无疑是一个各方面都挑不出错处的完美情人，英俊又富有魅力，和他在一起，会短暂地忘记其他旁枝末节的事情，只记得当下的欢愉。

吃完饭后他开车载怀歆回家，进入住宅电梯的时候男人自然地牵住了她的手，怀歆心里一痒，蜷起手指回握住他。

郁承敛着睫，眸中似隐约有笑意。

今晚还有些工作，瑞势生物的尽调快进入尾声，宏达投资的关林山关总这次没抢到项目，便盯紧了郁承手里的另外两个项目好时家和峰趣，两家都在争分夺秒和企业洽谈。

G城的事情临门一脚，也得推进，怀歆知道他未来几天会很忙。

到家门口的时候两人都停下脚步。

郁承手臂一揽，搂着怀歆后腰将她拥进怀里。男人眉目俊朗，低下眼细细地凝视她，眸光中有几分温存之意。

"下周就是五一假期了，有什么计划吗？"他低缓询问。

"还没有呢。"怀歆踮起脚，亲昵地搂住他脖颈，"哥哥有什么想法吗？"

郁承稍微俯下身，鼻梁蹭过她侧脸，气息温热："嗯。"

那双桃花眼压低了些，浮现出蛊惑的笑意："要不要跟我出去度假？"

"度假？"怀歆眨眨眼，"去哪里？"

"澳门。"

郁承的唇触过来，似吻非吻，如同蓄意的诱引。怀歆红唇微启，纤细的手腕微勾，将他往下拉近一点。

毫厘的间隙顿时化为乌有，两人交缠着亲吻在一处。

有名的度假胜地，繁盛的博彩行业，到处都是纸醉金迷、沾染上欲望的味道，郁承的这个选择很适合他们。

离 B 城远一点，也不用顾忌会被公司的人看到，更加随心所欲。

"好啊。"怀歆迎上他的视线，点漆眼眸蓄着幽幽水光，"我很期待。"

峰趣是个消费电子公司，专门做一些虚拟现实（VR）的产品，利用人工智能、大数据、智能传感等先进技术，增强人们在衣食住行以及游戏方面的体验感，正好迎合了当下很火热的"元宇宙"概念。

它不是市场上最受追捧的项目，但博源觉得它的产品落地之后较有前景，并不是跟风蹭热度。

这个项目是陶总那边的资源，但是因为他有别的侧重所以交给了郁承。

博源这边，瑞势、好时家和峰趣同时推进，宏达早就已经按捺不住。关林山也是很有资历的老人，郁承还在 MGS 的时候就跟他接触过，此人颇有一些手腕，不会因为上次的失利就轻易善罢甘休。

事实上也正是如此，关林山似乎是瞄上了他，好几次谈项目的时候，郁承都碰到了对方。

好时家的融资轮次和公司发展都比峰趣更加成熟，融资规模也更大，如果能以一个合理的价格拿下的话也算是博源又一个叫响的项目，所以郁承追得很紧，三天两头便和好时家那边会谈，敲定更加具体的投资细节。

不出意外，五一假期回来双方就会签 Term Sheet（投资意向书），这边尘埃稍定，郁承又趁着还没放假，再度牵头请中信产业基金和博源夹层的人吃饭，推进潘家地产子公司的债务重组事宜。

其实这个影视综合体的资质还是好的，此番的确是潘隽疏忽，重新调整运营方案之后应当没有大碍。潘晋岳给郁承的第一个考验，已经拿下十之八九。

今年劳动节一共放五天假，时间非常充裕，郁承说交给他安排，怀歆也没再过问行程。她只要负责打扮得美美的，好好享受就行。

临行的前一天，最后一个工作日，大家都有些躁动，到下午就忍不住开始闲聊起来。胡薇和秦晓月这对活宝又在她耳边叽叽喳喳。

"最近太累了，啥也不想干，就想咸鱼瘫在家里。"

"别价啊，五天假期，想想就美好，瘫家里多浪费啊！"

"那我也不知道要干什么嘛。"

"旅游？我打算和同学去京郊泡温泉，嘿嘿。"

两人又问怀歆："歆歆，你五一准备干什么呀？"

明天下午他们就飞澳门，怀歆支着下颌，还没答话，便看见清俊挺拔的男人自走廊经过他们这片区域。

"我呀，"怀歆饶有兴致地扬声，郁承似有所感地侧过眸，两人视线在空中碰撞一瞬，她娇俏地挑了下眼尾，"陪我男朋友去度假啊。"

郁承的脚步蓦地停下来，在胡薇和秦晓月发现他之前，又继续提步往前走，好像没有听到似的。

耳边胡薇和秦晓月都很惊叹："不是吧歆歆，前两天我们还说你怎么没有男朋友，现在居然这么快就脱单了？"

"哎。"怀歆赧然地挽了一下耳边头发，"缘分到了嘛。"

她一早就收拾好行李，念在要在那边买许多东西，所以带了个尺寸很大的箱子。

郁承与峰趣那边谈完直接去机场，遣司机来接怀歆，她到 VIP 候机室之后，郁承后脚也跟了进来。两人寻了一处角落的位置，挨着坐下。

还是在 B 城的公众场合，怀歆稍显矜持，软声询问他："领导忙完了吗？"

郁承用细管拨开咖啡最上层的奶泡，他不喜欢太甜的东西，只是动作慢条斯理地说："还没有。"

怀歆怔了一下："还要忙什么？"

郁承抬眸，眼尾挑出似笑非笑的意味。

他含着笑意的嗓音低缓动听："忙着陪某个小朋友出去玩。"

怀歆这才意识到自己被他摆了一道，轻哼一声，却仍是很受用地接过他手中细管，替他将浅浅的奶沫小心刮干净。

这是第一次富含意义的约会，怀歆不必拘了天性，可以稍微放肆一些。上了飞机她就靠着郁承的肩小憩，为后面几天的游玩补足精神。

酒店订的是澳门顶级奢华酒店永利皇宫（Wynn Palace），一间行政套房。

这个安排稍稍有些微妙，但怀歆总觉得既然出来玩了，还分两间房睡着实有点矫情。

在前台办理入住的时候谁都没有戳破这件事，行李被装在推车上单独运走，很快有工作人员恭敬地领着他们乘坐电梯上楼。

富丽奢华的大堂鲜花锦簇，走廊里到处都是名贵的雕塑和画作，推开套房的门，一整面漂亮的落地窗，和墙上雕花镜面遥相呼应，低下头就可以看到楼底的人工湖泊，晚上会有喷泉表演。

桌上摆放着精致的马卡龙礼盒，旁边插着一束火红的玫瑰花。

客厅空间很大，转角是 SPA 房，而后是云石质地的巨大圆形浴缸，金碧辉煌，还有供女性使用的宽敞梳妆间。

再往里走就是卧房，一张很大的床，连衣柜里的浴袍都有许多可供选择的款式。怀歆简单放置了行李，压住开始扑通扑通的心跳，小跑出来到了客厅。

她放空自己，坐了一小会儿，又折身回去。

郁承正在房间里面换衣服。他来时穿着比较休闲，现在准备穿西装马甲，外套则搭在一旁。

最后一粒纽扣严谨扣好的时候，整个人的斯文禁欲气也凸显了出来，手臂上的肌肉线条清晰勾勒，男人这时候抬眸，看见一只有些迷茫的小鹿。

"这是要做什么？"怀歆好奇地走近他。

郁承拉起她的手，在柔嫩的掌心细细摩挲："晚上去见几个朋友，陪我吗？"

第一天晚上他们说好了分头自由活动，所以他约了人。

可能是甄思铭那样的朋友，或者是 G 城那边的来客。但不论怎么说，他既然邀请她了，怀歆没有拒绝的道理，她点点头。

"你也去换身衣服？"郁承说，"我先前叫人替你准备了一套礼服，不知道你喜不喜欢。"

连衣服都准备好了？

怀歆看他从一旁拆封，是法国的某个牌子，原先给皇家也做过定制的。

不知道多少钱，应当很贵。这其实是一份礼物，但他送得无比自然，让人没有机会推拒。

墨绿色的丝绸长裙衬得她肤色更加雪白，一头乌发盘起来，肩颈曲线优美，腰肢盈盈一握，楚楚动人。

怀歆提着裙子在屋内转了两圈，裙摆层层叠叠，像是绽开的花瓣，美得不可方物。

郁承眸色略深，细细地打量着她，片晌揽了她叹息道："和我想象中一样，很漂亮。"

半抹胸的款式，只有一边有簪着海棠花的宽肩带，怀歆脖颈处裸露在外的肌肤微热，鼓着脸颊问："你知道我的尺码？"

郁承低笑一声，没有回答。

他亲昵地俯下身，鼻尖碰上她的脸，轻蹭："等妹妹准备好，我们就出发。"

怀歆猜得不错，这伙人既有 B 城的人，也有 G 城的。甄思铭不在，但是上次酒局里有个姓叶的先生会来，听说家里是在 B 城做地产生意的。

对方见过 Lisa 的模样，所以她化了个浓妆——无论如何，这样的打扮让她显得很成熟，混迹进入那片灯红酒绿的圈子里，也更加有安全感。

她花了一个多小时打扮自己，郁承很有耐心，也没怎么催促。

终于等到她从梳妆室出来，他勾着唇，来牵她的手，怀歆抬了抬眉，问他："你喜欢我化妆还是不化妆？"

完全是两种不同的风格，她好奇他更青睐 Olivia 还是 Lisa，郁承轻笑一声，垂眸在她纤细的指节上吻了一下："妹妹化不化妆都一样好看。"

他惯会这些花言巧语，怀歆的心怦怦跳几下，睁大眼睛看着他，好似在仔细审视。

"怎么？"郁承浅浅地微笑。

"……你究竟怎么认出我就是 Lisa 的？"

先前想了半天也没太弄清楚，怀歆疑心自己大概忽略了什么细节，仍一直耿耿于怀。

郁承带着她往房门外走，在金色的电梯门打开的时候，终于体贴地为她解惑。

"一开始只是感觉上有些相似，后来又有许多巧合。"

"比如？"

"比如写小说，又如稻城。Lisa 在电话里才跟我说要去，我后脚就在那儿遇到你，很难不进行联想。"

这个怀歆认栽，确实是没想到他也会来。

"还有呢？"

"还有，你参加同学聚会，身边的那一位，"郁承睐了下眼，漫不经心道，"我该说是前男友？第一次我在 Flipped 见 Lisa 时，他似乎也在场。"

同学聚会？那么早的时候？

怀歆诧异。

他说的是陆予嘉，当时他们在二楼边上喝酒，郁承也许是看到了，只不过她没想到他有这么好的眼力和记忆力。

她眼珠微微转动，郁承敛下眸，敏锐地问："你还和他有联系？"

这……怎么说呢？

陆予嘉确实是够死缠烂打的，她把他删了之后，他居然还时不时给她发个加好友申请，非要跳出来刷一下存在感。

不过她没通过就是了。

"没有，早'拉黑'了。"怀歆亲昵地挽住郁承手臂，迎着他的目光，卷翘的睫毛扑闪了下，调笑问，"我现在难道还需要联系他吗？"

她言外之意很明显，毫不遮掩地在取悦他，郁承的眸光一寸寸从她姣丽的容颜上扫过，低沉轻笑了一声。

今晚并非两三个朋友聚会，而是一个小型晚宴，南边的人主办的，G 城付家的付庭宥。

水晶吊灯高悬头顶，折射出莹亮的光芒；花纹繁复的暗色地毯一路蔓延，铺至二楼的旋转楼梯。

旁边就是赌场，更方便宴中人纵情享乐。觥筹交错，怀歆从前也随怀曜庆参加过几次这样的场合，但显然那时远不如现在这般给她如此切身的感觉。

——如同置身汹涌暗潮。

郁承搂着她的后腰，带她入场。

他仍旧是绅士循礼，只虚虚地扶着，没有过多地触碰到她的身体。

怀歆瞪大眼睛，将这极尽奢华和声色的情景看得仔仔细细。她有足够的好奇心去一探究竟。

这位付庭宥先生是郁承的发小，读书时就玩在一起的，瞧他带人过来，新奇地道："难得见阿承带女人来见我，这位是？"

郁承微微侧过身，垂眸凝视怀歆，笑而不语。

这是将选择权交给了她。

付庭宥口音带点粤语腔调，眉目英俊，端和儒雅，旁边几个交谈的人也将注意力转过来，不动声色地打量着这边。

郁承他们是认识的，潘家老二，只是之前身份尴尬，也鲜少露面。不过传言最近也开始着手家族事务了，又是正室所出，今后翻身再起指日可待。

不光是付庭宥身后的人交换眼神，怀歆也意识到了局面比她想象中复杂得多，她选择谨慎地回答这个问题，说自己是郁承的女伴。

男人眼眸沉静深暗，闻言没有什么情绪波动，付庭宥当即了然，招呼怀歆千万不要客气。

郁承带着怀歆落座，这个小孩东张西望的，好奇又探询。他知道以她心思玲珑，必定能看出什么，但是现在他还不想让她牵扯过深。

知道太多对她没有好处。

这场晚宴名义上是付庭宥为弟妹庆生，实则是为郁承办的一场接风宴，对于有心人来说，是他正式回归潘家的一个信号。特意选在澳门，时机和地点都很合适，规模也不大，足够掩人耳目。

以前在 G 城的那些人脉要重新盘活，郁承有现成的路子，不必靠自己一步步苦心经营。

一晚上不少人来敬酒，怀歆与郁承对视，主动提道："我去别的地方转转？"

男人摩挲着她的手片刻，浅笑颔首："好，别跑太远了，让我时时能看到你。"

怀歆便提着柔滑的裙子起身了，去一旁的茶歇处取甜点吃。

她倚在落地窗边的台子上，一边慵懒地品尝美味一边思考。

方才那些人与郁承交谈，言辞中提到潘家，她想那便是他真正的背景。

郁承没有避讳她什么，但他也没有讲得很清楚，怀歆只是隐隐约约感觉到他会有什么动作，现在还在布局而已。

她想他所做的一切应当都是在自己力所能及的范围之内，他是个足够审慎严密也足够运筹帷幄之人，没有把握的事情他是决计不会做的。

这样的一个世界对她而言并不新鲜，但确实更为上流。她依靠自己的努力，或许几十年后也可以跻身那里，只是现在蓦然接触，还是会有些天然的不安全感。

名利越盛的地方真情越稀薄，这里的很多人，他们都忘记了来路。

怀歆知道自己不是这样的人，但是很害怕有些人会变成和他们一样的人。

正凝眉思索时，有人从一旁搭讪。

"怀小姐是吧？听付先生讲你还在上学？"

是刚才打过照面的，沪市那边某家的人，好像叫戚行。

怀歆一瞧他略微热络的神态就明白对方并不知晓她和郁承之间的关系，她客气地与他碰了杯，答："是啊，在付先生这里见见世面。"

这话说得谦逊又俏皮，戚行笑起来，找话题与她闲聊，怀歆接他的话但不展开讲，又叫他抓不住任何虚与委蛇的把柄，只觉得找不到进攻的方向。

这里的人生来便权柄加身，自然没太多耐心与人周旋，戚行碰了壁很快就离开，紧接着又来了一个——叶鸿，是上次酒局见过的。

"Lisa，"对方熟稔地同她打招呼，"刚才就看到你了，一直没找到机会同你问好。"

"叶总。"怀歆承了他敬的酒。

红唇微抿，她没有喝得很多，卷翘睫毛动了动，稍触即离。

叶鸿不动声色地凝视着她，片晌问："你是郁承的人？"

理论上是的，怀歆点点头。

"跟他多久了？"

怀歆捏住高脚杯，这才听懂了他的问题。

叶鸿以为她是郁承的情人，换句话说，就是包养关系。

这确实是他们这种人和女人之间的相处模式，所以理所当然地问出了口。

怀歆并没有感觉特别意外，但着实有些猝不及防。她咬了下唇斟酌措辞，没有立即回答。

叶鸿以为她觉得被冒犯，心知她们都是一样的，假清高，不愿自己的身份被摆到台子上来，意味不明地笑了笑，凑近一些："没别的意思，就是瞧你在人群中惹眼，所以有些好奇。"

怀歆抬眸看他。

叶鸿递出一张名片，浮浪轻佻地勾唇："有需要可以随时联系我。"

联系他先前的问题，怀歆没什么不懂的了，她猜测他并不知道付庭宥和郁承之间的关系，也不清楚郁承的背景，否则绝不可能公然挖墙脚。

不过她当然不会多嘴同他说些什么。

叶鸿离开之后，怀歆若有所思地看了眼那张名片。

一家响当当的地产公司，怀歆手指向下，将硬卡纸直接插进了高脚杯中。

墨迹沾染上红色的液体，一片脏污。

窗外的夜色倒是旖旎缱绻，怀歆欣赏了一会儿，身后侧一阵温暖气息覆过来，紧接着那人揽了怀歆的腰，将她往后抱进了怀里。

"是不是等得有些不耐烦了？"

男人嗓音格外低沉，还有些红酒浸过的磁性。他喝了不少。

"没有。"怀歆转过身，两条手臂伸直搂住他脖颈，娇娇地歪了下头，"就是有点想你。"

郁承瞥见她旁边台子上那个高脚杯里的东西，没说什么。

怀歆刚品尝完侍者呈上的红酒鹅肝，红唇也染上了些许甜腻的味道，他低敛下眼，含住她的双唇，舌尖描摹舔舐，将上面的樱桃酱仔仔细细地吃掉。

"这副样子，"郁承的掌心在她后腰摩挲了一下，微眯着眼道，"有点后悔带你来了。"

怀歆笑了笑，这是一种变相的赞美。

她迎身吻回去，柔软双唇一下下地撩拨着他。

"就算有好多人觊觎我，"怀歆狡黠地贴在郁承耳畔，夹着气音吻他耳垂，"我也只跟你回去啊。"

落地窗外面是深沉难辨的夜色，恰好映上郁承漆黑深邃的眸光，他逼近两步，把她抵在高脚凳旁，垂敛着眼紧盯着她。

像是猎人看猎物的眼神，侵略性十足，饶是怀歆也不自觉做了个吞咽的动作，下意识地想移开视线。

"你……"

她瞪大黑眸迎着他，飞速转动脑子想讲点什么话："你和付先生是怎么认识的？"

一个不太高明的话题转移，郁承居高临下地看了她片刻，还是纵容地收敛了气息。

他低下眸子，回答："我们原先一同在 G 城念初中。"

付庭宥和郁承是因马球课结缘的。他转学过去的那所贵族学校，潘隽让人排挤打压他，导致了那次坠马事件，是付庭宥当即遣人送他去的医院，事后也站出来为他说话，这让郁承在学校里的处境不再那么艰难。

怀歆倒是第一次听闻此事，愤怒地瞪圆眼睛，压着声音道："他们怎么可以这样！也太过分了！"

郁承意外于她的声讨，怔了一下，很快挑着眼尾笑起来。

"都过去多久的事了。"

男人语气无所谓，摸了摸她的脑袋，以示安抚："我早就不在意了。"

怀歆却还是蹙着眉，紧张地看着他："你当时伤到哪里了？"

她圆溜溜的眼睛蕴着浅光，像是有些湿润，郁承对上她眼睛，嗓音有些低沉："比较严重的一处是左手手臂，粉碎性骨折。"

"留疤了吗？"

怀歆问完就知道这话有点多余了，于是换了个说法："我可以看看吗？"

郁承撑着台面靠她近一些，深暗眸光压下来，掌心在她肩头处摩挲。

"要脱衣服。"他的话让她的心轻微提起，怀歆张了张嘴，见郁承笑了下，淡淡道，"回去给你看。"

怀歆唇线平直，没再说话。

郁承静静凝视她须臾，替她将耳边碎发挽到后面，温柔地问："吃饱了吗？"

怀歆低低"嗯"了声。

他便垂下眸道："我这边还有点事情，你先回房间去。"

她抬眸，抿唇看着他，郁承叹口气，解释道："在这边我会分神，可能顾不好你。"

道理是这么个道理。怀歆无端有些累了，拉长语调应了一声："好吧，我这就回去。"

郁承在她走之前叮嘱道："上去之后给我发个信息。"

"嗯。"

他眸光沉静地目送墨绿色的窈窕身影消失在拐角处，肩膀突然被人揽了一下："在这里啊，到处找你。"

是付庭宥。

他顺着郁承的视线看过去，了然一笑："送走你小女朋友了？"

郁承不置可否，神情散漫地看向他："同他们都聊完了？"

"都打发走了。"付庭宥坐下来，注意力被台面上的高脚杯吸引了去，叶鸿的名片倒插在其中浸染酒渍，简直可怜兮兮的。

他瞧了一会儿，乐了，向郁承求证："是她做的？"

郁承没回话，付庭宥便啧啧称道："挺有意思的小姑娘，怪不得你喜欢她。"

郁承神情不明地抬了下眉，出声纠正："她可只说了是我的女伴。"

"是，我一开始也以为没什么特别呢。"付庭宥意味深长地说，"后来瞧见你们之间的互动，才知道不一样。"

郁承淡淡勾了下唇，算是承认了这一点。

"换作是我，我也喜欢这种的。"

付庭宥笑笑，片晌好似想到什么，叹了声："可惜遇到了我们这样的人，会吃苦头的。"

郁承知道他在说什么，招来侍者要了一瓶威士忌。

玻璃杯中斟满了酒液，气泡上涌，两人碰杯对饮。

付庭宥的胞弟付庭胥和初恋女友便是如此，家族强制联姻，拆散了这对苦命鸳鸯，女友因不能接受爱人与别人结婚而自杀，付庭胥则患上抑郁症，终日郁郁寡欢。

郁承低垂睫羽："所以你知道我为什么一直不愿意回潘家了吗？"

他想要自由。

"合理。"付庭宥喝了一口酒，问郁承，"那你现在为什么又要回去？"

因为他意识到逃避不能真正解决问题。

只有变得强大，才能保护自己所在乎的一切。

付庭宥从郁承的眼神中读懂了对方的想法，他沉默下来，好久才说："阿承，这条路并不好走。"

又想要自由又想要权柄，世上哪有这么容易的事情。

"我知道。"郁承颔首，平静地说，"置之死地而后生。总要去试试。"

许琮可以遣人为侯素馨换药，日后也可以操作手段毁了怀歆的前途。只要郁承有软肋，这便是一个死局。

侯素馨的事只是一个引子，郁承却可以通过它预见将来。

他拼尽全力也许能够保住郁家夫妇，可假以时日若天平这端再多了谁，郁承没有十足把握护所有人周全。

但是他知道自己贪心，想要的很多，既然割舍不下，便只有全力一搏。

付庭宥知道他心意已决，没再说什么，只是与他碰了杯，宽慰道："大好日子，不说这些了。"

怀歆刚给他发了信息，说回到房间了，郁承收起手机，重新为付庭宥满上了酒，后者道："这里的人也基本上都介绍与你认识了。来 G 城记得找我，我带人和你吃饭。"

"好。"郁承拍拍他的肩膀，"你有什么事也同我说。"

"那是当然。"

付庭宥回忆起上学时发生的事情，桩桩件件犹在眼前，他禁不住感叹道："一晃眼十几年了。"

时间是最不仁慈的东西，却能够让很多事情变得隽永深刻。

比如两肋插刀、肝胆相照的情义，任岁月再怎么磋磨，还是一如往昔。

一瓶威士忌所剩无几，两人都有了些醉意，这时郁承搁在一旁的手机振动，是怀歆来电。

付庭有瞥了一眼，了然似的笑："人家等急了，赶紧回去吧，明天再聊。"顿了下，"叶鸿那小子我替你教训他。"

郁承似笑非笑地轻哼了声，起身与他作别，边往回走边接电话，听到怀歆在那头小声询问他什么时候回来。

有些委屈的娇软声调，也许是故意的，小猫似的挠人心痒。

"现在。"郁承嗓音低沉磁性，红酒一般醇郁，"在房间里乖乖等着我。"

从宴会厅到酒店房间的路比较长，中间还要经过热闹的赌场，形形色色的男女相拥着叫注，颓靡而奢华的金钱气息泛滥，郁承屈肘系好西装纽扣，面色冷淡地穿过这片闹区。

在等待电梯楼层逐渐上升的过程中，郁承不由得想到楼上那只小猫。

不知道她现在在做什么？简直没一刻安分。

他知道自己今晚喝醉了，体温比平常更高一点，有些燥热。郁承闭上眼，按了按太阳穴。

没有用太多时间就走到了行政套房门口，已近凌晨一点，远离了地面上的喧嚣，周围很是安静，郁承本想抬手敲门，最终还是掏出了房卡刷开门。

与他想象中不同，室内昏昧一片，静得连一根针落下都能听见。

卧室内隐隐透出些许光线，郁承脱了外套随意搭在一处，视野有点恍惚，他步伐缓慢地往里间走去。

待看清床上的情景之后，男人脚步顿住。

——怀歆穿着一条淡紫色的丝绸睡裙，趴在离门口稍远的那一侧睡着了。

床头开着一盏橘黄色的台灯，光线不亮，刚刚好把她姣好的轮廓勾勒出来。

怀歆侧着头，白皙的脸颊对着他，柔顺的乌发铺陈在柔软的枕上，卷翘的眼睫随绵长的呼吸轻轻颤动，纤细的小腿肚露在外面，凝脂般细滑。

她全身上下都在发光，连头发丝儿最外面一圈都泛着暖融融的金橙色。

郁承喉结微动，走近了两步。闻到她身上淡淡的栀子花香。

再一低眼，他又看到怀歆手中紧攥着的手机。看样子本来是在等他，但实在太困倦所以睡着了。

郁承在上来之前，心里还有过别的设想，但如今却觉得，没有哪一幕比眼前的情景更动人了。

有人等待的感觉是这样的，很多年前，他也曾体会过。

郁承在离怀歆近的那一侧床沿坐下，垂下眸看着她。

时间好像有那么一刻短暂地停止流动，他抬起手，缓慢摩挲她散开的黑发，软软的，让人心中熨帖。

怀歆轻缓地呼吸着，对此毫无知觉，熟睡的样子像只冬眠的可爱小动物。

郁承情绪难辨地凝视她半晌，轻轻抽走她的手机，放在床头。

少顷他俯下身，在她脸颊上吻了一下。

"晚安。"他喃喃出声。

Chapter **6**

怦然心动 ✦

第二天早上怀歆醒来，窗外灿烂的阳光早已洒进室内。暖调光线为周围添上一抹油画般的感觉，她迷茫地盯着天花板看了半晌，朝旁边猛地一转头。

——没人。

浴室传来隐隐约约的水声，怀歆支着身坐起来，捂着脑袋压了压岁开的呆毛。

啊啊啊！那么好的机会居然都错过了！！！

昨天本来是想借双方都酒醉趁机做点什么，喀喀，不可言说之事的，她造型都凹好了，谁知道没撑住直接睡着了！！！

拿起手机一看——居然临近中午了！她是猪吗？

大好约会光阴就这么被浪费了，怀歆羞愤地想要遁地，缓了一会儿才平复过来，站起身来搭了件披肩，去外间的洗手台刷牙洗脸。

洗漱完毕她又回到卧室，准备换身外出的衣服，这时水声正好停了。

男人着白色睡袍从浴室走了出来，黑发湿漉漉地搭在额际，看样子是刚洗过澡。

纵然他衣领系得还挺严谨的，但是怀歆还是从男人交叠的浴袍领口中看见那染着些微潮气的性感锁骨，那双深邃漂亮的桃花眼似挑非挑，正含笑望过来。

怀歆心里一跳，听他低醇开口："这一觉睡得好吗？"

"……"

怀歆咽了口口水，面色尚且镇定地点点头："……床还挺软的。"

"是吗？"郁承走近两步，低敛下眼，意味不明地道，"我也这么觉得。"

距离一下子拉近到咫尺，他居高临下，漆黑眸色深而沉，怀歆也不知怎的，腿一软，"啪叽"一下跌坐在床边。

郁承不紧不慢勾了下唇，顺势俯下身来，双臂撑在她身体两侧，视线与她平齐。

怀歆的目光从他袖口露出的一截肌理分明的小臂上移，直视他的脸。

英俊的眉眼，密长的眼睫，高挺的鼻梁，过于出众好看的五官轮廓就在眼前，她手指微蜷，不自觉小声吭出一句："昨晚……你是在这里睡的吗？"

郁承稍顿一瞬，而后抬眉，似笑非笑地问："不然呢？"

"……哦。"

怀歆耳尖有些细微的薄红，慢吞吞地应了一声。

她手指微蜷，无意识地抓紧了身下的床单，但仍旧迎着他的眼，眸光含着点水光："也没什么，就是早上一起床就看到了你，感觉很好。"

和平常那种纵情恣意不同，她现在的神情略有些青涩和天真，有种浑然天成的娇态。

怀歆在这种事上确实极有天赋，知道如何才最撩人。

她就是故意的。

"对不起，昨天晚上本来想等你回来的——嗯！"

郁承的吻径直撞了过来，怀歆被压着向后，手臂在床铺上反撑了一下，肩头的羊绒披巾滑落一半，露出里面的吊带丝绸裙，肩头圆润白皙，从脖颈连到锁骨的肌肤柔软而娇嫩。

他甫一开始就不温柔，而后越发汹涌热烈，披肩带走的热度让怀歆身体微颤，好像都变成了交缠呼吸间越发烧灼的潮意，双臂几乎支撑不住这种压迫的力量。

怀歆"嗯"了一声，身子瘫软下去，被郁承直接压倒在床上。

披肩完全散开，睡裙的吊带也落了下来，男人的手掌握住她的肩头，微微摩挲片刻，缓慢地向下抚摸。

那是一股能烫进人心底里的热意。

她在他掌心里像朵欲绽未绽的花儿，他吻没停，唇渐渐侧移，含着她的耳垂吮了片刻，又贴着脖子慢慢吻下去。

一下一下，恣意地撩起欲望的火苗。

郁承眯着眼，看到怀歆柔嫩的脖颈因为亲吻而染上薄红，听见她间或发出细软的快慰低吟。

她迷离沉沦的表情同样也引诱着他放纵。

他寻到了她的手，按在她头顶，强势地挤入指缝，又向上去深深吻住那染着水光的红唇。

弦线绷成了满弓，就在一切蓄势待发之时，电话铃声响了起来。

所有动静戛然而止。

郁承撑起双臂，敛着眼低喘了几口气。

他喉结滚动，眸色深暗地凝视了身下的人儿片刻，迅速抽身离开。

男人拿着手机去客厅接电话，怀歆仍旧躺在原位，淡紫色的丝绸于胸口处轻微地上下起伏。

好半晌，她才支起身子，去洗手间里换上了外出的衣服，而后坐下来开始化妆。

一通电话将近二十分钟，郁承回来，礼貌地敲了敲梳妆室的门。

怀歆正准备描眉，侧眸看向他。

男人的神情已然看不出任何异样，他凝视她片刻，嗓音低沉开口："付庭宥邀你同我下午一起去骑马，想去吗？"

怀歆眼眸微亮，点了点头，郁承稍顿一瞬，转身走了出去。

怀歆化好妆出去的时候郁承已然穿戴整齐，深黑色的立领夹克，衬得他身姿挺拔，落拓而英俊。

怀歆低头看了眼自己淑女风的穿着，问他："我这样，方便骑马吗？"

郁承打量她片刻，勾唇走近："不用担心。马场有专门的马术着装，可以过去换。"

两人在酒店里简单吃了午饭，便乘车去了马场。

各自换好马术服，郁承牵着怀歆的手走了进去。付庭宥已经到了，在场中小跑几圈热身，棕色骏马甩着长尾，马蹄嗒嗒作响。

怀歆突然想到郁承高中的事情。

从马上坠下来，又粉碎性骨折，光是听着就感觉很疼，他不会有阴影吗？

又忆起之前在稻城，感觉他还挺正常的，甚至称得上是游刃有余。

"在想什么？"男人温沉的嗓音自耳畔响起，接着手指被他轻轻捏了捏。

"你……"

怀歆看了他一眼，欲言又止，可郁承好似知道她在想什么，勾起唇角笑了笑。

"一开始是有阴影的。"

"……"

郁承望着不远处付庭宥骑马的身影，淡淡道："但是后来我意识到，弱点这种东西，一旦拥有便很难抹去，所以后来到了美国，我每周都逼自己去马场，渐渐克服了那种不适感。"

怀歆的心蓦地紧缩了一下。

他的语气很平淡，包括高中的那段往事，也是轻描淡写地叙述，但是她却觉得一阵难言的心疼。

不知如何用言语抚慰，怀歆搂着郁承的脖颈，踮起脚来，眼巴巴地在他嘴角亲了一下。

郁承低敛下眼，眸色深沉而不分明。

付庭宥跑完这一小圈回来就看到这幅情景，含着笑揶揄道："早知不该叫你们出来了，现下我感觉自己有点多余了。"

郁承还没接话，倒是怀歆眨了眨眼，扬声道："付先生想叫人，也就是分分钟的事情。"

马儿慢慢减速，在两人面前停下来。

付庭宥笑了："还挺伶牙俐齿。"

他重新纵着马悠悠地在原地打转："之前还没有问过小姐姓名。"

"怀歆。"

"哪个歆？"

怀歆瞥郁承一眼，娇俏笑道："'歆慕'的'歆'。"

付庭宥将他们这点互动尽收眼底，挑眉道："可我听说，你之前同叶鸿他们只道自己是 Lisa，从不说自己的中文名。"

"哦，您在问这个。"

怀歆听懂他言外之意，弯了弯唇角："他们都是些不紧要的人，可付先生是阿承真正放在心上的朋友，不是吗？"

付庭宥怔了一瞬，没再说什么。反而郁承侧眸凝视着她，瞳色深而沉。

这时有人将两匹毛色光亮的骏马牵了过来，付庭宥让他们玩得尽兴，自己一扬绳再度策马出去。

怀歆好奇地看向那两匹马，郁承却眯着眼侧过眸："你刚刚说什么？"

怀歆佯装不懂，眼神无辜地迎了回去："什么什么？"

她翻身纵上其中一匹稍矮的白马，跃跃欲试地拉好缰绳："哥哥，我先自己跑两圈……"

话音未落，就见男人轻而易举地撑着马鞍坐在了她身后，手臂一扯，牢牢攥着绳子，并将她圈在怀里。

他搂得很紧，怀歆差点有些喘不过气来。

后颈微微洒下温热的呼吸，郁承俯在她耳畔，沉着嗓子问："叫我什么？"

他问她叫他什么，怀歆顿了几秒钟，无辜地应道："叫你哥哥呀。"

她很坏，那称呼说一次就不说了，几乎可以算是明目张胆地在撩拨他。郁承轻哼一声，说不出什么意味，下一秒他猛地夹了下马肚，马蹄一扬就飞奔了出去。

"啊——"

怀歆吓了一跳，连忙扶稳马鞍环，男人从后面拥过来，不容置疑地把她禁锢在属于自己的领地。

郁承带着她一路疾驰，迎面吹来的风拍打在脸上，在马背上颠簸的刺激与来自身后男性的荷尔蒙同时夹击着她，怀歆心跳骤然加速，如鼓点般急响。

"慢一点，慢一点……啊！"

马匹听话地放慢了两步，很快又加回了原速，彰显着主人的坏意捉弄。

怀欹慌乱中抓住郁承的手臂，回眸嗔了他一眼，恼恨中带点委屈，郁承却低笑了两声，挑着眼尾叹道："你要相信我，宝贝。"

他喷洒在她耳后的气息灼热，怀欹连着颈部一片都酥了起来，分不清心跳加速是因为什么，只觉得身心都蓦然失重。

相信他。

无论如何，相信他就好。

相信他此刻不会让她摔下去，正如相信以后……

是这个意思吗？怀欹迷迷糊糊，没有多余心力去细想这个问题，她只觉得自己失重、下坠，每一次却又因为与他紧紧地相拥而回到云端。

怀欹深陷在男人臂弯之间，风声和温热的吐息声交错，这是一个足够让人安心的怀抱。

其实要比较起来，稻城的马更野一些，马鞍材质也不如这里的奢美，但是无论是在哪里，身后的那个人都没有变，还是一如既往地给予她迷恋和胸口怦怦跳的感觉。

所有的温度拢在身体里，他坚实的胸口贴着她的后背，脸颊亲昵地蹭在她鬓边，仿佛要落下一个熨帖般的吻。

怀欹便回过头来。

她一头乌黑长发飘扬起来，柔软的发丝拂过他的衣领，那双漆黑深邃的眼睛垂下来看她，捉摸不透却令人沉溺。

她的心跳也跟着空了一拍。

爱到底是什么，没有人教过怀欹。但是她可以辨认出自己对郁承的迷恋、依赖和占有欲，以及即使明知他危险还依然任自己深陷的放纵。

这个马场很大，一眼望不见边界，怀欹如同乘坐上一班开往春天的列车，迎着肆意张扬的风，同身后的男人一起自由又快意地奔驰。

怀欹知道郁承能给她的也许不是她最期待的那种爱情，但这不重要。

重要的是她知道自己喜欢他，很喜欢，和他在一起感觉很快乐，快乐得要忘记明天，所以也就不介意棋局中博弈的输赢。

骑马是一项考验掌控力和胆识的运动，两人跑了好几大圈，这才慢慢减速，往回溜达。一颗心脏缓缓落下来，怀欹胸口处饱胀充实，靠在男人的怀里，感觉到些许温存。

"开不开心？"郁承亲昵地贴着她耳畔轻笑。

怀欹低下头，微抿起唇角"嗯"了一声，小声说："很开心。"

回到起点处，付庭宥已经下马，站在一旁饮水。见两人同乘一骑悠悠然地踱步回来，不由得扬声笑道："越发感觉我像个电灯泡了。"

跑完马后四肢疲累，怀歆想回酒店躺着，正好付庭宥之后与人有约，问郁承要不要同去，怀歆便乖巧道："你若是想去就去吧，我回去睡一会儿。"

郁承眉目低垂，嗓音低沉道："很可能还要和他们待到晚上。"

他这意思是在说，如果他跟付庭宥他们一起，大概率不方便再接她共进晚餐。

怀歆无所谓地摇摇头，善解人意道："没事儿，我叫客房服务点餐就行。"

郁承凝视她须臾，颔首："好，那我让司机送你回去。"

怀歆回到酒店之后，先去 SPA 馆舒舒服服地泡了个牛奶浴。

剧烈运动后小臂、大腿和臀部都有一定程度的酸痛，技师的手法娴熟，她做完一整套按摩下来宛如新生。

度假就应该悠闲一点，享受的正是浪费时间的快感，怀歆叫了客房服务直接送餐到行政套房，等她穿好衣服从 SPA 馆回到房间，晚饭正好送到。

精致的西式摆盘，牛排五分熟，细嫩柔韧，入口即化，怀歆快乐地品味着美食，并且把黑松露鱼子酱一点不剩地全都吃掉。

餐后她回复了郁承的留言，靠在窗边看了两集正在追的电视剧，然后又闭着眼小憩了半小时。

澳门的夜生活总是那么丰富，夜幕落下的时候，这座城市的生机才刚刚开始绽放。

晚上八九点的时候郁承回来，走到沙发边挨着怀歆坐下，将人揽进怀里："抱歉，回来晚了，他们谈事，我不好抽身。"

怀歆惬意地在他肩膀上蹭蹭："没事儿，我也没闲着。"

郁承笑："我不在你都做了些什么？"

怀歆一五一十同他叙述，而后又把刚点的草莓蛋糕递给他，雀跃道："很好吃，你尝尝。"

郁承就着她的勺子吃了一口，微微扬眉道："嗯，确实好吃。"

怀歆眼眸清亮，盯着他看了一会儿，糯声道："哥哥，奶油蹭到了。"

郁承视线下移："哪里？"

"嗯……"怀歆眨了眨眼，蓦地凑过去，在他嘴角亲了一下，"这里。"

她分明是故意的，郁承敛下眼，勾起唇笑了。

他说："你也蹭到奶油了。"

"哪儿——"

怀歆刚出声就知道自己上当了，男人已经压下来，堵住她未出口的话音。

他双唇含昳着，气息从她微张的唇缝内渗进去，草莓奶油的甜味丝丝缕缕地蔓延开来，郁承像在品尝一个好吃的甜点一样，纠缠住她的唇，细细地厮磨舔舐。

怀歆手指一松，手上的蛋糕盘子差点掉下来，郁承及时接过放在一旁的台面上，接着更用力地将她向沙发里压。

安静的房间里若有似无响起细微的靡靡水声，他的掌心抚在她后腰侧，温度烫进了薄薄的衣料之中。

就在怀歆快喘不过气来的时候，郁承松开了她。

他眸光深暗，漾着未退散的情潮，幽昧难测。少顷抬起指腹，在她洇着水光的红唇上不轻不重地蹭了一下。

怀歆耳尖冒出点红，推开他起身："我去趟卫生间。"

她出来的时候男人正靠在沙发上看手机，听到动静抬起头来，语气轻缓道："收拾一下换件衣服，一会儿带你出门。"

怀歆诧异："去哪儿呀？"

"看看夜景，随处逛逛。"

郁承先带她去了威尼斯人酒店，和永利皇宫一样富丽堂皇，顶上是华美的拱顶和欧式壁画，带着翅膀的小天使栩栩如生。

地下商场就像一个童话小镇，天花板是蓝天白云，意大利风情的建筑林立，各色奢侈品牌分布两侧。

真正让人惊叹的是中间横亘着的那一条人工运河，几艘小船缓慢荡着，船夫撑着桨，尾处漾开湛蓝澄澈的水波。

怀歆眼睛亮了："哇，是贡多拉！"

郁承低笑一声："想坐？"

"嗯，可以吗？"

他挑了下眼尾，温缓道："当然。"

人虽不多，但也要排队。等了好一会儿才轮到他们，郁承牵着怀歆的手上了船。

这贡多拉很有意思，两头翘起，船头雕着精致的暗金色花纹，座位则是黑色的皮质座椅，两人坐一排刚刚好。郁承手臂搭在怀歆肩上，将她揽进怀里。

船夫是个货真价实的意大利人，边划桨边试图用带着小舌音的英文与他们聊天。

起初几遍听不清楚，后面才明白过来对方是在询问他们是不是本地人。

怀歆摇摇头，船夫了然，笑着与她攀谈起来。他说假期这里人流最多，澳门是度假胜地，尤其是年轻人的最爱。

小船穿过拱桥，怀歆看到旁边有家漂亮的女装店，拍拍郁承的手："哥哥，一会儿我们去那里逛逛好不好？"

男人自然没有异议："好。"

倒是船夫敏锐地捕捉到这一声。他可能是会点中文，意外地问怀歆："小姐，这位先生是你哥哥？"

"啊？"

怀歆瞥郁承一眼，只见他意味不明地看着自己，当下心间一痒，便挽住他的手臂，歪着头娇声答："是呀。"

她顿了下又问："怎么？难道看起来不像吗？"

"哦。"船夫恍然，"之前我还以为你们是……"

他话没说完，但意思昭然若揭，怀歆摆手，在否认中笑眯眯地点明："不不，我们不是情侣。"

划完一圈回来，两人上了岸。

怀歆饶有兴致地在街边逛着，寻找刚才经过的那家女装店，在半空中晃动的手又被人握住，她翘了翘嘴角，转头去看郁承。

他鼻梁挺拔，戴着银丝框眼镜更是斯文英俊得要命，见她凝视着自己，漫不经心地扬了下眉。

怀歆知道那意思是在影射她之前说过的话，但并不打算改口，无辜道："哥哥牵妹妹手不是很正常？"

"哦。"郁承改为十指相扣牵她，饶有兴味道，"那这样呢？"

"这样……"怀歆抿住上扬的嘴角，睁眼说瞎话，"也挺正常吧，很多兄妹都会这么做。"

郁承敛着眸轻笑了声，没再跟她计较。

两人进了方才怀歆一眼看中的店，热情的销售迎上来："先生小姐，请问要买点什么？"

"随便看看。"

这是家偏梦幻少女风格的休闲女装店，怀歆纯粹是因为配色过于惹眼才进来的，本来打算逛一圈就撤，却好像在角落里发现了什么新鲜玩意儿。

"哥哥。"

怀歆乌黑的眼眸微亮，倏尔道："我想吃隔壁店的冰激凌，你可不可以先去排个队？"

郁承凝视着她没作声，怀歆眨了眨眼："哥哥帮妹妹买冰激凌不是天经地义吗？"

男人视线稍压下来，少顷，嗓音低沉问："你现在能吃这个？"

怀歆怔了一瞬，旋即反应过来，小鸡啄米似的点点头。

于是他便出去了。

怀歆这才弯起嘴角，重新看向角落，对店员道："这个我要了。"

她买好东西之后，就到一旁的冰激凌店门口等待。不一会儿郁承拿着一个双球筒出来了，怀歆走过去，就着他递过来的甜筒咬了一口。

"嗯，真好吃！"怀歆把双球筒推回去，示意道，"哥哥，你也尝尝。"

她咬过的那一面正对着他，故意的，郁承睨着她还没作声，就听怀歆慢吞吞地补充道："有时候哥哥妹妹也可以一起吃东西。"

"……"

"哥哥，你怎么不说话？你是不是嫌弃我呀？哥哥？哥——"

怀歆轻快的声音被扼在喉咙里，男人上前一步，直接攥住她下颌吻了过来。

他轻而易举撬开她贝齿，将未融化的香草冰激凌卷入口中。怀歆呜呜抗议，却被他摁着后脑勺吻得更深，极尽掠夺。

这个点商场热闹得很，人来人往，人们纷纷将视线投注过来。怀歆微喘着气手撑在郁承胸口，听他俯在她耳畔，嗓音低哑、狎昵又慢条斯理地问："可不可以告诉我，哪个哥哥会这么对妹妹？"

怀歆被教训了一通之后，投降了。

她老老实实地挽着郁承的手臂，跟他在外面露天的地方闲逛。

男人发现她手中提着购物袋，随意问道："刚才买了什么？"

"没什么。就是一点好看的配饰。"

澳门的夜晚过于繁华，光是霓虹就可以把一切都装点得精致美丽。怀歆看到永利皇宫底下的观赏湖开始音乐喷泉表演，兴致盎然地拉着郁承道："我们过去看看？"

周围已经站满了人，明明不是什么特别节日，却有十足的氛围感。

放了一首熟悉的英文歌，怀歆也跟着哼唱，五彩的灯光辉映在她的眼睛里，好像装满了亮晶晶的星星。

郁承低敛下眼凝视着她，深邃的桃花眼里瞳色幽黑。

她只有二十一岁，盛开在最好的年纪。

年轻、漂亮、活泼、灵动、天真、狡黠，她的身上凝集了所有关于美好的代名词。

他本不应放纵自己陪她玩这个游戏，可是怎么办，只是看着这只小狐狸，他就变得如此贪心。想要拥有、掠夺，对她施展自己轻微的破坏欲。

一首歌的时间不长，等表演结束，湖面重归平静，怀歆才侧眸看向他。

郁承淡淡勾了下唇："走吧。"

重新回到行政套房，怀歆尽兴而归，优哉游哉地脱下大衣挂在衣架上。

郁承让她先洗澡，她便听话乖乖去了。仔仔细细把身上洗得干干净净，裹着乳白色的浴袍出来。

怀歆脖颈雪白，交叠领口处还冒着新鲜的潮气，郁承沉静睨了她一眼，没多说什么，拿着衣服进了浴室。

听到里面响起淅淅沥沥的水声，怀歆这才鬼鬼祟祟地跑到客厅，把刚才买的东西拿了出来，在自己身上比画。

这套女仆款小洋装不错，稍微改改就可以穿了。

郁承洗完澡出来的时候，卧室里的地灯已经尽数熄了。虽然窗帘只拉了一侧，但是落地窗外的繁华霓虹并不能为室内增添多少色彩。

只剩下一盏光线调到最暗的壁灯，影影绰绰地照见床上的情景。

没有人。

昏昧灯影下，男人的眸色也不太分明，只是脚步沉缓下来，几缕湿掉的发落在额际，滴滴答答的水掉进地上暗色的绒布中，没有发出一丝声响。

"小歆？"

一双柔若无骨的手臂却在这时候从身后抱了过来，软糯出声："哥哥。"

郁承稍滞一瞬，蓦地转过身来。借着微弱的灯光，他看清怀歆此刻的模样。

她身上穿的是一条蕾丝繁复的小短裙，可是怎么说都有些异样，有些该遮的地方只有网纱没有布料，裙摆也只掩到了大腿上侧，一双纤细的腿白皙笔直。

她头上还有两只软绵绵的猫耳朵，乌黑的眼眸在光影下微微亮。

"我猜你喜欢一件件解下来，所以刚才选了一件款式最复杂的——"

话没说完，整个人被拦腰抱起，重重摔进柔软的床上。

男人倾身覆了上来，炙热的唇在她脖颈处用力吮吻，烙下滚烫的印记。怀歆只蒙了片刻，就抬起手臂搂住他的颈。

"阿承……"

勾着绕着的尾音，声音娇娇的，郁承顿了下，似咬着牙低磨出一句："叫我什么？"

夜晚幽深，静处可以望见窗外的好风光。高楼之上，俯瞰四处，只见车水马龙。可是这样极致的静却也因为璀璨灯光而让人感觉到喧闹。

怀歆没有继续开口的机会了，她一条腿屈起，被他摁着膝往上推。怀歆仰望着这座灯火绚烂的城市，郁承一只手下移，唇却将她那张不知又会蹦出什么话的小嘴堵上，吻如潮起的浪般汹涌难挡。

他身上只着一件浴袍，现下也松松垮垮，借着月光，怀歆看清他胸口处紧实的肌肉线条，如同分明的沟壑，暗影一路向下延伸。

他的力量感不只源于此处，其实怀歆在之前好几个时刻也体会过，当时他们差点就要擦枪走火，却一直把最重要的时刻留到了今天。

这还真是稀奇——像是正常恋爱该有的模样，循序渐进，不急不躁。

怀歆在时涨时退的潮里喘着气想，假设在最开始的时候，她就选择通过这种关系去拴住他，那么结果如何。

恐怕他都不会看她一眼吧，就像那时在招股书印刷机构，他对她起了兴趣，却仍彬彬有礼拿捏着分寸，不含一丝一毫的狎昵。

她这样的小姑娘，若不是因为独辟蹊径，本不是他会挑选的对象。

这样的想法很快在快慰中被冲散了，他们原本会怎样又如何，她终究是得了手。怀歆红唇微启，正宴还没开始，目光已然有些迷离。郁承又低下头来吻她，这回却带着些许哄慰般的温存。

他修长漂亮的手指捻着莹润的红唇，嗓音低沉而喑哑："宝贝，我给过你许多次机会。"

是真的，许许多多次，几乎快要数不清。

包括在刚才看喷泉的时候，他还想着给她机会，可她这么不知死活，非要一头撞上来，非要用这样娇媚的声线喊他的名字。

永利皇宫喧闹的夜隔绝在玻璃窗外，极致繁华的景，看过去视线却依旧被浓深的天幕吸引。布料绷裂的声音并不悦耳，一阵凉意抖进来，怀歆这才开始瑟缩起来，然而赌场里开弓没有回头箭，要么血本无归，要么一路赢到底。

女人的高跟鞋咯噔作响，纤细的小腿肚搭在他臂弯里，随层叠的浪晃动，澳门的繁华也是如此，牌桌上形形色色饮醉的人高声喊着叫注，暗红酒液在高脚杯中旋转，倒映出浮华的璀璨光影。

郁承这一生辗转各地，没有留恋过哪个女人，也没有在谁身上找到过归属感。他总是抽身很快，就像是从 G 城去往纽约，又从波士顿回到 B 城，哪里都有他的足迹，但是哪里都不能让他停留。

他说过自己不会分不清喜欢和爱，不会把一时的荷尔蒙上头当成想要长相厮守的渴望。

但是果真是如此吗？

"阿承，阿承……"

真是如此吗？怀歆又忍不住地低吟，随他压低微微变了调。她已然不似自己，如同那日晚宴饮酒，在人群中恍惚而迷醉地游离。

这个时候她才终于看到了他的疤痕，在左手手臂内侧，略微有些凹凸不平的痕迹，像是一个不可磨灭的勋章。怀歆颤着手，指腹小心触碰到那里，仿佛害怕弄疼了他。

男人深沉如潭的眼微微眯起，牢牢锁住她晕红的眼尾，他额际垂落的黑发覆下阴影，一滴将坠未坠的薄汗终于落下，狠狠砸进她的颈窝，摔成肌肤上的潮气。

喜欢和爱的边界有时是很具有迷惑性的，正如性和爱不可分割一样。其实他已经弄混了，早在不知哪个时刻就已然混淆。

或许很稀薄，但这一刻它是真真切切存在的。

郁承将怀歆搂着自己脖颈的手臂拉下来，一手向上强势按扣住她两只手腕，掌控着，居高临下地看着她。

她平日里半真半假的清纯天真都被他毁灭了，只剩下贴在鬓角汗湿的发和窗边婉转霓虹起伏的影。其实她不知道，自在招股书印刷机构最开始推门进来看到她的第一眼，他脑海里就兴起狠狠破坏的恶劣念头。

他不是什么好人，可她既然招惹了他，就该受着这一切。

他也不会给她后悔的机会。

怀歆尚不知夜有这么漫长，可无论是在澳门还是在 B 城都是一样的繁华，她天生属于这样的地方，就像她天生会迷恋像他这样的男人。

前两天是晴天，但后半夜却蓦然下了雨。

是阵雨，时有时无地响，次次拍击在窗边，外面霓虹也模糊不堪。玻璃窗上起了雾气，雨幕藏在黑夜里，厚重而深沉。

雨越下越大，屋外隆隆作响，高楼底下如同蝼蚁的人群哗的一下四处逃散，一把把雨伞撑开，摩肩接踵。

远处摩天大楼的灯光在夜色最深的时候都没有熄灭，这座繁华城市的生命力长青。怀歆脊背绷紧，到后面意识都不太清醒了，在暴雨中混沌如颠簸的舟。

待再睁眼已是第二日天明，骤雨初歇，窗外一片明净透彻，崭新如昨，仿若一切还是原样。

怀歆侧躺着，眼神还有些失焦，一双修长手臂已经从后拥过来，牢牢将她抱进了怀里。

她抖了一下，在他凑过来温柔地亲吻她的时候，心间稍被某种仿若昨日的充实感慰藉了。

两人保持着这个姿势，温存地、不声不响地躺了好一会儿，待到怀歆胸口的跃动渐渐踏实下来以后，她才转过身，红着耳尖缩进了郁承怀里。

昨日种种，经不起仔细回忆，只觉得对他的期望和设想果然没有偏颇，甚至有过之而无不及。

绅士循礼、斯文儒雅的表皮全被他撕得粉碎，就像地上乱成一团的蕾丝布料。怀歆嗓音糯中还带着哑，纤细的小臂撑在他胸口，似委屈般控诉："你这个坏人。"

"嗯。"男人低哑笑出声，隔着裹紧的薄被抚摸她脊背隆起的曲线，温缓道，"我是坏人。"

怀歆咬了咬唇，好一会儿才说："那你抱我。"

她蹭在他肩颈撒娇。郁承勾了下唇，将她更深地拥进怀里："好。"

昨日缺觉太厉害，一整日怀歆都疲乏得不想动，郁承订了行程晚上去竹湾民宿住，她还想晚点再起程。

被抱着洗过澡之后，怀歆躺在床上消磨时光。她像个小祖宗一样，吃饭喝水都要人喂，好在郁承空闲，乐得陪她一起闹，任她使些可爱又骄纵的小性子。

不过怀歆今天确实也是不太能见人的，郁承轻抚着她脖颈几处难退的印，意味不明地叹："可真禁不住折腾。"

这人说话真是……

怀歆瞪了他一眼，气鼓鼓地别过头去，他又低笑着杵她温软的脸颊："晚上我陪你出去散步好不好？"

怀歆不理他，郁承更靠近一些，嗓音含着磁性悦耳的砂质，唤她："宝贝？"

"……"

"别气了，嗯？"

当时在落地窗旁边听雨时像是开启了什么开关，他在紧要处一声声叫她宝贝，怀歆听到这个称呼还是能下意识回溯当时的感觉。

他就是这样。

明目张胆地恶劣，却又不动声色地温柔。

怀歆翻过来仰头看着他，好半晌，终于纡尊降贵地朝他展开双臂，惜字如金地蹦了一个音节出来："抱。"

郁承俯下身，捞起她盈盈一握的腰，她便顺势抬脚钩住他，在他直起身之后，整个人都吊在他身上。

为调整最舒服的姿势，男人托着她颠了一下，而后低缓问："请问小姐现在想做什么？"

"我想去沙发上。"

他奉命执行，温存地碰碰她的脸颊："然后呢？"

"就坐一会儿。"

什么都不干，就安静地坐一会儿。

午后阳光缱绻悠长，怀歆光着脚搭在郁承的腿上，在电脑前敲着键盘写小说。她的灵感如同泉涌，很少有这么流畅过，文字如同长了翅膀，一个个倾泻出来。

郁承也没有闲着，对着手机浏览邮件——哪怕是度假也不可能全然不顾公司，更何况 G 城那边交代的事需要时刻紧盯着。

就这么度过一个悠闲的下午，到了晚饭时间，他们叫餐送到房间里来，仍是蜷在沙发里吃完了。

这间行政套房一直续着，两人便收拾一些日用品，直接出发去了民宿。

那边的自然景色很美，原本的打算是两天一晚，但计划赶不上变化，今天显然浪费掉了。

到那边安顿下来也错过了出去看风景的最佳时机，怀歆于是便窝在沙发里，提议道："一起看部电影吧。"

她眼睛亮晶晶的，纤长的睫毛扑闪着，耳边一绺卷曲的头发很可爱。

郁承自然没有异议，亲了亲怀歆的唇角，拿出遥控器来开电视。

民宿的选择不如家里的点播电视多，但是可以用手机投映。怀歆把电脑放到一边，选了 *Flipped*（《怦然心动》），讲述男孩和女孩在梧桐树下的恋爱故事。

挺特别的拍摄手法，第一人称叙述，而且是两个人分别从自己的视角描述同一件事，感受完全不一样，有误解和冲突，也有甜蜜和温馨。

让怀歆记忆最深刻的场景就是朱莉坐在那棵参天的梧桐树上时，她说自己好像能看见全世界，粉紫色的晚霞晕染着橘黄色的落日余晖，连同地平线上的云彩也一同燃烧起来。

"有的人黯淡无光，有的人平顺如缎，有的人则熠熠生辉。有一天你会遇到一个像彩虹般绚烂的人，当你遇见之后，会觉得其他人都只是浮云而已。"[1]

也许真是如此吧。

有时候心动就在那么短暂的一瞬间。对于怀歆来说，也就是在会议室里抬头看向郁承的那一眼。

看完电影后的好几分钟她还沉浸在那种余韵里，侧眸看了男人一会儿，他倾身过来，温柔地亲吻她。

这是一个不怎么包含欲念的吻，他也像是褪去了世俗，回归到了少年人的青涩纯真。

"怀歆。"郁承叫她全名。

"嗯？"

他那双漆黑深邃的桃花眼含着柔情，深深看她："想告诉你，我同你在一起，真的很开心。"

鉴于前一天晚上闹得太厉害，今天郁承上床之后，就体贴地抱着她睡了。兴许是白天补多了眠，到了半夜里，怀歆突然毫无征兆地醒了过来。

她下意识伸手往旁边一摸，是空的。

褶皱的床单还残存着风吹过的温度，怀歆睡意消散了些，直起身来。

薄被从肩头滑落，她如同心灵感应般，透过鹅黄色的透纱帘幔，看到了子

---

① 所涉及情节和台词源自电影《怦然心动》。

然倚在阳台栏杆上的男人。

凌晨两点钟，他披着薄外套，在外面打电话。大约是怕吵醒她，声音压得很低。

过了好半晌，他放下手机。

郁承背对着她，怀歆看不见他的表情，却见几缕缥缈的烟雾缭绕上浮，接着男人拈住指间那一支猩红，放在口中深吸，复缓缓吐出。

火光明灭，郁承望着远处，身影融进幽暗夜色中，显出那么一点寂寥滋味。

但怀歆这么看着，却觉得他此刻其实也是不希望任何人去打扰的。

他心事重重，总是想得很多，肩上不知背负了什么东西。它们沉甸甸的，让他同其他人的距离很远。

这一刻怀歆突然清醒了过来，尽数找回理智。

昨天一整天他们都黏在一起，炽热的甜蜜和温情充斥心间，导致她有一瞬间产生那种渴望永恒的念头。

可是现在她却警醒，人一旦贪心，就容易陷入万劫不复的境地。

阳台的门没有关紧，有些许漏网的风从缝隙中溜了进来，吹得怀歆越发冷静。

因为肉体的亲密所以觉得心贴得更近，叠加之前的感情基础，她会产生错觉也是很正常的事情。

可事实却是，他们不是热恋的情侣，只是两个互相欣赏并乐意和对方度过美好一夜的人。也许情感上有一定程度彼此需要，但若因他一句"同你在一起，真的很开心"就缴械投降，绝对是愚蠢的行为。

她还没有赢，不能够掉以轻心。

可以享乐，但是要有分寸；可以放纵，但是不能沉溺。

怀歆重新躺下身来，凝视着天花板上那顶熄灭的吊灯。

挥去心中阴霾之后，她感觉自己仿佛越发轻松。

郁承进来的时候床上的人还在熟睡，刚和 G 城打了一通电话，他的眉目透着倦怠。

男人上床的时候动作很轻，可才刚刚躺下，她就裹着被子翻了身，蜷进他的怀里。

"怎么了？"怀歆的嗓音迷迷糊糊的。郁承轻拍了拍她的肩膀，安抚道："没事，睡吧。"

他身上的烟草气息没有想象中浓厚，淡淡的温缓，大概是在外面又站了一会儿才进来。他是在细节上也很体贴的男人。

怀歆闭着眼微扬了下嘴角，也安抚地握住他的手指，轻声道："晚安。"

一夜好眠。

第二天早上他们是在鸟儿的啁啾啼鸣中醒来的。

白天他们去了黑沙海滩，趁着光线好拍了好多照。郁承带了他的单反，里面还有当时在稻城牛奶湖为怀歆拍的那张照片。

其实当时她是故意的。

明明自己有相机，非要用他的。

怀歆猜想郁承大概也知道，但他一向纵容她这些小心思。

午饭吃了附近最正宗的葡国菜，地道的烧沙丁鱼、焗鸡饭，还有马铃薯、洋葱和鳕鱼一同油炸的香喷喷的马介休球。

下午又去了一些其他的景点，玫瑰堂和澳门塔。两人回到永利酒店，原本商量着晚餐在商场里吃，付庭宥却忽然找过来，说是自己的一位叔叔来了澳门，让郁承最好去见一见。

郁承放下电话，很自然地从身后拥住怀歆，嗓音低沉道："抱歉，本来是一起度假，我却总还有些别的事。"

她知道这对他来说很重要。这些人这些事，本就是他生活中不可割舍的一部分。

"没事儿，付先生不是说晚上还去赌场玩吗？"怀歆微微一笑，"我等你回来，然后一起去。"

他把她转过来，细细地凝视她片刻，而后眸光沉静地点头："好。"

前几天就听付庭宥说今晚他们那些人会去赌场玩，算着郁承差不多回来的时间，怀歆换上自己带的一条酒红色复古小礼裙，坐在镜子前开始化妆。

约莫晚上八九点的光景，外面响起男人沉着平稳的步伐声。

也许是在外面找了她一圈没找到，所以推测她在梳妆室内。

怀歆的这条酒红色礼服是吊带式丝绒鱼尾裙，同样是掐腰设计，裙摆设计成繁复的欧式宫廷褶皱，如同一朵盛开的蔷薇花。同时背部有一小块是镂空的，露出绸缎一样的白皙滑腻的肌肤，十分惹眼。

郁承的脚步声停在门口。

怀歆继续化眼妆，耐心地等了好一会儿，才听到他出声。

"今晚准备穿这个？"郁承嗓音微沉，辨不出情绪。

她这才睨了他一眼，扬扬眉，神情像只慵懒的小狐狸："是啊。"

他没出声，只是又淡淡地看了她一会儿，转身走了出去。

外面很快就响起窸窸窣窣的声音，接着浴室有水声，郁承冲完澡，也换了衣服。

怀歆定完妆走出去的时候，男人正在卧室里慢条斯理地扣着袖扣。他着双排扣平驳领马甲，腰腹间的收束尽显力量感，挺拔而英俊，如同英伦贵族绅士。

两人的视线在半空中相碰，怀歆翘了下唇角，坐到床沿边上，慢条斯理地穿高跟鞋。

这是一双新鞋，还是假期不久前她逛街时候买的，所以鞋跟稍硬，不太好穿。不过怀歆也不着急，踩着鞋站起来转了转，大小刚好合适。

大约九十点的光景，怀歆问："他们已经下去了吗？"

郁承"嗯"了一声。

怀歆走到他面前，娇俏地歪了下头，撒娇般地说："我今天不好看？你都没有夸我。"

郁承深邃眸光凝视她须臾，而后敛着眸笑了。

"好看。"

他微俯下身，唇贴她耳侧："好看到我想把你藏起来，不给别人看到。"

温热吐息撩拨得怀歆颈侧微痒，些许绯红蔓上来，她还没说什么，就见郁承漫不经心地将搭在臂弯里的西装外套拿起来，径直搭在她身上。

肩头和背部裸露的肌肤全都被遮住，郁承不由分说地揽着她出门。

"……"

男人的占有欲啊，怀歆想笑。

到赌场的时候五六个人已经开了桌德州扑克，见郁承携人来了，连忙让座。

怀歆不动声色扫过一圈，在座有几个都是之前晚宴上的熟面孔，与郁承搭过话的，叶鸿也在。

叶鸿看到她明显面色微变，付庭宥被簇拥在中间，淡淡朝他使了个眼色。

叶鸿神色更不好了，视线在怀歆和郁承之间转了两圈，咬了咬牙，当着几人面递给郁承一支烟："承总，之前是我对不住，您别放在心上。"

大家的注意力都被吸引过来，筹码也不下了，都饶有兴致地看戏。

"怎么了这是？"

郁承双腿交叠，并不理会叶鸿，对方的手僵在空中，难堪地解释道："我……得罪了承总。"

郁承这才抬眼，眸光不含什么温度："你该道歉的人不是我。"

周围响起些许窃窃私语，叶鸿深吸了两口气，又转向怀歆。

"Lisa 小姐，"他略显艰难地开口，"先前是叶某不对，开罪了你。叶某向你赔不是。"

龙亨集团董事长的三儿子，平时有多傲气是可以想见的，这现下谨小慎微的，让人不得不感叹世道讽刺。

怀歆支着下颌看了他片刻，平和道："没关系。"

郁承这才淡淡勾了下唇，接过叶鸿手中的烟。

叶鸿见状，赶紧倾过身来为他点火。

怀歆看出叶鸿明显松了口气，低着眼却难藏阴鸷，而身旁几位都不动声色，或沉思或看戏。淡淡的烟草味道从身侧弥漫过来，怀歆眯了眯眼，也垂下了眸，假装不知晓这一桌子的暗潮汹涌。

郁承吸了几口烟就掐了，重开一局德扑，他揽了怀歆的肩，附在她耳边说："你替我下注。"

一手四千元，动辄大几万元，怀歆诧异："我？"

郁承低笑，下压的眼眸略显慵懒："嗯，你。"

怀歆想了想，也微侧过来，同他私语："万一我输了很多怎么办？"

她不是不会玩，可是在学校里和同学玩都是虚拟筹码，从来没动过真格的，想想就苦了脸。

郁承抬了抬眉，散漫地问她："你怕输？"

这话似是有些兴味，不知在暗指什么，怀歆的胜负欲蓦地被激起，沉默地将郁承面前的筹码挪到了自己跟前。

男人笑了，嗓音重新温柔低缓下来："尽管出手，无论赔赚我都担着。"

这事儿就是算概率，但是怀歆没钻研过那些，她风险偏好适中，既不过激也不太保守，几局下来输赢几乎相抵。

这个结果比怀歆设想中要好很多，她得了趣，胆子渐渐大起来，开始出一些不同寻常的招数。

连续输了两把之后，怀歆最终赢了一次。不仅把前两次亏空赚回来，还赢了许多。

她换成钱数一算，大概得有个十万元出头。

付庭宥笑而不语，他身边坐着的孟先生挑眉道："Lisa 小姐看着年轻，没承想厉害着呢。"

叶鸿闻言顿了一下，低着头没说话。

怀歆看向几人，谦虚道："都是运气。"

正说话间却感觉到她的手忽然被某人握进了掌心里，饶有兴致地把玩。

郁承的手指修长漂亮，温热指腹浅浅蹭过她的手心，似有若无地撩拨。

怀歆心里一痒，想抽回来，却被他抓得更紧。

她也就睁一只眼闭一只眼任由他去了，只是后面几局都只把左手放在台面上。

桌上几人都点了烟，有些呛人，看样子这局是进入尾声的意思，孟先生提议去喝酒，众人纷纷附和。

怀歆站起了身。

郁承的外套还披在她身上，她倾过身同他耳语："我去趟卫生间。"

"嗯。"郁承问，"需要我陪你去吗？"

怀歆摇摇头，付庭宥几人正准备换场，郁承便叮嘱道："注意安全，出来之后联系我。"

到处都是热闹的景象，纸醉金迷，灯红酒绿，她穿过这片区域，走了一段距离才找到洗手间。

怀歆重新补了妆，对着镜子静静凝视自己片刻，转身走了出去。

她循着之前的记忆往回走，很快就来到了赌场门口。

怀歆其实对这里的一切都感到新奇，看到周边有许多餐厅和购物小店，也不着急联系郁承，在附近转了转。

倒是过了一会儿，郁承发微信问她在哪里，还把他们去的那家酒吧名字发了过来。

怀歆根据他给的台号直接找到了卡座的位置，还没走近就看到一大帮子人围成一圈，有男也有女。

除了刚才的几位，他们又叫了好些人。打牌不喜女人上桌，但喝酒总要人陪。

郁承就坐在角落里，左边空了个位子，看样子是给她留的。但让怀歆多看了两眼的是他右侧，那里坐着一个妆容精致、身材姣好的漂亮女人。

怀歆正准备过去，就见女人碰了一下郁承的肩，侧脸笑着同他说话。

酒吧声音太过嘈杂，根本听不清，女人便倾身向他，抹胸内雪色轻颤。

怀歆唇线平直，提着裙摆走了过去，在郁承身边坐下。

男人第一时间就发现了她，温缓气息覆过来："怎么去了那么久？以为你迷路了。"

"没有，就到处走一走。"

怀歆把西装外套脱下来，扔回给他。

郁承怔了一瞬，靠近她："怎么？"

怀歆拿了一杯 shot[①]一饮而尽，朝他笑笑："太热了。"

两人只讲了几句话，却吸引了不少人的注意力。

他们昨晚是见过怀歆的，年轻美丽的容颜总是让人印象深刻。今日她又穿着一袭红裙，比昨天还要明艳三分，实在美得张扬。

可人家来的时候披着郁承的西装，在场的人纵使有什么心思也没有表露出来，只是不着痕迹地打量着，猜测两人之间是什么关系。

倒是付庭宥先发话了："今晚各位务必喝得尽兴，不醉不归。"

---

① shot 是一种量酒的单位，约 30 毫升，也可以单指一杯烈酒。

有他奠定基调，气氛越发活跃，众人互相敬酒干杯。

郁承右边的那个女人名叫 Linda（琳达），怀歆听到孟至诚叫她，心里哼笑了声——连名字都大差不差。

很明显 Linda 一开始有些忌惮怀歆，但见她坐下来后也没同郁承有什么亲昵举动，这颗心才放了下来。

"光喝酒没什么意思，不如我们玩点有趣的？"

说话的是梁朝，澳门是他的地盘，家里专门经营博彩生意。强龙不压地头蛇，在座诸位都得给他面子。

梁朝环视这一圈的环肥燕瘦，挑眉笑道："在座美女很多，但是不流动可不是好事。大家要充分认识认识嘛，所以啊，我们干脆把女伴互相换了，怎么样啊？"

这样的圈子连交换女友都不稀奇，何况只是交换女伴。

男人们都散漫地倚在沙发上饮酒，看似都不动声色，实际上就等那两三个说话分量重的人发话。更有甚者，已经开始在场中挑选目标。

怀歆动了一下，郁承又靠过来："小歆。"

他很少这么叫她，怀歆侧过眸，抬眉看向他，用口型问"怎么了"。

男人的表情在昏昧光线下不甚分明，同她道："你要是介意，我们就走。"

怀歆看了他一会儿，摇摇头，笑道："玩游戏而已，我还没那么小心眼。"

她神态有些散漫，郁承没有接话，只是眸色微沉地看着她。

梁朝已经张罗着摇骰子换女伴，按号随机匹配。公布结果的时候就像抽乐透，有人欢喜有人愁。找到心仪的自然是好的，但要是看中的被别人抢了，那必定情绪不快。

很让人意外，怀歆配对的是付庭宥，这稍微让她心中安定一些。可再抬头一看，Linda 坐到了她原来的位子上，开始和郁承聊天。

怀歆很快垂下眼眸，不再看他们。

倒是付庭宥宽和地递给她一杯酒，浅笑道："咱们可以随便聊聊，就当打发时间。"

怀歆淡笑着与他碰了杯，过一会儿问道："付先生也习惯这样？"

付庭宥手一顿，像是没理解她的意思："什么？"

怀歆不知道如何去描述自己当下的感受。只能说置身在这一片嘈杂的区域中，不免感觉有点谐谑。

她觉得自己好像是一个异类，和周遭格格不入。

饶以杰那样的游戏酒局尚且令她不适，更别提澳门这场宴会。怀歆意识到，等郁承一步步走得更高，拿回属于自己的东西，他会越来越多地同这些人打交道，这些把婚姻和伴侣当作玩物一样戏耍的人。

在座的哪怕会有一个人同她一样，渴望忠诚的爱情吗？

听到她这样的想法，恐怕会觉得很荒谬吧？

她自己也觉得荒谬。怀歆耸了耸肩，笑着摇摇头："没什么。"

也许只是不愿去深想郁承是什么态度。

她和他现在算是什么？他们连是否男女朋友都没有说开。她和在座这些被交换出去的女人，说到底又有什么不同呢？

付庭宥仔细凝视她片刻，倏忽轻叹了一口气，像是有点无奈。

"这是必要的。不是习不习惯的问题。"他告诉她，"只是有些人将它当成应酬，有些人将它当成生活的一部分。"

"……"

怀歆不经意又看向对面，Linda 坐着的那个位置。

她想知道郁承在做什么，却没想到直接对上他黑漆漆的视线。

他在看她。

对视须臾，怀歆收敛情绪朝他扬了下唇。

她看着郁承，向付庭宥问了一个略显天真的问题："那难道就没有明哲保身的办法吗？"

其实潜意识里是知道答案的。只是仗着对方现在有耐心对付自己，她想听他亲口说出来。

付庭宥怜悯地笑了笑，果真回答了她。

"你方才玩过德扑，自然也知道，中途封牌的人都会一败涂地，只有加注到最后才能赢。"他说，"可是赌博的诱惑力正在于此，在于你不愿曾经的沉没成本付诸东流。"

怀歆的表情越发轻松，顺着他的话讲："所以想要明哲保身的最好办法，就是从不入局。"

"不错。"

付庭宥眼神里有赞赏："你果然和我想象中一样聪明。"

怀歆敬他酒，笑着打趣自己："聪明的女孩可不会问那样的问题。"

付庭宥嘴角弧度扩大，摇摇头："偶尔一两个无伤大雅的小问题并不要紧。"

两人之间安静下来，基本无话。

怀歆喝了两口酒，视线又禁不住飘向对面。Linda 站起身从桌子上拿酒，正好挡住郁承。她俯身的时候酥胸微颤，旁边两三人都扫了几眼。

周围很是热闹，怀歆旁边的另一位楚先生瞅准机会，趁着罅隙与她搭话。

换了女伴之后也不在乎谁是谁的人了，因此男人很是狎昵，借着讲话的契机离得很近，怀歆端着酒，借着碰杯拉开与他的距离。

楚先生与她共饮，而后掏出一盒烟，自己点燃了一支，饶有兴味地问她："小姐要不要？"

怀歆没应，余光却瞥见对面两人都坐了下来，男人似乎正一言不发地看着自己。她眸光微转，接过了楚先生的烟，悠悠笑道："好啊。"

楚先生眼睛微亮，开始与她聊起天来。

对方是G城人，却在澳门经营旅游产业："如果你感兴趣，明天我可以带你出海。"

"是吗？？"怀歆身体向后倚，挽了下耳边发，"听起来很有意思……"

话音刚落，面前蓦然覆下一道阴影。

冷冽的伏特加气味传来，郁承俯下身拽住她的手臂："跟我走。"

楚先生当即脸色变了，但到底有所顾忌，只是皱起眉冷声问："承总，你这是什么意思？"

怀歆仰头看着郁承。

其实她知道，这样的场合他若是离开会拂了某些人的面子，但是她还是很自私地希望他会做出与这些人不一样的选择。

而现在这份念想落了地。

——只要他带她走，就已经很好了。其余的不必计较那么多了。

郁承没有理会这位楚先生，只是牵着怀歆的手将她用力拉起。

在场的人都看了过来，就连付庭宥的神色里都含着讶异。

"不好意思，诸位。"郁承温文尔雅地笑了笑，垂下眸，不露情绪地看了怀歆半晌，忽而道，"刚才和我女朋友闹了点小别扭。"

怀歆的心空了一拍，突然扑通扑通地狂跳了起来。

此话一出，席间瞬间陷入安静，众人神色各异。

过了会儿，有人笑骂出声："承总这就做得不地道了吧？"

说的是什么，不言而喻。

在座哪个人会承认自己带的是女朋友？不过玩玩而已。

但是人家确实也有这个资本半途带人离开，只是平白扫了兴。

一片闲言碎语中，付庭宥搁下酒杯，微笑开口："阿承也真是的，带女友来竟连我都不说一声，害大家招待不周。"

郁承摇头："是我思虑不周，今晚酒水钱我来付。"

两人一来一回方叫众人神情舒缓下来，梁朝跷着二郎腿，打量怀歆片刻，挑眉道："承总自罚三杯再走。"

郁承淡笑了声："好。"

最辛辣烧灼的波兰精馏伏特加，酒精度九十多，纯的，连满三杯。

众目睽睽之下，郁承举起酒杯："我敬各位。"

怀歆见他喉结滚动，仰头依次将酒饮尽。酒杯搁在玻璃桌上发出清脆响声，男人面色未变，席间稍静，紧接着满堂喝彩。

"承总好酒量！"

"阿宥，让他们把这一单记我账上。"听嗓音倒是有些端倪，难抑的沙哑。郁承环视一圈，略一颔首道："诸位玩得尽兴。"

与付庭宥交换过眼神，郁承未作过多停留，拉着怀歆就往外走。

他大步流星，怀歆有些跟不上，几乎要小跑才可以。

新的高跟鞋穿久了有些硌脚，她气喘吁吁，差点绊了一下："郁承！"

男人回过头来，眸子又深又沉。怀歆心口跳了一下，见他突然折身，直接打横把她抱了起来。

身体蓦然腾空，怀歆低呼一声。

郁承就着这个姿势往电梯间走。来来往往都是人，见此情景纷纷看了过来，怀歆挣扎着捶他两下，压低声音说："你放我下来！"

郁承没理她，双臂强有力地禁锢住她。

电梯里还有两三个人，怀歆脸色绯红，只得将头埋在他脖颈，感受到一片快要燃灼起来的热意。

刷了房卡进了门，郁承把她往床上一扔，径直覆身上来，用力地亲吻她。

浓烈的伏特加气味侵袭而来，怀歆本就晕眩，这下更有些喘不过气来："嗯……嗯！"

她推搡着身上的人，他却不为所动，手指插入她发间，摁着她的后脑勺吻得更加深入。

酒精烧出滚烫的温度，怀歆觉得自己好像要被他掰碎了揉进骨血里，唇被他狠狠咬了一下，漫出丝缕咸腥的味道。怀歆吃痛，就在快要窒息的时候，才终于被郁承放开。

她瘫软着身体倒在床铺里，大口大口地喘着气，却还没来得及缓过来，就被他攫住下巴，逼近了质问："你知道那个楚峋是谁吗，就敢接他的烟？"

这些人的背景复杂，能来这个局的都不是什么简单角色，楚峋家里表面上是做旅游产业的，其实和梁朝熟得很，背地里都有些灰色地带的收入。

这是郁承第一次发火，怀歆被他这么猛地一喝迅速反应过来，心知自己的举动有失妥当，大概是平日里被他纵容得有些不知天高地厚了。

她眼睫扑闪了下，潮气汇聚起来，在眸子里凝成了一汪泪。

她委屈巴巴的。有自责，也有迷茫和无措。

她故意接那个什么楚先生的烟，又离他那么近，只是因为看到 Linda 吃了醋。郁承谈话间一直同对方很疏离，没什么可指摘的，可她就是心里不舒服。

不是他的问题，是整个酒局，这些人，所有的人都让她感到很不舒服。和饶以杰他们的小打小闹不一样，她连能与这些人坐在一起，都只是因为被冠上了郁承"女伴"的名号罢了，连姓名都无足轻重。

那种无法遏制的介意让怀歆意识到，也许她并不是那么玩得起的人。

她可以同他游戏，跟他浅尝辄止地谈心，但她不能阻止郁承回到 G 城。

他以后会越来越深地蹚入这潭浑水，到时会不会抽不出身来？她不知道，也有些害怕。

起初故意装作不在意，其实心里是希望郁承带她走的，但怀歆不想主动说明。

她在意他的态度，所以希望他能够心有灵犀地行她所愿，让她安心。

可是——

站在他的角度看一定很莫名其妙吧。

也许他不一定能够懂她这些弯弯绕绕的心思。

怀歆躺在床上没动，只是可怜兮兮地别开头，眼尾通红地看向别处。

她知道郁承是因为担心她才动怒的，但控制不了自己的委屈。

怀歆窝在被子里无声地流着泪，吸着小鼻子，一副好像被全世界抛弃的可怜模样。

片晌，一声深深的叹息落下来。

郁承重新俯低了身体，温柔地把她抱进怀里。

他捧着她的脸，小心地亲吻她的唇、脸颊、鼻子和眼睛，极尽安抚。

"不哭了宝贝。"

他一边轻拍着她的背，一边低缓哄着："是我的错，是我考虑不周。"

怀歆往他胸口蹭了蹭，抽噎两声，巴巴地看着他："你哪有不周……"

是那种明知自己有错，却还是希冀他能找到理由为她开脱的神情，十足惹人怜。

"这些人一开始我就不该让你见。"郁承低笑着叹道，吻她小巧圆润的耳垂，"我合该把你保护得好好的，藏起来，不让别人看到你。"

起初放心带她去是觉得这些都是付庭宥比较有把握的人，应当出不了什么大的岔子。

可他忘记了她到底还是个小姑娘。

怀歆耳尖冒红，睫毛上还挂着泪珠，却有些不好意思起来，低着头嘟哝："这不算你的错。"

"是我的错。"

郁承敛下眼，凝视她片刻，唇角虽还是上扬着的，声线却低沉下来。

"我错在让你还不够相信我。"

怀歆怔住，蓦地抬起了眼，与他视线对上。

男人眸色漆黑，深沉如望不见底的潭，她手指蜷起，心脏怦怦地跳起来——原来他是能够明白的。

他是能懂她的。

"但其实我也有点吃醋，在听你说只是玩游戏而已和接那个楚峋烟的时候。"郁承嗓音温沉，佯装恶狠狠地捏了捏她的脸，"我以为你不介意和别人玩。"

怀歆抿唇，小声辩驳："我也吃醋了。"

郁承摸了下她的脑袋，弯着唇低声笑起来："我知道。"

"……"

"是因为 Linda？都是她在讲，我没怎么听。"他挑了下眼尾，语气格外低缓，"我一直在看你。"

如同一颗小石子投入湖面，荡漾开层层涟漪。

怀歆哼哼两声，口不对心："看我干吗？"

郁承含笑压低下来，温热的气息徐徐拂过她颊边："你说呢？"

"我不知道。"怀歆傲娇地扭过头。

郁承凝视着她，意味不明地叹道："看来我家小朋友对自己的身份认识不够明确。"

怀歆又转过头来。

过了会儿，她喃喃出声，似是呓语："……什么认识？"

兴许是喝醉了，她脸颊边晕着浅浅的绯红，连鼻尖都是粉色的。卷翘的睫毛稍抬起，一双圆溜溜的、蕴着水意的眼睛望着他。

波光粼粼，格外招人垂怜。

郁承便倾过身去，亲吻她柔软的嘴唇。

怀歆被他压着倒回床上，乌黑的长发四散开来，有些铺在薄被上，有些绕在他指间、袖扣处，纠缠着，就像他们两个的关系，早已经说不清了。

郁承扣住她的腕，在吻的罅隙里喘息着回答了她："你是我的女朋友。"

怀歆知道没这么简单，但他炽热的吻让她没法再深入思考。濡湿的伏特加酒气渡至她的口中，怀歆一下子品尝到辛辣浓烈的味道。

她想起他刚才为她喝的那三杯九十多度的纯酒，换别人估计早就失态了，她心底一下子柔软起来。

哎，想那么多做什么呢？

她这么喜欢他，喜欢他的皮囊，也喜欢他的内里，喜欢和他在一起，和他相处也很欢愉，还想那么多做什么呢？

头顶上的吊灯光线有些恍惚，窗帘也没拉，她知道外面没有人能看见，但是感官还是因为这种环境而变得格外敏锐。夜色被温柔驯服，一层层的浪涌过来，怀歆迷离而又享受地眯着眼，想跟他靠得更近，他却停了下来。

郁承的手臂撑在她肩侧，暗哑到性感的低音在她耳边绽开："小歆。"

"……"

"你知道我很喜欢你吗？"

"……"

"做我女朋友，好不好？"

怀歆微微睁开了眼，面前男人背着头顶的光，英俊深邃的面容看不清晰。

"好不好宝贝？"

心脏本该被酒精麻痹，却不知为何怦怦地跳了起来。

"你得知道，"他重新俯下身来，温度变得具象而清晰，没给怀歆时间反应，将她失控的嘤咛封在唇里，"我中意你。"

仿佛下了一个注脚，原本吊在骨感脚踝上摇摇欲坠的高跟鞋蓦地松开砸向地面，郁承吮吻她耳垂的时候着迷又动情，怀歆脚背绷直，觉得自己就要被他烫化了，五指拽紧薄被以抵挡这如梦初醒般的情潮。

原来……原来她想听的是这个。

女人真是肤浅的动物。

要他站出来强势地保护她，也要他尊重地询问她的意愿，更要他剖白自己的情感，绅士地将自己放在稍微示弱的位置上。

不同于第一次的蓄谋已久，这回他们陷在彼此给予的疯狂里。一晌贪欢是对这段关系的最好定义，没有那么多的时间可以去管明天。只要现在、当下，紧紧地抓住眼前的这个人。

烧灼的呼吸交缠着相融，怀歆晕乎乎地想，什么 B 城、G 城，还是别的哪里，她通通不要去理睬了，这剪不断理还乱的关系，就任它去吧。

他又开始叫她宝贝，怀歆从第一次就发现，郁承喜欢在这种事上百分之百地掌控，她承受他并不温柔的触碰，却觉得身心间充实感饱胀。

原来她也是有点儿病态的。又或者说，她向来是如此，因为写作，因为幼年经历，在情感上过于精准的共情力和丰沛的承载力导致她原本就和别人不太一样。

她感受到悲伤的门槛很低，但是抵达快乐的阈值却很高。寻常办法并不足以让她彻底敞开自己。

可是他知道。

他掌握着一把能让她极致快乐的钥匙。

他们是如此契合，连疯都疯到一处去。氧气被耗尽，稀薄的空气里弥漫着残存的爱意。怀歆在男人裹紧到让她快要窒息的拥抱中安心地睡了过去。

第二天又是睡到日上三竿，昨夜把话说开，怀歆心情踏实而甜蜜，刚转了个身便承了他细细密密的亲吻。

手指抬起，虚虚地抚过他脸颊，深邃漂亮的桃花眼，高挺的鼻梁，再到颜色淡红的薄唇，郁承生着一副绝好的骨相，她没有掩饰自己目光中的那一丝痴迷。

男人睫羽低垂，同样眸光深沉地凝视着她。

少顷，他握住她的指尖，拉下来按在自己心口的位置。

"还记得昨天答应我的事吗？"郁承嗓音低沉，低头吻了下她的指节。

怀歆眨了眨眼："什么？"

这回他没有再姑息她的装傻，惩罚似的捏了下她的手指，作势要压过来："要我帮你回忆一下？"

怀歆弯着眼笑起来，这才投降般地出声："好啦，我知道了。"她翻了个身趴在他身上，支起来点点头道，"嗯，做你女朋友。"

郁承仰面，敛着眼看着她，没说话。怀歆又俯低下来，拿食指饶有兴味地杵了杵他紧实的胸膛。

"都已经这样了……"她悠悠画了个圈，勾着尾音娇声道，"难道我还能不答应吗？"

郁承呼吸微沉，眼神有些幽深，却又看穿她表情里毫不遮掩的得逞意味。

他知道她就是欠收拾。要不是待会儿还要赶飞机，她今天得哭湿枕头。

今日他们便要起程返回，澳门的景点也看遍了，该逛的该吃的也都没差什么，收拾一下东西便去了机场。

临行前还同付庭宥告了个别，他只消看一眼就知道两人已经和好，笑着打趣以前都没见阿承对哪个这么上心过。

怀歆自然是得了便宜又卖乖，恭维说多亏了付先生出面说话，才让阿承和她昨晚逃过一劫。

他要出面的地方不仅仅是在这里，阿承认下这姑娘，还得他去善后。大家都是聪明人，提点一句应当也知道分寸。

——为哄女人开心给个名号，这事儿换作那些人，也做得出来。是个挺好用的理由。

付庭宥的视线在他们之间转过一圈，垂下眸笑了笑，说客气了。

到家已经是晚上十点多钟，假期的最后一天，他们好像是从某个世外桃源回来，几乎与外界隔绝，感受不到时间的流动。

站在家门口，怀歆这才感觉到重力的存在，一颗心沉稳落回肚子里。

虽然两扇门离得很近，但下一刻就要分道扬镳，她心间蓦地就升起一丝好像明天就再也见不到他的不舍，在郁承细致地拥抱亲吻完她之后还不肯撒手。

"哥哥……"

郁承抬手，轻挽起她耳边的发，嗓音低而温柔："嗯？"

怀歆稍扬起眼睫，神态有些天真无辜。纤细的小腿却是沿着他西装裤腿不紧不慢地蹭上去，意有所指地看着他家门口，舔了下红唇："我想进去。"

似有根弦瞬间绷紧，郁承倏忽眯起眼。

他视线压下来，里面浮动的意味不甚明朗，也勾绕出了些许深暗幽邃的意味："小歆，有点晚了，确定要进去？"

怀歆手指沿着他领带处慢慢抚下去，娇懒道："叫我 Lisa。"

顿了下，她问："难道你不想？"

她今天早上仍化了精致的妆容，郁承低敛着眼睇着她，没有立即出声。

怀歆扬起下颌看了他一会儿，勾着唇笑得潋滟。

空气很安静，她忽然歪过头，轻舔了下他的喉结："那这样呢？这样想不想——"

话没说完，整个人被打横抱起，郁承不含情绪地哼笑了声，向她宣告："明天的早会你参加不了了。"

怀歆一僵。

——什么？明天还有早会！！！她完全忘光了，啊啊啊！！！

"等一下！"怀歆挣扎着要下来，"那我觉得今晚还是得好好休息——"

"晚了。"

随着男人最后一道沉哑的声音落下，大门重重关闭。

走廊内重归寂静。

外面天光大亮的时候，怀歆迷迷糊糊感到有人在亲吻自己的脸颊，温柔道："宝贝，该起床了。"

"嗯……几点了？"她翻了个身，继续呼呼大睡。

那人低低笑了一声，拨弄她脸颊边的头发，狎昵道："八点半了，再不起就晚了。"

早会就在一个小时后，还要化妆换衣服，怀歆蓦地清醒过来，揉着眼睛坐起身来。一共睡了五小时不到，不困才怪。

她努力睁开眼看了男人一眼，哼，怎么他就这么精神？！

怀歆发出一道类似冬眠小动物一样的软糯鼻音，不满又含着控诉。郁承坐在床沿把她搂进怀里，轻笑着递给她一杯温度刚好的热水。

"新的洗漱用品给你备好放在洗手台上了。"他轻声慢语地叮嘱，气息温缓，"早餐我也做好了，给你温在锅里，等你起来一起吃。"

怀歆靠在他怀里，本来舒服得又差点睡着了，听到他说早餐是自己做的，一下子精神了点。

郁承在床头柜放下水杯后出去，给她换衣服的空间。

正好怀歆从澳门带回来的行李箱里还有一套干净的休闲商务装，不用再回家拿。她忍着酸软的身体爬起来，站到卧室镜子前打量自己。

郁承真的是很注意细节，很体贴。脖子上穿衣会露出来的位置都被他小心避开，没有留下一丝一毫的痕迹。

当然——怀歆低头看了一眼领口里面，其他地方就没有这么好运了。

她耳尖微红，不忍再过多回想，迅速拿出商务装换上。

洗漱完毕之后简单化了个日常妆，怀歆趿着拖鞋走了出去，被一阵香喷喷的味道吸引了。

走近一看，是一个卖相很好的煎蛋饼，均匀地撒上洋葱丁、肉末和葱花，蛋面外焦里嫩，新鲜又色泽光亮，让人看了便很有食欲。

旁边还放着一杯温豆浆，一碗牛肉刀削面，一只荷叶糯米鸡。

"不知你有多大胃口，便多准备了几样。"郁承绅士地为她拉开座椅，耐心道，"吃不完也不要紧，别勉强自己。"

客厅里采光很好，阳光穿过被风吹起的轻纱洒进室内，像是一地碎金。

怀歆透过落地窗看见外面蓝天白云下漂亮的城市景色。

早上起来就有好天气、丰盛美味的早餐，还有完美的爱人。她的心情无比轻盈欢快，踮起脚攀着郁承肩头亲了一下他的嘴角，用鼻尖亲昵地蹭他脸颊："给你点奖励。"

郁承搂着她低低笑出声，眼尾挑起："谢谢宝贝。"

男人做的菜是真的很好吃，怀歆没想到他还有这个手艺，和外面五星级酒店的早餐也没什么两样了。

但其实这也确实合理，郁承小时候住在巷子里，估计做什么都要自食其力，后来他又辗转各地，独立生活的能力肯定差不了……不过这么一想以后，心底就有些细微的心疼涌出来。

早餐的氛围温馨而宁静，饭后两人收拾好东西，一起出了门。并肩走到离公司一百米的地方，郁承让怀歆先上去，他等会儿再跟过来。

此举是为避嫌，很有默契地岔开一段距离之后，他们一前一后地上了电梯。

到达办公室放好东西，早会还有十分钟开始，怀歆端着电脑和其他几个实习生前往会议室。

胡薇和秦晓月不愧是郁承的最大粉头，在路上还你一言我一语地小声欢呼："太好了，今天又能见到Alvin哥了！！"

"让帅哥来洗礼一下我被'普信男'熏过的眼吧！"

怀歆失笑着加入谈话："晓月，你怎么了？"

"嗐，别提了。"秦晓月提起这个就没好脸色，"五一假期我在家里当咸鱼，结果我国标队的舞伴说过来青岛玩，要我招待他。"

"我俩私下其实关系一般，然后我想着都是同学，也不好拒绝，就约他吃了个饭，然后……"

"然后？"

"然后结账的时候，他一点付钱的意思也没有，后来又说要和我看电影，结果电影票还是我买的，最后看完了他居然问我，陪我玩了一整天我是不是特开心。"

秦晓月一头三个大问号："Excuse me?（你在逗我吗？）老娘跟你熟吗？我当时那个心情简直是……"

她做了个呕吐的表情，翻着白眼摆摆手："不提了，提起我就来气！"

胡薇和怀歆哈哈哈地表达了深切同情，前者安抚道："没关系，一会儿让Alvin哥的神颜洗刷你被'普信男'伤害过的心灵。"

说话间正好到了大会议室，几人也就噤声，安静地在自己的位子坐下。

不一会儿人就七七八八来齐了，陶总人在上海，通过视频接入，在场文总和郁承分坐两侧主位，听底下几个副总裁和项目经理汇报工作。

余光瞥见胡薇和秦晓月时不时地往斜前方偷觑，怀歆一边记笔记，也一边悄悄抬眼看。

男人穿着一套剪裁服帖的深灰色西装，修长指间拈着一支色泽漂亮的黑色钢笔，偶尔对着笔记本浏览文件，偶尔在纸上写字，发出不易被捕捉却极其悦耳的沙沙声音。

这种场合他通常是很严肃的，镜片反射出些许冷感的微光，英挺俊美的侧颜专注冷峻，那双漆黑的桃花眼在审思时偶尔会轻微眯起，显得冷淡、禁欲而性感。

她在情感方面多多少少有一些自己的小癖好，慕强就是其中之一。这种在专业上仰望男人的感觉与在感情上征服他的欲望合二为一，进而迸发出更加强烈的快感。

早会持续了两个小时结束，差不多也到了饭点，文总吩咐秘书直接订餐厅，大家一起吃个午饭。

众人闻言便回座位去放笔记本和电脑，然后三三两两地到电梯间准备下楼。

怀歆和胡薇、秦晓月两人一起，进电梯的时候恰好碰到了郁承，男人礼貌颔首，并绅士地让她们先进。怀歆听到胡薇和秦晓月发出幸福的抽气声。

电梯里还有两三个人，她俩"近乡情怯"，反而把怀歆推到了郁承身边。怀歆抬眸对他笑了一下，郁承低敛下眼，也朝她淡淡勾了下唇。

随着电梯下行，进来的人越来越多，四人的距离也就站得更近了一些，几乎肩并肩挨在了一起。这时秦晓月压着声音问怀歆："歆歆，你是不是来那个了啊？你需要的话我有姨妈巾。"

怀歆没懂她何出此言，凑近一点："啊？"

"我就是看你走路有点……"

比较私密的话题，秦晓月没说下去，但怀歆明白了她的意思。

"……"

她心里登时一万只羊驼呼啸而过，藏在黑发里的耳尖一阵发烫。

而且他人就在旁边，也不知道有没有听见什么，怀歆干咳一声，顺着承认道："那麻烦你一会儿给我一片吧。"

秦晓月了然地点点头："哦哦，没问题！"

怀歆挽了下发，低头在自己随身挎着的小包里翻找东西，本意是为了掩盖自己略微的尴尬，没承想翻着翻着发现自己最喜欢的那支香奈儿口红不见了。

怀歆颦眉，正苦思冥想，掌心忽然拂过一抹温热。

是男人的手指。

在其他人看不到的隐蔽角度，他不经意触碰着她。少顷，他略微低头，俯身在她耳侧浅语："东西好像掉在家里落地窗边上了。"

"……"

郁承的气息低沉蛊惑，怀歆耳郭不自觉泛起一阵酥意，这才联想到昨天这个包在无意中被碰倒在地上，东西撒出来没捡干净。她咽了口口水，蓦地心猿意马起来。

胡薇这会儿突然想起话题，凑过来八卦兮兮地问怀歆："歆歆，你不是说五一跟男朋友出去玩了吗？感觉怎么样？"

电梯里人声嘈杂，可能是顾虑郁承就在一旁，她声音并不大，怀歆舔了下唇，回答道："挺好的。"

秦晓月打量她表情就知道："哎哟哟，这看上去很意犹未尽嘛！"又感兴趣地问，"话说我们都还不认识，他到底是个什么样的人啊？"

这时身旁的男人稍微动了一下，怀歆心头微微一跳，没忍住瞥向他。

郁承也侧过眸，深邃的桃花眼稍敛起，有些不甚明晰的兴味。

……他听到了。

怀歆手指蜷了一下，睫毛扑闪，清亮的眸光中粼粼微波，有几分欲说还休。

她转过头回答秦晓月和胡薇："他是个温柔细心、成熟体贴的人。"

"哟！这么完美啊？"

"是。"怀歆这时又看回郁承，挑着眼尾悠悠道，"各方面都很完美。"

前三个字被她着重强调，是只有他才能听懂的意思。明目张胆地勾引，郁承咬肌微动了一下，眸色染了些许深暗幽深。

而怀歆却不再看他，继续和小姐妹们聊天。

正好电梯也到了底层，大部队在门口集合，一起出发去了餐厅。

还是上次的那个地方，专属包厢，除了文总，其他人都已经到了。他们从主位旁边开始坐起，沿过来一排。

郁承便走到另外一边坐下，怀歆见状也自然跟上，与秦晓月和胡薇四人将剩下几个空位也占满了。

等了几分钟，文总就打着电话进来了。

秘书负责点菜，大家随意闲聊几句。男人就坐在怀歆的旁边，身上那股雪松的沉幽香味越发清晰，浅浅淡淡地弥漫过来。

怀歆心尖有点儿轻微的痒，仰起脖颈，举起杯子轻啜一口醇厚的麦茶。

兴许是文总今日有点忙的缘故，他一直在看手机或者回信息，席间气氛也没有上一次热闹，所幸菜点了很多，各式各样非常丰富，大家也就忙着低头吃饭。

怀歆每样也都吃了一点，又上了一道潮汕砂锅粥，服务员拿碗分好，放在玻璃转盘上让大家自取。她看着香喷喷的海鲜粥转过来，刚起了一点兴致，却有骨节分明的手指在桌布的遮掩下寻过来，抓住她垂落在腿上的手腕。

不轻不重的温热来袭，怀歆指尖不由得蜷缩，可男人的指腹却低缓摩挲过她掌心，接着将手指浅浅地插入她的指缝。

——这满桌子的人，文总可就坐在旁边呢！

怀歆的心扑通几下，眼睫微颤，脸颊晕上来一点红，侧眸看他。

郁承面上倒是淡淡的，用另一只手随意端了一碗粥递给她，也没开口说话，仿佛只是单纯地在照拂后辈。

这动作无比自然，连一旁的秦晓月和胡薇都没有过于留意。

怀歆咬着唇，不动声色地嗔了他一眼。

手被他牵着，好像一时半会儿也不打算放开了，不过大家的注意力都不在他们这边，目前还算安全。

饭局进入后半段，文总好似才终于忙完，放下手机开始和众人寒暄。这会儿气氛终于转暖，大家逐渐打开了话匣子。

文总是个很亲和的领导，又开始关心起下属的感情状况，近日徐旭结婚了，大家都吃到了喜糖，恭喜一番之后目光又绕到几个年轻人身上。

文总问张可斌怎么不找对象，他情商很高，打哈哈说目前最享受的就是工作很充实的感觉，几人顿时就笑起来了。

确实，每天工作到半夜十二点，就算谈了恋爱可能也会分手，文总也笑了，放过他，去问实习生们有没有最新进展。

说起这个，胡薇登时兴奋道："歆歆交男朋友了！"

包厢里蓦然一阵起哄，所有人的视线都注视过来。怀歆脸上一热，想把手从郁承掌心里抽出来，却没有成功，于是只得继续假装云淡风轻地坐着。

"哦？"文总很感兴趣，"小怀跟大家分享一下？"

怀歆还没说话，王安冉挑着眉插道："是学校里的同学吧？"

"呃，"怀歆斟酌了一下，点点头，"是。"

"哇哦！同级的吗？"

怀歆舔唇："不是……是我一个学长。"

手指倏尔被人捏了一下，有点惩罚意味。怀歆干咳一声，另一只手到台面上拿起茶杯喝水。

大家还在追问是怎么认识的，她缓了片刻，十分谨慎地回答道："之前实习的时候遇到的，他已经全职了，所以工作上有些交集。"

手上力道稍轻。

李施文问："长得好看吗？"

她是天秤座，只在乎这个。怀歆抿着嘴角，点点头："挺好看的。"

她耳尖粉嫩嫩的，有些明显的赧然，王安冉刻意打趣："是他好看还是上次我和陶总碰到的那个学弟好看？"

感受到修长的手指沿着指缝越发深入，怀歆胸腔内心跳声怦然，舔了下唇："……当然是我男朋友好看。"

"这样啊，"文总笑，看热闹不嫌事大，朝旁边抬抬下巴，"那和你承总比呢？"

怀歆也侧眸，看向近在咫尺的男人。他敛着睫，瞳色漆黑，有些意味不明地睇着她。

怀歆脸颊颜色粉红，乌黑眼眸蕴着浅浅的亮光，水润剔透，有些不自知地勾人。

"和承总相比啊……"她装作打量了他一会儿，眨眨眼，"那可能还差了点儿。"

这是相当讨巧的回答，大家都哄闹着笑起来。怀歆刚放松下一点，就感觉到郁承收紧手指，与她十指紧密相扣。

"……"

众目睽睽中，男人抬了下眉，片晌勾着唇揶揄道："真是难为我们组的小朋友了。"

饭局在轻松愉快的嬉闹声中结束，但没人知道，桌布底下，怀歆的手心已经布满潮湿的汗意。离席之时才被松开，她心绪不宁，逃也似的和郁承拉开距离。

怀歆回到办公室便继续案头工作，没过多久，收到郁承的微信，让她下午三点跟他一起去好时家签投资意向书。

坐在博源的商务车上，因为有司机在，两人之间保持着一定的距离。

空气看似较为安静，实际上却是暗流涌动。

怀歆咬唇，轻轻瞪他一眼，控诉午饭时候男人肆意妄为的恶趣味。

郁承看着她笑了笑，片晌好整以暇地问："男朋友是学校里的学长？"

"嗯，对啊。"怀歆扬扬眉，双眸刻意不闪不避地迎向他，"才刚刚工作，就挺年轻的，比我大不了多少。"

她仿佛在着重强调什么，郁承稍顿一瞬，眯了下眼。

他语气有些意味不明："喜欢年轻的？"

怀歆有些挑衅地睨着他："嗯。"

郁承抵了下腮，似笑非笑地凑近她，嗓音低沉问："你确定？"

她抬着下巴，并不打算改口："对啊，怎么了？承总有什么问题吗？"

话音刚落，腰间软肉被掐了一下。痒中带点微疼，怀歆连忙咬住唇，才抑制住差点溢出的这一声呻吟。

"没问题。"男人衣冠楚楚地交叠双腿，可手却没有离开。

怀歆羞愤地盯着外面飞速倒退的风景，不打算再理睬他。

男人似乎低声哼笑了一下，而后打开手提电脑，眸光沉静地开始浏览起合同文件的条款。

按理说公司到好时家的距离不远，怀歆打开地图，这才发现路线不对。

她有些疑惑地抬头："我们这是要去……"

还没说完，郁承的手机铃声响起。

她噤了声，看他接起电话，简捷应了两声。

本就是好时家的来电，所以他开了免提，没避讳着她，怀歆听到里面传来黄总抱歉的声音："实在对不起啊郁总，我们考虑再三，还是和宏达签了 Term Sheet……"

怀歆心中咯噔一下，蓦地看向郁承。

男人面色平静，并未有什么波澜："这样啊，我能否冒昧问一下，宏达那边是什么报价？"

项目没谈成，无非是价格没到位。

本来谈好的五一之后就签约，黄总兴许也是心中亏欠，犹豫片刻，说了个大概的量级。虽然比较虚，但是也让人心里有了数，20% 的溢价，看来宏达这次是志在必得了。

"好，我知道了。"郁承温和道，"这次实在有点遗憾，希望下次还能和您合作。"

"嗯嗯，那是当然！"黄总赶紧道，"郁总，您的能力有目共睹，我们也很想得到博源的支持。"

挂了电话，车厢里一阵寂静。

怀歆咬着唇，也不知自己是不是该说点什么话安慰他。

临门一脚的项目被人截和，这是私募圈里常有的事情，但郁承在她心目中近乎无所不能，几乎就没有失败过，所以她也跟着有些难受。

小姑娘一副欲言又止的样子，郁承凝视她须臾，却蓦然笑了。

"很担心？"他勾了勾唇，低缓问。

"嗯……"怀歆不安地点头。

郁承好看的眉眼弯起来，将文件夹里的合同拿出来，递给她："看看。"

怀歆微愣，接了过来，视线落于纸上。

"B 城峰趣科技与博源资本的投资意向书"，根本不是好时家！

她抬起头看向窗外纵横交错的街道，恍然大悟，这也不是去好时家的路。

"你早就知道他们要毁约？"怀歆不可思议地问。

"嗯。"郁承颔首，"宏达最近动作很大，关林山主打消费赛道，好时家他们以前就接触过，C 轮没能进去，这次肯定不会错过。他们盘子稍微小一点，需要几个大项目撑场面。"

怀歆怔怔地应了声。

"但对我们来说，这项目没有那么必要。"郁承有条不紊地道，"投资讲究的是回报率，好时家是国内家电行业龙头不错，但是天花板有限。

"在芯片供应紧缺的情况下，高性价比产品推出和市场教育仍需时间，海外扩张的渠道也尚未明确。此外，横向应用场景还需要拓宽，仅针对 C 端消费者不足以支撑年化 20% 的增速。"

郁承总结："好时家是个有利可图的项目，却不值得我们投入太多精力。"

所以他选择放弃。

或者说是，声东击西。

让宏达以为他们一定会出手，从而咬牙报出更高的价格，把所有精力都放在了这上面，反而忽视了其他有潜力的项目。

原来郁承真正想要的，是另外一个明星项目，消费电子 VR 企业峰趣。

怀歆看着他沉稳平静的神色，几乎不知道说什么才好。她心口怦然跳动，不知被什么东西感染，久久不能停息。

他一贯是这样的，运筹帷幄，不动声色却又全盘掌控。

深不可测，想要的东西从不会露在表面，让人捉摸不透。

怀歆胸腔发紧，心跳声却越来越清晰。

——她痴迷他的原因就在于此。他的深沉莫测，那种让人看不穿也触不到的距离感，变作一种神秘的介质深深地吸引着她，让她为此好奇、上瘾，越发想要去探究到底。

从峰趣出来已近五点，排他性条款一签，几乎可以算是尘埃落定。刚在总部体验了他们的虚拟现实的未来世界游戏情景，现下望着漂亮的蓝天白云，怀歆还有种不真实感。

好像打了一场没有硝烟的战役，他们终于凯旋，她心中颇为荡气回肠。

洁白的云朵被微风吹拂着缓缓移动，男人的容颜英挺如画，怀歆定定看着，知道自己是很难忘记眼前这一幕了。

不知怎的就释怀了。

未来也许会有很多险阻，风云变幻，但是此刻，她想做的不过是握紧他的手罢了。

签完合同又回公司，晚上工作到八九点的时候，怀歆收到郁承的微信：回家？

这个词瞬间就让她翘起了嘴角，回道：好啊！

又是一前一后出了电梯，直到进入小区的时候，郁承才把她揽进怀里，亲昵地在她额边吻了一下。

一整日保持着距离感，进入电梯后怀歆便有些忍耐不住，踮着脚搂上他的脖颈。

郁承顺势搂住她的腰，俯低下来亲吻她柔嫩的唇。

郁承动作有些粗野，怀歆身体被他压着往后倾，只有腰部着力贴着他身体。

"叮咚"一声，电梯响了，怀歆一个激灵，连忙推开他退到另外一边的角落。她刚站好，就有一位穿着精致的女士上来，默立在两人中间。

怀歆还有些喘不上气，咬着唇，压抑着胸腔的起伏，小声呼吸舒缓平复。

不经意一抬头，却见男人视线锁定她，喉结微动，抬起手，不紧不慢地将唇角她留下的口红擦掉。

她脸上红了一片，扭过头不再看他。

不知过了多久，那位女士终于出去了。离他们的楼层也没差多少，应该不会再有人上来了，怀歆稍稍平复下来。

电梯停稳，两侧门打开，怀歆提了一下单肩包的带子，踩着高跟鞋往外走。

这里的房型是一梯四户，她和郁承的在同一边，还没有走几步，身后就传来漆皮皮鞋踏在大理石地板上的嗒嗒声，声控灯骤然亮起。

接着一双修长手臂从后面强有力地抱过来，怀歆身子稍转，被抵在墙上承受男人炙热汹涌的索取。

他们从走廊一路吻到了门口，根本不需要钥匙，郁承指腹按在门锁上门就开了，怀歆踉跄着被揉进屋内，包包落在地上，郁承把她托到矮鞋柜上亲吻。

氧气尽数被掠夺，她软了腰，瘫软在郁承的怀里，眼尾情不自禁地渗出些许泪水。

郁承倾过身，细细吮磨她的耳垂。

"晚饭吃得饱不饱？"

怀歆不明就里，也没什么多余的心力思考，闭眼仰着脖颈含糊应一声。

可紧接着却听郁承低哑一笑："那正好消消食。"

"……"

后续有什么话全被他堵进了唇齿间，怀歆的手指扣在鞋柜边沿，骨节近乎泛白。

郁承将她托起，怀歆的背靠在冰冷的大门上实在没有什么着力点，呜咽着讨饶过后，他抱着她去沙发上坐了下来。

窗帘没拉，不知过了多久，外头入夜的霓虹光线渗进来，在室内玻璃窗上映出些许模糊的潮气。

郁承掐着她的腰，抵着腮，声音十分沉哑地问她："喜欢年轻的？嗯？"

怀歆抬起手臂，战栗地裹紧了他，一边掉泪一边否认："呜呜，没有的……"

郁承轻哼了一声，腕间又持续用力，听她声线变了调，这才满意。

"叫我名字。"他安抚地吻她的唇。

"阿承……"

"不够。"

"阿承？"

"不够，再叫。"

"呜呜，阿承，郁承……郁承……"怀歆倾过身去将他抱紧，氤氲着泪水的眼睛有些失焦，男人的气息滚烫地喷在耳边，她听到他强制地说："下次记得，要习惯性地叫我名字。"

昏昧的光线下，影影绰绰只看见男人英俊深刻的侧颜。

"我知道了。"她小声抽噎。

郁承的眸光中浮现出很浓稠的温存，他按着她的后脑勺将她揉进怀里，低哑着勾连出字音："这个周末，陪我回去看看我母亲？"

怀歆没太听清，被他诱哄着迷迷糊糊答了个"好"字。

后来怀歆睡了一觉，再醒来已经快零点了。先前她被抱着去浴室洗了澡，现下裹着白色浴袍躺在床上。

拢着衣领起身后，怀歆推开阳台的门，看见郁承也裹着浴袍，坐在躺椅里吸烟。

他面色极冷淡，听到动静时表情才舒缓，把烟按灭在一旁的烟碟里，抬手招她："过来。"

没有多余的椅子，怀歆小步走过去，被他拉着坐到了腿上。男人沉着温热的呼吸拂过颊边，她睫毛颤了颤，接着听他在耳边亲昵问道："还好吗，宝贝？"

怀歆的脸热了起来。

她知道他问的是什么，咬着唇，诚实地点了点头，郁承轻笑起来，音色低醇悦耳。

高楼大厦的灯还亮着，他们在这样的一隅，独享这座城市难得的静谧。

片晌郁承又低缓问："先前问的话也答应了？"

"嗯？"怀歆反应了一下，才想起他当时确实是问了她什么的。

他要带她去见他的养父母。

"……"

真的不好说他，在那种情况下，知道她没有思考能力，简直乘人之危。但心里不知怎的，又莫名有些柔软，酸胀涩然。

他的母亲对他来说很重要啊，他想让妈妈安心才带她回去？他怕她会拒绝吗？

怀歆来不及深想，也不欲去探究跟他回去这个举动意味着什么，只是低着脑袋吭出一句："嗯。"

郁承勾着唇叹了声，揽住她纤瘦的双肩，让她靠在自己的胸膛上，低敛下眼去亲吻她柔软乌黑的头发。

"谢谢宝贝。"他轻声说。

综合影视城资金链的事情已经搞定，潘晋岳心情大好，连带着多划了两个B城的公司给郁承管理，现在是许琮最掉以轻心的时候，郁承选择在这个时点带怀歆回去见侯素馨。

许琮先前对他起了疑心，一直留着人放在江浙那边盯着，这段时间大概是逐渐放下心来，就收了手。

郁承来的时候同邱副院长打好了招呼，他一向是独自前来，这还是第一次要带上别人。

其实怀歆以 Lisa 的身份和郁承通过那么多次电话，总在心里猜测他以前究竟在什么样的地方生活，又在怎样的家庭中成长，如今真真切切跟着他走在潮湿而长的青石板道上时，才能够完全体会。

这么多年的光阴让这座城物是人非，但是仍有一些地方没有变。虽然郁家夫妇已经搬离了那条巷子，可怀歆却仍旧能透过破旧的门扉看见它以前的样子。

有些人家的门是敞开的，他们曾经习惯在门口晾洗衣物，水就沿着石缝流下，汇聚进那条清澈小河。而屋里面则是逼仄的、狭小的、漆黑的客厅，占地方的箱式老电视机发出微弱的光线和噪声。

郁承和怀歆手牵着手，安静地走过这条长长的石板路。她想起他以前同她讲的，这里过年的时候其实也很热闹，家家户户张灯结彩，在门口挂上红色的纸灯笼，贴对联，除旧岁。并没有多么繁盛，却觉出一种朴素的温馨。

"那是我以前上小学的地方。"郁承指着一处围栏，里面有一个小型操场，红色的跑道，地上的轨迹清晰而分明，八九岁的男孩子在野草疯长的地面上踢足球，恣意地奔跑着。

怀歆抱着他的手臂，新奇地探头去看。角落里的攀爬器材油漆光亮，显然是才建好的，十几年前，不知这里又是什么样子。

绕过拐角，又到了长长的街市，郁承说："我父亲原先在这条街上开杂货铺子，后来又找到另外一处租金便宜的地方，便迁到了那边。

"我每天早上从家里出来，都会来这里买早餐吃。"

怀歆看见了他说的那家麦当劳，十几年过去，店面早就翻新了不知多少次。郁承只在那里吃过那一回，却令他难以忘怀。

不是汉堡包有多么美味，而是他永远记得，玻璃外的光线透过来时，妈妈那张温柔微笑的脸被照亮了。

这里有很多粥粉包子铺，香喷喷的味道窜出来，让人食欲大增，怀歆抬眼望去，看见招牌上大大的印刷字写着"肉包 3 元 / 个"。

郁承也看到了，淡淡笑了下："涨价了不少，三块钱比我以前一周的零花钱还多。"

怀歆心里紧了紧，从他垂敛的眉目中品出一丝难掩的感怀。

"那么你想试试吗？"

"什么？"郁承侧眸。

怀歆眼眸清亮，对他招招手，要他俯下身来。

郁承眼中意味不明，仍依言照做，小姑娘跃起来，吧唧在他脸上亲了一下，朝他娇俏地眨眨眼。

她糯声道："试试有女朋友陪你之后，三块钱的包子是不是比以前更好吃些。"

"……"

怀歆撩完人就想跑去买包子，谁知被扣住手腕拉了回来。

腰间被紧箍住，紧接着郁承漆黑深邃的视线就压下来，堵住她双唇，辗转地含吮了片晌。

这是很温柔的一个吻，怀歆原本正揪着他的衣角享受着，不经意却感知到几道灼灼视线，抬眸一看，发现粥粉包子铺的大妈还有隔壁鞋店的大爷正一脸新奇兴味地盯着他们。

怀歆当即羞赧指数爆表，别开头，埋在郁承胸口装鸵鸟。可男人却完全不受影响，抬臂抱住她，音色缱绻，压着嗓子在她耳畔低低地笑："宝贝，我怎么觉得好像你更好吃。"

"……"

这、这都说的是什么啊！

怀歆捶他一下，嗓音细如蚊蚋："快去买包子啦！"

最后他们在大妈揶揄的注视下买了两个香喷喷的肉包，她还笑眯眯地询问："小姑娘，这是你男朋友呀？"

怀歆红着脸点点头。

"哎哟，好般配哦。"大妈贴心地多给他们套了一层塑料袋，以免油渍浸出来，"祝你们长长久久哦。"

怀歆怔了一下，小声地道谢。包子还冒着热气，拿在手里温度却正好。

郁承低眸凝视她须臾，温和地同大妈说："谢谢，也祝您生意越来越红火。"

两人从粥粉铺离开，无声地并肩走了一段路。怀歆低下头，在温软的包子上咬了一口。肉馅味美多汁，她舔了下嘴角，然后郁承的手臂揽了过来。

"好吃吗？"他凑近她，勾着唇问。

"好吃。"

怀歆点点头，把另外一个递给他。郁承却握住她的手腕，直接就着她吃过的地方咬了下去。

这样的东西分食起来就显得极其亲密，怀歆睫毛扑闪了下，耳尖又有点冒红，却终究没说什么。

等他吃完，她拿纸细致地替他擦拭嘴角，眨着眼问："怎么样？"

郁承笑了一下，悠悠叹息："没想到这么多年过去味道还是没有变。"

岁月更迭，这座小镇原本应该永远封存在他的记忆里，却因为有牵挂着的人和事而始终鲜活。

他还记得回国以后第一次见到侯素馨和郁卫东的情形。那时他大三，暑期实习在 MGS 的 G 城团队，某个周末，他偷偷买了车票回到这里。

其实郁承很不解，为什么和爸爸妈妈的联系逐渐断了。

他回到潘家之后，许琼不允许他再联系他们，所以每次他总是躲开严密的监视，隔好久才敢在没人的地方偷偷打一回电话，当时心想这东西可真是神奇，那么细一条线，却能够将人的思念尽数串起来，遥寄给对方。

每次听到爸爸妈妈昂扬的声音，郁承就觉得自己没有那么孤独。从电话里，他得知他们的生活过得不错，也就心安了。

发生坠马事件之后，郁承出国了。

再打电话给他们的时候，却变成了查无此号。那天晚上郁承一个人抱膝坐在床上，窗外是寥落寂静的皎白月光，他反复拨打那串烂熟于心的号码，却只得到机械的女声回复。

于是他就写信，他还记得地址，他记得那条巷子每一个具象的模样，记得门口的石缝里生着青苔，记得木质屋檐会滴滴答答地落雨，记得他们家常年挂着一只红色的纸灯笼，那是他十岁那年做的。

那里的一切都和这边宽敞干净、刷着白色油漆的斜顶房屋大相径庭，但是郁承唯有梦到那里，才有回家的感觉。

他一直是个在外漂泊的旅人。

从前通信往来的日程很慢，郁承写了信，一直满心期待能收到回复。可是接连两三个月过去，都没有爸爸妈妈的任何音信，就像是石子落进深池里，连个响都听不见。

纽黑文的冬天这样冷，白雪簌簌地落下来，压在枝头，朋友们都在家里和亲人们共度感恩节，在温暖的烛光中品尝精心烤制的美味火鸡和土豆泥，而他在宿舍里待了一夜。

郁承想，也许是信在邮差运送途中出了差错，又或者妈妈不知道怎么把回信寄往国外。

可这是他唯一的念想了。他不能任它就这样被磨灭。

他又提笔写了一封信，这一次同样杳无回音，但他却比最开始好受很多，仿佛就连写信这个动作也能够完成某种救赎似的。

后来郁承就养成习惯，每两个月写一封信，高中到大三六七年的时间，他共写了三四十封信，每一封都详细地讲述了他在异国求学的生活，那些或压抑或雀跃的心情，通过故事的碎片分享给大洋彼岸。

虽然到最后他都不知道，那些信件究竟去往了哪里，到了谁的手上，但他还是潜意识告诉自己，是妈妈看到了，他的苦楚她都能体会的。

大三的时候他再一次来到这里，已近十载，这座小镇的变化大到他都不认识了。

再度踏进那条深巷，郁承却近乡情怯。

不知为何就变得有些害怕，他在门外站了好久，才抬起手敲了敲门。

外面的红色纸灯笼早就没了，房子似乎也翻修过一遍，郁承沉默地凝视墙边，却看到有一角红纸糨糊没有刮干净。

他倏忽忆起，那似乎是某一年过年时妈妈和他一起贴的春联，它居然还在这里。

心跳很剧烈，连同着这么多年的想念一同喷涌出来，郁承抿唇等待着，终于，门被人从里面打开。

里面露出一张皮肤黝黑的中年妇女的脸。

——不是侯素馨。

郁承张了张嘴，没有发出一个音节，对方陌生地打量了他片刻，用乡音问他来这里做什么。

郁承无法描述当下的心情，很混沌，他丢失了唯一能够找寻至亲的钥匙，完全地迷了路。

他失魂落魄地站在那儿，女人颦着眉，奇怪地看了他一眼，把门关上了。

木质门闭合的声音并不沉重，却让郁承感受到了难掩的绝望。

他垂着脑袋想，七八年过去了，也许很多事情早已不复如初了。

这时有脚步声响起，是布鞋的橡胶底落在石板上的声音，轻盈而缓慢，郁承恍惚着转过头，在洒落的阳光底下，看见那张他永远无法忘怀的、温柔的脸。

侯素馨提着菜篮子，在距离他将近几米的时候就停住了步伐。

时间像是在这一瞬间静止了。

在她面前的这个挺拔俊逸的青年，和曾经记忆里那个影子所重叠，那篮子掉在地上发出闷响，侯素馨不敢置信地向前踏出一步，颤声唤道："……阿程？"

郁承的视野一瞬间被什么东西裹挟了，温热蔓延流淌，和金色的阳光融为一体。

他启唇，挤出一道无比沙哑的声音："妈。"

一团暖融融的光芒中，她朝他飞奔而来，一如当年。那是一个用力至深的拥抱，所有的孤独和苦楚都被碾出来，在这无处遁形的灿烂里化为灰烬。

侯素馨唤他的名字，说妈想你。郁承摸到滚烫的湿意，这一刻他的心间被什么东西填满了。

她仰着头望着他，郁承这才发现，原来他已经长得比她高这么多了，再也不是当年那个被她揽在怀里哄的孩子。

他们又哭又笑地互诉了衷肠。

郁承这才了解到，他出国那几年，家里发生了那样大的变故，许琮将郁卫东拒之门外，他们只能被迫住到铺子里，节省开支。这几年才周转过来，又搬到了另一条街。

郁承心疼地去瞧她的腿，侯素馨不着痕迹地掩住，笑着抹泪："没事的，你回来就好了。"

我知道那不是你的意思。

我知道你是不会抛下我的，她说。

只是这么多年一直联系不上他，也不知道他过得好不好。

听说他去国外念书，侯素馨为他感到高兴，又欲言又止地问他是否还适应，郁承看着她，没有提那一封封去而不复返的信，只是笑着点头，把书信里面雀跃的那一半都同她说尽了。

……

在听郁承回忆往事的时候，怀欹一直紧紧地搂着男人的手臂。现下的阳光已经很暖和，但是她还想力所能及地再给他一些温度。

郁承侧眸看着她，那双深沉幽暗的桃花眼似漾着粼粼的波光。

她亦如此。

怀欹乌黑的眼眸水润，却是弯了唇角，轻声道："哥哥，我很高兴你能同我分享这个故事。"

分享他的期待和喜悦，悲伤与孤独。

她得以走近他，触摸他，看清他最真实的模样。

郁承没说话，只是牵起她的手，垂眸在指节上温柔地吻了一下。

怀欹闭上眼，接着温热的触碰又落在她薄薄的眼皮上，接着他修长宽大的掌心将她的小手裹紧了。

"我也很高兴，"郁承嗓音微哑，"可以有你陪着我，小欹。"

他亲昵地蹭蹭她鼻尖："我知道你是能懂我的。"

侯素馨自从患病以来，越发嗜睡，神志不清，有时候还有些躁郁，一般到了下午才会醒来。

怀欹跟着郁承踏入这家条件还算优渥的疗养院，心跳逐渐有些急促。

她起先就做足了心理准备，但是担心会出现别的什么状况，不敢多说一个字，同他一起维持着表面那层还算平静的稳态。

郁承牵着她的掌心还是一如往常，温暖而干燥，却在指尖处，稍稍泄露出一丝难以察觉的潮意。

乘坐电梯上楼，还没进到病房，在走廊里先看到了合上门出来的郁卫东。

两鬓斑白的老人刚过来送了晚饭，身影有些佝偻，对上郁承视线的时候顿住脚步："小承？"

郁卫东又看向一旁他牵着的这个小姑娘，干净而漂亮，一双圆溜溜的眼睛清澈如宝石。

"这是……"他踟蹰着开口。

虽然知道这次回来主要是为郁承的母亲，并非真正意义上的见家长，但怀歆还是情不自禁地有些紧张。她攥紧郁承的手掌，纤长的睫毛轻颤着，嘴唇微抿起。

倒是郁承轻捏了捏她的手指，含笑瞥她一眼，语气温缓道："爸，这是我女朋友，怀歆。"

"噢……"郁卫东走近几步，不太自然地张了张嘴，"带女朋友回来了？"

他神情有些复杂，但怀歆辨别得出，里面似乎绽出某种掩饰的光彩，含着喜悦的成分。

她这才咽了口口水，努力让自己放松下来，小声道："伯父好，您叫我小歆就行。"

郁卫东双手交握，干咳一声，片晌朝她露出一抹慈蔼的笑："小歆啊，你好你好。"

"伯父好。"怀歆跟着重复一遍，这才想起自己是带着礼物来的，忙递出手中的袋子，"这是送给您和伯母的，一些茶叶和补品。"

这还是她来的时候特意挑的，郁承让她什么也不用带，但怀歆觉得初次见面该有的礼节都得有，坚持要买，他也就随她去了。

郁卫东看起来有些诧异，局促地摩挲了一下手背，接过袋子之后连连道谢："你看我这也不知道你要来，阿程也没同我说……"

郁承勾着唇接过话头："是想给你们一个惊喜。"

郁卫东"哦"了一声，又看向巴巴望着自己的小姑娘，眼角的皱纹隐约堆叠出几条，对郁承讲："今天有些仓促，明天你带着姑娘来家里，我给你们做饭吃。"

"好。"郁承含笑颔首，视线落在病房门上，稍顿一瞬，沉静问，"妈醒了吗？"

郁卫东点头："嗯，刚醒。"

"那我带小歆进去了？"

郁卫东想说什么，欲言又止，最后叹口气："去吧。"

"……"

偌大的高级病房里，头发花白的老人躺在床上，怔怔地凝视着窗外的蓝天白云。

她的眼神是无意识的，或者说，思维也是无意识的，怀歆一进来就发现了这点，顷刻屏住呼吸，甚至连步伐都不敢迈大了，生怕惊扰到她。

郁承的身体也有些紧绷，她感觉到了。

不知此刻还有什么可以做，她同他一样心情忐忑，逐渐靠近那张苍白的病床。

床头柜上还放着郁卫东刚拿进来的铁饭盒，冒着温热的香气，侯素馨神情恍恍的，还处在游离的状态，对于蓦然响起的脚步声没有任何反应。

怀歆心里沉甸甸的。

她记得郁承许多次对母亲的描述，那是一张非常温柔的，笑起来眼睛里含着光的脸，不应是现在这样，瞳仁浑浊、气息微弱地躺在床上的衰老模样。

"妈，我来了。"郁承的嗓音在这空旷的房间里低低响起，喃喃道，"我来看你了。"

这动静让老人的眼神凝聚出一丝焦点，怀歆的心被提起，看到她极其缓慢地转过头来，紧接着望向了他。

是很安静的对视。

墙上时钟秒针走动的嘀嗒声提示着时间的流淌，侯素馨手指蜷缩了一下，双目紧紧锁在郁承的身上。

她脸部的肌肉有些痉挛，似乎在挣扎着，同什么对抗，口中念念有词，那里有一个呼之欲出的名字，怀歆感觉自己的手腕都被掐疼了，男人低而急促的呼吸声落在耳畔，带着猎猎风声的暗哑。

就在这一切即将攀至顶点的时候，侯素馨的表情柔缓下来，像是船舶回归海港，风雨骤息。

她微微启唇，认出他来："是阿程啊。"

"……"

"是。"郁承的嗓音完全哑了，弯腰俯近侯素馨枕边，"是我，妈。"

侯素馨扬起一抹笑来："你又来看我了。"

她身体每况愈下，但是面对他时嘴角牵起的弧度绝不勉强。

侯素馨视线微动，看到一旁的小姑娘，有些愣怔。郁承紧紧牵着怀歆的手，将人带到跟前，笑着询问："您看，我把谁带来了？"

他的嗓音低哑而温柔，怀歆咬着唇，一瞬间有点不知所措。

侯素馨辨别了一会儿，有些迟疑，却又倏尔欣喜："小歆？！"

"您记得。"郁承如释重负地笑了。

"怎么可能不记得，每天都看照片呢。"侯素馨支起身来，难以言说的喜悦，"你、你带她来，是说……"

"嗯。"郁承搂住怀歆，低眉亲了一下她的额际，音色低沉道，"她是我的女朋友了。"

"这、这……"

老人家激动到失语，颤抖着朝怀歆伸出手去，怀歆赶紧伏在床边，握住对方起着厚茧而又泛起皱褶的手掌，乖巧道："伯母好。"

侯素馨手机里有怀歆站在牛奶湖旁拍的照片，她第一眼就极喜欢这个娇俏可爱的小姑娘。

阿程的人生大事总定不下来，她不放心。这么多年他都是孑然一身，她知道他心里孤独极了。

如今瞧着两人像是感情极好的样子，侯素馨高兴得要命。

她摩挲着怀歆柔软的黑色长发，眼里凝聚了些许水光，出神地笑叹："真漂亮……"

怀歆乖顺地迎着她，握紧了老人的手，软声说："阿承常和我提起您，今天终于有机会见到您了，我很开心。"

"哎哟，这孩子……"

侯素馨乐得合不拢嘴，瞥一眼郁承，见他也在笑，眨了眨眼："你先出去，我同小歆单独说两句。"

郁承怔了一瞬，神情蓦地舒缓下来。

他摸了摸怀歆的脑袋，低缓应道："好。"

瞧着郁承走出，将门严丝合缝关上之后，侯素馨才重新转向怀歆。

老人家对她的喜爱毫不掩饰，拉着她左看看欣赏半天，才感叹道："娃儿出落得真水灵哪。"

怀歆有些赧然，侯素馨弯唇凝视着她，温柔询问："阿程待你好吗？"

怀歆脸颊微红，抿唇点点头，糯声道："他待我很好。"

"那便好。"

侯素馨孩子气地笑了，偷偷摸摸地从枕头下拿出什么东西，叮叮当当作响，清脆悦耳极了。

"孩子，这是伯母自己做的，送给你。"

怀歆眼眸微亮："哇！好漂亮！"

一只紫色的捕梦网，编织技艺十分繁复，深色和浅色牛筋线交错相叠，在圆环上绕出漂亮的绳结。下面则从高到低缀着一排得意的小铃铛，风一吹过来，如水击石般泠泠作响。

怀歆喜欢得不得了，珍重地捧着捕梦网："谢谢您，我很喜欢。"

侯素馨却摇了摇头，含着笑意静静地凝视着她，轻声道："谢谢你替我照顾阿程。"

"……"

怀歆的心突然轻微地疼了一下，没说出话来，却听侯素馨继续开口。

"我知道自己的身体越来越差了，每天的记忆都很混乱……虽然所有人都一直瞒着我，不告诉我我得了什么病，但我自己知道，其实就是老年痴呆，以后我会变成什么样我自己心里也清楚。"

侯素馨乐观地说："可我这一生过得很顺遂，没有什么未了的心愿，要说记挂的，就只有阿程和我家那口子了。"

她粗粝的、起了褶皱的掌心覆在怀歆手背上，略显浑浊的黑色眼睛里泛起些许亮光。

"小歆，其实今天能看到你，我就已经很满足了。

"希望你和阿程能够永远幸福。"

怀歆的眼底不知怎么就有些潮气氤氲。

永远幸福。

谁又敢去过早地预判永远呢？但是当下这个温暖的时刻是她想要牢牢把握住的。

一个善良的女人，用她的爱治愈了一个孩子的一生。有些人是生来就懂得如何做一个好母亲的。

"我们会的。"怀歆忍住鼻酸，清醒地陷入她所扮演的角色里，认真同侯素馨说，"您放心，今后无论遇到什么困难，我都会伴在他身边的。"

侯素馨握紧了她的手，怀歆说："您对阿承来说是很重要的人，所以对我来说也同样重要。"

她拿出自己准备的礼物，是一串编着平安结的手串，可以自由调节长度："这是我自己做的，专门请大师开过光了，希望以后它能陪伴着您，也祝您夜夜都做好梦。"

郁承重新进屋的时候，小姑娘正在床边同老人家笑着聊天，气氛一派和谐愉快。

他步伐缓慢地走近，嗓音温缓："聊得怎么样？"

一老一少像是达成什么秘密共识一样，都笑而不语，郁承的视线不着痕迹地掠过侯素馨手腕间戴着的那串颜色靓丽的红绳，眸色略深一些。

心知他要同母亲说话，怀歆贴心地说想去小镇上转转。

郁承叮嘱她不要乱跑，有事联系他，她笑着应了。

大约聊了四十分钟，怀歆回来了，但不知怎的，她有些气喘吁吁的，侯素馨先提道："都这么晚了，还没吃饭吧？我有你爸送的晚餐，你快带着小歆去吃点东西。"

"好。"郁承领首，"那我们晚上再来看您。"

"不用不用。"侯素馨摆摆手，乐呵呵道，"也不差这一会儿，明天再来也是一样的。"眸光一转看着怀歆，意有所指道，"你多陪陪女朋友就行了。"

郁承敛着眸瞥了怀歆一眼，不知想到什么，轻轻勾了下唇："行，爸说明天晚上亲自下厨，咱们四个一起吃饭。"

"知道啦。"侯素馨精神矍铄地坐在床上同他们挥手作别，"我会记得的！"

离开疗养院之后，两人随便找了一家沙县小吃店解决晚餐，然后回到了他们住的宾馆。

行李先前就放上来了，怀歆拿着那个漂亮的紫色捕梦网，挂在了房间里最显眼的位置。见郁承过来，她便亲昵地抱住他的腰，蹭了蹭他坚实的胸口："哥哥。"

郁承低下头，用鼻尖碰碰她，又啄吻一下她的唇，低笑问："喜欢？"

"那当然，这可是伯母做给我的！"怀歆翘着嘴角，很得意的样子。

郁承失笑，垂眸捏了捏她软乎乎的脸。

他没有提她也回赠了侯素馨一串手绳，但怀歆知道他会记在心里的。他们之间就是这样，不需要什么都用言语诉说。

"嗯……"怀歆仰着脖颈，清亮的双眸望着他，刻意拉长语调，"所有的小朋友都有礼物了，哥哥想不想也有礼物？"

"什么？"郁承抬了下眉，眸光中含着些意外的兴味。

怀歆歪头笑了下，像变戏法一样从背后拿出一个袋子，软糯出声："送给你的。"

郁承打开，里面是厚厚两沓封面标注着英文花体字、已经有些泛黄的信件。

From Alvin Yu，Yale University.（郁承寄，耶鲁大学。）

他蓦地抬眼，漆黑眸光深得不像话——仅仅四十分钟，她循着之前的记忆，到原来的那个住址去碰运气，结果真的取到了信。

"哎，你知道的嘛，房主是个好人欸！她说总是隔一段时间就收到来信，看上去字迹工整也很用心，所以就不敢扔，担心会有人上门来取，结果这么多年来就一直将信收在盒子里，自己都快忘了啊……"

怀歆还是感到很幸运，十几二十年前的事情，庆幸对方还没有搬家，没有把这些不易保存的纸张扔掉，郁承的三十九封信得以全须全尾地留了下来。

"哥哥……"

她雀跃地抬头望向郁承，却发现他眼眸幽沉如潭，晦涩难辨，仿佛压着什么极为深厚的情绪。

怀歆的声音戛然而止，下一秒手腕却被郁承擒住，他把她拉到怀里，俯身用力吻了下来。

袋子掉到了地上，怀歆被他双臂禁锢在桌边，承受他极尽掠夺的攫取。

男人下压的力道很重，炙热的唇舌一寸寸侵略相抵，怀歆被箍在他和带着一丝凉意的木质家具之间，感觉郁承身上的檀木味道好似燃了起来，要将她完全烧灼融化。

不知碰到了什么开关，整个房间暗下来了，唯有桌面上那一盏小台灯微微亮着光，可郁承并未理会。

他吻得很深，每个动作都是在索取，并不算是温柔，靡靡水声在室内清晰热烈地响起，怀歆泛着薄红的眼尾带着些许朦胧的水意，双臂屈起撑在他紧实的胸膛，欲拒还迎。

她有些喘不过来气了，手上便使了点劲，没想到还真把他推开了。

郁承喘着气，放松了桎梏，却低敛下眼，眸色漆黑地紧锁着她。

"怀歆，你这样……"

后半句话隐没在黑暗里了，他没说完，她却懂得他要讲什么。

白日里的一切都半真半假，他给她一个角色，她配合他出演。他们的感情如镜花水月，说到底没有那么多羁绊，只是喜欢，最浓烈的喜欢。

今天他们明确地喜欢着对方，明天却又不知该走向哪里。所以如果要自保，最应该做的就是维持清醒，清醒而自知，划清情欲和真心的界限。

这是正常游戏的法则，但是玩游戏的人却不遵守规则。

郁承咬着怀歆的唇再度欺上来，她是他的小狐狸，可此刻他却想供她做掌心盛开的玫瑰。

先前她说要一直陪着他，他不相信，但现在就算她不承诺，他都不想再放她走了——就算求饶也不可能。

地上散落的信件逐渐变冷，室内温度却是越来越高，在玻璃面上也蒸腾出昙花般丝丝缕缕的雾气，绽开又消退，周而反复。

每当这种极致的痛和快慰汹涌而来的时刻，怀歆都感觉到自己活着。她也贪心，想要很多很多，想要他粗野地填满自己内心的空寂，又想要他温柔地安抚她最脆弱不堪的那一隅。

像她这样的人很难找到称心如意的爱人，多一分少一毫都让她不安，她要恰恰好。

成熟体贴得恰好，明察秋毫得恰好，连倾心拥抱的力度都恰好，让她有窒息感却仍能呼吸，如同郁承此时双臂环绕着她一样。

在这种时刻她也最能体会他的孤独，彻骨寂寥。如稻城深夜里永远落不尽的白雪，纷纷扬扬。

那个冬天她独自登上崎岖的高原，要坠落悬崖的时候，是他一把将她拉了回来。惊魂未定，那一刻所有的声音都消弭，她只听得见他有力的心跳。

其实纠葛至今，早已说不清谁是谁的救赎了。

怀歆抬臂去搂他的脖颈，在郁承俯低舐去她脸上咸湿滚烫的泪时，她又唤："阿承，吻我……"

郁承堵住她的双唇，如她所愿，将所有话音都湮灭在齿间。

——狐狸告诉小王子，驯服的意思就是制造羁绊。

对我来说，你只是普通的小男孩，和千千万万个小男孩没有区别。我不需要你，你也不需要我。而对你来说，我和其他千千万万只狐狸也没有区别。但如果你驯服了我，我们就会需要彼此。

无数场深夜电影，呼吸近在咫尺的通信，散落的信，飘扬的大雪，五千米高原的惊鸿一瞥，许多纷扰的意象湍流般涌进来，怀歆紧紧地抱着郁承，正同他也无法放开她一样。

所谓驯服，就是制造羁绊。是你在我身上浪费的时间，让我变得如此珍贵。①

或许仍旧有不能够确定的事情，但是——

"郁承。"最后怀歆在破碎的罅隙中颤出了声，"以后我会陪着你的……一直、一直陪着你。"

一觉睡到天明，日上三竿，窗外碎金般的阳光落在窗台那一抹生机勃勃的绿植上。

怀歆睡眼惺忪，裹着被子转过头，正好抵在男人肌理分明的胸膛。郁承搂着她亲了一下，磁性动听的笑落下来："午安，宝贝。"

怀歆依恋地蹭进他怀里，还有些困顿地揉揉眼睛，发出不明语义的哼唧声，像是冬眠还没睡醒的小动物。

灿烂的光落在她的发梢，把乌黑的颜色也装点成了漂亮的浅棕色。郁承修长手指撩起她鬓边柔软的发，钩着绕了下，撑起身体在她白皙侧脸落下一吻。

---

① 所涉及台词源自《小王子》。

"还想再睡会儿？嗯？"

男人音色低缓磁性，在她心口蓦地烫了一下。怀歆闭着眼动了动，撒娇般"嗯"了一声。

"好。"郁承温存地摩挲了片刻她的脊背，起身穿上衣服，又弯下腰周到地替她盖好被子，亲昵地问，"我出门买吃的，想要些什么？"

"嗯……"

怀歆顺着翻到另一边，朝向他，卷翘睫毛乖顺地耷着，糯声说："烧卖。"

她奶油般的脸颊泛着一片好看的粉色，看上去可爱极了，郁承情不自禁地刮刮她鼻尖："还有呢？"

"……皮蛋瘦肉粥。"怀歆皱起小鼻子，下意识躲了一下，郁承轻笑："嗯，还有？"

"鸡蛋饼。"

"好，遵命。"他又俯下身亲了亲她，"宝贝在这儿乖乖等我回来。"

怀歆细软地答应一声，郁承凝视她须臾，拿上门卡出去了。

不知又过了多久，她在悠悠香味中醒了过来。坐起身，发现男人正在一旁桌上摆放新鲜出炉的餐点，他拆开一次性筷子，朝她温柔勾了下唇："快去洗漱，然后过来吃饭。"

"噢。"

怀歆慢吞吞地爬起来，随手用不知是被单还是浴巾的一团布把自己裹住，然后去浴室里刷牙洗脸换衣服。

出来的时候郁承已经等候了一会儿了，她小碎步迎过去，他便顺势将她抱进怀里。

如同连体婴一样亲密，怀歆吃饭也要坐在男人腿上吃，郁承理所当然地纵容了她。他买了她最喜欢的皮蛋瘦肉粥和牛肉烧卖，还有软而可口的金黄色鸡蛋饼。

两人在柔和温暖的阳光里分食了美味，没有人提昨晚的事情，他们的关系到底还是有所转变，不再计较那些承诺是源自真心还是假意。

早上和下午侯素馨一般还在休息，怀歆前一晚也不轻松，就只想赖在酒店里打发时间。

她昨天就发现房间里有一个小型的电视机了。昨天费了好大劲儿取的信还放在旁边无人问津，没有其他坐的地方，于是怀歆拍拍床，示意郁承也上来。

那厚厚一沓就放在不远处，郁承扫了一眼，伞扇般的长睫覆下阴影，眼底有些难言的深暗。

怀歆知道那一定是非常沉甸甸的回忆，再度触碰需要勇气。她便攀着他脖颈去亲他的嘴角，紧紧偎着他，娇软地笑道："哥哥。"

"……嗯？"郁承低眉看过来。

"要不要陪我看部电影？"

只是看电影而已。

怀歆无言地凝视着他，身体后倚，耐心地等待他回应。

郁承颔首，牵过她的手与她十指交握，敛着眼轻嗯一声。怀歆笑了笑，选了2003年在加拿大上映的一部奇幻电影，《大鱼》。

小电视机只能播放各台频道，怀歆拿着郁承的平板，和他偎在床头一起看。舒缓悠扬的片头曲响起，她与他的心一同沉静下来。

《大鱼》是爱德华对儿子威尔讲述的一个传奇故事，故事里包含着他这一生在外游历所遇到的许多神奇的经历，谁也不知道是真是假。他在森林里遇到过巫婆，与巨人结交朋友，受晚上会变成狼人的马戏团老板雇用，去到所有人都不穿鞋的小镇，还在河里看见一条通体发着光的、金色的大鱼。

荒诞喜剧，天马行空，充满想象力，在这光怪陆离的奇妙旅途中，爱德华遇到了自己一生的挚爱珊卓。

只是惊鸿一瞥，他便对她一见钟情。爱德华费尽心思查出她是谁，然后捧着一束黄水仙来到珊卓家的小洋房，向她示爱。

珊卓拒绝了他，可是后来某天醒来，在二楼卧室推开玻璃窗，诧异地发现楼底下的田野里被爱德华种满了她最喜欢的水仙花。

"可是你还不认识我。"珊卓说。

爱德华微微笑起来："我有一辈子的时间可以认识你。"

后来威尔认识到，这是一个经过父亲记忆美化和修饰的奇幻故事，却是老人用童话般的眼光看待这个世界的某种方式。他终于与父亲和解，并且意识到，这一切不可谓不真实，只是看你如何对待自己的过去。[①]

我们曾经的经历都由我们自己定义。很浪漫的一则寓言，让人看完之后心中熨帖。

阳光从窗幔透过来，轻轻缓缓地在床脚落下碎金。怀歆看向郁承，他英俊而又轮廓分明的五官被勾勒得越发柔和清俊，两人的手指不经意钩到对方的指尖，安静一瞬，缱绻地吻在了一起。

柔热的唇相抵，他好闻又清冽的气息渡过来。郁承贴着怀歆的唇温存片刻，深深看她："拆信吧宝贝。"

怀歆嘴角的弧度漾起来，她攀着他脖颈，悠然勾着尾音问："真的可以拆了？"

---

① 所涉及台词和情节源自电影《大鱼》。

"嗯。"他也低声笑起来,"拆吧。拆给你看。"

三十九封信,足足堆了两沓,他们好不容易才根据日期找出最开始的一封。

那年郁承刚读高一,字迹青涩而工整,虽没有现在笔走龙蛇的流畅感,但是仍遒劲有力。

> 爸爸妈妈,见字如晤。很久没有同你们打电话,是因为我受潘家安排出国念书,最近才刚安顿下来,可是以前的联系方式接不通,所以才写信。你们一切可还安好?我很想你们,很念你们……
>
> ……这里的街道比我们那边宽敞许多,但是我走在街上总是感到不安,觉得自己有些格格不入。不过我的英文原来学得不错,第一堂课做了简单的自我介绍,课后也有同学主动来与我说话,那一刻我生出些许希冀,也许我是能融入这里的。

第一封信并不长,只是简略描述了一下在国外的生活,对郁家夫妇表示深切的问候。怀歆抿唇抚摸着这些文字,这些久经岁月浸染仍旧保留着墨香的字迹,心里想象出郁承当时是如何独自一人在空荡荡的宿舍里一笔一画地写下这封信的。

然而并没有回信,于是他写了第二封,这回多记录了一些自己的生活。

> 爸爸妈妈,你们一切可好?我在这边过得很好,也逐渐适应了这里的生活。国外的课后活动丰富多彩,我经常会和他们一同打壁球、骑马。除去个别的几个人,同学们都很友好。
>
> 不过我们刚刚过了感恩节,同学们基本上都是本地人,所以就回家了。我的朋友伊万邀请我去他们家一起吃烤火鸡,可我不想打扰他们。我没有地方可去,就待在宿舍里看书。不过这时我想到,如果是过年我还在家的话,妈妈肯定也会做一大桌子好吃的菜……

第三封更加像是自说自话,怀歆知道,那时小半年过去,他已经坦然接受不会收到回信这个事实。

> 今天在辩论课上遇到了一些让我难堪的事情。与我相对的小组成员对我呈现出比较明显的排斥,认为亚洲人批判性思维差,于是不给我发言的机会,不过我当即站了起来,用非常流利的英语驳斥了对方的苍白逻辑,获得了老师和其他同学的一致认可。
>
> ……我非常想念妈妈做的牛肉饼,今天的午餐我吃了培根香肠和胡椒

炒蛋，其实每天都是差不多的，但是如果水果拿不同样的，就感觉好像是不一样的了。

说罢他还在后面画了一张隐忍而坚强的笑脸，怀歆看到这里"扑哧"一声笑了，捧着信叹道："哥哥，你怎么这么可爱啊！"

一下午都在看信，时间有限，晚上要和郁家夫妇一起吃饭，怀歆和郁承只堪堪拆到第二十四封信，透过这些文字，怀歆了解到他在异国求学的孤独和酸楚，却也看到他更具少年气、乐观的那一面。

两个人坐在床上，一边读信一边玩笑嬉闹。

郁承从后面把怀歆拥进怀里，用下颌亲昵地蹭她颈窝，阻止她将某些略显稚嫩的文字声情并茂地朗读出来，怀歆被他低沉的吐息哈得心间发痒，但还是坚持着举高了信："我相信努力一定会得到回报，就像我坚信雨过天晴一定会有彩虹，平凡与否是由自己定义的，无惧飞短流长和世俗眼光……"

郁承掐着她的腰，一边挠她最敏感怕痒的腰窝一边恶狠狠地说："小坏蛋，不要再念了。"

怀歆咯咯地笑起来，把信放到一边去躲他，谁知被男人捏住纤细脚踝一把拖了回来。他将她翻了个面，直接欺身压上来，不由分说吻住了她的双唇。

怀歆还在笑，一边笑一边同他接吻，仿佛完全意识不到自己被压制的劣势。郁承额际的黑发垂落下来，深邃漂亮的眼睛也看着她，似有无奈又纵容的笑意，令人目眩神迷。

他们接个吻也像是打情骂俏，又滚到被单上，滚到那一摞或密封或摊开的信纸上，这下苦心整理出来的顺序也弄乱了。

不过倒是没人有心思去理会，郁承吻怀歆柔嫩的脖颈，吻她精致纤细的锁骨，吻她光滑如缎的肩头。她今天里衬穿着浅紫色小吊带，只是稍微触碰了一下，一不留神就弄歪了。

怀歆白皙光洁的肌肤露在空气之中，乌黑长发四散，柔顺光滑地落在榻上，水润的眸抬起看着他，脸颊微红。她赧然地挑起眼尾，轻喘着气认输："不、不是还要去吃饭吗……"

郁承好看的眉眼轻扬，再度惩罚性地捏了下她腰间软肉，这场打闹才堪堪叫停。

郁承先前跟邱副院长打了招呼，他同意让侯素馨短暂离院。

他与怀歆换好衣服，在约定时间晚上六点钟把母亲接回了郁家。

房子并不算大，但是已经是街上条件比较好的了，两个人住还算宽敞，侯素馨住院以后，郁卫东一个人简直是显得有点冷清。

根据郁承之前的描述，怀歆可以想象得出他们以前住的房子是什么模样，半开放式的厨房连着客厅，三个人在里面都转不开，他晚上就睡在大床边的躺椅上，床上的人翻个身他都能听到铁床年久失修的嘎吱声。

　　侯素馨今天的状态和昨日见到他们时一样好，除了提到一些物件时说不出来名字，其他方面的交流都很顺畅。

　　郁卫东亲自下厨，为他们做了好几道大菜，松鼠鳜鱼、松茸荷香鸡、醋熘圆白菜、瑶柱炒韭菜、云斗煮干丝等，色香味俱全，菜式看上去十分丰盛。

　　怀歆一边给长辈们夹菜，一边仔细品尝大赞美味，把二老哄得高高兴兴，就连不苟言笑的郁父也和颜悦色，给离他近的郁承多盛了碗饭。

　　怀歆悄悄看向男人，他虽然情绪比较收敛，但是眼尾一直都是舒展的。

　　一顿饭吃得无比和谐，怀歆已经记不起上回和父母坐下来一同吃饭是什么时候了，她紧攥着这份温情，忽然就有些感怀，埋着头喝了两口热汤。

　　放在桌上的手蓦地被人握住，怀歆抬起头，见郁承温柔地看着她，指腹轻轻摩挲了一下她手背，似以示柔缓的安抚。

　　怀歆怔然片刻，心也忽而轻盈起来，她唇边露出些许笑意，又同郁父郁母闲聊起来。

　　"小歆今年多大了？"

　　为免老人家对郁承有什么微词，怀歆还特地把年龄说大一点："二十四了。"

　　至于怎么认识的，她甜甜笑道："我们在一起工作。"

　　郁卫东迟疑问："那公司会不会有意见？"

　　怀歆饶有兴味地看向郁承，眨眨眼道："不会的，他是领导，没人敢有意见。"

　　男人意味不明地抬了下眉，没有说话。

　　虽然侯素馨和郁卫东礼貌地没有主动询问，但怀歆知道，他们其实也很想听听她和郁承更多的相处细节，恰好她又是个极擅长讲故事的人，便绘声绘色地将他们相遇相知相爱的情节一一道来。

　　"那天正好下着鹅毛大雪，我放眼望去，前路茫茫看不到尽头，山坡陡峭，也没有同行的人，然后又因为缺氧而窒息，那个时候我就很害怕，结果一不当心脚下踩空——"

　　"啊呀！"两个老人皱着眉，很捧场地惊出声来。

　　"身体突然失重，旁边就是悬崖，那一瞬间我真的以为自己要掉下去了。"怀歆望向郁承，眼眸水光粼粼，微微笑说，"然后他就出现了。"

　　郁承眼睫微动，抬手覆住了她的手背。怀歆依旧看着他，俏皮地歪了下头，片晌温情脉脉道："我觉得，我就是在那个时候爱上他的。"

　　"……"

男人骨节分明的手指蓦然收拢了一下。他瞳仁漆黑幽沉，情绪难辨地凝视着她。

而这个肆无忌惮的小坏蛋还在添油加醋："那样狂乱的暴风雪里，阿承的怀抱让我感觉很安心，我想他就是我的盖世英雄，会踏着七彩祥云来接我……"

郁承的气息微沉，闭了闭眼："小歆。"

郁父郁母已经听得入迷了，怀歆并不理会他，反而倾过身去，很自然地问："那你呢？哥哥，你是什么时候爱上我的？"

好像在这里就没有禁忌似的，她把这个平常他们闭口不提的字翻来覆去地讲，胆子大得出奇。

郁承黑沉沉的眼眸望着她，一时之间没有出声。

怀歆浅笑着睇了他一会儿，悠悠的，很有耐心，她本没期望从他口中得到什么非常动听的答案，却又挑衅地，不愿随便找点什么话来圆过这一茬。

男人倏忽出声："不是在某个具体的时间点。"

怀歆一怔。

"是潜移默化的。"

郁承沉静道："我逐渐发觉，吃晚饭的时候我想同你一起，看电影的时候我希望你坐在我身边，经过走廊时我会下意识地看你的位置，就连下班我都想要你能同我乘一趟电梯。"他顿一下，深深地裹紧她的手，"不知从什么时候起，我的眼里只看得到你了。"

郁承生了一双漆黑深邃的桃花眼，专注凝视的时候总显得多情，如同潮湿幽昧的夜幕，望不见底的深潭。

怀歆的心漏跳一拍，忽然怦怦地急促跳动起来。

她知道他说的不是真的，就像她自己讲的，也有艺术加工的成分，只是为了让老人家安心。

可她还是无可避免地为之感到心动。

好像他真的无可救药地爱上她一样。

——可他甚至都没有把这个字说出口。

这个渣男情话讲得一套一套的，演技更是一流，怀歆有些后悔和他玩这种把戏，不过她向来懂得立正挨打，吃了瘪之后很快就凑近他，在他侧脸羞赧地亲了一下。

郁承垂敛下眼，待怀歆稍微撤开后，也温柔地执起她的手在手背上吻了吻。

郁父郁母的表情异常欣慰，从各种细节中也看得出两人的感情极好。这么多年儿子终于找到了自己心仪的姑娘，他们肯定是为此高兴的，悬着的心也放了下来。

今天已经是周日，吃完晚饭最后再待一会儿，两人就必须得回 B 城了。

趁着还有些时间，侯素馨精神昂扬地提议："小歆，我给你看看阿程以前的照片好不好？"

旧时都会做一些相片册，没想到还有这种福利，怀歆雀跃道："好啊好啊！"

她猜想那些老照片和之前的信一样，都会给人一些惊喜，郁承瞥了她一眼，神情颇为无奈。

于是侯素馨就指挥郁卫东把放在柜子最上面的铁盒子拿下来。在她清晰地说出相册的位置时，怀歆看到郁承的手指微紧了一下。

是真的很神奇，侯素馨已经忘却了很多事，包括刚才在饭桌上，她连某道菜的名字都记不得，还说错了许多事情，可是她记忆里所有有关郁承的部分，似乎都被完整地保存了下来。

怀歆走过去，默默地牵住了郁承的手。男人垂下眸，稍微用力地回握了她。

怀歆如愿以偿拿到那本旧相册，是郁承从六岁到十四岁所有的摄影留念，由侯素馨和郁卫东整理分类。

翻开扉页，就看到侯素馨和郁承的合影。是刚从孤儿院离开时，请那里的看护老师照的。

那时的侯素馨是一个年轻温婉的女人，还是黑白照片，但看得出她笑容满面，扬起的嘴角勾勒出脸颊的酒窝。而被她牵着的清瘦男孩子，唇线平直地看着镜头，没有笑。

虽然他看上去有些躲闪，但是底子却是极好的，怀歆抿着唇轻抚那张照片，没有转头去看郁承的表情，翻过一页。

直接就到了七岁，仍是黑白的，也只有寥寥两三张照片，有些是郁承的单人照，有些是与侯素馨的合照。

"阿程小时候不太爱照相。"侯素馨小心地觑了郁承一眼，很快又笑起来，"不过后来就好了。"

到了八岁就变成彩色照了，相片张数也多了起来。

有他在运动会上和同学们一起跳大绳的，有他领三好学生奖状的，还有全家出去郊游时留下的纪念。

经侯素馨和郁卫东的精心呵护，郁承的性格也更加开朗，面对镜头时笑的次数越来越多。男孩弯着那双葡萄一般的漂亮眼睛，眼神干净而纯粹。

九岁到十二岁，他的五官越发长开，而后上了初中，变成更加俊朗阳光的少年。

"我们阿承可真好看。"怀歆忍不住感慨，这才转向郁承，挑了下眼尾，"要是那时候遇到你，我可能就直接给你递情书了。"

郁承敛着黑眸没作声，片晌抬手捏了捏她的脸，若有似无地勾了下唇。

侯素馨翻看的时候似乎也有些感叹："时间过得可真快啊，一晃眼阿程就长大了。"

"记得当年我带他回家的时候他还只有这么丁点。"她比了个高度，又看向郁承，眼角堆出几道笑纹，"可现在要妈妈仰着头看啦。"

侯素馨伸出手，似乎有些吃力地想触碰他的脸。郁承俯下身来，很温驯地将下颔贴在她有些粗糙的掌心。

"我永远都是您的儿子。"他低眉喃喃道。

仿佛某一处涟漪悄然荡开，怀歆眼眶里涌起些许温热的液体，她微笑地看着这个画面，觉得心中某个角落熨帖又美好。

怀歆抿了抿唇，轻声道："伯母，这个相册，不如您就一同带去疗养院吧。里面有这么多珍贵的回忆，我们不在身边的时候，让它多陪伴陪伴您。"

侯素馨怔了一瞬，笑着点点头："好。"

她没有察觉出怀歆的意图，可是郁承明白。

其实他知道，母亲也在做许多事情努力不忘记他们。

疗养院每天会供餐，可她还是坚持要郁卫东给她送饭，手机里存了他们的照片，时不时就拿出来看一看，在真的状态不好思绪混乱的时候，就要郁卫东给她讲故事，从领养郁承的那一天开始，一直讲到现在。

时间不早了。

"妈，我们走了，您和爸多保重身体。"两人和侯素馨久久拥抱，连同郁卫东一起将她送回疗养院。

关了房门出来，郁卫东的表情还有些愣怔："我好久没见你妈这么高兴了。"

他拍拍郁承的肩，抿着唇，似乎想启齿但又有些艰难。怀歆见状道："伯父，我先下楼去转转……"

"不用，小歆。"郁卫东制止了她，又转过头去看郁承，久久地，叹了一声，"没什么，就是想同阿程道声歉。"

"……"

"因为潘家的事情迁怒于他，可我知道他一向是个好孩子。"郁卫东深深地看他，"这么多年，你受委屈了，儿子。"

郁承喉结微动，安静地看着父亲。郁卫东朝他敞开双臂，在一个父子之间实实在在的拥抱中，这么多年的龃龉终于释怀。

怀歆偏过头去拭泪，她真的为他感到高兴。一切看起来似乎都在往最好的方向发展，再深的心结也抵不过岁月和光阴，抵不过最真切的爱。

郁卫东又同郁承说了许多话，最后的最后，他看向怀歆说："小歆是个好姑娘，你要好好珍惜。"

郁承点点头，嗓音低沉道："我会的。"

他牵着她离开了疗养院，天色不早了，院前草坪上居然还有两个孩子在借着橘黄色的路灯踢皮球。

大人们坐在旁边的长椅上聊天，怀歆望着这温馨的一幕，忽然觉得什么都无所谓了。

人的这一生总会有一些不情愿的经历，生离死别，但是只要一直去追寻梦里那条抓不住的"大鱼"，就会觉得在这世上不白来走一遭。

牵紧爱人的手，努力生活，才是当下最紧要的。

郁承就在这个时刻停了下来，他握着怀歆的双手，眸光一寸寸细致地描绘着她："怀歆。"

"嗯？"她不明所以地抬头。

郁承似乎思考了许久，但是什么都没有说。他轻揽住她的腰，低下头，仔仔细细描摹她的双唇，气息温热，一下一下温柔地亲吻着她。

只有一方路灯投下暖光，怀歆闭上眼，纵容自己动情，郁承拥紧了她，气息更加忘乎所以地交缠。

在这座小镇，他们默认所有的情感都是坦诚的。真真假假，也不必辨得那么清楚了。

漫长而缱绻的吻结束之后，郁承微俯下身，抵住她的额。

他嗓音有些沉哑地启唇："你说过会陪着我的。"

"……"

"不许忘了。"

Chapter 7

狐狸和小玫瑰 ✦

影视城的事情圆满解决，潘晋岳逐渐给郁承放权。近日发现集团有些不对劲的动向，也叫他去调查。

潘家的子公司都是采取母公司控股60%，继承人持股20%，再加上其余一些小股东的形式。大大小小十几个子公司，潘晋岳也进行了一定的分配，除了郁承，其他孩子人均两到三个。

就在最近，潘睿手底下一家公司恒瑞科技的股价出现异动。这家公司原来是母公司孵化出来的，股权由潘晋岳持股60%，潘睿40%，最开始试做了一款VR游戏，大获成功，于是就直接上市融资，继续拓展此类业务。

恒瑞原本是小盘股，只是概念切中当下最热门的人工智能赛道，可是两个月来，接连十几个涨停板，股价直线飙升。

明眼人都看得出其中有猫腻，但只是因为关注度太低，没有在市场上掀起什么风浪。潘晋岳也没有说得特别明白，但郁承知道他是什么想法。

无非是有人在操纵股价。

潘睿是除裴明帆之外的另外一个私生子，郁承先前并没有同他打过交道，不知此人脾性如何。潘晋岳将集团的部分资源交给郁承，让他查清楚，并且顺利解决这件事情。

这是对郁承回归潘家的另外一个考验，让他加入战局，真刀实枪地去搏。

郁承没花多长时间便了解清楚，潘睿通过开曼主体间接持股，近几个月的确在通过一些动作做高股价。

先是释放消息宣称研发出全息接口的技术，这与当下炒得热火朝天的"元宇宙"概念不谋而合，影响头部散户的情绪；然后还开了多个账户相互交易，使交易量大涨；最后也是最黑的一招，勾结多家公募和券商资管一同"抬轿子"，进行所谓的"市值管理"。

资金方买票锁仓，庄家股价拉升，基金经理可以拿盘方给的好处费，也不用自负盈亏，大家互惠互利，可谓一盘好棋。

虽然艺高人胆大，但并不是什么新鲜的手段，天下攘攘，皆为利往，总有人会选择铤而走险。

郁承审时度势，决定先隐而不发，向潘晋岳做了反馈。

"你预备怎么解决这件事？"电话中潘晋岳声线稍微有些沙哑。

——操纵股价这种丑闻一旦曝出，对集团声誉极为不利，必须在媒体拿到消息之前及时止损。

潘睿终究姓潘，潘晋岳不可能真的让他被怎么样，便只有想其他办法，把这个隐患消灭干净。

郁承沉吟片刻，答道："将计就计，移花接木。"

潘晋岳身体确实大不如以往，他将烟灰轻轻倒入烟灰缸，却没拿稳，烟斗磕在边沿，发出一道沉闷的碰撞声："你有想法了。"

"嗯。"

"想好就去做，我只要结果。"潘晋岳压抑地咳嗽了两声，才道，"不要让我失望，阿承。"

"您放心，阿爸。"

放下电话，郁承屈起手肘，淡淡靠回椅背上。

黑色劳斯莱斯内，龚盛专注地开着车，郁承把车窗打开一半，散漫地点了根烟。

龚盛负责管理 B 城这边大大小小的事情，在几个子公司也有任职高位。

潘晋岳放权之后给郁承配了一些人，可信度是有保障的，例如龚盛，就是其中比较得力的助手。

今晚约了峰趣董事长兼 CEO 左鹏一起吃饭，不仅是为博源投资，还为了另外一件事，一件郁承在做投资之前就开始布局的事情。

左鹏底下还有另外一家公司启旭智能，是做 AIoT（人工智能物联网）和深度学习算法的。各种物联网场景设计、人脸识别和指纹解锁，都属于启旭的一站式服务体系。

博源资本在三年前就投资了启旭，左鹏也正是因为这个项目与陶总结缘，后续有其他的公司要资金也来找陶总，这才有了后来峰趣融资的事情。

左鹏是人工智能方面的专才，启旭一直在谋求上市，虽然前景不错，可是财政还是赤字，先前冲击港股上市失败，进度一直徘徊不前。

郁承今天带来了全新方案。

"不知左总有没有考虑过上市公司并购重组？"

左鹏微微讶异："您是在说……"

"与借壳上市很像，不过都是把一个优质资产注入一家已上市公司，也是套现的一种途径。"郁承微微一笑，"我是在想，您是否可以考虑这种方式，把启旭装到某个壳公司里面，来实现您的股权退出？"

左鹏表情微凝，陷入深深思索。

而郁承则拿出茶壶，不紧不慢地为他斟茶。

左鹏与其他空有理想斗志的创业者不一样，他不是非得要站在董事长的这个位置上。他是职业创业者，深谙此道，虽也有情怀，但更多的是从商人的眼光去看待自己的生意。

只要有利可图，郁承相信他会同意的。

启旭冲击港交所 IPO 失败，几个大股东也一直在找其他退出的方案，郁承如今所做的事不过是把现成的上市公司送到他们面前。

——恒瑞科技。

潘睿释放假消息宣称他们研发了全息技术，那郁承就真的套个有全息技术的资产进去，如假包换，把股价挺住，谁也不能质疑真实性。

关键是如何把这个价格谈好，左鹏是精明的商人，在这一部分恐怕会比较严苛。

自郁承进入这家高级私人菜馆开始已经过去四个小时，龚盛等在外面，并没有随他一同进去。

他与郁承打了一段时间交道，目前龚盛能评判的就是，郁承虽然是后来者，但比起潘隽要成熟稳重不少，为人谦和，城府却不可小觑。相处期间，简直是滴水不漏，无论谈及什么都是笑面相对的。

龚盛刚抽完第三根烟的时候，郁承和左鹏从雅间里出来了。

两人在不远处握手，笑着聊天，而后一左一右地往外走。龚盛带着几分审视看着郁承，竟不能判断合作到底有没有谈成。

与左鹏作别之后，郁承同龚盛打招呼，跟着他一同上了车。

郁承神色有些倦怠，龚盛从后视镜里看了他好几眼，男人这才抬起眸来："阿盛，这件事可以回去同潘总报备了。"

那么这就是十拿九稳了。

龚盛点点头，面露喜色地恭维道："有您出马，果然还是万无一失。"

郁承勾唇笑了，像是不太认同他的话："做什么都难说万无一失。"

"是，您讲得在理。"

龚盛笑，过了会儿，一边打转方向盘一边问："送您回哪里？潘总在郊区为您留的别墅您还没去住过。"

郁承沉吟片刻："把我送去博源吧，还有点工作上的事。"

龚盛愣了一下，点头："好。"

已近夜半十二点，安静的车厢内有雪茄燃烧的淡淡烟草味，郁承的手机忽然响了。

是怀歆给他打的电话，郁承低眸凝视几秒，还是接起。

"喂，哥哥！"小姑娘的嗓音软糯，撒娇问他，"你什么时候回来呀？我都有点困了。"

郁承嗓音温缓："累了就睡。"

"不行，我前两天都没见到你，今天一定要等你。"

郁承起了逗弄她的心思，尾音上扬："哦？在哪儿等我？"

"你想我在哪里等你？"怀歆扬起唇，用气音幽幽吐息问，"在你床上等好不好？"

郁承双腿交叠，单手抬起，骨节分明的手指扯了扯领带，并没有回答她这个问题。

怀歆轻笑了声，明目张胆地撩火："怎么不说话？是很喜欢的意思吗？"

"到时候告诉你。"男人说。

听筒里他的音色仿佛经过某种特殊处理，磁性低醇中还夹杂着不可思议的暗哑，就像是他自后于她耳畔落下的沉哑吐息，惹人心颤。

怀歆舔了下唇，似叹似嗔般："好吧。"

郁承挂了电话。

B城已经入夏，但是高楼大厦里燃起的灯火还是疏离又空冷，一眼就能看出属于它们的寂寞。

好寂寞。

龚盛一直专注地盯着路况，终于等到红灯停下，与郁承随意攀谈："刚才是……您的女朋友？"

郁承睇了他一眼，眸色温和，没什么特别的情绪："不是。"

"哦，我还以为是呢。"龚盛笑道。

与郁承相处久了，他也知道对方脾气极好，不会给他们这些人脸色看，和以往时不时发怒斥骂下属的潘隽简直一个天上一个地下。

郁承同他讲粤语，很明显在开玩笑："有个词听过没有？叫 lover。"

他笑得漫不经心，将银丝框眼镜取下折好别在上衣口袋，动作优雅而矜贵，龚盛心领神会，调侃："那我不该把您送这儿来啊。"

郁承笑而不语。

黑色劳斯莱斯在楼门口停下，直到郁承进了大门，乘坐电梯上了楼，车子才起步开走。

怀歆裹着被子在黑暗的环境里昏昏欲睡，为防止自己真的睡着了，她打开床头灯，举起柜子上热好的咖啡喝了一小口。

谁知才刚放下，外面的大门就响起开合声，她吓一跳，赶紧把被子放下，把灯也关了，秒速缩进被子里。

低沉缓慢的脚步声越来越近，还有布料摩擦带来的悦耳声音，郁承把外衣脱了，又松领带，鞋底在木质地板上发出沉闷的响声，他朝卧室这边走过来了。

怀歆躲在他的被子里，心跳越来越快，这种刺激的事情她最喜欢干，万事俱备，只待东风。

门把手旋钮响起的声音，郁承摸黑进屋，突然就没声了。怀歆看不到外面，不免有些疑惑，正想把被单扒拉下来偷看一眼的时候，一只温热的手掌突然钻进被子下面握住了她的脚踝。

怀歆"呀"地惊叫了一声，接着听到男人磁性动听的笑声，整个人被拖拽下去到了床边。

昏昧光线中男人轮廓分明的侧脸无比英俊，他身上的白衬衫扣子已经解了几颗，领带松松垮垮挂在脖子上，就这么敞着衣襟，含笑撑双臂在床边，与裹着被子的她视线平齐。

"你怎么知道我在这里？"怀歆嗔怪，有些不服气。

郁承悠悠地笑，低头在她脖颈处流连片刻，暧昧地说："你身上有味道啊，很香。"

呸！才不可能是这个理由！

八成是因为她开智能密码锁的时候他手机也收到提示了，失策失策。

怀歆索性就把揉皱成一团粽子的被单解开了。

盈盈皎白的月光下，小姑娘穿着一身水手服，浅紫色的翻领、白衣，堪堪遮住贴身衣物的超短裙，裙下一双纤细白皙的腿，还给自己扎了两个娇俏可爱的麻花辫。

她歪了歪头，在他耳畔吐气如兰："郁总，今天想玩点不一样的。"

郁承深暗眸光压下来，怀歆抬起手撑在他胸膛，止住他，娇声着后倚："郁总别着急呀。"

她眯着眼，审视般慵懒地打量他几秒钟，抬起腿，莹润漂亮的脚趾朝他递过去，纤细骨感的脚踝微微转了转。

郁承的呼吸蓦地沉下来。他眸色深锐，在黑暗里更如同蓄势待发的猛兽。

怀歆一边转着脚踝一边楚楚可怜道："郁总，我还有很多不懂，可不可以请您多教我一点？"

脚踝被他蓦地握住，这次是如同钳制般脱身不得，郁承摁着她的膝向上推，百褶裙如栀子花般绽开。丝质的领带落在怀歆眼睛上，缠绕起来，在她脑后绑了个精致的蝴蝶结。

这次他不必隔着电话听她张狂,咬着牙哼出笑来:"都教给你。"

郁承今天的领带是深色的,和她黑直的长发相得益彰,怀歆微张着红唇,裙子始终完好无损地穿在身上,眼睛看不见只是别的感官强烈,听觉也是,砰的几声好像撞翻了什么,接着她闻到一股浓郁的咖啡味。

咖啡打翻了,洒到了地上,连同她的百褶裙也落到地上。比那种味道更深入人心的是郁承唇齿间淡淡烟草的温热气息,他微潮的吐息喷洒在她颈侧,含着勾人的笑意:"学会了吗?"

怀歆屈着膝,仰着颈还要顶嘴:"没学会。"

"没学会?"

"嗯,也许是你教得不好?谁知道?"

郁承又倾过来咬她耳朵,厮磨着喟叹:"我喜欢乖孩子。

"你不乖,所以要惩罚。"

怀歆此前还特意在床头准备了醒好的红酒,原本是预备浓情蜜意时喝的,现下郁承含了一口渡至她嘴里,摁着她要她咽下去。

没有怀歆想象中那般回甘味美。

有的只是冰凉,蓦地经过喉间灼烧又辛辣。

酒可真不是什么好东西,让人失去理智又让人疼痛。怀歆的双手被反制于身后,那些酒都洒她身上了,在她腰窝盛了一捧,漾出脉搏的律动,她整个人像是泡过浴,从水里面捞出来一样,湿淋淋,散发着红酒的醇郁芳香。

丝绸打出的结还很牢固,怀歆白嫩的脸颊凹陷,喉间也一阵烧灼,红酒太呛人。郁承修长手指陷入她黑发,按着她后脑勺,手腕不断倾轧,再碾压。酒的味道到处都是,又冷又热,又凉又烫。

Lover,什么是 lover?

情人。他是这样告诉 G 城那头的。

虎狼环伺的潘家,在 B 城郁承也不敢松懈。龚盛是在潘晋岳手下办事的人,表面上是辅助郁承处理集团事务,实际上也是潘晋岳放在郁承身边的一颗棋子,用来密切地盯住他的一举一动。

暂时的隐忍是为了日后更长久的胜利,他连烟气辗转经过肺腑都排遣不了的那种深入骨髓的寂闷,随他腕间用力深压的动作得到了释放。他所心心念念的自由,总有一天能够再度采撷。

只要足够克制。保持理智。

那样才能够最终留她在身边。

今天他们之间缺乏足够耐心的亲昵,郁承轻扯着怀歆的头发将她摁近自己,含着她的唇温存地亲吻。他心想怀中的她此刻必然又是盈着满目惹人怜的泪，看不到可就麻烦了，要如何证明，只有让她把深色的丝绸也哭湿才行。

怀歆不知道发生了什么，只闻到红酒、咖啡，还有别的什么东西烧灼的气味，混沌的世界最后只剩下她与他一同紧紧相拥，一场大火，在沉沦的快意中熊熊燃烧。

第二日是个周六，怀歆一直睡到了下午才起来。昨天整床被褥都被红酒淋湿了，郁承抱着她去了她家卧室里睡的。

今天他起了后便叫人来打扫了。怀歆脚尖落地，有些不能支撑住自己，差点跌倒。

昨天是她主动招惹他，会被教训也是理所当然的，他和"温柔"这个词就相去甚远，但是很让她惊讶的是，她居然更加能愉悦地接纳他昨天的样子。

只要是他给她的，她什么都可以承载。所有痛苦的、压抑的、孤独的，只要他给，她全盘接下。

不过她今天是不想再到处走动了，又躺上柔软的床，等他进来。

郁承做好了午餐，衣着整齐、身姿修长笔挺地走进来，怀歆背对着他，听到响声也不动，她只着吊带背心，脊背光洁纤瘦，脖颈处滑至肩胛的蝴蝶骨，如同一件美丽而脆弱的雕塑作品。

"宝贝。"郁承坐在床边，俯下身去轻唤她的名，"小歆，宝贝……"

怀歆懒懒地侧躺着，也不想说话。只感觉到他的气息温柔地拂过她脸颊。

他抬起手，温热指腹流连于她的肩头。怀歆没动。

"已经下午了，吃点东西好不好，不要饿坏了肚子。"郁承轻声诱哄道。

刚才实在是有点困倦，现下却是仗着他温柔刻意要性子，怀歆五指抓紧了被单，娇娇地，又有点哑声道："不吃。"

郁承也侧躺上了床。

"不吃的话对肠胃不好。"他双臂轻拢，将她向后抱进了怀里，"就吃一点，好吗？"

"……不要。"

"我做的。都是你喜欢吃的，宝贝赏个脸好不好？"男人的吻落在她漂亮的肩背，嗓音里压着一点狎昵的笑意。

怀歆不说话。

他又说："那我喂你？不用你自己动手。"

"……"

"真不吃啊，不吃那就只能倒掉了，多可惜。"

"那就倒掉吧。"怀歆故意说。

郁承沉默几秒钟，又在她肩头吻了一下："好吧，那等你之后想吃饭再跟我说。"

怀歆有点不敢置信，他脾气真有这么好？她都这么无理取闹了，他还能保持这样的冷静温和？

她奇异地转过身来，却见郁承望着她，眼睛里含有浅浅的弧光，蕴着明晃晃的笑意。

他清俊的眉眼弯起来，好看得不得了。

怀歆干咳一声，揉了他手臂一下："我说要扔掉，你不生气啊？"

郁承摇摇头。

"为什么？"

他牵住她的手，深深凝视她："反正也是做给你吃的，怎么处置是你的自由。"

"还有……"郁承凑过来，与怀歆交颈相贴，勾着唇低缓道，"我知道你舍不得让我失落的。"

怀歆最终是特别赏脸地品尝了男人为她做的爱心午餐。菜式丰富精致，奶油黑松露意面，牛油果虾仁沙拉，还有法式煎牛排，五成熟，郁承细心地将鲜嫩味美的肉切成更易咀嚼的小块，方便她进行吞咽。

他真的是什么都会啊，怀歆重新刷新了对他的认识。

自从开始处理子公司恒瑞的事情以后，郁承再度变得十分繁忙，他陪怀歆在悠长的阳光里小坐了一会儿，便西装革履地出去了。

这些事他也有跟她讲过一些，但是往往是她不问，他也就不说。怀歆知道他已经很累了，如果还要再向她解释，那种情绪还会再加深一遍。

而她就只希望他同她在一起是最放松、最开心的。

大概又忙了三周，这件事取得了突破性的进展，双方终于在全体董事层面达成一致，签订了股权收购条款。

时间不等人，潘睿那边的事晚一秒钟解决都是风险，郁承借用博源之前的尽调资料，将流程尽可能地简化。

当晚郁承和几方的人喝酒到深夜，又是龚盛负责送他。

"您今天是回哪里？"

郁承闭着眼靠在椅背上，嗓音有些难抑的沙哑："别墅吧。"

他还没去过潘晋岳在 B 城留给他的这处房产，先前一直空置，偶尔会叫人来打扫，连个常备保姆都没有，龚盛询问："您喝了不少，需不需要我调个人来照顾您？"

"不需要。"郁承说。

"好的。"

郁承在龚盛的护送下穿过院前小花园进入别墅。虽然台面都一尘不染，也有干净的换洗衣物，但是偌大的房子里面冷冷清清，没有一丝人气。

先前郁承有叫人检查过这里，没有摄像头也没有其他的监听设备。

他进到二楼卧室，在窗边俯视许久，才看见龚盛开车离去。

时针已经指向凌晨一点钟，怀歆大概是已经睡了。他有四五天没见过她了，一直都是视频或者电话联系。

郁承席间喝了太多酒，洋的白的混在一起，现下胃很不舒服，他伏在水池边吐了一回，又觉得好像力气都被耗尽了。

这时候就真的有点儿想她。

想着把她抱在怀里时那种温软的触觉，想她拿着湿热的毛巾仔仔细细为他擦干净脸的样子，想她古灵精怪又可爱地讲话逗他阵阵发笑的情形。

郁承靠在主卧大床旁的躺椅上，手机屏幕亮了，给怀歆微信发送消息：宝贝。

她理所当然地没有回。郁承猜测她现在应当在柔软的床铺上睡得香香的，正在做美梦。

反正她也看不见，所以相当于现在的时间都是属于他自己的。

郁承缓慢地打字，大脑眩晕，他辨别字母有点吃力，一个一个组成句子之后发送。

　　我想你。
　　宝贝我想你。
　　你真可爱。

他发完觉得自己这样有点傻气，但是看着那几行字，又勾着唇笑了。
他继续给她发，一个人自说自话。

　　我现在在这里。[定位]
　　A2906 号。
　　只有我一个人，如果你在就好了。
　　想抱抱你。
　　好想抱你宝贝。

不舒服是真不舒服，以前在 MGS 的时候也有喝醉过，因为是初级员工，也没用潘家一分一毫的资源和人脉，要比现在拼得更猛，但是时隔多年，郁承已经很久没有当时那种感觉了。

人生在世是有很多身不由己，当初在 MGS 为搏出头的时候是，今晚上被启旭和恒瑞两边的人轮番敬酒也是。

潘睿这一次是被彻底架空了，事实证明他没有足够的能力去承担更多责任。多亏付庭宥他之前在澳门和梁朝搭上关系，郁承这才了解到原来潘睿是欠了巨额赌债才出此下策的。

或许私生子多多少少都有些这样的心态，手握巨额财富，却永不知足，贪婪、野心勃勃，总是想要更多才能让自己拥有安全感。可悲又可怜。

潘睿原本与债主商量，把开曼主体的部分股权转让给他们，还予以非常优惠的折扣。这么一来，便需要铤而走险操纵股价，谁知经验不足，把戏一眼被人看穿。

这下他在潘晋岳那里是无力回天了，而且把柄也握在郁承手上，就算心里再怎么记恨也无济于事。

郁承仰面看着天花板，雪白的屏幕光照着他的侧脸，他一呼一吸深深吐出酒气，表情有些愣怔。

——扳倒手足兄弟是这样的感觉。

最让他唏嘘的恰恰是他其实并没有多大感觉，就仿佛只是消灭了一个未曾谋面的敌人。郁承知道这个圈子里的每个人都工于算计，真情比废纸更廉价，付庭宥比他在这种生态下浸淫更久，曾屡次同他讲过兄弟间互相残杀、尔虞我诈的故事。

也确实是如此。

大概没人能想到，在花园里陪潘耀荡秋千的、看似温和无害的裘明帆，也是这场股价异动闹剧的背后推手之一。

郁承在调查的时候看得很仔细，通过一点别的门道和途径，意外发现裘明帆的生母裘静蓉的账户也在交易，而且是在第一个涨停板之前就锁定了仓位。这一看便是提前知道了消息，说不准就连操纵股价抵债的主意都是裘明帆帮着出的。

估计潘睿还不知道他也在暗中捞了好处，不然局面肯定不会如此风平浪静。

裘明帆这一招金蝉脱壳可谓心机深沉，此人一看就不可小觑，郁承并没有把证据递交给潘晋岳。

光是这点罪名还不能够动摇他的根基，与其打草惊蛇，不如引蛇出洞。

不过，此时郁承望着雪白的天花板、昂贵的水晶吊灯时，真的没有什么多余的感觉了。

他只是觉得累，想抱抱他的小歆。

这么想着想着竟然在狭窄的真皮躺椅上睡着了，再醒来时是听到楼底下传来隐约的门铃声。

郁承撑臂坐起来，四周昏暗，走廊里的灯没有关，一些明亮的光线投入屋内。

他循着声音下了楼，这回比较清晰地听到有人敲门。

凌晨两点钟。

万籁俱寂，只余砰砰砰的敲门声。

郁承趿着拖鞋走过去，过于苍白的顶灯让他头痛欲裂，难不成龚盛在这时候去而复返，还能有什么事，会不会过于尽职了——

郁承神情疲惫倦淡，一把拉开了门。

"……"

穿着白色连衣裙的小姑娘，对于大门突然打开这件事还有些蒙。她扎个丸子头，干净又漂亮，乌黑软睫盈着浅浅的亮光，好半晌才小声开口："……听说有人想我了。"

空气安静须臾，紧接着她便被男人捞进去，抵在闭合的门上亲吻。

浓烈的酒气侵袭而来，怀歆主动搂住他的脖颈与他唇舌交缠，渐渐也感到微醺。她在换气的时候闷着笑说："哥哥，你喝得好醉。"

给她发的那些完全没条理的话。

幸亏她睡不着看了看手机，不然就错过了他这么坦诚的独白。

郁承亲她的间隙抬眸，眸光漆黑，嗓音温沉："这么晚还一个人过来，知不知道有多危险？"

怀歆亮晶晶的眼睛看着他，翘了翘嘴角，凑过去亲他一下，佯装苦恼道："可是我怕有的人晚上抱不到我会睡不好觉呀，怎么办呢？"

郁承垂眸凝视着她，喉结微微滚动。他很高，她看他一直需要仰视。可半晌男人忽然弯下腰，将脸埋在她的颈窝里，紧紧抱住了她。

"好想你啊宝贝。"他叹息。

怀歆的心忽地就柔成了一汪温热的泉水。

说到底也就几天没见面而已，但因为惦念着对方，所以哪怕一分一秒没见到也会想念。

她也抬起双臂，努力地回抱住他，手指摩挲着、安抚着，轻轻软软地，有些委屈似的："我也是。"

他知道这些天冷落她了，低声道："对不起。"

怀歆摇了摇头。

他们都很累了。怀歆坚持给郁承煮了醒酒汤，喝完以后两人肩偎着肩上楼，怀歆用干净的毛巾浸了温水，让郁承坐在小沙发上，弯下腰替他仔细地擦脸。

整个过程中男人仰着下颌，也不说话，一直静静地凝视着她。

他的眼睛好漂亮，像是某种类玉般的宝石，漆黑的，敛着浅浅的光泽。毛巾从他的眉骨擦过，他又闭上眼睛，纤长如鸦羽般的眼睫细细密密地落下。

怀歆看着看着，没忍住又凑过去亲亲他。郁承睁开了眼，将她抱进怀里，温柔地含吮她的双唇。

他一向这么温柔，从她遇到他的第一面开始。

郁承的体温有点烫，连带着把她也染得有些神志不清，像是有什么烧灼起来似的。

怀歆的黑直长发落下，垂在他的锁骨处，柔婉地勾绕着。她抱住郁承的颈，与他额际相抵，热气沉沉的酒意喷薄在臂弯里。

很多事他都不对她讲，像那夜在澳门孤寂地燃着烟，有那么多沉甸甸的东西压在他肩上。她再心疼他，也没有办法真正为他做些什么，或者帮助到他什么。

可只要他喝醉酒后，下意识第一个想到的是她，她就满足了。

只要他想她，她就满足了。

寂静的夜色透出远处即将熄灭的霓虹，他们毫无间隙地拥抱，彼此感觉心头慰藉。因为足够默契，也不需要任何言语。

西装衬衫在郁承身上不知压出了多少道皱褶，怀歆帮着他换了衣服，自己也穿上这里的备用睡衣。

将一切打点完之后，她窝进郁承的怀里，很快就睡着了。

以往通常只有激情过后他们才会相拥而眠，不然就是在各自家里睡，这还是第一次什么都没有，无关情欲，无关世俗，他们干净而纯粹地拥抱对方，只是因为需要彼此。

次日天光乍亮，怀歆翻了个身，脸颊硌到什么很坚硬的地方，微微睁开眼发现是他的肩膀。她枕在他肩窝外侧睡的，着实没选好位置。

怀歆暗暗发笑，闭着眼又蹭进他怀里，然后察觉到郁承也动了动，温缓的呼吸从发顶拂过来，他将她抱得更紧。

又睡了两个小时，接近中午的时候，怀歆终于慢慢清醒了过来，睁眼看向头顶白得没有一丝瑕疵的天花板。

这是很陌生、奢华又复古的一间卧室，真皮家居，暗纹繁复的羊毛地毯，各处都透露出雕栏玉砌的金钱滋味。

郁承还在睡，怀歆头回醒得比他还早，一想到他昨天的模样，知道这几周是把他累坏了。她半撑起身体，心间有什么被碾压出来，悄然地唱叹了一声。

怀歆目光柔和地凝视了他片刻，牵起唇畔——这男人安安静静闭着眼的模样也很好看。

流畅分明的下颌线，高挺的鼻梁，英挺的眉眼，细长而密的睫。怀歆忍不住伸手去摸摸，两把小扇子似的，她扫过来又荡过去，玩得不亦乐乎。

感觉他好像眼皮动了一下，怀歆赶紧停下来。

但是看着他又有些情不自禁，凑过去吧唧亲了一下他的侧脸。

偷亲得逞让她忍不住小雀跃，正打算功成身退，近在咫尺的男人忽然睁开了眼，漆黑瞳仁里面一派清明，眸色幽沉。

"你已经醒……"怀歆连话都没说完，就被他直接翻过身按住，压在底下亲吻。

他太猛了，攻势一上来就让她有些招架不住。长驱直入，炽烈的气息卷入唇舌，勾着她厮磨吮吻。

好似还有未消磨尽的酒意，侵袭她口中每一寸，没一会儿氧气就被耗完，怀歆呜呜呜地讨饶。

这会儿她隔着被子也能清晰地感觉到他，怀歆红着脸往旁处缩去，受不了似的娇嗔道："郁承！"

"怎么了宝贝？"他心情很好，唇边勾着笑，明知故问。

真是坏得很。

可她就喜欢他坏，因为她也不够乖。

怀歆舔了下唇，抓住间隙从床上爬起来，脱开身去。一条微透吊带挂在身上，她慢条斯理地撩了撩头发，回眸勾他："我要洗个澡。"

就这么赤着足轻佻地踩在名贵的地毯上，纤细的腰肢悠悠晃着。在浴室关门最后一瞬郁承也跟进来，怀歆一边往浴缸里放热水一边头也不回地问他："你进来做什么？"

郁承在几步外，懒懒地倚在一旁看她。

她倒是很会享受，牛奶浴盐球在水中咕嘟嘟地冒泡，柔和的白色散开，还有旁边的玫瑰花瓣也往里一撒，摇曳着落在纯净的水面上。

这时怀歆转过头来，双臂反撑在浴缸边，笑吟吟地睇着他。她双腿交叠，身体略向后倾，整个人的重量都支撑在浴缸旁的钢制把手上，温润白皙的足虚虚点地，脚踝骨感而漂亮。

羊脂玉一般的肌肤，每一处都玲珑无瑕，她应当是造物主很满意的作品。

郁承走近两步，逼近她。

然而怀歆一点儿也不慌，惬意地扬扬眉，勾着尾音说："我要洗澡了。"

郁承绷了下咬肌，表情说不上是不是有点危险，敛着幽沉的眸："洗啊。"

他嗓音已经隐约漫出一丝哑意，怀歆察觉到了，她直起身来踩实了瓷砖，肩颈舒展如同娇生的花蕊，葱白的指尖钩住吊带，微微往下一揭但又止住，若隐若现的风情。

眸光清纯中带着潋滟，漾出几层水波，近乎实质的勾引："哥哥想同我一起吗？"

修长手指钩着单薄的裙摆，郁承垂着眼细细看她，漫不经心地笑："几天没见，这么欠收拾？"

他微俯低，唇于她脖颈处辗转流连，怀歆睫毛颤动，毛孔间有热浪袭来，蒸腾的水汽氤氲了一旁的雕花镜面，照见男人半眯着眼勾唇的神态。

他咬着她耳垂，嗓音无比低沉："宝贝想挨收拾吗？"

呵出来的气息温热拂过，又酥又麻，怀歆一个激灵，在钢制扶手上坐不住了，被按着向后滑进了浴缸里，溅起一大片水花。

她也跟着惊呼一声，吊带薄裙完全被水浸湿，软绵绵地裹在身上，几片玫瑰花瓣点缀在胸口盈盈处，黑发、软眸，像是一道美味可口的餐点。

睡衣松散落在台面上，郁承长腿一跨，也进了浴缸。

他的发也被润湿了，黑色的，晃动在额际，那双深暗如潭的眼直勾勾地盯着她，如同猎人瞄准了自己的猎物。热腾腾的蒸汽浮上来，将他们笼罩在一片朦胧的雾霭里，什么都看不见了。

漂浮在水面的玫瑰花瓣被碾碎、倾轧，在乳白色的牛奶水中翻滚。

与她在一起就会什么都忘掉。

那些虚与委蛇的假面，不得行差踏错的分寸感，高悬于头顶的剑柄，赌场中高声叫注的声浪，在他这里全都被抽掉了，消弭了。

剩下的只有她，唯有她。

喝醉了也只想着她，现在也只能看得见她。

身体泡在热水中，从内到外地舒张，外面干净崭新的瓷砖上流出不少水，浸湿了地板上铺陈的昂贵的羊毛地毯。

怀歆攀着郁承的肩同他接吻，指甲无意识地留下浅痕，用这种方式告诉他她也想他。

玫瑰摇曳盛放，落雨拍打着屋檐，捕梦铃丁零当啷地作响，无数意象构成了此刻这种让人身心皆沉沦的韵律。

怀歆知道这和写作也有异曲同工之妙，抓捕意象，将它们安插在各处需要的地方，构建一个盛大精美的王国，也是令人迷醉的失乐园。

水面浮动着涟漪，他们接吻，热烈又灼炽。

怀歆又倾过身去，碰到了先前坐着的瓷质边沿，她伏在上面，手指喷涌出的热意立刻让冰冷的瓷砖氤氲出湿雾，重重叠叠，温暖的潺潺流水不时没过她身体，玫瑰花瓣则漂浮着装点在她漂亮的脊背上。

纤长眼睫上有颤动的潮气，湿漉漉，像是将坠未坠的泪。

她的肌肤如雪般光洁。视野里白茫茫，他们只看得到彼此，不断地交颈亲吻，唇齿相缠、厮磨，热意滚滚。

在这一刻被他温暖拥紧的时候怀歆真的很想开口，在快要窒息的浪潮中说爱他。

但她咬着唇，死死忍住了。

她还是不服输。

耳边郁承低沉地吐息，好像贴着她的颈说了句什么，但怀歆一走神就没听清。意识浮在云霭里，翻涌出层层叠叠的幻意，她仰颈如岸边一尾搁浅的鱼。

"宝贝，宝贝……"再醒来时已是下午，听到郁承在耳畔轻柔唤她。

怀歆迷迷糊糊地应声，先被喂了温水，而后尝到一点甜味儿，是他用塑料小叉子递过来的水果。男人端着个盘子，上面有切好的杧果、猕猴桃，还有洗干净的红彤彤的草莓。

一个晌午的高能运动，腹中空空。怀歆微启红唇，任他温柔地喂她吃东西。

凉凉的甜意咽进喉中，很舒服，怀歆清醒了点，轻缓抬起眸，躺在床上凝视着他。

她眼尾还有点残存的薄红，就那么睨着他，幽然地说："看得出来，哥哥是真的很想我了。"

郁承的手指一顿，敛了睫，漆黑深邃的眸子意味不明地望着她。

他似是餍足，微微勾了勾唇，慢条斯理地道："你知道就好。"

"……"

对视须臾，怀歆耳尖红了一片，气鼓鼓地转过脸去。郁承低低笑了一声，俯下身来，轻哄般温柔地吻了吻她的脸颊，又继续喂她吃水果。

丝丝缕缕蔓延开来的甜味儿抚慰了她的心，怀歆这才轻哼了声，心安理得地享受着他的伺候。

今天周末，午后阳光经层叠繁绿树枝掩映后缱绻柔和，郁承暂时得闲，可以同怀歆待在一起。

他这一仗打得很漂亮。

不仅及时解决了恒瑞的资本市场风险，而且潘睿做高股价之后，购买启旭的股权成本变低，还节省了资金，最后一点，博源资本投资的这个标的成功上市，给郁承所在的私募也赢得了很高收益。

潘晋岳表面不说，实际上确实很满意。

郁承通过考验，得以站稳脚跟，潘晋岳奖赏给他集团母公司 10% 的股权。

原先的分配是潘晋岳和一些旁支亲戚控股大头，两任妻子零零散散都拿个位数。其余几个孩子各自再分一些，潘隽手上的比较多，其次是裘明帆、潘耀和潘睿。

10%，顷刻间几十上百个亿。

许琮得知消息后，同郁承打了电话，一半嘉许一半鞭策，让他乘胜追击，这不过是短暂的胜利，不能够掉以轻心。

"您放心，母亲。我不会大意的。"郁承说。

他挂电话的那一瞬，便感到一双柔软的手从身后抱住了他的腰。

他们站在落地窗前，怀歆的脸紧贴着他的背，整个人显得玲珑娇小。

"哥哥。"她乖乖地唤他。

郁承宽大的手掌覆盖在她白皙的手背上，低应了一声。

"你还记得下下周是什么日子吗？"怀歆问。

郁承转过身，搂住她的腰让她贴过来。他凝视她清亮双眸，片响勾起唇角，低缓答："记得。"

"什么日子？"

郁承低下头去碰碰她的鼻尖，轻笑："你的生日啊，宝贝。"

"……"

怀歆眨了眨眼。

她其实想说是他的生日，但显然他给出了更好的回答。

他们的生日就差了两天，在六月下旬，每回怀歆想起都觉得有种奇妙的缘分感，她翘着唇角问："那我们要怎么过生日啊？"

"嗯，"郁承沉吟片刻，语气轻缓问，"去旅游怎么样？"

怀歆挑了挑眼尾："听起来不错。"

从稻城回来他们就再也没有过真正的旅行，澳门那种纸醉金迷的度假自然不能算，要去就去些风土人情特别的地方。

怀歆揪着他的衣角，歪着头问："你还记不记得我们说过有很多事情是要一起做的？"

"当然。"郁承浅笑，"热气球、跳伞、越野冲沙、蹦极……还有什么我没说上的。"

他记得倒是很清楚，怀歆踮起脚，凑近过去，笑着在他唇上啄吻了一下。

"我想坐热气球，还想冲沙。"

"好。"郁承低头凝视着她的眼，眸光专注，"那我们去土耳其吧。"

怀歆眨了眨眼："那么远？时间不够怎么办呀？"

"做完瑞势的那个项目之后，我可以休几天年假。"郁承弯了弯唇，"你也可以请假，宝贝。"

"那万一同事们发现我们两个同时不在，不会觉得很奇怪吗？"怀歆想了想，又很快自圆其说，搂着他的脖颈娇声说，"算了，反正我实习也没剩多长时间了，估计旅游回来也要毕业典礼了。管他呢。"

郁承低低笑起来，温热掌心在她腰间缓缓摩挲，亲昵道："都快忘了我家小朋友要毕业了。"顿了下，他问，"毕业之后有什么打算？"

"读研吧。"

怀歆说："我还是喜欢当学生的时光。在社会上总不能再那么随心所欲。"

郁承笑："你在我这里永远可以随心所欲。"

怀歆扬眉，也只是笑笑，问他一句："是吗？"郁承看着她，没再说什么，感叹道："认识你的时候你才大三，时间过得可真快。"

是啊，时间过得是很快。

这一年说长不长，说短不短，但着实和他有许多难忘的经历。

"嗯。"怀歆抱紧了他，脑袋撒娇般地蹭蹭，"哥哥，我很感谢可以认识你。"

郁承稍顿一瞬，手掌温柔地按在她的发上，低沉回道："我也是，宝贝。"

其实和他在一起是什么感觉呢？

就是那种生命好像是在炽热燃烧的、异常恣意的感觉。极致的快乐，仿佛要冲上云端，怀歆想不管不顾地放声尖叫。

炽热而危险，不知道这样的时日可以持续多久，但她也不想去在乎，只想活在当下，享受这些精彩纷呈的瞬间。

郁承说行程都交给他来规划，怀歆也就随他去了。

想着之后要在外游玩五六天，也不能同家人见面，怀歆周日便回了趟家。赵媛清听说她要回来，喜出望外，多做了好几盘菜。

怀歆平日住在博源附近，以前周末的时候还会回家住，后来常常与郁承待在一起，也不经常回来了。怀曜庆工作忙，只有很偶尔的时候才会问她一句，怀歆往往就含糊其词，回答要加班。

一家四口重新聚在一起，气氛还算温馨和乐。

赵媛清忙里忙外布菜，赵澈像个大爷一样跷着二郎腿在沙发上看热播剧，怀曜庆则戴着眼镜低着头在桌边用电脑。

他气色不太好，怀歆一进门的时候就发现了，问他怎么了，怀曜庆说是最近加班太忙，有点疲劳。

他一向如此，忙碌了一辈子，歇下来不习惯，怀歆在心底叹一口气，也没多说什么。

热气腾腾的家常菜端上桌，赵媛清招呼着大家过来吃晚饭。赵澈一个鲤鱼打挺翻身起来，循着味道就过来了："得嘞！"

赵媛清白他一眼："干活不积极，吃饭总是第一名。"

怀歆和怀曜庆在旁边低声笑。

全家人的炮口一致对向他也不是第一次了，赵澈瞥了怀歆一眼，很恶劣地转移注意力："姐，我怎么这么多天都没见你回家了？"

怀歆端着米饭，镇定自若地回答："忙工作。"

"是吗？"赵澈注视她片刻，挑着嘴角笑道，"我怎么觉得你好像谈恋爱了？"

此话一出，几人的目光都看向她，就连怀曜庆都把筷子放了下来，若有所思地打量着她。

众目睽睽之下，怀歆干咳一声："不是，你这话有什么根据？"

赵澈吊儿郎当道："姐，你就回答我，你是不是谈恋爱了，别打马虎眼儿。"

"……"

"就算谈恋爱也不是什么稀奇的事情。"怀歆白他一眼，"你不也恋爱了吗？"

"那我的恋爱是光明正大的恋爱，谈了一段时间就带过来给爸妈看了。"赵澈睨着她，"可你呢，到现在一句也没提过，那真是让我觉得有点稀奇。"

"……"

不得不说这个该死的小毛孩还是很了解她的，句句切在点上。

怀曜庆闻言也禁不住问了："是啊星星，对方是什么人？你没和我还有你妈提过啊。"

他的表情有点严肃，怀歆气焰立马降下去了，舔了下唇，嘀咕道："那不是看您忙吗，我……我就随便谈一谈。"

"确认关系的事情怎么好随便。"怀曜庆不认同地看着她，问道，"他是谁？你们怎么认识的？"

"……"

怀歆潜意识里其实并不想和爸爸撒谎，但是她和郁承之间实在是太复杂了，所以一直拖着没有说。

她慢吞吞地开口："就是我一个学长，大三暑期实习遇到的。后来觉得挺聊得来，就在一起了。"

"在一起多久了？"怀曜庆问。

"……"

要正式算的话还得是五一在澳门的时候。

"一个多月。"怀歆鼓了鼓脸颊，撒娇道，"就是因为时间太短了嘛，怕不太稳定，所以就没跟你们说。"

怀曜庆脸色稍微缓和下来，赵媛清也帮忙打圆场："就是啊，星星是对的，刚在一起各方面还都要看看合不合适嘛。"然后又白赵澈一眼,"你姐自己有分寸的,你别瞎掺和。"

怀歆得意地扬眉觑了他一眼,赵澈撇了撇嘴,安分下来。

不得不说,赵媛清的菜做得还是很不错的,怀歆吃得正欢,便听怀曜庆"咦"了一声:"这个鸡肉是不是煳掉了?"

"哎,不会吧?"赵媛清皱着眉探头过来,把他碗里那半块夹过去,尝了尝后摇头道,"没有啊。"

怀歆也夹一块,的确火候正好:"我也没吃出来啊。"

怀曜庆看看两人,欲言又止,笑道:"也对,你妈厨艺还是很好的。"

一顿饭吃得轻松愉快,怀歆也不知道是不是和郁承在一起待久了,被他排遣了她所有的烦恼。总之,她现在无论做什么心情都很好,连带着次日周一上班都活力满满。

不过这两天郁承都没有来办公室,他和张可斌去瑞势总部见邵中山了,尽调过程中还有一些具体事项亟待推进。

晚上吃好谈完之后郁承从会所出来,一辆劳斯莱斯停在隐蔽处,车窗降下,一张沉稳男人的脸露了出来:"承总。"

郁承浅笑,简扼应声:"程铮。"

潘晋岳给了郁承足够调配的人力,但说到底都不听命于他,郁承若想再深入把持,还得培养自己的心腹。

程铮就是他挑中的得力干将,靠自己的手腕和能力短短几年爬到家族集团中高层,但又刚好处在某个临界点,和上面的老人没有太多的利益纠葛。

良禽择佳木而栖,人与人之间的筹码有时不仅在于权势、财富、地位,还在于心间那一点惺惺相惜。

程铮拥有海外近八年深厚的审计和法律背景,励志图新,寻求变革,不甘只做一艘沉疴难起的大船上的螺丝钉。

这样的人才,如若好生利用栽培,会是一支利箭。

待郁承上车坐定之后,程铮汇报道:"您交代的事情我已经办妥了。现在就看裴明帆那边有什么动作了。"

通过某种不经意的"方式",让人把裴明帆提前锁仓的消息透露给潘睿,程铮很期待这两兄弟之间会演出何种好戏。

"很好。"不过老板倒是不动声色,平静说,"待会儿随我去见见新茂置地的人。"

新茂置地是潘家的一个房地产子公司,原先也是潘隽在管,但是出了影视综合城的事情之后,这一块就归了郁承。

平常做做开发，住宅和商业地产都涉及，目前正在准备某市政府一个旧改拆迁工程的投标。非住宅建筑面积约 16 万平方米，总建筑面积约 48 万平方米，总投资额近 10 亿元，拆迁户数约 1200 户，计划要做成一个旅游度假村。

这块区域地理位置好，依山傍水，周边地价高，且有更高升值空间，对于新茂来说是非常有利可图的项目，总经理尚家祥对此十分重视，近日一直在笼络关系、疏通人脉，希望能够在天平这一端多放一些砝码。

"不过政府不只推出这块 A 地，还有另外两块 B 和 C，分别在次市中心和近郊，都是住宅开发，前者适合高层和洋房，后者则多是别墅楼盘。"

尚家祥在会议室内对着屏幕演示道："B 地块比较老生常谈，对我们来说游刃有余，但是空间比较有限；C 地块区位不错，周边教育和医疗资源丰富，还有奥特莱斯、高端购物中心等商业配套，也是不错的选择，但我认为综合考虑，没有旧改拆迁的潜力大。"

郁承屈肘支颔，沉静不语，程铮问："尚总有多大的把握可以中标 A 地块？"

尚家祥回答："除我们之外，另外两家万融和普城是主要的竞争对手，应该也会参与投标。万融是以做商业开发为主的，实力更雄厚，也与度假村的概念更匹配，但是没有旧改拆迁的经验；普城规模不及我们，如果是 B 地块应该没有悬念，A、C 地块不太好说，但是按照我们目前的详尽准备来看，他们还是把握比较大的。"

尚家祥这几年一直锐意进取，通过自己的人脉网络拿地、融资、开发，成就了不少好的楼盘项目。他将几个设计方案摆放在郁承面前，讲解完毕之后，恭谨道："请郁总做最后的定夺。"

商谈至半夜十二点，郁承和程铮一前一后出来，司机开车，程铮坐在副驾驶询问："承总，送您回哪里？"

"回博源资本。"

路上郁承闭目养神，窗外浮光掠影，他淡淡出声道："伯纳德那边进展得怎么样了？"

"刚联系上。"程铮答，"几年同门之谊，他还是愿意卖我这个面子的，您放心。"

"好，辛苦了。"

G 城一处偏宅内，眉目俊秀清雅的年轻男人站在落地窗边打着电话。夜色披在身上，他淡淡道："好的，我知道了，您放心。"

刚放下手机，身后响起一串丁零当啷的脆铁声，他回过身来，微笑着蹲下。"不是让你在里屋乖乖待着吗，怎么又出来了，肉没吃够？"

那是一只通体毛发雪白光亮的大杜高犬，又称阿根廷獒，为狩猎而生的凶猛品种，却在主人的脚边匍匐着趴下，乖顺地等待着被触碰。

裴明帆勾着唇角，揉了揉它的脑袋。

垂眸凝视须臾，他站起身来，用夹子从旁边钳了一块生牛肉扔过去，白色的身影跃起来，顷刻间将食物吞进腹中。

"真乖。"裴明帆赞扬道。

手机铃声突兀响起，划破寂静。本就漆黑的室内，獒犬的一双眼睛微微反光，阴郁而沉晦。男人接起电话在沙发上坐下，一半身体也沉浸在了阴影里。

"说。"

那头恭敬汇报道："听说郁承决定要投标旧改那块地了。尚家祥本就十分看好那个项目，也带领团队做了不少努力，志在必得。"

"是吗？"裴明帆稍稍后倚，嘴角勾出些许漫不经心的弧度，"那块地价值很大，如果是我，也一定会去抢的。"

"您是想出手竞标？"

裴明帆微微一笑："既然阿爸给二哥机会表现，那么让他一人做代表就够了。毕竟还是和外人在争呢，自家人斗来斗去多惹人笑话。"

"那您是想……"

"按我之前说的去做，联系对方。"

裴明帆垂下眸，轻描淡写地捻着手中佛串："二哥应该知道，潘家不是他想回就能回的。"

"是。"

郁承已经习惯进入公司写字楼以后，再乘坐电梯到地下车库，通过和商贸连起来的B1层小道抵达地面，最后回到他所住的小区，因为这样足够掩人耳目。

龚盛再留心他，也不可能这样惹人注意地尾随一路。

郁承风尘仆仆，没有回自己的家，而是敲响了隔壁的房门。

笃笃的敲门声响起，不急不缓，绅士而循礼。

没过几秒钟，漂亮的雕花玻璃门打开，里面扑出来一个柔软的人，径直吻上了他的双唇。

郁承张开怀抱接住了她，托着她双腿钩紧他的腰，大步流星地进了门。

每次他回来得很晚时，让她不要等他，怀歆都不会乖乖听话。慢慢他也习惯，甚至会有些期待，晚归的时候窗边还亮着一盏灯。

晚上睡觉时怀歆窝在郁承怀里，温存而娇懒地蜷缩着。

他点了支烟，他们接吻，烟气渡至她口中，略微有些呛人。怀歆不服气，把烟接过来，自己眯着眼吸了两口，悠悠地吐出几圈绵长的烟雾。

郁承垂敛着眼看她，俯视的角度让他的眼眸显得格外幽深。

"什么时候开始学会抽烟的？"他问。

她并不常抽烟，怀歆佯装回忆，而后摇摇头。

"记不清了。"她挑了挑眼尾，散漫道，"三四年前吧。"

"三四年前就会抽烟了？"郁承低沉声线里听不出什么特别的意味，"谁教你的？"

怀歆睨了他一眼，唇角似勾非勾："也不记得了。"

不记得，就是代表确实有人教过，想也知道是什么答案，无非某个前男友。

怀歆三四年前的模样，他们比他更早知道。

郁承敛着眼，心中突然涌起一丝从未有过的情绪，他一言不发，撑着手臂翻过去吻住她。

要耗尽她口中所有的氧气，掠夺、占有，与她日日唇舌交缠耳鬓厮磨还觉得不够，他想要她属于他，他想要完全拥有她。

这个危险念头只划过一瞬就悄然消失了，因为身下的人仍攮着烟，气喘吁吁地笑着与他接吻。

她享乐于其中，也沉溺于其中，显得他这样的想法有些不合时宜。郁承挑了挑嘴角，细细吮吻她。

在彼此都到极限的时候，怀歆差点被烟烫到，小声"呜"了下，郁承很快接过来把它掐掉了。

窗外的夜色因为远处璀璨灯火的映照被染成了深蓝色，乍一看很漂亮。两人安静地抱了一会儿，郁承亲吻她的额际："睡不睡宝贝？"

怀歆还停留在微微有些战栗而舒适的余韵里，微哑着开口："嗯……等一会儿，再讲会儿话。"

她怕第二天早上起来枕边又没人了，有时要等好久才能再见到他。

郁承的手臂微微收紧："好。"

怀歆同他讲陪徐旭去看项目发生的事情，郁承浅笑着倾听，偶尔出声附和。她讲到没有别的可讲之后，才小声地问他最近在忙什么。

她清澈的眼眸中染着招人怜的水光，郁承把她裹进了怀里，同她讲土地招标的事情。

"如果有三块地，你会怎么选？"他把选择权交给她。

A地块环境优美，拆迁旧城后改为度假村。B地块接近市中心，小高层，交通发达。C地块则坐落郊区，户型都是大平层或者别墅，周围商业配套齐全。

怀歆靠着男人的胸膛，任他修长手指有一下没一下地撩过她的发间，"嗯"

了一声："我选 C 地块。"

郁承稍顿一瞬，轻笑着吻她发间："为什么？"

"根据你之前说的，B 地块比较保守，意义不大，C 地块倒是资源条件不错，但是面积不如 A 地块大，所以利润空间会更小。可我认为，A 地块的风险因素较大，旧改拆迁会引发各种疑难杂症，新茂之前也只接触过几次这种工程，所以综合考虑，我还是选 C 地块。"

"我们家小朋友分析得还挺有理有据的。"

郁承沉缓的笑意落在耳边，怀歆知道他大概心中已经有了定夺，现在就是随便聊聊。也可能他选的不是她所想的，所以她没有再刨根问底。

她眨了眨眼，笑："那还不是领导教得好啦。"

郁承也敛着眸笑，又俯下身来亲吻她的耳垂，着迷似的，浅浅地亲昵。

怀歆一边享受着一边含糊问："这个竞标什么时候结束啊？"

"过几天就差不多了，别担心，不会影响我们的旅行的。"

怀歆"哦"了一声，钻进他怀里，这才感觉乏了。郁承也就轻缓拍着她的肩背，把她哄睡着了。

招标会后过去一周，坊间新闻层出不穷，说城南旧改项目是新茂置地中了标。

G 城偏宅中，杜高犬乖巧地守在主人身边，那双如玉般修长的手指慢条斯理地为它顺着毛。

"确定新茂中标了？"他同电话那边的人讲。

"是的。"

"就凭媒体几句话？"裘明帆低哼一声。

"不，消息确凿。"那头安静片刻，压低声音说些什么，裘明帆微眯起眼，而后缓缓笑了。

他的人一直在打听这件事，辗转寻到些关系，内部人员在酒席上无意透露的消息，怎么也比媒体可靠。中标结果还没公布，新茂那边估计还不知此事。

"据说万融这次本来是打定了主意和他们抢的。"听筒中汇报的人道，"两家打得比较厉害，应该都给出了自己的极限。"

旧改拆迁项目的报价是根据所需要的政府资金，价低者得。

新茂虽然中了标，但估计也是极大地压缩了自己的预算，付出了较大的代价。

裘明帆拍了拍獒犬的脑袋，嘴角弧度浅浅勾起："如此更好，计划可以开始实施了。"

"好的，我们已经跟对方谈好了抚恤金。"

"多少钱？"

"二十万元。"

"白血病晚期一条贱命也值二十万元？"裘明帆微微叹口气，"算了，随他去吧，记得做干净点。"

"明白。"

挂了电话，裘明帆面无表情地扔了一块生肉给面前毛色雪白的杜高犬，看它撕咬着啮合吞下。

——等中标公告一出来，二哥就会收到他为此精心准备的这份大礼了。

郁承的生日在周五，怀歆则是周日，于是他在周末前后各请了两天假，空出一个六天假期，带着怀歆去土耳其玩。

已经让助理请好了当地导游，也租了车，直接降落在伊斯坦布尔。

正是夏天，这里温度适宜，怀歆穿着荷叶边淑女碎花长裙，戴着一顶遮阳帽就快快乐乐地出发了。

在异国他乡，他们光明正大地在街道上牵手，十指相扣，如同每一对热恋的情侣一样，可以在人前肆无忌惮地拥抱、亲吻。

两人乘坐游轮游了博斯普鲁斯海峡，湛蓝色漂亮的海水，随着船的行进在两侧荡漾出微波，怀歆倚在栏杆边，惬意地遥望着远处海天一色的边际线。

男人从后面拥上来，肌理分明的手臂撑在她身体两侧。他戴着墨镜，鼻梁更显得高挺，轮廓分明的下颌线很是精致，延伸到性感的喉结。两人就这么站了一会儿，还有外国人过来拍照，询问是不是亚洲来的明星。

其间郁承手机铃声响起，他没避着怀歆，就着这个姿势接起电话。怀歆听到那是个女人的声音，开口叫他老板，后面说了些什么模模糊糊的，只能听到男人嗓音低沉地简拒应声，语气平缓疏淡。

浅浅的海风拂过来，怀歆的心稍微落下来一点，又抬眸，专注地望向远处。

不知过了多久，他放下手机，她不经意一瞥，看到屏幕上的名字备注是"Angel（安杰尔）"。

郁承也察觉她看到了，怀歆稍顿片刻，旋即大大方方地转过身，抬眉看着他。

他抱着她倾过身来，低而含糊地笑："怎么？"

怀歆大概能猜到对方是什么人，帮他办事的。郁承开始接手家族事务以后，需要管理的事情很多，自然也会接触形形色色的女人。

虽然她也不需要他特地解释什么，但还是很没有道理地吃醋了。

——只是因为一个简单的英文名。

"挺别致的名字。"怀歆耸着肩笑笑,语气有些意味不明,"只存这么一个词,不会分不清吗?"

郁承抬了抬眉。

怀歆向后倚在栏杆上,半真半假地睨着他:"像这种名字很容易重叠吧,万一——"

她拉长语调,还挺认真的神态:"手机里几个 Angel 一起找你,你怎么知道就是这一个呢?"

郁承敛着眸,桃花眼轻挑:"谁说的?"

"……"

"我就只有一个 Angel（天使）。"

他勾着唇,在她耳畔低沉地笑,落下一阵撩人的痒意:"她现在在我怀里。"

"……"

土耳其是个极其浪漫的国度,第一天逛了圣索菲亚教堂和加拉塔等著名景点,第二天他们飞去了卡帕多西亚,以喀斯特地貌和热气球而闻名的岩石风化城镇。

这里的酒店都是温暖漂亮的山洞石屋,颇具特色。今天是郁承的生日,怀歆早上起来的时候就抱着他边亲边说了生日祝福:"希望我们哥哥万事胜意,想要的都能得到,每天都开开心心没有烦恼。"

晨曦美好温馨,郁承搂过她的腰缱绻回吻:"谢谢宝贝。"

怀歆没提礼物的事情,他也就没有问。两人收拾东西吃了早饭,在小镇上逛了逛。

当天下午的行程是去越野冲沙,也是怀歆一直以来所期盼的活动。

一个车队二十台车,郁承让怀歆选择是要同别人一起走还是他们独自一条线路,怀歆喜欢热闹,就随着车队一起去了。

都是小型的 ATV 车（全地形越野车）,四个轮子都很大,如果是两个人需要一前一后地坐着,跟摩托车差不多,姿势相贴得很紧密。

一开始还是平缓的坦途。

郁承先开,怀歆坐在他后面,颇为新奇地趴在他肩上,轻悠的风吹过来,还十分惬意。

她记得他之前也去甘肃宁夏那边玩过,当初说的那些约定,如今真的都一样一样实现,这感觉挺不赖的。

冲下沙丘的时候的确如他所说,身体完全失重,怀歆尖叫出声,不由自主地抱紧了男人精悍紧实的腰。猛烈的风吹来,那一瞬间时间好像静止了,只能听到彼此清晰的心跳声。

他的黑色碎发亲密地贴在她的侧脸，于一望无际细腻的白沙海洋中，他们腾空而起，在云端恣意翱翔。

潮热的吐息同沙地里升腾出来的热气冲撞在一起，感官也刺激地全部舒张，怀歆迎着风放肆地叫着："啊——"

好快乐。

真的好快乐。

也很自由，什么都不用想。

他们沿着红线一路开过去，开到了玫瑰峡谷，喀斯特崎岖的地貌十分绮丽壮美，隐约有呼啸风声，那是大自然令人膜拜的呓语，蜿蜒伸入后是一幅别有洞天的奇景。

连绵起伏的山峦，都是久经风化的岩石，奇石嶙峋。

心跳一直很急速地跃动，他们攀上山崖，可以俯瞰到底下的幽谷。云拂过太阳，映照出曚昽的日冕，金色的边沿，有如壮丽的圣光降世。

越来越高，与重力对抗，天边的云也逐渐漫过一层绚丽的霞光，和阳光的余晖交织相映，美丽至极。

车队浩浩荡荡地停在了山脉最高点，脚下奇峰险峻，峡谷纵深。

这时候就看到了日落。

一片帘卷着的烂漫的橙红色的海，他们肩偎着肩，一同安静地看着那轮圆日一点点地落了下去。就如同观赏一部旧电影，落幕之后很久，心头仍旧留存熨帖般的感动。

实在是太美了。

"郁承。"怀歆唤道。

"嗯？"

怀歆笑了，摇摇头："没什么，就想叫叫你的名字。"

郁承望着她，很久没有说话。他漆黑的眉眼清俊好看，整个人的轮廓都被暮光笼罩，描摹得更加英挺深邃。

少顷，他闭上眼，就这么勾住她的手指，倾身吻了过来。

一整天游玩下来，两人今天计划早点睡觉。郁承上床的时候，被子已经隆出一个可爱的形状，怀歆蜷缩着躺在里面，轻浅悠长地呼吸着。

郁承放轻了声音，他掀开被子，忽然看到床头柜上有什么东西。

他眼睫微动，伸过手将它拿了过来，放到台灯下去看。

是一本好看的羊皮纸手作本，皮质封面刻意做旧，边缘有搭扣扣住，绑了一个细细的蝴蝶结。郁承解开丝带，翻开扉页。

几行小字映入眼帘。

　　是不是以为自已没有礼物了！Surprise my dear!（给我亲爱的一个惊喜！）

郁承稍顿，无声地笑了起来。

　　祝我最亲爱的男朋友生日快乐！遇见你的这一年我也很快乐！（附赠一个"亲亲"的表情）。

他唇畔弧度扩大。

　　TIPS（提示）：是附赠的礼物啦，所以现在最好不要看哦，在你觉得需要我，而我不在你身边的时候（物理概念），再打开来吧！

郁承垂下眼，指腹缓缓摩挲过那一行漂亮可爱的小楷，情绪不明，不知想到了些什么。

身边的人已经陷入沉睡，他凝视她洁白温软的脸颊片刻，俯下身，浅浅地亲了亲她。

重新系好绑绳放在一旁，郁承熄灭灯，躺了下来。

只余一室静谧。

早晨正在房间里用餐的时候，急促的电话铃声划破宁静，怀歆放下刀叉，下意识心有些提起，担忧地看向郁承。

中标结果出了。是程铮的来电。

郁承面色沉静，走到一旁去将电话接起。

怀歆看着他站在窗边的背影，拿出手机，彼时最上方恰好弹出一则微博新闻。

——××市城南老城区拆迁工程用地钉子户自焚抗议新茂置地强拆。

她指尖一抖，点了进去。

已经上了热搜，下方的评论以肉眼可见的速度汹涌而来，谩骂和恐惧的声音急速蔓延，充斥了整个屏幕，让人心惊肉跳。

A地块这个项目，还没开工便已然受到舆论重创。这个事件已经造成恶性结果，情绪被煽动，人们可能并不会详细探究开发商是否有过非法暴力强拆的行为。

凶宅凶地，谁会想要在死过人的地方居住游玩？也许时间能够抹平一切，但今后这个度假村，无论如何都会被冠上"人命"二字，成为它洗不脱的罪名。如果有人时不时地煽风点火，那么这件事就会一直成为对方手中的一个把柄。

怀歆的心几乎沉到了谷底。

她禁不住抬眸，望向郁承，男人却在此刻收了线，身姿笔挺地走了回来。

他于她身边坐下，在怀歆正准备开口询问的时候，抬手覆在了她的手背上。

"怎么这么冷？"郁承嗓音低沉，捂着她掌心摩挲了片刻，道，"回去带你看个中医。"

这段时间以来他发现她气血不足，有手脚冰凉的毛病。

怀歆咬着唇，不知该怎么说："阿承，我看到新闻了……"

"中标 A 地块的是万融。"郁承蓦地出声。

"什么？"怀歆睁大眼。

"最开始我们计划投标的，一直都不是城南那块地。"他安抚性地摸了摸她的脑袋，"我们拿到的是 C 地。"

怀歆不解："那为什么……"

郁承漆黑眼眸望着窗外碧海蓝天，是没有什么温度的冷色调，他极浅淡地笑了笑："做了一个局请君入瓮，果然有人按捺不住，露出了马脚。"

自上次股价操纵事件之后，郁承便知道有些人的狼子野心。

同是父亲的儿子，却也有高低之分，潘睿能在梁朝那里被拿住把柄，裴明帆却做得天衣无缝，经手的活永远是干净的。这是一条惯于在黑暗处游走的狡猾的蛇，郁承很想知道它毒性如何，于是便连同尚家祥一同做了这个局。

旧改拆迁，这里可做的文章有很多，他初到潘家根基未稳，这个时候打压最为合适，裴明帆不会不出手。

郁承授意尚家祥先假意要竞标 A 地块，其间放出不少消息，先让对方心里有个预期。

针对万融这边，则是不经意透露出底价，让他们按照这个价格去打，但实际上新茂投了个假标，目的就是让万融以一个极高成本的价格中标 A 地，压缩他们的利润空间。

至于专门开发住宅用地的普城，他们听说新茂要竞标 A 地块，必然会在 C 地块上放松警惕，报出一个不那么苛刻的价格。

投标会过后一周，程铮联系媒体放出新茂中标 A 地的消息，裴明帆不可能是偏听偏信的人，动作之前必然会再找人证实，这就用上了他们之前排布好的棋子。

"我和吴易华私下还有联系。"郁承说。

吴易华？怀歆突然忆起，那是当时他们在 MGS 一起做上市的那个项目的负责人，冉华国际的董事长。只是没想到郁承还能一直维持着关系。

"吴总的亲戚是专门管土储这块的，于是让人在饭局上假意递了几句话。"

酒醉后的话最为可信，裘明帆自证预期，这才谨慎出手。

这一切都在郁承掌握之中，只是最后这一点有些重置了他的预期——旧改拆迁一般都是在钉子户身上下手，让他们各种闹事阻碍工程进度等，只是没想到裘明帆这么阴，居然找个病危患者烧炭自焚。

要想在这件事中拿住他的把柄，必然得从账户流水下手，看看其与对方家属的交易款项，裘明帆的人做事手脚都比较干净，目前程铮那边还没有查出什么端倪。

至于热搜上的不实新闻，是裘明帆提前煽动舆论造势，中标公告一出，其实谣言也就不攻自破了。郁承早料到他会使绊子，然而这回被坑惨的是万融。

过程就是这么个过程，郁承轻描淡写几句话讲得简略，怀歆心中却无比震动。

好一个严谨缜密的局。

一箭双雕，再借刀杀人。

讲这些事情的时候，男人始终敛着睫，没有表露出太多冗余的情绪，怀歆凝视着他，微微有些愣怔。

一直以来她都大概知道他在做什么事情，但若不主动问他，他是真的一个字也不会说。

如同一堵厚实的墙，将所有的倾轧都隔绝在外，他把她养在一处漂亮幽静的桃花源里，不让她接触到外界一丁点的疾风骤雨。

可她知道他并没有那么轻松，他的心里沉沉地压着事。

她知道他有苦衷，之前大半夜喝醉也不叫人送回公寓，反而跑到郊外的别墅里去，是因为要提防着身边的人，更是变相对她的保护。

怀歆也知道这场翻身仗不好打。他卷入这云谲波诡的旋涡中，一旦入局就难以抽身。

她想说些什么，可还没开口，郁承重新抬眸，温热地握住了她的手。

"别想那么多，宝贝。我都会处理好的。"他眉眼清俊沉静，稍顿一瞬，轻缓地牵起唇角，"你只用负责高高兴兴地游玩就可以了。"

阳光从小窗中穿透进来，照见空气中飘浮着的渺小尘埃。怀歆沉默了很久，终究没有再开口。

下午没有什么特别的行程，他们驱车去往安塔利亚，土耳其西南部一个美丽的港市。漂亮的码头港湾，绿棕榈树环绕的老城区，还有海面上停泊的一艘艘游船。

这是一座诗意的城，浓浓的地中海风情，海水如宝石一般澄澈，无比纯净。

郁承中途接了几个电话，都是处理新闻热搜的事情，而后告诉怀歆说他有两个朋友在此处游玩，晚上可以一起吃个饭。

怀歆自然没有异议，不过她惊异地发现，其中一位是英籍知名律师诺顿，另外一位是文质彬彬的法国男性伯纳德，他在某家大型外资金融机构任职资产评估师。

诺顿是郁承在高中时在美国认识的朋友，这么多年一直都没有断联系。

律师这个职业备受尊崇，而诺顿的工作则是替富人们做一些财务管理、资产规划及合理避税等方案，他们是离滔天财富最接近的一群人，同时也清楚地了解这些雇主通常以怎样不为人知的方式攫取最大的利益。

几句话下来，怀歆已经察觉到双方关系很好，不然郁承也不会将她带过来见面。

诺顿和伯纳德介绍了自己之后，又转向怀歆："请问这位美丽的小姐叫什么名字？"

她眨眨眼："您可以叫我 Lisa。"

这个最初信口胡诌的英文名居然一直用到了现在。郁承凝视着她，眸光似笑非笑。怀歆有所感应，挑着眼尾散漫地瞥他一眼。

也许是两人关系太过一目了然，都不需要询问，就默认他们是男女朋友。诺顿微笑着，客气地说自己很荣幸认识怀歆。

这是一家洋酒餐吧，台上有歌手弹吉他吟唱不知名的土耳其民谣，有点拉丁沙发音乐的感觉，悠长的弦乐和打击乐有序地结合，有一种慵懒的律动感。

几人用英语交谈，没有提太多工作上的事情，倒是愉快地分享起他们在土耳其游玩的经历。

伯纳德的妻子来自地中海某个小国，所以他对土耳其也有着比较深厚的感情。他和诺顿在工作上往来紧密，正逢妻子回家探亲，所以此番休假便和诺顿一同过来自驾游，计划沿着海边 D400 号公路从安塔利亚一直开到博德鲁姆。

诺顿还没有婚娶，因此只能微笑而切齿地倾听伯纳德分享自己幸福的家庭生活。他与妻子抚养了两个可爱的孩子，都是女孩，姐姐比妹妹大三岁，也都还在读小学。

由于从小对孩子们进行开放式的国际教育，小姑娘们掌握了中法英等几国语言，性格也像小大人似的古灵精怪，做什么都和爸爸妈妈有商有量。

"小家伙们也培养了许多兴趣爱好，比如高尔夫、骑马、壁球、爬山等等。"

"是吗？"怀歆加入聊天，"听起来都是很有意思的运动。"

"是的。"伯纳德微笑道，"如果 Lisa 小姐感兴趣的话，下次我邀请您和 Alvin 先生一起打高尔夫。"

诺顿插一句："他可会选地方了。最了解哪些地块风景好，且能省更多钱。"

"这样就太好了。"怀歆也弯起嘴角。

彼时正菜终于呈上，是一整只闻起来香喷喷的铁盘烤鸡，其内油星滋啦滋啦地响着。也许是新手，服务员的动作有些莽撞，郁承及时揽了怀歆一下，避免她被烫到："小心。"

怀歆缩了缩肩，小声应了句。刚贴着他坐稳，碗中就被投放了一块最嫩的鸡胸脯肉。

"多吃点。"郁承狎昵地贴着她的耳，"你太瘦了，宝贝。"

怀歆睨过去，悠悠看他片刻，夹起那块肉，慢条斯理地咬了一小口："是吗？"

四人同席，两人讲悄悄话毕竟不太礼貌。郁承眯了下眼，眼眸漆黑，情绪不明地凝视她片刻，没有再说什么。

鸡肉烤得不老不生，恰恰好的嫩度，伯纳德对此赞不绝口，言谈间又开始怀念中国的美食。他刚从 G 城出差回来，还记得各地经典特色的菜式有多么美味。

聊着聊着话题又回到孩子身上，伯纳德很感兴趣地询问诺顿，以后准备要几个小孩。

诺顿微笑："我预备等找到老婆以后再思考这个问题。"

这时，有侍者端过来一杯酒，俯身在诺顿身边耳语几句，诺顿的表情一下子变得极为精彩。

"那边坐着的那位穿着黑色开边裙的卷发美女，想请 Alvin 喝一杯威士忌。"

这样一个有着自然风情的海边城镇，很少碰到如此高大英俊的亚洲男人。女人着浓妆，跷着腿性感地坐在吧台上，红唇微勾，哪怕看到了怀歆，也毫不掩饰自己对于郁承的兴趣。

对面的两位外籍男士礼貌地没有出声，但是面上却已掩不住看戏的微笑，转向怀歆。

出乎意料，这个娇小漂亮的淑女脸上并无愠怒的神色。她指着郁承，用一口纯正流利的英语十分冷静地告诉侍者："请您转告这位女士，他已经结婚了，并且短时间内不考虑离婚。"

侍者微怔，没想到送酒直接遇到正宫，显然替那位以此调情的女士感到尴尬，他稍稍欠身，小心地说："抱歉。"

"不用抱歉。"怀歆撩了撩头发，娇俏地弯起眼睛，"反正我也排队等着呢。只是想告诉她，凡事都要讲求先来后到。"

侍者："……"

诺顿差点一口水喷了出来，伯纳德也握着拳轻微咳嗽，拿起一旁的餐巾纸擦拭嘴唇。

颇有几分浪漫情调的餐吧里烛火摇曳，照得郁承微敛起来的深黑眼眸意味难辨。

侍者干咳一声，心潮起伏地过去回话了，等他将怀歆的意思全盘转述给女人之后，怀歆举起那杯威士忌，笑眯眯地向对方比了个口型："Cheers!（共勉！）"

就这么看着怀歆把她送的酒愉悦地咕嘟咕嘟喝了两大口，女人的脸色完全黑掉，愤怒地离开了。

"……"

饭席间只剩下一片宁静。

对面两人的表情都异常精彩，郁承侧眸，嗓音无比低沉地用英语发问："甜心，你刚才说什么？可以重复一遍吗？"

怀歆放下酒杯，不闪不避地与他对视。

男人的表情看起来有些危险，她一脸无辜，张口就来："噢，亲爱的，在公众场合请千万不要这么叫我，这要是让您太太知道可就不好了。"

"……"

他们坐在比较偏僻的角落，幽幽的烛火摇曳明灭，怀歆清晰地看见郁承微绷了下咬肌。就在他要开口说点什么的时候，台上的驻唱歌手宣布现在到了今晚的特别栏目——有没有哪位客人愿意上来展示自己美妙的歌喉。

怀歆朝那边看去，高高地举起了手："Pick me!Pick me!（选我！选我！）"

这份踊跃让她在人群中脱颖而出，歌手高兴地宣布一位美丽的姑娘将要上台演唱。怀歆过去之前，羞答答地亲了郁承的侧脸一下："亲爱的，你还没听过我唱歌吧？我想为你展示一下。"

酒吧中人们的视线本就投注过来，看见两人亲昵的举动之后顿时高声起哄。

怀歆满意地环视一圈，颔首示意，像一只骄傲的孔雀一样优雅地走上了台。

她坐在刚才男歌手坐过的高脚凳上，同后面的伴奏乐队说明了曲目。

Free Loop（《自由循环》），这是一首知名度很高的加拿大流行摇滚音乐，乐队当即比画"OK"手势表示没问题。台下的客人见状纷纷鼓掌预热，气氛一瞬间被调动了起来。

怀歆清了清嗓子，看向台下某处。

那双漆黑的桃花眼也意味不明地注视着她，怀歆弯唇一笑，甜蜜道："这首歌，想要送给一位我目前十分倾心的男性，但出于种种原因，我没有办法把自己对他的喜欢直白地说出来，故而以歌代之。"

欢快动感的前奏响起，观众们又是一阵喝彩，还有些人频频望向这位女孩之前所在的那片昏昧角落，试图捕捉当事人是什么神情。

"Alvin，你们平常也是这么相处吗？"诺顿目瞪口呆地感叹道，"Lisa 可真是一位富有活力的女孩。"

"……"

"关于刚才那个想要多少个小孩的问题，我想我有答案了。"郁承微笑着说，"我只要这一个就够了。"

"……"

怀歆今天仍旧是穿着一条清新漂亮的太阳碎花裙，坐在高脚凳上的时候，刚好够她把漂亮纤细的小腿露出来。

她的黑色头发长而直，柔顺地搭在肩上。眼睛明亮澄澈，嘴唇嫣红，颜色生动而昳丽。

可与外表反差极大的是，她唇角一勾起来，整个人就盈盈潋滟，腰肢弧度柔媚，双腿交叠，略高跷起的那只脚轻轻地晃动，在半空中摇曳出痕迹。

怀歆握住话筒，开口是莹润动听的嗓音。

> I'm a little used to calling outside your name
> 我早已习惯在外面呼喊你的名字
> I won't see you tonight so I can keep from going insane
> 今夜不再见你，我就能避免陷入疯狂
> ……
> But I don't know enough, I need someone who leaves the day
> 我还没弄懂自己，但我需要一个让我忘却白昼的情人
> Hey Yeah

声音温软，却持着极其慵懒的腔调，强烈的反差感，正如同她这个人。

清纯而妩媚，天真而风情。

在唱到"情人"的时候，怀歆的目光明晃晃地看向某个方向。她在歌词的间隙中歪了歪头，朝角落里的人轻巧地笑。

其实她觉得这个词挺贴切的，也更愿意这样界定他们的关系。

情人之间最好的相处方式就是不说爱，也不承诺未来如何，一拍即合，腻了便好聚好散，双方都没有太大压力。

如果她认定郁承作为自己此生的爱人，那么她想要的就比现在要多出很多了。怀歆害怕自己会变得贪心，所以最好还是不要庸人自扰。

享受当下，是她给予自己最好的教义。

"Alvin，这就是你喜欢她的原因吗？"诺顿这样问。

舞台的霓虹辉映在怀歆身上、头发上，光彩夺目，她的眼里也像是落了星星，明媚漂亮，郁承深深思索这个问题。

倒不是在想他究竟喜欢她什么，因为这显而易见。

——他喜欢她热情张扬，也喜欢她俏皮天真，喜欢她一颦一笑的迷人模样，也喜欢她给他带来的恒久的新鲜感，让他感觉自己也越发年轻。

她是一朵带刺的玫瑰，鲜活的，绚烂的，他喜欢她柔软芬芳的花瓣，也喜欢她那些伤害力不强但很会耍性子的小刺。他喜欢哄着她也喜欢宠着她，喜欢把她当成小孩，更喜欢她脸红羞赧，绽放出玫瑰不为人知的甜蜜。

他喜欢她悦纳他，喜欢她满足他的掌控欲，却也喜欢她乖张叛逆。喜欢她温柔细腻，也喜欢她蛮横任性。

他喜欢她在他面前肆无忌惮地露出很多面，她的每一面他都喜欢，每一种模样他都心悦。

她实在是太过与众不同了。

如果列举就可以举出很多点，所以郁承在想的并不是原因。

他在思考，"喜欢"这个词和他现在的感情相比，是否有点太过于浅薄了。

　　　Cause it's hard for me to lose

　　　因为我不愿意失去你也输不起

　　　In my life I've found only time will tell

　　　人生中唯有时间会说明一切

　　　I will figure out that we can baby

　　　我会证明给你看我们可以在一起，宝贝

　　　We can do a one night stand

　　　我们会共度甜蜜的一晚

　　　……

　　　That we can baby

　　　我们可以的，宝贝

　　　We can change and feel alright

　　　我们可以扭转一切，把握现在

怀歆笑意盈盈地唱出这样的歌词，她身处一片明亮，而他在暗处里看着她，移不开自己的目光。

明天还要与诺顿和伯纳德碰面，郁承结完账以后，礼貌地与他们道别："我先告辞了。”

两人都露出了然的神情："Enjoy the night with your girl.（和你的女孩一起享受这个夜晚吧。）"

最后一个音符落下，怀歆向观众席鞠躬，拎着长裙从舞台上走下来，掌声潮水般涌动，她抬起眸，看见不远处站着的清俊挺拔的男人。

他朝她大步流星地走近，周围的客人似乎反应了过来，发出兴奋的口哨声，怀歆眨了眨眼，见郁承停在跟前，一把牵起她的手，强势道："跟我走。"

身后是不曾停歇的欢呼声和浪潮声，怀歆问他："我们去哪儿？"

郁承回眸看她，勾唇："私奔。"

她问他目的地，他告诉她方式，而她喜欢这样的回答。

不计较结果，只看过程。

男人深邃好看的眉眼漾出令人目眩神迷的笑意。海岸边灯火通明，浪涛声阵阵，他牵着她的手，带她远离了那片闹市区。

她的裙裾荡漾翻起，舞动起来像是一朵徐徐绽放的花儿，好久没有这么恣意过。

沿途有很多音乐酒吧，美妙而动感的旋律响彻整个夜晚，怀歆看到远处海面上的灯塔，两边都是光，他们笑着奔跑在光里。

也许浪漫的爱情都是这样的，在过程中炽烈而热忱地燃烧，忘掉一切，只看着眼前这个人。

不远处的露天广场也隐隐约约响起弦乐和鼓点，有一些人在随着节拍跳舞，乐声沿着海岸线传了过来。

怀歆穿着矮高跟，郁承回过头，问她"宝贝要不要背"，怀歆还没出声，他就已经将她打横抱了起来。

忽然腾空而起，又稳稳落回他有力的臂弯里。怀歆享受失重的感觉，发出一声快乐的欢呼。

"我们去跳舞好不好，sweetheart（甜心）？"郁承也在笑，胸膛微微有些震动。

她搂着他的脖颈，亲昵地靠伏在他肩上，笑着答应。

点头的时候蹭到郁承的脸颊和脖颈，怀歆爱极了和他耳鬓厮磨的感觉。在那些迷乱激情的时刻是，现在也是，有种不为旁人所知的亲昵感。

郁承的每一步都沉稳踏实，让她完全感觉不到颠簸，温暖舒适的风拂了过来，她的小腿也跟着随性自在地摇晃起来。

广场上有一些人在跳旋转舞，也有很多人在跳双人舞，是某种怀歆叫不出名字的民间舞蹈。热情奔放的音乐，人们摆动着腰臀，和自己的舞伴一起尽情地享受着这种律动。

怀歆只学过那种非常简单的交谊舞，但是现下这种热烈的旋律显然不适合那种缓慢的舞步，她观察学习周围的人，拉着郁承融入他们，随着乐拍即兴摆动、旋转。

首次合作，他们出乎意料地默契，没有谁踩到谁的脚，就像是经过排练一样顺畅自然。

不同于绅士的交谊舞，要将手臂搭在舞伴的肩上或者上背部，这里的舞蹈更加奔放、亲密、性感。两人搂着对方的腰，一边旋转一边笑着望向对方，双眸都被岸边的灯火照亮。

肢体时不时碰触在一起，层层火花擦撞，热意蔓延。

郁承揽住怀歆，俯下身吻住她的唇。

甜蜜的滋味流淌出来，芬芳荡漾，他们的步伐随音乐慢了下来，缓缓地转动着。

额际相抵，郁承低眉凝视着她的眼，嘴角还扬起一丝弧度。

怀歆从未见他笑得这么开心过。

是真的开心，发自心底。她情不自禁地搂住他的脖颈，也弯着眼笑起来。

黑色的发丝掠过潋滟的眼，忘乎所以地心跳，胸口像是有什么要喷薄出来似的，怀歆问：“哥哥，你喜欢我吗？”

“喜欢。”郁承嗓音低沉。

他稍顿一瞬，裹紧了她：“喜欢得不得了。”

怀歆怔怔地凝视着他，海风眯了她的眼，视野有些恍惚。长发随风扬起，落在他的肩颈。怀歆踮起脚尖，主动回给他一个香甜的吻。

“我也是。”

总有一些忘记时间的时刻，他们享受其中，这场盛大的狂欢让人全身心沉醉。郁承的身上那种清冽的冷杉香味也被染得温暖热烈。

他们一边亲吻对方，一边虚掷光阴。步伐旋转，掌心与腰间相贴，什么都忘了，什么都抛下，只有唇齿间的炙意和交颈时呵在耳畔的温热吐息。浪漫至死不渝。

是你在我身上浪费的时间，让我变得如此珍贵。

音乐的旋律逐渐变得舒缓悠扬，郁承牵着怀歆的手，同她跳她所熟悉的交谊舞。

怀歆惊讶地发现他对此也十分娴熟，两人搭配默契，长裙随着旋转绽开漂亮的花瓣，她长发扬起，盈盈一握的腰肢摇曳出优美的曲线。

怀歆已经很久没跳过舞，渐渐找回一些当时的感觉，她乐在其中，男人揽着她，俊逸英挺的眉眼让人移不开目光。

这是一座充满生命力的海滨城市。

临近半夜十二点，夜生活还是无比丰富，街上人潮涌动，沿海的Live House（小型现场演出）传来各色乐队的声音。

怀歆跳得有些累了，郁承从身后抱住她，仍旧慢慢地转动着。

海面辉映着五光十色的霓虹，两人轻轻地、温存地相拥。

怀歆已经忘却了时间的流动，直到零点的钟声敲响，她才恍惚反应过来原来已经这么久了。

这时一件有些冰凉的物什落到了她的脖颈上，怀歆低头一看，男人为她系上一条项链。

这是一颗极为稀少的红钻，栩栩如生地雕刻出花瓣绽放的形状，其下还有一片绿色的水晶叶子。在灯光底下，它折射出十分精致美丽的光泽，并且将她的肌肤衬得更为雪白。

郁承的唇贴在她耳侧，温柔低缓地吐息："生日快乐，我的小玫瑰。"

"……"

怀歆又开始怔然，胸口逐渐加速跃动，他握住她的肩将她转过来，她抬起眸，撞进男人过分迷人深邃的眼。

他浅浅地微笑着，眸光中有着让人沉醉的刻骨柔情："愿你平安无虞，一直健康快乐，万事胜意。

"而我愿常伴你身侧，年年有今日，岁岁有今朝。"

偏宅内，碗碟已经噼里啪啦碎了一地，杜高犬脊背高高耸起，立在一旁摆出十分警戒的姿态。一地狼藉，厅中坐着的男人眉目低垂，一片阴鸷冷寒之意。

"借用我的刀杀人。"他低喃着，似乎轻笑，"我这二哥还真是好样的。"

电话里传来一声轻哼，温和沉肃，又仿佛带着规训："明帆，是你太着急了。"

裘明帆不说话了。

"郁承那样的人，你以为有这么好算计吗？人家被扔出去国外十年，走到今天一个子儿都没靠家里。"那头淡淡道，"凡事欲速则不达，我以为这个道理，不需要再教与你听。"

裘明帆沉默很久，深吸了一口气："可我担心夜长梦多，老爷子应该快要立遗嘱了。"

"……"

那边的人忽然哂笑一声："夜长不长是由我来决定的，你只需要专心做好你自己的事。"

裘明帆放在沙发扶手上的手指微微收紧，半晌低声应道："是，我知道了。"

早上起来阳光正好，怀歆伸了个懒腰，还隐隐约约觉得腰酸背痛。

郁承笑着自身后亲她脸颊，怀歆回眸嗔他一眼："都怪你。"

他笑而不语，一副得了便宜还卖乖的餍足模样，替她揉捏按摩酸疼的小腿肚，片响轻声慢语地问："这样有没有好点？"

怀歆轻哼了一声，一扬颈脖硬硬的吊坠就滑下来了，她下意识地抬手摸了一下，那朵玫瑰在透过窗沿洒下的阳光里熠熠生辉。

她一下消了气，低着眉不说话了。

而郁承这时自后抵过来，双臂将她抱住。空气极其宁静，就像是清幽的桃花源，不会有任何人来打扰。他们一前一后地躺着，任时光缓缓流淌。

好半晌，怀歆才握紧自己脖子上的吊坠，脸侧没在枕头里，闷声道："我喜欢这朵花。"

郁承压低着气息笑了一声，很快接上："而我喜欢你。"

温热气息悠悠缓慢地拂过耳畔，怀歆藏在头发里的耳尖渐渐红了。她缓了缓，逃也似的推开他，坐起身来："赶快换衣服啦，今天不是还要赶路嘛！"

去餐厅吃早餐的时候毫不意外地碰见了诺顿和伯纳德，两人的视线意味深长地在他们身上转了一圈，绅士地什么也没有说。

从安塔利亚到卡斯最好是开车自驾，途经土耳其最美的沿海公路 D400 号。郁承本来计划如此，诺顿他们已经提了车，几人一合计，便打算一同出发。

开的是一辆路虎卫士 110，硬派越野，空间宽敞，坐四个人绰绰有余。

诺顿喜欢开车，便先请缨做司机，伯纳德坐在副驾驶座，怀歆和郁承则坐在后座。

音响放着轻快的英式乡村民谣，沿途景色漂亮得不像话，蔚蓝的大海如宝石又如镜面般波光粼粼，阳光像是洒落的碎金在层层微波中荡漾。

怀歆前一晚过度劳累，一开始尚和他们聊上几句，后面不知不觉就靠着车窗睡着了。郁承将软枕垫在她头部，好让她能够更加舒服一些。

伯纳德欣赏着前方纵深的坦途，过了一会儿，开口："'阁下'交代的事情，Zheng 已经同我说了。"

郁承轻应一声，温和问："我听说您与他认识多年？"

"是的。Zheng 为人热忱，对于朋友也是两肋插刀，我曾在学校里受过他的帮助，一直感念他的情谊。"伯纳德回道，"如今 Zheng 在您手下做事，我想也是到了我应该回馈的时候了。"

郁承颔首:"辛苦您了。"

伯纳德微微一笑,而诺顿则边打方向盘边说:"一般这种事情都是通过购置大额资产来操作,挂名商业机构,让钱款合理汇入企业日常运营之中。但无论再怎么遮掩,手法也都是差不多的套路,总是能有迹可循。我们一旦有任何发现,会及时跟你反馈。"

郁承侧眸看了怀歆一眼,她还在熟睡,他这才应了一声:"嗯。"

诺顿察觉到了他的举动,斟酌片刻,问:"Alvin,你在做的事情,Lisa 都不知道吗?"

远处海天一色,他们的车转出一个优美的曲线,几只白色的海鸟低空飞翔,鸣声悠长嘹亮。

"她不需要知道这些。"郁承望着窗外,沉静道,"我会让她一直做个无忧无虑的小孩。"

从卡斯一路开到费特希耶,中途吃了午饭,小憩一会儿,晚上几人才安顿下来。这里依旧临海,可以在沙滩上听涛,舒适的晚风令人恣意。

怀歆说要去小镇上走走,郁承便牵着她,两人一起慢慢地沿着纵横的道路散步。

这里没有安塔利亚的商业化程度高,但是仍旧让怀歆发现了一个创意咖啡馆。差不多快要打烊了,进去之后,店员告诉他们,目前在办一个"时光之旅"的活动,大概就是手写信给未来的自己,并指定一个日期,到时候他们会按照地址寄送过去。

怀歆觉得很有意思,挽着郁承的手臂要他陪自己玩这无伤大雅的游戏,郁承笑着叹了声,接过店员递来的信封和信纸。

这里的装扮浪漫而富有童趣,连笔都是带着漂亮羽毛的细头钢笔。

他们面对着面写信,怀歆充分满足了出来游玩几天都没有码字的瘾,奋笔疾书,笔尖在牛皮纸上留下好听的沙沙声音。

而反观郁承,只寥寥几笔,写了一会儿就停下来了,怀歆好奇地看过去:"这么快?"

男人修长宽大的手掌及时遮住了他所写的内容,轻笑道:"不许偷看。"

怀歆扬了扬眉:"这么神秘啊?"

"嗯。"

他没有解惑的意思,怀歆狐疑地又多打量了两眼,继续埋头书写。等到一封信洋洋洒洒写满之后,店员微笑提示:"请两位把地址和需要寄送的时间写在信封上。"

怀歆想了想，挥笔写了个五年后的时间。她想看看郁承写的是什么时候，没想到男人还是不让她看。

怀歆鼓了鼓脸颊，撒娇道："哥哥这是什么意思嘛！"

郁承抬眸，眸光漆黑深邃："其实，这封信是写给你的。"

怀歆想通了什么，弯唇道："所以是想给我一个惊喜？"

"嗯。"他也笑，"你只要等着收信就好了。"

"嗯，好吧。"怀歆凑近过去，笑眯眯地亲了他一下，"那我就等着啦。"

费特希耶是玩滑翔伞的胜地，诺顿和伯纳德兴致高昂地登上山顶去玩，怀歆则和郁承躺在海滩上晒太阳，十分甜蜜自在地共度二人世界。

阳光暖融融的，巨大的太阳伞底下，怀歆躺在郁承怀里，舒服得都快睡着了。度假就是这么悠闲，她怀里抱着刚开的新鲜椰子，优哉游哉地喝着里面甜甜的汁液。

沿途公路的景色一直都很好，放眼望去都是宽阔的海面，从博德鲁姆到塞尔丘克再到棉花堡，一路都是极其优美的风景，他们在钙化沉淀后的奇异白色天然丘陵上玩水，郁承给怀歆拍了许多照片。

这是自驾游的最后一天，两人将要飞回卡帕多西亚，也意味着要和诺顿还有伯纳德分别。

两三天的相处下来，怀歆已经和他们较为熟络，两位绅士微笑着作别，并约定下次再见。

等他们走后，怀歆还是感慨万千："这里实在是太美了。如果可以的话，以后还想再来一次。"

"好。"郁承吻了吻她的鬓边，亲昵地许诺道，"那我们以后再来。"

"嗯。"怀歆望着他，眼眸亮了亮，"我好期待明天的热气球呀。"

他们预约了一早在格雷梅小镇乘坐热气球看日出，怀歆以前在网上看见别人的旅拍，那是十分美丽而让人震撼的场景。

他们又住回石屋，怀歆洗完澡，柔软而干净地爬上了床。

明天还要早起，她很快就睡着了。迷迷糊糊之间，听到旁边有翻身而起的动静。热度被带走一部分，怀歆闭着眼，下意识蹙了蹙眉，但一片轻柔的被角很快被塞至她的手里，被沿也替她温柔耐心地披好。

凌晨一点，手机铃声响了。郁承披上大衣，走到屋外接起电话。

"阿承，你在哪里？"是许琮，声音一改平常，低而急促地压着声。

郁承垂下睫，沉静回道："我在国外，妈，出什么事了？"

"国外？你跑去国外做什么？"许琮眯起眼，"你同别人在一起？"

郁承没作声，许琮便又冷声开口。

"老爷子中风住院了，不管你现在在哪里，和谁在一起，立刻回来。"她命令道，"差不多也要草拟遗嘱了，这种时刻，他睁眼看见的第一个人必须是你。"

这里的昼夜温差极大，远处是连绵的山峦，郁承挂了电话，回到屋内。

床上娇软的人儿还在沉睡，软乎乎的脸蛋，睫毛随呼吸轻轻扇动，还发出那种很软糯的，像是小猪崽的轻微呼噜声。

郁承在心底叹了口气，轻拍了拍怀歆："宝贝。"

连夜坐飞机回去的途中，怀歆前半段继续睡了一会儿，后面到上午七八点的时候就精神了，说什么也睡不着。

其实她什么也没说，但能够看清男人的脸色有些不太好。

怀歆抬手，握住他的手指，担忧地蹭了蹭他的脖颈："情况很严重吗？"

郁承没答话，只是摇了摇头，垂眸安静地凝视着她。

大概他也不太清楚，怀歆抿了唇："你……"

话音没落，郁承倾过身来，将她抱进了怀里，紧紧地，是她会中意的力道。

"对不起，不能陪你坐热气球了。"

他开口的嗓音有些低哑，怀歆怔了一下，这才慢慢笑起来："我还以为怎么了呢。"

"……"

"没事呀。"她认真地直视着他的眼睛，软软地宽慰道，"你不是答应了我，以后还会一起来吗？下次来的时候再坐就好了，它又不会跑。"

郁承眸光深暗，半晌才更深地抱紧了她，埋头在她的肩窝里，低低应道："嗯。"

大约中午十二点飞机落地，郁承在 G 城停留，怀歆则转机回 B 城。航站楼里洒下暖洋洋的日光，照着怀歆的发尾都染上了一圈金灿灿的边，郁承微俯下身与她视线平齐，摸了摸她的脑袋，很温柔地叮嘱："你好好的，我处理完这边的事情就回来。"

"好。"怀歆在这种时候仍旧乖顺懂事，什么也没有多问，依赖地埋进他怀里，"我等你回来，哥哥。"

他低笑一声，唇擦过她敏感的耳垂，轻触了触，狎昵道："记得想我。"

满意地看到她耳尖红了，郁承为她整理好衣领，又细心地将好她翻折的书包带子，嗓音低缓："去吧。"

郁承目送她的背影渐行渐远，越发渺小。往来都是匆忙的旅客，他忽地生出一种再也抓不住她的感觉。

蝴蝶要飞走了。

但这种感觉只持续了一瞬，远远地，怀歆回过头来。

大概是没想到他还站在原地，她讶异一瞬，很快踮起脚尖，兴高采烈地朝他挥手。郁承笑了笑，不确信她是否也看到了，但他感觉得到她也笑了。

人来人往时而淹没了她，怀歆的身影在那儿伫立了一会儿，这才转身离开了。

郁承到达高级病房的走廊里时，正好看见许琮从里面出来。

抬眸看见他，她明显松了口气，但还是斥责道："晚了这么久，你究竟跑去哪里了？"

郁承不答反问："父亲情况怎么样？"

"缓和下来了，还在睡觉。"许琮心有余悸，"昨天幸亏林医生在场，正好来复查。"她顿了顿，"你大哥和小叔都来看过一次，那两个小的也想来，被我拦住了。"

林医生是他们的家庭医生，自从潘晋岳身体积病以后，就按时来为他诊断。郁承点点头："我会找人给他谢礼。"

许琮不咸不淡应了声："快进去吧。"

郁承抬步要走，经过她时又被她叫住："等会儿。"

空气中泛着轻浅的栀子花香。许琮盯着他，好似在审视，过了片刻冷不丁道："你和什么女人在一起？"

郁承面色未变，温声勾起唇角："随便玩玩。"

"说得轻巧。"许琮冷哼，"这次你因为她差点误了事，你最好告诉我，她到底是什么人。"

郁承不答话，许琮眯起眼，不悦道："难道我还没资格过问一个狐媚子的事了？"

郁承淡淡看了她一眼，这才垂下眸，轻笑一声："怎么，难道父亲每谈一个情人也都要同您报备？"

"你——"

自从获得潘晋岳部分信任之后，便感到他没以前那么好拿捏了。她想要往后一直荣华富贵，还真得倚仗郁承，而他心里也明白得很，现在拿这件事当底牌。

许琮瞪眼望着他，没能说出后面的话。她声线略颤抖，郁承却绕过她，神色如常地说："阿爸随时会醒，我先进去了。您陪护了一夜，好生歇息吧。"

"……"

房间整洁宽敞，角落里放着各色鲜花水果，郁承打发了两个护工，拉过椅子，在床边坐了下来。

床头柜放着两盒刚送来的铁皮石斛粉，粉质细腻，潘晋岳一向很喜欢用这个泡水喝，郁承曾在他书房里端砚旁也见到过。

他拿起来随意看了看，瓶身很干净，没贴什么商标，是旗下工厂生产的，用的特殊配方，还加了别的补品。

潘晋岳闭着眼，呼吸微沉。其实郁承很少看到他这般不设防的时刻。他静静注视着病床上的这个已经苍老了许多的人，心中如海面一般平静。

这么多年以来，潘晋岳对他，完全谈不上是父子之情谊。年少时，他就像是高门深宅里的一道黑压压的影子，威严也不容许人靠近，郁承面对他时只会感到沉闷，担惊受怕。

十五岁短暂相处的那一年，父亲见到他时总是很冷漠，他们疏离得仿佛不像亲人。

后来潘晋岳把他扔去美国，自此对他不闻不问。

他的眼里是真的没有他这个儿子，郁承甚至不需要过多确认。

但这也不是没有好处。不被家族惦记，意味着相对自由，郁承曾经以为自己会这样安安稳稳过完此生。

没想到兜兜转转还是要回到这里。

郁承耐心地坐了两个小时，终于等到潘晋岳睁开了眼。

"阿爸，"他轻轻握住了对方的手，担忧地问，"您还好吗？"

许琮端着泡好的铁皮石斛进来的时候，潘晋岳正在窗边和郁承下棋。

他气色看着倒恢复得不错，只是眉眼间有些倦怠。许琮贴心地在他身边坐下，喂他喝水。

潘晋岳的手指有些抖动，将杯子接住了。他瞥了她脸庞一眼，淡淡道："行了，下去吧。"

许琮唇角稍平了一些，又扬起笑，看这胶着的棋局："在和阿承下棋？"

"嗯。"潘晋岳这才有些兴致，同她讲，"上回还是阿承 MBA 刚念完回国的时候，几年不见，棋艺又精进许多。"

郁承这时微微笑："我一直苦心钻研，就是想有机会和阿爸切磋。"

"是吗？"潘晋岳睇他一眼，审视棋盘片刻，又落下一子，难得玩笑，"那你可得当心点了。"

郁承也跟着看略微有些倾斜的局势，他弯了弯唇道："其实也无所谓。哪怕我真输给阿爸，也是天经地义的事。"

潘晋岳的指尖顿在空中。

他晒了许琮一眼："你先出去。"

许琮看了看郁承，他仍气定神闲。她便迤迤然起身，离开的时候将门轻轻合上。

待到空气再度安静以后，潘晋岳问："阿承，你有考虑过辞掉现在的工作吗？"

郁承怔了怔，像是很不解："我还能兼顾，为何要辞职？"

潘晋岳端起瓷杯喝了一口茶，情绪不明地问："你就没想过回来全身心地打理家族事务？"

郁承低敛着眼，看着这盘快要下到尾声的棋。

他有办法，十步之内必赢。

"说实话，我的确没想过这个问题。"郁承坦诚说，"阿爸近日就是太劳累了，若好好休养身体肯定健朗，所以眼下儿子也只是希望能替您多分忧些。"他顿了下，"不过若您什么时候需要我辞职，我也定当义不容辞。"

潘晋岳深深看他一眼，过了好久才说："看来早些年就应该同你下这盘棋了。"

郁承浅笑："现在也还不晚。"

于是他们边聊天边下棋。谈了一会儿房地产的版图布局，又聊到养生，潘晋岳赞这石斛益胃生津，郁承便顺着说："早就知道您有这等好东西，一直没尝过呢。"

潘晋岳看一眼床头柜，大方说："他们才刚给我送来的，你拿些去吧。"

宁静的午后，他们像是一对平凡的父子，坐在窗边对弈。

一盘棋愣是下了两个小时，没能辨出胜负。潘晋岳累了，郁承便扶着他重新在床上躺下歇息。

今夜许琮还是待在医院，潘隽在自家陪太太，郁承回到空旷的半山别墅，结束这略显疲惫的一天。潘耀洗好了澡，正趴在床上拼拼图。郁承走过去，坐下来同她一起。

"哥哥！"小姑娘很惊喜，"你怎么回来了？"

她还不知道家里究竟发生了什么事，郁承弯了弯嘴角，温柔道："没什么，就回来看看你。"

"哇！专程回来看我呀，"潘耀扑进他的怀里，蹭了蹭，难掩高兴，"我好开心！"

"嗯。"郁承摸了摸她的脑袋，又温声询问她上学如何，有没有遇到新的朋友。

潘耀便掰着手指头，认真地同他一个个地数，最后兴致高昂地告诉他："今天明帆哥哥又来接我了。"

"是吗？"郁承浅浅一笑，沉吟问道："小耀很喜欢明帆哥哥吗？"

"是呀！"

下意识脱口而出后，小姑娘偷偷瞅了他两眼，犯了错一般巴巴地找补：“当然，我也很喜欢哥哥就是了。”

郁承便又笑起来。

他凝视她须臾，又说了几句哄人的话，然后便道：“早点上床睡觉。”

潘耀懂事地点头，这时手机振动了一下，郁承便替她盖好被子，看她闭上眼睛，这才熄灯关门，悄然退了出去。

然后他走到隔壁一间空置客房的阳台上，解锁屏幕。

是怀歆发来微信，问他一切是否顺利。四下静谧无人，郁承拨打了一个视频通话过去，那头很快就接起了，笑脸雀跃：“哥哥！”

他温柔应声：“小歆。”

怀歆早已经回到家中，飞机落地的时候就和他说了，郁承语气轻缓询问：“在做什么？”

怀歆的新睡衣是两件套，里面是吊带睡裙，外面是一件搭得松松垮垮的薄披肩。莹润白皙的肩头露出来，她仿佛浑然不觉，捧着脸，刻意朝他抛媚眼：“在想你呀。”

郁承的眸光漆黑深邃，面色未变，只是嗓音格外低沉了一些，敛着眼问：“有多想？”

“很想很想。”怀歆坐起身来，胸口的布料又滑下去一截，她就这么顶着一张清纯至极的脸，状似不经意地舔唇，“想被哥哥抱，想被哥哥亲，更想……”

她脸颊依旧红红的，还想说些什么来撩拨他，突然听到那头传来几道敲门声。

小松鼠嗑木头似的，短促而明快：“哥哥？”

脆生生的稚嫩嗓音，怀歆一瞬间呆滞。

里屋没动静，潘耀在门外站了一会儿，又试探着问：“哥哥，你是睡觉了吗？”

那头沉默了片刻，灯光亮起，男人已经穿戴整齐，黑发深眸映入怀歆眼帘，他面色沉静：“是我妹妹。”

他开门迎潘耀进来，又关上门，语气平缓问：“不是说睡觉，怎么又起来了？”

“有点睡不着嘛。”

潘耀噘嘴，看到郁承举着的手机，略显新奇地凑近过来：“哥哥在和人通视频啊。”

怀歆干咳一声，不自在地理了理头发，她咬了咬唇，笑笑：“是小耀吗？”

潘耀认出她，眼睛弯起来：“你是过年时候给我放烟花的那个姐姐对不对？”

“嗯。”郁承替怀歆回答。

潘耀葡萄似的眼睛微微转动，明察秋毫地问："那么，姐姐是哥哥的女朋友吗？"

简单又直白的问题，怀歆莫名羞赧起来，轻轻地点了下头。

潘耀眨了眨眼，突然兴奋道："哦！我知道哥哥为什么要关门了！"

怀歆瞠目，心蓦地吊了起来，难得结巴："为、为什么？"

"最近读书的时候学会了一个词——金屋藏娇。"小姑娘干净的眼眸懵懂清澈，有理有据地分析，"所以姐姐就是哥哥的那个'娇'，对吗？"

怀歆又一次愣住，虽然潜意识里松了一口气，但又因为这童言无忌有些啼笑皆非的感觉，和郁承对视，双方都没忍住笑了出来。

男人深邃好看的桃花眼里蕴着兴味，睇向怀歆的眼神有几分意味不明，点头回答："是啊，看来哥哥没藏住，被我们小耀发现了。"

潘耀亮着眼睛一拍手："我就知道！"

"但是不要告诉别人哦。"郁承温声，"就当是哥哥和小耀之间的秘密，好不好？"

"我知道啦。我不会跟别人说的，哥哥继续金屋藏娇吧！"

怀歆欲言又止，她本来耳尖就红，好不容易消退的脸颊现在再度染了绯色。

潘耀似乎还想说什么，被郁承勾唇制止："不要打趣姐姐，她容易害羞。"

怀歆指尖蜷缩："……"

哪、有！她什么时候容易害羞了！

可当着小朋友的面又不好意思跟他辩，怀歆憋屈地坐在原位，咬着唇撇了撇嘴。

郁承挑了下眼尾，又问潘耀："金屋藏娇，什么书里提到了这种词？"

潘耀意识到自己暴露了什么，吐了吐舌头，有些心虚地答："就是……一本小说。"

"是吗？"好在郁承没有追究，只是悠悠道，"你姐姐也是写小说的。"

潘耀眨眼："欸？姐姐写什么小说？"

"说实话，我也不知道。"郁承挑着眉看屏幕，"她没有告诉过我。"

怀歆："……"

确实，谈恋爱这么久，她都从来没提过自己的笔名。他也很尊重她，一直都没有问。

不过当然，怀歆想那些饮食男女的内容最好还是不要给他看到比较好，不然会有点羞耻。

可是小姑娘眼神充满希冀，怀歆斟酌着用词回答道："嗯……就是一些比较戏剧化的都市故事。"她顿了下，心虚道，"就比如说，通过自己的努力奋斗过上优渥的生活，实现人生的理想什么的。"

潘耀似懂非懂地点点头："所以是很有哲理的正派故事啰。"

"没错，可以这么理解。"

怀歆一本正经地点头，郁承一直在那里笑，不过还是没有戳穿她。又和小姑娘聊了一会儿天，郁承把人哄入睡了，怀歆才长长舒出一口气。

郁承回到卧室，这次把门锁上，坐在小沙发里同她视频。

他慢条斯理地继续刚才的话题："宝贝，其实我很好奇你写的是什么。"

怀歆眼神闪了闪，嘴硬："不都说了是励志故事。"

"哦，和上司谈恋爱也是励志的一部分？"

怀歆："……"

等一下？！

她不敢置信地回："你怎么知道我写的是什么？"

郁承不急不缓道："在澳门的时候不小心看到几行，一开始大概是办公室场景，紧接着是一段优美的景物描写，什么茂盛森林和潺潺溪流，曲径通幽。"

怀歆："……"

啊啊啊！怎么会这样！太羞耻了！！！

她不活了！她、不、活、了！

怀歆颅内爆炸，兀自挣扎道："……那个，他们的办公室就是比较靠近自然保护区嘛。"

"宝贝，我三十了。"郁承浅笑着看着她，"你写的都是很好理解的意象。"

"……"

怀歆闭了闭眼，开始有点颤抖了，又听男人意味不明道："不过我确实没想到——"

"啊啊啊！你不许再说这个了！"怀歆打断他，彻底炸毛了，"再说我就不理你了！"

"好吧。"郁承看上去颇遗憾，温文尔雅道，"那等我回公司以后我们再聊。"

怀歆："……"

幸亏男人还是知道点分寸的，没有再拿小说的事情逗她，怀歆问他大概什么时候能回来，郁承道："我估计还要在这边多待一段时间，等老爷子的情况稳定下来再说。"

怀歆抱着双膝"哦"了声："那要多久呀？"

"不太好说。"

怀歆抿了抿唇，到底还是没有再说什么："那，你也要照顾好自己哦。"

她知道郁承在 G 城必定不如 B 城轻松，迟疑了一下："有什么不开心的事情，都可以和我说的。"

"嗯，我知道了。"郁承的语气低缓下来，"谢谢宝贝。"

他顿一下，问她："要睡觉了？"

"嗯。"

郁承好像要说什么，但没有开口，温柔道："那就睡吧，晚安。做个好梦。"

怀歆看了他一会儿，也软声应道："好，晚安哥哥。"

潘晋岳刚醒的前两天说话还比较吃力，四肢麻木，大概两三天之后就恢复过来，重回集团。这件事只有很少人知道，对外也只是宣称静心休养。

潘晋岳并不避讳郁承的陪同，事实上郁承在母公司有挂名，有权限自由进出，如今底下的人也都知道，这位是真的获得了董事长的倚重。

程铮私下里问过他，究竟是怎么做到的，郁承微微一笑，说只是同父亲下了一盘棋，父亲问他要不要接管 G 城这边的公司，他拒绝了。

权势这东西如同砒霜一样，越是送到你手上，越不能要。他再次通过了潘晋岳的考验。

G 城圈子也不大，一时之间很多人都闻风而来，想和郁承搭上关系。他不卑不亢，权衡各种利弊，步步走得稳妥，滴水不漏。

博源的工作可以远程做，再加之潘晋岳又令他一起处理集团的事情，郁承便一直待在母公司总部。

他们在寸土寸金的中环拥有一整栋商业办公楼，郁承很快熟悉接洽了 G 城这边的人。潘晋崇、潘隽等在顶层都有自己的个人办公室，虽然他们并不经常出现，但还是打过几回照面的。

许琮让郁承把周五晚上的时间空出来，同她一起和谢家的几个长辈吃饭。G 城几大家族中，除了付家，再有就是谢家同潘家的关系较好。

这几个世叔世伯都是郁承小时候就见过的，他叫程铮备了一些见面礼，在赴约之前，却接到了一通意外来电。

那头沉默片刻才说："二哥，是我，潘睿。"

这是郁承第一次同这个弟弟见面，由程铮安排在私人茶馆。两人面对面坐着，郁承专心致志地沏着茶，也没出声说话。

他不需要询问潘睿的来意，因为对方出现在这里，已经说明一切——潘睿知道了裴明帆的暗中举动，所以做出选择。

郁承耐心十足地等他开口，好半晌，潘睿才有些难以启齿地低下头，道："上次……多谢二哥替我解围。"

边缘化和架空实权，被他说得还挺动听。如此看来，至少在表面功夫上，潘睿的投诚态度还是不错的，郁承淡淡笑了笑，并不接话。

潘睿脸色白了白，似乎是咬了咬牙，这才将身侧一个保密文件袋拿出来，抽出一份合同，推到郁承面前。

上面白纸黑字——"远丰旅行股权转让协议书"。

郁承打量几眼，问："这是什么意思？"

"这是我名下流水最好的公司，总部在 B 城。"潘睿深吸一口气，缓声道，"为表诚意，我可以将所有股权都转让给二哥。"

这是一家国际旅行社，根据潘睿附上的资料，前几年的经营业绩的确不错，每年都是几十个亿的营收。郁承面上情绪不显，随手翻了翻那厚厚一沓资质证明文件，饶有兴味地问："这么好的资产，你舍得拱手让人？"

这时候潘睿抬起头来，盯着郁承看了半晌，才慢慢道："二哥，我愿赌服输。"

说到底都是商人，以利相交，血缘亲情不值一提，潘睿是识时务的人，他清楚必须有所牺牲才能够证明自己的价值。

郁承从茶馆出来，司机已经在外等候多时。他将密封文件袋交给程铮，附过去耳语几句，程铮表情沉着，颔首："我会让诺顿先生去检查合同条款的。"

晚上和谢家约在潘家某处置业中，许琮做东，郁承提前十五分钟抵达，厅中已经热热闹闹，保姆们忙前忙后，精致的西餐冷碟已经在长条桌上摆好。

不出多时谢家人都到了，一进门就朗声问好，再看郁承："哦哟，真不得了啊！这是阿承吗？都认不出来咯。"

郁承不卑不亢，笑着依次同长辈们问好。

"大约有十几年了吧，真是好久未见。"

"可不是好久未见嘛，上回见他还是这么大点的小娃娃。"

"都说这出了国的就是不一样，后生仔真是一表人才啊。"

许琮谦虚："都是自家人，就别捧他了，快请入座。"

为了这顿家宴，她特地请来米其林餐厅的大厨。菜式是中法餐 fusion，摆盘精致大气，保姆们鱼贯而入，依次为贵宾们呈上龙虾鲍鱼汤。

许琮环视一圈，笑问："芳毓呢？"

"那孩子非说要看什么时尚秀，她叔父到底疼她，就由她去了，也许晚一点来，我们不必等她……"

话音没落，谢芳毓便跟着管家进了门。

她一身剪裁得体的白色连衣裙，是香奈儿家春季特别定制款，脖颈雪白，拎着鳄鱼皮小挎包袅袅婷婷地走进来："不好意思，我来晚了。"

言辞抱歉，表情上倒是没怎么看出来。

谢家小姐谢芳毓，是家中六个子女中最小的孩子，也是唯一的千金，如今年方二十六岁。

传闻她出生的时候，父亲曾花费三四亿港币拍下两枚十克拉的稀有彩钻，一枚紫色、一枚鸽血红，都以她的名字命名，如今已经成为陪嫁嫁妆里的资产。

谢芳毓是从小含着金汤匙长大的公主。身上从头到尾无一处不彰显家族尊荣，连头发丝儿都是精致的。

郁承身边的座位先前被空了下来，是许琼为她留的。

男人敛眸，表情没什么变化，一旁许琼却不着痕迹地推他，笑道："你们也好久没见了吧？还不快去招呼你阿妹。"

谢芳毓闻言看了过来，脸上闪过难掩的诧异："这是……"

长辈们笑："这是你阿承哥哥，不记得啦？"

谢芳毓仅仅愣了一瞬，很快扬起嘴角："哦，原来是阿承哥哥。"

她新奇地看他一眼，打量道："你变了好多，我都有些认不出来了。"

郁承起身为她拉开椅子，又睃一眼许琼，温声道："母亲未同我讲你也要来，真是天大的惊喜。"

谢芳毓盈盈落座，片刻撩起头发，看着他轻笑："于我来说也是惊喜。"

一桌的人都在笑："也这么多年没见了，没想到两个孩子感情还在呢，阿哥和阿妹真是默契。"

郁承同谢芳毓认识的时候，他是不受宠的私生子，名不正言不顺，而她是高高在上的明珠，被谢家人捧在手心里的宝贝。她见了他哪回不是躲得远远的，怎会愿意像现在这样温声细语地讲话。

两家人心知肚明，却不提及此事。

席间各聊各的，却有意无意把谈话空间留给郁承和谢芳毓。

谢芳毓一边优雅地小口品尝鱼子酱，一边和郁承搭话："我听闻阿承哥哥在金融方面很厉害，现在在内地最大的基金里做事，投出过好多千亿级上市公司。"

"这本就是我的专业。"郁承笑笑，"算不得什么的。"

这个回答直接掐断后续所有的聊天可能性，谢芳毓还没来得及颦眉，郁承重启一个话题，问她平常都喜欢做些什么。

这让谢芳毓的脸色舒缓下来。郁承涉猎广泛，无论是什么话题都能够附和一二，她越发受用。

晚宴结束，几人起身作别，许琼说："阿承，你送小毓回家。"

其实公主又怎么会没有司机，郁承仍旧点点头，脾气极好地同谢芳毓一起出门。

他从车库里随便开了一辆迈凯伦GT，在几位长辈的注视中替谢芳毓拉开车门，她长发随风扬起，一点茉莉花的味道飘了过来，谢芳毓扬着下颌道："阿承哥哥，麻烦你了。"

郁承风度翩翩地回："不麻烦。"

他载她回家，一路上油门踩到底，谢芳毓侧眸凝视他片刻，难得玩笑："开得这么急做什么？"

郁承笑了笑，散漫道："我以为你会想要早点回家。"

谢芳毓抬了抬眉，略微朝他倾身："那如果我说……我不想呢？"

今晚这顿饭是什么目的显而易见，长辈们都默许的变相相亲，谢芳毓以为他会来就已是达成了共识。本来她来之前还有点不屑的，是不想拂了自家人的面子，才不情不愿来的，谁知见了他之后又觉得不虚此行。

他变化实在是太大了，大到她几乎都怀疑，现在眼前这个人究竟是不是当初那个清瘦少年。

长相俊美无俦，气质成熟深沉，言谈间博闻强识，体贴入微，在财富方面也完全能够与她相匹配。谢芳毓见过太多男人，已经很难再觉出新意，今日郁承倒是令人刮目相看，让她有了兴趣。

而此时，男人骨节修长、优美的手指握住方向盘，依旧很温和："是有别的想去的地方吗？我送你过去。"

谢芳毓一怔，敏锐地察觉到他语气里细微的变化。以刚才短暂交谈中她对郁承的了解，他不可能听不懂暗示，谢芳毓眯了眯眼，突然说："停车。"

迈凯伦一个急刹转弯，在路边停下来。

郁承屈肘支在方向盘上，好整以暇地问她："怎么了？"

谢芳毓盯着他，直白出声："你不想联姻。"

空气中安静一瞬，郁承看着她，没搭话。

谢芳毓眸光微沉："既然不想，为什么要来？"

郁承笑一笑，反问她："谢小姐也不想，不也还是来了？"

现在他连称呼都懒得粉饰了，谢芳毓脸色微微变了。最可气的是她现在心意已改，却被他拿来说事。

但她现在对他还有几分耐心："我并不排斥这件事。"

"是吗？"郁承不置可否，"可是谢小姐不觉得现在讨论这些还为时过早？我们以前并不相熟，不一定适合彼此。"

这已经是变相的拒绝，他连尝试的意愿都没有，每一句话都透露出疏离推拒。谢芳毓潜意识里还是觉得他的身份配不上自己，压着火看向男人冷淡深锐的眼眸时，又蓦地醒神。

——他已经和以前完全不一样了。堂堂正正的潘家人，正宫夫人所出，受父亲信任器重的儿子。郁承完全有和她平等对话的资格。

谢芳毓看着他，冷不丁地问："所以，你是在芥蒂我以前冷落你？"

郁承漫不经心地笑笑："十几年前的事了，我也不至于如此心胸狭隘。"

"那到底为了什么？"谢芳毓哂笑，咄咄逼人，"我需要一个理由。"

郁承向后倚在靠背上，懒懒说："我还没玩够，不想受婚姻的约束。"

"……"

"即便我与你结婚，也不会对你忠诚。这个回答让谢小姐满意了吗？"

联姻到了最后都是各玩各的，但是一开始就说得这么直白难免让人扫兴。其实他就是没有瞧上她，谢芳毓的好心情被毁得彻底，冷下脸道："开车，送我回家。"

两人一路无话，到了别墅前，谢芳毓拉了车门就想走，没想到却被反锁。

她回头瞪他："郁承，你这是什么意思？"

郁承侧眸，温和道："还麻烦谢小姐帮我一个小忙。"

没等她出言讥讽，他便开口："如果世叔问起，我会说是你没有瞧上我，希望谢小姐到时能和我保持统一口径。"

明明是他不愿，却绅士地为她留足了面子……不，准确来说，他的推拒就是在驳斥她的面子，郁承算准了以她的骄矜，不可能将事实和盘托出，只能陪他做戏。

他也算准了以谢家对她的宠溺，不可能会不顾她的意愿强求联姻。

谢芳毓手指收紧，一时之间心情复杂，其中夹杂着憋屈，却又听郁承出声："今晚是我失礼了，改日我会带着礼物亲自向你赔礼道歉。"

"……"

谢芳毓最后还是答应了。

回到家中，许琼正披着披肩在房间里做美容，郁承走到她面前，淡淡道："和谢家的事，您之前并没有同我商量。"

许琼自顾自地在脸上贴新鲜黄瓜片，并不看他："将芳毓送回去没有？"

郁承笑了笑，在一旁的沙发椅上坐下来，平静道："您不要再白费心思了，我是不会同谢芳毓联姻的。"

许琼一滞，这才扭头，压着声音瞪他："你这说的是什么话？"

"谢家的门楣多少人高攀不起，我们是近水楼台，知不知道有了他们的支持以后，你会得到多大的助力？"

郁承注视着她，嗓音不疾不徐。

"母亲是不是有点太急功近利了？"他说，"我刚稳住脚跟，您就弄出这么大动静，是生怕父亲信任我吗？"

这话倒是说在点子上，许琼一怔，沉默下来。

潘晋岳虽已是强弩之末，但再怎么说也是家主。他如今仍是在坐山观虎斗，若是天平两端失衡，还是要着手调整的，到时候说不准会将郁承原来的那一份也收回。所以此事还需缓行，等掌握更多实权再说。

"行吧。"许琮颦眉，"你自己谨慎行事，不要被人拿住把柄。"

郁承淡淡应道："我知道了，母亲。"

Chapter **8**

这世界那么多人 ✦

第二天是星期六，怀歆毕业典礼的日子。郁承原计划去学校接她，现在困在 G 城也抽不开身了，遗憾地同她道歉，错过了她人生如此重要的时刻，怀歆却反过来笑着安慰他，说这没什么。

学校会进行直播，也有专门的摄影师拍照，到时候都可以传给他。

"你真的不生气？"视频里郁承眸光略深，轻叹了一声。

他好像希望她生气似的，怀歆眨了眨眼，娇俏道："好吧，其实我有一点生气。"她扬扬眉，"哥哥打算怎么补偿我？"

男人看起来眉眼舒展一些了，勾起唇角，低缓笑道："怎样都行，我都听你的。"

"这样啊，"怀歆悠悠笑道，"那我就先记着啦，想好了再告诉你。"

第二天郁承在办公室里待了一整日，会议一个接着一个，连喝口水的工夫都没有。怀歆发给他一些自己穿学士服的纪念照片，明眸善睐，在人群中十分惹眼漂亮，郁承抽空浏览，一一保存下来，并选了一张用作和她的聊天记录背景。

又连轴转了好几天，好不容易又挨到周末。差不多晚上十一点钟的时候，郁承才结束所有的工作。乘电梯下楼的时候意外碰到了潘晋崇，他颔首问好："小叔。"

"阿承，"潘晋崇温缓笑笑，关心道，"怎么样？还适应吗？"

"挺好的。"郁承谦逊说，"不过毕竟是初来乍到，还要多跟小叔学习。"

潘晋崇朗声笑起来："你这孩子惯会说这些漂亮话。"他顿一下，"也好久没见了，改天一起吃顿饭。"

郁承弯唇颔首："一定。"

从写字楼出来之后，郁承站在街边慢慢抽完一整根烟。淡淡的烟草气味充斥鼻息，他咬着烟，给怀歆发消息：宝贝在做什么？

她很快回复：在家看电影！

郁承低敛下眼，笑笑：什么电影？

怀歆：《当哈利遇见莎莉》！

郁承：以前好像听说过，但没看过。

郁承：好看吗？

怀歆一时间没有回复，这时付庭宥突然发来简讯，甩给他一个地址，中环维港旁，那一带热闹非凡，除了商场餐厅还有酒吧一条街。

郁承直接打电话给他，散漫问："怎么？要约我出来喝酒？"

"差不多吧。"付庭宥说，"别问太多，你赶紧过来就完事了。"

他的嗓音里揣了意味不明的笑，说完就收了线。地址就在公司附近，几条马路的距离，郁承朝着港口和中环摩天轮的方向走去。

到处都是灯红酒绿的繁华景象，街上游人如织，格外热闹，远处摩天轮烂漫的紫色灯光柔和流淌，映照在波光粼粼的海面上。郁承心中蓦地升腾起一丝微妙预感。

然后他一转头就看见了她。

他的姑娘，亭亭玉立地站在那里。

她的眼睛里总是有光，尤其是在他看向她的时候，光芒更甚。亮亮的，仿佛天上的星子误打误撞落了下来。

所有的疲乏突然一下全部消除。在怀歆扑过来的时候他展开双臂稳稳接住了她，轻笑着喟叹："今天是什么好日子啊？"

怀歆特意选了一个人少的地方，不那么引人注目。她像只树袋熊一样挂在他身上，搂着他的脖颈笑弯了眼。

"不是在看电影吗？"郁承把人抱紧了，捏她的脸，嗓音无比宠溺，"怎么，还学会串通阿宥来诓我了，小骗子？"

"这不是想给你一个惊喜嘛。"怀歆眼睛亮亮的，"明天就是七夕了嘛！"

郁承也才想到，是啊，他忙得都快忘了。他把她放下来，改为十指紧扣牵她的手，缱绻问："那，请问怀小姐想要怎么过节？"

"嗯，让我好好想想。"怀歆眯着眼，享受惬意的晚风。

黑色发丝掠过她的眼，生动而昳丽，郁承轻轻摩挲她的鬓边，而后捧着她的脸低头吻了下去。

尽管他们接过很多次吻，但每一次怀歆都依然会为之沉沦。在她脸颊红红喘不过来气的时候他才放开她，指腹不急不缓揉蹭过染着水光的红唇。

郁承视线压下来一些，他很高，遮住部分灯光，显得眸光更加漆黑深沉。

温热的呼吸狎昵地擦过耳边，他的掌心在她腰间缓缓摩挲，嗓音有些低暗："你要是没想法，我可就提议了。"

那话里的意思昭然若揭，怀歆的心怦然一跃，没忍住轻捶了一下他手臂，来掩饰自己同样有些心动的迹象。

她来之前本来计划得好好的，先坐个浪漫摩天轮，共赏美丽夜景，然后再看部电影。结果现在发现那些真的都很虚，其实她想要的不过就是和他待在一起。

好多天没见，从心灵到身体都很思念对方，他们在附近的酒店开了房，拥吻着进了门。

这是尖沙咀最奢华昂贵的酒店，传闻住在顶层可以忘记所有烦恼，现在怀歆就站在落地窗旁，将底下的霓虹夜景一览无余。繁华的维多利亚港，在窗户上的潮雾中时隐时现。郁承掐着她的腰，倾身吻她湿润小巧的耳，怀歆五指张开，在洁净无瑕的玻璃窗上按出掌印。

"冷……"她娇声唤。

郁承低应一声，托着她转而来到柔软的床边。他将她放下，双臂撑在她身侧，吐息间喷出烧灼的热气，烫软了她的颈："还冷吗？"

没给她反应的机会他又继续，额际黑发落下，幽沉锐利的英俊眉眼在头顶晃着，怀歆嘴唇微张，缓缓喘着气。

她的样子像个勾魂的妖精，郁承喉结微动，俯下身去，狠狠吻住她的唇。

怀歆打开自己，任他不知节制地索取，他们像两条汗津津交尾的鱼，滚烫的热意相接，烧出一片燎原的火。

一晚上几万港币，郁承豪掷千金带她来到这里。他们在顶处，俯瞰全世界。这世上有太多太多的烦恼，不可能全部忘却，但哪怕只是一晌贪欢也足矣。

怀歆知道他喜欢听她叫自己的名，于是凑到他耳边，让他听得更真切些。

郁承英俊深邃的眉眼都染了一层薄薄的雾，下颌到喉结的曲线流畅性感，怀歆脚背绷直，将他夹得更紧一些。

夜色至深，总有繁盛灯火照不到的地方，于无声处暗涌。一场酣畅淋漓下来，男人抱着她去洗澡，热水从头顶浇下来，什么寒冷都驱散了。

郁承裹着浴袍揽她在床上，怀歆小猫一样伏在他胸口，安静地听他心跳的频率。

很清晰，沉缓有力的。她轻蹭了蹭，不想说话，只想和他一同浪费光阴。

"原本我是计划，等处理完这边的事情就去找你。"郁承拨了拨她耳边的碎发，低沉道，"可没想到一下子耽搁了这么多天。"

怀歆轻缓悠长地呼吸，抬眸看他，轻笑："没关系，我们现在不还是一起共度七夕？"

他不能过去那她就过来，又有什么要紧的。郁承低敛下眼，轻吻了吻她的眼，也无声地勾了勾唇角。

气氛正好，他温存地拥着她，问："要不要一起看部电影？"

"好啊。"怀歆伸懒腰，"看什么？"

郁承低缓道："你刚才说的是哪部，《当哈利遇见莎莉》？"

怀歆刚才也就是循着记忆随口一诌，其实她自己也没看过，于是便很愉快地直接决定下来了。

两人肩偎着肩靠在床头，酒店的超大高清液晶电视可以直接点播。1989 年的老片，其实是部爱情喜剧，男女主第一面互相看对方不爽，第二面勉强和睦相处，第三面终于成了朋友。

十二年以来他们总有一方会陷入新的恋情，或者同时恋爱，但他们仍是彼此最要好的同伴，互相欣赏扶持，陪伴对方度过失意的时光。

哈利和莎莉是一对欢喜冤家，光是日常拌嘴就足够有趣，两人都富有魅力，其实看上去更像是在打情骂俏，怀歆全程翘着嘴角，转过头去时郁承正好靠过来，于是他们笑着接吻。

哈利和莎莉本可以一直当朋友，却在某一晚不小心超出友情界限，让这段关系变得尴尬无措。

在新年倒计时中，也是电影最后，莎莉失落地准备从聚会上离开，哈利冲进来，把自己所有想说的话都告诉了她。

那是一段极为经典的告白片段。

> 莎莉，我想了很久，我发现我爱你。
>
> 什么？
>
> 我爱你在暖和的天气里感冒，我爱你用一个半小时点三明治，我爱你像看疯子一样看着我的时候皱起的眉头，我爱跟你分别后仍然有缭绕的香味，我还爱你是每晚睡前我最后一个想说话的人。这并非因为我寂寞或今天是新年前夜，我来是因为我发现若你想和某人共度余生，你会希望你的余生越快开始越好。

哈利终于发现自己对莎莉的感情，在《友谊地久天长》的背景乐中，两人拥吻在了一起，画面温情而感人。[1]

怀歆窝在郁承怀里，理直气壮地把眼泪都蹭在了他的浴袍上。她好久没哭过，郁承弯唇抱着她，一下一下亲吻她的脸颊，力道格外温柔。

在此之前他们也分享过很多细腻的时刻，对此早已驾轻就熟。

怀歆在书里写过很多刻骨铭心的爱情，其实自己没体会过那是什么滋味，

---

① 所涉及情节和台词源自电影《当哈利遇见莎莉》。

但是现在却好像多了一点点新的理解。

——细水长流也未必不能轰轰烈烈。爱情的形态有很多种，可以复杂深沉，也可以简单干净。

每一份爱都是独一无二的。每个人表达情感的方式也不尽相同。

怀歆突然想到什么，低声唤："阿承。"

"嗯？"郁承低眉。

"我想再看看你的疤，可以吗？"

空气安静一瞬，郁承解开浴袍，将左手臂内侧展露出来。怀歆抿唇，轻轻触碰在那凹凸不平的痕迹上。

手肘处连着一片，有破碎的痕迹，之前好多次都看到过，她指腹摩挲过去，轻声问："疼吗？"

"现在已经没感觉了。"郁承微微笑着，没有忽视她眼角泅出的一层薄薄的水意。他抬起手轻蹭了蹭，怀歆却捂住脸，轻轻抽噎："那时我不在你身边。"

那时候他被家人抛弃，一定特别孤独无助。而她没能在他最需要的时候给予陪伴。

为什么没能早点相遇呢？那样就可以多陪他五年、十年、十五年了。

郁承喉结滚了滚，俯下身将怀歆抱过来，沉着声笑叹："宝贝，那时候你才刚上小学呢。"

他刻意的逗趣没能让她放松下来，怀歆一声不吭地抱着他的手臂，几滴温热的液体滑落下来。

一滴一滴，砸落到经年累月的伤疤上，郁承屈肘，感觉又有点疼了。

"宝宝亲一下。"他抵住她额际，低哑出声，"亲一下我就不难受了。"

他原是想要她亲他的脸，可怀歆转头去寻他的疤，湿润的吻一下下珍重落在那上面，像是荆棘里开出了花。

郁承压抑地吐息，声音如同沉闷的风声一般低喑。突然他翻过身来，细细密密地亲吻她。

他的吻滚烫热烈，一下又一下地落在她的唇、眼睛和额际，顷刻就漾成一片湍急的情潮。

衣袂纷乱，怀歆被拥到窒息。她断续地出声："再抱我，抱我紧一点，阿承。"

稀薄的空气里有什么在拼命回响，切实相拥，依偎在对方的怀里，后面发生什么怀歆已经不知道了。

次日清晨，一觉睡到自然醒。怀歆一摸身旁已经空了，心刚提起一点，又听到外间传来沉稳的脚步声，这才踏实下来。

她还有些困倦，闭着眼懒懒地不想动，却已然闻到一阵扑鼻芬芳。

怀歆软软翻了个身，就看到男人抱着一束玫瑰花站在卧室门口，嫣红娇嫩的花瓣上还有新鲜的露珠，正绚烂绽放。

怀歆蓦地清醒了些，拢着衣领支身坐了起来。

郁承与她视线对上，漆黑眼眸漾出温缓笑意："宝贝，七夕快乐。"

她以为这是网上订的，没想到却是他早起自己去花店买的，挑了开得最好的三十六朵花。晨光从窗帘的缝隙里洒进来，照得怀歆脖颈上的小玫瑰也透出迷人的光泽。

她赤脚踩在柔软的地毯上，一手接过花，一手攀住他的臂膀，扬起柔软雪白的颈，娇俏地踮脚献吻："谢谢哥哥——"

郁承敛睫低眸，揽住她的腰，炙热的气息侵袭而来。

一开始怀歆还心存一点挑逗的心思，后面节节败退，不仅花拿不住了，还被他揉着差点倒在床上。小腿有点软，怀歆紧抓着郁承的袖子才缓住了自己，伏在他肩头细细地喘气。

郁承似笑非笑地勾了勾唇，暂时放过了她。

今天是工作日，他远程办公，正好怀歆过来，中午就约了和付庭宥一起吃饭。

比起澳门来说，G 城才是他们的地盘。付庭宥需要什么，打个响指都有人送上门来。在外面的高档餐厅太没有心意，付庭宥让他们到自己家里来。

不是付家老宅，是他自己在浅水湾的一处别墅，说是要在花园里吃露天烧烤。

付家兄弟姊妹众多，和付庭宥关系最好的是五妹付宁悠，所以就叫上她四个人一起。

男人们挽着衬衫衣袖在园子里捣鼓食材，阵阵炊烟和香味飘过来，怀歆坐在秋千上和付宁悠聊天。

这位付小姐没有她想象中那么金贵骄纵，反而挺平易近人的。身材苗条纤细，皮肤莹润白皙，一张脸很显幼态，柔声说话的时候神情清澈单纯。

怀歆心想怪不得付庭宥最喜欢的妹妹是她，他们这样的家庭里长大的孩子，习惯了钩心斗角，看见这样纯白无瑕的东西都想要护在掌心里，生怕一不留心就毁了、碎了。

因为付庭宥的关系，付宁悠小时候见过郁承，他是哥哥那时最好的朋友，可惜后来出了国，哥哥为此还落寞了好一阵。

从别人口中听到郁承的事情感觉很神奇，好像又距离他近了一点。怀歆捧着下巴，眼睛弯弯，这时又听付宁悠问："歆歆，那么你同阿承哥哥是怎么认识的呀？"

这时男人们正好端着几盘烧烤走过来，随便架了个桌子，碎花布铺在上面好似野餐。付庭宥笑道："正好阿承没同我讲过，我也想知道呢。"

郁承跟在他后面，闻言扬了扬眉，轻笑。

四人坐下来，怀歆瞥一眼郁承，又把稻城那个浪漫邂逅的故事讲了一遍，新瓶装旧酒，被她再艺术加工，简直讲出花儿来了。

他们是怎么在大雪中相遇，怎么开着车在盘山公路上自驾，又怎么在深夜小镇的私人影院一起看电影，还有停电的餐厅、民宿、骑马，各种细节，仿佛一部精彩的小说似的。

付宁悠听得津津有味，连付庭宥都感到新奇，意味深长地摇头叹道："原来还有这一出啊，怪不得。"

付宁悠不解，好奇问："怪不得什么？"

"怪不得阿承栽了啊。"付庭宥挑眉示意怀歆戴着的那枚红钻，"苏富比拍下的，知道有多贵吗？"

听前半句的时候怀歆还没什么感觉，反正是调侃的话，她侧过眸，见郁承也温和地笑。可听到了后半句，就忍不住吃惊——他没告诉自己这个值多少钱，怀歆也没想那么多，他送她也就收着了。

"所以是，花了很多钱？"怀歆瞪着圆溜溜的眼问。

付庭宥不说话了，反而是郁承淡笑道："没有，你别听他瞎说。"

"真的？"怀歆狐疑，稍微松口气。

"嗯。"郁承勾唇，把人直接拉过来坐到自己腿上，低笑，"真的。"

怀歆细致看他，见他坦然浅笑不似作假，这才相信了。

男人身上好闻的雪松气味连带着温缓气息从耳畔拂过，勾得她心底痒痒的，付庭宥一看他俩那个样子，打趣的话也都不说了，拉着付宁悠道："来，悠悠，我们去那边阳光好的地方坐坐。"

付宁悠乖巧且知趣地跟着走了，午餐桌前只剩下怀歆和郁承两个人。今天的天气格外晴朗，花园里这些漂亮的花也开得绚烂，小雏菊一朵朵冒出头来，颜色生动而明亮。

郁承牵着怀歆的手，缓缓摩挲。自从让人开始给她配方煎药以后，这手脚冰凉的毛病缓和不少，他略感欣慰。只是怕她嫌那药太苦，郁承还买了好多蜜饯备在家里。

两人安静地坐了一会儿，郁承替她把发挽至耳后，沉静问："什么时候回去？"

怀歆想了想："之后就是暑假了，也没什么事。"她斟酌了一会儿，还是软声道，"如果你想的话，我可以在这边多待一会儿的。"

郁承抱她在胸口，半晌没有说话。

她待在 G 城他其实不太能够放心。这边个个儿都盯着他，要是有什么动静风声一下子就吹过去了。况且他也担心照顾不好她，没他陪着，她大概会很无聊的。

而且总住酒店也不是办法，又不能在潘家的地方，恐怕得找付庭宥借套房子，到时候就真成了金屋藏娇了。

"还是回去吧。"郁承凝视着她，嗓音低沉，"我会尽快处理好这边的事情的。"

怀歆抿唇，过了好久才轻轻点了下头。

她没有问尽快是多久，因为她知道他也没有一个确切的数。她不想再给他增添更大的压力了。

但心里总还是有些不安，预感有什么即将发生。在澳门酒局上的那种感觉又悉数回归。仿佛他一直往上走，而她原地不动，什么也不能为他做，距离他好远好远。

怀歆努力摒去心中那种感觉，手指蜷起又松开，表情慢慢轻松起来，乐观道："那么走之前，我再陪你待一天吧。"

她的笑容干净明媚，郁承也笑了，握住柔嫩的手指，捏了捏："好。"

付庭宥直接把别墅借他们住一晚，怀歆直到第二天下午才走。集团有很多事情要郁承做，他脱不开身，于是就在别墅里办公，怀歆坐在旁边，看看书，写点东西，也挺一本正经的模样。

郁承戴眼镜很好看，斯文中又有点禁欲的偶偈气，怀歆在他早上开会时不敢造次，等他挂了视频才晃着纤腰盈盈坐上他大腿，娇声："老板！"

郁承抬眉，镜片反射出浅浅的弧光，显然对这个新鲜的称呼有点兴味："叫我什么？"

怀歆却不说话了，她抬手，柔嫩手指悠悠抚上他衣领，拽着领带轻扯了下，继续嗲声道："你都工作好久了，理理人家嘛。"

郁承眸光沉静，不动声色地看着她——上上次是水手服，再上次是情人，她真的钟爱角色扮演，他很想看看这回她能翻出什么花来。

怀歆跨坐在男人腿上，攀着他结实的手臂，在他耳畔吐气如兰："老板，我是你的贴身秘书呀。"

她穿着一条修身半裙，的确也很像职业套装。郁承紧实的胸膛隔着衣料传递出热度，怀歆的手指从他胸口处慢慢抚了下去，慢条斯理又从容。

某处似有根弦瞬间绷紧，郁承微眯起眼。怀歆却无辜地看着他，挑着眼尾娇懒笑："怎么了，老板？"

虽这么说着，指尖却没停。郁承喉结缓慢滚动了一下，眸光深暗幽邃。

已经到午饭点了，付庭宥给足他们私人空间，把所有保姆都遣走了，是以别墅里空荡荡的。

"好饿哦，我想吃饭了。"

怀歆本来撩完就想走的，谁知郁承扶住她的腰，欺身把她摁在原位。

但他仍旧没有其他动作，怀歆勾着唇，更多的想法冒出来。

她大胆创新融合了之前的小游戏，十分戏剧化地怯声问："啊，老板，我们这样不好吧？

"要是被您太太知道了怎么办？她不会惩罚我吧？

"嘤嘤我好害怕哦，你可不能袖手旁观呀！"

话音刚落，整个人被他抱起来，往身后宽大的床铺里一丢。

郁承敛着眼，居高临下地垂下视线，骨节修长优美的手指轻轻摩挲着她的嘴角："即使她不惩罚你，我也不会袖手旁观的。"

饭点整个错过，但也并不是那么饿。怀歆订的下午的飞机，再晚点就快赶不上了。

临走时郁承送她去机场，怀歆提着行李在人来人往中与他作别。

她雪白脖颈处还有些明显的印子，郁承眸光一暗，拿丝巾给她掩上了。

怀歆又羞又赧，本来心里还有点气的，但看向他的眼睛时又只剩下满心不舍了。

这次离开，不知什么时候才能再见面。

郁承静静凝视着她，倏忽唤道："小歆。"

"嗯？"

他注视她许久，才说："不管以后发生了什么事，你要相信，我对你的感情是真的。"

男人的唇畔勾起一丝轻微的弧度，好像在笑，但是那双漆黑的眼睛却深沉似海，潮起暗礁，像是酝酿着什么深藏的情绪。

怀歆愣了一下，扯了扯嘴角："哥哥怎么突然这么说？"

郁承垂敛下眼，很快又笑着抬眸："没什么，就是觉得又要不在你身边好多天，我会想你的。"

其实他很少这么直接地剖白自己，眸光中一片缱绻温柔，怀歆的心蓦地酸胀起来。

"我也会想你的。"她小声说，"虽然我肯定希望你能早点回来，但你不要有压力，顾好这边的事情。"

"嗯，我知道了。你也照顾好自己。"郁承最后抱了抱她，捧着柔软的颊吻了一下，"去吧，宝贝。"

以往每回都是派几个人去接潘耀放学，管家、司机，还有一个保姆阿姨。这几次，都在校门口遇到了裴明帆。

与潘隽不同，裴明帆一向脾气温和，见裴明帆主动与自己打招呼，下车抽烟的司机还有些受宠若惊。

裴明帆身份尴尬，但他对底下人态度很好，所以两人等待过程中，站着攀谈了几句。裴明帆示意他："烦请给我一支烟。"

司机没想到他不介意抽这么便宜的烟，迟疑一瞬，还是恭谨递了过去。裴明帆借了火，悠悠吐出烟圈，驻足看学校里面的小朋友蹦蹦跳跳地往外跑。

这边街道上停了一圈豪车，都是家长们来接孩子放学的。

这时管家也从车内下来，同裴明帆问好。

司机识趣地上车了，裴明帆颔首示意，随口问道："二哥回来以后，小耀肯定开心了吧？"

"好像是开朗了一些。"管家是在潘晋岳身边待了很多年的老人，淡笑着补充，"不过您来接她的时候，她也总是很开心的。"

裴明帆"嗯"了一声，垂眸笑了笑。

正说着话潘耀就出来了，看见斯文清俊的男人站在车旁，眼睛亮了起来："明帆哥哥！"

"小耀。"

她奔过来，裴明帆迎上去，半蹲下将她接进怀里。他揉揉小姑娘的脑袋，宠溺道："今天在学校里过得怎么样？"

"很开心！"潘耀给他展示自己胸口的小红花贴纸，"瞧，我还获得了老师的表扬呢！"

"我们小耀真棒。"

裴明帆没有办法跟着一起上车，每回两人都是在校门口说几句话再分别。管家仍旧毕恭毕敬站在他身后不远处，裴明帆不着痕迹扫了一眼距离，继续温声细语地问她，功课重不重，和同学们相处得好不好，等等。

潘耀笑着回答之后，甜甜道："明帆哥哥问的话同哥哥那天问我的一样呢。"

潘耀只会不带名字叫一个人哥哥，那就是郁承。裴明帆怔了怔，轻笑："是吗？"

顿了下，他问："二哥最近很忙吧？"

潘耀想了想，点头，明显有些失落："是呀，这几天都没看到他呢。"

裴明帆捏了捏她的小手，稍顿一瞬，柔声问："小耀有没有见过他和别的姐姐在一起？"

潘耀还记得哥哥让她保密来着，张了张嘴，抿唇摇头。

她还不太擅长撒谎，裴明帆露出些许受伤的神色："你连哥哥也不愿相信吗？"

潘耀有些不知所措，小声了些："不是的，我……我是真的没看到过……"

"我只是想关心关心二哥。"裴明帆并不管她说了什么，垂下睫，自顾自压着嗓音说，"小耀，其实你也知道，我并不受母亲喜欢。愿意心无芥蒂对我好的，只有你了。"

"如今连你也防备我，哥哥还是很难过的。"

"不是的，明帆哥哥，我没有……"潘耀看他难过自己也难过了，不知道怎么说，眼睛里氤氲出几分雾气。

裴明帆叹口气，没有应她的话。

潘耀有些急了："明帆哥哥，你听我讲……"

裴明帆不动声色地看着她："是二哥不想让别人知道，对吗？"

潘耀绞着手指，几番欲言又止："不是……"

"既然如此，哥哥也不为难你了。"裴明帆摸了摸她的脑袋，温缓道，"时间也不早了，跟他们回去吧。"

潘耀站着不走，一双眼睛怯生生、圆溜溜的，不安道："明帆哥哥，你……是生气了吗？"

裴明帆抿唇静默须臾，又低声笑笑："哥哥没有生气。"

"……"

"知道小耀是真心对我好的。"

潘耀这才笑逐颜开，裴明帆顿了下，弯唇："去吧，明天哥哥还来接你。"

郁承在去和留之间陷入某种两难境地。

其实 G 城这边的事情永远都办不完，他可以直接和父亲说要回 B 城，但也可以急流勇进选择顺势留在这里，承担更多责任。

后者的好处显而易见。本来这种事情就不是一蹴而就的，需要时间铺排，要是远离家族权力中心那就更不知何时才能获得自己想要的东西。

于是郁承选择直接调到了博源 G 城办公室，这样两头都能够兼顾，他的重心也彻底转移到了这边。

和怀歆说过之后，她表示理解，但郁承知道她一向懂事，就算心里不开心表面也不会说，但这也是没办法的事情，他只能尽量寻找某种比较快的途径来获得实权。

在 G 城的生活三点一线，郁承很少有心力去思考多余的事，自回来之后，与裴明帆难免会碰见，暗中交锋也逐渐成了常态化，他城府极深，背后使出不少阴招，尽管郁承审慎地逐个击破，但也难免会有些磕绊。

潘晋岳一直作壁上观，不曾表态。

幸好潘隽没再来蹚这潭浑水，自从太太生了小孩以后，他就没有那种什么都想争一争的劲儿了。新得的小女儿让他变得柔软平和起来。甚至有时见到郁承，他会谈及小时候的事情。

关于那次坠马，时隔这么多年，潘隽首次向他道歉："那时候是年轻气盛不懂事，也对很多事情不了解，所以把气都撒在你身上了。"

郁承平和地摇头："我没放在心上，大哥。"

潘隽看着他，很久之后叹了口气："这么多年了，阿承，你也很不容易。"

两人坐在后院里仰头看天上深蓝色的星空，安静好一会儿，郁承缓缓道："大哥，其实有时候我也在想，人这一生，到底要多少东西才足够。好像永无止境。"

潘隽怔了一下，笑起来："我也想过这个问题。以前像只无头苍蝇一样乱撞，但是现在我想我有答案了。"

"是什么？"

"我想要的，就是回家之后，还有一盏灯光为我亮起。"潘隽嗓音低沉，"我看到女儿睡得很香，她妈妈在旁边也困得不行，但还是哼着歌谣轻拍她的背哄她，那时候我就知道我想要的是什么了。"

郁承神情沉静，望着天空不语。潘隽拍了拍他的肩，说不是每个人都会有这种想法，有些人终其一生可能都无法理解。如果你也渴望的话，那么你是幸福的，阿承，因为你找到自己所爱的事物了。

那一晚他们在晚风习习中解开心结，临走时潘隽跟他说："阿承，我就要抽身出来了，希望你也可以自由。"

自由啊，自由。

这世事艰难，想要的东西明明很简单，却需要费尽心思才可以争取到。

郁承不久前刚抽空去看了一眼侯素馨，老人家状况实在不太好。见到他的时候还是眼睛发亮，没过一会儿就叫出他的名字，但是再有人进来的时候，她却不说话了。

——她把郁卫东忘了。

那是陪伴了她那么多年的丈夫。

郁承握着侯素馨满是皱褶的手掌，努力不让自己泄露出一丝不平静的情绪。而父亲，那个上了年纪的、身姿总是笔挺的老人，躲在外头某个她看不见的角落里，捂着脸无声地哭了。

岁月嬗递，他什么也留不住，好无力，到现在孑然一身。郁承迎着溶溶月色抽了一支烟，把肺腑里沉郁的气息全部倾吐出来。

他沉默地坐了半宿，看到天边那颗晚星也一闪一闪地熄灭之后，才站起身离开了。

有了潘隽在天平这端不着痕迹的支持，郁承对付裴明帆隐隐占据上风。对方频繁接近潘耀这件事让他多留了心，暗中派人保护，一举一动都盯住了。裴明帆似有所察觉，很长一段时间都没有同潘耀再见面。

这段时间潘晋岳中风又发作了一次，身体越来越不好了，郁承接管很多事情他也没有过问，隐隐有点要权力交接的意思。

六十多岁的年纪退居二线，算是早的了，但是身体不饶人，也没有办法，不然谁不想多在这位置坐久一点。

集团中隐隐有些风声，说争了这么多年，最后居然是横空出世的二儿子获得董事长的认可，不过以二儿子的手腕和能力，也是担得起的，只不过这么一架庞大冗乱的机器，就算他只手擎天，归拢人心的过程也做不到太快。

有些毒瘤还在，怕是会生出不少事端，等潘晋岳正式宣布，估计还得有一段时间，而这正是留给郁承最后的考验。

郁承也借了不少付家的力，有次同付庭宥见面，站在高楼处，付庭宥提前祝贺他诸事顺利，很快就可以得偿所愿。

郁承俯瞰下面的车水马龙，淡淡笑："现在说这些还为时尚早。临门一脚，却也要提防功亏一篑。"

"你总是这么谨慎。"付庭宥朗声，"那等事成我们再庆祝，到时候把怀歆也一起带上。"顿了顿，轻笑，"小姑娘当了你这么久的秘密情人，怕是生了不少闷气吧？"

一提到怀歆，郁承的眼神就温柔下来，有些无奈。

是啊，女朋友做成了情人，见一面还要先安排时间，各种防备遮掩，她都快气死了，上次一口在他肩膀处咬出个牙印，哄了好半天才肯理他。

他低缓笑笑："我不能让她等太久了。"

周末是付家老爷子的寿宴，他已经七十岁了却仍然精神矍铄，付庭宥在家中排行第三，老爷子交给他和大哥操办，宴席邀请了不少有头有脸的人物，风光无两。

潘晋岳正在卧病中，要郁承代表出面。付庭宥带着他见了不少人，都是付家旧识的人脉，商界名流，也都有点强硬的背景。

郁承一一含笑问过好，晚宴还没开始，拿着酒杯在角落处休息的时候，见一人着深紫色晚礼裙，袅袅婷婷地走过来。

"郁承，"谢芳毓抬了抬下巴，似笑非笑地出声，"好久不见。"

上次送她回家之后，郁承又让下面的人买了好些东西送过去，都是名媛喜欢的玩意儿，几个爱马仕的铂金包，美其名曰"赔罪"。是以这位大小姐见到他态度还算客气。

郁承便也温和举杯："好久不见。"

"你近来过得如何？"谢芳毓斜倚在一旁，悠悠道，"我听阿爸说，世叔很器重你，是不是该提前说一声恭喜了？"

郁承摇摇头，喜怒不形于色，用词很谨慎："这怎么好说，我只是替父亲做事罢了。"

他回来的这个行为就显得野心勃勃，说这话谁又相信呢。但谢芳毓最佩服的就是他的滴水不漏，永远沉着冷静，步步为营。那点深沉莫测的心思最能吸引女人。

谢芳毓深深看他，叹口气："唉，够可惜的。"

"可惜什么？"郁承抬眉。

"谁叫你不愿意，不然我们真的可能合作挺愉快的。"

她是在说联姻的事情。谢芳毓在这样的环境中长大，先入为主的观念就是恋爱和婚姻是不一样的。恋爱是尝鲜，而婚姻是责任，那一份沉甸甸的让家族更加昌荣的责任。

她正是爱玩的年纪，什么样的男人都见过，也没什么新鲜感了，就觉得要是有看得顺眼的人能一起安定下来，好像也还不错，反正大家可以各过各的。谁知好不容易看上一个，对方还不愿意。

谢芳毓想着想着又气了，皱皱鼻子，有些挫败又有些不理解："哎，我有那么差劲吗？你凭什么瞧不上我啊？"

身为谢家捧在手心里的小公主，何时受过这般冷遇，郁承笑了，好半天才说："不是你的问题，是我。"

谢芳毓扬眉，神情却有一丝不明朗的意味："说说看。"

"出于一些私人原因。"郁承笑着耸肩。

还以为他有什么后话，谢芳毓翻了个白眼："这跟没讲有什么区别。"

"嗯。"郁承温文尔雅道，"我确实不想讲。"

谢芳毓："……"

她磨了磨牙，过一会儿，压低声音意味深长道："你不是同性恋吧？

"是不是有一个爱而不得的混血男友在国外苦苦守候着你？

"你想等自己获得权势之后再名正言顺地纳他入门？"

"……"

179

付庭宥此时正好走过来，差点没绷住脸上表情笑出声来，郁承也勾唇笑，有些兴味又好似甘拜下风的无奈。付庭宥摇头，玩笑着打趣："我发现，阿毓的想象力真挺丰富的。"

谢芳毓抬了抬下巴，悠然一笑："那是，我还有好多优点，可惜阿承哥哥无福消受咯。"

话义半真半假地泄出来，仍有些不甘，却又想体面，付庭宥熟稔地走近，向她招手："姑奶奶，来来来，跟我去吃点好吃的，别理他。"

谢芳毓趁着这个台阶下了，两人走远，郁承站在窗边，噙着笑欣赏宁静的夜色。

厅内宾客熙攘，觥筹交错。他们都被太多东西裹挟着前进，忙忙碌碌，忘记了要停下来歇一歇。但其实平淡生活中的一些小细节，才是应该被珍重的确幸和美好。

手机铃声响起来，郁承一看备注，弯唇笑了。

他接起，彼时夜色忽而涌了过来。

其实这么久以来人人见了他都预先贺喜，算是奠定基调，他们似乎很确信他一定会是那个胜者，但郁承知道没那么简单，总有种风雨欲来的感觉，就像是平静的海面突然掀起巨浪，轮船可能一夕之间翻覆。

果然如此。

晚宴马上开始，郁承要走的时候付庭宥拉住他："阿承，你想好。"

"……"

"这个时候缺席，风口浪尖，这么多双眼睛看着，她的事你不一定瞒得住了。"

郁承静静看着他，黑眸中也是一场未名飓风："可是她现在需要我。我必须得回去。"

怀歆的父亲在家中突然昏厥，检查出急性脑瘤，脑积水压迫严重，直接进了手术室。怀歆打电话来，人已经哭得没形了。付庭宥知道说什么也没用，只还想着劝他理智："你再考虑一下。"

"那是她现在唯一的亲人，不管怎么说，这种时刻我要陪在她身边。"

郁承做决定的时候就想到未来可能发生的所有事情，他要尽快部署："阿宥，麻烦你尽全力，帮我遮掩消息。"

付庭宥不劝了，叹息一声："我会的。"

电话里怀歆哭得他心都碎了，郁承风尘仆仆地赶到医院的时候，她正坐在手术室外面的凳子上，脸上泪水未干，双眼泛着一圈红，眸光失神地看着那一排冰冷刺眼的红字"手术中"。

已经好几个小时还没出来，情况不知有多险峻。

怀歆蜷缩着抱紧双膝，单薄的双肩好像一碰就要碎掉，那是一种极度没有安全感的姿势。郁承大步奔过去，俯下身用力把她抱进怀里。

怀歆一震，不敢置信地看着他。他回来了，她说不出话来，这一刻身上有什么压着的东西浑然消解，所有的恐惧和悲伤都失了闸倾泻而出，怀歆埋头在他怀里放声痛哭。

"没事了宝贝，我在。"郁承拍着她的背，喃喃着，温柔地轻哄，"我在，别害怕，我在的。"

五脏六腑颠乱得错位，心脏裂开一个巨大的缺口，里面空洞地呼啸着疾风，而他一来，这里就被填满了。

要怎么说那种感觉，仿佛冷寂无依的浮萍，她在水里快溺死了，可他一来，就给了她能够呼吸的氧气。怀歆不自觉搂紧郁承的腰，眼泪浸湿了他的衬衫，滚烫地，落在他的心房。

"郁承……怎么办……

"我好害怕……"

"怎么办……我爸爸他……"怀歆缩成一小团，眼泪不停地往下掉，"都是我的错，是我没有及早发现他不对劲，是我没有关心他……我……"

她说不下去了，搜紧郁承的衣角拼命地流泪，陷入一种空妄的悲戚之中。

如果在发现爸爸头痛到夜不能寐、吃菜也会幻嗅的时候，她就重视起来，怎么会到如今这个地步。怀歆把所有的过错揽到自己身上，不停地自责："是我，都是因为我，是我没有留意……"

她已经崩溃了，控制不住流泪，声嘶力竭，郁承用力握住她的肩，把她摁在原位："不是你，宝贝。"

他死死地把她抱在怀里，将她与这嘈杂混乱的世界严丝合缝隔绝开来。

"不是你的错。不是你。

"谁的错也不是，不要怪自己。

"我会找最好的医生来治，别怕，不要害怕。"

郁承一遍一遍地安抚，怀歆的吐息急促又颤抖，夹杂着哭腔。他裹紧了她，窒息感一阵涌上，怀歆仰颈，张大双唇呼吸，一张脸上满是泪痕。

郁承按住她的后脑勺，两人滚烫的脖颈相贴，温度烧灼，都在压抑地喘气。

"别怕宝贝，我在。我在这里。"

他把她的脑袋按在自己的心口，胸腔里的心脏一下下有力跳动："我在你身边，小歆。"

"手术中"的红灯明晃晃地亮着，这个时间的走廊空寂少人，怀歆一顿一挫地呼吸，哭泣声逐渐小了下去，身体却止不住地轻微发抖。

她怕。

她害怕灯熄灭。害怕看见医生的表情。

她害怕郁承突然放松力道了，不再将她抱得这么紧。

怀歆怔怔地看着那三个大字，眼眸空洞失神，她的心脏皱缩、绷紧，等待着未知的下一刻。

郁承要很用力才能维持住这个拥抱，她很疼，所以他也会疼，怀歆想也许下一刻他就会松开。

——可是没有。

郁承一直这样，牢牢地收紧双臂，没有放手。所有低暗沉哑的吐息都落在她的耳畔，他是她的壳，也要做她的港，和这无常命运对抗。

怀歆听到他的心跳，比平常要沉，可每落下一声她就安稳一分。这时她才发觉自己有多么依恋这个怀抱。

就在这时，灯光熄灭了。

过了一会儿，门从里面打开。

怀歆瞬间绷紧身体，指尖不自知地掐进郁承的手臂里，她发不出声音。

"哪位是家属？"

医生摘掉口罩，这时怀歆才在恍惚中看到对方脸上稍显轻松的笑："手术成功。"

其实过程是很凶险的。脑瘤引起的突发性昏厥要做脑室外引流手术，但是中间出现状况转为脑室－腹腔分流术，要在颅内钻孔插管连接到身体内部，所以才花费了这么多时间。

郁承从医生那里了解到情况，怀曜庆脑内肿瘤偏大，而且位置比较深，不太好切，万幸的是肿瘤是良性的，可以通过其他非手术的温和疗法进行治疗。

怀曜庆已经在郁承的安排下转到了高级病房，目前还插着管陷在昏迷中。怀歆一晚上神经高度紧张，等医生宣布结果之后近乎虚脱，现在也在一旁的陪护床上睡着了。

郁承坐在床沿，低眉静静凝视她苍白的脸颊。

眼角还是红的，哭得狠了，原先薄润的眼皮有点肿。哪怕已经入睡，她还是蜷缩着身体，轻颦着眉，一副很不安稳的样子。

郁承用指腹轻柔拭去她眼尾的泪，沉沉慢慢地呼吸。

皎洁的月光照在窗沿上，这里好安静，他看着她，心底有什么东西缓缓落下去，又浮上来。

郁承坐了很久，替怀歆掖好了被子，确认怀曜庆的情况稳定之后，轻声走出病房。

他站在走廊里，拨出一通去往 G 城的电话。

第二天怀歆醒来的时候还有些愣怔，一抬眼就看见男人坐在旁边的黑色皮椅上，表情沉静肃然。她睫毛微颤："阿承？"

郁承抬起头来，眼中深暗的情绪尽数消退，转化为温柔的浅笑："宝贝醒了？"

怀歆从陪护床上坐起来："你怎么坐在这儿？"她手指蜷紧，"你、你一夜没睡？"

"处理一点事情。"郁承站起身来，温和道，"别担心，刚眯了一会儿。"

怀歆张了张嘴，脑子还有点乱。她下意识地看向怀曜庆，爸爸安静地躺在那张白色的病床上，身上还插着管子。

怀歆鼻子一酸，掩唇低下头去。

有多少次，爸爸也是这样因为操劳而生病，但每次都为了工作，为了他们，为了这个家，没有把自己的身体放在心上。怀歆不知，他何时已经长出这么多的白发了。

容颜苍老，眼角生出皱纹。脊背也佝偻了。

怀歆眼眶里又氤出一层潮气，睫毛湿漉漉的。郁承轻叹一声，坐过来抱住了她，在她单薄的脊背上拍着安抚。

仅仅是清晨几个小时的时间，郁承为怀曜庆找到国内顶级的脑外科医生，还请了 301 医院的几个专家，初步讨论制定出一套伽马刀放射治疗的保守方案，还有配套辅助措施。

怀歆怔怔地看着他，好半晌才贴过去搂住他的脖颈。她的眼底有些难掩的水意，轻轻吸气，压抑着嗓音："没有你我真的不知该怎么办。"

昨天出事的时候赵媛清和赵澈正在国外旅游，接到消息却来不及赶回来，只有她一个人在家，那一刻怀歆真的觉得好无助。

下意识想到的人只有他。

怀歆还想说什么，郁承宽慰地笑了下，拥着她的肩，轻吻在发顶："没事了宝贝。一切都会好的。"

脑室－腹腔分流手术术后情况难测，有可能会有并发症，但怀曜庆清醒之后反应还算良好，就是整个人比较虚弱，一直保持卧床，说话也没有力气。

在这种情况下见到女儿的男朋友，他的心情是十分复杂的。

人家一来就帮这么大的忙，还是后辈，总让人觉得怪不好意思的。而且怀曜庆这才知道，郁承是什么样的背景，他的年纪和阅历都是怀歆不能比的。

大他女儿九岁，温润儒雅，却也一看就不好惹。当着郁承的面怀曜庆不好说什么，等人出去之后才欲言又止地拉着怀歆问，两人是怎么认识的。

其实昨晚怀歆已经做了最坏预想，现在的情况反而给了她一些慰藉。所以她在床边端热水给老头子喝，表情甚至有点轻松："实习的时候他是我的老板。"

"……老板？"

怀曜庆差点没一口气噎住，而这时郁承又走进来了，文质彬彬地对他交代："叔叔，医院这边我都打点好了，您放心吧。"

"哦……哦，谢谢……"怀曜庆有些不自然，看看郁承，又看看怀歆。后者抿唇笑了下，轻抚了抚他的肩头："好啦，爸你睡吧，我和阿承出去了。"

怀歆带上门，轻轻舒出一口气。

其实到现在她才缓了过来，抬眸望着郁承，有些欲言又止。

男人俯低，黑眸凝视她须臾，摸了摸她的脑袋，低缓问："怎么了？"

怀歆咬着唇，软声道："为爸爸的事忙了一宿，辛苦你了。"

郁承眸光温柔，勾唇道："跟我客气什么啊宝贝。"

她心疼他："你昨天没休息好，要不要找个地方补补觉？"

郁承摇摇头："我得回去了。"

"这么快？"怀歆张了张嘴，明白过来什么，开始不安起来，"……我是不是耽误你的事了？"

"没有。"郁承打断她，抱她进怀里，紧了紧手臂，"抱歉宝贝，是最近集团事情太多，我没法抽身，等我忙完这一阵子。"

这段时间每次见完面他都是这么说，怀歆抿唇埋在他的胸口，心头有些难掩的失落。

但她什么都没有问，只是点点头轻声道："好，我会等你回来的。"顿了下依恋地拥紧他，"你照顾好自己。"

郁承喉结动了一下，捧起怀歆的脸："小歆……"

他显然是有什么话想说，但是没能开口，手机铃声急促地响了起来。

是程铮。

底下的一只基金被曝出挪用公款12.8亿导致无法兑付，本来事情有可转圜的余地，但现在唯一的问题是，郁承不在G城，没有办法及时着手解决。

见面以后，潘晋岳一个巴掌扇到他脸上，气得整个人都在颤抖："混账东西！你以为我认准你了是吗？关键时刻掉这种链子，你太让我失望了！"

自从潘晋岳积病以来，集团内部人事变动很大，人心惶惶，都在说要变天了。郁承着手管理的时候，在有意地划分肃清一些派系，如今这些人蠢蠢欲动。

怎么会这么巧，就恰好趁他不在的时候出了这种事？郁承心里很清楚，也不需要过多求证。

他从晚宴上消失的事情引人注目，虽被付庭宥等人联合压了下来，但还是有些风声不胫而走。

只是三个小时的飞行时间，对方算准了这事。郁承不在，只得劳烦潘晋岳亲自出面解决。

清晰的指印在脸上浮现出来，郁承偏过头去，甚至尝到一丝血腥的味道。他缓了会儿才转过来，低着眉平静说："阿爸，是我考虑不周。"

潘晋岳胸膛起伏，压抑着怒气，重重咳嗽两声。

郁承躬下腰，为他奉茶："后续我会跟进处理好这件事，您仔细别气坏了身子。"

潘晋岳睨着桌面文件，并不看郁承，但他却一直维持着这个姿势。过了片晌，潘晋岳才冷哼一声，将瓷杯接了过来。

喝一口热茶，潘晋岳淡淡开口："为什么去 B 城？"

"为博源的一个项目。"

潘晋岳眼神犀利："可我听闻是为了个女人。"

郁承垂眸，没什么情绪地哼笑了声。

潘晋岳"啪"地放下茶杯，极清脆的一声响："你这是什么意思？"

郁承抬起手，漫不经心地擦掉唇边的血迹："我在想某些人真是别有用心，什么不据实的风言风语都吹到您耳边来。"

潘晋岳睨着眼看着他，郁承抬眸，波澜不惊地与对方对视，似是在悄无声息地拉锯。

他藏得很好，用了不少办法遮掩，龚盛在 B 城待了那么久都没能查出什么端倪，就好像没有这号人似的。

好半晌潘晋岳才开口："郁承，你在 B 城做什么与我无关。但你应该清楚自己没有多少犯错的机会。"

自己不是只有他郁承这一个儿子，既可以把他捧上来，也可以让他摔得粉身碎骨，他又怎么会不知道。郁承勾了唇，轻声回："阿爸，您放心，我不会再行差踏错。"

基金的事造成的动荡不小，集团内部的、媒体公众的，花了好几天才彻底解决。郁承上了车，靠在座椅上闭目养神，疲惫地按了按太阳穴。

权势面前哪讲什么手足情谊，裴明帆选择这个时候生事，就是要狠狠挫他锐气。哪怕这个法子可能会影响自身他还是用了，并且达成了目的。

信任稀缺，潘晋岳把原先给郁承的收回一小部分，并且短时间内不会再交权。

一旁程铮递来一瓶水："承少，怀小姐的事情我都已经安排好了。"

"好。"郁承睁开眼,拧开瓶盖,淡淡地望向窗外。车子在道路上疾驰,看不清过往的景色。

怀歆。

郁承可以确定,裘明帆还没有查到她的身份,至多是知道他在 B 城有个女人,这次回去也是为了对方。

其实郁承很早就有所防范,动用各种方法掩藏她的信息。但坏就坏在他离开了付家的宴会,现在一切都变得棘手起来。

以裘明帆的性格,有了蛛丝马迹,把人查出来也只是时间问题。

而他不能。

郁承放在扶手上的手指微微收拢,筋脉暴起,不能将怀歆暴露给对方。

怀曜庆的情况保持良好,再加上赵媛清和赵澈回来以后,对他嘘寒问暖各种照顾,术后护理也全面到位,怀歆眼见爸爸的气色好了许多,心里这才踏实下来。

只是郁承自那天离开之后,就没怎么再跟她联系过。怀歆从付庭宥的口中模棱两可地得知出了什么事,郁承困于 G 城,一直在斡旋解决,忙得脚不沾地。

怀歆问付庭宥究竟怎么了,是不是那天郁承回 B 城所以才导致后续这些事,付庭宥没有回答。

她不忍心打扰郁承,但内心总是惶惶不安。见不到他就好想念,挨了几日按捺不住微信上问了一句,能不能给自己打个电话。

郁承的电话在第二天早上如期而至。

"小歆。"男人的嗓音还是一如既往地温柔。

怀歆把脸贴在手机旁:"哥哥,我……"

"小歆,我们分开吧。"郁承说。

这天的天气很好。很像是他们在 S 市初见的那天,蓝天白云。

B 城已经入深秋了,窗外飘下金黄色的落叶。窗户没有关紧,些许沁凉的风吹进屋内,怀歆问:"你说什么?"

那头没有再出声,只是沉默着无声无息。

有什么东西发出摔碎的脆响,怀歆低下头去,看到自己刚才握着的水杯不知怎的就掉到了地上,水溅了一地。

她很冷静,事实上从没有这么冷静过。

"分开,是要和我分手的意思吗?"

"……"

又一阵风拂过来,电话里有点响动,他还是没回应。

阳光很好，她的房间采光总是很好。怀歆一低头就看见那朵漂亮的小玫瑰，折射着光，绚烂迷人，有什么东西好似从罅隙中露了出来，碾压后破碎，怀歆克制地攥紧指尖："郁承，你说话。"

"是。"

风停下来，怀歆清晰地听到那头，他用平日里低沉的声线哑着音吐出这个字。

"……所以，你要在电话里跟我说这些吗？"

她没有气力再说多余的话，闭了闭眼，一滴泪滑过脸颊落在桌沿，语气冷静地告诉他："我要你当面亲口跟我说，你休想在电话里就这么甩掉我。"

他们最终在付庭宥的秘密安排下见了一面。

现在是最敏感的时期，有人在暗处盯着他的一举一动，就是想趁机抓他把柄，他需要谨慎再谨慎。

郁承因为基金的事情和集团的内耗劳心费神，裴明帆此番落井下石，集团内风向又发生了一些变化。这个浪头打过来，郁承要是没立稳，之后就再也站不起来了。

其实怀歆还有什么不懂，她这样聪明剔透的女孩，就算他什么都不说，她也能够明白。知道事态有多么紧急，知道他也是出于万分无奈才做出这样的选择。

潘家所建构的这个庞大的帝国虎狼环伺，郁承站在悬崖边进行一场豪赌，或许能博得头彩，但是稍有差池就岌岌可危，怀歆隐隐猜测到什么，也许就是那天，是因为她。

她打乱了他的计划。

郁承要保护她，只有与她断开关系，才能够确保她的安全。

裴明帆掘地三尺，就是为了找出怀歆是谁，郁承担心假以时日会被他发现，现在只有一个办法能够解决后顾之忧。

——与谢家联姻。

裴明帆想要他的软肋，他便亲手毁掉。

没有怀歆，没有这号人。就是要告诉裴明帆，告诉他们，他不在乎她，他可以和别人结婚。

所以怪不得郁承一定要和她分手，因为如果不那样的话，她就真的得当他的情人了。

他的小玫瑰那么骄傲，怎么可能会愿意呢。

"只是同她利益置换，演一场戏。"郁承握紧她的手，眼眸漆黑晦暗，"等事成以后我就回来。"

怀歆红着眼圈问："真的吗？"

她已经在他怀里哭了好久，现下好不容易被他哄好了，郁承滚烫的吻落在她额间，承诺："真的，我一定会回来。"

"要多久？"

以往她不会问这种问题的，这回实在忍不住，郁承抚摸着她的发，低声喃喃："尽快。"

怀歆想她也许是疯了，这么模棱两可的回答她也接受。事成是什么意思？就是他掌了潘家的权，不再受任何人要挟——可若是不成呢？

但这个问题她却没能问出口。

"好。"怀歆闭上眼，"我等你。"

他又开始吻她，细密而灼热，怀歆几乎是在他唇触上来的那瞬间就回应他了，她搂住男人的脖颈，如鸳鸯交颈般贴得死死的。

郁承从最初一下下的温柔逐渐变得疯狂。他们耳鬓厮磨地抱紧彼此，在潮浪中全身颤抖。

郁承的五指强势挤入怀歆的指缝，他侵占、啮咬她的唇舌，仿佛要把她拆吃入腹。其中又透着澎湃的情意，那双桃花眼深沉如潭，她看不穿也触不着，但那浪头打过来，让她完全倾覆其中。

怀歆几乎迷失了全部心神，双手被他十指相扣按在头顶，她红唇微张，口中每一寸芬芳之地都被他强势攫取、掠夺。

胸腔中有什么要喷涌出来，那是她拼尽全力才能抑制住的本能。

怀歆开不了口，有什么哽在喉咙里。

于是她只能哭。

泪水燃烧起来，打湿成翻涌的潮，到处都是水，汗津津的灼意，在郁承拥到快要窒息的怀抱中，怀歆耗尽氧气，把所有的委屈、悲伤，还有浓得化不开的思念都哭出来。

仿佛大梦一场。

倾泻一通，什么都忘了。

郁承甚至不能温存地同她过夜，他站在床边，将扣子一颗颗重新系紧。

怀歆躺在床上，仰头看他。她脸颊染着红，眼尾还有未干的泪水，糯着鼻音问他："谢小姐长得好看吗？"

郁承俯下身来吻她的眼睛："在我眼里谁都没有你好看，宝贝。"

怀歆吸了吸鼻子，抿着唇，嘴角勾起来一点："她听到你这么说会不会生气？"

"生气也和我无关。"

怀歆含泪笑了。

"你会回来的吧？"她喃喃道。

郁承俯低，指腹摩挲她的发，低声说："会的，我保证。"

"那我等你回来哦。"

"嗯。"

他要走了，怀歆最后又叫他一声："阿承。"

郁承转过身来，听到她撒娇般嘟哝说："我不管是不是演戏，如果你敢给谢小姐买戒指的话，到时候必须得赔给我两个。"

"我不会给她买戒指。

"只给你买。"

郁承对她说。

怀歆想了想，奄拉着湿漉漉的睫毛说："那我还是要两个。"

逆光中看不清楚他的脸，只有一道低沉沙哑的嗓音传来，慢慢如潮水般漾过了她的心间："好。"

半山别墅外阳光灿烂，秋高气爽，许琮和谢家太太坐在庭院里喝下午茶，笑容满面。

说实话，她没想到郁承能和谢芳毓走到一起，现在想想，她这个儿子，虽有主见，却清楚地知道自己应该做什么事情。

两人前些天在家宴中宣布这件事，虽然没有正式举办典礼，但是潘、谢两家订婚的风声还是传了出去，一时之间众人纷纷前来道贺。

郁承陪谢芳毓在尖沙咀逛街，大小姐挑挑拣拣，试换了许多套衣服，都不怎么满意。

郁承双腿交叠坐在一旁的沙发椅上，随意翻看杂志，打发时间。他眸光沉静，面色波澜不惊。谢芳毓偶尔看他两眼，男人几乎没变过姿势。

谢芳毓要求苛刻，一会儿嫌裙子长了一会儿说袖口紧了，一旁的销售小姐惶恐无比，恨不得问她要不要专门做一套高定。

又换上一条淑女织绒裙，谢芳毓对着镜子左看右看，自己拿不定主意，又问郁承："你觉得怎么样？"

郁承抬眸，看了一眼，评价："挺好的。"

这说辞不能再敷衍了，谢芳毓翻了个白眼，也不管他了，选出觉得好看的几件直接买单。

郁承要求合作，给她的好处是两块大型商业区的共同开发权，谢家一直希冀拿下的地块。谢芳毓是家中独女没错，但并没有实权傍身。几个亿的红利演场小戏，是很划算的交易。有了郁承给予的这些，哪怕最后婚事告吹，也能够向家中证明她的价值。

但是谢芳毓在意的是郁承改变主意的原因。

她近些天也听到一些风声，说郁承为了个女人的事和潘老爷子离心。

谢芳毓觉得这完全不像是他会干出来的事情。

她一口气买了五六件，都刷的郁承的卡。出来的时候男人把杂志放在一旁，垂眸看着手机，高挺鼻梁上架着眼镜，镜片反射出光泽。

"好了？"他站起身，"走吧。"

谢芳毓叫住他："等一下。"

郁承转过身："怎么了？"

"他们应该已经拍到足够多的照片了。"谢芳毓盯着他，"我们最后再随便去挑个戒指，你就不用继续陪着我了。"

"好。"郁承垂敛下眸，温和道，"不过买戒指的钱恐怕我不能给你付，你可以走工程款。"

说的是那几个亿的资金。

"为什么？"谢芳毓问，"不都是一样的吗？"

都是他给予她的"报酬"。

"不一样。"郁承笑笑，"工程款到了谢家，就是你自己的钱了。你有自由支配的权利。"

谢芳毓明白过来什么，没有说话。

她从来不亏待自己，哪怕不是真的要订婚，也选了一枚漂亮的定制款钻戒。

谢芳毓在挑的时候郁承也在旁边看，细致地审视打量每一种不同的款式，有些简洁大方，有些繁复优美。导购上前询问他感兴趣于哪一枚，郁承摇了摇头，收回目光。

在店里待够了时间，谢芳毓也没有了继续闲逛的心思，让郁承送她回家。

夜幕渐渐落下来，两人坐在车上，气氛沉静。

车子停在红灯前，谢芳毓深吸一口气，突然开口问："能同我讲讲她吗？"

郁承眼睫动了动，问她："什么？"

谢芳毓侧眸注视他，直白地说："你心里那位。"

车厢内的空气安静下来，片响，郁承低着眼开口："她笑起来很漂亮，天真烂漫，细腻，善解人意。有时候像个小孩，爱哭，怕黑，还喜欢跟我撒娇使小性子。"

谢芳毓从来没在郁承脸上见过这种表情，眸光极其温柔，还有些无奈。

"所以我不能给你买戒指，她会生气。"

她曾经以为郁承是那种永远不会收心的浪子，现在才发现不是，他瞧不上她，是因为他的心里已经有了别人。

她不愿深入去想，因为她知道自己想了会很羡慕。其实不单是为郁承，而是为那份专一的感情。好像这么久以来，她还从来没见过呢。

"郁承，"谢芳毓问，"你很中意她吧？"

"嗯。"

她喃喃道："那是一种什么样的心情？"

特别喜欢一个人，究竟是什么样的心情，谢芳毓迫切地想要知道。

"看她笑我会开心，见她哭我也会难过。只要不在她身边一天，就担心有人会欺负她。"

暗色的夜深涌过来，郁承轻声回答，我想跟她在一起一辈子。

怀歆的桌子上原先放了个日历，每天都数着日子。现在她把它拿掉了，因为没有具体期限，每撕掉一页都会觉得和昨天没什么不同。

怀曜庆依旧住在医院，是郁承为他安排的长期高级病房，怀歆去看他的时候，怀曜庆问郁承近日怎么不来了，怀歆若无其事地笑笑，说人家是老板，忙着呢，说好忙完就回来看您。

怀曜庆"哦"了几声，连忙回应说工作重要，还特意叮嘱她，治病的事情别再麻烦郁承跑前跑后了。

怀歆和他打趣，笑眯眯地说："放心吧，我可舍不得。"

怀曜庆吹胡子瞪眼："嘿，你这姑娘怎么还胳膊肘外拐呢！"

周末朋友过生日，邀怀歆去派对，地点定在国贸某高端会所。怀歆起初还想推拒，朋友再三劝她，她还是答应了。

在一众热闹中怀歆坐在角落，安静地听歌，她以前最向往这样热闹的场合，如今却觉得有些困倦。

怀歆原先觉得一天真的过得很快的，以前就是上上课，发发呆，然后就从早上到晚上了。现在才发觉，其实一切不过是幻象，真正的日子是很漫长的，每一秒钟的流淌都能细细感受到。

怀歆刻意不去想，也庆幸自己和那个圈子并不熟识。只要付庭宥不同她讲话，怀歆就可以假装什么事都不会发生。

但或许有些事情是躲不过的。

那天怀歆在逛街，迎面撞上一个男人，对方叼着烟，模样有点眼熟，盯着她看了片刻，沉声道："Lisa？"

怀歆怔了片刻，终于想起他是谁。

叶鸿。

龙亨集团董事长的三儿子，在澳门的时候给她递过名片。

怀歆客气地唤他一声叶总，叶鸿却不让她走。他眯着眼，把烟气全喷在她脸上："我听闻，潘家要和谢家联姻了？"

躲了这么久，还是从别人口中听到了郁承订婚的消息。

叶鸿原先还不能确定，但瞧见怀歆的表情以后，便瞬间了然了，笑得得意而狂浪："小浪货，终于让男人给甩了？"

他在手机上翻出照片，掸到她跟前。

屏幕上是一男一女，在某珠宝店里挑选戒指，两人的姿态怀歆没看清，但她直觉隔着段距离。只是那股浓郁的烟味熏得怀歆直犯恶心，连连后退。

叶鸿步步紧逼："你之前不是很能吗？叫男人出气，还上牌桌。"

在赌场里伏低做小，都是拜这女人所赐，叶鸿一直耿耿于怀，现在她没了倚仗，看还能求谁来护。况且他一直想尝尝，郁承玩过的女人是什么滋味。

"要不跟哥哥算了？"叶鸿手插兜，轻浮地挑唇，"承总腻了你不要紧，我疼你啊。"

男女的力量实在悬殊，怀歆想走却被他用力拽住手腕，没留意被地上的浅坑绊了一下。

叶鸿冷笑几声，越发凑近，正欲上手的时候，突然旁边袭来一股大力，一拳打在他的下颌骨。

叶鸿吃痛，直接被掀翻在地上。

怀歆睁大眼，惊愕地看着眼前的景象。

几个训练有素的黑衣男人挡在叶鸿身前，他一人不敌众，身上挨了好几下，只得咒骂一声，跌跌撞撞，狼狈仓皇地离开了。

怀歆站在原地，指尖嵌进掌心，还有些惊魂未定的余悸。

这是郁承派来 B 城保护她的人。

她从来不知道这些人的存在，张了张嘴，好久才问："他……什么时候让你们过来的？"

"六月底，怀小姐。"

六月，是郁承回 G 城的时间，那时候他已经想到了今天。

那些人什么都做得出来，怀歆是知道的。

可是他总是这样，什么也不说。

默默地保护她，默默地扛下一切，她知道他在这旋涡里压得快喘不过气了，可是面对她的时候却只有温柔。

只有温柔。

当时还是夏天，但现在都快入冬了。怀歆有些愣怔，已经过去这么久了啊，她想。

手机微信列表躺着郁承的聊天框，再也没有任何动静。怀歆没有点进他的朋友圈，她怕看到什么不该看的。

不过怀歆想，如果郁承真的需要公布什么消息，也肯定会记得屏蔽她吧。

他是那么细心体贴的人啊，将她所有的喜好记得清清楚楚，总是耐心地哄她入睡，晨起又为她做一桌子的丰盛早餐，连在阳台抽烟都要在凉夜中多站一会儿才进来。

想着想着就笑了，怀歆一摸，脸上有温热的液体。

她原先觉得，他们应该及时行乐，不说爱，不许承诺，只要好好享受当下。现在才恍然发觉，其实只是因为她害怕，害怕不能和他拥有共同的未来，害怕会分开。

这世界上有那么多人，而她却非他不可。

郁承离开之后怀歆一直很坚强，没有流过泪。可现在眼泪却像开了闸似的，怎么也止不住。

她可以哄爸爸，可以同朋友强颜欢笑，却骗不了自己的心。

怀歆失魂落魄地回到家里，开了灯，空荡荡的没有人。

才晚上六点，她却想睡觉。怀歆洗了澡，裹着被子倒头就睡。

她很快做了一个梦。

怀歆梦到她出现在郁承的订婚典礼，新娘是她自己。

她穿得好漂亮，白色的纱裙，是她喜欢的束腰抹胸款式，他陪她一起去挑的。

他们手挽着手一起走上长长的红毯，两边都是宾客，他的指骨修长好看，就这么一直牢牢地牵着她，温热有力。

在台上，一众人艳羡的目光中，郁承捧住她的脸，眸光珍重而深情。她扬起脖颈，闭上眼同他缱绻地接吻。

不知道过了多久，外面隐隐约约有敲门的声音。

怀歆从美梦中惊醒，心跳还是很剧烈。

她的头很疼，太阳穴隐隐作痛，如同宿醉一般。怀歆站起身来，冲到外面去开门。

只是楼里负责保洁的阿姨，怀歆垂眸轻笑了声，真是的，她在想什么呢。

阿姨笑眯眯地递给她一样东西："姑娘，这是你们家的吧，我看在消防栓这边放好几天了呢，都落灰了。"

是 EMS 的快递，A4 大小的扁平文件袋，上面确实写的是她家的地址。怀歆不明所以地接过来，回到房间里，在灯光下浏览。

拆开外包装，发现里面是一个信封，样式有点熟悉。

怀歆一震，突然想到，这是她和郁承在土耳其的时候写的时光胶囊。

信封上清秀风雅，是他流畅漂亮的英文字迹。

这是郁承那时要寄给她的信。

怀歆的手有些轻微颤抖，不自觉地攥紧，捏皱了信封。

她费了很大工夫才在不伤害外封的情况下将信打开，取出里面叠得严严实实的信纸。

指腹微微有些出汗，怀歆胸口处怦怦跳，屏住呼吸。

她一鼓作气将信展开，眸光凝于纸面上。

记忆重回费特希耶温柔宁静的夏夜。

原来郁承在那边写了那么久，只写了三个字。一笔一画，力透纸背。

——我爱你。

半掩的门扉中，时不时传来几声咳嗽。许琮等候在外面，过了许久，林医生拎着箱子从里面走出来。

他比了个安静的手势："老爷子歇下了。"

卧室的房门紧闭，许琮瞥了一眼，压低声音问："情况如何？"

林医生斟酌着说："按理说用了之前的中药方子该是对症才对，但是没见什么起色。"他顿一下，"我想还是再观察一段时间。"

许琮沉着一口气，没有说话。不知想到什么，神情有些微凝。

林医生试探问了一句。

许琮这才"啊"一声，端方点头道："辛苦您了。"

待林医生走后，许琮的端庄仪态一扫而空，面无表情地在贵妇椅上坐了下来。

潘晋岳身体一日不如一日，真说不准哪天就没了，但是让她不安的是，那份遗嘱始终保密，没有让任何人看到。

郁承与谢家订婚这件事对于潘家原是不小的助力，潘晋岳心里不可能没有新的考量，但他目前对继承人的态度仍旧是模棱两可。

许琮知道潘晋岳有多么谨慎，基金的事情确实是郁承理亏，她当时得知的时候也大为光火。但在许琮看来，谢家这份砝码已经足够重，可以将功抵过。

只要一日看不到那份遗嘱，许琮就难以安寝。她别无他法，只能不断催促郁承再快些，把集团那些不听话的东西该清的都清掉，别挡在路上绊脚。

许琮披着狐裘向后一倚，细细盘算公司中各种势力派系。

潘睿、潘隽这些属于己方，潘晋崇也不必担心，他是潘晋岳的胞弟，许琮了解他，他并不是一个野心家，否则也不会十几年如一日守着他的酒店版图。

问题主要还是在裴明帆那边。

手段阴狠，走一步看十步，城府极深。许琼蹙着眉按压太阳穴，想着想着就想到他的母亲，面色难掩阴霾。

潘晋岳和裴静蓉到现在还有联系，许琼已经许久不和潘晋岳同房，那天在医院的时候无意中瞥到对方打来的电话。

裴静蓉家中是做云锦生意的，旗袍美人，当年同样风情万种，可惜继许琼之后，也没能撼动正房太太半分。

等不及两人离婚，她便已嫁作他人妇，听说到如今也未和丈夫再生一儿半女。

不过就算如此，许琼也永远都忘不了那时候的情形。

彼时她还是个学生，年轻气盛又得宠，难免有些任性。潘晋岳原先都是惯着她的，等到某次去沪浙出差一趟回来，便冷淡了许多。

许琼费尽心思同他身边的人打听，才知道原来他在那边认识了新人。

只闻新人笑，不见旧人哭。

潘晋岳逐渐减少了见她的次数，仍凭她如何哭求都郎心似铁。生下孩子也不顶事，潘晋岳不认，在那个满是雨露的冬夜，她再也打不通他的电话。

除了原先赠予的那一套房产，潘晋岳什么也没有留给她，只剩一个襁褓中的孩子，许琼看着婴儿在咿呀哭叫，心里只有恨。

多年以后她带着郁承回来，恰逢潘晋岳和潘太离婚的良机。许琼的性子收敛得温婉体贴许多，慢慢接触下来，逐渐勾起潘晋岳曾经的一些美好回忆。再加上对她有愧，他重新接受了她。

虽说最终是她赢了，但许琼从没有一天忘却过那个雨夜自己有多么孤立无助。

以色侍人，色衰而爱弛。她同潘晋岳之间早就没什么夫妻情分了，唯有往事桩桩件件浮上来，是心头挥之不去的耻辱。

许琼使出浑身解数爬上这个位置，怎能容忍他人觊觎，裴明帆和裴静蓉这对母子始终是她的眼中钉、肉中刺。

虽然不愿意承认，但是她知道，裴明帆在集团中能有那般声势，也是因为潘晋岳的默许和偏宠。

他对裴静蓉始终有一份情。

这是裴明帆的优势，也是他的倚仗。许琼现在就希望郁承这边能够稳住，不要再出什么问题。

再次瞥向紧闭的门扉，沉沉注视了片晌，许琼合拢大衣，转身下了楼。

阳光灿烂的高尔夫球场，郁承同谢家大儿子谢骏在打球。

两人一杆比一杆远，随意挥出去200码，周围众人皆惊叹。

谢骏弯起嘴角，笑说以前没同他出来过，着实是自己的损失。

郁承也轻笑："没事，以后多的是时间。"

打了一个多小时，谢骏提议到旁边的马场去转两圈，两人原路返回，正好看见潘睿。

此番是他自己要跟着过来的，反正也无所谓，郁承便应允了。

潘睿客气地同他们打招呼："谢哥，二哥。"

这是潘家自己的马场，郁承和潘睿都有自己的坐骑，谢骏则挑了一匹阿哈尔捷金马，纯白色的皮毛细密顺滑，步伐轻盈，但是脾性不驯，很快就耐不住撒开蹄子跑起来。郁承笑一笑，和潘睿一前一后慢悠悠地溜达。

自潘睿过来之后，郁承也没有亏待他，交了一些无关紧要的差事给他做。虽然不比以往，但至少让潘睿处境不再那么难堪。

潘睿频频朝他望来，郁承便问他最近怎么样，一切是否还好。

潘睿眼睫动了动，不自然地点了下头。

郁承道："嗯。有什么问题都可以跟我讲。"

潘睿看了他一眼，片刻才道："谢谢二哥。"

不远处的地平线上，日光渐渐落成橙黄色的余晖，照于起伏的山脉之上，云层光影交错。两人望过去，都不由自主地拉住了马。

沉默地凝视了一会儿，他们掉转马头，慢慢往回走。

谢骏刚跑完一圈回来，正在前头几十米远处等他们会合，潘睿看过去，突然问道："二哥与谢小姐预备什么时候完婚？"

郁承淡淡道："大概也快了吧，看谢家的意思。"

"那二哥，之后有什么针对三哥的计划吗？"

郁承侧眸看他，潘睿连忙补充道："我始终担心他会在这个节骨眼上发难。"

"没有计划。"

"没有计划？"

晚秋中有隐约的凉风拂过，马匹的鬃毛迎风卷掠，郁承纵着马，平静地看他："兵来将挡，水来土掩，等和谢家真正联姻之后，就没他裘明帆什么事了。"

潘睿还没回话，远处谢骏向他们招手，两人同时看过去。

被打了个岔，潘睿也没再继续问了，倒是郁承说："我后天下午要去远丰一趟，你随我一起吗？"

那是他曾经名下的公司，现在已经被郁承收归囊中，潘睿稍顿一瞬："不了，二哥。集团那边还有个会，正好在下午，我得参加。"

"好。"郁承没再说什么。

同谢骏一起吃了晚饭以后，郁承回到浅水湾。

这里是潘家另一处独栋小别墅，通常没什么人来，连个保姆都没有，静悄悄的，冷冷清清。郁承站在厅中落地窗边，看着窗外沉寂的夜色，不由得想到那一晚，他喝醉回到郊区别墅的时候，怀歆连夜过来找他。

她用自己柔软的身体拥抱他，用温热的毛巾替他擦拭脸颊。

那时候他心里是慰藉的，化成一捧温水，却只是说想她。很想她。

在江浙巷子里长大，一夕之间被接去 G 城，郁承的人生是割裂的。就算再怎么浸淫那些纸醉金迷，他也仍旧记得年少时被母亲抱在怀里是什么样的感受。

他不会不懂爱，相反，正是因为太明白那是一种什么样的感情，才没有办法轻易开口说这个字。

这个字重如千金，是剖白，也是至死不渝的承诺。

其实他也很怕，害怕以后再没机会，所以只克制地留给她一封信。

可郁承现在唯一后悔的事情，就是没有在那天晚上临别的时候，看着怀歆的眼睛，吻她的泪水，在痛彻的相拥中亲口说一次爱她。

怀歆在他生日时送给他的那本羊皮手作本静静躺在手边。暴风雨来临之前，郁承收拾了行李，连夜乘坐火车到达小镇。

这边同样也派了人在暗中保护，郁承万分小心，在清晨天刚微微亮的时候踏入疗养院。病床上老人仍旧熟睡，头发几乎全都白了，旁边角落的高桌上再次堆满了五颜六色的围巾和手套。

还有一碟蓝莓，这是她最喜欢吃的水果，他知道。

床头柜上零散堆叠着一些洗出来的相片。郁承屈指拿起，看到郁卫东和她的结婚照，看到他们一家三口的照片，翻过几张，又看到自己初二在运动会上跑步比赛的老照片。

老人家老花眼看不清，也不好握笔。旁边用黑粗的笔圈出来，画个箭头，写了两个歪歪扭扭的字。

——儿子。

那下笔的力道很重，一遍一遍地沿着笔画描摹，从背面都能够摸出凹凸不平的痕迹。

外面天光大亮，郁承从早上坐到中午，没有人来打扰。

他们说她变得焦躁易怒，很难控制自己的情绪。有什么东西在渐渐流失了，从时间的缝隙中流淌而去。

不知过了多久，一派混沌中传来窸窣的响动，床上的老人醒了。

侯素馨望着这个模样年轻英俊的男人，看到他手里握着自己的照片，第一反应就是去抢回来："还给我！"

郁承猝不及防，锋利的边缘在掌心划过，瞬间出现一道血迹。

他张了张口，却发现自己发不出声音。

侯素馨却不看他了，宝贝地捂着那一沓照片放在胸口，喃喃地说："很重要的，不能，千万不能搞丢了。"

她的手指在颤抖，她有多么珍视这些旧相片，她一遍遍地自言自语，反复低头翻看。

床边的人如同雕塑一般没有了动静。

侯素馨察觉到什么，又抬眸去看他那双漆黑沉寂的眼睛。

她警惕而疑惑地开口："你长得，很像一个我认识的人。"

手指深深地嵌进掌心里，按在刚才的伤口之上，有血珠接二连三地冒了出来，郁承喉结颤动，问："像谁？"

老人陷入了愣怔，明显是在回忆，但是神情却有着显而易见的茫然。

她想不起来了。

侯素馨摇摇头，问他："你叫什么名字？"

"阿承。"

"阿程？"

侯素馨眼睛亮起来，一副要说什么的模样。她迎着他的视线，很惊喜地笑了，把运动会的照片给他看："我有个儿子也叫阿程。"

郁承微笑着说："您再看看。"

手中的照片如纸片般哗啦啦地在风中响动，侯素馨怔怔地看着他，指腹摸到那两个凹凸不平的印记。

——儿子。

好厚的一沓相片，她急促地呼吸起来，指尖僵硬发颤，一张一张地翻过，照片在床上散得到处都是。侯素馨发了疯一样，她知道有什么东西漏掉了，它在这里，它明明昨天还在这里！

疯狂翻找中，她焦躁不安，胡乱挥动手臂，另一侧的瓷碗被挥到地上，咣当碎得四分五裂。

侯素馨喘着气，目光死死地盯着卷角的相片，她记得，她应该记得的。

风吹过床沿，沉闷喑哑。窗帘飘扬起来，又倏忽落下。

一片错乱中，侯素馨的目光突然顿住。

是上一回，郁承带怀歆回家的时候，他们四人合影的照片。

侯素馨颤抖着将它举起来，视线越过病床旁，这张脸和相片上完全重合，仍旧是那两个歪曲而用力的字。

——儿子。

照片被松开，轻缓地飘落到了地上。

侯素馨艰难地伸出手去，抚摸他的侧脸，感受到皮肤的温度，不敢置信地试探："阿程？"

郁承闭上眼睛，受伤的手掌抬起来，覆住她的手背，片晌才轻声道："是我，妈。"

夜色渐渐沉了下来。侯素馨又陷入沉睡，手里还紧紧捏着那几张旧照片。郁承俯身替她掖好被角，又绕到另外一旁，弯下腰，将她打碎的那个瓷碗的碎片一片片捡了起来。

郁承坐在床边，定定地凝视着侯素馨的脸。

他的手上拿着那本羊皮纸手作本。指腹摩挲过封皮，似乎还残存着温度。

每次他需要她的时候，她都会在他身边。

扉页被翻开，里面是从与他初见到现在，她与他经历的一点一滴。有时候是一段文字，有时又是一幅简笔画，有时候则是照片——他的照片，或者是他们的合照，全都洗出来，粘贴到了上面，留下纪念。

在招股书印刷机构。

You had me at hello.

后面跟了个大大的"爱心"。

在敲钟现场。

他是一个专业能力极强的人。博学多识又富有魅力。

后面跟了两个大大的"爱心"。

在稻城雪山。

一个人来这里，崎岖难走的山路，可没想到却碰到了他。他将大衣披在我肩上的时候绅士而体贴，氧气瓶贴在面颊上时窒息感得到缓解，我也有种得救了的感觉。

也许是一辈子都难以忘怀的美景。特地放上郁承为她照的那张相片。

新都桥停电小镇。

下了好大的雨，我在黑暗中跌进他怀里，每一个瞬间的心动都如此真实。

酒吧半途离开后的来电。

　　他对我说，有没有人告诉过你，有时候不必这么懂事。我感觉自己的心被他很小心地包裹起来，熨帖地温暖着。

《海上钢琴师》夜场。

　　他好温柔。

第二次酒吧回途。

　　他把我抱得紧紧的，是那种快要窒息的力度，我感觉很安心。

路遇尾随人员。

　　长长的路灯下，他一直没有挂电话，就这么一直陪我走了一路。我好喜欢他把我当小孩子。

搬家以后第一次一起看电影。

　　好喜欢我们家领导。

后面画了一个"亲亲"的大表情。
澳门组图。

　　是我的男朋友了！
　　真的很好奇为什么世界上有个人每个地方都长成我最喜欢的样子，跟他在一起的时光好开心。
　　有的人黯淡无光，有的人平顺如缎，有的人则熠熠生辉。有一天你会遇到一个像彩虹般绚烂的人，当你遇见之后，会觉得其他人都只是浮云而已。

跟他一起回家。

　　这些信都好可爱，他的字也很漂亮。我好像更加了解他的过去了。

伯父伯母都是很好很好的人，在这样的家庭里好温暖。抱抱我的哥哥。

……

到最后，有一页被折叠起来，郁承慢慢展开，上面是怀歆漂亮小巧的字迹。

如果他也愿意的话，我会一直陪着他的。

郁承翻页的动作停了下来。空气里出奇地安静。

许久之后，有什么温热的液体落在纸面，将墨迹晕染开来。

人这一生，总要有誓死捍卫的东西，比如亲情，比如爱，什么都没有的人，才是最可悲的。

郁承回到 B 城，下午从远丰旅行出来之后，听到警笛声轰鸣作响。

有人上来拦住他和身后的人，客气地说，郁先生，我们收到检举，您涉嫌洗钱以及非法转移境内大额资产，请配合调查。

G 城偏宅内，潘晋崇坐在沙发上微笑应声几句，听那头说话。待到放下电话后，他唇畔弧度略收敛，沉声问裴明帆："你报警了？"

"是。"裴明帆点头，语气阴狠道，"郁承也得意那么久了，登高必跌重，他这回别想再翻身了。"

"自家人小打小闹也就算了，你还敢闹到公家去？"潘晋崇不赞同地盯着他，"那些钱干不干净，你难道不清楚？！"

"小叔莫急。"裴明帆勾了勾嘴角，"那个公司我早就把股权清退了，现在与我们没有半分关系，就算那头要查，也只能看到我想让他们看到的账面和交易流水。"

潘睿带着远丰旅行投诚，本身就是一场局，是他与裴明帆提前商量好的。

潘睿是不被潘晋岳器重的儿子，没有太多的话语权，裴明帆替他还了赌债勾销往日恩怨，并以未来的利益交换为前提，与他达成同盟。

远丰旅行原本是裴明帆和潘睿一同持股，潘晋崇教裴明帆利用旅行社的本质做了很多大额资产买卖和交易流水，把钱洗到境外，同时也把来路不明的钱洗干净。

潘睿并不知晓此事，在郁承势头刚起的时候，裴明帆便逐渐开始将自己的这部分股权和潘睿在其他公司的股权进行置换，让潘睿成了远丰唯一的大股东。

而同盟之后，裴明帆要潘睿做的第一件事，就是将自己名下这家流水最好的公司转给郁承，以此接近对方，套取信息，拿捏他的把柄，以备不时之需。

潘睿一开始还不情愿，但是当裴明帆许诺更多好处以后，他还是同意了。

"就算你掩盖了痕迹，"潘晋崇眸色沉沉，"可你就不怕有任何纰漏吗？万一哪一环节出了错呢？"

"我认为不会有。"裴明帆气定神闲地在他身边坐下，轻笑一声，"就算有，不是还有替罪羊吗？"

潘晋崇眯起眼睛："你是说，潘睿？"

"是啊，我的好弟弟。"裴明帆微笑，"要麻烦他牺牲一下了。"

杜高犬在一旁安静趴伏，他低下头摸了摸它的脑袋，淡淡地说："可惜就是不知道，老爷子的遗嘱究竟是什么内容，又分给郁承多少。"

他顿了下又弯起唇来："不过等事了之后，整个信托基金都是我们的了。也不用管什么遗嘱了。再不济，等郁承进去以后，让阿爸改了遗嘱便是。"

信托基金是老一辈传下来的，他们筹谋数载，就为了现在。

潘晋崇似乎也可以想见不久之后的将来，笑叹一声："阿承这孩子，回来得的确不是时候。"

相比于偏宅的轻悠气氛，此时半山别墅中压抑沉肃。

潘晋岳躺在床上剧烈地咳嗽，林医生给他喂药，药汤被他打翻在地："郁承这个逆子，闹出这么大的动静，想反了天不成！"

许琼在一旁不停为他顺气，面色恳求："这件事情背后或许有隐情，阿承是遭人陷害也说不定，您——"

"争权斗势，本就是各凭本事，他郁承要是立不住，就代表着不能够胜任集团的位置。"潘晋岳一把推开她，脸色阴沉，拿着汤匙的手指颤抖，"只是这一遭，还要让家族蒙羞！"

"那现在怎么办？总不能看着阿承真的……"

"他不是很能吗？不改潘姓，不认祖归宗，这就是他要付出的代价。"

潘晋岳始终对郁承心存顾虑。如今这话算是代表着彻底放弃。

许琼脸色一下子灰白起来，激动道："那要是真进去了，是要判个五年十载的！"

潘晋岳不理会她，许琼软倒在床边："那可是您的亲儿子啊……"

"欲戴皇冠，必承其重。阿琼，这一点我相信你也明白。"潘晋岳仍旧咳嗽，脸色难看地说，"阿承这孩子我原来是看好的，但如今内忧外患，为了他再去大动干戈，属实不值得。"

"阿承还有谢家的联姻，日后怎样都好翻身，您——"

"联姻又如何？换一个人不还是一样？"

许琼呆怔，听到潘晋岳冷漠地说——物尽其用，人尽其力。要进去索性就坐实罪名，集团上下还有什么腌臜事，也都算到郁承头上，一并肃清。

许琼的身体抑制不住地颤抖起来。

她懂了。

自相遇以后，潘晋岳始终不曾真心再爱过她，只是她是在那个时机恰好出现的人，所以他才娶了她。但是裴静蓉不一样，得不到的才是最好的，潘晋岳心里还念着她，连带着对那该死的私生子也私心偏袒。

未必多么有情，只是让天平稍微往一侧倾斜，但那也足够成为压死骆驼的最后一根稻草。

愣怔过后，是经久不息的愤怒，许琮指着他，几乎是口不择言："你为了那个女人要做到这个份上？裴明帆这个贱种，有娘生没娘养，你为他铺路，连带着我们的儿子都冷血地不管不顾，还要落井下石？你还有心吗？！"

潘晋岳的脸彻底冷了下来，寒意逼人。

他唤人来，重声道："把她请出去，她近日精神不好，需要在房间里休息一个月。"

下属们禁锢住许琮的手脚，合力将她拖了出去。许琮大力挣扎："潘晋岳，你不能这样！不能把我禁足——"

潘晋岳不理不睬："让她离开。"

"潘晋岳！

"潘晋岳——"

哭喊的声音被彻底隔绝在了门外，潘晋岳咳嗽两声，脸部肌肉突然开始痉挛，扶着床头口吐白沫。

凌晨一点，救护车的鸣笛声响彻庭院。小孩儿和女人在哭，碗碟碎片一地狼藉，潘家陷入从未有过的混乱之中。

谢家这边也收到消息。

上上下下灯火通明，叔父辈们商议着要取消联姻。

潘家是名门望族，丢掉一个郁承也不会伤及根本，但是对他们来说，已经没有合作的必要。

潘晋岳这一支系可行的人选无非就两个人。除去郁承以外，就只剩下裴明帆资质还不错。可再怎么说，终究是个私生子，上不了台面。

堂堂谢家千金嫁给一个私生子，传出去岂不是叫人笑话，索性这桩婚事就作废算了。

谢芳毓坐在窗边，平静地听着自家人冷漠地讨论利害。

这就是豪门望族，没出事的时候人人都想攀关系，出了事便躲得远远的，生怕沾上什么晦气，毫无情义可言。这么多年她早已见怪不怪，并且连自己都习惯地融于其中。

谢芳毓突然想到，郁承那样心思缜密，真的可能被人就这样扳倒吗？

相处的时间虽少，但她就是莫名相信，郁承不会真的失败。

为什么呢？

可能是因为那天晚上，他描述自己心上人时眼中的那种熠熠光芒。那个神情让谢芳毓认识到，郁承的心底拥有很多力量，他为了对方，拼上自己的一切也甘之如饴。

那份感情尚且令她动容，又怎知老天爷不会愿意帮忙呢？

"他不会做这样的事情的，是不是、是不是有哪里弄错了？！"

光天化日之下被人带走，一石激起千层浪，付庭宥担心怀歆从别的地方听到风声会更加不安，直接打电话告诉了她。

洗钱，非法转移十几个亿的资产，这样的罪名扣到郁承头上，怀歆不信。

她当然不信，他是什么样的人她很清楚，他不会做这种事，绝对不会。

"我也相信阿承不会。"付庭宥语气也十分沉肃，"但是他名下那个公司远丰的确是被查出问题，这里面有什么勾当还不清楚，所以才要配合调查。"

怀歆握着电话的手几乎在颤抖。

潘家个个豺狼虎豹，这是要把郁承往死里整。对头的势力恨不得他摔得粉身碎骨，而潘家家主却又不要他，把他当个弃子。

"现在怎么办？"她焦急得不知所措，都快要哭了，"难道只能够这样坐以待毙吗？"

付庭宥知道的也就这么多了，但是郁承在中午离开之前还告诉了他别的事情，让他觉得阿承是早就预料到会出事的。

"阿承让我给你捎句话。"

郁承一直都没主动联系过她，怀歆愣住："什么？"

"他让我一定要告诉你，这几天好好待在家里，不要到处乱跑。"

眼泪坠于微颤的睫毛，怀歆的心怦怦地跳了起来，她捕捉到一个词，急切地同他确认："他只说是这几天吗？"

"是的。只是这几天。"

一片雪花悠悠地落下来，怀歆低头抹净脸上微咸涩的液体，向窗外看去，这是 B 城的第一场雪。

冷空气席卷而来，隔着玻璃也能感觉到室外的寒冷。但是无人的街道上，这分明是一个银装素裹的纯净世界。怀歆站在窗边，低头看到对街堆了一个小小的可爱雪人。

怀歆抬起眼睫，望向这场逐渐连绵的雪，到处都是洁白的一片，将灰色的屋檐砖瓦掩盖，她想到了稻城，想到那场来势汹汹的风雪，想到那时候他挺拔的脊背，心底稍微踏实些许。

他们有多么默契，不只是在情事上。他只说了一句话，她就能听懂弦外音。

挂了电话之后，怀歆在窗边坐了许久。

有人敲她的房门，怀歆跑过去，谨慎地对着猫眼看。

她还没出声，那头倒先说话了："怀小姐，是我，程铮。"

这是郁承身边信任的人，怀歆知道。

她确认对方身份以后，这才拉开门。程铮站在外面，身上还带着新鲜的雪的气息，他手里拿着一封信，递给她："怀小姐，这是承总让我代为转交给您的。"

信封上是她熟悉的字迹——小歆收。

怀歆抿了抿唇，将信接过来，慢慢摩挲过那三个字："麻烦您了。"

"不麻烦。"

怀歆想了想，还是迟疑地问出心中担忧："他现在，情况到底怎么样了？还安全吗？"

程铮什么也没说，只是恭谨道："您放心。"

怀歆回到屋内，雪越下越大，她在窗边拆信。信封上有新鲜的檀木香气，温暖如炉火炭烤，也有男人身上好闻的气息。

映入眼帘的是一行漂亮俊逸的小楷。

天冷，多穿一些，不要着凉。

翻过一面。

别怕，不会让你独自度过这个冬天。

暗红色的酒液在高脚杯中旋转，室内一派歌舞升平的景象。几个女人围着裴明帆坐着，潘晋崇则独自坐在一旁，漫不经心地饮酒。

——大局已定，潘家的这半壁江山就要收归他手。

女人们跳舞，寻欢，室内笑闹声不断，裴明帆这边不缺人，就有大胆的瞄中潘晋崇，窈窕身姿相送，谁知却被他不耐地挥退。

实话实说，不知为何，潘晋崇这心头总有些不安的感觉。

思绪还没转过一瞬，手机铃声响起。有机敏的连忙关了音乐，一屋子的人都停了下来，潘晋崇让他们都先出去。

只剩下裴明帆和自己。

接起电话，那头只说了两句，潘晋崇掌内的高脚杯磕在玻璃桌边缘，面色骤变。

手下的人传话，郁承那边竟然向警方提供了非常充足的证据，不仅证明了自己的清白，还剑指裴明帆的种种违法行迹。

"证据？他哪里来的证据？！"

裴明帆做事谨慎，账面真真假假留了许多层，就算深入去查也只会查出那些证据指向潘睿，又怎么可能把他找出来。

潘晋崇的脸色已经很难看了，裴明帆不住摇头："小叔，你别信那些人，郁承那就是在危言耸听——"

"你给我闭嘴！"

杯子被震碎在地上，红色的酒液洒了一地。一旁伏趴着的杜高犬惊吓一瞬，凶狠地吠了起来，但囿于铁链长度，它无法扑咬到潘晋崇，只把铁笼子震得砰砰响。

扇完耳光的手掌还隐隐作痛，潘晋崇的太阳穴突突地跳。近几个月郁承身边亲近的人不是律师就是资产评估师，他原本以为是集团的事情，现在一想，许多线索都隐隐串联到了一块。

"他找到了我们买卖的那个高尔夫球度假村，查到了国外的账户！"

"怎么可能？"裴明帆神情狰狞，早就维持不住平静，"那些交易流水就算捣深几层都没有问题，他怎么可能未卜先知，花费那么大心力去查这件事？"

"你自己想想你哪一环落了把柄？！"

裴明帆胸口起伏，却仍然没有头绪。

不管如何，事情已经败露："先去新加坡避一避，今晚就走，不能再拖了！"潘晋崇当机立断，一边联系自己的人备车去私家机场，一边收拾东西。

两人急急忙忙从别墅里背着大包沉甸甸的东西出来的时候，警车已将这处豪宅围得水泄不通。

——人赃并获。

天还没亮，医院仍旧灯火通明。

紧闭的高级病房外，身姿修颀的男人身着黑衣，直接拧开门把手进去。等房门重新闭合之后，两个保镖背过身站在外面。

潘晋岳靠在床头，吐字都有些困难，待抬头看清来人之后，浑身一震。

"阿爸，"郁承微微笑道，"希望这次我没有让您失望。"

潘晋岳口角㖞斜，吃力地张嘴，似乎想说什么却说不出来。

"您对我的安排我都已经听说了。"郁承在床边坐下来，情绪淡淡，散漫道，"可是我不太满意，怎么办？"

面前飘落一沓印满字迹的 A4 纸张，潘晋岳的眸光落于抬头，手指蓦地颤抖起来，郁承勾唇，将一支钢笔塞到他手里，将他手指一根根掰过来，握紧了它。

"一直都不知道您那份遗嘱是怎样的，但是我想，它也没有存在的必要了。"

郁承修长分明的指节点在那一项项条款上："我按照我的想法重新写了一份，阿爸过目，如果觉得没什么问题的话，就请签字吧。"

潘晋岳僵硬着身体不动，郁承浅浅笑了，温文尔雅问："怎么？是哪里有什么问题吗？"

"律师就在外面，随时都能够解答。哪一项有问题，您提出来，我们商量着修改。"

潘晋岳大口大口地喘气，缓了好一会儿，终于能说话。他侧过眸，想拿床头的那瓶石斛茶，手臂却无力，怎么都够不到，郁承冷眼看着，过了片刻，才帮他把水瓶拿了，递到他的手里。

"你、你……"潘晋岳呼吸急促，"明帆他怎样了？"

"我自然是以其人之道还治其人之身。"郁承淡笑，"阿爸还想要什么样的结果？"

"这对家族声誉不利……"

郁承眼底的温度冷了一些："阿爸放弃我的时候，怎么就没想过对家族、对集团会有不利影响？"

潘晋岳重重咳嗽几声，难掩病态。他喉咙干痛，费力地试图拧开瓶盖。郁承的视线落在上面，突然问："难道您就没想过，自己的身体为何每况愈下吗？"

潘晋岳的动作停了下来："……你说什么？"

郁承轻哂一声，又拿出一份文件袋，贴心为他打开，将里面的纸张拿出来放在他面前。

那是一份药物检测报告。

白纸黑字，写明粉末中添加复合类化学性物质，主要成分是氯丙嗪，通常用于治疗精神分裂症，但是也是一种可以危害脑部和心血管的慢性毒药。

玻璃水瓶从床铺上滚落下来，在摔到地上之前被郁承接住。他将它稳稳当当地放回床头柜，平静说："争权斗势，都是各凭本事。阿爸在高位看我们手足相残的时候，有想到过今天吗？"

这是潘家旗下工厂生产的养生产品，特制石斛配方，拥有权限做手脚的，就只有潘晋崇一人。但每次将石斛粉送来的，都是裴明帆。

这么多年潘晋岳的防备心也有所降低，更加没有想到这两人会联手合作。

他们做得很小心，剂量很少，而且只有偶尔会放，甚至连林医生都没有发现蹊跷。要不是那回下棋时被郁承注意到，本是个非常缜密的计划。

潘晋岳面部又开始痉挛，根本无法控制自己的表情："为什么？！"

"小叔都已经同警方交代了。因为一份阿公留下的巨额信托基金，它目前还是在您名下，但如果您出现意外，财产的第一顺位归属权便是他的。"

这些转让继承的隐藏条款本应该保密，但是潘晋崇买通了律师，得知了这件事。裴明帆帮他做事，等事成之后，潘晋崇会分给他一部分的收益。

他这么多年安安分分经营潘家的酒店版图，表面不争不抢，实际上是蛰伏着酝酿更大的阴谋。

"常在河边走，哪能不湿鞋。"郁承将笔重新塞进潘晋岳的手里，温和道，"快签字吧，阿爸。"

他知道潘晋岳在看他，或许很不甘心，又或许愤怒，但是不管怎么说，他仁至义尽了。

郁承眸光淡淡，就这么看着潘晋岳一笔一画艰难地写下了自己的名字，诺顿从外面进来，确认无误之后，将文件袋拿了出去。

郁承慢条斯理地整理衬衫袖口，站起来，准备转身离开。

潘晋岳却吃力地伸出手，拽住了他的衣服。

"……阿承。"

郁承回过头，看到他的神情，并不言语。

潘晋岳嘴唇颤抖着微张，就这么仰面看着他。

他苍老了许多，眼瞳浑浊，拥有一副难以自控的躯体，备受病魔折磨。

郁承低敛下眼，没什么情绪地说："阿爸放心，我会替您叫医生来的。"

人心叵测。他私心祖护的私生子要置他于死地，一直有所怀疑排斥的这个儿子却在最后给他留了一口气。

手指渐渐收紧，潘晋岳艰难出声："阿承……"

郁承静静看着他。

也许他有什么想说的话，但是如今说什么都已经太迟了。

郁承微微扬了下唇，将他的手拂下，放平。

他什么也没应，转了身："您好好休息吧。"

程铮和诺顿都在外面恭候。

这场筹谋数月的持久战终于成功，其中任何一环出现纰漏都达不到如今的局面。所幸最后还是他们赌赢了。

郁承在六月份的时候就联系到诺顿和伯纳德，希望他们能够利用自己的关系网络找寻裴明帆非法转移境内资产的证据。

他们查出了一些蛛丝马迹，但是对方掩盖得太过周密，一段时间内都没有进展。

这时潘睿送上门来。

郁承从不轻信所谓的"投诚"。如果这是一个局，那么他就顺着裴明帆的意继续做下去，以身诱敌。

对付潘睿这样的纨绔子弟，程铮有的是方法。

他找了几个女人接近对方，在潘睿酒醉的时候套话。Angel 就是其中一个，她在潘睿身边陪了一段时间，终于撬出他与裴明帆之间的利益交换。

裴明帆如此大费周折，不会只让潘睿过来套取信息这么简单，所以问题一定出在他带来的这个公司上面。

他很谨慎，将交易流水全部伪造成真实商业活动，却唯独漏了一个点。

那就是为了打压郁承去找的旧改拆迁钉子户。

那人当时白血病晚期，命不久矣，遗书也写了，警方比对过字迹，什么都没查出来。

万融算是国内最大的房地产公司之一，怎么会闷声吃下这个哑巴亏。郁承稍微不经意给了他们一点指引，他们很快就顺藤摸瓜查了下去。

裴明帆的人分批付了报酬，事前先给了八万元现金，事后见已判定为自杀，尘埃落定，便掉以轻心，将剩下的十二万元从账户走的小额划转。

那几个户头之一正是购买高尔夫球度假村的账户，而那笔交易也被伪装成了某种款项。

这下正好和他们国外的线索连了起来。通过大额资产买卖，将钱从境内转移到境外，这只是冰山一角，可只要露出罅隙，一切就都好办了。

诺顿和伯纳德在国外人脉广，对于这种标志性买卖，很容易就能寻到踪迹。

当时两方势均力敌，但是还缺一根导火索。

不破不立，和谢家的联姻便是这个导火线。

以裴明帆的心思一定会在联姻后下狠手，不然假以时日等郁承掌握大权，一切都已经晚了。

所以如郁承所料，他真的行此险招。

裴明帆那般城府高深，最后还是败了，其实并不是他行事不够缜密，而是因为无法无天，不够心存敬畏。

裴明帆和潘晋崇的事情还未被媒体知晓，郁承安排集团公关团队强力压下这桩丑闻。

裴明帆本就是私生子，没怎么在公众场合抛头露面过，想要悄无声息地掩盖消息并不困难。数罪并犯，等待他的将会是永远不见天光的牢狱之灾。

潘老爷子病重无行为能力，裴明帆彻底倒了，潘睿和潘隽也构不成威胁。集团如今除了原本归属于郁承的派系，其他人也没了起乱抗争的心思。

虽是一盘散沙，但阻力已然消除，归拢只是时间问题。

这个圈子里，无论消息好坏都传得很快。

付庭宥带着好消息打电话过来的时候，怀歆一瞬间控制不住情绪，喜极而泣。

——她知道郁承有多么不容易。这十几年来，他肩上背负了多少。今后还会有更多，但是现在终于可以短暂地歇一口气。

怀歆吸鼻子，糯着嗓音嗔道："事态都已经平息了，他干吗不自己打电话和我说？"

付庭宥笑了："阿承要同你说的话多着呢，在电话里一两句怎么可能说得完。"

"那……"

"我就不打扰你们了，先挂了。"

"喂——"

电话里传来嘟嘟的声音，怀歆鼓了鼓脸颊，把手机放下来，看了一会儿，想到什么，又弯起唇笑了。

微信弹出来一则消息，她心里有种微妙的预感，抬眸看去。

——果然是郁承。

他好久没有给她发消息，怀歆赌气把他的昵称改成"大坏蛋"，如今看到这三个字，又想哭了。

大坏蛋：下楼。

外面又在飘雪了，纷纷扬扬，晶莹剔透的雪花。怀歆透过微微起了些雾气的玻璃窗看到楼底下，好像有影影绰绰的人影。

她心里空了一拍，突然怦怦怦急促地跳动起来。怀歆披上羽绒服，打开卧室门飞快冲下楼。鞋底嗒嗒敲击在旋转楼梯上，她几乎有些按捺不住自己。

她在想第一句话她要说什么。

脑袋空空，完全被喜悦冲散，只想着能快点下楼，快点见到他。

再快一些。

这里是别墅区，出来以后就是长而清幽的人行道。

漫天都是细小软绵的雪花，在碧绿的草地上铺满纯净的白色，怀歆的步伐顿在大门前阶梯上。

映入视野的是对街的一个小雪人。

胖胖的，两侧插着树枝，圆滚滚的头上还戴着一顶淡紫色的毛绒帽子。可爱得要命。

风雪眯了眼，怀歆的眸光慢慢转向一旁身着呢子大衣、英俊挺拔的男人。

十米的距离，隔着雪幕，她看到他的眼睛，漆黑深邃，那么漂亮又那么令人目眩神迷。

他在温柔而专注地凝视着她。

怀欹往前走了两步，突然飞奔起来，朝郁承冲了过去。

同样是淡紫色的围巾在空中飘扬，连同着她乌黑的长发，细小的结晶从白皙细润的肌肤上滑过，照映出眼底一片如琉璃般的清澈，被雪映得发亮。

郁承也朝怀欹大步走来。他朝她张开双臂，在她一跃而起的时候，稳稳当当把她接进了怀里。怀欹搂住他的脖颈，脸颊与他的贴得紧紧的，呼出的热气都交融在一起。

郁承抱着她转了一圈，低沉悦耳的笑声从耳侧传来，真实的温度、触感、味道，怀欹的眼泪一下子就掉了下来。

这时他开始吻她。

沿着柔软的耳，擦过黑发，到脸颊，吻去她温热的泪，再到芬芳的唇。

只是嘴唇之间含吮相贴，轻浅而温柔，无关情欲。

怀欹觉得这一刻时间才像是真正静止了，只有交织的呼吸间无声的呢喃，仿佛珍重在心底的某句情真意切的独白。

她眼圈微红，睫毛颤动，感到郁承把她抱得更紧了。委屈的泪水怎么也止不住，汹涌地冲破闸门而来。

"你这个坏蛋，浑蛋，呜呜呜。"怀欹嘤嘤呜呜地捶他，没什么力道的小拳头瞬间被郁承捉住，拉至唇边轻轻吻住指节。

"都是我的错。"他喑哑出声，"都是我不好，宝贝。"

怀欹鼻子莫名酸了，她摇着头说："你回来了……"

"嗯，回来了。"

"再也不离开你了。"

郁承捧着怀欹的脸，在滚烫的泪水中一遍又一遍用力地亲吻她，怀欹第一次真切感受到，如今眼前拥抱着自己的这个男人是她的爱人。

不曾感受过这样浓烈的感情，怀欹又哭又笑。这份感情炙热地在胸腔中燃烧，要把她烫化了似的。

真正的爱情就是一腔无处安放的真心。怀欹红着眼抬手，触在男人英挺的眉骨上，缓缓向下描摹摩挲。

"你瘦了好多。"她心疼地哽咽，"很难吧，一个人在 G 城……"

郁承蓦地抱住她，嗓音沉哑："是啊，你不在，真的很难。"

这漫长的几个月，他们大多时候只能靠着视频见面，聊的时间也没有多少。夜深人静的时候有多难挨，只有自己心里知道。

怀欹的脸贴在他心口的位置，听到里面有力的心跳声。

好像比平常要更急促一些。

她埋在他怀里，闷闷地说："你知道我有多想你吗？可是都不能和你讲话，我生怕给你太大的压力。阿承，我知道你有多不容易，那时候我就想，无论你是成是败，我这辈子都认定你了……"

其实郁承走的每一步棋都有惊无险，成败不过一念之间，倘若真的坠落，就是万劫不复，可她却说，她这辈子认定他了。

这时候雪花也飘得更急。

怀歆话没说完，手指倏忽被套上一个冰凉的圈。

银质边缘有些粗粝，是郁承总带在身边的戒指。

19910620，这是郁承最重要的东西，在阳光的照耀下，光芒都映在她眼底。

"这是……"怀歆嘴唇翕动，有些微微颤抖。

"对不起宝贝，这有点太仓促了。"

男人脸上有着连自己都有些意想不到的，愣怔而无奈的笑。他低哑地喃喃道："原本想准备一个很浪漫的求婚来着，可是我等不及了。"

戴着淡紫色毛绒帽子的小雪人立在一旁，好像在对他们笑。怀歆的眼眶氤氲潮气，眼泪又一刻不停往下掉。

"和我在一起，好像总是惹你哭啊。"郁承温柔抹去她的眼泪，柔声哄道，"宝宝不哭了好不好？以后再不让你哭了。"

可是没用。

眼泪像开了闸似的，她哭得更凶了。

怀歆在蒙眬的泪光里，看到他就这么仰着头，朝她单膝跪了下来，表情虔诚而认真。

"怀歆。"

他只是叫她的名字都感觉是在示爱。这样一个强大而温柔的人啊。

他们都不是轻易许下承诺的人。因为一旦许了，就是一生一世。

至死不渝。

"我会永远对你忠诚，为你匡扶正义，永远坚定不移地选择你，矢志不渝地爱你。"

郁承凝视着她："你愿不愿意，一辈子和我在一起？"

怀歆看着眼前这个男人。

——很早很早之前，她的眼里就只看得到他了。

只能看到他，只想看到他。

做彼此的唯一。

有雪花飘落在指尖，怀歆笑中带泪，点点头，说："好。"

郁承，我们一辈子在一起。

Extra 1

可以请你嫁给我吗？ ✦

秋末到初冬，其实算算时间，他们分开这段日子也没有太久，但怀歆就是觉得，好像历经了一个四季似的——在土耳其的时候还是夏天，现在 B 城都下过两场雪了。

所幸，以后他们有大把的光阴可以一起浪费。

郁承在潘家掌权之后，B 城的房产可以随意处置，他提议说要带她去顶层旋转餐厅吃烛光晚餐，怀歆说，在别墅里吃外卖就很好。

其实她根本不在意到底在哪里，只要能和他在一起，她就是最幸福的。

郁承当然不会委屈她吃外卖，既然要在家里吃，他说不如下厨给她做饭，两人便去了附近商场里的超市购买食材。

他做菜的手艺一绝，怀歆回忆起来食欲就大增。也可能是她心情好的缘故，与他十指相扣挑挑拣拣，脸上一直挂着笑容。

郁承让她点菜，怀歆真不客气，一口气报了五六个，什么杭椒茄子、啤酒鸭、糯米排骨、清蒸鲈鱼等，郁承低头笑着凝视她："这么多，都要？"

"嗯。"怀歆挽着他的手臂摇了摇，撒娇，"都要。"

他低眉，嗓音低沉磁性："不怕吃不下？"

"嗯……"怀歆想了想，突然又改口，"对，确实不能吃太多。"

郁承挑了下眉："怎么？"

怀歆抬眸，认真道："要是吃太饱的话，晚上就……"

她软着一副甜润的嗓，眸光清澈，还有种天真娇妩的无辜感，郁承的眼眸一下子暗下来，意味难辨地凝视着她。

怀歆不自知似的，就这么看着他，伸出一点粉嫩的舌尖，在唇上舔蹭而过："怎么了？"

男人倏忽眯起眼。

他嗓音有点哑："你真要在这儿招我？"

怀歆眨眨眼，歪了歪脑袋："那又怎么样？"

话音刚落，下一秒强势的唇就落了下来，以吻封缄。

怀歆原本就是仗着公众场合郁承不会怎样才敢这么大胆，谁料他根本就不在乎，骨节分明的手指插入她的黑发，摁着后颈与她唇舌交缠。

就、就算他们现在在货架之间人比较少的地方，这光天化日的也太出格了吧！！

啊啊啊啊！流氓！！

怀歆的耳尖一下子就红了，小臂屈起撑在郁承胸口，只触到紧实坚硬的肌肉。他的力道太过强势，她推也推不开他，只能无力地象征性地拿小拳头捶打。

氧气被肆无忌惮地攫取，好不容易等郁承放开她，怀歆双颊已经绯红一片。眼角也因为太过剧烈的亲吻而渗出泪水，一副被欺负惨了的模样，偏偏罪魁祸首还笑着叹道："宝贝好甜。"

"……"

郁承敛着眸，似有些意犹未尽，压着微哑的低沉嗓音在怀歆耳畔吐息："回去再好好品尝。"

"……"

怀歆自讨苦吃，也怨不了任何人，瞪他一眼，也不在超市里到处挑菜了，赶紧推着手推车往收银台去了。

付了钱之后，郁承一只手拎着大包小包，一只手牵着她到地库去取车。

商场离别墅区不远，两人驱车回到家里，把各种食材在台面上摆开。

郁承把围裙递给怀歆，勾唇："帮我系。"

他把袖子挽起来，露出肌理流畅分明的小臂，很好看。怀歆从后面给他系围裙，恰好呈抱着他腰的姿势，还没撤开，手就被他捉住。

那枚银质戒指戴在她左手中指刚刚合适，不大不小。怀歆纤细葱白的指尖娇嫩，郁承低眉，温缓地摩挲她的手背。

他转过身，垂敛下深邃的桃花眼看她，半晌低笑一声。

那磁性动听的嗓音烫得怀歆心口有点痒，鼓了鼓脸颊问："你笑什么？"

郁承眉眼弯起，亲昵地执起她的手在指节上吻了一下，音色低沉醇郁："觉得你很可爱。"

"……"

这人怎么就突如其来地开始说情话了啊，讨厌。

温热的气息徐徐洒在耳畔，怀歆的耳尖有些冒红。郁承又笑了笑，钩着她的腰在她白皙温软的耳边轻轻地亲吻。

好温柔。

怀歆仰颈，柔软的唇微启，任他珍重细腻地采撷，心好像软成了温水，轻轻一碰就要漾出来。

原先是与他做游戏，真心总是藏在试探龃龉的缝隙里，要辨个你输我赢，现下却撤开所有防备，彼此紧紧相拥。

温存地打闹着度过了下午时光，再不做饭来不及了，郁承让怀歆先去客厅看会儿电视，他很快就好。

怀歆不依，非要给他打下手，结果搞得厨房里全是溅出来的水，买的那两条鱼从池子里弹跳着飞到了地上，奋力地甩尾挣扎着，怀歆也在厨房里尖叫着躲来躲去。

"啊啊啊——怎么办怎么办，你们俩不要过来，啊啊啊！！！"

她到底是来帮忙的还是来捣乱的不得而知，但是这天晚上确实花费了半个小时在地上抓鱼。

哪怕在老家也很少经历这样的事情，两人一番折腾，脸上身上都有些狼狈，面面相觑地看向对方，郁承以手掩唇，胸腔里发出颤动的低沉笑声。

最后两条鱼还是和和美美地上了桌，一条清蒸一条红烧，怀歆先前点的菜一个不落，郁承全都做了，也都和她想象中一样美味。

吃完饭就有些急不可耐，但不太适合直接切入正题，仍旧假模假样地点开一部电影。

《剪刀手爱德华》，20 世纪 90 年代的老片，本来是随意打发时间消消食，却看进情节里，动了真情。

爱德华是拥有一双剪刀手的机器人，却拥有属于人类的心智，爱上了一个人类女孩。

他因为这双容易伤人的剪刀手被误解、被质疑，在别人眼里是怪物，是令人排斥、恐惧的存在。可他却从未停止爱她，用自己的一腔真心待她。

可是当拥有可以拥抱她的机会时，他却胆怯地收回了手，因为害怕伤害到她。

"我想要一双人类的手。我想用我的双手把我的爱人紧紧地拥在怀中，哪怕只有一次。"[①]

他们已经很久没有亲热过，分开的这么多天，每一个夜晚都如此难挨。

夜色落幕，室内也关了灯，视觉落下保护色，只剩听觉和触觉越发清晰刻骨。

只有在这种时刻，怀歆才意识到自己究竟有多么想念他，她把自己藏得很深，层层叠叠的花瓣，每一片都是伪饰的情绪，郁承箍着她的力道越发紧了。

"阿承，抱我……"

怀歆带着哭腔习惯性地叫他名字。耳后传来郁承略沉的喘息，他突然把她转过来，面对面地抱紧。

---

① 所涉及情节和台词源自电影《剪刀手爱德华》。

怀歆小巧的下巴搁在他宽阔的肩膀处，毫无缝隙，郁承抱着她进了卧室，纤细白皙的小腿在半空中晃了晃，门关上的时候，怀歆的心终于彻底放了下来。

背后是床铺，面前是他坚实的臂膀，怀歆被拥于这一方狭窄天地之中，心中充满了慰藉和安全感。

她要看着他，看着郁承的眼睛。

那双漆黑深沉的桃花眼幽沉晦暗，潮浪拍打在暗礁上，怀歆看到他启唇，俯在她耳边声音暗哑地唤她名字："小歆。"

"……"

她的心猝不及防地跳了一下，接着听到他问："你爱不爱我？"

这一声又低又沉，如他喷薄在她汗湿颈窝的滚烫潮意，怀歆恍惚着仰颈，感觉到他比之前更深更重的拥抱，一顿一顿好像砸在心上："说爱我。"

在快要窒息的浪潮里，怀歆说不出来，一个字都说不出来。喉头好像被扼住，呼吸急促而紊乱，胸口处失控地跳动。

泪水从微红的眼尾淌下来，怀歆边哭边搂紧郁承的脖颈，落进一片湍急的旋涡。

她如此患得患失，不是还在和他较劲，是觉得她只有这么一丁点的爱，是她等了好久才从他那里争来的，说出来好像就还回去了似的。

怀歆说不出来，她想到父亲出事之后她就彻夜难眠，某天半夜口干舌燥的，想去客厅倒点儿水喝，却听到隔壁房间里有说话的声音。

是赵媛清，在小声地对赵澈说着自己今后的打算。

不是该如何照料怀曜庆，而是在想，万一人真没了，他的公司、名下的财产，可能分到他们母子俩头上的有多少，怎样才能尽力多为赵澈谋一些实处。

人心是很复杂的，也经不起考验。怀歆一点儿也不意外，但对于她来说，心底还是有一处坍塌了。

她以为的爱和所谓的亲情掺杂着趋利避害的伪装，如今浑浊的那一面生生剥开给她看。

她向来都不是他们的最优选。

她是一路上都在不断被亲近的人抛弃的那个，无论是主动或是被动，所有的人，所有人都会离开。

郁承差点也回不来，怀歆混混沌沌地裹紧他，一直哭一直哭，哭得上气不接下气。

她要很多很多的爱才能够填满这颗孤寂的心，说一声就少一点，她说不出。怀歆死死地咬着唇，直至泪眼模糊。

温热又汗湿的手掌覆了过来，用力嵌入她掌心之中，银质戒指硌得她指根微疼，温暖的檀木香味好像燃烧起来似的，郁承安抚而温存地拥抱住她："没关系，宝宝。

"没关系。"

氧气耗尽，怀歆失神般地绷紧脚背，肩头如蝴蝶般轻抖，汗水沿着郁承如刀刻般分明英挺的下颌线滴落，他的黑发、黑眸，如夜色一般深暗，与她交颈，随呼啸的风声裹住她娇小的身体。

情感轰然倾泻的那一刻，郁承在泪水的炙热中长久地吻住她的唇。

"我爱你。

"……是我爱你。"

怀曜庆做过伽马刀的手术后，要进行术后观察，不能立即出院，因了郁承的关系可以在高级病房里多休养一段时间。

第二日一早吃过饭，郁承便和怀歆一同去看望他。推开门时病房里静悄悄的，只有怀曜庆一个人，捧着本书默默在看。

郁承已经很久没有来过，怀歆解释是他工作忙，怀曜庆看似接受了这套说辞，实际上心里却不太安心。

怀曜庆在网上有看到一些媒体捕风捉影的消息，抓拍到郁承的一些照片，能隐约感觉到他是遇到了什么棘手的情况。

怀曜庆原先对这段关系的感觉是很复杂的，他知道女儿早熟，对于感情也有自己的偏好，也很感激郁承的帮助，但是他总觉得潘家那样的背景对于他们这种小门小户还是太过复杂了。

他们这样的人家，富裕，不缺钱，也能够给子女最优质的教育，但那种顶级豪门仍旧不是他们能够去触碰的。

尔虞我诈，人心隔着墙，到一个信任最稀薄的地方去谋真情，怎能够叫人放心。

父女连心，那个时候怀歆强颜欢笑，他都看在眼里，却装作什么都不知道。

到了夜里怀曜庆的脑袋隐隐作痛，其他的什么都不想了，只希望郁承能够平安回来。

如今再见到他，怀曜庆心里松了好大一口气，"啪"的一声合上书，直起身来。

做完动作又发觉自己有些太激动，他不自然地挠了挠自己的发顶："呃，那什么……小承来了？"

怀歆察觉到了爸爸掩藏着不想被人发现的那种惊喜，没忍住悄悄翘起了嘴角。

"嗯。"郁承牵着怀歆的手，唇畔也勾起温和的笑，"叔叔，您感觉怎么样？"

怀曜庆顿了一下："挺好的。这个手术感觉很有效，不愧是你找的专家。"

"那就好。"

郁承拉开椅子让怀歆先坐下，他折身到角落里找了一张没靠背的椅子拉至她身边，同怀曜庆解释："叔叔，实在抱歉，前段时间工作太忙，没能多来看看您。"

怀曜庆不动声色地把这些细节收进眼里，抿着唇摆摆手："哎，这有什么要紧。年轻人，工作重要。"

郁承笑了笑，没说什么。

瞥见一旁的果篮和水果刀，他询问怀曜庆："叔叔想吃苹果吗？"

怀曜庆愣了一下，摇头："谢谢，我不想吃。"

倒是怀歆在一旁拉了拉郁承的袖子，撒娇："我想吃。"

郁承笑意清浅："好。"

怀歆和怀曜庆轻松地话家常，男人就在一旁慢条斯理地削苹果，一把白色瓷刀在他修长手指中玩转得漂亮，红色的果皮流畅地剥落下来，显然技法十分纯熟。

没过一会儿就削好一个，旁边有干净碟子，郁承就将苹果切成块状，并用牙签插好，放到怀歆手边。

怀歆拿了一小块放进嘴里，甜甜沙沙的，入口即化，清亮的眉眼舒展开来，悄悄地在病床下方牵住郁承的手，轻轻地摩挲交握。

怀歆自以为这个角度怀曜庆看不到，所以在老头轻咳的时候也没多想，仍然愉悦地同他聊着天。

倒是郁承轻笑一声，但也没说什么，只低着头弯着眼。

怀曜庆："……"

黏黏糊糊的，没眼看。

他又干咳了一声，这时怀歆才注意到，一边在底下热情地摸郁承的手，一边疑惑地眨眼："爸，你身体不舒服吗？"

怀曜庆忍无可忍："你给我出去一会儿。"

怀歆："啊？"

"我要跟小承单独说几句话。"

"……"

"呃。"怀歆摸了摸鼻子，看他一眼，又看郁承一眼，欲言又止。

那副神情好像是担心他欺负自己男朋友似的，怀曜庆深吸了一口气，安详地在床上重新躺了下来。怀歆这才舔了舔唇，试探着站起身来："那，我出去啦？"

出去的时候还捏了捏郁承的手指，以示鼓励。

偷觑女儿的怀曜庆："……"

怀歆出去以后，病房内安静下来，郁承坐到离怀曜庆近一点的那张椅子上，温和道："叔叔有什么话要对我说？"

怀曜庆斟酌片刻，还是把话摊开来说："小承，其实我大概知道前阵子发生了什么事。虽然我女儿没跟我讲，但是我能从她的状态里猜出几分。"

郁承稍顿一瞬，唇线略微平直："抱歉叔叔，这件事的确是我不好。"

怀曜庆靠在微微倾斜的床铺上，看清他眼底的自责。

"叔叔就是想问，你家里的事情都解决了吗？对你影响大不大？"怀曜庆微微叹口气，"这么年轻就要承担这么大的责任，我想你肯定是很辛苦的。"

郁承神情微怔，手指稍微收拢一些，低声应道："都已经顺利解决了，您别担心。"

"那就好。"

病房里一时有些沉默，怀曜庆似乎没有继续问话的意图了。郁承眼睫微动，抬眸道："叔叔，我和小歆……"

"你们如何都行。"怀曜庆打断他，静静摇头，"我不会反对。"

他一早就看到怀歆手上的戒指了。她红扑扑的小脸上飞扬着明媚的笑意，这意味着什么他还能不清楚吗。

怀曜庆一把年纪了，也不是什么顽固父母，既然是女儿自己的选择，他这做父亲的也没什么好阻拦的。

除开家世背景的不匹配，郁承其他方面都算是万里挑一的，怀曜庆心里其实是满意的。再加之郁承对怀歆有多么体贴细致，也被他看得一清二楚。

"小承，我这病啊，多亏了你帮忙，"怀曜庆凝视着郁承，"如果不是你，我现在能不能安然无恙地躺在这里都还是未知数。"

郁承垂眸："叔叔，这都是我应该做的。"

病了一遭很多事情也想透了，怀曜庆微笑起来："哪有什么应不应该，就算是亲子女或家人，也不一定能做到这个份儿上，你能这样出力，叔叔心里其实真的很感激。"

冬天里的阳光也格外暖和，郁承敛着眼睫，眸光微动，没有再出声。但是浮动的空气和缓，就算十分安静也并不会让人感觉不自在。

两人无言地坐了一会儿，望着云层渐渐从高楼后面拂过。

"小承。"

"嗯？"

"你知道叔叔就只有这么一个女儿。"

怀曜庆坐直身体，眼神掠向窗外："……其实我心里一直很愧疚，平日里关心这孩子太少了。"

他视线定定的，好久才开口："她心思细腻，又很敏感，今后可能要麻烦你多照顾照顾她了。"

这话相当于是将怀歆托付给他，老人家说话含蓄，不好点破，郁承喉结些微滚动，半晌，认真颔首道："您放心，我会的。"

这时房门外响起敲门声，是怀歆在外头闲不住过来了，小脑袋伸进来，乌黑的眼眸滴溜溜地转着，很是警惕："你们聊好了没？聊什么聊那么久呀？"

两人视线都移过去，男人站起来，桃花眼微挑，温和道："没说什么，叔叔刚才就是关心我呢。"

怀歆的脑袋慢吞吞地缩了回去："哦，这样。"

怀曜庆哪会看不出她在想什么。

怀歆担心他会站在岳父的角度上对郁承进行什么敲打，胳膊肘往外拐得不行了，怀曜庆没好气地翻了个白眼："行了，我们也聊完了，赶紧进来吧。"

"噢噢。"

怀歆眨眨眼，立刻推开门进来，蹭到郁承身旁立定。

一只手悄悄抓住男人衣角，她抿了抿唇，软声道："那个，爸，妈跟我说她和小澈来看你了，正上电梯呢。"

"哦。"

怀曜庆瞥她一眼："行，你和小承也陪我一上午了，快去吃中饭吧。"

怀歆"哦"了声，视线不经意又掠过手上的戒指，顿了顿，还是鼓足勇气看向他："爸，其实……"

"我知道了。"

"啊？"

"你们的事情，你们自己决定吧。"怀曜庆仰头，故作平静地看着天花板，好一会儿才轻声道，"我会努力照顾自己，把身体养好。"

"……"

"到时候参加婚礼才能够风风光光的，是不是？"

怀歆的指尖一瞬间攥紧，鼻尖有了酸意。

郁承的手此时覆了过来，温热而有力。

一丝清透的水意浮上来，怀歆掩住半边脸，抿着嘴点头，还有些理所当然似的："是啊，你知道就好。"

"你这丫头……"怀曜庆也笑笑，没再说话。

赵媛清和赵澈进房间的时候与郁承和怀歆打了个照面，两人十指交扣，手牵得很紧，赵媛清讶异，不着痕迹地打量，倒是赵澈挑了眉，挺不见外地问："姐，这位就是姐夫啊？"

怀歆昂了昂下巴，得意道："是啊。"

双方做了简单的自我介绍，赵媛清第一次见到怀歆的男朋友，大有拉着郁承问东问西的架势，怀曜庆赶忙制止了她："以后时间多的是呢。"

赵媛清一拍脑袋，也笑："是是，以后再说，以后再说。"

赵澈是个话痨，先是夸赞了几句"姐夫好帅""姐夫一表人才"，然后像是想起来点什么，眼神有些狐疑："哎，姐……"

怀歆一看他这个表情就觉得不妙："干吗？"

果然下一秒，赵澈就眨眨眼问："我记得你五六月的时候不是说，男朋友是你们学校的学长嘛，而且就随便谈谈的？你是又换了一个？"

怀歆一时无言。

不是，你讲这种话之前能不能先避开当事人？

她稍微转动了一下眼珠，对上郁承微微眯起来的黑眸。

"……"

白色宾利从医院地库出来，稳稳驶入驾驶道。男人漂亮分明的骨节掌着方向盘，漫不经心地打了个弯。

他越是不动声色，怀歆就越觉得头皮发麻。

她极力澄清："我发誓我弟绝对是乱说的，没有什么学长，我自始至终都只有你一个！"

"……"

讲完又觉得不对。

这话怎么也听着怪怪的，好像渣男的常用说辞。

"我我我……我就是觉得那时候我们俩在一起没多久嘛，"怀歆有点心虚，声音逐渐小了下去，"怕他们问太多太细不知道怎么回答，所以就随便编了一个。"

郁承轻飘飘地看她一眼，轻启嘴唇："是吗？"

正是红灯的间隙，怀歆讨好地晃了晃他的手臂，撒娇："当然啦。"

郁承挑了下眼尾，意味不明地收回视线，没再出声。

怀歆也不确定她是不是把人哄好了，等车回到郊区的独栋别墅，停进了车库里，她准备开门的时候，手腕倏忽被某人擒住。

怀歆低呼一声，被郁承向后扯进怀里。男人抱住她，磁性微沉的嗓音在耳后轻描淡写地响起。

"每次都提学长，就这么喜欢年轻的？"

"没有……"呵出来的温热气息浅浅拂过耳畔，怀歆半边身子都酥了。

正午阳光洒下来，别墅外面人烟稀少，只有护理园林的两个工人在外面辛勤劳作。

昨日下的雪还没有化干净，白色的车子在茫茫一片中并不起眼。

约莫过了一个小时，郁承才将怀歆从车内抱出来。怀歆身上覆盖着他的深灰呢绒大衣，唯有一双纤细的小腿荡在半空中，脚踝漂亮莹润，脚趾微红。

园林工人自不远处投来视线，郁承淡定地抱着她上了阶梯，进了门。

整个下午怀歆都在生闷气，一个人在客厅里看电视，不打算搭理他。谁知到了饭点，一阵香喷喷的味道自厨房里传过来，引人垂涎。

肚子不争气地叫了一声，怀歆咽了咽口水，挣扎许久，还是和自己的胃做了妥协。

边夹起一块可乐鸡翅放进嘴里，怀歆边在心里嘀咕。

这个坏男人，真的是……特长还有点儿明显。

吃过饭以后怀歆想看时下很火的一个电视剧，郁承便搂着她坐下来。屏幕上播放着轻松欢快的情节，两人时不时温存地聊聊天。

其实自他们在一起之后，很少这么面对面地交心说话，怀歆索性就关了电视，找了个舒服的姿势依偎进郁承怀里。

今天是郁承第一次见到赵嫒清和赵澈，这对在血缘上和她没什么关系的母子。怀歆之前在稻城饭店的时候跟他提过一嘴，郁承同她默契，不需要她过多阐释就能明白。

赵嫒清一进门的时候怀歆就喊她妈了，为此还被亲妈骂过白眼狼。

当时她的想法是，纠结称呼有什么用，又不能当饭吃。无论是家人还是爱人，愿意过就一直陪伴着走下去，几十年弹指间，真的没什么的。

都是搭伙过日子，很多东西经不起推敲，太认真的话会活得很累，所以很多事情怀歆都假装不知道。

她同郁承讲这么多年来一家人相处的点点滴滴，其实她一直知道，赵嫒清永远不可能把她当成自己亲生的女儿，对方看似事事关照，但对于怀歆来讲更多的是一种形式感。

"不过，这也是人之常情吧，我能理解。"怀歆淡淡笑了笑。

如果不在意那些，有的时候——其实大部分的时候，都是快乐的时光，每逢周末回家赵嫒清都会给她做甜品吃，一家四口也其乐融融。

至于赵澈，偶尔和他拌拌嘴也是很有意思的。他们都是重组家庭的孩子，也更能明白对方的难处。

男人缓慢地抚摸着她柔顺的乌黑长发，认真倾听她说的每一句话。时间也温情地流淌，怀歆伏在郁承胸口，听到里面沉稳有力的心跳声，心潮也渐渐平静了下来。

"其实要这么想想，我还挺幸福的，一直有家人陪伴。"怀歆乐观出声，仰头看郁承，眸光亮亮的，"嗯……还有你。"

郁承温缓笑笑，低头亲她一下。

和缓温柔的琥珀和天竺葵气息围拢过来，他勾起唇角，刻意逗她："我不算你的家人吗？"

怀歆一怔，心里怦然跃动起来。

其实理论上……应该算是了。

角色的转换感还不那么明朗，这话说得跟情话一样，怀歆耳尖禁不住有些烫意。

她努力定下心，舔了舔唇，小声说："你当然是了。"

"……"

"你不仅是家人，你还是我的——"

怀歆凑过去，娇妩地在男人耳畔私语："心上人。"

她吐气如兰，小猫挠痒似的，表情却又是天真而清纯的。

一双清亮的眼睛直勾勾地凝视着他，秋水般潋滟。最后三个字说得极其小声，轻轻浅浅地散开，郁承喉结滚动一瞬，黑眸越发幽深似潭。

窗外的夜色浮动着沉霭，他低敛下眼，交织的呼吸渗出一层薄薄的热度。

没有下雨，却有湿气覆在地面。

郁承蓦地笑了下，轻声问她："那你知道你是我的什么吗？"

"什么？"夜色朦胧，怀歆近距离地看他。

那双漂亮的眼睛在暗昧中闪着细碎的光，像是溶溶的月色。

郁承的气息凑过来，他捧住她的脸，温柔地亲吻下去。

在玫瑰峡谷赏日落的时候，怀歆曾对他说过，也许人与人之间的确是有缘分的。

如果她实习没有参与那个项目，没有跟着一起去招股书印刷机构，或者是他没有去稻城，他们没有在酒吧相遇的话，是不是现在就不能一起看这么美的风景了？

这样的假设并不实际，而现在郁承想，他可以回答这个问题了。

人与人之间是有缘分的，不是什么人都可以，只有她。

哪怕她实习没有参与那个项目，或者他没有去稻城，他们擦肩而过，最后肯定也还是会以某种方式相遇，不会错失彼此。

——起初他只是觉得怀歆很有趣。

人生孤寂，他想寻消遣，却发现晨昏游戏，同样要求他交付自己的真心。

比怀歆多出九年的阅历和时光，郁承应当在情绪把控的势能上占尽优势，但不知从什么时候起，天平开始逐渐向她倾斜。

也许在比澳门更早的时刻，他就不再想着和她争什么输赢了。

想体贴她，疼惜她，更想拥抱她，占有她。

好像他从未和其他人拥有过这种熨帖般的亲昵。唯有和她。

连在好事多磨的情事上都是美妙愉悦的，无比默契。如同钥匙和锁，他们天生一对。

她是他的什么呢？

是他的小玫瑰，是他拼尽全力也要保护的人，是他的软肋。

更是他的独一无二，他的灵魂伴侣，他无可取代的唯一。

潘氏集团并没有那么容易整顿管理，郁承短暂地歇过两日之后，又要回到G城主持大局。

博源的工作是彻底不做了，但是哪怕不能在前台岗位任职，郁承和管理层的良好关系还是让他能够作为LP（Limited Partner，有限合伙人）出资，届时基金的收益也要分成。

研究生的课程表没有那么紧，怀歆周一到周三上课，周四的时候就直飞G城。

潘晋岳已经不来公司，董事长办公室仍旧保留，是郁承为他留的最后一点体面。

郁承的办公室就在隔壁，除了几个能在集团里说得上话的高管，基本上这一层不会有任何人到访。

这还是怀歆第一次来到潘氏大楼。

高大的写字楼宛如通天塔，仰颈望不见顶，旋转玻璃门洁净大气，走进楼内，很快有迎宾小姐迎上来询问。

"请问您有什么事？"

怀歆浅笑了笑："哦，我等人。"

话音未落，就见到旁边一个熟悉的身影。程铮刷卡从闸机内出来，恭谨迎她过去："怀小姐，这边。"

怀歆在纽约进行过MGS暑期实习的终面，当时的商厦就足够气派辉煌，但是当她乘坐电梯上行，自透明的玻璃朝外看去，将G城半边繁华的高楼林立、熙攘街巷的场景尽收眼底时，才觉得心底有什么东西倏然轻盈起来。

她喜欢的这个人是真的很了不起，从危机四伏中全身而退，他的气魄、胸襟、志向、胆识皆让她对他崇敬无比。

亿万商业帝国尽在指掌中，郁承所拥有的一切比怀歆想象中还要更加让人震撼。

电梯停在高处，万里无云，碧空如洗，国际金融中心拔地而起，底下的一切事物都显得很渺小。

郁承有个会议还没有结束，程铮请怀歆先到他的办公室等候片刻。

这里和郁承在博源的办公室有些不太一样，格局更宽敞，雅正开阔，窗明几净，往里走还有一间小的休息室，里面放着一张备用床，床铺整齐，看上去郁承并不常用。

桌上放着秘书倒的热茶水，正是下午，有点困意，怀歆也没客气，脱了外衣就上床休息，想小憩一会儿等郁承回来。

本来没想真睡，结果这儿实在太过安静，不知不觉就入眠了。醒来的时候脸上有温软的触感，怀歆睫毛湿漉漉的，感觉到男人近在咫尺的温沉气息。

"怎么睡在这儿了，宝贝？"郁承轻笑，凑过去又亲亲她，"在外面没看到你，以为你跑去哪里了。"

怀歆清醒过来一点点，仰起白皙的小脸细致地打量他。

剪裁服帖的白色衬衫，腰带，挺括的西裤，一身标配，但偏偏腰腹收束，勾勒出紧致的身材，引人入胜，禁欲感十足。

眼镜还架在高挺的鼻梁上，下颌骨锋利好看的线条轮廓分明。郁承微俯下身，细碎的黑发覆在额际，手臂撑在床侧。

怀歆的心跳悄无声息地加速起来，她勾了勾唇角，攀着他的臂膀钩住脖颈，将人拉低下来。

他们交换了一个缠绵悱恻的吻。

郁承身上的气息还是那么好闻，清冽的雪松香气，淡淡地徘徊在鼻间，舌尖勾绕，怀歆闭着眼，极度沉迷其中。

温存了片晌，男人才撑臂起身。

指腹轻蹭过怀歆染着水光的红唇，他的嗓音染上了悦耳的沉哑："饿了没有？带你去吃饭。"

怀歆轻喘了口气平复自己，抿唇点了点头。

程铮给她看过郁承的日程安排。他晚上还有两场重要的线上会议，时间不算太充裕，于是两人便到一旁商厦的米其林餐厅去用晚餐。

安静清幽的雅间，郁承同怀歆讲起如今集团的状况。

裴明帆和潘晋崇落马之后，经彻查发现很多隐藏着的积病和潜在问题，郁承先前已经接洽了一段时间的业务管理，如今正大刀阔斧地改革，去除弊端，革故鼎新。

一切并非一帆风顺，那些老派势力仍旧负隅顽抗，甚至想在短时间内推自己人上位。集团支系和利益错综复杂，除了占主导的地产以外，还涉及货仓交运、建筑、船坞、金融银行等行业，一时之间各队人马纠葛相争。

瞧见怀歆微微有些担忧的神色，郁承的语气和缓下来："放心，他们也翻不出什么浪花了。"

如果把这么一个庞大运作的机器比作一艘巨轮，那么郁承就是站在船头的掌舵者，只要关键的甲板、转轮、风帆、鸣笛、动力源都没有问题，就能够保证驾驶的平稳性。

郁承微勾了下唇，袖口微挽，不急不缓地给她添茶："那些人只是机器里生了锈的螺丝钉，拔掉就好。"

这种运筹帷幄和从容不迫对于怀歆来说有一种莫名的性张力，她没忍住凑过去，在他唇上亲了一下，糯声道："哥哥真厉害。"

郁承垂敛下桃花眼，眸中含着浅浅的笑意。

座椅宽大，他把她拉进怀里，搂着她的纤腰，额缓缓地抵近："宝贝嘴这么甜啊。"

怀歆也笑，刻意又靠近一些，挑着眼尾："是啊，你要不要再尝尝？"

"好啊。"

郁承低眼，辗转含了一下她的唇，又撤开。

怀歆懒懒地问他："怎么样？"

"嗯，很甜。"

无比慵懒磁性的嗓音，含着淡淡的沙哑，郁承抬眸，眸光漆黑幽深凝视着她。

怀歆笑了下。

饱满嫣红的唇瓣轻启，她问："我还有更甜的，哥哥想不想知道？"

男人声线有了一丝变化："什么？"

他微眯着眸，视线锁住她的眼，在磁场稍微有些胶着的时候，怀歆抬手，食指触在他胸口，若即若离地画了一个圈。

她红唇微勾，倏地起身："晚上再告诉你。"

饭后怀歆回到郁承办公室等他，男人去开会，她闲来无事，拿出笔记本电脑在桌上写小说。

这半年断断续续开了不少坑，基本上都是写了一半，编辑田爽近日已经连续微信轰炸她，勒令怀歆必须在年底交稿一本，怀歆选了一本自己最有灵感且进度最快的，奋笔疾书。

除了各种铺垫和伏笔以外，写着写着少不了要来点激情戏，她聚精会神，全身心地投入其中，连有人进来都没有发现。

檀木桌边传来屈指叩响的声音，怀歆抬眼一看，郁承正散漫地倚在旁边，饶有兴味地看着她。

怀歆这才发现已经过去两个小时了，她条件反射地把电脑合上，鼓着脸颊："……你回来了啊？"

"嗯。"

郁承站在衣架旁边脱了西装外套，单手随意地把领带松开，垂眸看她。

但他并不问她刚才在做什么，只是微微一笑："工作做完了，我可以走了。"

怀歆稍怔一瞬，眼睛亮了亮："好啊，那我们等会儿去哪里？"

郁承走近两步，勾唇问："你想去哪里？"

怀歆的思绪还有些滞留在刚刚的小说里，眨眨眼，把选择权扔还给他："你决定吧。"

郁承稍俯下身，视线与她平齐。

"有点晚了，就不安排其他的活动了。"他斯文温雅地笑了笑，清俊深邃的桃花眼分外好看。

怀歆舔舔唇，应道："哦，好。"

"回家里，或者酒店？"男人慢条斯理地说，微微顿了下，一本正经地问，"还是你想在办公室里，禅房花木，曲径通幽？"

周五付庭宥联系郁承，说晚上他们几个发小打算组个派对，在尖沙咀包下海利公馆过夜，正好怀歆也在，让他记得带着人过来，让哥几个都认一下脸。

"不管你有什么事，一定要来，周勤和嘉辉他们几个都在。"

付庭宥说的几个名字怀歆都没听过，不是在澳门时的那帮人，郁承在去之前一一给她讲了对方的背景，他们都是他初中那时候玩得好的朋友。

十一月下旬，也不是什么跨年夜，这挥金如土的架势令怀歆有点咂舌。

那可是海利公馆啊，前身 G 城水警总部，奢华古迹，风情迷人，在林荫小丘上眺望能直接看到毗邻的维多利亚港，居然整栋都被他们租用下来，用作派对狂欢。

不过这里一共只有十个主题房间，几个较大的露台，倒是很适合举办这种聚会活动。

郁承带着怀歆到的时候，派对正如火如荼地进行着，室内躁动的音乐声迭起，窗外露台也摆放着台几，供三三两两的人对饮。外边要稍微安静一些，但是动感的旋律仍是毫无阻碍地传至阳台，里里外外的气氛都被充分调动起来了。

里屋霓虹扫射，别有洞天的情景，各色男女也在一旁的舞池中热舞，纵享自我。

灯光风情摇晃，再加之上好的一系列酒饮，迷得人已然微醺，怀歆稍微靠郁承近了一些，男人低侧过眸，抬臂将她牢牢地揽在怀里。

他们不一会儿就找到了付庭宥。

他在中间最大的那一桌，众人打牌喝酒，都是熟面孔。付庭宥随意靠在沙发的角落里，双腿交叠，嘴边漫不经心衔一支烧到一半的烟，疏落的光照见英挺深邃的眉目，有一种事不关己的闲散和倦怠感。

直到看见郁承，付庭宥才倏地扬起笑意，站起身示意大家："阿承来了。"

众好友纷纷停下手中事情，视线投注过来。

有些人是近十年没有见过的，有些人则比较相熟，无论如何，怀歆看得出他们的感情是真的好，拍着郁承的肩嘘寒问暖。

"阿承，你那件事啊，我们后来听说，都提心吊胆的。所幸很快就解决了。"目光转移到怀歆身上，几人抬眉，"哎哟，这位是？"

周勤离得最近，见姑娘年纪轻轻，但是长得是真清纯漂亮，一双眼清澈潋滟。付庭宥先前提了一嘴，说人要带家属来，让他们好好招呼。

"这是女朋友啊？"周勤挑着笑问。

郁承垂眸凝视怀歆，唇畔微弯，没有说话，这是再次将选择权交给了她。

众目睽睽之中，不知怎的就有点羞赧，怀歆抿起嘴角，轻轻点了点头，以示默认。

谁知她刚有动作，郁承就勾唇低缓地笑了一声。他将她揽进怀里，捏住小姑娘欲逃窜的手指按在自己心口。

郁承虽是对他们说话，却一眨不眨地看着怀歆，温柔出声："不只是女朋友了。"

维多利亚港的霓虹闪烁着光晕，男人眼底同样是令人目眩神迷的笑意，让人无限期地沉溺："我向她求婚，她答应了。"

那一瞬间同郁承的眼眸对上，怀歆的心突然怦怦地跳起来。

周围的一切都很嘈杂，不知是谁先跳起来欢呼，开香槟瓶盖"嘣"的一声响。这时倏忽有冷焰火在露台绽放，火树银花。

"阿承也真是的，这种事都没先同我们说！"

"这是天大的喜事，要好好庆祝一下——"

怀歆被拥在郁承怀里，酒杯斟满，面前一张张笑脸浮动，她感觉心中慰藉，像在炉边烤炭火。这种落在尘世里的喜悦，能够和他一同体会，她好幸福。

觥筹交错，后来又去舞池跳舞，灯光挥洒，今晚是真的尽了兴。

各处名流来集会，高脚杯摇曳，清脆地碰撞出响。浅紫色的弧光流淌，人群欢腾。

现场请了乐队来演奏，气氛一层层推向高潮。男人们喝酒，伏特加的香气无处不在。快乐迸发在每一声打击乐的节拍之中。

郁承同旧友们有一搭没一搭地叙话，付庭宥则在一旁和怀歆聊天。

"恭喜。"他也看到她手上的戒指，认出那是什么，微微喟叹道，"你们这一路走来很不容易。"

怀歆鼻间有些微酸，抿了抿唇，轻声道："也很感谢付先生你的帮助。"

付庭宥抬眉，语气打趣："还叫我付先生？"

怀歆很快反应过来，弯唇："庭宥哥。"

"嗯。"

付庭宥也微微笑起来，举起酒杯和她轻碰："以后也算是自家人了，有什么事情都可以和我说。"

怀歆认真点头，笑："好。"

两人暂时没再聊天，其间付庭宥手机来了一通电话。怀歆看到他垂眸淡淡扫了一眼，走到露台上去接听。

男人在夜色中的背影修颀笔挺，怀歆忍不住想到，这么久以来，也没见付庭宥身边有什么女人。

甚至有一回和郁承闲聊此事，连他也不是特别清楚，所以还挺让人好奇的。

付庭宥和郁承不一样，他自始至终都浸淫在这种尔虞我诈、钩心斗角的环境中，对于圈子里的生态也更加了如指掌。

豪门相争相斗，被困在围城之中，很多东西都更为残酷。

他们这样的人，骨子里都是冷漠凉薄的，为了活下去，这么多年早已形成惯性。

永远理智、冷静、从容不迫，这是付庭宥给怀歆最直接的观感。会在力所能及的范围内为朋友两肋插刀，但是在情爱上必定拿捏得清楚。

像他这种人，会真正爱上什么人，并为对方孤注一掷吗？

怀歆心中情不自禁升腾起这个疑问。

不过到底和她无关，因此只是多看了两眼，便很快收回目光。

她坐在郁承旁边，一边听他和朋友聊天，一边一口接着一口地捧着花纹繁复的玻璃杯小口喝酒。

酒过三巡，大家的状态都很自在放松，隐隐有些微醺，靠在沙发里谈天说地。

周勤和齐嘉辉两个人比较能讲，怀歆正好奇地听着细节，偶然一抬眸，与郁承幽邃的视线对上。

登时有暧昧丛生，稍顿两秒，他温热的掌心在皮质沙发面上挪过来，覆盖在她手背上。

表面不动声色，却在不为人知的角落里，狎昵而暧昧地与她摩挲交握。

男人调情的手段简直是一流的，指腹沿着腕心轻蹭过，又流连至背面，五指沿着指缝慢慢地深入扣紧。

可偏偏他侧颜淡然英挺，甚至与她隔着一段正常的社交距离。

一丝酥意沿着指尖蔓延，怀歆暗暗嗔他一眼，扭开头去。

周勤和齐嘉辉不知是发现了什么，抬着眉打趣："弟妹坐在角落里会不会太远？"

"我们讲话你会不会听不见？坐过来一点吧。"

"……"

怀歆咽了口口水："没事儿，我在这儿挺好的，那边也、也没有多余的位子了。"

"怎么没有位子？"

齐嘉辉看一眼郁承，笑得有些不怀好意。怀歆瞬间就明白了他在想什么，藏在黑发里的耳尖微微有些红了。

她也下意识看向郁承。

男人懒懒地靠在真皮沙发上，微敞着腿，挑着桃花眼看她："要坐上来吗？"

他讲话的时候喉结轻微滚动，脖颈牵出分明而慵懒的性感曲线，音色也因饮了酒而染上些微好听的沉哑。

怀歆："……"

太蛊了。

虽说这种环境下，坐大腿上也不是什么太出格的行为，但是当着郁承一众好友的面怀歆还是有些不好意思，她矜持地起身："那个，我还是去露台走走……"

话音未落，手腕就被郁承擒住，稍微向后一拉。

他力道温和，并不是很重，但怀歆不知怎的就失去平衡，控制不住侧身向他怀里倒去。

慌乱之中想寻找支力点，她条件反射地搂住郁承的脖颈，然后"啪"的一声，结结实实坐在了他大腿上。

余光瞥见所有人的目光都投注而来，热意噌的一下从耳根爬了上来。

怀歆："……"

啊啊啊！怎么会这样？！

众人纷纷开始调侃和起哄，头顶也传来郁承低沉的笑意，连带着胸膛也微微震动。

他亲昵地从后面搂了过来，徐徐缓缓地咬字，尾音上扬："宝贝，就这么急着对我投怀送抱？"

怀歆闭了闭眼，属实有点社死。

她撑着男人的臂膀坐稳，回眸，轻瞪他一眼。

郁承好整以暇地坐着，低敛着眼，指尖似勾非勾地挠了挠她掌心，也不说话，只轻笑。

五颜六色的光间或扫过他的眉目，怀歆鼓了鼓脸颊，低下头去，端正坐好。

两人之间的那种心动和情意明眼人都能看出来，周勤讲着讲着都有些偏题："靠，我也想找个女朋友了——"

齐嘉辉也笑叹附和："谁不是呢。"

话是这么说，言外之意却很明显。

他们并没有选择的自由，豪门联姻才是最终的归宿。怀歆心情浮动中莫名有些唏嘘，攥紧了郁承的手指。

男人似有察觉，轻轻回捏了捏她。

酒局散去之后已经是凌晨两点的光景，但是珠江对岸仍然亮着漂亮的五彩霓虹，光影随海面的涟漪波动，亮着明灯的游轮破开水面掀起层层波浪，如同海中灯塔，是怀歆最爱的繁华景象。

一共十间主题房间，付庭宥给郁承和怀歆安排了一间，让他们在海利公馆过夜。

两人都喝了不少，没怎么约束自己，怀歆有些醉了，走不动，郁承便抱着她进了房间。

他把她放在床上，俯身撑着床看她。

暗影之中男人的眼睛映出浅浅的弧晕，亮亮的，像是薄雨中街边的长灯，引人入胜。

怀歆饮了酒，也湿着一双眼看他。

脑袋晕晕的，她心想，这个人可真好看。

这个属于她的人，可真好看。

念头一起，郁承的手就扣着她的后颈吻了上来。

已经听不到多余的声音，怀歆脑中一片空白，似有烟火绽放。他的唇很温柔，炙热的气息渡过来，怀歆晕晕乎乎地搂紧了他的脖颈。

后面发生的事情顺理成章，乌黑长发沿着雪白光滑的背部倾泻，渐渐有些凌乱。

怀歆承受着郁承一下一下的亲吻和触碰，紧紧地攀住他结实的臂膀。

她在庆幸。

庆幸他们都坚持着没有放手，庆幸他们都这么喜欢彼此。

回过头来看，这件事真的好难好难。

可是他做到了，郁承做到了，那些出身显赫的公子哥，看他们的眼神都带着羡慕。

是的，是羡慕。

不是谁都有勇气这么做，不是谁都会为此孤注一掷。

怀歆记得，在花园里烧烤的时候，付庭宥无意中提到那条玫瑰项链的价格，郁承不动声色，甚至算是轻描淡写地揭过。

今天怀歆又拿这件事问了付庭宥，对方见她实在认真，于是告诉她一个虚数。

那个数对现在的郁承来说并不算什么，但在当时，却已经抵得上山盟海誓的承诺。

那时他就想清楚了要和她过一辈子吗？

锁骨处的红色小玫瑰在空中荡漾出好看的弧度，怀歆眼尾沁出些薄红的湿润，呼吸无比急促，却坚忍着出声："阿承……"

"嗯？"

郁承没有停下来，呵在耳畔的气息很沉。滚烫的汗水自脖颈处滑落，与她的交汇在一处。

怀歆看着他漆黑微潮的眼睛，里面映着她此刻的模样。

他自始至终，都是在看着她的。

那么专注，那么深情。

她最后一点不安就这么悄然瓦解了，怀歆闭上眼睛，用力抱紧了他："阿承，我……"

在郁承顿住的眸光中，她断断续续地在他耳边说了爱。

空气有那么一瞬间是完全静止的。

在更加汹涌的浪潮中，郁承扣住她手腕，哑着嗓子请求："宝宝，再说一遍。

"再说一遍，好不好？"

怀歆仰面倒在柔软的床铺之上，黑发散开，漾出层层的涟漪。

这次不一样了，心间充盈，她知道自己还得起的。

因为他给了她这么多这么多爱，说多少遍她都愿意。从今往后，她把自己的心完完全全交付给他。

"我爱你……呜呜，我爱你……"

他们在大床上相拥着睡去，又在美好的晨曦里相拥着醒来。

怀歆昨晚实在没忍住哭了，早上起来眼睛还有些红，对上郁承深暗的目光，还有些羞赧，钻到被窝里不愿看他。

她把自己裹成小小的一团，很可爱，像是一只小汤圆，又像冬眠的小动物似的，郁承弯了弯嘴角，倾过身去抱住她，温存地唤她："小歆。"

"汤圆儿"动了动，发出语意不明的哼唧声，像是在委屈地撒娇。

郁承轻抚怀歆的脊背，她又哼一声。

他耐心十足，并没有停下手上动作，过了一会儿，被子掀开，一个小脑袋才冒出来，向他胸口靠近："哥哥抱抱。"

郁承温柔地将她拥进怀里，低缓道："好，哥哥抱抱。"

小玫瑰吊在她纤细的脖颈上，怀歆伸手握住，缓了一会儿，才闷闷地说："你都没有告诉我，这个项链有这么贵。"

郁承怔了一下，嗓音低沉了些："阿宥跟你讲了？"

"……嗯。"

他低敛下眼，片刻才温和地笑了笑。

郁承指腹轻柔地蹭过怀歆的眼尾，抚她的侧脸，用半开玩笑的语气："怕你知道了压力大，不敢戴了。"

两千万元，即使是一套房也买得起，那会儿她要是知道，可能真不敢戴了。

怀歆在他怀里蹭了蹭，巴巴地问他："哪儿买的？"

"拍卖会。"

郁承勾唇，道："也被别人看上了，但我就想送你这个，所以就加了不少价，本来没这么贵的。"

怀歆不吭声了，但是手臂却很诚实地搂紧了他。

"挥霍无度。"她小声嘟囔。

郁承微弯起桃花眼，凑近怀歆耳畔，狎昵道："那也只对你一个人挥霍。"

心顿了下，又怦怦然跃动起来。

怀歆曾在哪里看过这样一句话——这世上的公子哥大多薄情，对于他们来讲没有什么不能够用钱买到，召之即来，挥之即去，真心是最廉价的东西。

可分明不是这样的。

当她被郁承抱在怀中的时候，他胸膛中有力的心跳便是最好的证明，无须任何言语。

正值周末，郁承还要回集团处理事宜，助理送来干净的换洗衣物，还特地为怀歆准备了一套没摘吊牌的干净棉呢连衣裙。男人着装整齐，先开车送怀歆回家，再让司机驱车去潘氏大厦。

这是郁承名下的一栋豪宅，是潘晋岳不久前才过给他的。平常没有其他人会来，但是一直都有保姆打扫清洁，窗明几净，一尘不染。

研究生课程有一些作业，需要小组一起做报告，怀歆和同学们线上语音讨论，很快想出大概的框架和解决方案。

课业并不繁重，她在宽敞的书房里用电脑，一整天的效率非常高。

编辑田爽告诉怀歆，她的某本老书加印之后，又在上线很短的时间内就售罄，怀歆粗略算了一下，哗啦啦入账的数字令她欣慰，哪怕是不全职工作也可以咸鱼躺平游山玩水。怀歆颇受鼓舞，甚至因此受到激励，抽出空来写了一会儿小说。

下午三点的时候，怀歆点开程铮发给她的时间安排表来看，郁承临近傍晚有一个小时的空闲时间，但是从晚上六点半往后全都是各种会议。

不出所料郁承晚饭应该会在公司堂食用餐，怀歆思考片刻，决定给他来一个意外惊喜。

——她要学那些偶像剧和言情小说中的人物，自己做爱心便当，然后给他送过去，嘿嘿。

鉴于怀歆其实并不怎么会做菜，所以她选择了难度系数比较低的红烧排骨和蒜蓉炒小白菜。

别墅长时间无人居住，家里并没有电饭煲，怀歆决定主食给郁承做一碗好吃的汤面。

怀歆看了一眼，厨房里各种餐具和作料还是一应俱全的，正好家里有保姆阿姨帮衬，她对于完成这道“盛宴”充满了十足的信心。

网购新鲜食材很快就送到了，她和赵阿姨一人一边，做食材的预先处理工作。

排骨加各种调料先腌入味，青菜一片一片洗净。同时大锅里烧开水，准备下面。

怀歆对于做菜有一些基本认识，就是开火，放油，放蒜，把菜扔下去，炒一炒、拌一拌基本就可以了。

但是谁知道做菜这件事，理论和实践完全是两码事，好歹也见过郁承亲自下厨那么多回，他连翻锅这种高难度动作都做得无比优雅，可怀歆刚放了蒜，就被锅里噼里啪啦爆出来的油星子吓得跳到了三米远。

“啊啊啊！天哪——”

赵阿姨好笑得不行：“我帮您吧。”

怀歆头上呆毛奓出来两根，语气很坚决地撸起袖子：“不行，我要自己来。”

于是第一次因为太害怕而错过最佳放菜时间，蒜和油煳成一团。

赵阿姨熄了火，帮她刷干净污渍，重开一局。

第二局怀歆能够掌勺，顺利扛住了噼里啪啦，却在放排骨的时候畏葸不前。

一块排骨因为抵抗不住重力从碗中逃之夭夭，摔在滋滋冒热气的热油里，锅里登时发出更爆裂的响声。

怀歆不敢再往下放第二块、第三块，于是这一局也成功废了。

大概刷洗了那么四五六七次锅之后，一盘看起来黑不溜秋的排骨，以及一盘软趴趴堆叠在一起、水和盐都一不小心放多了的青菜"汤"成功出炉。

作为新手，时间实在不够她再买食材重新做了，所幸在赵阿姨的监督和指导下，那碗汤面卖相不错，味道也极好——除了本来想打个温泉蛋，结果不小心给戳破了，打散成了白花花的蛋白和金黄色的蛋花。

怀歆将自己精心准备的晚餐装进了饭盒里，穿着简单轻便的休闲装，叫车去往潘氏大厦。

因为是惊喜，她事先并没有跟郁承说，只是和程铮通了气，确认郁承晚饭没有其他安排。

上一个会议差不多要结束了，怀歆坐在大堂里的沙发椅等待，这才给郁承发消息。

怀歆：哥哥！在忙吗？

怀歆：[猫猫探头 .jpg]

怀歆：[猫猫蹭你胸口 .jpg]

怀歆：给你点了一份超好吃的外卖，开完会之后记得下来取！[亲亲 .jpg][亲亲 .jpg][亲亲 .jpg]

她想了想，附加道：具体好吃到什么程度我也不知道，但是听他们说这家餐厅评了米其林三星，很多明星都去打卡哦！

怀歆脸不红心不跳打完这么一行字，等了两分钟，郁承回：好，谢谢宝贝。[爱心 .jpg]

他引用她最后一句话：是吗？那一会儿我要好好尝尝了。

怀歆敛着笑意从屏幕上抬头，正放空自己的时候，看到一个颇为眼熟的身影从大门里走进来。

——中明科技董事长之女，Joanne，高静瓷。

真的是有大半年没见过她了，上次遇见还是在上海出差的时候。

也不知是有什么缘分，大厅里空座很多，高静瓷随意一坐，却正好选在和怀歆背靠背的座位。

她把包卸下来，接起一通电话。

一开始都是在应和对方，最后道："好啦爸爸，我知道了。你别担心，我会谈成这次合作的。"

中明科技主营光纤光缆安装等方面的业务，潘氏覆盖面甚广，有相关的商业往来也并不是很稀奇。

高彦哲又交代了什么，高静瓷语气轻松地回道："没事儿，我同Alvin认识，他再不济也会卖我这个人情的。"

其实她刚听说潘氏易主的时候是很震惊的。

高静瓷从未想过郁承能有如此背景，在投行打交道的时候，对方温和循礼，完全看不出是世家子。甚至老板让他陪她吃饭，他也毫无异议，谦恭有礼。

所以潜意识里，高静瓷心里是存了些俯视的意味的。

他们家是上市公司，郁承只是投行里一位金融从业人员，哪怕等级再高，也是要为他们服务的，而今他却摇身一变，成为G城大家族的掌权人，高静瓷心中的落差感不言而喻。

更何况郁承还是她曾经求而不得的人，屡次暗送秋波邀约也无用，他明明看懂了却并不接招，高静瓷心里恼恨，感情也很复杂。

郁承不属潘姓，这一个月以来媒体大费笔墨去扒这背后隐秘，因此郁承被一对夫妇领养，到十四岁才与亲生父母相认的事情也被公之于众。

这么一来曾经种种也就说得通了。

但高静瓷还是颇有执念，无论是在事业上还是在感情上，她都想要征服郁承。

今天或许是一个不错的契机，高静瓷与高管们的会面是晚上七点，但她知道郁承这会儿有空，特地等在这里，想借着合作事宜约他吃一顿晚饭，再深入发展别的关系。

至于郁承有没有其他女人，高静瓷并不在乎。

她不相信郁承真的能够坚守本心，人一旦拥有权势和财富之后便会堕落，在巨大的诱惑面前，所有的原则都能够被打破。

高静瓷给郁承发了微信，说自己到了大堂，耐心地等待他回复。

过了几分钟，消息没收到，却看见人从电梯间下来了。

男人身着平驳领马甲，宽肩窄腰，一身西装板正利索，勾勒出笔直修长的双腿。

郁承大步流星，朝她所在的方向阔步走来。

高静瓷的心怦怦地开始跳了起来，简直是有点受宠若惊。

——她知道郁承表面功夫做得极好，却没想到他这么给自己面子，还亲自下来迎接。

"Alvin总。"高静瓷赶忙起身，迎接上去。

她勾起红唇，盈盈一笑："好久不见。"

郁承脚步微顿，在离她一米处刹住。视线相接，他微微一笑："好久不见，Joanne。"

高静瓷挽了一下头发，将自己姣好的侧颜展露给他："承总最近可是 G 圈的红人啊，不少朋友都和我提起你。"

"是吗？"郁承勾了下唇，语气温和，"谬赞了。"

他还是这般滴水不漏，高静瓷心中悻悻，索性也就开门见山，直奔主题。

"我订了一个米其林餐厅，Alvin 总有空赏脸一起去吗？"

她稍微贴近了一些，清幽的晚香玉气息传了过去，娇声道："是很难订的窗边位，他们家格调很好的，很安静，我们可以一边赏夜景，一边说话……"

郁承眸光微动，不知怎的神情有了细微的变化。

他问："是哪一家？"

高静瓷以为他感兴趣了，浅笑道："Rose & Berry，就在中环附近，正好可以看到摩天轮。"

她语调放软："那我们……"

"谢谢你的推荐，Joanne。"郁承文质彬彬地说，"我太太说给我外带了米其林的晚餐，我还在想是不是同一家，结果不是。"

他顿一下，和缓道："不过下次我倒是可以带她去吃这家 Rose & Berry。"

空气安静得过分，仿佛一根针掉下来都能听见。

过了很久，才听到高静瓷一声仿佛发自灵魂的"啊"。

她脸上的表情在短时间内不断变幻，已经不能用难看来形容了："你什么时候结婚了？"

结婚这性质可就不一样了，她再怎么样也不能给人家做小。

高静瓷深吸一口气："你太太是——"

郁承微微一笑，终于和一直偷偷摸摸、探头探脑坐在沙发椅上听墙脚的怀歆对上视线："也许你可以回头看一眼，她就坐在你后面。"

"……"

高静瓷落荒而逃之后，怀歆拿小拳拳狂捶郁承，双颊绯红："啊啊啊——光天化日的你乱喊什么啊！谁是你那个了！"

就只是订婚，还没有确定实质性关系呢！他、他居然……

这个称呼太有杀伤力了，怀歆都不敢回想，缓了一会儿才不自然地问道："你什么时候发现我的？"

郁承笑着捋了她鬓边的发："一下来就看到了。"

怀歆为了装作送外卖的，特地打扮得很低调，休闲款的长袖长裤，还戴了一顶掩人耳目的运动帽，没想到这么快就被他发现了。

郁承坐在她旁边的软椅上，撑臂凑近她，散漫地挑了下眼尾："我家太太这么漂亮，怎么会认不出来。"

"……"

怎么还逗她逗上瘾了。

郁承实在太过引人注目了，偌大的厅中几乎所有人都有意无意朝这个方向看来，怀欤甚至清晰地看到两个前台在窃窃私语。

怀欤睁大眼睛，一整个炸毛："啊啊啊，你不许再说了！"

郁承掩唇低声笑起来，这才将视线投注向餐盒，颇为虚心地请教："宝贝给我带什么好东西来了？"

"就，我自己做的饭。"

郁承有些讶异："你做的？"

"对啊。"怀欤乜视他一眼，"怎么？你不相信？"

"相信，我相信。"

男人又笑，嗓音格外低缓："今天很开心，工作完了还能吃到女朋友做的饭。"

他惯会讲这些动听的话，怀欤脸红了红，没有立即吭声。

郁承牵着她的手，温柔征询："那我们上去？"

"你等一下。"

怀欤鼓了鼓脸颊，打算跟他算算刚才的账："那个 Joanne，她经常来找你吗？"

"没有，她每次见我的时候你都恰好在我身边。"郁承正色，"而且她给我发的微信，我只回复了和工作有关的部分。"

他很诚恳地把手机拿出来，配套措施做到位："你要看看聊天记录吗？"

怀欤的视线在他屏幕上流连了须臾，很快收回，她翘起嘴角："算啦。"

她提着饭盒昂首挺胸地走进了电梯间，郁承笑着跟在后面。

到了无人的宽敞休息室，怀欤把饭盒摊开来放在桌子上，"米其林三星"的外卖终于得以在郁承漾着细微笑意的眸光中亮相。

在手机里吹得很动听，但是看到那黑乎乎的排骨时怀欤的眼皮还是忍不住跳了一下，刚消退颜色的脸颊又隐隐作红。

眼看着郁承挑起眼尾准备说什么，怀欤抢先出声："你、你不要以貌取饭。

"就，说不定味道还不错……"

这话说得有些心虚，郁承饶有兴味地晒她一眼，动作优雅地拿出餐具。

眼看着他随意夹了一块排骨，怀欤心里忐忑起来，但郁承面不改色、慢条斯理地将那块肉吃了下去。

看他的表情仿佛这真是一道佳肴，片晌还中肯地点点头："挺好吃的。"

"真的？"怀欹狐疑。

她做了两个人的份，闻言也准备拆开筷子夹一块来尝尝。

因为把生抽放成了老抽，所以这个肉黑得像煤炭，但是难得味道也入得了口。罔顾烧得偏老的事实，整体算得上是中上乘。

比怀欹自己预期的要更好，她正想说几句给自己找补，就听到男人不疾不徐地评价："真的很好吃。

"这个排骨特别美味，肉质鲜嫩，入口即化，颜色也好看，让人赏心悦目。

"青菜摆盘新颖，汤汁中富含维生素，咸味适中。这个蛋花汤面条更是卖相精致，条条顺滑。

"不管是乍看还是反复品味，都完全称得上是米其林三星的水平。"

怀欹："……"

当晚郁承十点结束工作回到家中。

怀欹才舒舒服服地在家里泡了一个玫瑰浴，裹着浴巾出来的时候整个人都充满了新鲜而芬芳的气息，双颊白里透红，颜色极好。

她就横躺在沙发上放空自己，也不出声，躲在靠背后面隐秘地欣赏男人在门口脱西装外套和马甲的斯文模样。

保姆阿姨迎上去接下郁承的衣服，他边看手机边往里走，楼梯口在沙发旁边偏后的位置，如果郁承直接上楼是不会看见她的。

怀欹连忙缩回脑袋，计划一会儿趁男人进浴室时再跟着上去。

她屏气凝神盯了半天的沙发缝，也没听到上楼的脚步声，正想抬头一探究竟的时候，耳后慢悠悠吹拂来一道气息。

酥痒瞬间延伸至整片后颈，连头皮都发麻了，怀欹猝不及防吓了一跳，"呀"地叫出了声。

"你走路怎么没声儿的？！"

郁承撑着沙发扶手，清俊眉目漾着温和笑意，近距离凝视她："那你呢？见到我回来也不出声？"

那还不是想趁他洗澡的时候搞点恶作剧，谁知道计划还没进行就被扼杀在摇篮里，怀欹翻了个身，眼神似勾非勾地看着他，并不说明白。

郁承倒像是明白了什么，漆黑眼眸中笑意略深。

怀欹侧躺着，他单膝蹲在沙发旁边，这种角度的对视是以前没有过的。视线落在男人根根分明的密长眼睫上，怀欹一时之间有些怔然。

——这个人到底是怎么长的啊！

近距离看也很完美。

骨相很优越，鼻梁高挺，眉骨微微凸起，衬得眼窝深邃，眉宇俊逸。

深湖般的眸色，内勾外翘的眼型，似桃花瓣的形状，轻微敛起显得很蛊惑。

那副银丝框眼镜犹如一层实质化的滤镜，将郁承的目光衬得更为疏淡禁欲。

"你……"

怀歆才刚启唇，他就倾身吻了过来。

含吮住她双唇，轻轻地厮磨，好像在吃一颗糖。怀歆下意识伸手攀住他的臂膀，微微用力的时候感觉到白衬衫底下坚韧紧实的肌肉。

这个姿势不好着力，怀歆撑着坐起来，郁承也俯身，双臂按在她身体两侧，继续闭眼与她接吻。

眼镜有点太碍事了，郁承微微一顿，在换气的间隙里沉声说："替我摘掉。"

怀歆怔了下，抬手将他的眼镜取掉，镜架折叠起来。

刚一抬眼，就对上郁承暗沉似海的眸光。

他把怀歆另一只手腕扣在沙发上，更加用力地深吻了过去。

怀歆"嗯"一声，拿着眼镜搂住男人的脖颈，柔嫩的手腕内侧沾染上他的温度，烫得好像要烧起来似的。

唇舌来势汹汹地进攻，怀歆被抵在沙发靠背上，无处可逃。

余光向下能够瞥见他握着自己的那只手，指节分明，肤色冷白，手背上青筋脉络浮现，富有掌控欲和力量感，看上去十足性感。

意乱情迷之际怀歆突然想到，现在，好像，貌似，不是只有他们两个人……

赵阿姨还在，啊啊啊！！！

习惯了共度二人世界，差点忘了还有这回事，怀歆羞赧地烧红了耳尖，屈肘撑在郁承的胸口，轻喘气："……等下。"

顺着怀歆的视线，郁承也看到了在一旁打扫卫生、佯装自己是透明人的赵阿姨。

他似笑非笑地勾了下唇，又瞥了怀歆红扑扑的脸蛋一眼，慢条斯理地亲了下她的额头，低笑："我先去洗澡，宝贝。"

说完他就上楼了。

怀歆坐在原位发呆，缓缓平复心情。

这回是看出来了，请阿姨有利也有弊，不过赵阿姨显然是颇有眼力见的，方才郁承是刚进门，她来不及溜，现在赶紧手脚麻利地回到了自己的房间里。

不过都是在一层，有旁人在，怀歆怎么都觉得无法施展开自己。

她索性打开电视，看了看之前正在追的偶像剧，找找写小说的灵感。

郁承洗完澡下楼的时候，看到怀歆正在用电脑码字。一头乌黑长发松散地盘起来，在耳边不经意倾下一束，纤长的睫毛垂下，美得随性而慵懒。

电视屏幕还亮着，间或轮流闪过豆瓣高分榜单的影片。

郁承趿着居家拖鞋，散漫地走过来，在她身边坐下。

刚听到动静的时候，怀歆就很警觉地合上了电脑，"啪嗒"一声脆响。郁承看她条件反射般的动作，没说什么，只是略微挑了下眉。

怀歆干咳一声，视线假意掠过电视机，想扯开话题："这个电影好像还挺好的。"

郁承温和地顺着她的话往下说："想看？"

话都说到这个份儿上了，两人也都不是习惯早睡的人，看部电影的时间还是有的，怀歆想了想，反问他："可以吗？"

"当然。"郁承轻笑一声，伸臂揽过来，亲昵道，"你想看我们就看。"

这要是在以往，怀歆肯定选部爱情片一起看，但是联想到多出来一个赵阿姨之后，她突然想要剑走偏锋。

怀歆站起来，蓦地把客厅里的顶灯关了，只留下一盏暧昧的落地灯。

昏昧的灯光里，她一双眼睛显得格外亮，如同两颗漂亮的琉璃："哥哥。"

怀歆舔舔唇："你想不想看恐怖片？"

"……"

恐怖片，以前一起连线看电影时，怎么没想到这个选项。

怀歆其实胆子不大，又很怕黑，稍微有点怪影就吓得不行，所以几乎和恐怖片绝缘。

但是现在，有郁承在身边，她忽然就想尝试一下。

男人英俊的面容在光影中显得颇为性感，他温热的掌心触到她的手指，嗓音低沉："你想看？"

怀歆脱了鞋爬上沙发，挨蹭着窝进他怀里："有点。"

"不害怕？"

怀歆抱住郁承的腰，糯声撒娇："这不是有你保护我吗？"

头顶传来郁承温润、悦耳动听的低笑声，他微微搂紧了她："好。"

挑来选去最后敲定了温子仁 2013 年导演的一部老片《招魂》，相比于他的其他片子《电锯惊魂》和《死寂》算是更加传统的恐怖电影了，一家人入住了一处凶宅，不断经历各种离奇事件。

最关键的是，怀歆在网上看到，说影片全程只死了一只狗和一只鸟，但还是让人感觉心惊胆战。

她决心头铁尝试一拨。

客厅里暗得不行，只有一块电视大屏发出微微的荧光，怀歆伏在郁承的怀里，随着开头的木偶故事和幽寐音乐已经开始提心吊胆。

心跳逐渐加快，悬在半空之中，她知道自己几斤几两，但是这才刚开始，即便有退缩之意也并不吭声，只是略微绷紧身体，一眨不眨地看着屏幕。

男人察觉到她细微的反应，手臂更紧地将她揽进怀里。

"可以吗？"郁承缓声道，"要是害怕我们就不看了。"

骨子里那点不服输的劲儿在作祟，怀歆保留着最后一丝倔强："不，我一定要看完。"

"……"

事实证明，怀歆完全高估了自己。

她一介恐怖片小白，全程屏息连呼吸都不敢，被一个个跳出的意象连续惊到——阴森森的鬼屋，钟表全都停在三点七分，门外传来的缓慢的脚步声，浮动在镜中的人影，衣柜内伸出的苍白的手。

怀歆记不清自己失声尖叫了多少次，像只小香猪一样疯狂往郁承怀里拱，眼泪都巴巴地掉下来了："哥哥我怕，呜呜呜——"

有很多时候都是被视角中突然出现的物体吓到的，属于应激式的，缓过来之后就还好，因而这里面半真半假，其实还夹杂了撒娇的成分。

郁承心里了然，一边温声哄着她，一边轻拍她微颤的脊背。黑暗的世界里好像只有他们两个人，交颈在一起聆听彼此的心跳声。

淡淡的檀木香味散发出来，怀歆闻到这个味道，依恋地埋首在郁承颈窝里。

这电影确实很懂得怎么控制节奏。

一段沉缓的情节铺垫后，突然"呼啦"一声，狂风骤雨，电闪雷鸣。

轰隆隆的作响声中，驱魔师锁在橱窗里的邪物突然消失，出现在了小女孩屋内自发摆动的摇椅上。

怀歆纤瘦的肩胛骨一抖，如雨中扑簌坠落的蝶。

修长宽大的手掌落了下来，严实地捂住她的耳朵。怀歆死死地闭着眼，心脏像坐过山车一样冲过最高点，男人坚实温暖的怀抱包裹住了她。

一瞬间四周彻底归为安静。

"别怕。"她只听到郁承温柔地说。

怀歆控制不住地战栗，他更加靠近地倾身抱过来，将她整个人都纳进了怀里。

怀歆双腿并拢，屈膝，侧着身子坐在郁承的腿上，她的脚踝细到了某种程度，他单手也能够握拢，所以现下将她整个人都抱紧也没有问题。

——怀歆害怕打雷。

从很小的时候。

因为父母总是晚归，下暴雨的时候，屋外高大的植物显得更为奇形怪状，透过窗外苍白月光和微弱的光线映在墙上，如同森森鬼影晃着。

只要一打雷，那些叶子、枝干就在疾风中狂乱舞动，好像有人长时间地窥视屋内，并且随时打算破窗而入。

每次打雷的时候怀欲都会心悸，这类似某种创伤后应激障碍，是长久蛰伏于心间的阴影。以前要是怀曜庆在的时候，看她害怕就会把她抱进怀里，唱着简单的童谣哄她睡觉。

后来她长大了，和爸爸之间也再没了儿时那般亲昵，也越发认识到这只是一种普通的恐惧，就算靠自己一个人面对也没有关系。

但怀欲还是记得儿时那种被人紧紧搂在怀里的感觉，安心而依赖。

——就如同现在。

她的发丝贴在郁承线条分明的下颌，脸颊触到他身上柔软的高领毛衣，淡淡的阳光和皂香味，让悬崖边的心跳也逐渐舒缓了下来。

周身暖洋洋的，被裹在他的怀抱，以及厚厚的绒被中。

没有了声音，那种诡异渲染的气氛如台面上飘飘然的灰尘一般被轻而易举地拭去了，怀欲唯一能感觉到的是落在自己额上的，男人十足温和轻柔的吻。

电影最后升华到了温馨的家庭主题，重回阳光底下，鬼魂散去之后一切都是那么美好。

整个过程虽然有点太刺激，但也算是别样的体验，只不过怀欲已经决定短时间内再也不接触此类影片。

看完恐怖片的后遗症非常明显，那就是——郁承多了一个随身挂件。

从客厅到卧室的路要他抱着走，怀欲不敢自己一个人睡，晚上随时都要贴贴，简直娇得要命。无论怎么哄都不管用，在郁承怀里挨挨蹭蹭得不安分。

不知道是不是故意的，反正感觉有点借题发挥的意思。

漆黑的室内落进温柔的月光，怀欲翻来覆去，仿佛一个多动症患者。

郁承闭着眼，缠手缠脚地抱着她，薄唇浅扬，让她在他这里任性地作乱。

他的手臂搭在她温软的腰窝上，喉间溢出的嗓音磁性深沉，懒懒的性感："宝贝，睡觉吧。别闹了。"

怀欲纯粹是被吓精神了，多余的精力无处释放，用手轻轻拽他的衣角，软而小声地回："我睡不着嘛。"

郁承仍旧闭着眼，只是气息似乎沉了一点。

"你躺一会儿，自然就有睡意了。"他说。

主要是闭上眼那些情景就会自动在脑海中循环回放，怎么都甩不脱。

怀欲在短短五分钟内翻了好几次身——本来是与郁承面对着面，但是又觉得后背很空，于是她转到另一面，脊背贴着他胸膛，这下入目都是一片漆黑的暗影，让人不由得想起影片中那些昏暗的房间。

"嗯……要不我起来写写小说……"怀歆鼓了鼓脸颊。

话音未落，郁承睁开眼，眯着眸子看她。

"真不睡了？"他嗓音有着淡淡的沙哑，仿佛在同她仔细确认。

怀歆不明所以，点点头，想去开自己这边的小床头灯，手腕却被他拉住。

鸦羽般的眼睫投下蛊惑的影，男人仰面凝视着她，英俊分明的五官被窗外的光勾勒出立体深邃的轮廓，哪怕影影绰绰也很好看："忘不掉那些画面？"

怀歆握住他的手指，很苦恼的样子："嗯，就算睡着了我也担心会做噩梦……"

空气静止一瞬，郁承蓦地翻身压了过来，唇深吻向她脖颈处娇嫩白皙的皮肤，辗转吸吮。

他的手循着绒被探过去，眸光深邃勾人，轻哑着低笑一声："那我找别的方法给宝贝治一治。"

"……"

"保证忘得一干二净，今晚做个好梦。"

第二天怀歆悠悠转醒，一眼就看到飘窗内抖落的缱绻晨光。

脑中某些片段交替闪过，她的脸慢慢红了。

——诚然，郁承的确做到了他所承诺的事情，后半段怀歆已经完全不在乎什么鬼片恐怖不恐怖的了，剩下的只有他所给予的强烈感觉，忘记今夕何夕。

怀歆一边暗自嘀咕，一边撑着床爬了起来，揉捏酸胀的小腿。

郁承已经不在屋内，床头柜上留了张淡紫色的便笺，上面是他流畅俊逸的字迹：有事去集团一趟，宝贝起床后记得按时吃早餐。

翻过一面：喜欢你。后面跟着一个大大的"爱心"。

怀歆的视线随着一笔一画缓慢掠过，情不自禁地舔了下柔软的唇角。

心口处怦然，甜蜜慢慢从罅隙中渗透出来，蔓延至周身，成了具象般的软软棉花糖，饱胀圆满。

喜欢。

这就是喜欢的感觉。

她也很喜欢他。

怀歆弯着眼将便笺收好，夹进自己平常上课用的文件袋里。

赵阿姨已经做好了早餐，热气腾腾的肠粉和小笼包，十分美味。

怀歆饱餐一顿，原计划继续小组作业，和同学们线上讨论，谁知却在半途迎来一位不速之客。

别墅的大门打开，高跟鞋敲在大理石台阶上咚咚作响，赵阿姨愣了一会儿，辨认出来人。

天气变冷，许琼裹着貂皮大袄，打扮得雍容华贵，姿态端庄地走了进来。

她淡淡环视一周，简扼对赵阿姨说："让她给我下来。"

怀歆在书房里写报告，听到动静之后，出来看到的就是这么一幅景象。

她从没见过许琼，但是在新闻中和郁承的描述中也大概在脑海里对她的形象描摹一二。

她是个极端自私、不顾念亲情的女人。

许琼脊背挺直坐在沙发上，冷漠地看着怀歆，没有任何打招呼或介绍的意思，怀歆率先开口，语气不卑不亢："我猜您是郁承的母亲，对吧？"

许琼的眼眸倏尔眯了起来，却仍是不理她，端起保姆奉的茶浅浅啜饮一口。

等到慢而又慢地做完这一动作，放下茶杯，她才开口。说的第一句话也不是自我介绍，而是开门见山，咄咄逼人："你就是郁承一直养在身边的那个狐媚子？"

"……"

当时郁承身陷囹圄之时，谢家上下对取消婚约言之凿凿，加之谢芳毓顺着应了下来，两方也就默认是谢家单方面取消联姻。

可自郁承重整潘家之后，那些世叔世伯又有些蠢蠢欲动，游说谢芳毓再次与郁承说情，甚至还要谢老爷子出面，重修旧好。

他们心里想着，反正两人是有感情的，这应当不是难事。

许琼是个有脾气的人，患难见真情，郁承出事谢家跑得影都没有，这回再贴上来她也得三思。

不是为别的，就是咽不下这口气。

许琼年轻时遭受过许多白眼，如今亲生骨肉终于大权在握，她要扬眉吐气一番，不能再落了下乘。

一边吊着谢家，一边迟迟不做答复。

许琼心里打的算盘是，联姻肯定还是要联的，只不过不要他谢家，换一家便是。

这全 G 城的高门贵女，现在他们都有资格随意相看挑选。

郁承近日接管集团变得公务繁忙，许琼是不擅长处理这些的，因此常常也不知道他在做些什么，找人一番打探后才知道，原来当初那个女人现在仍时时跟在郁承身边，甚至随他出席各种公众场合。

这一看便是想攀附豪门，还颇有手腕，而许琼绝不会让她得逞。

原以为怀歆会因为这等不雅的称呼羞恼，没想到她却回答："您要这么形容，好像也对。"

"……"

怀歆眨眨眼："毕竟他挺喜欢我勾引他的。"

"你——"

许琮哽住，神色瞬间更冷，有些恼羞成怒："真是不知检点。"

她深吸了口气，一字一句停顿道："你要知道，我是不可能让你进门的。"

只是当情人，许琮也就睁一只眼闭一只眼了，但是郁承的所作所为好似有把她扶到台面上的意思，许琮心里十分警惕。

"你以为他是真爱你？玩玩罢了。"许琮看到怀歆手上的银质戒指，嗤笑，"连个正儿八经的钻戒都不愿买给你，送这么个破破烂烂的玩意儿，你想你在郁承心里该有多么无足轻重。"

怀歆晒她一眼，平静道："那您可真是一点儿也不了解阿承。"

怀歆说这话时唇角微勾，许琮疑心自己看到了一丝淡淡的悲悯，但对方姿态宽和，不知为何登时让她心头火起："像你这样小门小户的出身，也妄想进豪门？痴人说梦！"

"阿姨，那这么说的话，您的出身肯定是万分金贵了。"怀歆微微一笑。

许琮脸色遽变，手扬起来："你这个不要脸的狐狸精——"

眼看着巴掌要落下来，此时却有人将怀歆护住，抬手挡掉她的手臂，许琮失去平衡，向后狼狈地栽进了沙发里。

她火冒三丈，愤然抬眸望去，只看到英俊挺拔的男人居高临下地看着自己，神情如寒冰般波澜不惊。

许琮清醒了一点："阿承……"

现在郁承今非昔比，光是站在那里气场就足够慑人，许琮心中凛了一下："我——"

"现在，立刻对小歆道歉。"郁承低眼看她。

"什么？"许琮以为自己听错了，"阿承，你——"

郁承没什么表情地打断她："我要你道歉。"

许琮愤愤，胸腔上下起伏："为了这么一个女人，你要同我之间这般龃龉？"

"她不是什么随便的女人，我也不是玩玩而已。"郁承握紧怀歆的手，沉静道，"如果你再对小歆说任何无礼的话，我不保证你今后还能继续保有现在这个荣光加身的身份。"

许琮不敢置信："郁承，你疯了，你这样撕破脸皮，就不怕我在集团里让你吃不了兜着走——"

"事到如今，母亲还是这么天真。"

郁承不紧不慢地向前两步，眼神近乎睥睨，像是在看一个笑话："您真以为我会给您这个机会？"

许琮眼神僵滞，突然想到什么，拿出手机拼命地按下一串电话号码。

那边很快接通，说了几句什么，她面色仓皇如同死灰。

自潘晋岳积病到裴明帆倒台，许琮已经隐隐察觉到郁承的不可控性。

如今种种迹象都剥丝抽茧变得无比清晰，她的心如坠寒窖。

郁承暗中转移她的资产，架空她的实权，蚕食她的利益。如今她彻底沦为他手中的一个傀儡。

什么彼此唯一的亲人，打断骨头连着筋，都是冠冕堂皇的说辞。他从来不是什么乖顺的猎犬，如今彻底撕开伪装。

许琮想到郁承先前同她讲的那个饥荒年代的比喻故事，手指止不住地颤抖："你——"

她对他的防备还是太少了，以为自己能够掌控一切，以为这是他们母子俩最终的胜利，没承想到头来连她自己也成了郁承手中可以任意操控的一枚棋子。

"如果您有足够的自知之明，我会让您安享晚年，就像父亲那样。"

潘晋岳曾经何等呼风唤雨、叱咤风云，如今也只能安卧一张小床，等待郁承偶尔前来看望，如同施予恩惠。

如果郁承不来，他也不过是明台上角落里的簌簌浮尘，无人问津。

这段时间以来许琮过得太舒畅，以至于得意忘形，未承想到潘晋岳的结局也极有可能会是她的结局。

许琮张了张嘴，已经说不出话来："你、你这个狼心狗肺的东西……"

"那您未免太抬举我了。"郁承笑了笑，"凭您以前做过的桩桩件件，您知道放在谢家或付家，会是什么样的结局吗？"

许琮瘫软在沙发上，彻底失声。

就算之前没有想到，现在也如芒在背，寒意四起。

——谢家的二房姨母就是因为"精神不好"，被送去了疗养院，随时有专人看护。

许琮现在才明白过来，也许从她对郁家夫妇出手的那一刻起，她和郁承之间就再没有转圜的余地。

所谓的血缘纽带也只是一纸空谈。他与她之间，没有任何情意可言。

她嘴唇颤抖地抬眸，看到郁承神色温和下来，淡淡道："母亲，您道完歉就可以走了，不必再承担非法私闯民宅的罪名。"

"……"

阳光正好，初冬的时节，花园里仍有些茂盛葳蕤的草木。

郁承抱着怀歆坐在秋千上晒太阳，替她整理耳边细碎的发。

"是我疏忽，让她找上门来，以后不会了。"他歉意地吻她的指节，眸色深深，"那些话你不要放在心上。"

那模样像是怕她误会，或因此感到委屈，怀歆心里柔软成了一捧温水，细密而浸润。

"我不会在意。"她止住他更多的解释，"阿承，我都知道的。"

其实她更心疼的是他。

刚才的争端把这么多年他遇到过最丑恶的人性都具象地摆在了她的面前，许琮找到郁家夫妇的时候郁承只有十四岁，怀歆能够想象得出当时是怎样的情景。

因为不够强大，所以被迫忍耐。

来自亲生母亲的欺骗和利用，还有养父母所承受的欺压和折辱。他忍了这么长的时间啊。

"阿承，"怀歆伸手，轻轻触上他的眉骨，沿着下颌轻抚，嗓音怜惜，"这么多年，你累不累？"

郁承的眼睫垂了下来，漆黑的眼眸疏影横斜，隐藏着某种不具名的深暗神色。

他靠过来，埋首在她的肩颈，低声应道："嗯。"

怀歆心里沉缓叹了口气，她知道的。

她一直都能够明白他的苦处。

这一场戏，他陪许琮和潘晋岳演得太久了，是时候体面收场了。

郁承料理完手上的事情，集团的一切都步入正轨，他选了一个周末与怀歆回家看望侯素馨和郁卫东。

疗养院外的植被郁郁葱葱，沿着一路自然生长着灌木和乔木，紫藤和凌霄花攀在墙壁上，在略微有些凉的时候居然还开出了繁密的花朵。

郁承牵着怀歆的手上楼，在走廊里看见了踟蹰站立的小刘，她是专门负责照顾侯素馨的护工。

手上紧了一紧，怀歆率先和她打了招呼。

"怀小姐。"小刘看到他们，陷入凝滞的神情活了起来，"你们来了？"

"阿姨正在午睡，应该差不多要醒了。她不喜欢别人贸然打扰，所以我在这里等她叫我。"

正说话间，几人都听到房间里面传来动静，侯素馨已经醒了。

郁承颔首致意："辛苦你了，这里交给我们就好，晚些时候再叫你。"

"好嘞！"

走了两步，小刘又回头，低声说："先生，不好意思啊，我之前不小心弄脏了她的一张照片。她这会儿心情不一定好。"

只是不小心将相片从台面拂到了地上，恰好那处溅到了午饭的汤汁。

她没有责骂小刘，只是将相片捡起来，一遍遍用纸巾反复擦拭，看着背面抹不去的棕色污渍，脸色难看得要命。

小刘在一旁不敢作声，只好出了房间，把空间留给侯素馨一人。这会儿她嗫嚅着唇，还要说什么，郁承摇摇头："没事。"

怀歆在他的带领下进入房间。

只一眼。

床上发色斑白的老人停下了手中的动作，像一座雕塑一样望着他们。

视线隔空碰撞在一处，怀歆从中品出陌生而空洞的情绪，喉间仿似被扼住，胸口狠狠一凛，有呼啸的风声灌进来。

短短一个瞬间，连空气中的尘埃也是静止飘浮的，侯素馨的脸上忽然绽开一个明灿的笑容，招呼他们："来，快过来。"

怀歆恍惚被一股力道带着过去，听到老人家欢欣鼓舞地同他们讲："快来看看我的宝贝。"

她从厚实暖和的被子里捧出一沓照片，棕褐色的手背泛出深深的褶皱，随着她的动作一下子舒展开了："瞧瞧。"

怀歆的视线落了下去，周围的一切都变得寂静无声。

窗外落叶絮絮，紫藤攀缘，皮球落在院落，一切都没有了声音。

——分明是郁承儿时的照片。

几个月前，侯素馨还拉着她一起兴致盎然地翻看相册，当时怀歆印象最深的就是少年那双干净澄澈，葡萄一般漂亮的眼睛。

侯素馨看向了怀歆，好奇启唇："姑娘，你们看起来很登对，他是你的对象吗？"

手腕处被蓦然攥紧了，压抑而隐秘的疼痛沿着脉络传了过来，怀歆就这么做了一个点头的动作。

"小伙子长得可真俊。"侯素馨由衷地赞叹，"若是我儿子，现在也应该和你差不多年纪了。瞧，这是他十二岁的时候，是不是也生得很好看？"

她是如此骄傲地同他们分享，深褐色的眼睛里落下了冬日暖光。

见两人都没说话，神色不寻常，侯素馨的语气缓了下来，困惑而小心地询问："你们……难道认识我的儿子吗？"

"……"

"他叫阿程，学习很好，特别懂事，从来没让我操过心，跑步拿全校二等奖。他喜欢吃蓝莓，还有麦当劳的牛肉汉堡——"

她的记忆慢慢地流失掉了，只剩下很多的记忆残片，她非常努力地拼凑，想要还原出自己所熟知的景象。

怀歆的手被掐疼了，从经脉一直延伸到骨骼肌理都隐隐作痛，她已经不忍去看郁承的表情，脱口而出："……伯母。"

侯素馨的表情倏忽僵滞，想抬手，又颤巍巍地放下，好半晌才问："姑娘，你喊我什么？"

手腕被郁承骨节分明的手指牢牢扣紧，怀歆闭了闭眼，轻声问："您还记得我吗？"

侯素馨惊疑不定，但显然是记不得了："你是……"

怀歆从对方护若珍宝的一沓照片中抽出一张，那是四个人的合照，她温柔道："您看，这是什么？"

郁承、她、侯素馨和郁卫东并排站在屋前，请邻居照的一张相。

怀歆的脸被圈出来，备注了她的名字——小歆。

"小歆……"侯素馨喃喃地将那两个字读出来，空气中安静了片刻，响起她略微有些迷茫的声音，"你是阿程的女朋友？"

"是我，伯母。"怀歆交握她的手背，看到自己送的那条红色手绳还被侯素馨好好地戴在腕间，忍住鼻间酸涩，"我是小歆。"

侯素馨很快意识到什么，转过脸去看着郁承："那你是……"

郁承静静地凝视着她，漆黑的眼眸似浮着一层浅薄的雾气，叫人看不穿，猜不透。

"阿程……是你吗？"

"嗯。"他低低应了一声。

又是好长一段时间的寂静，侯素馨放下照片，倾过身来仔细地瞧他，眼睛睁得大大的，慢慢变得格外迷茫而又彷徨起来。

欣喜、期待、惊疑几种情绪交织相叠，侯素馨捂住脑袋，忽然表情非常懊丧。

她自言自语道："我居然……我怎么、怎么能把你忘了……"

"没关系，妈。"郁承在这时候抬眼，朝她极温和地牵了牵唇，"没关系的。"

侯素馨只见过怀歆一次，对于上次见面的许多细节都已经忘却，就像是第一次认识她似的，重新问了不少问题。

她看到怀歆中指上的银质戒指，先是大叹眼熟，后来经提醒才忆起这是她的结婚戒指，而至于和自己结婚的那个人，在她的脑海里只剩下了一张极为模糊的面容，完全记不清了。

郁承揽着怀歆的肩，告诉侯素馨："妈，我们要结婚了。"

有一瞬间就像是回到了旧时时光，侯素馨的眼睛亮了起来，脸上绽放出难以言说的惊喜。

"真的？！"

是十分孩子气的神情，瞳仁里甚至积聚出些许水意，侯素馨笑叹："结婚好，结婚好啊。

"要长长久久，长长久久地在一起……"

日薄西山，两人一直快坐到晚上，门口传来缓慢的敲门声。过了一会儿，郁卫东拎着饭盒走了进来。

侯素馨从满脸喜悦中抬起头来，难得好脾气地询问他："你是谁？有什么事吗？"

郁卫东看清病房内的其他两人，身形顿了一下。

这个身姿一向挺拔的老人止住脚步，做出例行回答："我是你的丈夫，来给你送晚餐。"

迎着她混沌的目光，郁卫东非常、非常平缓地出声："我们结婚有三十年了，你还记得吗？"

郁承和怀歆草草吃了晚饭，返回那间小宾馆。

男人在路灯下的长凳上坐下，掏出打火机，低声说："我抽根烟。"

他很久没抽烟了，肺腑里沉郁的空气连同压抑的情绪一同呼了出来，郁承指尖抬着烟，敞开腿，撑臂在膝上。

他抬起手，无声地握指成拳抵住额头。深暗夜色沉沉落在他的肩上，怀歆看到自己的阴影被投在脚底，她往前走了几步，郁承却突然抬眸。

湿漉漉的眼眸，沉寂在昏黄摇曳的灯光下。就像是黯然的琉璃珠，忽然间失去了所有色彩。

烟圈吐出来，连指尖明灭的火光也暗淡，仿佛随时会熄灭，一跃一跃的，映得郁承眼里染着湿意的弧光更加明显。

这份目光具有实质性的重量，沉甸甸地落在怀歆的心上，让她有了疼痛酸胀的感觉。

他好难过，好难过啊。

连带着她的胸口也疼起来，呼吸压抑。

"阿承……"怀歆上前两步，郁承倏忽倾身过来，抱住了她。

他微侧着脸，柔软的黑发正好贴在她的腹部——更柔软的一处。

萧瑟而无声的风里，怀歆顿了一瞬，抬起双臂，慢慢放在他绷紧的背肌上，宽慰地抚摸着。

"不会再有更多的苦难了，阿承。"

彼时一滴泪落下来，默默地消融于泥土中，路灯下两人相拥的身影长长地绵延出去，怀歆喃喃着轻声："……我们已经把苦难耗尽了。"

这天晚上他们相拥着挤在宾馆狭小的床板上，窗外是凉风席卷怒号，冷清的街道上枯黄的落叶被卷起，无数画面像走马灯一样在脑中闪过。

怀中是爱人温软的身体，郁承记起很多事情。

比如他第一次来到郁家，紧张拘谨得连板凳都不敢拉出来坐，看到郁卫东还会有些畏葸不前，总觉得对方并不是那么平易近人。

那天晚上侯素馨给他炒了一盘金黄色的蛋炒饭，味道很香很香，郁卫东替他盛饭，堆了高高一整碗颗粒圆润的白米。他其实这才发现，原来父亲和母亲一样，也是很温柔的人，只是他们表达的方式并不一样。

母亲的爱是无声无息浸润涓流，父亲的爱则是包裹着钝角的山峦。

郁承睡在他们卧室大床旁边的躺椅上，侯素馨会在半夜起床为他重新掖一遍被角，大清早起来为他做花卷和清甜的米粥。而郁卫东则会替他背上彼时还略显宽大的书包，引他走上坑洼曲折的青苔石板路。

他记得。

他记得郁卫东接他放学时呵斥那些高年级围堵他的孩子，记得侯素馨翻着花样给他织最漂亮的毛衣，记得郁卫东在早上带他赶集，奔跑在阳光里，记得侯素馨当年离别时在河岸边深深的回眸，泪水消融如水晶。

这么多封存在心底的珍贵记忆塑造了他，让他能够不染于污秽，不流于世俗，明镜高台之上，仍旧干干净净地看这尘世间。

所以就算她忘了，那又怎么样？他还记得。

并且会永远记得。

——他曾拥有过，这个世界上最为独一无二的爱。

这份爱将他从泥淖中拉出，并在人生后续几十年中，一直为他保驾护航，熠熠生光。

郁承曾经几次询问过侯素馨和郁卫东要不要随他搬去 B 城或者 G 城，比这里更为繁华的都市，那里有他们可能一辈子都没有见过的康庄大道和车水马龙。

但是他们的答案一直都是"不"。

不是故步自封，而是这座小城承载了他们太多美好的回忆。择一城终老，踏着青苔石板走过阴雨绵绵的小巷，每一条裂缝、每一道墙壁的纹理都曾经发生过美好的故事。

郁承从小在这里长大，那种对于家乡故土的亲切感也是其他地方无可比拟的。

郁卫东在家里为他们做了饭，三人围着一张不大不小的桌子坐着，恰到好处的温馨。

怀歆一边品尝热气腾腾的鸽子汤，一边听郁承和郁卫东像一对寻常的父子一样话家常。

老人家得知他们终成眷属，实在高兴得不得了。

同侯素馨直白的表达不一样，郁卫东的喜悦藏在眼角眉梢，慈祥堆叠的皱纹里，他同怀歆说："小歆，如果阿程欺负你的话，你就来找伯父，伯父替你出气。"

怀歆下意识睇向郁承，发现男人眼尾舒展，也在勾唇笑，她弯起嘴角，点点头："好。"

郁卫东给她又盛了一碗饭，询问："小歆还没毕业吧？"

第一次见面时装作已经工作的同事，是因为那时她和郁承之间的关系处于一种微妙的平衡中，所以心照不宣地用了 Lisa 的身份，后来互相确认心意之后，自然向老人家和盘托出。

"对，还在读研究生，第一个学期马上结束了。"

"还要读两年？计划做什么工作？"

"嗯嗯。"怀歆想了想，如实说，"可能偏投资类的，但是不知道毕业的时候有哪些机会。"

每年顶级私募校招的人很少，而且还要看大年小年，年景不好的时候可能寥寥无几，所以特别看运气。

郁卫东朗声笑起来："这就不用太担心了，这不是还有阿承呢。"

怀歆笑眯眯地看郁承："是啊，要是我找不到工作，就让他帮我兜底了。"

郁承轻笑一声，低缓应道："好，没问题。"

吃完饭，两人计划再待一个下午，怀歆同郁卫东聊天，三人趁着午后阳光正好去集市上逛了逛，怀歆看了眼郁卫东经营的铺子。

临别的时候，郁卫东站在车站目送他们。

他似是犹豫片刻，还是拉起怀歆的手，情真意切地说："孩子，伯父欢迎你和阿程常回来。"

怀歆凝望他的眼，心头一阵熨帖般的温软。

她知道侯素馨在这里，他必然是哪里也不去的，但是被爱人忘却的痛苦又宛若阴云一般时时笼罩着他。

一个人住在家中，会很寂寞的吧。

"伯父，我们会常回来看您和伯母的。"

老人家脸上的希冀和难以诉说的离别情愫分外明显，怀歆脸颊粉扑扑地看了一眼郁承，心中思绪流转。

也许……是时候换一个称呼了。

没等郁承说话，怀歆就自作主张地唤郁卫东："爸。"

姑娘一双明亮澄澈的眼睛极为漂亮，弯起来就像是天边的明月，沁着绵绵的甜意，郁卫东完全没有料到，手抬起，又略有些局促地放下，两片嘴唇翕动，片刻轻应道："哎。"

怀歆知道他心里是开心的，只是不知道该怎么表达。

郁承看着她，一双桃花眼幽深似海。

怀歆亲热地挽住郁承的手臂，重复一遍："爸，您放心吧，我们会想您的，会常回来看您和妈的。"

到最后郁卫东也没能再多说两句体己话，但是怀歆却收获了来自老人家一个小心翼翼的拥抱。

坐在火车上，怀歆望向窗外飞驰而过的景色，苍柏枝叶繁茂浓绿，是个阳光灿烂的好天气。日影稀疏跳跃，似有碎金落在地上。

她侧过眸，发现郁承一直在安静地看着自己，眸色深而沉。

怀歆微倾过身，郁承就捧着她的脸低头，唇齿亲昵相贴，交换了一个心有灵犀的亲吻。

冬天来临，而他陪伴在她身旁。

从今往后他们就是彼此的家人了，真好。

上次因为潘晋岳的事情临时从土耳其折返，这回郁承赶在天气变得更冷之前又带怀歆去了一趟。

原因无他，他想实现她坐热气球的愿望。

天气渐冷，热气球飞得逐渐少了，而且必须看准天气，雨雪天飞不了。

他们计划还是按照之前那个圆形旅游路线再走一遍，从伊斯坦布尔到卡帕多西亚，再到安塔利亚和费特希耶。

这回再游博斯普鲁斯海峡，心中就多出了一份踏实和笃定。

蔚蓝的海湾波光粼粼映着冬日暖阳，怀歆凭栏望远，郁承站在她身后，双臂撑在她身体两侧，颇具占有欲的姿势。

两人姿态都有些闲散，过了一会儿，有几个金发碧眼的女生站在不远处，似乎正对着他们窃窃私语，眼眸里跳跃着极其雀跃的光。

怀歆不用想，也知道她们在看郁承。

男人宽肩窄腰，手臂肌肉线条流畅紧韧，轻眄一双漆黑深邃的桃花眼，格外勾人。

等人走了之后，怀歆才转过身来，窝在郁承怀里，勾起红唇悠悠地笑："哥哥也太吸引人了吧。"

郁承低敛着眼，眸色有些意味不明。

怀歆的手触到男人轻薄的内衫，顺着胸口慢慢摸了下去，停在壁垒分明的腹肌处。

"哥哥身材也好好。"她挑了下眼尾，手轻轻一按，语气莫名有些挑逗，"尤其是这儿，很有力量感呢。"

郁承倏地敛了眸，漆黑幽深的视线压下来。

距离一瞬间拉近，怀歆听到他在耳畔说了句什么，随后漫不经心地撇开。这时游轮在岸边缓缓停下，船上的人陆续上了岸。

太阳明明并不刺眼，怀歆却觉得颇为燥热，拧开手中的冰矿泉水饮了几口。

就在刚才，他靠近她低沉地轻笑，似若即若离地撩拨："我还有更有力量感的，宝贝难道不记得了？"

呸！这个大流氓！

他们重游了伊斯坦布尔南部的老城区和西北部的新城区，这边有很多著名的旅游景点，比如托普卡帕皇宫、地下水宫、塔克西姆广场和独立大街。

玩了大概两天，他们飞去开塞利机场，住在格雷梅景色和视野最好的小山丘上。

第二天便预约了热气球，根据天气预报，如果一切顺利的话，肯定是能飞的，所以晚上两人摒弃了剧烈运动，乖乖休养生息，差不多凌晨五点就起床了。

六点准时有车来接，是一辆淡紫色的复古老爷敞篷车，涂漆光亮梦幻。车子沿着蜿蜒的石土路开往平坦宽阔的原岭，视野逐渐变得开阔，已经可以看到有几只热气球升空，点缀着边缘逐渐变白的深蓝色天空，是一种十分浪漫的景象。

他们在卡帕多西亚山上某平坦处停下，有人上来迎接，此时怀歆才看到地上侧躺着的那只巨大的热气球。

很巧合的是，热气球也是紫色的，她最喜欢的颜色，怀歆的心情因为这点小细节更加快乐，开始期待一会儿的飞行。

飞行员已经候在一旁，告诉他们运气很好，此时风速不大，非常适合乘坐热气球。

定点测好风向之后，工作人员开始为他们的气球点火、充气，火光喷薄而出的那一瞬间是非常壮观的。

整个热气球慢慢地鼓胀，一点点地浮起，向上飘浮，如同一片巨大的冠状云朵，人站在底下分外渺小。

郁承这时候看向怀歆，看见她眼中映出的橘色弧光，白皙侧脸温软姣好，他凑过去，在她脸上亲了下，低醇唤道："宝贝。"

怀歆卷翘的睫毛扑闪了下，转过头来，朝他扬起一个笑脸："哥哥。"

巨大的热气球像是喀斯特平原上的一盏明灯，火光生生不息，照亮了周围仍然被夜色笼罩的褐色土地。

看着这样的景象，她心里很感动。作家与生俱来的共情力此时又占据了主导，怀歆伸出手，与郁承修长分明的手十指交扣。

这是一个能容纳十个人的吊篮，如今就只有他们两个乘客，鉴于是郁承的安排，怀歆不疑有他，被男人牵着爬上了热气球。

不出片刻，热气球开始缓慢升空，随着微风在峡谷上方飘游，纵横交错的溶洞岩石地貌开始在眼前逐渐展现，天边曙光即现，日影缱绻下大地笼罩在忽明忽暗的光线中。

随行有摄影师为他们拍照，怀歆为了好看，特地穿上一条酒红色的天鹅绒呢子长裙。这还是她早上参考郁承的意见挑的，保暖的同时又分外漂亮，将纤细的腰肢收束得盈盈一握。

相比之下郁承穿着更为正式，也许是为了配合她，他穿了一套略为复古的西服套装，深棕色无领马甲配单头阿尔伯特表链，戗驳领西装外套，挺括英俊，英气十足。

湛蓝的天空有不少其他热气球也飘了起来，漫天飞舞，共同组成一幅很壮美的景象。

上次在土耳其他们一起看的是日落，而这回则是日出。

镌刻永恒的日出。

远处天际线似有橘暖色的光线燃烧起来，微风吹拂，扬起怀歆如墨般的乌黑长发，郁承揽着她的腰，俯身用另一只手绅士地替她挽发。

就在这时候，地貌上明灭不定的光线突然亮了起来。

天边有一道曙光出现，太阳升起来了。

自然的瑰丽神奇向来是难以用言语描绘的，从看到的那一刻开始心中就生出无比震撼的感动。

就像是《怦然心动》那棵参天梧桐上所看到的景象，只不过视野更加开阔，美好的朝霞蕴含着极致浓郁的色彩，永不停歇地绽放，昭告着生命的热烈。

怀歆正愣怔的时候，身边的男人忽然动了。

——火焰盛意燃烧，猎猎风声中，郁承眼眸漆黑深邃，朝她单膝跪下。

漂亮的红色绒面盒打开，怀歆以手掩唇，看到里面那枚流光璀璨的浅紫色钻戒。

"怀歆，宝贝，小歆。"

男人唇角勾起一抹浅浅的笑意，低缓出声："我答应过你，会给你买两个戒指的。"

"……"

一瞬间好像时间静止了。

怀歆的心猛烈地、怦然地跳动起来，听到他沉声开口："我从来都没有对谁产生过如此强烈的，与之长相厮守的渴望，直到遇见你。

"因为你，我体会过各式各样与众不同的情感。患得患失，孩童般稚拙，希冀有关于世俗的承诺。

"遇见你以后我变得很贪心，我想要你的目光一直长久注视着我，想要你对我永远好奇。

"我的一切都属于你，一切也都愿奉献给你。

"我爱你，怀歆。"

日光烂漫洒满大地，郁承虔诚地凝望着面前的姑娘，温柔地重复道："我爱你。

"可以请你嫁给我吗？"

怀歆觉得，这可能是世上最动听最温柔的言语了。

她以前总读到一个词，"喜极而泣"，却不知道那是种什么感觉，如今才终于明白，原来爱一个人的时候，一颦一笑、喜怒哀乐是真的会被对方紧紧牵动。

晨曦美好，万物可爱，暖光燃亮了天空。

怀歆睫羽颤动，望向郁承深沉的眸，轻轻点了一下头。

郁承笑了，牵住她纤白的指尖，细致地替她戴上戒指，指环的尺寸不大不小刚刚好，紫色钻石漂亮灿烂，绽放出熠熠光华，施予一份难以忽略的重量。

也许他还想说什么，但是未等开口，就感觉到怀歆握紧了他的手指。

"我也爱你，阿承。"

极细软的嗓音，温温糯糯，像是鼓起了很大的勇气才说出口的。

怀歆的面色晕染成一片绯红，她轻咬着唇，却认真，有些羞涩地垂首看着他。

温软白皙的脸颊映着朝阳的光晕，漂亮的眼睛像宝石，美得不可思议。

郁承喉结蓦然滚动了一下，他忽地起身，将她紧紧拥进了怀里。

他们飘浮在这个极致宁静浪漫的地方，无数色彩斑斓的热气球在澄澈湛蓝的天上迎空飞舞，郁承微俯下身，捧着怀歆的脸细细地亲吻。

他是幸运的，纵使曾经路途坎坷，但仍然坚守初心。

茕茕孑立三十年，在茫茫人海里找到她。

她是这么独一无二，让人看一眼就心生欢喜。

《当哈里遇见莎莉》里面有这么一句话，令人心有感触——若你想和某人共度余生，你会希望你的余生越快开始越好。

——他从很早开始就充满期待，期待余生尽快到来。

一天的行程结束，回到他们的洞穴石屋以后，两人都情不自禁地亲热拥吻彼此。

郁承揽着怀歆的腰，勾着她的舌将她往屋内推，步伐变换间似一场你追我赶的游戏，怀歆边喘着气，边笑着同他接吻。

到床边的时候，地面崎岖不平，怀歆低呼一声，被郁承压着往床上倒。

他用了点力将她细柔手腕压在床铺上，床罩泛起层层叠叠的褶皱。郁承撑臂在她上方，一双漆黑深邃的桃花眼轻弯起，胸膛中微微震动出低沉动听的笑声。

怀歆与他亮着的眼眸对视片刻，也偏过头笑了。

不知道笑什么，看到他就好开心。

他们又接吻，唇舌相缠，沉醉在这一场风花雪月的情事中。

郁承远不如刚才进门时那般风度翩翩，耳鬓厮磨，怀歆感觉他好像想将自己拆吃入腹似的，强势至极。

缠绵片晌，郁承稍顿一瞬，撤开一段距离，低敛下眼凝视她。

他轻轻喘息，眸色黑沉而欲，溢于言表的性感，不过须臾又沉下身，这回唇却是移至偏侧。

轻柔的吻落下来，怀歆倏忽感觉自己的耳垂有了濡湿的感觉。

她是他掌心徐徐绽放的一朵玫瑰，稍一倾轧，芬芳饱满的气味盈彻弥漫开来。

酒红色的布料堆叠在腰间，郁承将怀歆抵在床头，她攀着他脖颈，要很努力才能控制自己的手，避免不慎将钻戒磕碰到坚硬的墙壁上。

斯夜缱绻入深，满室绯意。

翌日一早，怀歆睡到日上三竿才悠悠转醒。

她近日很少睡得这么好，迷糊地揉了揉眼，向旁边一摸，触到坚韧温热的胸膛。

怀歆闭着眼，扬了扬唇角，翻了翻身子，滚进郁承怀里。

男人抬起手臂搂住她的腰身，下颌抵在她发顶，温存地相拥了片刻才起床。

郁承打电话让酒店送餐到房间，好让怀歆再多睡一会儿，于是她便心安理得地窝进了他原先躺着的被褥里，干净清冽的雪松气息盈彻鼻间。

怀歆小憩半晌，恍惚间听到有人在敲门，郁承去开了门。

意面比萨卷饼、烤西红柿和灯笼椒拌伊兹密尔绵羊奶酪，颇为香腻美味，怀歆在卧室里都闻到了香味。

她这时候才完全清醒，懒洋洋地套上衣服，走进盥洗室，看到郁承立在镜前。

怀歆光着两条细腿儿，上身随意穿着一件男人的白衬衫，就这么从后面抱住了他。

郁承正在刮胡子，早就从镜子中发现了她。他动作顿了一下，将剃须刀放下。

怀歆迷恋地将脸贴在他宽阔紧韧的脊背上，深吸了一口雪松的香气，弯起眼，甜糯着声说："从见到你的第一天开始，我就想这么做。

"你身上总是有种很好闻的味道。"

郁承转了身，低敛下眼。

衬衫挺括的面料勾勒出窈窕玲珑、隐约起伏的曲线，并不能很好地遮挡住全部，甚至在紧要处透出了颜色。怀歆的一双腿白皙细腻，再往上是漂亮浑圆的臀型，堪堪被白色下摆遮住。

男人眸色略深，似有暗火明灭悸动。

他倾近过来，若有似无地低沉吐息："是吗？"

视线相接，在空气中稍微碰撞须臾，怀歆勾了下唇，挑着眼尾仰颈看着他，不作声。

郁承轻绷了下咬肌，似要说什么，她却伸手，拿他的剃须刀，巧笑嫣然："我来帮你吧。"

"……"

他太高了，怀歆踮着脚不好着力，就让郁承坐在床边。

她跨坐在他腿上，略微俯视的角度，仔仔细细将刀锋缓慢划过他轮廓分明的下颌，一丝不苟地修理平整。

怀歆坐得很不讲究，另一只手抚按在郁承脖颈处，调情似的，他稍动一下，就被她压住："别动。"

指腹沿着喉结旁的皮肤缓缓蹭过，怀歆佯装心无旁骛，还一边哼着小曲，郁承宽大的手掌摁在她的大腿上，问："宝贝，你知道你身上有种什么味道吗？"

他的嗓音隐约漫开一丝沉哑，眸光情绪难辨，掌心也热。

最后一刀剃完，怀歆眨了眨眼，手放下来："不知道耶。"

郁承微微低下点头，眯着眼笑了一下。

"奶香味儿。"

说完他便抬手掐住了她的下巴，压下来吻着她的唇。

男人气息炙热，柔韧的舌无比强势地侵袭，施加以轻微的噬咬吮磨，怀歆"嗯"了声，被他掐住腰往怀里按。

"从见到你的第一天开始，我就想像昨晚那样。"

郁承哑着嗓子，径直咬住她的耳垂："狠狠爱你。"

"……"

那两盘香喷喷的奶酪比萨就在不远处，怀歆搂紧郁承的脖子嘤嘤呜呜，好

260

半天之后才被他放过，郁承抱着她进了浴室。

怀歆在满是雾气的盥洗室里照镜子，毫不意外地看到自己脖颈处明晰的印子。

郁承从后面靠近过来，怀歆瞪他一眼，简直不想理睬他，男人勾着唇，眉眼格外舒展，好脾气地歪过头，在她脸上用力亲了一下。

"来吃早餐，宝宝。"

幸亏美食足以慰藉心情，怀歆决定大发慈悲地不计前嫌。她挨着郁承坐下来，享受着他细致入微、体贴至极的喂食服务。

不经意晃眼间看到手上的浅紫色钻戒，剔透莹净，在熹微的晨光里简直美得出奇，心里又有一丝甜蜜缓缓流淌出来。

怀歆哼哼两声，弯着眼凑过去亲了郁承一下。

自由行就是这点好，无拘无束，时间安排也比较宽松，足够两人腻腻歪歪。往后几天他们沿着之前的路线继续往南部走，还多转了一下上次没走过的周边区域。

郁承带了怀歆给他买的那部徕卡相机，每到一个漂亮景点就张罗着给她照相，构图精妙，拍出来特别好看，怀歆想发朋友圈都快挑不过来了。

为期十天的土耳其旅行浪漫愉悦，回到 G 城以后，怀歆还同亲近的好友津津乐道。

临近期末，她集中精力复习，和郁承短暂地分别了一段时间，不过仍旧每天晚上打视频，漫无目的地聊聊天。

关于婚礼的事宜，郁承同她商量，让怀歆安心完成学业，他会全权负责准备。而领证的话，则是年后挑一个好日子一起去民政局。

其实怀歆知道，现在集团离了郁承真的不能运转，他已经花费十天陪她出来，旅行中也尽量不碰电脑，所以肯定要再用更多的时间处理堆积的事务。

她不在他身边的时候，郁承工作时常忘了点，怀歆拜托程铮定时提醒他。

她每次看到他满满当当的日程安排时都会心疼，到目前自己也做过各种不同种类的实习，对金融行业里不同的工种也都了解，一个想法在心中酝酿而成，怀歆开始认真思考自己的毕业规划。

到了一月初的时候，终于考完了上学期所有的期末考试，B 大就是这点好，寒假特别长，几乎有五十天左右，一想到之后一个多月都要和郁承在一起，怀歆心里就开心雀跃。

怀曜庆现在还时时去医院复查，知道老头子的身体经不起折腾，赵媛清照顾他更为仔细，赵澈也像是一夜之间长大了似的，变得成熟许多。

在过年之前，怀歆打算先飞去 G 城待一段时间，郁承派了两个人来接机，直接将她接到潘家老宅。

今天为了迎接她，他特意在前几天把手上的事情处理得七七八八，留了充足的时间来陪她。

在别墅大门外面，郁承俯低身体抱住怀歆，两人交换了一个甜蜜而热烈的法式热吻。

等郁承好不容易放开她，怀歆轻喘着气，眼眸却清亮，揪着他的大衣衣领，踮脚又在他唇上亲了一下。

许琼很有自知之明，已经搬到另一处偏宅居住，离主宅不远，也在同一片区域，但是平常不会打扰他们。现在别墅里就只有潘耀在。

郁承计划带怀歆见见自己的家人，潘隽下午会携全家过来，还有一些叔叔婶婶，也和潘晋岳所在的医院打好了招呼。

说实话，怀歆还真有些紧张，她不确定他们是否会像许琼一样，对她十分不喜。

她当然是希望郁承的家人都喜欢自己，除去侯素馨和郁卫东，其他的人虽说和郁承没有太多感情，但毕竟有血缘上这一层纽带。

阳光在园中照出一条明亮的光带，郁承牵紧怀歆的手，领着她进了门。

潘家的富裕实在超乎怀歆的想象，花园里芬芳锦簇，姹紫嫣红，光是门口两只威风凛凛的铜狮子就拥有悠久历史，沿着台阶上去，是雕栏玉砌、富丽堂皇、奢华昂贵的圆形拱顶，装饰繁复的水晶吊灯。

保姆闻声过来为他们挂衣服，拿干净拖鞋，恭敬问好。

潘耀听说怀歆要来，早早就等在客厅里了，现在听到响动，一溜烟就奔了过来："姐姐！"

"欸！"

怀歆弯下腰，笑着把潘耀抱进怀里。

小姑娘遗传了潘家的良好基因，粉雕玉琢，很是可爱，怀歆摸了摸她的脑袋，笑眯眯道："我们小耀这么可爱啊。"

潘耀的脸颊粉扑扑的，她像只小海豚一样在怀歆怀里蹭蹭，明目张胆地撒娇："姐姐好漂亮！"

见到怀歆，潘耀很是兴奋，蹦蹦跳跳一刻也闲不下来。她带着怀歆参观了自己的公主房卧室，又带去花园里荡秋千。

趁郁承正在打电话，潘耀拉着怀歆偷偷地问："姐姐，你喜不喜欢哥哥？"

这个问题让怀歆心中蓦然一顿。

她顺着望过去，男人身姿修颀地站在窗边，柔光拂过他英挺俊逸的面颊，气质沉稳成熟，清俊温和，让人挪不开眼。

只是看一眼，胸腔中的鼓点就隐约加快了，怀歆点点头，极度坦诚地承认：

"很喜欢。"

潘耀笑眯眯："哥哥也很喜欢你哦。"

"……"

"我那天听到哥哥和人通话，说家族信托基金要加姐姐的名字呢。"

潘耀言语稚嫩，头头是道地向她介绍："我不知道内地的习俗，但是我们这里，不是所有家庭配偶都可以成为受益人的。"

所以郁承一定是力排众议，竭力为她争取最大的好处。

"哥哥好中意你，他看你的眼神都和看旁人不一样。"

怀歆觉得这小姑娘真的太会哄人了，说的话像蜜糖一样，直往她心里灌。

郁承看她是什么样？

怀歆下意识又看向他，恰逢此时，男人也回过头来，两人的视线在半空中交缠一瞬。

他仍在听电话，漆黑的眼眸沉静，但又带着不可忽视的温柔，如同春风融雪，晚星烂漫。

熹光如虹，玻璃窗映着玫瑰梦幻的花影。

怀歆的心跳空了一拍，忽然怦怦怦强烈地跳动起来。

少顷，郁承放下手机，朝她一步步走近。

潘耀已经很有眼力见地跑上楼去了，现在客厅中只余他们两人，郁承停在怀歆面前，很自然地揽着她的腰将她抱进怀里。

"刚才在看什么？"他嗓音低沉。

怀歆一眨不眨地凝视他，幽幽道："看你。"

郁承就笑了，低头在她粉红的唇上亲了一口，一双桃花眼挑了起来，眉目舒展。

气氛旖旎温存，怀歆仰颈搂住他的脖子，忽然就想问问那个问题。

"哥哥。"

"嗯？"

"你喜欢我什么呀？"

郁承稍顿一瞬，眼神清浅："我喜欢你张扬，灿烂，明媚动人。"

他笑了笑，额际亲昵地抵过来："还喜欢你任性，委屈，惹人怜。"

"……"

这人真的是，好话赖话简直都被他说尽了。

怀歆脸色微赧，粉面桃花，郁承凝视她片晌，抬起手，捏了捏她软乎乎的脸蛋儿，低声笑起来。

"你真可爱。

"要不是大哥大嫂一会儿要过来，真想抱你回卧室再亲一会儿。"

潘隽携妻子女儿在午后如期而至。

怀歆了解对方在郁承最困难的时候帮过忙，但她也忘不了曾经的那些伤害，郁承可以不在意，但是每次看到他手臂内侧的伤疤她都会心疼，所以对待潘隽的态度比较客气生疏。

好在彼此都是顶精明的人，很多东西不戳破也不明说，都粉饰着假面，且游刃有余地掌握一套话术，在花园里闲聊，气氛也算热络。

豪门之中难觅真情，像这样和和气气坐在一起喝一顿下午茶，已属不易。

大家冰释前嫌，将过往翻到新的一篇，整个下午潘家都很热闹，又陆陆续续来了一些表字和堂字辈的亲戚——这些人以往都不屑看郁承一眼，如今趋炎附势做得明显，连带着怀歆也受尽好话恭维。

一朝得势就可能一朝跌重，人只有居安思危才可以立于不败之地。郁承和怀歆都深谙这个道理。

伸手不打笑脸人，他们也就一一笑着应了。

一顿丰盛的家宴之后，司机送两人去医院。

潘晋岳身体实在不太康健，一直在养病，恹恹地卧床休息，几乎两耳不闻窗外事。

怀歆进房间之前有些紧张，倒不是因为见潘晋岳而胆怯，而是听闻曾发生的各色事情后，觉得其中人性复杂，令她有一种劫后余生的庆幸感。

郁承安抚地摩挲了一下她的肩头，揽她进了房间。

潘晋岳靠在床头闭目养神，见到怀歆以后，眸光明显有所变化，但是依旧不能顺利言语。

摒弃血缘上的亲疏，郁承也没有什么多余的话同他讲了。

此番带怀歆前来，只是想告诉潘晋岳自己的选择。

——不论旁人怎么看，他都会选择她。

会一直坚定地选择她。

要离开房间的时候，潘晋岳咳嗽几声，终于声音沙哑地开口："阿承……"

郁承转过头来，一言不发地看着他，神情浅淡。

潘晋岳的眸光抖动着落到他和怀歆紧紧交握的手上，喟叹般出声："祝你们永远幸福，长久如意。"

郁承颔首，温和回："多谢阿爸。"

他们是截然不同的两种人，两相对望心中逐渐归于平静，往后也不会有太多交集。潘晋岳微微有些出神，似乎透过他看到自己这意气风发的一生，眼底绽放出某种转瞬即逝的希冀神采。

然而也只是一瞬而已，人生因果相衬，没有机会重来。

年轻的儿子牵着爱人的手离开，脚步声逐渐远去，终有一句苍老而迟来的话被掩在门扉后面，黯然落幕收场。

"阿承，对不住。"

中环附近高楼林立，周末郁承带怀歆去逛商场，两人走走停停，心情都分外轻松闲适。

其实也没什么东西想买，但是这种普通人的约会经历对于他们来说并不常见，怀歆看中什么衣服或者首饰，郁承就让她去试穿或者佩戴，一旦觉得好了就直接付款买单，连一旁的销售都暗暗露出了艳羡的目光。

怀歆并不重物欲，对于奢侈品的需求也不强，但是郁承买礼物送给她，她还是感到很高兴。

他很了解她的偏好和审美，总是能够在琳琅满目的商品中迅速判断出她喜爱哪件，张罗着要替她购买，不一会儿郁承手上就拎满了大包小包的购物袋，怀歆亲热地挽着他的手臂，踮脚去亲他侧脸，娇声道："好啦，真的很多了，谢谢哥哥。"

郁承微勾唇，低眸凝视着她："不再四处看看了？"

"不用啦，"就今天买的这些都够她用很久了，怀歆眸光亮亮的，道，"你提着这些也很累，我们把东西放下，去找个地方吃饭吧。"

郁承低缓答允："好。"

两人正肩偎着肩往电梯处走的时候，忽闻一道清脆声线。

"郁承？"

怀歆抬眸，看见一个面容有些熟悉的女人。

她愣了一下，才反应过来。

——这是谢家千金，谢芳毓。

郁承订婚的事情在圈子里不胫而走，谢家自然也听到了风声。虽说婚事告吹，但是毕竟有世交的情谊，不会真的生出龃龉或者产生不可修复的裂痕，两家各种商业合作借由别的名头仍然进行得紧密。

实话实说，谢芳毓对怀歆不只是有一点点好奇，她很想知道，郁承这样的男人，究竟会对什么样的姑娘动心。

在谢芳毓看来，郁承太过强大，运筹帷幄，对感情收放自如，所以当他难得失控的时候，才更加让人震撼。

而就在刚才，看到两人相处时的情形，谢芳毓心中那份念想才落了地。

的确是个小姑娘，谢芳毓还记得郁承当时对她说的话。

——他说，她笑起来很漂亮，天真烂漫，细腻，善解人意。有时候像个小孩，爱哭，怕黑，还喜欢跟他撒娇使些小性子。

郁承看向怀歆时，脸上的笑是真的，眼底的温柔和爱意也是真的，谢芳毓都注意到了。

"请问是谢小姐吗？"这时一旁的小姑娘眨了眨眼，先她一步开口了。

"是。"谢芳毓禁不住问，"你怎么知道的？"

怀歆实话实说："我看过你的照片。"

谢芳毓怔了下，还没说话，又听怀歆温软出声："一直没有机会同你见面，其实我很想同你郑重道一声谢，那时候在我们最困难的日子里帮了阿承。"

谢芳毓着实有些吃惊。

她想象过自己和郁承这位未婚妻见面时的情景。

猜想过可能会有龃龉，毕竟名义上她曾和郁承订过婚，也想过小姑娘心气高，或许会把她当成假想敌，却不曾预料到怀歆会对她说出这番话。

一向骄矜十足的谢大小姐也有些不好意思起来："都在我力所能及范围之内。"

怀歆摇摇头，认真道："这件事并不只是举手之劳，对我很重要，对阿承也很重要。谢小姐，我会永远记着你的恩情的。"

没有假联姻，不可能钓出裴明帆这条大鱼，他将永远是个扰人心的不定时炸弹，谢芳毓此举是以自己的名誉为砝码，成为郁承棋局上的一步踏板。

虽说郁承也给予了她相应的报酬，但当时的确是雪中送炭。

到现在谢芳毓依旧没有向家中透露订婚的实情，已经算是对他们情至意尽。

刚才郁承一直未曾出声，在安静地听她们对话，怀歆心里怀疑他是不是在避嫌，侧过清亮的眸，扯了扯他的袖子："你还有什么要补充的？"

郁承笑了，弯唇凝视她须臾，这才看向谢芳毓，颔首道："她的意见就是我的意见。非常感谢。"

谢芳毓怔然许久，终是摇摇头，感叹般地对郁承轻笑。

"我明白你为什么那么中意她了。"

谢芳毓自小生养在豪门世家，见过太多的利益置换、钩心斗角的戏码，她是含着金钥匙出生的千金小姐，但是必须永远端庄，永远没有差错。她们这样的人，骨子里更加冷漠，也更加理智无情。

郁承也是如此。

他被浪潮裹挟，不得不把自己最漠然坚韧的那一面拿出来应对这些是是非非，久而久之，也在争权斗势中逐渐失去温度。

但是怀歆不一样。

也许她的家庭背景同常人比也并不是那么简单，但是她的过往经历决定了她是个心地善良的小姑娘，她明白爱为何物，也能够善解人意地给予温暖。

郁承这样的男人，怀欹也能够让他变得富有烟火气，热爱这人世间的一切，不困于权势，不忘却真情。

她能够重新焐热他的一颗心。

就像那部经典爱情电影里，剪刀手爱德华对金说："我爱你不是因为你是谁，而是我在你面前可以是谁。"

——郁承在怀欹面前，永远是温柔的。

郁承把购物袋都交给了司机和助理，让他们放回车上，两人落得一身轻松，随便挑了个高端西餐厅吃饭。

其间郁承接了个电话，去一旁和人交谈，于是怀欹便坐在窗边刷手机看微信。

虽说研究生阶段已经开始了一个学期，但是当时她们那个本科宿舍几个同学的关系还是很紧密的，四人小群一直很活跃，每天都有人冒泡发言。

眼下褚诗然刚转了一个网页链接扔进群里：快来看这个！靠！太帅了！[色.jpg][色.jpg][色.jpg]

怀欹还以为是哪个明星的写真，结果一点开就看到自家男朋友的高清照片。

是他近日受邀参加的某个经济高峰论坛的新闻稿，嘉宾都是金融界和实业界的大佬，同时来了不少商业媒体，所以各个角度的抓拍都有。

图片里郁承一身笔挺的黑色西装，最经典的款式，温文尔雅地端坐在比较正中的位置。他双腿交叠，禁欲的银丝框眼镜斯文地架在高挺鼻梁上，衬得侧颜更为英挺俊朗。

每次怀欹看到他这个样子都会心动，几个嘉宾放在一起她一眼就看到了他，斯文又蛊惑。

褚诗然还在激动发声：靠靠靠！这是真实的吗！福布斯中国榜，几百上千亿的身家，才三十岁！！！关键是还这么帅，帅得我的心怦怦弹跳！啊啊啊！！！

褚诗然也没指明在这么一帮人中到底在说谁，但是怀欹知道她和自己一样，眼睛里只能看到郁承了。

一提到帅哥，吕瑜和姜可洁瞬间也冒了出来。

姜可洁：真的吗？

姜可洁：褚褚每次这样我的期待值都会很高，结果点进去发现我俩的审美真是南辕北辙。[龇牙.jpg]

姜可洁：我现在都不敢点进去。

褚诗然：靠！不骗你好吧！这个真的帅！我真的会流泪！！！

吕瑜：我看了。[流泪.jpg]

吕瑜：好帅，呜呜呜呜呜。

姜可洁：？！

姜可洁：不是吧，连小鱼都说好看的话……

褚诗然：都说了不骗你！！！中国人不骗中国人！！！

过了几秒钟。

姜可洁：靠！绝世极品！人间妄想！这颜值，这身材，这肌肉，这长腿！

姜可洁：怀宝贝儿，歆歆快来看！你最喜欢的那一类成熟男人，斯文败类！

褚诗然：嘶哈嘶哈！［色.jpg］

姜可洁：嘶哈嘶哈！［色.jpg］［色.jpg］

吕瑜：嘶哈嘶哈！［色.jpg］［色.jpg］［色.jpg］

怀歆望着屏幕上不断刷屏的信息，心情稍微有一点点复杂。

怀歆：有件事说出来，不知道你们会不会打我。

吕瑜：？

褚诗然：？？

姜可洁：？？？

怀歆：他是我的男朋友。

第二句"我们马上要结婚了"还没发出去，聊天框里立马弹出新信息。

褚诗然：哈哈哈——做梦要做大一点。

褚诗然：我要嫁给他当老婆！

姜可洁：说得好像他不是我男朋友一样。

姜可洁：我也要嫁给他当老婆！

姜可洁：他现在就在我被窝！

吕瑜：我也是！

怀歆：……

她默默地望了望对面，英俊的男人漫不经心地靠在椅背上，双腿交叠，简扼地应话，嗓音低沉醇郁，几缕黑色碎发覆盖在额际，鸦羽般的眼睫长而密，好看得不像话。

怀歆仁慈地决定不给予群里这三个已经疯狂的人暴击，等她们又"啊啊啊"喊了一段时间，群里重新沉寂下来后，才温暾地另起炉灶：那个……

怀歆：有个消息告诉大家。

褚诗然：啥？

怀歆：我要结婚啦。［害羞.jpg］

姜可洁：你还停留在上个话题吗？哈哈哈——

褚诗然：你要说新郎是福布斯大佬的话，我可就不困了，可以立马起来和

你激情对辩。[龇牙.jpg]

怀歆：……

这话就让人没有办法接。

怀歆：我是真的要结婚了。

怀歆：过完年就领证。[害羞.jpg]

褚诗然：我靠！怀歆，你认真的？

褚诗然：你不是在跟我开玩笑吧？我从马桶上"弹"起来了都！

以前她们四人在夜聊时就讨论过，寝室里最先结婚的是谁。虽然最后聊到凌晨两点都没有结论，但是大家一致认同怀歆绝对是最后才安定下来的人。

姜可洁：？

姜可洁：你不是玩真心话大冒险输了吧？

姜可洁：你要结婚？对象是谁啊？

吕瑜：是啊，都没和我们说过！

怀歆有点心虚——这点确实是她不对。

和郁承在一起的过程比较复杂，后来安定下来又发生了很多事，怀歆一直没来得及把两人的关系告诉室友们。现在几人知道，肯定会觉得有些突然。

正想在群里发点什么，手机又振动着弹出消息。

褚诗然：我还没缓过来！

褚诗然：怀歆，你个瓜娃子，这么大的事情你到现在才说？！

怀歆：我错了。[流泪.jpg][流泪.jpg][流泪.jpg]

怀歆：这个事，它一时半会儿说不清楚。

褚诗然：我信了你的邪！

姜可洁：谈了多久了？[微笑.jpg]

怀歆：准确意义上是大半年，但是模糊意义上得有个一年多了吧，嘿嘿。

怀歆：[尴尬而不失礼貌地笑.jpg]

……

群里突然一下没人说话了。

怀歆试图给她们私发信息，结果几人的聊天框不约而同弹出一条灰色小字。

消息已发出，但被对方拒收了。

怀歆：……

苍天啊！

这时候郁承结束通话，怀歆想着一时半会儿这些祖宗也消不了气，放下手机的时候抬眸，正对上他的目光。

侍者呈上顶级的白葡萄酒，怀歆挪到另一边的沙发座，偎在郁承怀里，弯

269

着眼与他碰杯。

"哥哥，"她刻意凑近了看他，一双澄澈的眼映出漂亮的弧光，嗓音软软甜甜的，"你好好看呀。"

郁承眉眼低垂，似是无声地笑了下。

他拉近了距离，贴着她的唇轻碰了一瞬。

轻缓低沉的气息拂过来，微微有些温热的酥感，怀歆下意识舔了下唇，尝到些许白葡萄酒的甜蜜回甘。她把高脚杯放下，搂着他的脖颈，偷偷地在他嘴角亲了一下，小小地回了个礼。

一顿饭吃得颇为浪漫缱绻，怀歆喝了不少甜酒，有些轻轻晃晃的晕。两人走出商城大门，手牵着手到江边去散步。

路灯的橘黄色光洒下来，映出怀歆的身影，郁承靠近过来，他的影子顷刻与她交叠在了一处。

怀歆眼眸清亮，又蹭过去和他挨在一起，那两道影也亲密地依偎在一处。

她像发现新大陆似的，蹦蹦跳跳踩了一会儿影子才得趣。一抬眸就与男人暗沉温柔的目光对上，怀歆手臂一伸，撒娇要他抱抱。

郁承漆黑眼眸温柔地看着她，如夜色般深邃。

少顷他背过身，单膝蹲下来："宝宝上来。"

他还从来没背过她呢！

怀歆赶紧俯身趴了过去，脑袋贴在他颈侧。她一米六五的个子，在郁承面前仍然显得格外娇小玲珑，他背她的时候仿佛轻若无物，手臂坚实有力，步伐踏实沉稳。

淡淡的木质馥奇香贴着衣料传来，怀歆紧搂着郁承的脖颈，亲昵地贴贴他的侧脸。

她的声音很软，就像小金鱼吐泡泡一样："哥哥，我重不重？"

"不重。"江边涛声依旧，朦胧暖调的灯光将他们的身影逐渐拉长，郁承低眸，温缓勾唇笑，"轻得就跟团棉花似的。"

怀歆一大早起来，一看手机，小群里已经爆炸了。

她这才发现昨晚喝醉以后，忘记亲亲闺密还生着气，直接倒头就睡了。

褚诗然：渣男！骗我感情！亏我还等了好久等你打电话过来哄我！

姜可洁：就是！我还想好了要怎么掐断你的电话！

吕瑜：[微笑.jpg]

怀歆：爸爸们，我错了。[流泪.jpg][流泪.jpg][流泪.jpg]

怀歆：我不是有意的。[流泪.jpg][流泪.jpg][流泪.jpg]

褚诗然：你最好给出一个合理解释。[微笑 .jpg][微笑 .jpg][微笑 .jpg]

姜可洁：我也要。

吕瑜：我也要我也要。

怀歆：[咽口水 .jpg]

怀歆：我本来是想联络你们来着！！！要相信我。呜呜呜——

怀歆：但是昨晚不小心喝醉了。[尴尬而不失礼貌的微笑 .jpg]

过了会儿，褚诗然回：和你那位一起？[龇牙 .jpg]

她状似平静，但是风和日丽之下暗藏波涛汹涌。

怀歆思来想去，选择了一个极尽卖萌的猫猫表情包：[乖巧点头 .jpg]。

为防止这几人怒而退群，怀歆态度诚恳，迅速在群里发了一段语音，将郁承的背景交代了一下——说他是自己在 MGS 实习时候的老板，大三暑期的时候认识的。计划年后去领证，到时候婚礼一定会邀请她们过来的。

怀歆没有发照片，也没有道出郁承的身份，是因为现在他所处环境不同以往，到处都是媒体打探小道消息，要是有任何风言风语都会波及集团股价，索性就谨慎一点。

不过通过怀歆的描述，三人也大概了解了状况。

姐妹间玩笑归玩笑，都能体会出怀歆的的确确是认真的，只是现在事情还没真正尘埃落定，她们也能理解怀歆不能够全盘托出的顾虑。

褚诗然：靠……我真的到现在才消化完毕。[心情复杂 .jpg]

褚诗然：什么时候举行婚礼？

怀歆：都是他安排，估计几个月后？[害羞 .jpg]

姜可洁：我到现在还没消化……

姜可洁：啊啊啊，简直就是女大不中留这种感觉！

大家本科毕业之后就各奔东西，褚诗然 B 城人，去 Q 大继续读研，吕瑜去了上海，姜可洁则选择到 G 城直接工作，也是在某个外资投行，天天熬夜爆肝。

外资圈子特别小，基本上底下的 Analyst（分析师）和项目经理都会在一起玩，姜可洁知道怀歆之前在 MGS 消费组实习，上面几个老板，只要一打听就能知道。

但是好奇是一码事，姜可洁真正担心的是对方到底靠不靠谱。

听怀歆的意思，两人年龄相差不小，也没有谈很久恋爱便走到结婚这一步了，对方似乎条件也挺好的，她总觉得有点梦幻。

彼此都是四年以来同床共枕过的密友，姜可洁有什么想法也不藏着掖着，直接问了怀歆。

凝视屏幕上那一段婉转措辞，怀歆弯着眼笑了一下。

也许没有人会相信，一见钟情这种事情会真的发生吧。

但事实就是，她和郁承，相遇在一个正正好的时候。不早不晚，不多一分不少一毫，不用旁人说什么，怀歆就是知道，他在茫茫人海中属于她。

这种感觉很奇妙，不仅仅是命中注定这么简单。

因为他们曾切切实实地携手共进退，再怎么艰难也没有放开彼此，如今守候到苦尽甘来。

"放心吧，"怀歆笑着，心里淌过一阵暖潮，指尖情不自禁地抬起抚摸脖颈间的红玫瑰项链，她说，"我们是真心相爱的。"

前几个月怀歆都是处于完全断更的状态，编辑田爽也一直很担心她的状态，好在怀歆自己捣鼓捣鼓，又是卡在一月份的这个节点交稿。

正好她因为之前写的那本《失重》要开新书签售会，怀歆的意思是一鼓作气，把所有的事情都在年前料理了，之后会相对轻松一些。

田爽也意下如此。

签售会地点在 B 城，怀歆乖乖跟郁承做了报备，讲要回去一趟。说实话她心里还松了一口气——潜意识里还是觉得被郁承看到自己的作品有些羞耻，现在这样正好，可以不用让他知道自己到底在写什么。

对此男人没说什么，只是叮嘱她早些回来。

签售会当天是个工作日，还没到点就排起了长龙，怀歆意外于这声势浩大，田爽在一旁啧啧感叹："宝儿，你还对自己的身家不了解呢？一本书七位数啊，再来几个连都不过分好吗！"

有这么多人喜欢她的作品，怀歆自然感到很开心。写这本书本来是兴之所至，但到后期也付出了很多心血，如今见到它被人珍而重之地捧在怀里，心里漾出难以言喻的感动。

签了一个下午，怀歆忙得脚不沾地，手腕酸疼无比。

田爽给她买了两瓶酸奶放在一旁，眼看着队伍里的人逐渐变少，差不多快散场了，怀歆这才拧开瓶盖咕嘟咕嘟喝起来。

其间一直没去注意手机消息，也不知道现在她家亲亲男朋友在做什么，怀歆一边低着头合笔盖，一边正准备解锁手机屏幕的时候，一道低醇的嗓音自头顶上方悠悠传来。

"请问现在还赶得上签售会吗？"

他顿一下，温文尔雅问："可以请斐遇小姐给我签个名吗？"

斐遇是她的笔名，怀歆指尖一错，笔盖差点夹到自己，而田爽还不明所以，看到帅哥，低低惊呼一声的同时，端起笑颜连连点头："可以可以，签售会还没结束呢！"

眼看着田爽要把自己的书递出去，怀歆眼皮一跳，忙从座椅上弹跳起来，如母鸡护小鸡崽一样拽住了田爽的手腕："哎哎哎！等一等——"

"怎么啦？"田爽瞥了一眼桌上，"你怕不够留给自己？"

怀歆每次都会拿二十本书留给自己，这次签售会的火爆程度出乎意料，库存也没剩几本了，兴许是出于这个原因，但田爽还是觉得应该尽量满足读者的要求，免得给人落下不好的印象。

封皮朝上，《失重》两个龙飞凤舞的大字正对着浅笑自若的男人，他早就把标题看得一清二楚了，怀歆绝望地闭上了眼，让田爽先到一边去："那个……他是我认识的人。"

田爽怔了一下，看一眼郁承，对方朝她微微点头示意，一副温柔和善的好风度。她心里登时冒出许多猜测，按捺着膨胀的好奇心先麻溜地退下了。

田爽刚才把手里的书放在桌上，也没递给郁承，怀歆很倔强地重新捂住了封面，牵出一个心虚的笑来："哥哥，你你、你怎么来了？"

郁承勾了下唇，双臂撑在台面上，慢条斯理地俯低身体，与她拉近距离，稍稍平视："宝贝好像不是很欢迎我啊。"

"……"

"这实在是让我有点伤心呢。"

说是伤心，但那双漂亮的桃花眼却微敛，眼尾上挑，染上几分蛊惑含笑的意味。

怀歆情不自禁地舔了舔唇，知道书城人多眼杂，忍住凑上去亲吻他的动作，抿着嘴角小声嗫嚅："……哪有啦。"

确实没想到他会跟过来，也没想到捂了这么久的小马甲就这样暴露了，小心脏怦怦跳，很复杂的心情。

怀歆一直像个鸵鸟一样不愿让他看自己的作品，但要说完全排斥，倒也不是。因为写这本书她真的用了心，如果郁承通篇读完，可以更充分地了解她的精神世界，毕竟有些东西只能通过文字表达。

这么一想，甚至还有些期待，但是念及书里那些无法无天的意识流"矿车"，怀歆立刻又厌了。

天知道她在里面都写了什么。

只要郁承一翻开，第一章就是……喀喀喀。

郁承目光灼灼地凝视着她，虽然很绅士地没有去碰那本书，但是怀歆还是羞耻到无以复加。

周围还有一些工作人员，她起身收拾东西，顾左右而言他："那个，签售会也结束了，我也差不多要回去了，一起走吧。"

忽略小姑娘故作严肃客套的语气，她从黑发间隙露出的耳尖是微红的。

郁承浅浅勾起笑，直起身来："好。"

田爽这时候从后面冒了出来，眼神在怀歆和郁承之间八卦地转了一圈，也没多问什么，帮着一起将几本散乱的书垒好，一副"我懂你"的表情，很贴心地道："这儿交给我吧，你忙你的去。"

怀歆干咳一声，挣扎了一下，也没矫情，迅速跟着郁承离开了。

这儿还有一些请来的媒体没退场，怀歆和郁承拉开一段距离，一前一后地下到车库。

郁承开的是那辆白色宾利，替怀歆拉开副驾驶的门，又从另一边上车，为她系好安全带。

靠近的时候自然地交换了一个吻，郁承低敛下眼，捧住她侧脸，又吻过去，轻柔地含吮怀歆的唇瓣。半晌，嗓音低沉地开口。

"昨晚你不在，但我想你，所以过来了。"

狭小幽暗的车厢内，男人醇郁动听的声音如海潮般裹挟而来。他在解释自己倏然到来的缘由，不是为窥探或狎弄她的秘密，怀歆睫毛微微一颤，心软作一汪水，抬臂搂住他的脖颈，闭眼沉醉地与他接吻。

只是分别两天而已，但她说："我也想你，哥哥。"

没几天就到除夕了，郁承一直紧锣密鼓地处理集团事务，就是为了能够安安心心陪怀歆过年。原计划是怀歆带上怀曜庆几人一同回 G 城过，现下他恰好来 B 城，两人合计先在家中吃团圆饭过个小年。

今天家里很热闹。

赵媛清一听说郁承要回来，连忙请了个厨师一起，做了一整桌饭菜。怀曜庆饮食清淡，是单独一份，其他人大鱼大肉色香味俱全，要不是怀歆回来赶忙制止，赵媛清还要多做几道菜。

怀歆和郁承要帮忙打下手，赵媛清不让，张罗着让怀歆带郁承参观家里。这的确是他第一次来，赵澈也和郁承热络地打过招呼，一口一个"姐夫"，在厨房帮着保姆端菜摆碗筷。

郁承被怀歆挽着手臂，随她走进卧室。待外面人声隔绝以后，他才轻缓出声，悠然笑道："你这个弟弟还挺招人喜欢的。"

怀歆心知他在说什么，抿唇轻瞥他一眼，唇角还未勾起来，手就被男人牵住。十指相扣，一阵酥意漫进心底，郁承眉眼微弯，凑近看着她："不带我转一转？"

她的卧室是公主房装修风格，到处都是淡紫色的饰品，连书架都刷着不同深浅的紫色光漆。

郁承步伐略动，感兴趣地端凝书架上的书籍读物，怀歆也跟着男人一道浏览，看到某处时，眼睛微微亮起来："哎，这是我小时候的相册。"

怀曜庆有一段时间也喜欢拍照，一家人出去玩的时间虽少，但每次他都会合影留念。

郁承闻言，将那本厚厚的相册从一众书籍中抽了出来。

他没有从前面翻页，反而是从后面开始，入眼第一张就是怀歆和赵澈在香山山顶的合影。

树叶橙黄，天朗气清，少女澄澈的眉眼略显青涩，但依旧清纯动人。她穿着一条碎花长裙，腰肢纤细，歪着脑袋看向镜头。而一旁十三岁的弟弟则拿着一个吹泡泡机，颇感兴趣地玩着。

明媚的阳光穿过飘浮在空中大小不一的泡泡，折射出斑斓光彩，照片定格住这个缥缈梦幻的画面。

郁承低眉看这张照片，又抬眼，勾了唇轻笑："我家宝贝真好看。"

他离得极近，凝视她的目光很专注，怀歆胸口轻微跃动起来，抿了抿唇，没说话。她牵着郁承到阳台看了看，又回到屋内。

靠衣柜的那侧床头摆着一个相框，是怀歆之前拍过的艺术照。刚才郁承就瞥见了，这会儿径直走过去，弯下腰端详。

相片中，姑娘穿吊带凉裙趴在躺椅上，黑发慵懒盘起，纤细的小腿娇俏地翘在半空，撑着下巴对镜头弯着眼笑。唇红齿白，神色生动昳丽。

郁承指腹落在玻璃面上，微微摩挲半晌。

男人漆黑眼眸略深，但到底没出声，过了会儿，视线又掠向桌面上另一组写真照——她穿着民国旗袍倚在窗边，小扇轻风，袅袅婀娜，风姿绰约，引人遐想的好意境。

少顷，郁承开口询问："摄影师是男的还是女的？"

语气虽温和，但音色略显低沉，怀歆眨眨眼，老实答道："男的。"

但是她朋友的男闺密，合作过很多次，关系很好……

怀歆还没来得及说明，就听到外头赵媛清喊大家下楼吃饭，视线相对间，郁承牵她的手，微微笑道："先下楼吧。"

上回在医院碰面，赵媛清就有一肚子的问题想问郁承了，但被怀曜庆压了下来，按捺到今天饭桌上，一股脑地倾泻倒出。

但也许是怀曜庆私下提点过，她问得极有分寸，都是话家常。

比如郁承和怀歆是怎么认识的，他做的是什么工作，未来计划在哪边落脚，等等。郁承十分耐心地一一应答，看了一眼怀歆，又笑道："以后看小歆在哪儿工作了，我肯定是依她的。"

怀歆讶然，吃饭的时候没说什么，饭后找了个机会小声问："G城那边可以抽身吗？"

郁承知道她在担心什么，G城是主场，他若为了她离开，家族那边的事务不好处理。郁承宽和地摸摸她的脑袋："事情总有解决的办法，要是你真留在B城，我也能想出两全的方法。"

怀歆知道他想说什么。两全法，不过就是他多辛苦一些，来回奔波，她咬住唇，伏进郁承的怀里，撒娇般蹭蹭他胸口。

一切尽在无言中。

赵媛清遣保姆阿姨为郁承布置好三楼客房，和二楼主卧有一段距离，等大人们在客厅里坐下来看电视，怀歆便打算溜上楼去找他。

经过赵澈房间时，她鬼使神差地敲了门。

正值寒假，赵澈正在聚精会神地打游戏，怀歆走进去，轻咳一声："有事。"

是单机游戏，赵澈按下暂停键，摘下耳机："什么？"

怀歆看着他好一会儿，才声若蚊呐地挤出一句。

"借我个套。"

赵澈蓦地挑眉，那神情有些复杂，像是听着了又像是没听清："啥？"

怀歆："……"

就，难以启齿。

赵澈眼神很无辜，双手一摊："姐，虽然咱俩很亲，但你不说话我真猜不到你想干什么。"

这语气明显意味深长。

怀歆没忍住闭了闭眼，深吸一口气，微笑着一字一顿地说："借我个套。"

这小子不简单，上次来他房间就看到了紫色小包装，怀歆常年不住在家里，没有这种东西，如今还沦落到找弟弟借的地步，脸都丢尽了。

赵澈抿着唇，不知道是不是想笑，反正表情很精彩。早知道不该找他的，怀歆血压快上来了，正寻思说点什么救场，便见赵澈低下头去拉抽屉："我找找。"

怀歆视线跟着落下，不自然地瞥低了眼。

兴许是难得见她吃瘪的样子，赵澈又抬头，很新鲜地问："姐，是你要用？"

怀歆噎了一下："废话，不然谁用？"

"今晚？"

"我不知道。"本来是想拿一个以防万一，怀歆耳尖通红，佯装怒斥，"有完没完了？借个东西磨磨叽叽的。"

赵澈一边笑一边在抽屉中翻找："行行行，不打扰你和姐夫。"

怀歆正翻着白眼等待的时候，忽然听到走廊传来低缓的脚步声，她心头一紧，走到门口处往外瞄一眼，正正好对上郁承漆黑深邃的眼。

而赵澈并未注意到，彼时终于把东西取了出来。

"看姐夫的样子，一个套不够吧？"他抽出了整整一排，扬着尾音欢快地道，"六个够不够？不够我还有！"

郁承的步伐在门口停住，视线相对之间，空气中弥漫出静得连一根针掉下来都能听见的尴尬。

怀歆石化，赵澈手一松，套瞬间掉回抽屉里。三人互相看着对方，最终还是郁承先开口，温和有礼地同赵澈解释："我下来找小歆。"

赵澈在他面前也变得乖巧许多，仅仅是一秒钟的愕然后，迅速清了清嗓子，颇为镇定地出声："姐夫，我姐在这儿跟我随便聊聊天呢。"

"……"

闻言，郁承的视线睇向怀歆，一双桃花眼深邃幽深，辨不出是什么意味。

怀歆小心脏怦怦跳，一阵热意直往脸上冲——不会吧，不会给他听到了吧！啊啊啊！

在脑海中迅速回忆，刚才赵澈说话的时候他还没走到门口呢，应该、应该没听到吧！呜呜呜。

怀歆咽了口口水，偷偷摸摸地端详郁承的表情，又在心里坐实了自己的猜测——男人神色很平静，没有什么多余的情绪。

这么一看她也镇定了些许，糯声道："那个，我和小澈确实有点事情要聊，哥哥，你先上去，我一会儿就上来找你。"

郁承凝视她须臾，略一颔首："好。"

眼看着郁承要转身上楼，赵媛清恰好走了过来。见三人戳在这里，她疑惑询问："都在这儿干什么呢？"

怀歆舔了下唇："……没什么，妈。"

"哦。"赵媛清也没太在意，笑着道，"我来叫你们下去吃水果。"

赵澈反应很快，登时站起来往门外走："好啊好啊。"

于是一众人就这么下楼了。

保姆阿姨准备了新鲜的果切拼盘，青提、杧果、草莓、菠萝等，大家在客厅里聊天谈笑。

难得所有人都在家，于是正儿八经坐在沙发上一起看了一部2004年的电影，《恋恋笔记本》。

这是部爱情片。

客厅很安静，怀曜庆假装集中注意力；赵澈纯粹是凑数，心不在焉地缩在角落；赵媛清却格外入迷，身体略微前倾，聚精会神。

怀歆则倚靠在郁承臂弯里，贴近他的胸膛，一边看电影一边听他沉着有力的心跳声。

一开始尚还算悠闲，越看却越觉得影片中艾莉和诺亚的感情令人动容。里面的台词也写得好美好美，怀歆觉得自己听过这么一次大概就再难以忘怀。

> 爱情没有那么多借口，如果最终没能在一起，只能说明爱得不够。
>
> 一生至少该有一次，为了某个人而忘了自己，不求有结果，不求同行，不求曾经拥有，甚至不求你爱我。只求在我最美的年华里，遇到你。[①]

真正的爱情是一往无前的，哪怕与时间为敌，与世界为敌。

它会给人勇气，让人相信——只要握紧眼前这个人的手，什么困难都可以克服。

怀曜庆近日的作息很健康，早睡早起，没一会儿就要回房休息，赵媛清陪他上楼之前，先叮嘱保姆给郁承的房间备点日常生活用品，夜晚天寒，再多添床被褥。

怀歆进入三楼客房的时候，男人刚刚洗完澡。他换上了浴袍，微敞着腿坐在床边，拿毛巾随意地擦着头发，见她进来，倏尔挑着眼尾笑起来。

"宝贝，阿姨让我们分房睡，你怎么过来了？"

赵媛清是比较遵循传统的那一类长辈，觉得正值婚期前夕，还是分房睡比较好。怀歆方才在人前答应得好好的，但窝在房间里又忍不住，偷偷摸摸溜上来找他。

她凑近他，翩跹的睫毛扑闪了下，一双清澈的眼含着几分潋滟："一想到你在这里，我就睡不着了。"

这是实话，但是话音间刻意摆下小钩子，有意无意地撩拨。

郁承看她的眸光深沉如潭，安静片响，道："过来。"

怀歆眼睛微亮，反身关上门，嗒嗒嗒地跑过去，还没走到床边就被他搂着腰拥进怀里。

郁承低缓一笑，温热的呼吸洒在她耳畔，确认人在腿上坐稳了，又抱着往上提了提。

细密的吻沿着颈侧落下来，潮湿而灼热，两人都刚沐过浴，身上染着新鲜的芬芳气，怀歆仰颈，心跳越发急促起来。

她想说什么，郁承修长分明的手指又陷入她的发，摁着后脑勺堵住她的唇。

[①] 所涉及情节和台词源自电影《恋恋笔记本》。

交颈缠绵，辗转柔缓，怀歆闭着眼，很快生出几分沉醉与享受。她喜欢他强势，喜欢同他亲密，怀歆情不自禁地抬起手臂，搂紧男人的脖颈。

　　温存半晌，郁承停下来，微喘了声："宝贝。"

　　"嗯？"

　　他抵住她额际，呼吸交融在一处。双目相对，那双桃花眼深沉专注，郁承敛下眼睫笑了笑，将她搂进怀里："和你在一起感觉真好。"

　　他说的不仅仅是眼下的这一刻，是一直以来，从相遇开始，和她在一起的感觉很好。

　　那是一种什么样的感觉呢？

　　大概就是生命极致热烈地燃烧，却并非天空盛开的烟火那般昙花一现，而是像诺亚和艾莉一样，跨越时间和空间，爱意永恒不息。

　　——365封风雨兼程的书信，跨越七年依旧疯狂的、浪漫的、炽热的爱情。

　　他们是对方的灵魂伴侣。

　　怀歆和他依偎在一起，软软地趴在郁承的肩膀上，傻兮兮地笑，喃喃道："我也觉得很好。"

　　其实以前从没想过，原来小说也能照进现实。

　　她以前所期望的那种忠诚的、命中唯一的爱情，有一天不再只是纸面上浮动的虚幻文字。

　　他们在一起哪怕什么都不做也很幸福，郁承抱着她低笑，过了会儿又亲亲她的脸。怀歆像只小猫咪一样往他怀里拱，连带着郁承也仰面倒在床上。

　　因着惯性，怀歆伏在男人温热坚韧的胸膛上，白色吊带睡裙的肩带落下来一截。她弯了弯眼，索性趴在他身上，翘起小腿在半空中晃了晃。

　　从这个特别的角度，郁承恰好看到床头挂着一幅怀歆的艺术照，和她床头摆放着的那张是一个系列的。

　　照片里的人儿娇俏明媚，清纯漂亮，但怀里的这个却更能牵动他的情思。

　　"宝贝。"

　　磁性沉哑的音色落在耳畔，撩拨心弦，郁承翻了个身，撑臂在怀歆上方。他一边俯身亲她耳郭，一边低沉道："你的艺术照，除了那位男摄影师，还有谁看过？"

　　脸颊传来些许痒意，怀歆睫毛颤了颤，一时之间有些没反应过来："嗯？"

　　她脸颊红扑扑，唇瓣上还染着润泽的水光。郁承抬起指腹按压她下唇，喉结略动："除了挂在床头以外，有没有发给过别人？"

　　怀歆稍稍抬眸，微咬住了嫣红的唇，娇妩中带着点无辜——喀喀，这该怎么说呢？她很喜欢拍照，这是真的，高中的时候就有拍过艺术照，当然有发给过别人看，她知道郁承问的是异性，可着实有些记不清了。

包括在招股书印刷机构，因为他老是对她反应冷淡，也不主动搭话，她还故意把电脑桌面换成自己的写真，来来往往的人肯定也都有看到过。

怀歆在脑海中飞速寻找解释的措辞，却见郁承眯了眯眼，她还未反应过来，小腿已经被钩着抬起。

头顶灯光涟漪般落下，怀歆晃了神，见他从床头拿出个小包装。

一见到那抹熟悉的紫色，怀歆忽然心中警醒，蓦地瞪大了眼："你、你怎么会有？"

郁承意味不明地勾了下唇："以为我没听到？"

怀歆："……"

她哪能想到赵澈这个坑姐玩意儿刚才没能交接成功，还殷勤地跑到正主面前来献媚！

室内温度缓慢升高，是真的有些大胆了，怀歆的纤腰被郁承扣在掌心，额间渗出些许薄汗，眼尾潮红挣扎着说："没锁门吧？"

男人"哦"一声，抱着她起身，在门上上了两道锁，喑哑气息洒下来："现在好了。"

怀歆快晕倒了："他们、会听到的啊。"

郁承低敛着桃花眼，细碎的湿发落在额际，似笑非笑的，表情很性感："那要麻烦宝贝小声点了。"

窗外夜色瑰丽旖旎，湍急的水流浮沉，她恍恍惚惚听到郁承沉下嗓音，低音落在耳畔："弟弟的一片心意，不好辜负了吧。"

"……"

精疲力竭地换上干净衣物倒在柔软的衾被中，怀歆背对着男人，侧躺蜷缩着不想理他。

她后知后觉发现男摄影师的事情解释晚了。可无论怎么求饶都没有用，最后被放在浴池边缘，嘤嘤呜呜哭成一团。

但到底也没有太多时间同他置气，郁承不能离开 G 城太久，他第二天晚上无论如何是要回去的。

所幸白天尚有一段空闲，他们可以一起商量着怎么过。

程铮给郁承订的最晚一班航班飞 G 城，这次一别，要到除夕夜才能见面，原本婚前亲家应当见面，潘家人事复杂，都是郁承一人拿主意，也就没有这个必要了。

小年夜已经是在 B 城这边过的，怀曜庆宽和开明，放怀歆去 G 城过年，好好陪陪郁承。

晨起的时候偏晚，都快十一点了，怀歆下楼恰好碰到赵澈，这小兔崽子冲她挤眉弄眼，她没理，倒是怀曜庆注视了她一会儿，温和地问今天打算去做什么。

怀歆也没有什么想法，反正只要是和郁承在一起，哪怕虚度光阴也无所谓。

不经意瞥向窗外，白茫茫的一片，正是深冬，又下过一场浪漫的雪，怀歆眼睛亮起来："哎，哥哥，你不是喜欢滑雪吗？这时候雪场是最热闹的，我们去滑雪吧！"

"好啊。"郁承挑了下眼尾，拿出手机，"我找人预约。"

冬日里的雪场本应该人满为患，但今天是工作日，场地还比较空旷。两人拿上雪板、雪镜和护具走出室外，午后阳光从头顶灿烂洒下。

怀歆的水平是勉勉强强中级，怕给郁承拖后腿，让他先去高级道滑两趟不用管她，可郁承却摇摇头，牵紧她的手，桃花眼里晃着清浅的笑意："陪你。"

他们排队，并肩随稀散人流上缆车。

怀歆也喜欢滑雪，但每次上下缆车的时候都会发怵，因为脚上绑着的雪具很重，速度很快，又是一条悬空的长椅，她怕重心不稳。有一回因为屁股上绑了防摔小乌龟垫，缆车过来的时候她直接没坐上去，还害得工作人员按了紧急暂停按钮。

"双板带什么小乌龟啊。"那时候教练快笑死了，"你要摔也是往前摔，不会摔到屁股。"

这回怀歆学乖了，没带那种小女生用来卖萌的夸张护具，仅仅拿了雪杖。这一趟缆车只有怀歆和郁承两个人，座椅以一个不算慢的速度冲过来时，郁承抓紧她的手，低缓出声："准备好了吗？"

怀歆的心轻微吊起，听他数："一，二，三，就是现在——上去！"

略有些冷冽的风顺着脸颊拂过来，郁承带着她稳稳地坐上了长椅，他动作熟练地放下防护栏，示意她把雪板踩上去："来，雪杖给我，我帮你拿。"

下方的中高级滑雪道越来越远，他们顺着山脉纵横的坡度上升，怀歆小心翼翼地把雪杖递给郁承，他接过去系在自己腕上。

这时候就看到了太阳。

橙红色的海，浮在云霭若隐若现的地方，把周围的一片都照得光辉万丈。瞬息万变的光影，随着他们的远望而变得越发美丽。

郁承摘下护目镜挂在脖子上，手伸进拉链口袋里，轻笑："宝贝，你坐好，我给你照相。"

怀歆起初有些担心他拿的东西太多，但见他稳稳地端着手机，也就放下心来。她也取下雪镜，背靠这一片动人的日光，对着镜头弯唇笑起来。

"咔嚓"一声，照片定格。

郁承拍完照就点开给她看，怀歆凑过去，连自己都被惊艳了："哇，你照得好好看欸！"

相片里她戴着一顶淡紫色的毛绒帽子，顶上一个可爱的球球，眼眸清澈，长直黑发落在肩头两侧，随凉风微微扬起。底下是绿树环绕、白雪点缀的峡谷，天上是橙红色的阳光，晕出令人心醉的光轮。

纵使雪服厚重行动不便，怀歆还是扑过去在他脸上吧唧亲了一口。

郁承低低笑起来，看她的时候眼底浮动着温柔的宠溺。他手指微动，拂过她脸颊边的发丝，轻挽至耳后，然后又把刚才那张照片设置成了手机壁纸。

空气很安静，午后缱绻、烂漫云海、空中缆车，他们一同登上中级道的山顶。

郁承把手机封进口袋里，雪杖还给怀歆。阳光照过来，将那双桃花眼映出好看的琥珀色："一起？"

他们顺着高坡往下冲，在雪道上幻化成两个小小的点，迎面而来的风清寒凛冽，心跳直冲上云霄，怀歆忍不住放声："啊——"

那样刺激的感觉，灵魂自由自在，她不是第一次体会，似乎每次这样的时刻，郁承都在她身旁。

而且会一直在。

怀歆侧过眸看他的时候，男人正好抬臂抓住了她的手，十指相扣，深深看进她眼底。

她也凝视着他，英挺深邃的五官轮廓，眸光中迷人的笑意，她的诺亚先生不知多少次让她心动。

雪板在雪面上擦出长痕，两边树影飞快掠过，发丝飘扬而起，这是一场全身心投入的失重旅行，令人恣意而开怀。

玩得有些忘了边界，怀歆差点忘了自己是个菜鸟，冲到山底的时候明显刹不住车，吓得哇哇大叫。

"别怕。"郁承一边低缓出声一边反过身来，倒退着敞开双臂接她。

他技术是真的好，三两下止住高速下冲之势，不过因惯性，怀歆手忙脚乱地扑进他怀里，郁承也没有刻意要急停，两人顺着力道倒进雪地里。

怀歆压在男人身上，头上一根呆毛爹了。

"啊啊啊——"一点儿也不疼，但她仍有些懊恼。这姿势可真不怎么好看。

念头没转过一圈，紧靠着的胸膛处传来轻微颤动的低笑声。

郁承骨节分明的手掌覆在她脑袋上，轻轻揉了揉。

"嘿，宝贝。"

"嗯？"她噘嘴。

他抬手看了下时间，腕表反射出轻浅的光："还没到 5 点 30 分。"

"啊？"怀歆不明所以地眨眨眼。

"1 小时 53 分钟，现在去还来得及。"头顶上方的声音低沉磁性，让她本就还没平复下来的心一瞬间荡到了高点，"要不要回家拿户口本，我们现在就去领证？"

只剩下 1 小时 53 分钟，今天赶不上只能年后再来。

1 小时 53 分钟可以做许多事情，但是从没有哪一次如同现在这般让人忐忑紧张，又令人期盼甜蜜。

怀歆和郁承快速换回常服，离开雪场，回家拿齐所有相关证件，然后去民政局办理手续。

在某种意义上他们是同类人，喜欢旅行，喜欢随走随停，当然也喜欢计划之外的惊喜。

越野飙得飞快，怀歆连跑带跳登上别墅的台阶，家里的保姆都意外地看着他们，她顾不上说明原因，冲上二楼卧室，一通翻箱倒柜。

对于郁承从 G 城短期过来还随身带证件这回事，怀歆觉得简直是太神了："你怎么会想到带户口本？"

男人低缓回答："有过这个想法，觉得还是带上比较好。"

看怀歆蹲在保险箱前，对着手机网页搜索需要带的东西，偶尔轻蹙着眉沉思，郁承走过去，勾唇道："我检查过了，东西都齐了。"

"哦。"她抬眼看他，漂亮的眼睛亮了起来。

怀歆站直身体，抿着唇小声开口，似有些羞赧："第一次结婚嘛，难免紧张，哥哥多多见谅啦。"

姑娘敛着长睫，眸光就如同一汪清澈的泉，浮动着潋滟光影，郁承漆黑眼眸略深，俯下身去亲她一下："我也是第一次。"

"……"

"我也很紧张。"

他声音格外沉缓："请宝贝多多指教。"

幸亏郁承足够前瞻，有关婚前财产公证和成立信托的事情都早早办理完毕，哪怕他们这样兴之所至胡闹也没关系。

郁承所有的安排都是最大化她的利益，怀歆一点儿也不担心。

赶到民政局的时候正好是最后一趟，郁承令潘家在 B 城这边的人一同随行，控制媒体的信息来源，如果有任何风声泄露要提前公关。

走程序的时候怀歆一直胸口跃动，心跳加速，她表面镇定，实则掌心甚至微微有些出汗。拍结婚照的时候更是如此，一路思绪翻涌地跟着指令走完全程，成功拿到了小红本。

直到从民政局出来的时候怀歆还是有些恍惚，有一种梦幻的感觉，天际已经缀上粉紫色的霞光，傍晚时分风轻轻缓缓地拂过面颊。

而就在这时，郁承停下步伐，转过身来握紧了怀歆的手。

"小歆。"

他深邃专注的眸光落下来，低低唤她的名。

那一瞬间突然有什么踏实下来，双脚落地，怀歆真切感觉到，所有的幸福都是真的。

不是在做梦，这是真的。

在怀歆眼眶里水汽氤氲，嘴唇轻启想说什么之前，郁承俯下身，将她紧紧拥进怀里。

这是很用力又让她很安心的一个怀抱。

在漫天浪漫晚霞照映下，他轻吻她额头，哑声笑道："新婚快乐，我的小哭宝宝。"

长辈都特别喜欢计划，结婚要计划，婚礼要计划，过年要计划，年夜饭的食材要计划，买橘子树还是水仙花要计划，乃至贴在窗帘上的对联该题什么字也要计划。

结婚这样的大事，赵媛清特地找大师来算过日子，说是定在三月初比较好。

结果这遭，怀歆和郁承一拍脑袋把证领了的操作把怀曜庆和赵媛清两个老古董彻彻底底整蒙了。

当时客厅里充斥着一片过于安静的空气，紧接着赵媛清从沙发上蹦起来，冲到门口去翻皇历。

今天到底宜不宜领证？！

过了两分钟，赵媛清脸色稍缓，抚着胸口回来了。

宜祈福，宜结亲，宜开市。还好还好！

怀曜庆咳嗽一声，看怀歆抿着嘴忍笑的神情，瞪她一眼："还笑？今天挑对了日子，算你走运。"

怀歆缩了缩脑袋，躲进郁承的臂弯里："哦。"

郁承揽住她的肩，勾唇接过话头："爸，妈，这是我提出来的主意，你们别怪小歆。"

他这称呼倒是转换得无比自然，怀歆心口怦然跳动一瞬，耳尖微微泛红，欲盖弥彰地在茶几上取了一个橘子剥开来吃。

怀曜庆也一时语塞，掩唇干咳，从桌子上拿橘子吃。

对着怀歆，怀曜庆尚且能训斥一二，可郁承一开口他就没辙了。

怀曜庆就这么一个女儿，这样的年纪要嫁人，他心里自然是不舍的。

但排除其他的那些条件，怀曜庆不得不说，这个女婿让他相当满意。尤其是在患病时郁承妥帖地差人安排照顾的举动，更让怀曜庆觉得他十足可靠。

如今两人一起胡闹，怀曜庆实在没办法。

怀歆不知道爸爸心里那复杂的想法，她只感受到他对郁承刚才那声称呼还是很受用的。

鲜甜的橘子吃得怀歆心里也甜甜的，她没忍住看向男人，眼眸亮晶晶的。

怀歆掰下几小瓣喂给郁承，男人张嘴要接，她又坏意地不给他，双眸盈着狡黠的笑，扔回自己口中，咀嚼的时候脸颊都鼓起来，可可爱爱。

只是那双水灵灵的眼还睇着他。像是料到家长们都在，他不能闹出什么大动静似的。

郁承低敛下眼，伸手轻杵她软软的脸颊，神色意味不明却有轻浅的兴味。

怀歆又递橘子给他，郁承仍旧作势要吃，她又捉弄似的拿开，谁料他一下握住她的手腕，就着她的手将橘子咬入口中。

吃的过程中，橘子的汁液顺着淌下，怀歆蓦地感觉到郁承舌尖舔过她的手指，温热滚烫的一瞬。

触电感一下子通向全身，连尾椎都酥麻了，怀歆情不自禁地吞咽口水，却不敢声张。

"喀喀……喀……"

一旁传来怀曜庆略有些夸张的咳嗽声，委婉地提示，怀歆一下子醒神自己还在客厅里，脸红了些许。

怀曜庆问："星星，你们晚上几点的飞机？"

怀歆轻咳一声，一边偷觑向郁承一边说："我不知道呀，他安排的。"

"……"

怀曜庆满脸都写着"新婚夫妻没眼看"的表情，怀歆朝郁承递出求救的目光，他笑了下，回答："是晚上九点。"

算算时间也差不多该动身出发了，两人收拾好行李，怀歆甜甜蜜蜜地和怀曜庆、赵媛清还有赵澈依次拥抱："年后见啦！"

她尤其强调让怀曜庆注意身体，不得过于操劳，趁这几天再去医院复查，也拜托赵媛清："妈，你盯着点我爸，他最不会照顾自己……"

赵媛清在一旁认真听她吧啦吧啦地说，林林总总，都是他平常不健康的生活习惯，怀曜庆无奈地摆手："好了好了小兔崽子，我知道了！"

他瞥向一旁含笑不语的郁承，叮嘱："阿承，你替我把星星照顾好了。"

郁承牵住怀歆的手，勾唇颔首："好，爸，您放心吧。"

他们抵达 G 城已是凌晨，折腾了一天也困了，匆忙洗完澡就睡下了。

第二天早上怀歆醒来，发现自己仍旧枕在男人的臂弯里，而郁承呼吸温缓，鸦羽般的长睫也随之些微地轻颤。

他侧颜骨相立体优越，鼻梁挺拔，闭着眼睛安静的模样也很惑人。

阳光洒进来，他们沐浴在温和而又金灿灿的日影里，怀歆在被子里翻过身，细数他的睫毛。

呜呜，真好看呀。

好喜欢。

怀歆没忍住凑近过去，柔软的唇亲了他侧脸一下。

郁承没动静，怀歆抿了抿嘴角，微抬起身去浅吻他唇。

啵唧，偷亲得逞，她眼睛亮亮的，正想功成身退的时候，腰间忽地落下力道，被人用力揽住不得撤开。怀歆心口处一跳，抬眸的瞬间对上一双漆黑漂亮的眼。

"宝贝，"郁承把她抱过来，俯至她耳侧，慵懒轻笑，"在做什么？"

他的唇似有若无地触到怀歆的耳根，痒意和着酥麻感阵阵传来，怀歆睫毛颤了颤，不自觉地舔了舔唇，屈肘撑在他胸口，心虚地回答："……没做什么啦。"

他眉眼低垂，意味不明地逼近一些："是吗？"

温热的呼吸交缠，氧气似乎变得稀薄，空间也越发逼仄，怀歆耳尖肉眼可见地变红："……嗯。"

"那个，"她慌忙想转移话题，"我有个朋友在 G 城外资行工作，过年不回去，听说我要来，还说让我带你和她见一见呢。"

郁承眄着她，也不说话，似乎是给她机会，又像是颇有意趣地看她欲盖弥彰。

在这样似笑非笑的注视下，怀歆咽了口口水，继续道："但是我不确定这对集团好不好嘛，所以就没答应，我跟她说我男朋友工作很忙，她到现在也不知道你是谁——"

之前怀歆对别人都称郁承是男朋友，一下子身份还没转换过来，她都说出口了也没意识到昨天证已经领了，倒是男人的眸光倏地深了些许，手臂不动声色地揽住她腰。

"什么？"

"啊？"怀歆眨眼。

"我是你的谁？"郁承问。

怀歆怔了两秒，这才反应过来，胸口处的跃动一下子急速起来。

不……不是这个称呼。

她下意识地蜷起手指，突然变得格外羞赧。

286

怎么办，就是一下子叫不出那个词，怀歆耳尖更红了，咬着唇哼唧两声，硬是没哼出个所以然来。

"哥哥。"她弓着身子往郁承怀里蹭，试图靠撒娇蒙混过关。

郁承修长的手指抚过来，摸到怀歆戴着的银戒。

他轻笑一声，摩挲她掌心片刻，蓦地捏了下，有几分督促意味："嗯？"

怀歆逃不过，很不好意思地双手捂住了脸，软软的嗓音闷在他怀里，讨饶般地说："老公……"

这一声宛如呢喃，连怀歆自己都听不清，好半天没见男人有动静，她小心翼翼地抬眸："我——"

话没说完，双唇被他的吻封缄。

男人眸色落下难掩的幽深晦暗，手指陷入怀歆指缝之间，将她的手摁在床上。

潘家的保姆通常尽职尽责，到了餐点会来敲门，除非郁承提前交代。隔壁不远处就是潘耀的房间，怀歆不确定妹妹起来了没有，又想到外面会有人来回走动，只能低头咬住被子边缘。

棉质布料有规律地牵扯，汗水沿着郁承性感的下颌线滴落，他骨节分明的手覆握住她柔嫩的手腕，牢牢掌控。

他要她再喊一遍对他的称呼，怀歆呜咽着吟不出声。郁承稍顿一瞬，将她翻过来抱进怀里。

"再叫一声，宝宝。"他喃喃着，哑着声哄她。

窗外的风景很好，这里是半山别墅，整座城的繁华都尽收眼底，在高处有多寂寞怀歆知道，但是没关系，现在有她陪着他啦。

怀歆与他面贴面，紧紧地，郁承的吻如灼灼潮浪般落下，他们在高台之上拥抱彼此。

怀歆脸红扑扑的，没能挨住，终是又启唇，在他耳畔小声吭道："老公。"

"……"

这个年过得格外充实。

虽然郁承掌权之后，也不再像以前许琼那样大兴什么家宴，但是毕竟是"更位"后的第一个新年，除夕夜照样门庭若市。

这样的日子最希望和自己亲密的人待在一起，侯素馨和郁卫东不方便过来，怀歆便和郁承在书房里和两个老人家打视频通话。

他们不太会操作，但是小刘在一旁尽心尽力地帮忙，很快郁卫东一张放大的笑脸便出现在屏幕上。

郁承花了一些时间让侯素馨回忆起来面前的人究竟是谁，不过他向来有耐心，怀歆悄然掩上门扉，给他和自己的父母一些独处的时间。

过了会儿，郁承温声唤她进来，怀欹便朝手机屏幕扬起笑脸，雀跃地同他们打招呼。

那座小城虽然质朴，但是过年的时候年味儿却不少，还能听到隐约的烟花爆竹声。

聊了一段时间，老人家要歇息了，他们这才道了晚安，下了楼去。

G城这边大部分的亲戚怀欹上回来见过，却能够感觉到他们对她的态度再次转变。

如果说上回还是将信将疑的状态，那么这次就显得毕恭毕敬许多——毕竟谁不知道，家族信托基金上已经添了怀欹的名字。

年轻一辈，像郁承的堂姐、表妹，都来同她搭话，热情洋溢地约她一起逛街、看时装秀。

几人谈话之间，天空"砰"的一声燃出漂亮的光芒。

"快看啊——"不知是谁喊了一句，众人在阳台朝外远眺，望见维多利亚港上空绽放的绚烂烟火。

辞旧迎新，新的一年到了。

男人拿着红酒杯，西装革履，站在二楼落地窗处同人浅笑着攀谈。怀欹抬头望过去，郁承恰好心有灵犀地低眼，与她视线对上。

高朋满座中，所有人都在目不转睛地看烟花，只有他们深切地望向彼此。

怀欹弯起唇笑了。

年年岁岁常欢愉，岁岁年年皆胜意——这一年，她仍旧想要给予郁承这个祝福。

也愿他们年年有今日，岁岁有今朝。

趁着过年，郁承稍微有一些空闲时间，便带着怀欹去海南那边出海游玩。

热带季风气候，哪怕是冬天气温也很舒适，怀欹穿一件休闲款的薄长袖，再外搭一个淑女风的小毛衣背心，感觉一点儿都不冷。

夜晚他们去食街小巷逛街，这种市井地方的烟火气一向让怀欹十足怀念。她还记得小时候，自己最喜欢同爸爸妈妈一起，在地摊小巷买那些稀奇古怪的小玩意儿。

三亚的食物也别有热带风情，无限供应的水果、椰子鸡饭都非常美味，郁承带怀欹乘坐他自己的游艇出海，当晚也尝到了最经典地道的龙虾鲍鱼特色餐。

来了海南不能不下海，两人住的高端星级酒店就临海，到了傍晚沙滩边异常热闹。亮亮的灯沿着街挂起来，像星星一样。有人躺在沙滩椅上休憩，有大人带着孩子们下海玩耍，还有酒店在椰子树下面举办篝火晚会和提供自助餐，异域风情的歌手慵懒地在台上表演吉他弹唱。

在这里的感觉就是，时间流淌得很慢。心灵安静下来以后，怀欤写小说的灵感反而噌噌噌地冒了出来。

下午郁承开会，她就在房间里写了一下午，文思泉涌，简直不要太满意。听说晚上顶楼有个露天泳池派对，郁承摸着她的脑袋问她要不要去玩，怀欤兴致盎然，当即表示同意。

怀欤这次带的泳装是最近逛街新买的，比较保守的连体式，但是大腿根部有漂亮的裙褶点缀，穿在身上将玲珑的曲线勾勒得淋漓尽致，全身上下无一丝赘余，凹凸有致。

怀欤从浴室中换好衣服出来后正对上郁承的视线，男人深眸凝视她片刻，似有些意味不明，不过到底没有说什么，自己也换了衣服披上白色浴袍——当然，他不忘俯下身，细致体贴地替怀欤将外袍的衣带系紧绑牢。

露天泳池很大，甚至最外面一圈没有围墙，可以直接看到下面。夜色很美，晚风悠闲地吹拂，池中人不多不少，气氛还算热忱。

酒店准备了香槟塔，可以在泳池里对饮，为来这边度假的富人们准备最贴心的服务。

怀欤与郁承碰杯，喝了两杯暖暖身子，接着就自告奋勇要向他展示自己优秀的游泳技术。

"我可是四种泳姿都会呢！"她十分自豪并跃跃欲试。

郁承笑，捏了下她的脸，低缓应道："我家宝贝真厉害。"

两人都脱了浴袍挂在一边，下了泳池，郁承先下去，怀欤扶着梯子要下来的时候，被他搂着腰直接抱到了怀里。

"呀——"她低呼一声，水花也随着快乐的笑扬了起来。

郁承只穿一条短款泳裤，壁垒分明的腹肌抵在她背上，很坚实，怀欤舔了舔唇，在准备开始游之前眸光莹亮着，反手狠狠摸了一把腹肌，而后在他要伸手捞她时，反应很迅速地溜开了，还很得意地回眸朝他眨眼。

郁承勾唇笑，像是拿她无可奈何般摇摇头——这是典型的 Lisa 作风。

郁承靠坐在池里人比较少的角落，看怀欤游了两个来回。她回来的时候他仍然在原地，桃花眼微弯，专注地凝视着她。

晃眼一看瞥到不少情侣成双成对，因此怀欤也没有太拘着自己，扑过去攀住郁承的脖颈："哥哥！"

水花哗啦啦地荡漾开来，她眯着眼笑，小狐狸一样狡黠。打湿的发贴在脸颊，旖旎又风情。郁承视线下垂，注意到被水打湿以后，这款连体衣的领口其实比他刚才看到的要更低一些。

男人敛着眸，瞳色漆黑幽沉，一伸臂将人搂进怀里，在怀歆腰间轻掐了一下。

怀歆还没意识到危机来临，在他胸口挨挨蹭蹭，结果下一秒，郁承摁住她后颈，将她未说出口的话音封缄在唇里。

他站起来比她高上不少，这里是中深度水区，水刚好没过怀歆胸口，身高差让她仰着头陷落在男人怀里，小小的一只。

郁承的吻看上去来势汹汹其实很温柔，怀歆只"嗯"了一声很快就顺应了他，踮脚伸直双臂搂紧他的脖子，享受在这种有些微醺的氛围之中。

正无比投入的时候，忽闻旁边传来一声惊天地泣鬼神的尖叫："啊啊啊！！！"

如同有什么东西炸裂了一样蹿进耳朵，怀歆眼皮跳了一下，突然感觉这个声音并不陌生。

她机械地、一点一点地扭转过头，看到了正直勾勾地盯着自己这边的两张熟悉面孔——胡薇和秦晓月。

怀歆全身僵硬，视线再稍稍拉长一点，将不远处躺椅上的张可斌、李施文等人也挪入视野之中。

博源消费组，所有人，都在。

……

公司一向待遇很好，也许是来团建的……怀歆脑子乱纷纷的，只觉得两两相望，空气安静到诡异。

……

胡薇和秦晓月全身颤抖，只有眼珠勉强还能转动，怀歆悄然咽了口口水，这才更加切实地体会到了他们现在是身处什么局面。

啊啊啊！所有人都在啊！文总和陶总也在！！！啊啊啊！她不活了，不活啦！！！

虽然说她之前在博源算是学期中实习，本来就没有留用机会，不涉及什么利益冲突，而且现在也郁承也不在那边工作了，就算是谈恋爱也没什么，但鉴于两人早就已经暗度陈仓，此刻怀歆还是觉得羞耻到炸裂。

胡薇和秦晓月显然已经失去了行为能力。姜还是老的辣，震惊片刻过后，靠得较近的文总还算体面地咳了一声，试探叫道："Alvin？"

闻言，怀歆感到郁承绅士地将自己放开，紧接着余光瞥见他慢条斯理地抬手，将唇上蹭到的她的口红擦掉，温文尔雅朝文总和陶总打招呼："好巧。"

怀歆："……"

两个大老板都是明白人，用那种意味深长的眼神在两人之间转了一圈，也没再说什么，只是询问一会儿要不要和大家一起吃个夜宵。

一番闹剧下来，怀歆玩水的心情也没有了，灰灰地跟在郁承身后，也不敢再牵他的手——身旁胡薇和秦晓月富有杀伤力的眼神简直令人不能忽略。

自从刚才撞见他们在泳池里的亲密互动之后，这两个平常最活跃的娃就像是失语了一样，一眨不眨地盯着怀歆看，看得她鸡皮疙瘩都快起来了。

去往餐厅的路上，大老板们和郁承在前面闲聊，最后还是怀歆实在忍不住，咽了口口水，主动和胡薇秦晓月搭话："那个，我，就是……"

她正绞尽脑汁想着措辞，忽闻胡薇幽幽一声："我终于懂了。"

怀歆心里狠狠一跳："懂什么？"

"那时候你总是跟我们说 Alvin 总各种不好，我和晓月还以为你审美有问题。"胡薇微笑，"现在才发现，是我们智商有问题。"

怀歆："……"

就，只能尴尬而不失礼貌地微笑了。

好久没和博源 B 城的同事们聚餐了，郁承和怀歆两人没能逃掉被盘问的环节。在得知两人甚至已经定下来以后，众人更是一整个上头，全然打破砂锅问到底的架势。

陶总摇头，啧啧感叹："没想到我们这儿还能牵红线啊。"

郁承如今是博源的 LP，陶总和文总职级高，所以知道他的背景，不过并没有向底下人透露，因此张可斌等人看郁承还是像当时一样，就当他是博源的高层。

文总是老江湖，不问郁承，反而挑眉看怀歆："小怀跟我们讲讲，这究竟是怎么一回事啊？"

他语气中的揶揄不要太明显，众目睽睽之中，怀歆故作镇定，将两人在稻城遇见的事情又讲了一遍。

只不过大概模糊了一下时间线，放到了实习结束之后，显得没那么微妙。

"所以，是喜欢承总什么？"

文总这一问，大家的眼睛都更亮了，简直可以说是炯炯有神，怀歆抿了下唇，小声举了一个优点："他很温柔。"

"我怎么觉得 Alvin 管下属还是很严格的啊。"陶总打趣，还问邓泽和张可斌是不是，两人见状都重重点头，夸张附和道："那可不是！"

团队里的氛围很好，没什么层级感，李施文八卦道："歆歆，你老实讲，当时实习的时候，你和 Alvin 哥之间是不是就擦出火花了？"

不知道是不是他们商量好的，火力全都集中到她这里，怀歆耳尖都快烧起来了，终于支撑不住看了眼郁承。

男人恰好也凝眸在看她，桃花眼中泛着轻浅的笑意，怀歆皱了皱鼻子，求救的信号还没递出去，就见郁承伸臂过来，亲昵地揽住她的肩，勾唇："好了，有什么问题就问我吧。"

顿了下，他轻笑着补充："我家小姑娘脸皮有点薄。"

"……"

怀欷深吸一口气，抬眼看到胡薇和秦晓月激动掩唇，一脸受不了要上呼吸机般的表情。

"……"

啊啊啊——她真的不活啦！！！

海南之行真的令人难以忘怀，怀欷在很长一段时间内回忆起来还是尴尬到脚趾抠地。所幸她每天生活充实，便渐渐假装无事发生过。

正逢寒假，怀欷乐得清闲，还要再过一段时间才回 B 城，她便约上先前认识的三五好友出来逛街，都是 G 城圈子里的名媛。

这段日子她同谢芳毓莫名熟稔了起来，怀欷发现对方其实是个挺有意思的人，虽有些任性的小脾气，却并不蛮横，倒还显得挺可爱。

两人一同去看时装秀，关系不知不觉就近了很多。谢芳毓平常在 G 城，与圈子里的人交往都需留几分心眼，但是怀欷不一样，她是相对比较纯粹的，谢芳毓天然就很亲近她。

看完时装秀又去米其林餐厅吃饭，窗外灯火灿烂，谢芳毓望着夜色叹口气，讲起自己最近的烦恼。

她也到了适婚的年纪，和潘家的联姻告吹以后，家中长辈便极力向父亲谏言，要让她迅速安定下来，齐家、成家、周家等，给出几位人选。

谢芳毓的痛苦在于，这些人她都不喜欢，看了照片以后见都不想见一面。她是个颜控，再怎么说都过不了自己心里那关。

这毕竟是终身大事，可不能草率决定。谢老爷子也给她自由让她继续挑选，只不过这次却要求期限，让她务必在两个月内把人选确定下来，不能一拖再拖。

这可太难为人了。

谢芳毓有选择困难症，每天对着照片看呀看，迟迟定不下来。眼看着"死期"越来越近，最后她整个人都麻了，甚至决定点兵点将，只看文字简介不看照片，免得一个都选不出来。

这次约怀欷出来见面，谢芳毓正好带了她长长的相亲名单："亲爱的，你不是写小说的吗？你看看里面哪个名字能当男主，给我挑出来就完事了。"

怀欷差点笑死，看得出她真的是生无可恋了。

她拿过名单来大略端详几眼："你确定？"

谢芳毓摆摆手："对，反正能被我爸挑出来的人背景也不会差，都是凑合过日子，合作关系，是谁也无所谓了。"

她顿了下，很感兴趣地凑过来问怀歆："就从作家的角度，你觉得哪个名字比较有眼缘？"

怀歆眨眨眼，再度审视了一下那些名字，选了三个出来："成致深、裴延和封凯。"

"我来看看。"

怀歆本以为谢芳毓是在说笑，没想到她真的点兵点将，最后选了中间的裴家长子。

谢芳毓拨出一通电话，火速和谢老爷子的私人助理敲定了人选，并且让其转告老爷子。这种雷厉风行的洒脱完全震撼了怀歆，她简直情不自禁想给谢芳毓鼓掌。

米其林的夜景星光璀璨，两人自斟自饮了些许小酒，谢芳毓撑着下巴望着窗外夜色，神情淡淡的，惬意慵懒。

她是那种典型的港风美人，黑色的自然卷发，红唇深眸，看起来风情万种。

"小歆，其实我挺羡慕你的。"

怀歆望向她："羡慕我？"

"嗯。"城市的灯火在谢芳毓眼中走马观花似的掠过，她有些出神，凝视着远处维港的繁华轻言慢语地道，"你很自由。"

以前怀歆可能还没有领悟自由的分量，但是和郁承在一起之后她越发意识到这个对于普通人触手可及的东西，对于他们来说却需要费尽心思才可以争取到。

可享尽荣华富贵，这些本就是他们需要承受的代价。

谢芳毓抑郁了五分钟就恢复龙马精神，这时候手机恰好响起来，是谢老爷子来电。

怀歆隐隐约约从电话里听到对面不敢置信的诘问："乖乖这就定好啦？之前不是怎样都选不出吗？"

"这名单上不都是阿爸选的人吗？"谢芳毓撒娇，"我相信阿爸的眼光。"

"嗬！你这孩子！"

不一会儿助理就传简讯介绍谢芳毓刚才挑选的对象的基本情况。

裴延是裴家长子，也是裴家未来唯一的继承人，三十出头，据说性格沉稳，不爱多言，但是打小就受长辈们器重，认定将来是个能成事的，早早就予以重任。

怀歆听起来感觉这男人像是那种无聊霸总，每天对着大盘和报表，除了飞机就是开会，她没好意思说，谢芳毓倒先提了，"啧"一声："嗐，我还以为能抽到个有趣点的呢。"

怀歆失笑，好奇道："你的理想型是什么样子的？"

"嗯……"谢芳毓思索片刻，陈述，"长得要正，身材好，六块腹肌，摸起来手感要好；强大但是不大男子主义，要会玩，但不能整天花天酒地当纨绔子弟；不能眼里没有工作，不能眼里只有工作；人不能无趣、死板，要有情趣，但也不能对我太热情太黏着我，最好是冷淡性感；要经常送我限量款包包，但不能送我已经有了的款；希望他不要做在太空买颗星星以我的名字命名这样没有实用价值的事情，只要偶尔送我一些什么游轮、飞机和小岛就好；在外雷厉风行、杀伐果断，但是对内也要懂得体贴；不能太心机腹黑，也不能太当好好绅士。最后也是最重要的一点，活一定要好，不好免谈。"

怀歆："……"

不得不说，这位裴少要满足大小姐的要求属实是有点难度。

谢芳毓拿到了裴延的联系方式，也许是老爷子同裴家那边提了的缘故，没过一会儿，裴延主动给她发了微信。

裴：方便打个语音电话吗？

倒是挺直接的，谢芳毓回：可以！

铃声响起来，谢芳毓插上耳机，把其中一只递给怀歆，两人凑在一起听。

出乎意料，裴延的声音听上去非常年轻，醇郁而富有磁性。

对方言辞绅士，希望约谢芳毓明天中午在一家私人会所见面，询问她是否方便，或者有没有别的安排。

这种就是普世意义上的相亲，大概是要同她谈谈结婚的事情，谢芳毓当即应了："明天见。"

"嗯，明天见。"

那头顿了片刻，嗓音低沉道："谢小姐晚安，早点休息。"

矜贵的尾音掠过耳畔，谢芳毓怔了一瞬，很快回过神来。挂断电话后，她轻哼一声，慢悠悠摘下耳机："表面功夫。"

天色也不早了，郁承说要来接怀歆，电话那头说了几句什么，她便有些匆忙地和谢芳毓打了个招呼，说今天玩得很开心，下次再约。

谢芳毓挑眉看向她，啧啧两声。

如果她说些什么怀歆还能厚着脸皮应对，可偏偏她什么也没说，只是表情意味深长皆在不言中，怀歆红着耳尖轻咳一声："我走啦。"

"等下。"谢芳毓拿起一旁未饮尽的香槟晃了晃，刻意含笑问，"我一会儿去蹦迪，要不要和我一起啊？"

"蹦迪？"怀歆怀疑自己听错了，她这副尊容怎么也不像能去蹦迪的样子，修身款呢绒连衣裙，淑女得要命。

谢芳毓嫣然一笑："我家司机车上常年有备用衣服。"

怀歆："……"

得，装备还挺齐全。

谢芳毓："怎么说？和我一起吗？"

怀歆神情闪烁地支吾片刻，谢芳毓仰颈打量她，幽幽地叹道："看来我是从郁承手上抢不走人了。"

眼看着怀歆手机屏幕又亮起来，是男人打电话来催了，谢芳毓挑了挑唇角："行了，赶紧享受二人世界去，不要'屠'我这单身狗了。"

怀歆讪笑着眨眨眼，然后飞快选择重色轻友挥别了她。

怀歆出来的时候看到郁承的车子停在街边，劳斯莱斯漆黑的车身低调奢华，他正倚在一旁迎着晚风点烟。

火星亮了又灭，烟刚触到唇边，兴许是看到了怀歆，郁承就掐掉了。

男人清俊好看的桃花眼扬了起来，怀歆眼眸微亮，小跑几步蹭到他面前。

她站定以后有几缕细碎黑发拂过脸颊，唇红齿白，容貌格外昳丽生动。距离不过尔尔，郁承闻到些许萦绕鼻间的酒味。

"和谢芳毓在一起喝酒了？"他抬手，抚摸她鬓边的发，嗓音低沉。

"嗯啊。"她眼睛亮晶晶地看着他，"聊得很开心。"

"开心就好。"

郁承摸摸她的脑袋，正要说话，怀歆就仰颈看着他，眨了眨眼，软声吭出一句。

"老公。"

"……"

尾音轻盈上翘，但随着一阵风吹过去就散了，男人低敛下眼凝视她，迎着深暗的夜色，一双桃花眼漆黑幽邃。

怀歆无辜地睁大眼看着他，仿佛自己刚才什么也没讲，张开手臂撒娇要拦腰抱他。

"叫我什么？"

郁承顺势搂住她的肩头往自己怀里带，低哑撩人的磁性声线落在她耳侧上方。

"什么什么呀？"怀歆眯着眼笑，脑袋在他胸口蹭了蹭，不接他的茬。郁承眯了眯眸子，忽而微俯下身，将她整个人拦腰抱起，塞进车内，紧接着自己也上去。

谢芳毓在餐厅玻璃窗旁以一种俯视的角度，看到车厢里影影绰绰的情形，大约是激烈的热吻。她饶有兴致地观察了一会儿，可惜很快车门关上，劳斯莱斯疾驰而去。

她唇角轻挑，摇头笑了笑，视线落在杯中摇曳的酒液上。

其实谢芳毓从来没有期待过所谓的爱情，这种东西对于她来说并不存在，先前提出的那些择偶条件也不过是最理想的状态。她在寻找的那种对象，应当叫作"伴侣"。

能够在各种客观条件上满足家族的要求，并且给予她一定的陪伴，其实这就足够了。

谢芳毓不抗拒婚姻，但也并不向往。明天和裴延的见面宣告她单身生涯的结束，也意味着她会失去很多消遣和乐趣。所以谢芳毓决定，今天晚上就去把即将失去的一切狠狠补回来。

轻车熟路换上夜店装扮，谢芳毓艳抹红唇，戴上最喜欢的一款宝格丽耳钉，漫不经心地靠在车座上。

高端会所的经理见到她恭敬弯腰，谢芳毓说要看舞蹈表演，他连忙去遣人安排，将今晚节目置换。

炫目的灯光和震耳欲聋的音乐，一切只是狂欢的开端，谢芳毓早已习惯，坐在正中央的区域，等待场中气氛逐渐推向高潮。

不少人已经在寻找猎艳的对象，视线频频扫来，只是碍于谢芳毓身边的两个保镖没有出手。

谢芳毓很少在夜店和人勾搭暧昧，但今天她想尝鲜。这家会所的入会费门槛很高，能进来的起码都是衣冠楚楚的富家子，她环视四周，见到两三个熟面孔。

光线交错之下彼此装作并不熟稔，错开目光，谢芳毓优哉游哉，在场中颇为闲适地一个一个搜索目标。

和那些天天嚷着要包养弟弟的姐妹不同，谢芳毓的口味其实颇为固定——她就喜欢那种看上去特别男人特别有力量感的，要比较难征服的那种，太轻松得手没有快感。

欢场中男女的磁场最是微妙，往往靠着眼神勾绕就能传递不少言语。谢芳毓正中瞄准在她斜前方的一个长腿帅哥。

背对的缘故，只能看见半张侧脸，但是灯光之下优越的骨相被勾勒出来，命中她红心。

这鼻梁也太挺了，轮廓分明，好帅！！！

谢芳毓全身上下的好奇心都被调动起来，观察的同时又发现了很多特别吸引她的小细节——帅哥身边没有人，表情冷淡自斟自饮，只是双腿交叠倚在靠背的姿态颇显性感，小臂的肌理线条从西装衬衫中隐约流畅勾勒。

就在她细致打量帅哥的时候，对方仿佛有心灵感应似的，忽然回过眸，直接看向了她。

男人黑发深眸，五官俊朗，眼神很犀利，衣冠楚楚，一看就是在那种时候特别猛很可能会让她吃不消但穿上衣服又极不好接近的疏离冷淡的类型。

谢芳毓平生最喜欢挑战，越是不可能的事情她越是兴致勃勃跃跃欲试，这个适配度简直百分之百。

她撩了下黑色卷发，取一杯红酒，悠然起身，气场慵懒地朝男人走去。

谢芳毓的丝绒长裙是露背设计，漂亮雪白的皮肤在夜场里无比引人注目，她在帅哥身边坐下，这才挑着一双勾人的笑眼开口："哎，这儿有人吗？"

男人睇她一眼，淡淡回道："没有。"

谢芳毓侧眸看他，霓虹落进她眼里，潮湿而微亮，暧昧的光影中，她皮肤温软如羊脂玉，却并不再作声，只勾了下嘴角，视线又回到台上。

她点的好戏这时候恰好开场。

热情的舞蹈并不艳俗，反而跳出一种高雅的感觉，男性舞者与泛着粼粼微波的水池相和，黑色湿发，渐透的衣摆，仿佛满弓张到极致。

谢芳毓一边饶有兴致地观赏表演，一边缓慢地举杯轻啜杯中酒液。

这时舞者慢慢移动步伐，来到酒台座席之中，和台下人互动，场下气氛整个嗨了起来。

这一片声色犬马之中，男人只是倚靠着沙发，低敛着眼喝酒。他似乎不融于这样的环境，但也没有要离开的意思。

谢芳毓睐着眼看旁人往舞者衣服里塞钱，纸币哗啦啦地飘散一地。红酒的醇郁熨帖舌尖，她侧眸看向男人的时候，又和他进行了一次心有灵犀的对视。

对方恰好也睇向了她，眸色在阴影中略显深暗，似乎意味不明。

偷看被抓包，谢芳毓索性大方倾近一些，轻晃了晃红酒杯，抿着嘴角笑："帅哥，陪我喝一杯吗？"

男人深邃眼眸依旧淡淡地望着她，半晌才举杯，与她碰了下。

清脆的响声很快消弭在这一片嘈杂的声浪之中，两人距离缩近，谢芳毓饮尽了酒之后，放下高脚杯。

今晚她喷了凯利安的"直达天堂"，也恰是辛辣木质感的酒香气，暧昧慵懒的灯光之下，呼吸渐渐相拂交缠。

谢芳毓一直都知道自己长得好看，也很会利用优势。她挑着眼尾歪头看他，唇轻启，伸出一点舌尖轻舔掉上面残存的香浓酒液。

恰到好处扫射过来的灯光将她的唇照得饱满透亮，谢芳毓靠近男人耳畔，问："接吻吗？"

仿佛只是随便给出一个可行建议，她轻轻一笑，又撤开距离，撑着下巴懒懒地看他。

男人的视线压下来，似眯了下眼，眸光幽微深邃。

谢芳毓眨眨眼，正想说些什么的时候，对方指节分明的手扣住她的腕，蓦地将她拉近，紧接着充满侵略性的吻落了下来。

他的技巧和想象中一样令人满意，谢芳毓完全沉浸，男人摁住她后颈，不断倾轧，撬开她齿关，更深入地亲吻。

两旁的保镖熟视无睹，十分尽职尽责地守在一旁，谢芳毓和男人激吻，对方将她抱坐上了自己的腿。

他将她吻到口脂花掉、喘不上来气才放开她，喉结轻轻滚动，低眉看向她的目光如未恢复平静的海潮，深沉难辨，莫名有些难掩的欲色。

看中的猎物上钩，谢大小姐很舒心，将人带到了附近自家旗下的酒店。

后来发生的事情都顺理成章，两人共度一个美妙夜晚，谢芳毓入睡前迷迷糊糊地想，有过这一次，婚前仪式也算圆满了。

翌日一早谢芳毓醒得很迟，睁开眼睛的时候强烈的日光已经从窗沿溜了进来。

谢芳毓望着精致奢美的吊灯，忽然想起来，她今天中午好像是要和裴延见面来着，一拍脑袋："完了完了，我十一点约了人的，我给忘记了。"

她欲急急忙忙起身，身后男人却一只手臂捞了过来，将她肩头按住："我想中午一同吃饭的意义并不大了，谢小姐。"

谢芳毓呆滞两秒，蓦然目眦欲裂，见男人将她禁锢在怀，语意不明地淡声道："现在我们已经对彼此有了更深入的了解了。"

之前郁承就与怀歆说好，婚礼由他全权操办。只不过诸多方向上的选定，还是要依据她的喜好。

他们都不喜太过喧闹，于是商量着先在国外某个漂亮的地方办一个小型婚礼，只邀请两三个关系最紧密的亲朋好友，再择时在 G 城盛请嘉宾参与晚宴，邀请四方名流前来出席。

说是婚礼，其实更是一次变相旅游度假的好机会，郁承提议去中欧，怀歆对此很是期盼，在网上看了半天，觉得瑞士不错，就这么决定下来——选取 Zermatt（采尔马特）——一座被阿尔卑斯山脉群峰环绕的美丽小城作为目的地。

这是一个很小众的度假地，但是风景却十分秀美，更是被旅人们称为"人间天堂"。冰川未消之时，放眼望去全是皑皑纯净的白雪，涤荡心灵。

年关过后集团事务繁多，郁承又忙得脚不沾地，怀歆也要开始研究生新学期的学习，于是便定在第二年春节前后再举办婚礼，正好也有比较充裕的时间准备。

这个学期两人还是异地，不过每周郁承都会飞来 B 城看望她，怀歆有时心疼他太过劳累，也会去 G 城陪他一段时间。

总是这么来来往往，之前脑子里那个呼之欲出的想法重新浮现。某次郁承又过来看她，晚上温存过后，怀歆窝在男人怀中，脸贴他颈侧，忽而问："要不要我过去陪你？"

郁承低敛下眼，一边将她的小手握在掌心里把玩，一边轻柔地吻她鬓边，音色低沉："我不想耽误你的学业，宝贝。"

"不，我是说以后。"怀歆略微支起身子，认真地直视他的眼，"等毕业以后，我想去集团工作，就在你身边。"

怀歆对于自己的职业规划没有太强烈的设想，金融本就是她喜欢的领域，无论是在投行做中介、在私募做投资，还是在实体企业做市场运营都能触到她的兴趣点。

相比较而言，潘氏家大业大，反而在最大程度上能够锻炼到她的能力，发挥她的价值，只是其他人没有这样的好机会而已。更何况有郁承支持，这条路也能走得更稳妥一点，更有利于她的发展。

郁承凝视着她，眸光略深，一时之间没有说话。

他什么样的职位都能够给她，但问题的关键不是这个。

"我不想再和你分开了，哥哥。"怀歆伏过去，将脸颊贴在他胸口，听到里面一下下的心跳声，认真说，"我想一直陪着你，想见面的时候就见面，想拥抱的时候就拥抱，不必再为距离所困。"

与他在一起确实有许多感觉都是第一次体会到，甜蜜温馨炽热汹涌的爱情，也包括异地恋的辛苦和思念，每一天晚上都想被他温柔地抱在怀里入眠，可惜有时候枕边只是空空如也。

郁承眸色漆黑幽深，仍不言语，只是手却按住她后脑勺，将她用力揉进怀里。

"这样你会很辛苦。"他嗓音漫上一丝沉哑。

能和她在一起，他何尝不愿？只是 G 城是他的常驻地，是以这样便是她在迁就他，如果怀曜庆和赵媛清仍待在 B 城，那么怀歆陪着父母的机会又会变得少上许多。

"我不怕。"

怀歆抿唇，抬臂搂住他的脖颈。

"爸爸身体不好，我会多去看望他，督促他定时复查，又或者是让他们和我们一起去 G 城。只要一家人待在一起，就总有解决的办法的。"

郁承眉目低垂想说什么，但她止住他话音，眼睛水灵灵、亮晶晶的，甚至神情里有一丝乐观："两个人在一起，本来就不是那么容易的事嘛。总会有困难，也总有辛苦的，可我只要一想到是和你在一起，便不怕这些辛苦了。"

空气中落下些许气息声，如同温缓的喟叹。怀歆伸出柔软的掌心贴在他心口，漂亮的眼睛蕴着水光，波光粼粼，似月光照拂海面。

男人的眸光沉得像是窗外深暗的夜色，呼吸交织一瞬，他垂首，浅浅地亲吻她的唇，力道温柔至极。

"小歆。"

他只低哑念出两字便没再说了。

但怀歆明白他的意思。

名字。

——每称呼一次都是隐晦的示爱。

想告诉她他万分中意她，珍重她，并因她每时每刻都感到欢喜而欣悦。

学期中课程紧锣密鼓地排布，接连着两个学期，怀歆终于盼星星盼月亮等到了圣诞。

他们这时候已经开始安排婚期，郁承忙了一整年，就是为了抽出来之不易的二十天办婚礼，陪她度蜜月。

邀请的宾客统共就二十几个人，都是两边熟悉的亲朋。

怀曜庆和赵媛清早早就准备行李，赵澈更是喜出望外，翘课出行。侯素馨和郁卫东虽行动不便，但毕竟是一生只有一次的大事，这样值得纪念的时刻，郁承还是很希望他们能够在身旁的，他请了最好的陪护，小心地照顾着老人的身体。

潘家这边由潘隽带着潘耀出面，G城这个圈子还请了付庭宥、周勤和齐嘉辉等人，怀歆这边则是她大学的几个朋友，包括三个活宝室友。

说实话这还真是一个少见的组合，姜可洁听说来宾名单的时候都震惊了，身为投行打工人的她时不时也能见到各色CEO和董事长，但是像付家、谢家这样的名头还是和她们所在的层级相去甚远。

那是金字塔的顶端，众人仰望拥护，却依然可望而不可即。

而且这还不是那种吃大锅饭、人多到记不清名字的晚宴，是只有这么点人出席，想要交流什么也都很方便。

还记得有篇课文中有句话是"苟富贵，勿相忘"，大家还在上学时就喜欢用来互相调侃，现下姜可洁真的有种一人得道，鸡犬升天的感觉，激动得话都说不利索："儿啊，你真的是太出息了！！"

不过最震惊的时刻还是褚诗然三人见到郁承的时候。

怀歆在婚礼前夕已经和她们交代过他大概的背景，G城豪门世家，所以她们大概有个印象，就是条件特别好，很有钱，但并没和上次经济高峰论坛的采访对上号。

直到怀歆带着三人向郁承介绍的时候，英俊绅士的男人温雅微笑，绅士从容、文质彬彬地同她们问好，几人才反应过来。

褚诗然在旁边差点小声骂了个脏字，好在及时控制住了自己。

谁还记得怀歆之前在群聊里是怎么说的？

——她说郁承是她的男朋友，马上要结婚了。

而自己是怎么回应的呢？

忆起之前在群里的群魔乱舞言论，褚诗然深深闭上双眼，觉得就地埋了自己也不是不行。

谁能想到，这居然不是吹牛而是真的啊？！

褚诗然觉得自己回去就能在知乎写连载软文——《我的朋友是人生赢家》。

"啊啊啊！"三人完全癫狂，群魔乱舞，缓了好久才略显平静，七嘴八舌地围着怀歆让她速速麻溜地把自己动人的爱情故事都讲出来。

圣诞夜前夕的采尔马特格外美丽，如同仙境一般，纯白色的山雪覆盖在马特洪峰上，近处是躺在阿尔卑斯山怀抱中的小镇，金灿灿的灯光从街道中亮起来，从高处俯瞰就好像是一片萤火虫降落下来。

只有几千人口，但小镇居民们早就开始紧锣密鼓地张罗准备节日庆典，家家户户几乎门口都有圣诞树，各色的装饰，红红绿绿交织在一起，活泼又欢快。

他们的住处坐落于计划举办婚礼的那个漂亮的哥特式教堂旁边，霍夫大街的尽头是潺潺流淌的小河，呈现出冰魄般的湛蓝色。

从屋内望出去可以看到奇特卓绝的马特洪峰，夜色落下，月星点缀，有种极致宁静悠然之美。

房间自带私汤温泉，一户一池，私密性很好，视野也极度开阔。

长辈们先歇息了，年轻人则聚在一起开派对。

这是相处时无须戴着假面的，最为熟悉的一群人。他们饮酒、谈天说地，在这样温暖的冬天，窝在柔软的沙发里，烧得正旺的火炉旁，闲适又惬意。

郁承和怀歆坐在中间，男人们聊男人之间的话题，投资、时政、商业版图以及艺术品，女生们则极尽八卦。

怀歆的爱情故事讲到一半没讲完，五六个小姐妹凑在一起兴致勃勃地谈论，为防止正主听到，刻意压低声音提问题。

什么谁先动的心，谁先主动开的口，谁先追的谁，怎么求的婚，记忆最深刻的事情诸如此类，不厌其烦。问完细节又咂摸一遍之后，姐妹们眼睛都亮亮的，俨然一副CP粉嗑到了的表情。

"最后一个问题！"姜可洁问，"喜欢他什么？"

"这个啊——"怀歆笑了笑，低眸一看，郁承的手放在她膝边，人偏向另一侧，在同付庭宥他们讲话。于是她便拉着他骨节修长分明的手指玩起来，"你们是想听简短版本还是完整版本？"

"当然是完整版本！"

怀歆拉长音调"哦"一声，眨眨眼："那可能要讲到明天早上。"

恋爱的酸臭味真的太浓了，褚诗然她们羡慕嫉妒恨地翻白眼，用力扒拉她手臂："快说啦！"

"好啦好啦，我说。"怀歆抿唇，绽开一丝略显甜蜜的笑意。

"嗯……我喜欢他成熟，温柔绅士，待我周到又体贴；我们思想有很多共通之处，他很能理解我的想法，也很会制造惊喜和浪漫，和他在一起的每分每秒我都是无比快乐的。

"我常常会感叹自己怎么会这么幸运恰好在茫茫人海中遇见了他，又怎么做到一路跌跌撞撞但是仍旧走到现在，但毫无疑问，他对我来说就是独一无二的，这个世界上最好的人。"

一开始还抱着八卦的心思问问题，到后面大家简直满满的柠檬。

"啊啊啊啊，太甜啦，啊啊啊啊！！！"

"受不了了，呜呜呜！！！"

这阵喧闹把郁承的注意力都吸引过来，他望向怀歆，小姑娘脸颊红扑扑的，清澈娇妩的眼中映着浅浅的弧光，不自知地勾人。

怀歆不知道自己刚才讲的那些话有没有被他听到，但郁承什么也没说，只是眸色略深地看着她，而后倾过身，当着众人的面在她脸颊亲了一下。

明目张胆地秀恩爱，简直不给人活路了，褚诗然等人眼睛都看直了，然后又是一阵此起彼伏夸张的哄闹。

付庭宥几人摇头笑，酒杯在空中相碰发出清脆悦耳的响，连带着杯中酒液也被篝火照映得更加明亮跃动。

笑声、嬉闹打趣声充斥在这个温馨的空间里。外面的雪景很好看，他们一直畅聊到夜深，而后回到各自的小屋。

不知是不是旅游让人心情变好的缘故，怀歆今天格外精神，好不容易有和郁承单独相处的时间，于是说要泡温泉。

他们的汤池是看马特洪峰的最佳角度，郁承双臂撑在怀歆身侧，将她围堵在池壁与自己胸口之间。

天上有依稀明亮的星子，男人的呼吸近在咫尺，他嗓音压下来，无比低沉地唤她："宝宝。"

"嗯？"额际有薄汗，怀歆的手指与他的纠葛在一起，亲密无罅隙。

这时感觉到郁承在亲吻她小巧的耳，水汽朦胧四起，怀歆再一次真真切切地体会到，和自己最爱的人亲昵有多么快乐。

忘记时间，忘记身处何地，只看到他。脑海里、心里都只有他，再也装不下其他。

夜深了，怀歆困乏昏沉之时，听见郁承在耳侧落下一声很沉很沉的喟叹："你也是这个世界上，独一无二的，最好最好的人。"

采尔马特是世界顶级的滑雪胜地，恰好郁承和怀歆都喜欢滑雪，大清早他们便和付庭宥几人前往滑雪场。

怀歆其实特别喜欢坐车驰骋在小镇宽敞马路上的感觉，左右都是掩在白雪中的松柏和房屋，远处是阿尔卑斯山，天朗气清，很漂亮的天空。

他们先上了比较初级的蓝道，一路滑下来看到躺在群峰中的美丽小镇，后来又去了更陡峭的红道。

这里面几个公子哥技术都很好，为保证怀歆的安全，郁承特地给她请了个女教练。怀歆很喜欢那种俯冲时自由自在的感觉，她还记得之前在 B 城同郁承一起滑雪的时候，两人抱着栽倒在柔软的雪地里，心情仿佛一瞬间都明媚了起来。

雪场边有木质栈道，滑完雪就在小道上悠闲地散步，太阳柔和的光芒洒下来，并不刺眼，让人感觉非常愉悦。

几人从山上下来，又去小镇闲逛。

宽敞的街道上有马车驶过，两匹毛发雪白的高头大马，蹄声清脆响亮，车夫坐在前面，后面的车座复古精致，仿佛梦回 20 世纪的欧洲。

怀歆自然是兴致勃勃想要尝试的，她和郁承共乘一辆车，付庭宥和齐嘉辉、周勤坐后面一辆，姜可洁和褚诗然她们则去镇上买比萨吃，没再同他们一起。

当天风土人情看遍，两人早早就回了住处。郁承同程铮连线处理工作，怀歆则戴着耳机，靠在他身侧追剧。

她看了一会儿想敷个面膜，于是去行李箱翻找，结果谁知却在箱子里看到很熟悉的封面。

怀歆双眸微瞪，以为自己看错了，将拉链彻底拉开，那的的确确是本书没错——《失重》。

妈呀。

妈呀……

妈呀！！！

她的书！！！为什么在行李箱里被带来了啊！！！

怀歆饱受震撼，灵魂寂静了大概十几秒钟，这才颤巍巍地伸出手去将书拿了出来。

男人还在客厅里开工作会议，表情严肃淡然，侧颜轮廓却是英俊分明，怀歆咽了口口水，视线再度投注在手中这本好似已经被人翻阅过几遍的书上。

她一翻开就发现郁承在中间插了一张书签，页数将近过半，情节正是男女主拉锯时期，双方僵持不下的桥段。

原生家庭的缘故，书中的女主极度敏感、自卑，在男主戳破窗户纸后，第一个反应是想要逃跑。

我已经向她走出九十九步，为什么她不肯再向我多走那一步呢？她在我眼里就像是玉石一样闪闪发光啊。这是他的疑问。

也许我在你眼里是一块玉石，但你不知道我内里有瑕疵，如果你看见它们，还会像原来那样心悦我吗？这是她的心声。

没想到郁承已经看到这里，怀歆还以为他看不下去这种文学类型呢，她抿着嘴角盯着书上的文字出神片刻，忽而掩唇笑了起来。

外面的星夜十分美丽，隐隐约约有歌声和笑闹声传来，这里烟火气息十足。

一直以来怀歆总是将最好的一面以示众人，久而久之也将自己打磨成一块漂亮的玉石，然而她内心里最脆弱、缩在角落里畏葸不前的那一面，全都藏在了文字里。

而今他看到了。不知怎的，又让她更踏实安心了一些。

怀歆孤独、敏感，对信任稀缺，需要很多很多的爱才能平复内心的不安。当初写这本书的时候，她还是处在一个对爱情犹疑的状态，没有安全感，所以心理活动也投射到了笔下的人物之上。

但是现在不是了。

和郁承在一起之后，怀歆的变化其实很大，因为他对她的付出以及平常一点一滴的小事细节都在明明白白告诉她，她想要的那种赤诚如一的爱情，已经安安稳稳地握在掌心里了。

如若不是小镇上圣诞风情太浓，怀歆几乎都要忘了现在是圣诞节了。

早晨她从漂亮的曦光中悠悠醒来，一眼就看到郁承在一旁桌上摆放精致的瓷质餐盘。

他察觉到动静，侧眸朝她浅笑："宝贝，来吃早餐。"

这里有厨房设备和一些干净炊具，怀歆好久没吃他做的菜，双眼一亮，赶紧去洗漱，然后到餐桌前好奇地看。

他做的是创意料理，特地迎合了圣诞节的主题。

——牛油果三文鱼花环，上面还点缀着剪成各种形状的胡萝卜片，有圣诞袜、爱心，还有小小的五角星。另外一边则摆放着法式芦笋鲜虾浓汤，也是红色和绿色的撞色搭配，可可爱爱。

"哇，好好看！"怀歆喜欢得要命，情不自禁地拿手机来拍了照。

郁承撑在她身后的椅背上，轻笑一声："你喜欢就好。"

味道也极其鲜美，怀歆吃得分外享受，一双潋滟的眸转过来凝视他："哥哥，你早起很久做的吗？"

"也没有很久。"他摸摸她的脑袋，眼尾挑起来，"弄那个胡萝卜片花了一些时间。"

怀歆眸光微动，转过身，半跪在座椅上，倾身抱住他的腰。

"好喜欢你哦。"

轻缓低醇的气息声从头顶传来，郁承俯身，亲了亲她的额头，嗓音含着一丝微哑，笑说："我爱你，宝宝。"

怀歆耳尖红了些，挨挨蹭蹭凑过去，在他脖颈处贴贴。

外面灿烂的光线落在阳台，看上去天气很好，两人吃完早餐，温存片刻，怀歆不经意瞥到窗外楼底下对街的人家门口挂了一个大大的红袜子，扬起声道："哎，对了，今天是圣诞节呀！"

她看了郁承一眼，又笑道："我爸爸以前会给我准备礼物，所以我小时候一直相信圣诞老人是真正存在的欸。"

不仅如此，还好奇过他们是如何不沾灰尘地从烟囱上爬下来的。

"是吗？"郁承浅笑着替她将顺耳边的发，挑了下桃花眼，"那要不要去看看今年圣诞老人有没有给我们送礼物？"

他们的小屋门口也有大大的红袜子，怀歆入住的时候就注意到了，原先只当作是个装饰，根本没往这一层上想。

怀歆好笑地歪了歪脑袋，顺着他的话异想天开："说不定在欧洲真有圣诞老人挨家挨户送礼物呢。"

郁承只是看着她笑："说不定呢。"

怀歆抬了抬眉，果真站起身来，故作姿态往门口走："那我去看一眼。"

推开大门，站在台阶上，街道和屋顶上覆盖着皑皑的白雪，放眼望去几棵精心挑选的漂亮圣诞树立在路边，挂满了五彩缤纷的装饰，颇有节日意趣。

怀歆心情挺好，边赏雪景边试探性地伸手去红袜子里面摸。

本来抱着摸空的预期，谁知这么一探手却摸到了实物，怀歆怔了一瞬，把里面的东西取了出来。

——竟然是本羊皮书。

这和她送给郁承的那本很像，不过更宽大一些。

怀歆望着颇有质感的封面，胸口处的心跳突然加速了。

她指尖略有些轻颤，解开蝴蝶结绑带，翻开第一页。

你的圣诞老人来给你送礼物了，Merry Christmas baby！
祝我家小朋友圣诞快乐，很开心能够和你一起度过圣诞节。

后面跟着一个大大的笑脸。
怀歆指尖微蜷缩，抬手捂住唇，几乎连呼吸都屏住。
她的视线随着移动到右侧正文上，蓦地顿在那里。
——是他清秀好看的流畅字迹，将她送给他的那本羊皮书从头到尾复刻，只不过是从他的角度，再将当初的故事描绘一遍。有照片也有文字。
在招股书印刷机构。

一进门就注意到她，她仰头看向我的时候，空气中有似散未散的栀子花香味。

酒吧初遇。

第一次见面，她伪装了一个假身份，其实我觉得有些微妙的熟悉感，但好似又是分明不同的两个人。不过无论如何，我对她产生好奇心这件事是不可作伪的。

在敲钟现场。

从写小说这里，我隐隐有些猜测，但是仍不能确定，于是试探了她，小姑娘的反应出人意料地快，我对她越发起了兴趣。

在稻城雪山。

这里的山路崎岖难走，没想到能遇见她，有一种奇妙的缘分感。
到这里我判断她应该就是 Lisa，真的很有意思。
现在回想起来，很庆幸能够在这里遇见她。

《寻梦环游记》。

我们有些相似。

新都桥停电小镇。

对于我来说两种身份不断变换——她的长辈、领导，或者一个对她抱有好感的男人。

到 B 城搬家。

她陪我看《海蒂和爷爷》，我开始明白，她对我来说真的有些与众不同了。我并不排斥这种感觉，因为她足够聪明，知道怎样做才能消融距离。

第二次酒吧回途。

可能有点快了，但是想和她产生更多羁绊。
我希望自己能安抚她的眼泪，之后不再让她哭了。

《海上钢琴师》夜场。

想拥抱她。
回去探望父母。
她和我连线，我们一起听 *One Day at a Time*，那时候我就知道，她是真的懂我的。
我不想再继续玩这个游戏了，我想和她见面。

第三次酒吧之后。

我打算和她摊牌。
她生气的样子怎么也那么可爱啊。

《甜心先生》。

她送了我一部徕卡相机，小姑娘真的是明察秋毫。
我喜欢她的礼物。

《本杰明·巴顿奇事》。

　　她说会一直陪着我的。如果她知道这种承诺对于我来说意味着什么，还会许下这个诺言吗？
　　还是再给她一次反悔的机会吧。

澳门。

　　我没有办法看她与旁人说笑。我希望她只看着我。
　　我知道未来会有很多风雨险阻，但我还是自私地希望把她留住。留在我身边。
　　跟她一起回家看望父母。
　　她跑遍街道为我取信，当她亮晶晶的眼眸看向我的时候，我知道自己好喜欢她。
　　不想放手。想让她一直陪着我。

土耳其玫瑰峡谷。

　　日落的时候，我看着她的眼睛，听到自己强烈的心跳声。
　　我一定要成功，不可以失败。

灯塔广场。

　　我们在人潮里相拥着跳舞，她好可爱，看见她的笑颜我就心动，请让时间停在这一瞬吧。

格雷梅小镇。

　　好可惜，没能让她坐成热气球。以后我会再带她来的。

七夕。

　　我不想娶别人，我只想娶她。
　　我会为她拼尽全力。

买两枚戒指。

又惹她哭了。
后悔没能最后再亲口对她说一声爱她。不论结局如何，至少要让她知道。

分开。

我好想她。
我想回到她身边。

雪天重逢。

我的小歆啊。

土耳其二度旅行。

She said yes!
……

空气中几分清凉寒冷，泪沾湿睫，先后纷纷滴落在纸上，晕染了字迹。
怀歆在蒙眬的泪光中看清郁承最后写的三行字。

我不会再放手。
她是我这辈子最珍爱最在乎的人。
只要她一个眼神看向我，我就愿为她走出一百步，此生不渝。

怀歆捧着那本羊皮书，几乎是泪盈于睫，胸腔之中一瞬间温热又柔软。
心脏仿佛被什么极致酸涩又甜蜜的东西包裹住了，怀歆低头抹泪的时候，肩头被披上一件厚棉呢长衣，带着她所熟悉的温暖檀木香味。
男人就这么从身后拥了过来，下颌贴紧她鬓边，低沉地说："宝宝。"
怀歆没说什么，只是安静地听他沉缓悠长的呼吸声。
两人在门口寻了一处躺椅坐下，怀歆靠在郁承怀里。桌上的热咖啡余温尚存，冒着漂亮的雾气。他们一同在这片最莹净纯白的天地里赏雪，虽彼此之间没有说话，但心意却是相通默契的。

回溯过去，发生了这么多的事，他们也一同携手经历过来，怀歆将那本书抱在胸口，心头百感交集。

正享受这份安宁幽静，远处大马路上有个小团子蹦蹦跳跳地过来了，边跑还边扬手："姐姐！"

是潘耀。

潘隽之前同她相处的时日不多，不知道小家伙有这么活泼好动，一脸无奈地追在身后，也朝他们跑了过来。

两个小点朝他们靠近，怀歆直起身来坐好，眉眼扬起："小耀！"

小姑娘扑进了嫂子的怀里，撒娇般蹭蹭，糯声道："这儿可真好玩！"

"去哪儿啦？"

"和大哥去镇上逛了一圈！"

怀歆轻笑，潘耀又偷觑一旁的潘隽，似得意又有些神秘似的小声道："我方才同他玩打雪仗，他没赢过我！"

潘隽面色微僵，在一旁气喘吁吁地撑着腰弯下来，连反驳的力气都没有，这都是刚才玩捉迷藏时候追她追的——他从前竟是不知道，带小孩居然有这么累，突然一下子就觉得太太在家辛苦了。

郁承也勾唇笑，低醇悦耳的嗓音漫过怀歆的耳侧："小耀开不开心？"

潘耀两只葡萄似的眼睛亮起来，猛地点点头："开心！！！"

郁承瞥了旁边累得要死没好气的潘隽一眼，含笑温和问："那么，小耀喜欢和大哥一起玩吗？"

潘耀的眼睛转了转，没有立刻回答，潘隽低眉看向她，掩唇轻咳一声。

以前她见了他总是自动回避躲远，也许是觉得他过于不苟言笑，有些畏惧，总之并不亲切。这还是第一次产生如此积极的互动。

正想说些什么带过这个略显尴尬的话题，却见潘耀拨了拨门口小圣诞树上挂着的红色圆球，脆生生地道："挺喜欢的。"

郁承又低低笑起来。

他转向潘隽："大哥，看来这几天你会过得很充实了。"

潘隽愣怔一瞬，这时候潘耀转身，仰起头看他："大哥，我还想打雪仗。"

小姑娘的眼神极其清澈无辜，甚至有些可怜巴巴的意味，潘隽扯了下嘴角，几番欲言又止。三十好几的人了，最终认命般垂下眼："好。"

他顿了下，故作严肃地对潘耀伸出手："走吧。"

潘耀眨了眨眼，一边牵住他，一边同郁承、怀歆欢快道："哥哥姐姐，我晚上再来找你们哦。"

一大一小在雪地上走远了，依稀还听得到对话，模模糊糊。

"晚上也不要总是过来，哥哥姐姐有事要忙。"

"忙什么呀？"

"嗯……没什么。"

"哦！我知道了！"

"嗯？"

"就是哥哥是不是要和姐姐一起看书？"

"欸？"

"大哥，我上回去你家住的时候，就在房间外听到过几回书本掉在地上的声音。而且歆歆姐姐又是写故事书的嘛，我觉得他们应该也像你和大嫂一样，很喜欢读书。"

"……"

隔着距离都能想象到潘隽静默的神情。

怀歆收回视线，听到郁承压低声音在她耳后笑，她的思绪立马就飘到不知何处了，连带着耳郭都有些泛红。男人温暖的气息拂来，勾着唇，连胸腔都有些微微震动："宝贝，待会儿要不要一起读书？"

怀歆："……"

怀歆近日抵抗力逐渐增强，反正他连她的言情小说都看过了，只要他不当她面用"禅房花木，曲径通幽"来逗她，她就能勉强保持淡定。

"不是昨晚才读过吗？"

"我说的是真书，你写的那种。"郁承桃花眼轻勾，抵近了她耳畔狎昵问，"你说的是什么？"

怀歆："……"

可恶！又被调戏了！

她干咳一声，拿起热咖啡装模作样地喝了一口，故意把时间拉得很长，郁承扬着嘴角看着她没说话。

将杯子放下之后，怀歆正想开口说什么，整个人蓦地被他拉到怀里，握着手腕深吻。

并不太强势，足够温柔，怀歆下意识闭了眼，另一只手揪住他的衣领。

周围天气寒冷，呼吸交织的热意间或蹿过，令人沉醉至极。

好半天，郁承放开她，怀歆抚着胸口轻轻喘气，他又扬起英俊好看的眉眼，抱她在胸口。

阳光似乎比晨起的时候更好一些了，这样的地方就给人一种极致悠闲的感觉。两人懒懒地靠在躺椅上，眺望远方雪山上光影瞬息万变。

好半晌，怀歆听到郁承低沉开口："其实，我挺希望小耀能够无忧无虑地长大的。"

怀歆怔了一瞬，很快明白过来。

潘耀的童言无忌，是他很用心在保留下来的东西。她越是什么都不懂，越显出难能可贵。

"到现在她还是不知道为什么裴明帆突然不来接她放学了。我也跟旁人叮嘱过，不要同她讲真相。"郁承叹息着说，"我希望她可以晚些明白这些事。"

他从来没有在潘耀面前说过裴明帆半句不是，之前也从未叮嘱过她要提防那样无缘无故的善意，而是选择暗中派人保护，只是因为不想毁掉潘耀心中这份看似美好的亲情罢了。

太早知道这些固然可以更好地在这样的环境里生存自保，但是活得太清醒会很痛苦，郁承现在能靠自己的能力保护自己珍重的人，不想让妹妹再重蹈覆辙。

他希望她的生活时时有阳光，有希望，还有亲近的家人。

怀歆握住郁承修长分明的手指，温存地靠过去，软声说："会的，哥哥。

"小耀有你这样的家人，她会一直这么快乐下去的。"

怀歆顿一下，在他嘴角亲了一口，弯起漂亮的眼睛："我也是。"

在这个美丽纯净的中欧小镇举行婚礼，可能是怀歆从未想过的最浪漫的事情。

没有太多纷乱的声音和不相干的人打扰，只有最亲近的亲朋好友。

郁承在郁卫东的陪同下走到圣坛边上，他放眼望下去，看到一众亲朋好友期盼的笑颜，最让他心间柔软的是，座席中母亲的眼眸盈着光。

侯素馨坐在前排，正仰着头凝望着他。她的瞳色在光线中显出温柔的浅褐色，银白的发丝微微随风飘荡，缱绻了时间。

这么多人中，郁承最渴望让她见证自己的幸福。

穿过半空中的对视让他感知到，母亲在这一瞬间是记得他的，也是完完整整爱着他的。她多么希望他能够找到属于自己的那份爱，郁承都明白。

郁卫东的脸上同样带着难言的笑意，他拍拍郁承的肩，同对方低语道："儿子，好好的。"

郁承在这头站定，遥遥凝望向长毯那端。

先看到鲜花撒向地面，潘耀当小花童，小姑娘穿着可爱的裙子走在前面，表情略显稚拙而新奇。

然后他就看到了她。

怀歆挽着父亲的手，穿越人海向他而来。

摇曳席地的拖尾婚纱裙，装饰繁复漂亮，是她最喜欢的束腰抹胸款式，九百九十九颗钻石镶嵌其上，早早就由国际著名设计师设计而出，对方询问郁承想要表达什么感觉，他记得自己回答说——她是我独一无二的小玫瑰，我的世界因她而缤纷灿烂。

想告诉她我爱她，非常非常爱她。

当时只是图纸，经过日夜精心的打磨完工，着实没想到如今穿在怀歆的身上比他想象中还要更加动人，漂亮得不可方物。

当他看向她的时候，仿佛世界真的就这么亮起来了。

她的美无法言说，有一瞬间郁承只听到胸口处怦然而起的心跳声。

不需要有多少人见证，这一刻他们只属于彼此。怀歆也忘记了看台底下的人，挽着父亲的手一步一步坚定地走向他，走向自己的新郎。

柔和的光线透过明亮的玻璃投在纯白色的圣坛上，一如既往温柔了郁承眼底缱绻的笑意。

他着一身深色燕尾套装，身姿修颀，英挺深邃的眉眼一瞬不移地凝望着她，眼底里满是炽热的惊艳与永驻的爱意。

怀曜庆将怀歆的手交给他，同郁承讲："阿承，我把女儿托付给你了。"

爸爸的眼睛里似有泪光，怀歆的鼻尖一下子就酸了，她感觉到郁承将她的手握得紧紧的，低声同怀曜庆说："爸，您放心吧。"

他们交换戒指，宣誓，互相亲吻彼此。

在滚烫湿润的泪水中，怀歆感觉自己被男人用力抱在怀里，心口处也跳个不停。他的吻珍而重之地落在她的脸颊、眼睛和额头处，直到宾客散去，仍与她额际相抵，诉尽衷心。

"我爱你，怀歆。"

Lover 的旋律在此时缓缓荡漾至心间，怀歆捧着他的脸，又哭又笑地贴着他的唇，爱意在这一刻定格永恒。

> So lover
> 我的爱人啊
> Will you carry my heart
> 你看到我的真心了吗
> Will you carry my scars
> 你会抚慰我的伤疤吗
> Will you carry my soul
> 你愿包容我的灵魂吗[1]

---

[1] 歌词来自 *Lover*，Truslow 乐队。

她会的，郁承知道她会的。眼前的这个人是他的爱人，无论何时何地，他知道她只要望见他的眼，就愿朝他奔赴而去。不计因果，不问前程。

小王子的小狐狸，现在是他最爱的玫瑰花。

浪漫游戏，难忘佳期。灵魂伴侣，此生唯一。

——你是上帝展示在我眼睛前的音乐、天穹、宫殿、江河、深沉的玫瑰，隐没而没有穷期。①

我愿跟你走长路，愿陪你寻花期，愿同你看天明，愿与你共朝夕。

愿当你遮风避雨的港，更愿做你忠心不贰之臣。

---

① 引自博尔赫斯《永久的玫瑰》。

Extra 2

岁岁平安 ✦

结婚次年，郁承带怀歆去西藏转山，同谢芳毓和裴延一起。

　　潘氏集团事务繁忙，两人都忙得脚不沾地，这次算是兑现推迟已久的蜜月旅行。

　　四个人租了两辆越野车，各请了一位向导。怀歆很喜欢这种寥无人烟的地方，灵魂很纯净，天地苍茫辽阔，呼吸着自由的空气，好像只剩下他们而已。

　　谢芳毓和裴延新婚宴尔，也是忙里偷闲出来，怀歆瞧着两人相处极为自然，根本没有联姻夫妻的那种生疏感。

　　有一段旅途较远，谢芳毓靠在裴延肩头睡着了，到了景点后睡眼惺忪地爬起来，把手腕上的橡皮筋摘了随意递给他，男人倒也不意外，眉眼沉静地接过，而后替她绑扎长发。

　　一马平川的土地上，绿色的高原一望无际，远处匍匐着深棕色嶙峋起伏的山脉，公路一路纵深向前，连绵千里，心境无比辽阔。

　　怀歆同郁承坐在车后座，不由得感叹道：“这儿真美啊。”

　　她转过脸的时候，郁承恰好也侧眸看向她，一双漂亮的桃花眼泛起清浅的笑意。

　　这时候阳光正好，怀歆眨眨眼，看了看前面认真指路的导游，偷偷摸摸凑过去，在男人脸颊上飞速亲了一口。

　　然后撤开的时候被他轻松捉住手腕。郁承勾了勾嘴角，垂眸似笑非笑地看着她。

　　距离很近，直视他深暗漆黑的眼，怀歆心跳有些加速，以为他要如何，然而郁承只是捧着她脸颊，轻而温柔地回吻在嘴角。

　　“喜欢这里吗，宝贝？”

　　怀歆的眼睛亮起来：“喜欢！”

　　——离开了繁华的都市，这样原始的自然让人无比心动。

　　一路上常常遇到朝圣的藏族同胞，一步一叩首，口中哼唱着藏语的颂歌。怀歆趴在窗边好奇而敬仰地注视着这样的景象，微风将她的发扬起来，舒适而惬意。

多亏了以往到处旅行的经历，高海拔并没有让他们感到过分不适，四人在歇脚处安顿下来，第二天便开始转山之旅。

所有人当中，就谢芳毓没有受过这种风餐露宿的苦，徒步比想象中艰难，高原反应更是让人生理性缺氧，大小姐一开始还健步如飞，后来就像是一棵蔫掉的小白菜一样，紧紧抱着裴延的手臂。

裴延容色淡淡，一手拿登山杖，一手牵着她走。怀欯安慰谢芳毓："还有几公里，再忍忍，很快就到啦。"

谢芳毓有气无力："知道了。"

虽然胜利在望，但是最后一段路途实在难熬。怀欯也有点喘不上气，简直梦回当时在稻城攀爬牛奶湖的情景，郁承一直密切地关注她的情况，时不时递过来饮用水："渴不渴？"

大家在原地休息，怀欯喝了水之后，实在不想动，就踮起脚攀在男人肩头，撒娇嘟哝："累死了。"

"一会儿就到了。"郁承抱住她，摸了摸她的后脑勺，温声道，"等回去了就可以吃好吃的。"

"……"

怀欯闭着眼，闷闷应一声："噢。"

郁承低下睫看她，过了会儿眼里浮上一丝笑意，抬手捏了捏她脸颊："宝贝。"

怀欯："嗯？"

"要不要我背你？"

这种地方连自己走都困难，更别说背人了，但看他先前步伐不疾不徐，面无异色，似乎什么感觉都没有。这体力也太好了，怀欯禁不住咽了口口水，没来得及说什么，就见郁承在自己面前单膝蹲下，嗓音低醇磁性："上来。"

向导替他们拿了包，怀欯趴在郁承的背上，双臂搂住他脖颈。他确认她已经上来之后，稳稳地直起了身。

怀欯的下巴搁在他肩头，歪过头蹭蹭他侧脸，软声道："要是累的话就把我放下来哦。"

谢芳毓和裴延已经落在了后面，郁承一步一步落得从容，唯有起伏的温热呼吸一停一顿地喷薄。他紧了紧手臂，轻笑一声："不放。"

怀欯怔了一瞬，抿住唇，红着脸颊埋在他颈窝里，不再出声。

头顶是澄澈的蓝天白云，面前是爱人宽阔的肩膀，那一瞬间的幸福难以言表。

他们的呼吸缠绕在一起，热切相拥。一条看似走不完的长路、大地、天空、太阳、森林、白云，这些东西和五颜六色的经幡都是爱的见证和礼赞。

好不容易回到营地，最后几步路谢芳毓几乎是被裴延抱回去的。四人饱餐一顿，喝了热乎乎的酥油茶，吃了烤得外焦里嫩的牛羊肉补充能量。

　　后面几天谢芳毓死都不想再徒步，于是几人改变计划，开车环游羊卓雍错。

　　一路上风光无限，雪山湖泊森林蓝天，四时风景尽收眼中。大自然的瑰丽神奇，难以用言语描述。

　　怀歆喜欢走小众路线，那样会在很大程度上激发创作的灵感。所以在离开西藏的最后一天，他们去了一座颇有特色的小寺庙。

　　谢芳毓说要和裴延逛特产商店，怀歆想去祈愿树看一看，于是拉着郁承沿路牌指示往里面走。

　　沿途有不少贩卖纪念品的小摊，怀歆寻卫生间上厕所，等出来以后，见郁承长身玉立，等在绿意荫荫的树下，手里攥着什么。

　　怀歆好奇："那是……"

　　郁承弯唇："手伸出来。"

　　怀歆乖乖地伸出手。男人微俯下身，将掌心里编织好的五色手串小心地系在了她白皙纤细的手腕上。

　　"这是五色经幡绳。对藏族人来说，寓意着天地山河的灵气，有护佑平安之意。"

　　郁承抬眸，专注地凝视着她，眼底的眸光很温柔。

　　"希望我的小歆，能够一辈子平安顺遂。"

　　他们手牵着手一步步爬上山，十指紧扣，手绳上刻着"吉"字的银色挂件摇曳出丁零的脆响。

　　许愿树很大，浓绿而茂盛，上面挂满了经幡和彩旗，还有一些可以写字的彩带。彩带的头部是圆形的，可以借重力抛挂在树梢上。原先说一人买一条，但怀歆觉得，他们两个共用一条就好，不必和对方分开。

　　许完愿后就向下走，两边树木葱茏，阳光穿透树叶的间隙落在石板地面上，呈现细碎的不规则形状，郁承牵着怀歆的手，与她漫步在这悠然的时光里。

　　这里地势不低，能够眺望到远处的风景，怀歆还想多拍点照，但不知谢芳毓他们会不会等得着急，于是打了个电话，想问问他们在哪儿。

　　谁知电话响了好久都没通，就在怀歆疑惑快要挂断时，那头才接起来："……喂？"

　　是谢芳毓有些起伏不稳的声线，她略微喘息："小歆……"

　　怀歆第一反应是他们在爬山："你们打算什么时候回去？如果着急的话，我们现在就下山。"

　　"啊……不急。"信号不大好，谢芳毓那头声音有些飘忽，时远时近，"没有很急……你们慢慢玩，我们……大概也要好一会儿……"

怀歆问："大概多久呀？"

"一……一个小时？"

咦，还要那么久吗？怀歆挂了电话，对郁承说明了情况："也许他们逛特产商店要久一些。"

郁承看着她，笑了笑，温和道："你想去商店吗？"

这几天也见过不少类似的，怀歆思考了下，摇摇头："算啦，我们下去吧，在车上歇一歇好了。"

因为不知道他们什么时候会回来，所以司机和向导把车钥匙交给怀歆和郁承保管，自己则上山去逛。两人轻而易举地找到了自己的车。

怀歆开了抒情音乐，在郁承怀里找了个舒服的姿势就窝下了，因为体力消耗过多，所以她很快就睡着了。

被郁承轻轻叫醒恰是在一个小时之后，向导和司机回来，怀歆精神恢复大半，还是不想动，趴在郁承怀里看窗外如画的美景。

她这才发现谢芳毓的车就停在他们不远处，车窗摇下来，怀歆还未扬声和他们打招呼，就看到谢芳毓面色潮红、领口松散地下了车，站在车边绑头发。

过了会儿，裴延从另一边下车。他的袖衫虽不如谢芳毓那样散乱，但是也并不规整。

身姿挺拔的男人低敛下眼，眸色浅淡地为女人一颗颗扣好领口的纽扣，而后又扯松了她刚才随意绑起来的橡皮筋，替她将耳边碎发也顺拢，重新盘了一遍。

这一幕落进怀歆眼里，她灵光乍现，蓦然有些口干舌燥。还没来得及收回目光，她便和裴延的视线正好对上。

男人看了她一眼，旁若无人地从车上拿了自己的外套，将怀里的人结结实实地裹了起来。

"……"

怀歆咽了口口水，不动声色地别开脑袋。

这时头顶忽然传来气息声，郁承语气散漫地问："怎么了，宝贝？"

刚窥到了一些秘密，怀歆耳尖粉嫩，心虚地否认："没什么。"

郁承眸色略深，勾了下唇："是吗？"

今天是最后一天，他们找了当地条件最好的酒店。怀歆先洗澡，而后是郁承，他脱掉外套，进到浴室，很快潺潺水声响了起来。

怀歆越想今天下午的事情越心猿意马，她揪紧了浴袍的领口，悄悄打开门，蹑手蹑脚溜了进去。

透过浴帘和墙壁之间的缝隙，水雾中身影朦朦胧胧，不太清晰，怀歆正想扒拉开看个仔细，整个人就被拉进去，翻进了浴缸里。

怀歆"呀"的一声还没叫出口，被郁承俯低以吻封缄。潮湿的水汽里唇舌交缠，怀歆感觉自己双腿有些软，被他结结实实地抱着才能站住。

郁承强势地索吻，怀歆觉得有些喘不过来气，讨饶道："哥哥，我——"

然而衣裳完全被水打湿，男人骨节修长的手指扣了上来，将她抵在墙壁上。雾气中他双眼深邃性感，嗓音低沉而哑："下午该休息够了？"

怀歆说不出话，又感受他贴在自己耳畔，温热呼吸撩起一阵战栗："这儿的空间比车上更大些。"

"……"

怀歆毕业后资历尚浅，如果空降集团位置怕难以服众，她选择从略低层做起，先在某个金融资管子公司锻炼几年再任职总部职位。

到了实业公司以后怀歆才深刻感受到这边的视角和当时做投行和私募有多么不一样，作为掌舵者，每个决策都是无比重要的。哪怕同样是金融，但是产业链的协同作用却让潘氏的钱更加有活力，如流水般源源不断。

怀歆刚接手的时候，这家金融子公司可以说是百废待兴——之前由潘睿管理，本来就不上心，也因为比较边缘，所以落不着好资源，怀歆在一众子公司里相中这家，又和她专业对口，特意让郁承把她调了过来。

虽然郁承派了一个集团副总亲自来带她，但刚开始的时候怀歆的确挺吃力的，要适应这里原有的管理制度和节奏，交接工作，还要以这样小的年纪让众人心悦诚服。

怀歆知道，虽然大家知道她身份不敢过多口舌，但还是会在心中怀疑她是否真能胜任这个位置——怀歆对此的对策就是，从不靠言语去标榜能耐，而是靠行动和结果说话。

接手一年半，这个资管规模近百亿的投资管理公司在一级市场参与了不少好项目，在二级市场也获益颇丰，前台投研的事有专业的人来做，怀歆要负责的是协调管理层以及把控整个大方向，现在已经完全不再需要副总的指导。

而这只是一个起点。

在后面的两三年，怀歆又陆续接触到了其他的部门，几乎可以说是飞速成长。

她偶尔会去郁承那里与他共同工作，有时工作到夜深，两人从灯火璀璨的中环一起乘车回家。

没有司机，他自己开车。怀歆看着郁承轮廓分明的侧脸，心中充盈而满足。

就是这种生活中司空见惯的小事，对于普通人来说很平淡，却让她觉得很幸福。

他们仿佛成了一对再普通不过的爱侣，一起回家，她为他脱下大衣，他打横抱着她上楼，结婚这么多年他们还是像当初那样依恋彼此，亲热的频率也未变少，总想和对方黏在一起。

一个温暖的冬夜，怀歆窝在郁承怀里看电影。

是一部 2004 年的日本动画片，《哈尔的移动城堡》，怀歆一直都很喜欢，记忆深刻，如今想和郁承一起再看一遍。

"以后我给你造个移动的房子好不好？上面挂满气球，可以飞到天涯海角。房子可以很小，但足够住下你和我。"

怀歆一直都很喜欢郁承的怀抱，那样宽厚的，有力的臂膀，能够给予她十足的安全感。现在他也是这样拥抱着她，很温暖，哪怕是冬天，她也一点都感觉不到冷了。

> 世界这么大，人生这么长，总会有这么一个人，让你想要温柔地对待。[①]

难以想象过完今年她就要二十八岁了，明明在郁承这里，怀歆仍觉得自己像个小孩。

——她的手放在自己平坦的腹部，心想他们也许的确应该步入人生的下一站了。

关于这件事，郁承从来没有明确地跟她提过，也没有让任何人给过她压力。前几年她花了太多的时间在自己的事业上，他从来都是尊重她的一切想法，如果她觉得时机未到，那他们就再等等也无妨。

可怀歆知道，不光是他在期待着这件事，老人家们也都在期待，只是这主意到底拿在她的手里，他们哪怕期盼也并未过分干涉。

郁承瞧见她的表情，不由得微侧过脸，温柔地问："怎么了，宝宝？"

怀歆没说话，却是拉着他的手放在自己的腹部。她那双娇妩清灵的眼看着他，轻声道："阿承。"

"嗯？"

"你想做爸爸吗？"

男人一时之间也没应声，桃花眼却是蓦然暗了下来。他喉结略微滚动，唤她的名："小歆。"

怀歆笑了。她捧他的下颌，凑过去浅浅亲了亲："好不好？"

[①] 所涉及情节和台词引自《哈尔的移动城堡》。

她很温柔地说："我想要和你有一个属于我们自己的孩子。我想给你一个完整的家。"

这时候夜色静谧，橘色灯的光芒映照在她漂亮如琉璃般的眼睛里。郁承稍顿一瞬，忽然倾过身去吻住了她。

——她从来不知道，在她说出这句话更早以前，她就已经给他一个完整的家了。

怀歆发现自己怀孕是在一个月后。

这一个月以来他们都在积极备孕，郁承原本也不怎么碰烟，这回连酒也戒了，怀歆也认真调养好身体，想要以最好的状态去迎接这个宝宝。

察觉到怀歆出现一些呕吐症状后，管家就遣人去买了试孕测纸，一测果然让人格外惊喜。怀歆反复确认都是两条线，家里的人原本都忍不住要给郁承打电话了，被怀歆按住，笑眯眯地说："我要亲自给他这个惊喜。"

郁承今天有许多集团的琐事要处理，回来得格外晚，怀歆便换了睡衣，躺在窗边的软垫上等他。

月色如水，她昏昏欲睡，半梦半醒间察觉到有人弯下腰，小心地将她抱了起来，又轻轻放回了床上。

郁承要起身的时候被她搂住了脖颈，怀歆睁开惺忪的眼，眼里只有他。

"吵醒你了？"郁承给她盖被子，眼神很柔软，"怎么不回床上睡，窗边容易着凉，也不搭条毯子……"

"阿承，"怀歆亮晶晶的眼看向他，"我大概是怀孕了。"

他一下子顿住，没有再出声。长达几秒钟的安静后，郁承靠过去，将脸颊埋在她的颈窝里，深深拥抱她。

"小歆。"他嗓音很低。

"阿承……"

怀歆能感觉到拥抱着自己的这双手臂在轻微颤抖，她紧紧回抱住了他，禁不住一阵鼻酸："我们要有孩子了。"

空气中一阵温存的静谧。

好久之后，郁承才开口，嗓音落在她脸侧，听上去又低又哑。

"今天我在路上，看到街边有卖气球的，不知怎的，我忽然很想买一个，带回来送给你。当时不理解，现在才明白，也许我同你有心灵感应。"

"我想把世间最好的一切都给你，希望你能天天高兴……"他抬起眼，眸中似有一层薄薄的雾气，"你不知道我现在有多开心，谢谢你，小歆，赠给我这样一份大礼。"

郁承轻轻靠过去，小心翼翼地亲吻怀中人儿的额："我会努力做一个好爸爸，更会做一个好丈夫。"

怀歆眼眶氤氲含泪，却弯唇笑了。

"嗯，我一直相信你。"

西藏的五千米海拔的高空，寺庙的祈愿树上，许多年过去，彩带依旧鲜艳飘扬。

它挂在高高的枝头，站在树下的人并不能看清上面究竟写了些什么。

但是风知道。

大地、天空、白云、森林，这世间万物生灵，都一同见证了他们的爱情。

哪怕岁月嬗递，彩带上的誓言还是如初隽永清晰。

阳光透过彩带照下来，颜色朦胧而美丽。

——郁承和怀歆，永远在一起。

我，深爱你。

【完】

图书在版编目（CIP）数据

晨昏游戏：全二册 / 浮瑾著 . –– 成都：四川文艺
出版社 , 2024.1
　　ISBN 978–7–5411–6807–9

　　Ⅰ . ①晨… Ⅱ . ①浮… Ⅲ . ①长篇小说—中国—当代
Ⅳ . ① I247.5

中国国家版本馆 CIP 数据核字 (2023) 第 212072 号

CHEN HUN YOU XI : QUAN ER CE

晨昏游戏：全二册
浮瑾　著

出 品 人　谭清洁
特约监制　王传先　临　渊
责任编辑　邓　敏
责任校对　段　敏

出版发行　四川文艺出版社（成都市锦江区三色路 238 号）
网　　址　www.scwys.com
电　　话　028-86361781（编辑部）

印　　刷　北京世纪恒宇印刷有限公司
成品尺寸　160mm×230mm　　　开　本　16 开
印　　张　39　　插页 4　　　字　数　760 千
版　　次　2024 年 1 月第一版　　印　次　2024 年 1 月第一次印刷
书　　号　ISBN 978-7-5411-6807-9
定　　价　69.80 元（全二册）